I0648462

Du même auteur

L'Éclat du diamant,
Coup de cœur des lecteurs
L'Autre Éditions, 2009
ISBN : 978-2918554004
www.leclatdudiamant.fr

L'Homme qui rêvait,
Tome I : *Aristote*
Coup de cœur des libraires
L'Autre Éditions, 2011
ISBN : 978-2918554042
www.lhommequirevait.fr

Sow : le griot de la glaise,
Hommage photographique
L'Autre Éditions, 2013
ISBN : 978-2918554080
Libre consultation : goo.gl/Ly1tlq

Retrouvez actualités et bonus
sur le site de l'auteur :
www.johnmarcus.fr

D'Os, de Sang, et de Douleur

ISBN : 978-2918554110

© John Marcus & L'Autre Éditions, juin 2016
Tous droits réservés, sous toutes formes

John Marcus

D'os, de sang et de douleur

Roman

Découvrez les bonus du livre sur
www.dosdesangetdedouleur.fr

À la mémoire de Nathalie Pezzotti et Michel Eizlini,
chers disparus, emportés par la folie de la vie.

— Dis-moi, Phèdre, si quelqu'un venait te trouver en t'affirmant : « *Moi, je sais administrer au corps un traitement susceptible de l'échauffer ou de le refroidir à mon gré et, si telle est mon intention, de quoi le faire vomir, de quoi le faire évacuer par le bas, de quoi provoquer quantité d'autres effets du même genre. Et, puisque je possède ce savoir, j'estime que je puis être considéré comme un médecin, que je suis même en mesure de faire un médecin de celui à qui j'aurai transmis ce savoir* », que me confierais-tu, après avoir entendu cela ?

— Je te dirais, Socrate : « *Cet homme est fou. Pour avoir entendu parler quelque part de ce qu'on trouve dans un livre ou pour être tombé par hasard sur de mauvaises drogues, il se pense médecin alors qu'il n'entend vraiment rien à cet art.* »

Platon, *Phèdre*

Prologue

Quelques jours avant

La créature regardait l'homme avec un désespoir indicible. Elle semblait stupéfaite par l'explosion crépusculaire des cieux, prunelles éteintes dans ses yeux déformés, la bouche ouverte, figée en un ovale hébété, les traits mélangés, presque effacés, son visage émacié, coulant, comme liquéfié. D'ailleurs, tout le corps de la créature semblait soumis à la douleur, objet d'une maléfique métamorphose qui sonnait comme son inexorable anéantissement. Dans un effort désespéré, la créature luttait pour ne pas fondre, pour ne pas se laisser dissoudre ; elle avait réussi à plaquer ses mains fines et allongées sur ses oreilles brutalisées, s'efforçant d'occulter ses tympans assiégés, tentant de se protéger de l'insupportable hurlement qui venait de se répandre autour d'elle.

Seule la créature semblait entendre cette complainte stridente, cette onde maléfique surgie du fond de l'Univers, qui avait envahi l'espace et commençait à le courber. Ce cri terrible du silence, pourtant sourd et invisible, qui déformait tout sur son passage, qui défigurait les paysages, qui tordait le ciel et les nuages, qui perçait la lumière et ses couleurs, qui ensanglantait la Terre comme pour annoncer la fin des temps, celui d'un monde qu'il s'apprêtait à disloquer sous son râle, pour mieux l'aspirer dans son tourbillon psychotique.

L'homme aurait bien voulu aider la créature, mais c'était impossible. Il l'abandonna quelques instants, descendit du petit escabeau sur lequel il était perché, et s'éloigna de quelques pas pour vérifier le bon aplomb du tableau.

— « Je m'effraie au spectacle de ma propre ombre », murmura-t-il, mains derrière le dos, visiblement satisfait.

Je te comprends, moi aussi je me fais peur, mais tout cela est nécessaire, pensa-t-il.

L'homme portait une blouse et un pantalon de genre médical, immaculés et parfaitement repassés, et ses mains étaient revêtues par des gants de protection. Il arborait un masque de tragédie grecque qui figurait le visage d'un homme dans la force de l'âge, dont la chevelure bouclée et soignée était surmontée par une tête animale ressemblant à celle d'un fauve, sans doute une dépouille de lion transformée en couvre-chef. Une barbe voluptueuse, mais parfaitement ciselée, entourait l'ouverture qui représentait sa bouche. La sérénité qui se dégageait de ce masque contrastait avec l'affolement du visage de la créature reproduite sur l'œuvre que l'homme venait d'accrocher sur l'un des murs gris de la petite pièce dans laquelle il officiait.

Un râle bien réel suivi d'une forte quinte de toux firent cesser sa contemplation et l'obligèrent à se retourner. Il s'empressa de se porter au chevet de la femme qui venait de s'éveiller. La beauté de cette dernière était des plus communes, sa corpulence un peu grasse, sa mine et ses cheveux défaits, le teint sans fard, sa tenue des plus négligées : une simple robe de lin grossier la vêtait. Il faut dire qu'elle était allongée sur un lit d'hôpital. Enfin, partiellement alitée, plutôt immobilisée par un curieux dispositif de contention. Ses chevilles étaient enserrées dans d'antiques ceps d'esclave, solidement arrimés à la structure métallique du sommier, obligeant ses jambes à rester écartées. Un harnais en acier emprisonnait son tronc en les solidarisant avec ses bras. Cette sorte de cage ferrique qui emprisonnait la thoracique était surmontée d'un carcan soudé, lui-même relié à une chaîne de fer respectable, partiellement mobile, qui glissait le long d'une barre scellée dans le béton. Ce système tout à fait archaïque empêchait ainsi la femme de se relever ou de s'étendre complètement. Elle était donc condamnée à rester dans une position hybride des plus inconfortables, jambes étendues mais buste redressé, légèrement incliné, posé sur ce mur arrière contre lequel le lit s'appuyait.

— Ah, vous voilà enfin, mon bon Docteur, dit l'homme sur un ton guilleret, tout en rapprochant la paille d'un grand gobelet au plus près des lèvres de la femme. Tenez, cela vous secouera les idées. Vous devez être totalement déshydratée, ma pauvre.

La femme était plutôt complètement léthargique, malgré tous ses efforts pour essayer de sortir du nuage cotonneux qui semblait l'engourdir. Elle essaya bien de bégayer quelques sons, mais préféra aspirer le liquide qui lui fut offert quelques secondes à peine.

— Cela suffit pour le moment, croyez-moi, dit l'homme en éloignant le récipient. Dans quelques minutes, vous serez sur pied, si je puis dire.

L'homme avança une sorte de racine blanche près de la bouche de la femme.

— Tenez, cela vous ravigotera.

La femme réussit machinalement à croquer l'extrémité du gros radis qu'on lui tendait, mais elle recracha immédiatement sa bouchée sous l'effet d'une forte amertume.

— Bon, vous semblez ne pas apprécier ce tubercule, mon bon Docteur. Qu'à cela ne tienne ! Un peu de pain, peut-être ?

L'homme lui proposa devant les lèvres une sorte de pain rond, assez plat, qui ressemblait plus à un *kulcha* indien qu'à une miche traditionnelle. La femme mordit dedans avec prudence, puis mâcha longuement sa bouchée avant de l'avaler. L'homme plongea une main dans un seau pour en remonter une grande éponge naturelle qu'il essora plusieurs fois avant de la déposer sur les yeux de la femme. Mais cette dernière agita suffisamment la tête pour dégager cet obstacle visuel qui la gênait.

— Décidément, pas très coopérative, mon bon Docteur, marmonna l'homme en ramassant l'éponge tombée au sol.

Il s'essuya ensuite les mains et s'assit à côté de la femme, sur un petit tabouret.

— Me voilà à présent à vos pieds, mon bon Docteur, vous devriez être satisfaite.

L'homme se tourna en direction du tableau qu'il désigna à l'attention de la femme par un mouvement de bras.

— Une de vos œuvres préférées, n'est-ce pas ? Je me suis dit que cela vous ferait plaisir. Vous avez bon goût, je l'aime beaucoup, moi aussi. Saviez-vous ce qu'avait écrit Munch, juste avant de la peindre ? «Je perçus un cri infini qui traversait l'Univers et déchirait la nature.» Vous seriez surprise de savoir le nombre d'imbéciles qui pensent encore que c'est la créature qui s'époumone. C'est toute l'ambiguïté de cette bouche grande ouverte, pétrifiée par la douleur du monde, cette rumeur qui jaillit des tréfonds de notre histoire pour bousculer la tranquillité de notre quotidien et nous rappeler la tragédie de notre existence.

L'homme se tut quelques instants, fixa le visage blême de la femme, son regard encore embué, et poursuivit :

— Le «cri infini», oui, tout est là, mon bon Docteur, depuis le début. L'infinie détresse de l'homme, sa plaie inguérissable, sa souffrance presque inconsolable. Sa condition fatale, en quelque sorte. Saviez-vous que les Thraces se lamentaient à l'arrivée d'un nouveau-né ? Ils ne cessaient de psalmodier au-dessus de son berceau toutes les calamités qui attendaient, sa vie entière, le malheureux mortel qu'ils venaient d'enfanter. On s'en gausserait presque, nous autres, les modernes, les intelligents, les sociables, les inconscients, qui béatifions le premier rot grotesque de nos nourrissons. Nous qui n'hésitons pas à déclarer le plus sérieusement du monde que l'arrivée d'un enfant est toujours «le plus beau moment de notre vie». Mais vous n'avez pas d'enfants, n'est-ce pas ?

Une pensée sans doute fort déplaisante contraignit l'homme au silence pendant quelques secondes. Son visage s'était même durci. Il se reprit assez vite.

— Chose plus étonnante encore, Hérodote nous rapporte que ces barbares célébraient leurs morts dans l'allégresse, ils fêtaient joyeusement la mort, voyez-vous, enviant ces bienheureux disparus qui n'auraient plus jamais à subir les maux multiples de l'existence. Des fous, ces Thraces, en vérité…

L'homme se leva pour effectuer le relevé de la tension artérielle de la femme, mais sans s'arrêter de parler.

— Et Edvard Munch ? Était-il malade, à votre avis, mon bon Docteur ? Grande question, n'est-ce pas ? Je crois que quelqu'un qui affirme vivre parmi les morts est assurément un peu étrange.

Ou étranger à notre raison. Peut-être Munch aurait-il dû consulter ce Freud que vous détestez tant? Saviez-vous que cet artiste réalisa cinq versions de son œuvre la plus criante? Et celle-là date précisément de 1895, l'année où Freud nous dit avoir reçu la révélation de son nouvel évangile. Mais je m'égare. À quoi bon évoquer les possibles bienfaits de la psychanalyse, vous qui vouez un culte exclusif à l'organique?

L'homme marqua une nouvelle pause. Il sembla ausculter visuellement la femme.

— Je vois qu'il me faut accélérer la purge de vos mauvaises humeurs. Votre teint ne trompe pas.

Il releva le bas de la robe de la femme en le roulant sur le haut de ses cuisses, puis attrapa un coffret rectangulaire qui contenait une dizaine de petits pots en cuivre. Il plongea ses doigts dans le premier flacon pour en extraire une sorte de grosse limace gluante de couleur sombre.

— Cela ne fait aucun mal, je vous le garantis, la morsure rappelle le léger picotement des feuilles d'ortie. Je vous félicite, d'ailleurs, vous étiez parfaitement épilée, nos *Hirudo medicinalis* ont horreur de la pilosité. Je me suis permis de vous savonner légèrement, car elles n'auraient pas apprécié votre parfum. Ces bêtes sont délicates.

La femme restait toujours aussi engourdie, elle ne sembla pas réagir lorsque l'homme lui frotta vigoureusement la cuisse gauche afin de congestionner ses vaisseaux sanguins. Il posa aussitôt la première sangsue, qui mordit presque immédiatement dans la chair rougie qu'on lui offrait. La femme n'émit qu'un très faible gémissement.

— Parfait, parfait, commenta l'homme, visiblement satisfait. Broussais en conseillait une centaine par séance, nous nous contenterons d'une vingtaine.

L'homme semblait bien connaître son affaire, car la pose des aimables sangsues ne prit que peu de temps, ne l'empêchant nullement de poursuivre son monologue.

— Le jeune est indispensable, trois mois au moins pour que la bestiole soit suffisamment affamée. Mais trêve de bavardages inutiles, je ne vous ai pas conviée en ces lieux, mon bon Docteur, pour vous parler de ces invertébrés, ou même échanger sur nos affinités artistiques. Je souhaitais m'entretenir avec vous d'un autre «grand peintre», comme le nommait votre cher Cabanis, d'Hippocrate le «grand observateur», ce premier grand peintre de notre nature corporelle. Voire incorporelle.

La femme fut soudain secouée par de fortes convulsions. Tout son corps trembla quelques secondes, elle sembla même suffoquer avant d'éructer. Puis elle finit par vomir violemment, projetant ses renvois alimentaires sur ses cuisses et ses jambes, imprégnant sa robe de rejets poisseux et nauséabonds qui n'épargnèrent nullement les sangsues besogneuses. Sans doute venait-elle aussi d'être blessée par le collier qui la maintenait fermement, car elle tenta d'y porter ses mains et se mit à gémir. L'homme se leva tranquillement, sortit un mouchoir de l'une de ses poches et essuya la bouche de la femme pour en retirer les traces de l'épais mélange de salive et de glaire qui maquillait ses lèvres.

— Nous sommes sur la bonne voie, lui dit-il posément, en lui offrant un sourire compatissant.

La femme était désormais réveillée, encore saisie de spasmes, mais surtout abasourdie par ce qu'elle découvrait autour d'elle. Et sur elle. Soudain prise de panique, elle essaya de bouger, de se relever, de se dégager du corset métallique qui l'étreignait. Elle ne fit que se meurtrir. Et se mit alors à hurler.

— Cessez de vous agiter ainsi, mon bon Docteur, vous allez vous faire mal, conseilla l'homme avec placidité. Je dois dire que je suis assez fier de ce collier, je l'ai fait fabriquer spécialement pour vous. Vous le reconnaissez?

— Norris l'enchaîné, balbutia la femme par automatisme, totalement incrédule. Où suis-je? Que faites-vous? Qui êtes-vous?

L'homme lui répondit par un autre sourire, plus énigmatique encore que le précédent. Alors la femme fut emportée par une grande colère.

— Détachez-moi immédiatement, espèce de cinglé, ou bien…

— Ou bien quoi!? coupa l'homme sans aucun ménagement. Je vois que vous reprenez quelques esprits, mon bon Docteur. Vous m'en voyez fort aise. Ô vertu émétique de la sainte ellébore!

La femme s'agita nerveusement sous le coup d'une nouvelle crise de panique.

— Vous m'avez fait boire de l'ellébore !?

L'homme éluda la question.

— William Norris était bien son nom, vous avez raison. Il vécut ainsi neuf ans. Dans cet appareillage barbare ! Neuf années sans pouvoir dormir paisiblement, sans pouvoir se lever, sans pouvoir s'allonger, telle une bête sauvage recluse dans son infâme cellule de l'hôpital londonien de Bedlam. Voilà comment on traitait encore certains de nos déments au XIXe siècle, en enchaînant ces frères humains dans des cages. Et leurs tortionnaires étaient applaudis dans toutes les sociétés savantes, ils faisaient partie du grand monde. Comme vous, aujourd'hui, mon bon Docteur.

La femme restait fébrile, très anxieuse.

— Vous m'avez fait prendre de l'ellébore ?

L'homme ne répondit toujours pas à sa demande.

— Je dois dire que cette prison pour fous avait fort mauvaise réputation. Voltaire, déjà en son temps, comparait cet asile à notre monde, «un grand Bedlam où des fous enchaînent d'autres fous». Mais tout cela, bien sûr, vous le savez mieux que moi.

La femme restait obsédée par sa question.

— Vous m'avez vraiment donné de l'ellébore !?

— Nous frôlons le trouble obsessionnel compulsif, si je puis me permettre. À chacun son livre, voyez-vous. Moi, je respecte les instructions thérapeutiques de nos anciens : «Il faut prescrire le vomissement à l'aide de l'ellébore blanc mélangé à des raiforts.»

La femme était sous l'emprise de la panique, elle se mit à crier :

— C'est vous qui êtes fou ! Vous voulez me tuer !? Quelle quantité…

— Tut… tut… tut, répondit l'homme en la coupant. Nous sommes toujours le fou d'un autre, n'est-ce pas ? Mais voilà qui devient intéressant, car vos diagnostics m'intéressent au plus haut point, mon bon Docteur. Je suis l'un de vos plus grands fans, voyez-vous ? Me feriez-vous l'honneur d'une leçon de clinique ? Détaillez-moi, s'il vous plaît, ces symptômes de la folie que vous croyez percevoir en moi. Je vous en prie, étonnez-moi…

La femme s'était tue. Elle resta de marbre, comme pétrifiée.

L'homme poursuivit donc :

— C'est vrai, j'oubliais. Vous n'avez pas votre divin manuel à portée de la main. Même si, dans mon cas, l'échelle d'Hamilton semblerait un peu courte par rapport à celle de Jacob. Quand bien même, à votre avis ? Je fais appel à votre immense savoir et à votre chère neurobiologie. Quels dysfonctionnements diagnostiquez-vous en moi ?

Une lueur d'affolement traversa le regard de la femme, qui persista néanmoins dans son mutisme.

— Allons, mon bon Docteur, un petit effort ! Que se passe-t-il dans mon organe pensant, en ce moment ? Un déficit de sérotonine ? Un excès de dopamine, peut-être ? Une grave carence en acétylcholine ? Même si une production anormale de GABA ne serait pas à exclure en l'espèce, j'en ai bien peur. Ne dites plus rien, surtout, ma chère, je sais déjà où vous allez en venir, ce que vous allez me prescrire : votre merveilleux remède, ce génial régulateur de mes humeurs neuronales.

L'attitude de la femme se modifia radicalement. L'assurance sembla remplacer la peur. Elle avait sans doute évalué la fragilité de sa situation et réfléchi à une stratégie.

— Je m'excuse de vous avoir traité de fou, dit-elle d'une voix qu'elle voulait la plus calme et la plus docile possible. J'étais affolée, je n'avais plus toute ma tête. Puis-je vous aider ? Si vous m'expli...

— M'aider ? demanda l'homme en l'interrompant. Je me passerai bien de vos conseils, mon bon Docteur, continua-t-il avec un cynisme amusé, car je sais où ils peuvent mener : dans ces limbes de l'agonie qui côtoient les enfers.

L'homme se leva, se saisit d'un livre qui était rangé dans le tiroir du chariot médical accolé au grand lit. Il l'ouvrit à l'emplacement que signalait un petit adhésif coloré, puis plaça la page concernée sous les yeux de la femme.

— Lisez le passage surligné. À voix haute, s'il vous plaît.

La femme profita de cette proximité pour planter fermement son regard dans celui de l'homme, à travers les larges orbites ouvertes du masque qui l'affublait.

— Il ne me plaît pas, non ! Je ne lirai rien, ajouta-t-elle d'un ton ferme, comme pour le défier.

— Avez-vous bien le choix, mon bon Docteur? Me pre-nez-vous pour l'un de vos patients éperdus et soumis? J'ai bien peur que vous n'ayez mal considéré les options qui s'offraient à vous. Bien, conclut l'homme sèchement, en posant l'ouvrage sur le bord du lit.

— Non, supplia la femme qui perdit instantanément son assurance. S'il vous plaît, ne me faites pas de mal.

— Je pense que vous divaguez encore, mon bon Docteur, nous allons remédier à ce petit inconvénient, poursuivit l'homme sobrement en attrapant une cuvette émaillée en forme de gros haricot et une sorte de petit couteau chirurgical dont la lame, courte et large, disposait d'un double tranchant.

— Que faites-vous donc? demanda la femme d'une voix de moins en moins ferme.

— Rien de mieux qu'une bonne petite lancette pour garan-tir une saignée efficace. Il nous faut évacuer ces vilaines pensées que vous réservez à mon endroit. Un excès de mauvaise bile, j'en ai bien peur, de la bile noire en surplus. Mais ne vous tracassez plus, nous allons la chasser.

La femme se convulsionna, elle força sur ses cordes vo-cales afin de lancer un appel à l'aide qui déchira la tranquillité de la pièce. Imperturbable, l'homme lui installa un garrot entre l'épaule et le coude de son bras gauche.

— Vous ne lisez jamais de roman policier? Ou alors vous me prenez vraiment pour un idiot? Pensez-vous que quelqu'un puisse, d'ici, vous entendre?

L'homme positionna précisément la cuvette et approcha sa lancette de l'avant-bras.

— Ceci est tout à fait indolore, je vous invite à vous calmer et à vous détendre. Toute saignée est sans grande douleur, si vous ne bougez pas, bien sûr.

Lorsque l'homme incisa la veine céphalique sur quelques millimètres, le sang chaud se mit à gicler immédiatement dans la cuvette. Et la femme ne put retenir un immense hurlement de peur.

— Le *cri infini*, ne vous l'avais-je pas dit, mon bon Doc-teur? Tôt ou tard, nous y venons tous. Bientôt, vous verrez, vous serez d'accord avec moi. Alors? Allez-vous me faire le plaisir de cette petite lecture?

La femme acquiesça avec la tête par des mouvements rapides. L'homme attendit que le sang remplisse la cuvette avant de presser la plaie pour l'aider à se refermer. Il apposa ensuite une compresse, au moment même où la femme éclata en sanglots.

— Allons, allons, mon bon Docteur, pourquoi vous mettre dans un pareil état? Vous êtes un peu douillette, non? Vos nerfs semblent vraiment à vif. On dira encore que les femmes deviennent hystériques pour un rien. Un petit massage vulvaire pourrait-il vous apaiser? Ils eurent leur heure de gloire, comme vous le savez. Sans eux, point d'invention de ce vibromasseur qui fait tant fureur de nos jours. Mais je blaguais, ne vous inquiétez pas, mes principes répugnent à de telles pratiques. Quand même, lorsque l'on y songe, quelle carrière que cet utérus baladeur et affamé qui ramollissait, dit-on, le cervelet! Chose curieuse, voyez-vous, c'est que vous vous moquez aujourd'hui, avec raison, de toutes ces balivernes du passé alors que vous ne cessez d'en rêver de nouvelles, toutes aussi mensongères et plus dangereuses encore pour notre santé.

Entre deux séries de larmes, la femme réussit à articuler une question:

— Je ne comprends pas. Et pourquoi tenez-nous à me faire mal?

L'homme reposa les instruments de la saignée sur la console, récupéra le livre, l'ouvrit et l'éleva une nouvelle fois à hauteur du champ de vision de la femme.

— Parce que vous aussi, mon bon Docteur, vous faites du mal à beaucoup de gens. Dites-vous que, peut-être, il s'agit d'une forme de justice. Il faut bien que quelqu'un se décide enfin à stopper votre démence.

— Mais de quoi parlez-vous? balbutia-t-elle.

— De cette folie qui consiste à vénérer un livre sans aucun discernement, un livre dont les prescriptions conduisent inéluctablement à enfermer les gens par les vertus de cette chimie que vous chérissez tant. De cette folie qui vous pousse, par ambition, vanité et cupidité, à promettre un bonheur factice à vos congénères les plus fragiles ou les plus crédules. Votre réussite et votre gloire sont bâties sur des croyances et sur des mythes, mon bon

Docteur, nourries par la douleur et la peine des autres. Parfois, de plus en plus souvent même, par le sang de leur propre sacrifice. Vous n'êtes plus un humble disciple d'Hippocrate, Madame, un docteur bienfaisant, éclairé, modeste qui s'occuperait de la bonne santé de ses patients, qui mettrait tout son art au service de leurs peurs et de leurs souffrances, qui s'attacherait à consoler leurs corps meurtris et leurs âmes blessées. Vous êtes devenue le cerbère des âmes correctes, Madame, le gardien complice de nos bonnes mœurs, juste un petit médecin de l'ordre social. Séchez donc ces larmes, et lisez maintenant, mon bon Docteur.

La femme parut se ressaisir. Elle renifla ses écoulements puis commença sa lecture, d'une voix terne et monocorde.

— « Le corps de l'homme a en lui sang, pituite, bile jaune, bile noire, c'est là ce qui en constitue la nature et ce qui crée la maladie et la santé. »

L'homme n'hésita pas à la couper.

— « Sang, pituite, bile jaune, bile noire », répéta-t-il. Hier quatre humeurs, aujourd'hui quatre médiateurs. Étonnant, non ? Continuez, je vous prie.

— « Il y a essentiellement santé quand ces principes sont dans un juste rapport de crasse, de force et de quantité et que le mélange en est parfait ; il y a maladie quand l'un de ces principes est soit en défaut soit en excès ou, s'isolant dans le corps, n'est pas bien combiné avec tout le reste. »

L'homme referma le livre et se dirigea vers la console. Il semblait en colère.

— Ce n'était pas si difficile ! Alors, mon bon Docteur !? Vingt-cinq siècles de médecine pour en revenir à la théorie des humeurs ! Vous avez seulement remplacé l'ellébore par la fluoxétine, troqué la camisole de force pour la camisole chimique. Car c'est bien ça que vous recherchez en trifouillant nos émotions : la bonne pensée, la pensée vertueuse, la pensée socialisante, la bonne « crasse » de l'âme.

La femme se taisait, effarée, effrayée. L'homme se retourna, il tenait dans ses mains une énorme seringue en étain. Il s'approcha du lit et souleva le bassin de la femme afin d'intercaler un gros coussin entre ses fesses et le matelas.

— Nettoyons à présent votre mauvaise crasse à vous, mon

bon Docteur.

Épouvantée, la femme tenta de se débattre dans un effort désespéré. Mais elle ne réussit qu'à se contusionner davantage et à énerver l'homme qui, soudain, sembla pris de frénésie. Il abandonna quelques instants son instrument d'antiquité, se saisit d'une cravache et commença à cingler le corps de la femme. Sous l'effet de la douleur, elle se remit à hurler.

— Je vois que ce traitement de choc est malheureusement indispensable pour vous ramener à de meilleurs sentiments et purger toutes ces mauvaises idées qui vous polluent. Cessez donc vos gémissements, tout cela est fait pour votre bien, pour votre bonne santé !

Les déchirements de la femme se muèrent en plaintes poussives, juste avant qu'elle ne perde conscience. L'homme profita de cet évanouissement pour récupérer son clystère. Il enfonça la longue aiguille métallique dans l'anus de la femme afin d'injecter dans son sternum la totalité du contenu de l'énorme seringue. Ensuite, il introduisit un cathéter dans une veine, afin de permettre une perfusion qui était alimentée par une poche remplie d'un liquide troublé. Cette besogne calma l'homme. Il semblait d'ailleurs très satisfait de ces préparatifs et s'éloigna un petit peu du lit. La femme ne tarda pas à revenir à lui. Comateuse, le visage livide et ravagé, elle réussit néanmoins à bredouiller faiblement une obsession :

— Pour... quoi ?

— Parce que vous êtes un imposteur, mon bon Docteur, un bonimenteur, dénué de tout scrupule et, sans doute, de la moindre empathie. Parce que vous étouffez le cri de l'Homme et que, parfois, votre magie le tue aussi.

Malgré la grande lassitude qui semblait l'envahir, la femme put articuler encore quelques mots :

— Que vous ai-je donc fait ?

— Qu'avez-vous défait, voulez-vous dire ?

L'homme regarda sa montre et sembla acquiescer à ce que l'objet lui indiquait. Il offrit à la femme un dernier sourire, un sourire macabre.

— Plus que quelques instants et vous serez lavée de tous vos péchés, mon bon Docteur. Comme on disait dans l'ancien temps : «Par le haut et par le bas». Savez-vous ce que Platon réservait aux charlatans de votre espèce? Une mort sans sépulture, hors de la cité, une sorte d'effacement de la mémoire commune, le bannissement de son inconscient collectif. Mais c'est vrai que vous ne croyez pas à l'inconscient. Comment le nommiez-vous, déjà? Ah, oui, «une mystique». «La mystique de nos chamans modernes» même, si ma mémoire ne me trahit pas. Je vous concède que vous aviez un certain sens de la formule. Et que vous n'avez pas tout à fait tort sur ce point précis.

L'homme venait à peine d'achever sa tirade qu'un cri terrible surgit de la femme, le hurlement d'une bête à l'agonie. Son corps fut traversé par des spasmes terrifiants, comme ébranlé par des secousses organiques telluriques.

— Nous y sommes, commenta sobrement l'homme en s'éloignant davantage.

Les convulsions empirèrent, comme si le corps de la femme s'apprêtait à exploser. Et, effectivement, une sorte de dislocation se produisit. Plus exactement, une submersion totale. Conformément à ce que l'homme avait annoncé, la femme se purgea entièrement, presque simultanément «par le haut et par le bas».

Bientôt, elle fut entièrement recouverte et enveloppée d'une bouillie infâme, un mixte putride et bilieux composé de fluides visqueux, de bouts d'organes sanguinolents, de particules alimentaires gluantes, d'urine tiède et d'excréments fumants. La vidange intestinale libéra une odeur fétide, véritable puanteur qui envahit toute la pièce.

Pourtant, l'homme n'hésita pas à s'approcher de ce magma pestilentiel afin de pratiquer très rapidement, en un geste sûr, une phlébotomie sauvage. Le sang se mit alors à peindre les murs sous l'effet de ses puissants et bouillants jaillissements, apothéose de l'incroyable éruption corporelle qui venait de se produire.

— Un tas de merde, murmura alors l'homme, son regard fiévreux enfoncé dans le vide. C'est bien tout ce que nous sommes, finalement : juste un gros tas de merde.

Partie 1

Héraclès

Aujourd'hui

« Nous appelons folie cette maladie des organes du cerveau qui empêche un homme nécessairement de penser et d'agir comme les autres. Ne pouvant gérer son bien, on l'interdit ; ne pouvant avoir des idées convenables à la société, on l'en exclut ; s'il est dangereux, on l'enferme ; s'il est furieux, on le lie. »

Voltaire, *Dictionnaire philosophique portatif*

1.

Ils se faisaient encore face. Le Boucher et l'Insurgé. Le dominant et le dominé. Dans un silence total. Profondément endormis. Réunis pour un duel éternel, enveloppés par l'ombre des allées arborées, baignés de cette lumière frémissante et vaporeuse qui surgit à l'aube des petits matins glacés. Et surveillés de loin, du haut de son piédouche, par le témoin le plus attentif de la comédie humaine.

Tragédie, plutôt... la vie humaine n'est qu'une terrible tragédie, pensa Jérôme, *l'histoire d'une prédation incessante.*

Et ce qui les menait en ces lieux, en cette noire journée, en était la plus parfaite des démonstrations.

Jérôme Bouchon, procédurier du groupe Meunier, ne put s'empêcher de marquer un arrêt, stoppant ainsi la progression de ses compagnons. Il fixa le visage étonnamment serein d'Honoré de Balzac. L'acidité des pluies et la souillure des années avaient certes terni le bronze, favorisant les coulures irrégulières, gommant les détails les plus saillants des moulures, estompant les traits du monumental auteur. Le poli et la patine originels de la sculpture avaient laissé place à une oxydation irrégulière pigmentée par des verts délavés. À certains endroits, même, la surface était recouverte par une fine pellicule minérale, graineuse et laiteuse, sur laquelle s'épanouissaient quelques taches clairsemées de mousse végétale. Mais la massive tête d'airain conservait une puissance arthurienne, dégageait une force paisible tout à fait surprenante.

Il y avait le regard, surtout, malgré les cavités crasses des yeux, emplies de résidus poussiéreux, un regard vide mais ô combien vivant, un regard rassurant et envoûtant, qui ne laissait aucun répit au visiteur. À son insu, l'observateur devenait aussitôt observé, le promeneur sentait les yeux de pierre se glisser doucement en lui, plonger au plus profond de son être de chair pour en explorer la vérité intime et en découvrir les secrets les mieux gardés.

— « Deux diamants noirs qu'éclairaient par instants de riches reflets d'or. Des yeux à faire baisser la prunelle aux aigles, à lire à travers les murs et les poitrines, à foudroyer une bête fauve furieuse, des yeux de souverain, de voyant, de dompteur. »

Jérôme se tourna vers Bastien.

— Tu nous étonneras toujours, Columbo.

— Ce n'est pas de moi, La Boule. Théophile Gauthier ne s'était pas trompé. Ni Hugo, le seul qui, en son temps, avait entrevu le véritable génie de Balzac.

— Je ne m'étais pas rendu compte que Vallès et Thiers étaient enterrés presque au même endroit, médita Franck à voix haute en scrutant la direction opposée, vers l'avenue des Peupliers. Surtout inhumés aussi près l'un de l'autre.

— Quelques concessions les séparent tout de même, nuança Bastien, qui pensa préférable de changer de sujet. Balzac venait parfois se promener ici, « s'égayer », comme il disait. Et il avait raison, cet endroit semble incroyablement habité.

— Avec un peu d'imagination, quand même.

— C'est le propre d'un romancier…

Avec l'extrémité de sa béquille droite, Kowiak, qui s'était lui aussi retourné, traça dans l'air une forme géométrique qui semblait relier les positions des trois sépultures.

— Nous sommes au sommet d'un triangle invisible.

— D'où Balzac continuerait à veiller au grain, ajouta Bastien.

— Aux trois grains maçonniques, enchaîna Jérôme avec un léger sourire.

— Si nous évitions de tomber dans le mysticisme ? suggéra Delajoie.

— Beaucoup de francs-maçons sont pourtant enterrés ici, Patron, les inscriptions en témoignent.

— Oui, Jérôme, mais tout n'est pas symbole.

— Je ne comprends pas que Vallès puisse reposer si loin des siens, murmura Franck, qui restait perturbé par cette réalité. C'est une injustice. Sa tombe est située quasiment à l'opposé. Le constater sur un plan est une chose; le vérifier sur place est proprement scandaleux.

Tous les regards convergèrent vers Franck, mais une discrète invitation gestuelle de Delajoie mit fin à la courte pause. Le silence fut rétabli, chacun rejoignit ses pensées, et le petit groupe reprit sa marche collective en direction du columbarium.

À vrai dire, la quiétude leur manquait à tous depuis plusieurs jours, cette tranquillité si nécessaire au recueillement, au deuil, au rétablissement, cet espace vide qui permet à chacun de finaliser paisiblement ses adieux, de réécrire l'histoire du défunt et des relations particulières que l'on entretenait avec lui. Ce moment singulier où s'engage une complicité nouvelle avec le disparu, où commence une discussion intime et apaisante avec un être qui, désormais, habite notre seule mémoire, une période durant laquelle s'établit un dialogue un peu étrange, mais néanmoins indispensable, avec la mort et les morts.

Après les temps de la stupeur et du désarroi, du déni et de la douleur, de la révolte et de la colère, était enfin venue l'heure de la reconstruction. La veille, il y avait eu l'incontournable cérémonie officielle, dans la cour même du 36. Le Quai des Orfèvres tout entier avait été mobilisé pour rendre un hommage exceptionnel à l'un des siens.

Bastien, Jérôme, Kowiak et Franck, ses plus proches collègues du groupe Meunier, par ailleurs ses véritables amis dans la vie civile, avaient assuré la garde du cercueil exposé à la vue de tous dès les premières lueurs de l'aube. Malgré ses blessures, Kowiak avait été intransigeant. *L'ours des Balkans* n'avait jamais mieux porté son surnom. Compagnon de la dernière heure et du dernier souffle, jusqu'au bout de son monde. Jusqu'au bout de son calvaire.

Le coffre mortuaire taillé dans le bois d'un hêtre clair avait été enveloppé par un linceul-drapeau aux couleurs de la France, puis surmonté par la symbolique casquette d'apparat et un coussin de velours sur lequel avaient été fixées, solennellement, trois médailles honorifiques décernées à titre posthume. Il y avait eu, l'après-midi, le défilé des huiles de la PJ et de l'Intérieur, les discours thuriféraires prononcés par le ministre en personne, la minute de silence imposée dans tous les commissariats de France, le télégramme du chef de l'État rappelant «la gratitude de la Nation» et «l'héroïsme discret et quotidien partagé par tous les hommes et toutes les femmes qui assurent la sécurité des citoyens».

Delajoie avait tressailli à l'écoute de ces mots, malgré la réserve et la dignité imposées par sa double fonction : celle de patron du 36, d'une part ; celle de maître de la cérémonie, de l'autre.

Enfin, maître consentant de cette funèbrerie, plutôt…

Du plus macabre des rituels qu'il avait eu à orchestrer durant sa longue carrière de flic, en vérité. Il savait déjà qu'il ne se pardonnerait pas cette mort, tout comme il ne s'était jamais absous pour...

«*Honneur, courage, héroïsme*». *Eh bien, voyons…*

Il en avait eu assez rapidement de la litanie qui avait résonné sans interruption sur les pavés glissants de la cour intérieure de la Grande Maison. Il avait supporté avec peine les vocables vertueux répétés *ad nauseam* et qui, en cette heure, sonnaient si faux à ses oreilles.

Où avaient-ils vu de l'honneur, du courage et de l'héroïsme dans cette mort horrible ? Dans cette atroce agonie où l'être avait été humilié, torturé, avili ? Dans ce véritable anéantissement d'un humain qui n'avait dû être que supplices et suppliques ?

Delajoie avait dû faire un sérieux effort pour contenir une rage inhabituelle et continuer à renvoyer cette image noble et impeccable que l'on attendait du chef de la prestigieuse Brigade criminelle de Paris. Mais il savait bien, lui, comment tout cela avait fini et, surtout, où cela les avait menés : en hautes bottes de pêcheur, dans une souille, pour tenter de retrouver des restes épars, enfouis dans la boue, au milieu des excréments et du vomi des porcs !

L'équipe était arrivée trop tard, bien trop tard pour espérer pouvoir sauver le corps. Parce que pour son âme — ils l'avaient

su très tôt —, elle avait été définitivement perdue dans une infâme geôle des Balkans[1]. Mais ils ne s'attendaient certainement
pas à découvrir un jour, ainsi dépecé, le corps de l'un des leurs ;
un corps si morcelé que beaucoup de ses parties n'avaient pu être
retrouvées ; un corps aussi maltraité que ceux des centaines de
victimes anonymes qui ponctuaient souvent le quotidien des
hommes de la Crim'.

Ils avaient ensuite transféré ses restes en avion à l'Institut mé-
dico-légal de Paris, confiés aux bons soins de l'un des meilleurs
professionnels de la place. Après les analyses et l'autopsie d'usage,
le médecin légiste avait requis l'assistance d'un éminent thana-
topracteur pour tenter de redonner forme humaine au puzzle
de chair ensanglantée qui avait recouvert les bacs d'inox de la
morgue. Ce dernier s'était malheureusement déclaré incompétent devant une telle « charpie ». Les parties, alors regroupées
selon une disposition logique, avaient été placées délicatement
dans une housse mortuaire que l'on avait déposée au fond du
cercueil, sur un lit de satin molletonné.

Cette mise en bière avait sans doute été l'événement le plus
pénible de ces derniers jours. Les cinq avaient été présents, bien
sûr. Cinq flics endurcis par des années de métier et la créativité
mortifère, sans limites, que leur offraient, avec persévérance, jour
après jour, nuit après nuit, certains des animaux humains que la
civilisation n'avait pu dompter. Mais, à ce moment-là, ces cinq
flics avaient été complètement tétanisés, désemparés, presque
hagards.

C'était la première fois que Delajoie avait vu pleurer Kowiak,
le grand et inaltérable Kowiak, transformé en immense fauve blessé. Il n'avait cessé de demander pardon, au-dessus de la dépouille,
psalmodiant sa terrible douleur. Franck, tout chef de groupe qu'il
était, avait beaucoup lutté pour ne pas s'épancher publiquement.
Ses reniflements simulés n'avaient trompé personne. Lui aussi
avait demandé pardon. D'ailleurs, tous les cinq s'étaient repentis.
De quoi, exactement ? Le savaient-ils vraiment ? Sans doute de ne
pas avoir pu éviter ce drame et la folie qui l'avait précédé. Peut-
être, aussi, de ne pas avoir été présents aux derniers instants, pour
réconforter, pour rassurer, pour accompagner. Certainement

---

1. Voir *L'Homme qui rêvait, tome II, Le Magicien*. Du même auteur. À paraître.

parce qu'ils n'avaient pas pu lui dire à quel point ils l'aimaient. Et parce que, tout simplement, ils n'avaient pas réussi à réchauffer ses mains abîmées et tremblantes lorsque la nuit éternelle s'était présentée.

Chacun avait ensuite déposé un objet personnel dans le cercueil. Et lorsque l'on avait fait glisser le couvercle pour refermer définitivement la bière, c'est Delajoie lui-même qui avait tenu à apposer le scellé officiel.

Voilà à quoi ressemblait le visage de l'honneur : à l'horreur d'un corps éparpillé et sans figure. Voilà la froide vérité de l'héroïsme et de la bravoure...

En fin d'après-midi, après l'hommage public, une escorte officielle avait acheminé la dépouille vers le cimetière du Père-Lachaise, où une célébration familiale avait été programmée avant l'incinération. Selon ses dernières volontés, l'assemblée avait été intime. De ses parents, seuls sa mère, sa tante et son beau-père avaient assisté à ces derniers adieux. Décidément, cette famille n'avait pas été épargnée ces dernières semaines. Quelques amis de Paris, aussi, avaient été présents. Et eux cinq, bien évidemment.

Il n'y avait eu aucun rituel religieux. Bastien avait lu quelques extraits choisis de Posimius. Et la voix de Léo Ferré avait clôturé le recueillement avant que le cercueil ne soit acheminé vers l'appareil de crémation. Seuls les cinq avaient assisté à l'introduction du cercueil dans le grand four et au début de sa combustion. Puis un rendez-vous avait été fixé le lendemain pour la remise de l'urne.

La disposition de son testament, qui avait précisé les conditions de la dispersion de ses cendres, n'avait pas manqué d'étonner la famille. Le récipient funéraire devait être remis exclusivement à ses collègues de la PJ désignés nommément et chargés, pour leur part, de suivre un protocole précis. Et c'est pourquoi, malgré leur accablement, les cinq s'étaient retrouvés dès l'aurore, devant la porte des Amandiers du cimetière du Père-Lachaise. Afin de respecter scrupuleusement ses indications. Dont celle, inhabituelle, de libérer ses derniers atomes — « sa poussière d'être » était-il écrit —, devant le mur des Fédérés, au terme d'une marche qui devrait respecter le parcours symbolique du pèlerinage institué par les gauches françaises dès la fin du XIXe siècle.

Le cimetière du Père-Lachaise avait été, en effet, un haut lieu des derniers combats de la Semaine sanglante, l'épilogue tragique de la Commune — cette expérience sociale qui était devenue dans le monde entier un mythe fondateur de l'expérience révolutionnaire. La « montée » au mur des Fédérés — lieu où avaient été fusillés de nombreux communards — réunissait tous les ans, à la fin du mois de mai, en une sorte de procession mémorielle laïque, militants des gauches, syndicalistes, anarchistes, francs-maçons et idéalistes pour rendre hommage aux martyrs de la Commune, pour célébrer les idéaux de cette dernière et tenter de perpétuer ses espérances.

Cette ultime requête n'avait pas manqué de poser plusieurs problèmes de conscience à la petite équipe du 36. S'ils étaient loin de partager les mêmes idées politiques, les cinq flics s'étaient interdit tout début de polémique en pareilles circonstances. Cette pensée ne les avait même pas effleurés, à vrai dire.

Franck avait rappelé les racines ouvrières de leur collègue : son père était mort dans un terrible accident de mine. Sans doute fallait-il voir, dans ce souhait, une forme d'hommage rendu à la figure paternelle et sa longue lignée familiale. Peut-être, aussi, un message plus ambigu adressé à une mère qui avait renié ses origines sociales, sans oublier de délaisser au passage, très tôt, sa propre progéniture.

Sur le fond, c'est donc uniquement le lieu de destination finale qui avait suscité un début de discussion : il était absolument interdit de répandre les cendres dans le cimetière en dehors d'un emplacement réservé, dénommé le « Jardin du souvenir ». Alors, les disperser devant le « mur », on tombait directement dans l'illégalité…

Sobrement, Delajoie avait tranché la question éthique assez vite, par une formule sibylline : « On avisera sur place… » Et les autres d'avoir acquiescé en silence, le message caché ayant été parfaitement entendu : « La loi n'aurait qu'à bien se tenir… mais juste un peu à l'écart du mur. »

C'était donc sur la forme que s'était focalisée plus spécifiquement leur attention. Aucun itinéraire n'avait été joint au testament. Un véritable casse-tête, car il n'existait pas de tracé officiel du pèlerinage. Chaque obédience sociale décidait du chemin spécifique que devait emprunter son cortège avant d'atteindre le mur, et ce, afin de rendre hommage à ses propres figures tutélaires, souvent enterrées dans les lieux. En passant ainsi entre des tombes choisies avec attention, on revendiquait par la même occasion une filiation idéologique précise. Car les sépultures du Père-Lachaise pouvaient écrire plusieurs histoires du mouvement social. Un récit loin d'être unitaire, souvent agité et bruyant, une longue querelle d'idées et de méthodes durant laquelle socialistes, anarchistes et communistes s'étaient souvent opposés, combattus, étripés parfois, au nom des intérêts supérieurs de la classe ouvrière.

C'était donc naturellement à Franck — au *Che* — que les coéquipiers s'en étaient remis pour décider du parcours à effectuer le lendemain.

Malgré ses blessures et un handicap aggravé par l'usage de ses deux béquilles, Kowiak avait insisté pour effectuer la totalité du chemin. Delajoie avait laissé faire. Il savait que cette forme de mortification que s'imposait Kowiak était nécessaire, même s'il doutait des résultats d'une telle pénitence. Ils avaient commencé le parcours à hauteur de la concession n° 62. Au début, leur passage devant chaque tombe célèbre avait été l'objet d'un court commentaire de la part de Franck.

— Pierre Overney, ouvrier, assassiné le 25 février 1972 par un vigile de Renault… Gustave Flourens, professeur au Collège de France, tué par les versaillais… Jules Vallès, élu de la Commune, journaliste et écrivain, tué deux fois en vain, auteur de *L'Insurgé*…

Bastien avait osé un trait d'humour.

— Dire que nous étions, hier encore, de dignes représentants de l'ordre.

— De quel côté aurions-nous été, interrogea plus sérieusement Jérôme ?

Imperturbable, Franck avait continué à égrener les noms et les événements au fil des sanctuaires. Puis, en découvrant la tombe d'Adolphe Thiers, couverte de graffitis injurieux, il avait blêmi.

— *Le boucher* de la Commune, le salopard en chef…

— Quand même, réagit doucement Bastien. La profanation est-elle indispensable à la réparation ?

Dès lors, Franck s'était tu. On ne l'avait plus entendu jusqu'à cette pause improvisée par Jérôme devant le buste de l'honorable Balzac.

La voix sombre et grave de Kowiak les fit se retourner précipitamment. Ils se rapprochaient désormais du crématorium et venaient de s'engager dans l'avenue des Combattants étrangers. Kowiak peinait dans sa progression, mais il avait refusé toute aide, leur assurant qu'il préférait fermer la marche.

— C'est lui, le salopard en chef, c'est sa faute à lui !

Et tous, stupéfaits, le virent cracher sur un buste protégé par une sorte de dolmen.

Delajoie blêmit, se pencha vers Franck et murmura une question.

— C'est juste Kardec, l'inventeur du spiritisme, lui répondit Franck. Je ne vois pas...

— Quoi ? insista Delajoie, qui venait de percevoir l'hésitation de Franck.

— Il s'est un temps intéressé à la prestidigitation...

Le déclic se fit aussitôt dans la tête de Delajoie.

— À la magie.

Franck ne semblait pas convaincu.

— Étrange association d'idées... Et puis, comment Kow pourrait-il le savoir ? Cela ne se lit pas dans le bronze.

Ils rejoignirent Kowiak tous les quatre et se retournèrent vers la statue. En fixant le visage de cette dernière, l'évidence s'imposait. Surtout, cette troublante ressemblance avec celui qu'ils avaient appelé *Le Magicien*, sans doute le responsable du drame qui venait de foudroyer la brigade. Ils se regardèrent, interloqués, presque choqués.

Jérôme et Bastien réagirent les premiers. Ils entourèrent rapidement Kowiak et l'aidèrent à avancer.

— Allez, viens, tu te fais du mal pour rien. Il n'est plus là, de toute façon, le « salopard »...

Kowiak tomba dans une sorte de torpeur qui ne les empêcha pas de reprendre leur marche mortuaire.

Un peu plus loin, encore, en passant devant la tombe de Sully Prudhomme, Bastien ne put s'empêcher de lire les premiers vers du poème qui était ciselé sur une stèle posée à côté du tombeau : « Bleus ou noirs, tous aimés, tous beaux ; Des yeux sans nombre ont vu l'aurore ; Ils dorment au fond des tombeaux ; Et le soleil se lève encore… »

Ils atteignirent enfin le crématorium. Delajoie et Franck pénétrèrent dans les bureaux administratifs afin de se faire remettre l'urne funéraire. L'un et l'autre hésitèrent à se saisir de la boîte de cèdre. C'est Franck, finalement, qui, après une longue expiration, réceptionna délicatement l'objet. Devant leur gêne évidente et pour essayer de faire diversion, le préposé réitéra les condoléances de l'Institution et s'assura que ses interlocuteurs localisaient le fameux « Jardin du souvenir ».

— Bien sûr, nous avons repéré le site, mentit Franck après un bref regard lancé à Delajoie. Merci beaucoup pour votre assistance et votre professionnalisme.

— J'ai vu que vous n'étiez pas des membres de sa famille. Une connaissance à vous ?

— On peut le formuler ainsi.

J'aurais dû éviter « professionnalisme », se dit Franck.

À l'extérieur, Jérôme et Bastien, après avoir aidé Kowiak à s'asseoir sur un banc, avaient déambulé dans le columbarium, laissant le hasard guider leurs regards sur les plaques commémoratives qui fermaient les niches cinéraires.

Lorsque Jérôme aperçut Franck et Delajoie qui émergeaient de l'intérieur, il leur fit un petit signe de tête pour les inviter à le rejoindre. Bastien s'approcha également. Seul Kowiak, avachi, resta sur son banc.

Bastien indiqua une case précise. La concession marquée du numéro 15051 était en effet occultée par un petit bloc de granit sur lequel étaient simplement gravés, en lettres capitales, les deux mots suivants : « LA REINE ».

L'esquisse d'un sourire commun décrispa les visages.

— Eh oui, soupira Franck, appuyant la paume de sa main gauche sur le couvercle de l'urne. La nôtre repose ici, désormais.

Les cinq se remirent en mouvement. Ils empruntèrent l'avenue Circulaire qui bordait le « Jardin du souvenir ». Ils l'ignorèrent superbement et passèrent leur chemin pour se rendre directement au pied du mur des Fédérés. Le nombre de tombes associées à des morts célèbres, situées en vis-à-vis ou dans sa proximité immédiate, était impressionnant et conférait au lieu, malgré sa sobriété, une dimension religieuse. Il s'agissait bien d'un sanctuaire, d'un espace de mémoire. Il suffisait de fermer les yeux pour entendre les sons des canons, la mitraille des barricades et les cris des fusillés.

— « Cherchant des morts, je ne vois que des vivants. »

— C'est beau. Tu es en verve, Bastien.

— Pas moi. Mais Balzac, toujours, précisa l'intéressé.

— Tenez : Barbusse, Vaillant-Couturier, Éluard, Thorez, Duclos, Cachin, Fabien. Ici, Chabert. Là-bas, Lejeune. Et bien d'autres autour, commenta Franck sobrement.

— Elle ne sera plus seule…

— Plutôt bien accompagnée, même.

— On pourrait en discuter pour certains, tempéra malicieusement Jérôme.

— Tant mieux, intervint doucement Delajoie qui ne voulait pas que la conversation s'égare. Jérôme, tu surveilles discrètement au nord, s'il te plaît. Et toi, Bastien, au sud. On tournera.

— D'accord, Patron.

Kowiak s'était figé devant la grande plaque commémorative accrochée au mur : « Aux morts de la Commune, 21-28 mai 1871 ». Delajoie appuya affectueusement ses mains sur les épaules du géant.

— C'est l'heure, ami. À toi l'honneur.

Kowiak acquiesça d'un simple mouvement de tête. Il confia ses béquilles à Delajoie pour se saisir, presque religieusement, du récipient que Franck venait d'ouvrir. Delajoie interrogea du regard Bastien et Jérôme, qui confirmèrent par signes que la voie était libre.

— Tu peux y aller.

Kowiak commença à déverser les cendres sur l'herbe verte, drue mais rase.

— « Tu te nourriras de l'herbe des champs. »

Il prit une poignée de cendres et les laissa s'écouler lentement à l'aplomb même du mur.

— « Tu es poussière et tu retourneras à la poussière. »

Ce fut ensuite au tour de Franck, qui ne put s'empêcher de chantonner, à voix très basse, quelques strophes de l'Internationale.

Delajoie, pour sa part, ponctua sa dispersion de paroles totalement incompréhensibles pour les vivants. Les morts comprendraient-ils mieux cette mystérieuse «âme noire» qu'il invoqua plusieurs fois dans un murmure?

Tous les trois prirent le temps nécessaire afin de ne pas bousculer cette «poussière d'être» qui se désagrégeait lentement entre leurs doigts.

Delajoie venait à peine de redresser la boîte que la voix de Bastien, feutrée, mais suffisamment appuyée, les alerta.

— Flics à 6 heures!

Ce signal mit fin à leur méditation.

— C'est une blague, réagit Franck, agacé.

— Quelqu'un a dû nous apercevoir.

— Un bon citoyen, encore, murmura Kowiak dans un grognement, en pointant du doigt un immeuble proche, qui surplombait ce côté du cimetière.

Delajoie confia l'urne à Franck, puis fit des signes aux guetteurs pour rappeler les deux hommes. Bastien se hâta le premier.

— Pas de panique, c'est des gars de chez nous. Mais ça doit urger, car ils se pressent.

— Loin?

— 80 mètres à peine. À pied.

— J'en fais mon affaire. Finissez avec Jérôme. Et prenez votre temps.

Delajoie se porta à la rencontre des deux motards, visiblement essoufflés et qui marchaient à vive allure. Ils n'avaient sans doute pas jugé opportun d'utiliser leurs motos dans les allées du cimetière. Delajoie les connaissait, ils étaient détachés au Quai. Le commissaire avait marqué son arrêt juste après un léger virage, de manière à empêcher toute vision en direction du mur des Fédérés.

Les policiers se raidirent instantanément comme des «i» en reconnaissant le patron du 36, et le gratifièrent d'un salut très solennel.

— Navré de vous déranger, Commissaire, mais vos portables ne répondent plus…

— C'est en général le cas, lorsque l'on enterre un proche, n'est-ce pas, Brigadier?

— Nous le savons bien Commissaire, intervint, gêné, le plus âgé des deux. Nous sommes sincèrement désolés de troubler votre cérémonie. Mais Monsieur le Directeur vous cherche partout. Avec l'insistance que vous lui connaissez, si je puis me permettre.

Oui, Delajoie connaissait bien l'impatience assez insupportable du «daron» de la police judiciaire. Il en fut agacé, fronça les sourcils et répondit assez sèchement, ce qui était inhabituel avec les subordonnés. Mais son exaspération n'était pas vraiment destinée aux deux fonctionnaires qui se tenaient devant lui.

— Nous ne sommes pas les seuls flics de France et de Navarre, que je sache ! Que peut-il y avoir de *si important*, pour que la PJ soit incapable de respecter la décence d'un deuil ?

Les deux motards avaient pâli. Ils étaient vraiment mal à l'aise, conscients de l'incongruité que représentait leur présence en pareil moment.

— C'est que, Commissaire, s'aventura le plus jeune, un psychiatre célèbre vient d'être retrouvé assassiné dans une église. On dit même *très bizarrement* assassiné.

Delajoie ne cilla pas.

Et alors ? pensa-t-il. *Le meurtre et la bizarrerie criminelle étaient son pain quotidien. Rien dans cette déclaration ne pouvait...*

— C'est que, *surtout*, précisa aussitôt le brigadier pour tenter de justifier un peu mieux cette incursion, la victime semblait être *un ami personnel de notre ministre*.

«L'importance» devenait soudain lumineuse. Mais Delajoie resta imperturbable : désormais, tout cela ne le concernait plus.

— Bien, bien, concéda-t-il cependant à ses interlocuteurs. Merci pour le message, Messieurs.

Le brigadier toussota.

— Que devons-nous transmettre ?

— Que je serai de retour... bientôt.

— À vos ordres, Commissaire.

Le brigadier hésita quelques secondes, puis ajouta :

— Nos très sincères condoléances, Commissaire. Vous savez, nous l'appréciions beaucoup, nous aussi. Vous l'attraperez, n'est-ce pas, celui qui a fait ça ?

Delajoie s'assombrit.

— Nous l'avons déjà trouvé, Brigadier. Mais trop tard.

Le brigadier fit une moue embarrassée et adressa un signe discret à son collègue.

Les deux motards s'éloignèrent après un salut rapide, moins formel que le précédent. Delajoie ne tarda pas à rejoindre ses compagnons.

— Problème ? demanda Franck à son arrivée.

— Pour mon successeur, certainement.

La réponse déclencha une gêne perceptible. Franck et Bastien baissèrent les yeux. Jérôme regarda au loin. Delajoie enchaîna immédiatement pour ne pas la laisser s'installer.

— Et de votre côté ?

— C'est fait, Patron, répondit Bastien.

— Elle noue désormais ses atomes crochus avec de nouveaux amis, ajouta Jérôme avec un sourire forcé.

Kowiak n'avait rien répondu, ferré dans le mutisme.

— Si vous en êtes d'accord, continua sobrement Delajoie, je propose que Kow en devienne le gardien. Et qu'il installe l'urne au bureau.

La suggestion de Delajoie était, une nouvelle fois, troublante : l'équipe se préparait à commettre non seulement une autre infraction, sur ordre solennel de son grand chef, mais, aussi, une transgression administrative.

Certes, au Quai, la mémoire des policiers morts en service faisait l'objet d'un soin attentif de la part des vivants. Un étrange bureau, le 305, était même réservé à leurs mânes. Mais y placer en secret une...

— Je veux dire dans votre bureau, précisa Delajoie, qui venait de lire ce doute dans les yeux de Franck.

Alors, sans un mot, tous acquiescèrent dans l'instant.

Sans un mot non plus, Kowiak accepta immédiatement.

Sans un mot de trop, Jérôme remit l'urne dans les mains du géant.

Sans un mot encore, celui-ci enserra la boîte désormais vide entre ses gros doigts protecteurs.

Ses yeux, rougis par la peine et troublés par le chagrin, se fixèrent une nouvelle fois sur l'inscription dorée que les cinq avaient fait graver sur un côté du récipient cinéraire :

Amanda Coron
Manda Ze Queen
1974 – 2014

Sans un mot enfin, tous les cinq se détournèrent de cette nuit d'où ils étaient venus.

2.

Il venait de regarder sa montre une nouvelle fois lorsque le minibus apparut enfin à l'extrémité de la petite rue. Une demi-heure de retard! Une demi-heure à attendre, sans nouvelles, sans téléphone portable, dans les courants d'air, sous cette vieille porterie du CHU; une demi-heure à dompter son impatience, à inventorier mentalement les faits saillants de cette histoire qu'il connaissait si bien et qu'il s'apprêtait à raconter une nouvelle fois, le récit d'une obscurité au milieu d'un siècle de Lumières, la narration d'une longue nuit de sévices, de hurlements et de râles : «vieux castel de Bissestre, objet épouvantable, où règnent les lutins, le silence et l'effroi, où les tristes hiboux, par un cri lamentable, font trembler l'âme du coupable...»

Pendant presque deux cents ans, Bicêtre avait été le symbole de l'humanité déchue. Les murs de l'ancien château de Winchester étaient devenus une clôture pour les êtres bannis de la cité, relégués au purgatoire, condamnés à attendre la mort dans l'antichambre du diable. Ne l'avait-on pas vu, d'ailleurs, le Cornu en personne, convoquer des conciles sataniques en ses carrières et domaines de *Bissestre*? Tenir, même, d'après des témoins respectables, une *eschole* en sciences noires dans ce caravansérail des misérables? Le Prince des ténèbres y avait été entouré, d'abord, par tous les proscrits du genre humain, gens de peu, forcément sans aveu, courtauds de leur état ou autres francs-mitoux, hubains, capons, mercandiers, drilles, millards, polissons, narquois, piètres, rifodés, coquillards, sabouleux, enchanteurs des rues, bandits de toutes espèces, de grands et de petits chemins.

La malignité de cette mauvaise engeance avait été contrainte à la malingrité, au pain sec, à l'eau clarifiée du second bouillon, en ces lieux de calamité craints comme la peste. Toute une populace grouillante, entassée dans les taudis et des cloaques infâmes, ferrée dans des cabanons sombres et des cachots d'oubli. Un peuple de ribauds, la peau posée sur les os, devenus eux-mêmes « bissestres » par la magie de la langue vulgaire ; hommes maléfiques, redoutés et capables du pire donc, raison supplémentaire pour contenir ces gueux dans l'antique *grange aux queulx*. Et gare aux enfants récalcitrants des bons bourgs, que l'on menaça bientôt de finir « bissestres » à leur tour !

Ces ribauds sans foi ni loi avaient été rejoints dans l'infortune par les nouveaux exclus sociaux que seule une saine et sainte réclusion avait vocation à corriger. Enfermés, aussi, les vieux-sans-le-sou ou mendiants des villes, vagabonds des champs, joueurs de dés, intrigants du palais, orphelins nés, soiffards des tavernes, fainéants sans serment, errants des faubourgs, paresseux sans métier, femmes de joie, hommes sans Dieu, libertins peu chrétiens, tous hors-de-maison devenus hors-la-loi par la seule volonté d'un roi.

Enfin, les *Archers de l'Hospital* avaient poussé dans cette forteresse des damnés tous les autres mal-en-point du royaume, galeux, vénériens, scorbuteux, caducs, escrovellés, aveugles, estropiés, infirmes, épileptiques, teigneux, paralytiques et, pour finir, tous les faibles d'esprit ayant perdu leur sens commun, ces insensés devenus soudain fous que l'on avait cloîtrés avec des coups.

Bicêtre, « ulcère terrible sur le corps politique, ulcère large, profond, sanieux, qu'on ne saurait envisager qu'en détournant les yeux. »

Tels avaient été les débuts de cet établissement, aujourd'hui véritable sanctuaire des soins de santé, l'un de ces centres hospitaliers universitaires qui faisaient la fierté de l'Assistance publique, ce fleuron du modèle social à la française.

L'homme sortit du renfoncement du porche pour faire quelques signes au chauffeur du véhicule. De belle hauteur et de bonne corpulence, sa morphologie affichait une soixantaine d'années bien portée, une carrure épaisse et athlétique même, que l'élégance de ses traits et le raffinement de ses vêtements permettaient d'adoucir. Son expression faciale était devenue rayonnante, le regard pétillant, vif, non dénué de malice. Il réajusta son chapeau et vérifia la position millimétrée de son joli nœud papillon. Ces deux accessoires étaient d'un éclatant rouge vermillonné ; le contraste avec ses habits noirs était du meilleur effet.

Le minibus s'arrêta à hauteur de l'imposante porte, presque aux pieds de l'homme. Un petit panneau posé contre le pare-brise du minibus permettait de lire : « 4ᵉ congrès français de psychiatrie biologique — Paris — Fondation Essentielle ».

Le chauffeur descendit en premier pour présenter ses excuses et justifier son arrivée tardive par une intempestive « succession de bouchons » ; la dizaine de passagers ne tarda pas à lui emboîter le pas, se regroupant sur les anciens pavés qui entouraient le monument. L'homme les salua chaleureusement, individuellement, prenant le temps de serrer chacune des mains tendues.

— Je vous souhaite la bienvenue à Bicêtre ! Je suis Albert Pline, confrère retraité — hélas ! — et désormais bénévole au sein de l'Association des études historiques psychiatriques. Je serai votre maître de cérémonie pour cette petite journée de divertissements, si je puis dire, qui vous permettra de vous remettre de ces studieuses conférences que vous devez subir à Mondor. Quelle jeunesse ! Je constate que la relève est assurée ! Il faut dire que vos confrères d'un âge plus respectable connaissent aussi bien cet endroit que mes radotages.

Le petit groupe, d'une mixité irréprochable, était effectivement composé, en grande majorité, de quarantenaires. La sympathie de l'accueil contribua à créer rapidement une atmosphère informelle. Pline s'adressa alors au chauffeur :

— Nous vous libérons, Monsieur. Retrouvez-nous dans la Cour des champs, s'il vous plaît. Et à l'heure... convenue, si cela n'est pas trop vous demander.

Pline se tourna ensuite vers le groupe, prenant le temps de s'éclaircir la voix, avant de commencer.

— Le programme du jour est chargé, malheureusement. Nous aurions dû nous retrouver directement sur le plateau pour gagner du temps, mais il était important de vous faire voir cette ancienne porte. Plus que son âge vénérable, ce qui mérite votre attention est surtout l'inscription gravée sur l'ardoise située au-dessus de vos têtes, sur la clé de voûte qui surplombe cette arche.

— « Saint Jean-Baptiste de l'Hospital Général », lut, à haute voix, une jeune femme qui, selon le prénom écrit sur son badge, s'appelait Sophie.

— Pourquoi avoir choisi de visiter Bicêtre ? Parce que Bicêtre est un symbole. C'est ici que nous pouvons dater notre entrée dans le noble corps de la médecine, acter la naissance de la race psychiatrique. Ensuite, parce que cet endroit, qui fut long-temps l'un des plus sinistres du pays, matérialise toute l'ambi-guïté des origines de notre spécialité…

— *De nos spécialités*, corrigea une voix fluette qui provenait pourtant d'un corps masculin, robuste et enrobé.

— Ah ! rétorqua Pline avec humour, je vois que l'on veut déjà troubler mes bonnes humeurs matinales. Comment vous nommez-vous, Monsieur, je lis fort mal l'inscription de votre éti-quette ?

— Anatole, répondit l'intéressé sans enthousiasme.

— *De nos spécialités*, Anatole, vous avez parfaitement raison de reprendre le vieux dinosaure que je suis. Je date un peu, je dois bien le confesser, encore coincé dans les glaces protoschis-miques, en des temps où la *neuropsychiatrie* demeurait entière, d'un seul bloc, où ce terme signifiait simplement « psychiatrie scientifique ». Oui, on avait besoin d'en remontrer un peu, à cette époque, et le pléonasme s'avéra nécessaire pour débarras-ser la psychiatrie des odeurs de soufre et de charlatanisme qui l'avaient accompagnée depuis sa naissance. Nous constaterons que ce ne fut pas sans quelques bonnes raisons. Il est vrai que nous avons ensuite été séparés en deux. Je ne doute pas que vous vous souveniez des raisons de ce délicat divorce, Anatole ?

Ledit Anatole ne réagit pas. Il semblait même embarrassé, regrettant sans doute son intervention initiale qui lui valait main-tenant l'attention de tous.

— Je vous rassure : la distinction nouvelle ne m'est pas très claire non plus. On me dit que le neurologue chercherait à comprendre et le psychiatre à soigner. Le premier traquerait donc les causes de la maladie mentale, alors que le second en examinerait seulement les raisons. Je me trouve un peu embarrassé devant si subtiles savanteries. Qu'en pensez-vous, donc, mon jeune confrère ?

Pline était devenu sarcastique et n'attendit même pas l'éventuelle réponse d'Anatole.

— Je vois plutôt dans ces raffinements casuistiques pointer notre péché originel, cette éternelle vanité de la médecine. Et une rivalité non moins ancienne entre praticiens de cet art. On annonce d'ailleurs que le neurologue pourrait bientôt faire succomber le psychiatre, tout comme ce dernier est parvenu à ostraciser le psychanalyste, pourtant ancien larron de canapé. C'est, du moins, ce qui se chuchote dans les académies, les institutions et les revues de notre époque : la neurologie, dit-on, serait désormais science plus exacte que la psychiatrie, elle approcherait la précision de la physique quantique. Un nouveau big bang se préparerait, une théorie des origines se dessinerait enfin : les causes de la folie seraient à portée de sonde. Bigre ! Cela me rappelle les certitudes de vos illustres prédécesseurs, mon cher Anatole, qui s'essayèrent les premiers à la « méthode numérique ». Rien de mieux qu'un peu de mathématiques pour crédibiliser une spéculation, n'est-ce pas ? Notez que je ne blâme pas vos précurseurs, Anatole, les économistes firent de même, avec le succès qu'on leur connaît. Ici, à Bicêtre, on inventa une balance hydrostatique pour peser et comparer les cerveaux des aliénés à ceux des gens normaux. C'est que l'on crut longtemps, dur comme belle science, que la folie était liée à un dessèchement de l'encéphale, ce qui devait obligatoirement se traduire par une diminution de la pesanteur des organes affectés. Dans ses *Recherches anatomico-physiologiques sur les causes de la folie*, Meckel avait déduit de ses mesures *scientifiques* effectuées à la Halle que le cerveau des aliénés était « plus sec que celui des gens raisonnables ». Que, « les vaisseaux du cerveau se desséchant, la libre circulation du fluide nerveux » devenait alors impossible. D'où, avait alors conclu ce notable professeur de médecine, « la perversion » de leurs idées. Les contre-pesées réalisées plus tard à

Bicêtre par le fameux Leuret ne furent pas aussi parlantes. Il est étrange de voir que la neurologie moderne est à nouveau obsédée par la fluidité des échanges au sein du système nerveux. Ah, cette âme qui se mouvrait plus librement dans un organe sain ! Le Grec de Cos, notre maître Hippocrate, aurait-il imaginé une pareille postérité de l'un de ses grands principes ?

Pline marqua une pause. Il perçut bien quelques lueurs de désapprobation dans certains regards. Mais personne ne semblait disposé à engager une autre polémique.

— Alors, le neurologue est-il l'avenir du psychiatre ? Il s'agit là d'une question de darwinisme auquel je n'entends rien, pour tout vous dire. Si l'inévitable loi de l'évolution touche notre espèce médicale, il ne nous reste plus qu'à attendre sagement le résultat des mutations qui se préparent.

Le ton de Pline était devenu caustique. On sentait bien que ce sujet l'agaçait. Tout autant, semblait-il, que le sieur Anatole.

— Anatole, voudriez-vous ajouter quelque chose ?

Au milieu de regards gênés, la voix fluette continua à demeurer muette.

— Je disais donc, enchaîna Pline avec un large sourire, que l'histoire de Bicêtre nous permet de ne pas oublier que nos convictions actuelles, comme celles de nos prédécesseurs les plus estimables, ne sont pas des vérités inébranlables, qu'elles ne doivent pas nous éblouir ; qu'au-delà de nos croyances passagères, de nos savoirs relatifs, cette *pratique de l'esprit humain* qui est désormais officiellement la nôtre — immense responsabilité envers nos patients et la société tout entière — reste une exploration, celle d'un univers extraordinairement complexe, encore à penser, à théoriser, à découvrir, une *terra incognita* que ne saurait cartographier la meilleure de nos imageries médicales. Les murs de Bicêtre, la mémoire qu'ils conservent, sont là pour nous le rappeler : le questionnement de nos connaissances, de nos habitudes, de nos usages est une obligation sacrée. *Le doute* doit rester la première vertu de notre pratique. Car c'est ici, à Bicêtre précisément, qu'est née la « science des aliénés ». Plutôt une police des insensés qui s'est, un jour, transformée en police de la santé mentale.

— Seriez-vous encore foucaldien, Monsieur Pline ?

demanda sur un ton ironique, mais respectueux, un jeune homme qui se dénommait Philippe. Il me semblait que cette affaire-là était entendue depuis longtemps ?

La question permit aux visages de retrouver les sourires qui avaient succombé à la tirade sur « les spécialités ». Pline émit un petit ricanement avant de répondre.

— Je sais bien que la chasse au Foucault est un sport largement pratiqué par les membres de notre confrérie. Je vous accorde que c'est de bonne guerre. Tenter de renvoyer l'ennemi originel à *L'archéologie de ses savoirs* semble indispensable pour reconstruire notre généalogie et nettoyer au mieux notre suspecte hérédité. Mais le cadavre de Foucault est, j'en ai bien peur, fort résistant. L'ombre du penseur est immense ; la réflexion du sociologue irremplaçable. Quant aux faits... Sont-ils seulement des mots ? Ou bien ces maux revêtent-ils une réalité ? Vous jugerez par vous-mêmes de l'apparence de ces choses, si je puis dire. Mais voilà que je deviens très sérieux, tout à coup. Alors, commençons, je vous prie. Auriez-vous l'amabilité de bien vouloir m'accompagner ?

Le petit groupe obéit à l'invitation de son guide qui, tout en se dirigeant vers la façade historique de l'établissement, introduisit la visite.

— L'histoire du château de Bicêtre, qui se tenait ici, presque à cet emplacement, ne présente pas pour nous un intérêt majeur avant 1632. C'est à cette date que Richelieu fit table rase de son passé tumultueux en faisant détruire jusqu'aux fondements les anciens bâtiments du domaine, pour y faire bâtir, dès l'année suivante, au nom du roi, une commanderie destinée à accueillir les soldats mutilés, âgés ou impotents. Seuls subsistent, de cette époque, les deux tours carrées que vous voyez en face de vous et l'un des quatre pavillons qui délimitaient la clôture primitive, le pavillon du quartier des fous, justement.

Pline montrait du doigt les constructions qui entouraient le corps central du bâtiment et coupaient en trois parties la ligne monumentale qui se dressait face à Paris.

— Le grandiose projet architectural ne fut pas mené à terme. Seuls quelques bâtiments furent achevés les années suivantes, logis où l'on accueillit comme l'on put, c'est-à-dire fort mal, quelques vétérans invalides et, à leurs côtés, des petits enfants trouvés, dont la grande majorité périt de maladie. La période qui nous intéresse débute vraiment lorsque ce château de Bicêtre fut donné à l'Hôpital général en…

— 1656! interrompit spontanément, presque avec allégresse, une petite jeune femme.

Tous les yeux convergèrent dans sa direction, ce qui eut pour effet de provoquer une coloration rosée des blanches pommettes de l'intéressée.

— Excusez-moi, reprit-elle immédiatement, c'est que l'origine de l'Hôpital général fut, il y a quelques années, le sujet de ma thèse.

— Je vous en prie, répondit Pline en arrêtant le groupe au pied de l'escalier qui menait à l'entrée de l'immeuble. Au contraire, je suis bien ravi d'être assisté. Pourriez-vous nous en dire plus, Nathalie…

— Natalia, corrigea aussitôt la jeune femme.

— Ah, les affres de la vieillesse et des lunettes oubliées… Pardonnez-moi, Natalia.

La jeune femme sembla hésiter un instant.

— Je dois d'abord introduire les notions de pauvreté et de charité, si vous me le permettez?

— Permettez-vous, agréa Pline, permettez-vous, nous serons ainsi au cœur de notre sujet.

— Depuis ses origines, le christianisme a glorifié la pauvreté. Au Moyen Âge, le dénuement acquiert même une dimension spirituelle. Renoncer volontairement aux illusions terrestres, aux valeurs matérielles d'un monde voué à la disparition devient un signe de sagesse et de piété. L'essor du monachisme et, plus tard, l'émergence des ordres mendiants qui voulaient renouer avec le message chrétien des origines, sont intimement liés à cette volonté de purification des âmes, première étape pour préparer sa rédemption personnelle. Cette dernière nécessite de se «détacher du siècle», c'est-à-dire de s'éloigner des tentations et de la vanité d'un monde provisoire, de fuir, en somme, la vacuité des affaires humaines. Le pauvre lui-même, grâce à la vision mystique élaborée par les pères de l'Église, devient l'image vivante du Christ souffrant. Le bon chrétien ne doit pas seulement «adorer le Christ en ses pauvres » ; il doit, surtout, se garder de toute arrogance à leur égard : « le mépris du pauvre est un assassinat », avait prévenu saint Amboise. Dès lors, la prise en charge des « pauvres du Christ » devient affaire commune. Charge d'Église, bien sûr, qui lui consacre un bon quart de ses revenus. Entre les murailles de la ville, l'évêque devient le « père des pauvres », il doit veiller à leur « hospitalité » en leur offrant vêtements, couvert et gîte pour la nuit ; entre les clôtures des monastères, des aumôneries se construisent à côté des « hostelleries » plus traditionnelles, réservées à l'accueil des pèlerins et des hôtes de passage. Devoir du monarque, ensuite, puisque roi par la volonté et la grâce de Dieu. Ce représentant temporel du Dieu du ciel est donc prié instamment « d'entendre la plainte des pauvres et des faibles » et de favoriser leur assistance. Obligation plus générale, enfin, notamment des riches chrétiens, puisque ces derniers sont les bénéficiaires de biens terrestres temporaires accordés uniquement par faveur du Seigneur. Privilégiés, les notables sont ainsi sommés de s'acquitter de l'usufruit de cette jouissance : « Dieu aurait pu faire tous les hommes riches, mais il voulut qu'il y ait des pauvres en ce monde, afin que les riches aient une occasion de racheter leurs péchés ». L'aumône aux pauvres permet ainsi d'éteindre ses fautes morales, d'honorer ses obligations spirituelles, de racheter ses erreurs. En termes institutionnels, actuels, il s'agit bien d'un premier système de redistribution. La pratique de la charité s'impose donc rapidement dans l'Occident médiéval, elle devient une condition essentielle du Salut...

— Excusez-moi de vous interrompre, Natalia, intervint Pline. Je dois dire que je suis impressionné par votre introduction. J'aimerais cependant ajouter une petite précision qui me semble venir à point nommé. Il est important de comprendre que la notion moderne d'hôpital n'existe pas.

Natalia acquiesça de la tête, mais ses yeux brillaient de regret, celui ne pas avoir éclairci elle-même cette notion qu'elle savait importante. Mais Pline était déjà lancé.

— Les hôpitaux, hospices ou hôtelleries, établissements de piété où s'exerçait ce devoir de pitié religieuse que vient d'évoquer Natalia très fort justement, étaient uniquement des lieux de charité destinés à accueillir temporairement, souvent pour une nuit, les déshérités de la terre. Ce n'étaient pas des maisons de soins. Les traitements médicaux étaient dispensés dans des hô-tels-Dieu, seules institutions autorisées à recevoir les malades, les femmes enceintes et les enfants abandonnés. Cette distinction, qui établissait la séparation physique entre pauvres et malades, est très importante à comprendre, car elle correspondait à deux visions symboliques opposées. Contrairement au pauvre, le ma-lade était regardé par le christianisme avec suspicion, comme un être altéré, la conséquence de sa déchéance originelle. Hildegarde de Bingen, une abbesse mystique du XIIe siècle, résume bien cette croyance : « Si l'homme était resté au paradis, il n'aurait pas en son corps ces humeurs d'où naissent de nombreux maux, mais sa chair serait intacte et sans meurtrissures. » C'est pourquoi la pro-messe de la résurrection garantissait au futur ressuscité un corps resplendissant, intègre, exempt de souillure ou de maladie. D'où l'importance, pour le monde chrétien, de séparer les malades des autres vivants afin d'éviter une contagion spirituelle. La mala-die était avant tout punition divine. Au IXe siècle, Raban Maur, un bénédictin très influent, n'hésita pas à comparer les lépreux à des hérétiques «qui blasphèment contre Jésus-Christ». Et le IIIe concile de Latran confirma la nécessité d'une ségrégation des lé-preux qui devaient être retranchés de la communauté chrétienne parce qu'ils «ne peuvent habiter avec les gens en bonne santé ni se retrouver avec les autres dans une église». À compter de cette époque, le ladre est alors déchu de ses droits civiques, il devient «mort au monde, mais vivant pour Dieu», condamné à la réclu-sion communautaire. La terre chrétienne se couvre alors… d'un noir manteau de léproseries, pour paraphraser le moine Glaber. Au XIIIe siècle, les maladreries seront plus de 19 000 en Europe : il s'agit bien du premier enfermement de masse jamais réalisé, à une échelle quasi industrielle. Le lépreux devient le bouc émis-saire et la victime expiatoire d'une société traumatisée par le mal. On accuse même les ladres, en 1321, d'avoir fomenté une conspiration destinée à «faire périr les chrétiens». Déclarés cou-pables du crime de lèse-majesté, on les torture pour leur arracher des aveux, on confisque leurs biens, on les condamne à la réclu-sion perpétuelle, on les brûle.

Pline marqua une courte pause pour se retourner vers le

dénommé Philippe, et le prendre à parti sur le ton de la taquinerie.

— Vous me pardonnerez, mon jeune confrère, de devoir faire référence ici à Foucault. Vous savez que sa thèse initiale tient, en quelque sorte, dans cette citation : « Pauvres, vagabonds, correctionnaires et "têtes d'aliénés" reprendront le rôle abandonné par le ladre.» Difficile de lui donner tort. Car, et je vous redonne la parole immédiatement, Natalia, la pauvreté elle-même ne va pas tarder à se transformer en maladie, et les hôpitaux de charité vont ainsi devenir de grandes *renfermeries* — ainsi qu'on les nommait à l'époque. Ce que l'on avait fait avec les lépreux, cette première expérience d'internement collectif, on allait bientôt la reproduire avec les pauvres et les *stulti*, les insensés, ces fous atteints d'une maladie sacrée, que la société chrétienne avait, jusqu'alors, bien traités.

Natalia attendit quelques secondes avant de reprendre le cours de son propre développement.

— Monsieur Pline a tout à fait raison. Après le XIIIe siècle, sorte « d'âge d'or de la charité », des nuages sombres commencent à s'amonceler au-dessus de la tête des pauvres. Dès le début du siècle suivant, les guerres incessantes — civiles ou entre royautés —, les catastrophes naturelles, les pillages, la destruction des récoltes, les famines, la hausse incessante des impôts, la flambée des prix, l'usure destructrice frappent les populations les plus fragiles ou les plus isolées et ruinent les campagnes. Serfs, paysans, journaliers, femmes et enfants fuient les terres brûlées et asséchées, se joignent parfois à d'autres marginaux, maraudent même en chemin, mais finissent inéluctablement par rejoindre les rangs toujours plus serrés de ces pauvres qui demandent la pitié aux bons chrétiens. De véritables armées de mendiants haillonneux débarquent dans les faubourgs et les villes, envahissent rues et places, clament, crient, supplient, invectivent, exigent l'aumône, menacent des bourgeois effrayés par ces vagues déferlantes de misérables : « Ils sont trop!» Beaucoup trop, à vrai dire : les anciennes structures ne suffisent plus pour accueillir ces hordes de vagabonds déguenillés et agressifs que l'on commence à redouter. Les légendes urbaines commencent à circuler, à rapporter les méfaits de ces coupeurs de bourses qui se retrouvent dans de dangereuses cours des miracles. Ces lieux du crime et de la débauche prolifèrent, dit-on, partout dans le royaume et inspirent la crainte aux gardes les plus redoutables.

— Tu veux dire que ces cours sont les ancêtres de nos banlieues ? Elles sont étranges nos représentations sociales, et notre manière de créer des groupes de boucs émissaires. Ce sont toujours les mêmes ficelles qui sont utilisées, pourtant usées jusqu'à la corde. Le plus étonnant, c'est que ça marche à tous les coups et à toutes les époques ! Désolé, Natalia, je me tais.

La remarque avait été spontanée, naturelle, exprimée sans aucun formalisme. Sans doute, la rousse plantureuse qui en était l'auteure connaissait bien sa consœur.

— Je t'en prie, Olivia, je suis assez d'accord avec toi. Trop de pauvres, trop de mendiants, trop d'insécurité, donc. Forcément, la crainte succède bientôt à la pitié. Le dénuement idéalisé des époques précédentes ne résiste plus devant les nouvelles réalités qui battent bruyamment pavé. Désormais, la pauvreté fait peur ; on la redoute parce qu'elle est laide, malodorante, dérangeante, bruyante, vindicative, agressive. Un fléau de Dieu vient donner un répit aux puissants. La peste s'abat soudain en Europe et c'est une véritable hécatombe. Peu soucieuse de justice sociale, l'épidémie décime prioritairement les miséreux, déjà affaiblis par la malnutrition et leurs années d'errance. Cette fatalité semble même miséricordieuse pour les plus malheureux : « Cette tourbe vulgaire accepte placidement la mort, parce que, pour elle, vivre, c'est mourir. » Mais le tribut payé à la Mort noire par les affamés semble encore insuffisant à tous les bien-portants : on accuse les pauvres d'avoir répandu le mal. Comme les ladres avant eux, de « pauvres et mendiants de toutes nations » sont inculpés du chef d'empoisonnement, pour avoir infecté volontairement « les eaux, les maisons, les églises et les vivres, dans le dessein de tuer ». Au milieu du XIV<e> siècle, le pauvre est ainsi devenu un nouveau lépreux, « méprisable et méprisé » : un écornifleur, un voleur, un paresseux, un réfractaire, un envieux sans morale. Son cas relève désormais des gens d'armes et plus des gens d'Église. Un ensemble de mesures extrêmement sévères commence à être adopté dans toute la chrétienté. En 1351, le roi de France ordonne aux « gens oiseux » de trouver du travail sous trois jours. Dans le cas contraire, ils doivent quitter Paris. Les récalcitrants seront punis de « prison au pain » — presque une aubaine pour ces disetteux ; les récidivistes, eux, seront fouettés au sang et punis du pilori, perspectives beaucoup moins réjouissantes ; quant aux entêtés, on leur imposera la « marque au front, d'un fer chaud », tentation peu partagée. Malgré la répression, les choses ne s'améliorent pas dans la seconde partie du siècle. Les calamités se succèdent, le paupérisme se généralise. Beaucoup de ruraux, « réduits à si cruelle nécessité, adoptèrent une vie contraire à l'usage, devinrent larrons et finirent pendus » ; quelques-uns, désespérés, se « détruisent » par eux-mêmes, c'est-à-dire se suicident ; d'autres, encore, sont fauchés directement par la faim ou la maladie. Mais pas assez, car rien ne semble pouvoir arrêter la prolifération de cette engeance maléfique et le déferlement des gueux qu'elle accompagne.

Pline interrompit une nouvelle fois, toujours fort poliment, l'exposé de la jeune femme.

— Tout cela est passionnant, et je ne voudrais pas vous frustrer Natalia, mais le temps nous est malheureusement compté et notre programme est chargé. Je dois vous demander de bien vouloir vous hâter un peu.

— Oui, oui, pardonnez-moi, Monsieur Pline, je me dépêche de conclure. Bref, le pauvre n'incarne plus la figure sacrée de Jésus-Christ. Il présente maintenant le visage d'un fainéant et d'un parasite qui ne fait aucun effort pour « gagner son pain à la sueur de son front », pour respecter cette injonction divine qui lui fut imposée après la Chute. Comme le résume si bien Foucault, dans des pages inspirées, la misère « glisse d'une expérience religieuse qui la sanctifie, à une conception morale qui la condamne »…

Natalia s'interrompit quelques secondes, le temps d'adresser un coup d'œil vif et ingénu à Philippe. Ce dernier répliqua par un large sourire. Elle enchaîna.

— Jusqu'alors considérés comme « les pieds du corps social » — on lava même les leurs longtemps, avec respect et compassion, aux portes des monastères —, les pauvres sont maintenant jetés hors des villes et des villages… à coups de pied. Ou de hallebardes et de flèches. Dès le XVe siècle, on les enchaîne pour nettoyer les égouts et vider les fossés. Se constitue alors, année après année, ordonnance après ordonnance, une législation répressive qui organise une nouvelle police : celle des pauvres. On multiplie les mesures vexatoires, punitives et contraignantes à leur encontre : on les interdit de séjour, on les poursuit, on les traque, on les frappe, on les fouette, on les tond, on les bannit, on les condamne, on les emprisonne, on les exhibe, on les torture, on les mène aux galères, on les tue. Bientôt, ils seront envoyés dans les îles pour peupler et développer les colonies. Mais pour le moment, que faire de cette populace rendue « inutile au monde » que les promesses de gibet ne suffisent plus à contenir ? En 1596, il est ordonné « aux pauvres qui ne sont pas de Paris » de quitter la capitale dans les vingt-quatre heures, « à peine d'être pendus et étranglés sans forme ni figure de procès ». Las ! Les hères reviennent, errent plus nombreux que jamais. On édite à tour d'année, on menace sans fin, on réprime en vain. Que faire donc pour endiguer cette épidémie ? La « teigne » est décidément trop tenace. C'est à ce moment-là que germe la grande idée, celle de traiter cette lésion sociale comme un mal véritable. N'est-il pas possible de « renfermer et contenir dans le devoir une nation libertine et fainéante qui n'avait jamais reçu de règles » ? En d'autres termes, comme l'a souligné Monsieur Pline, il fallait appliquer aux pauvres ce qui avait été imposé aux ladres jadis, afin d'éviter toute corruption physique et spirituelle, toute transmission de gangrène au corps sain de la société chrétienne. Séparer, enfermer, isoler. À l'orée du XVIIᵉ siècle, le dispositif se met en place. En 1612, Louis XIII ordonne de « renfermer » les mendiants de la capitale dans plusieurs établissements parisiens. Mais des locaux trop exigus et un personnel beaucoup trop laxiste font avorter cette première tentative. La gestion d'un emprisonnement de masse requiert une organisation spéciale qui ne souffre aucune approximation. Il faudra attendre le génie de Mazarin pour mener à terme, enfin, ce grandiose projet. Si le Premier ministre du jeune Louis XIV, alors au faîte de sa puissance, n'est pas l'instigateur du « grand renfermement », il en devient le maître d'œuvre appliqué et consciencieux. Et c'est ainsi, que le 27 avril 1656, sont annoncés, simultanément, et je vous rends la parole aussitôt, Monsieur Pline, la création de l'Hôpital général de Paris ainsi que le renfermement des « pauvres mendiants de la ville et des faux-bourgs »…

Pline prit le relais sans attendre.

— Ce qui nous ramène, bien évidemment, à cette inscription de la porterie que nous avons relevée tout à l'heure. D'abord, je voudrais féliciter Natalia pour cette présentation, qui sera fort utile pour la suite de notre visite. J'aimerais que l'on vous applaudisse, Natalia.

Les membres du groupe se mirent à battre des mains par politesse, presque par automatisme, en gens bien élevés et habitués des congratulations de congrès. Mais les traits de leurs visages étaient tendus, empruntant sans doute leur gravité à celle du récit qu'ils venaient d'entendre. Pline continua donc.

— L'édit de 1656 ne fait pas qu'ordonner le renfermement, il interdit définitivement la mendicité et l'aumône, il crée et organise une institution spéciale chargée de remplir une nouvelle fonction sociale : la rééducation morale des pauvres. Notamment, grâce à l'instruction religieuse, les châtiments corporels et le travail obligatoire qui, seuls, pourront vaincre ce « libertinage des mendiants venu jusqu'à l'excès », cette dépravation des mœurs qui mène à « la mendicité et l'oisiveté, sources de tous les désordres ». Non seulement les pauvres seront enfermés, mais ils devront également être « employés aux ouvrages, manufactures et autres travaux ». On le constate dans le texte : le basculement vient officiellement de s'opérer, la charité doit désormais se mériter et même se rembourser. Logés et nourris, les pauvres le seront — souvent fort mal —, mais ils devront en payer la contrepartie en abandonnant leur liberté et en acceptant la soumission et la pénitence. Certes, quelques vrais pauvres du Christ, sincères et honnêtes, parfois empêchés de travail par des infirmités avérées, existent encore dans le royaume. Ceux-là mériteraient certainement de recevoir l'aumône traditionnelle. Mais comment les reconnaître « parmi tous ceux qui vivent dans l'oisiveté et ne veulent pas travailler » ? Comment séparer ce bon grain de l'ivraie, trouver le bon pauvre au milieu de tant de mauvais, de tous « ces gens qui vivent comme des sauvages, sans être mariés, ni enterrés, ni baptisés », mêlés à tous ces « bohémiens » — *Roms*, dirions-nous aujourd'hui, Olivia —, cette nouvelle plaie « venue d'Égypte» et des pays voisins?

— Actuellement, plutôt de Syrie, réagit, du tac au tac, sa consœur, sur le ton de la provocation.

— Tu n'as pas tort, lui répondit Natalia, avant de poursuivre. Alors, tant pis, qu'on enferme ensemble tous ces vauriens : Dieu reconnaîtra les siens !

— Le Dieu des chrétiens ou celui des musulmans? intervint, une nouvelle fois, Olivia.

— Natalia se contenta de marquer une courte pause avec le sourire, avant de reprendre à l'attention du groupe :

— Qu'on mène donc à l'Hôpital général tous ces errants et ces pouilleux, «de tous sexes, lieux et âges, de quelque qualité et naissance, et en quelque état qu'ils puissent être». Ceux qui accepteront d'être enfermés docilement, d'offrir leur liberté sans résistance, de s'amender sans récrimination, d'accepter leur sort avec humilité, ceux-là seuls seront maintenant considérés comme «pauvres de bonne volonté» ou «bons pauvres» ; les autres seront implacablement châtiés, amenés à résipiscence par «poteaux, carcans, prisons et basses-fosses dans ledit Hôpital général» et autant de fois qu'il plaira aux directeurs des nouveaux établissements, despotes tout-puissants, ayant droit de police extraordinaire, de vie ou de mort ordinaires sur ce peuple de la cité des pauvres. Cela ne vous rappelle rien, ces pouvoirs tout à fait extraordinaires de police?

— Vous faites allusion à nos ancêtres aliénistes? demanda Philippe.

— Eh oui, mes chers confrères, notre généalogie commence bien entre ces murs! Dur à croire, n'est-ce pas?

Les yeux de Pline brillaient. Après quelques secondes d'un gênant silence, il continua.

— Relégués hors de la cité terrestre, attendant sans espoir l'avènement de la cité de Dieu, les pauvres rejoignent alors un purgatoire séparé du monde des vivants et de ses lois, vaste creuset dans lequel ils sont mêlés avec les proscrits et tous les autres indésirables. L'Hôpital général, jusqu'à la Révolution, ne sera rien d'autre qu'une immense Babylone de la misère humaine. Mais l'ambition de ce projet — on estime alors à 40 000 le nombre de pauvres dans Paris — nécessite évidemment une infrastructure particulière et des locaux dimensionnés, situés, si possible, hors de la ville. C'est presque naturellement que «les maisons et emplacements de Bicêtre» — en piètre état à l'époque — ainsi que les bâtiments récemment abandonnés d'un nouvel arsenal où se fabriquait la poudre de guerre — la Salpêtrière — sont apportés au patrimoine foncier de l'Hôpital. On se met aussitôt au travail pour préparer le grand jour. Le 14 mai de l'année suivante, les *Archers de l'Hôpital* — nouvelle milice spéciale créée pour l'occasion — arpentent et ratissent les rues de la capitale, terrorisent et empoignent les malheureux. Les femmes sont conduites immédiatement à la Salpêtrière; les hommes menés sous bonne escorte à Bicêtre. Le *Grand renfermement* vient de commencer. Et parmi eux, bien sûr, dans ces *renfermeries*, des fous, des insensés, ces pauvres d'esprit qui nous intéressent plus particulièrement aujourd'hui.

L'assistance était très attentive. Sans doute beaucoup des participants connaissaient-ils déjà une partie de cette histoire. Mais leurs études étaient lointaines, les détails oubliés. Et puis, l'écouter à l'ombre des pierres qui en étaient les témoins directs, dans cette Cour de Sibérie où ils se tenaient, permettait aux mots de se transformer en images, et aux images de susciter les émotions. Pline avait raison lorsqu'il avait affirmé que l'histoire avait besoin d'être incarnée.

— Vous comprenez mieux, sans doute, pourquoi c'est aux portes de cet établissement que devait commencer notre visite. Parce qu'une question, forcément, surgit au détour de ces bâtiments imposants et de cette fonction punitive qui fut initialement la leur. Question immense qui ne peut qu'interroger les... neurologues *et* les psychiatres que vous êtes. N'est-il pas, Anatole? Un témoin de l'époque nous rapporte en effet que ce «renfermement eut lieu sans émotion». Surprenante association, n'est-ce pas, entre *émotion* et *prison*? Bien évidemment, cet observateur parlait de l'absence de réaction d'une opinion publique qui ne s'opposa en rien au grandiose projet. Mais étrange similitude entre l'archaïque claustration physique et le moderne isolement psychique. Ici, là, hier, tout autour de vous, contenus dans ces murs, des malades, des pauvres, des fous, dévorés par leurs mauvaises passions, par des émotions qui les submergent, astreints à la réclusion par nécessité de correction ; là-bas, plus loin, aujourd'hui, dans les immeubles de la ville dont les toits émergent devant vos yeux, des milliers de patients désormais enfermés en eux-mêmes, dans leur propre citadelle mentale, afin de corriger ces troubles qui, croyons-nous, les accablent à la première larme ou au premier soupir. Car ces psychotropes que nous leur prescrivons à tour d'ordonnances ou notre moderne neuromodulation n'agissent pas autrement, n'est-ce pas ? Ils assurent bien, quelque part, une bonne régulation — une sorte de police — de leurs émotions ? Je sais que nous préférons dire *stabilisation* par noble souci de neutralité scientifique. Mais un candide mal intentionné pourrait insinuer que, d'une certaine manière, la psychopharmacologie ou la stimulation neuronale les contrôlent. Que, peut-être, se préparerait dans les laboratoires de l'âme un autre Bicêtre, un Grand renfermement généralisé des esprits ?

Pline commença à gravir les escaliers qui menaient au bâtiment central. Le petit groupe le suivit en silence. La bonne ambiance du début avait disparu, et les visages étaient plutôt assombris.

— Sujet passionnant, n'est-ce pas, mes chers amis ?

Arrivé sur le palier, devant les portes vitrées d'un passage qui permettait de traverser l'immeuble, Pline se retourna vers les participants et afficha cet air énigmatique qui était assez déconcertant.

— Mes chers confrères, ne faites donc pas ces têtes de « bicêtreux » !

Pline différa sciemment son explication. C'était un joueur, en fait. Il voulait ménager un certain suspense, provoquer des réactions, sans doute pour donner un peu de souffle à des visites qui devaient en manquer la plupart du temps. Les membres du groupe commençaient pour leur part à comprendre le mode de fonctionnement de ce guide atypique. Après tout, ce confrère leur consacrait du temps bénévolement. Cela méritait bien un petit effort de tolérance et de participation. Le dénommé Philippe se dévoua encore.

— C'est-à-dire, Monsieur Pline ?

— Cette épithète désignait au XVIIIe siècle un visage, disons « peu avenant », voire « malsain, terreux et terne ». Ce qui n'est pas votre cas, je vous rassure, vos têtes sont tout à fait charmantes. Cette anecdote prouve simplement que la mauvaise réputation de Bicêtre ne s'était pas améliorée un siècle après son rattachement à l'Hôpital général. Mais vous allez bientôt pouvoir reprendre quelques couleurs, je vous le promets. C'est la saison des chaleurs, là où nous nous rendons.

— Et où allons-nous à présent? demanda Natalia.

— Mais directement chez les fous, bien sûr, répondit Pline sans attendre, avec un petit sourire satisfait. Vous connaissez l'adresse?

— Aucunement.

— Rue de l'Enfer, précisément.

3.

Le daron était soucieux. Il n'osait plus quitter du regard le grand tableau qui décorait l'un des murs du bureau de Delajoie. Le directeur régional de la police judiciaire se força néanmoins à briser le silence pesant qui s'éternisait un peu trop dans la pièce. Tournant le dos au commissaire, il garda les yeux fixés sur la remarquable reproduction de *L'Extraction de la pierre de folie*.

— Cette œuvre m'a toujours foutu la chair de poule, Jean. Je ne saurais dire pourquoi.

Habituellement, il n'était pas d'usage que le « DRPJ » effectue une « visite à domicile ». Ni qu'il s'adresse à ses subordonnés en utilisant leurs prénoms. La dernière fois que ces deux bizarreries administratives s'étaient cumulées, ici même, au « 315 », dans ce mythique bureau réservé au patron de la prestigieuse Brigade criminelle de Paris, Delajoie avait perdu un adjoint. Il avait compris instantanément que son supérieur venait lui annoncer le décès de son collègue et ami Adrien Le Bouc.

L'heure ne semblait donc pas au badinage. Mais Delajoie répondit à cette circonlocution qui dénotait le malaise de son interlocuteur.

— Sans doute parce que Jérôme Bosch ne se contentait pas de peindre, Monsieur le Directeur. Il bousculait le théâtre de la vie, afin de mieux révéler notre nature et le ridicule de nos représentations et croyances collectives.

Encouragé par la voix posée du commissaire, le DRPJ continua.

— Cet entonnoir à l'envers, cette fleur dans le cerveau, ce livre posé tout de travers sur la tête de cette pauvre femme, avouez quand même, Jean, que tout cela n'est pas très orthodoxe?

— Hérétique, même, comme cela fut considéré par l'Inquisition. Vous le savez bien, Monsieur, on ne dénonce pas impunément l'ordre social. On ne saurait non plus, facilement, effacer les dogmes qui le fondent, ou détruire, avec seulement quelques coups de pinceau, l'appareil défensif qui le protège.

Le DRPJ osa une diversion plus amicale.

— Vous m'inquiétez, Jean. Notre révolutionnaire en chef aurait-il déteint sur vous?

Delajoie esquissa l'ombre d'un sourire, surpris par la légèreté du propos. Franck Meunier, son nouvel adjoint par intérim et son protégé, n'était pas en effet la coqueluche de la grande direction. Ses années passées à la section antiterroriste avaient laissé quelques séquelles jugées un «peu trop gauchisantes» par les hiérarques de la PJ.

— Vous aurez remarqué les efforts du commandant Meunier, Monsieur le Directeur.

— Cette joyeuse sonnerie de l'Internationale qui résonnait de temps à autre dans l'escalier A ne me manque pas, je dois l'avouer. Et j'ai noté la cravate, aussi, un véritable exploit que vous avez réalisé là, Jean. La vivacité de sa couleur, cependant...

Delajoie esquiva la boutade.

— Je comprends le trouble que vous évoquiez. Je l'ai ressenti moi-même, au début, car je ne disposais pas des clés de lecture. C'est sans doute lié à une sorte d'effet miroir. On pressent une vérité dérangeante dans ce tableau, mais sans pouvoir l'identifier. Sans doute parce que, comme l'a si bien écrit un vieux moine espagnol au début du XVIIe siècle, Jérôme Bosch ne se contenta pas de l'illusion et de la forme. Il eut l'audace d'aller à la rencontre de la créature humaine, de l'homme tel qu'il est et non tel qu'il se donne à voir. Les artistes de son temps se contentaient de calquer leurs contemporains. Bosch a su pénétrer en l'homme, le peindre de l'intérieur.

Le DRPJ se retourna, puis fixa Delajoie droit dans les yeux. Son ton se fit plus solennel.

— Peut-être… Regardez-moi bien, Jean. Ce n'est plus le « grand patron » qui vous parle, mais l'homme qui se cache à l'intérieur de cette peau de flic. Je n'irai pas jusqu'à dire « l'ami » ; vous ne l'accepteriez pas et vous auriez raison.

Delajoie savait depuis le début ce que le DRPJ allait tenter. Il le laissa donc parler.

— Je comprends parfaitement votre décision, même si je ne l'accepte pas. Certes, elle n'est pas de mon ressort, elle vous appartient totalement. Mais vous ne pouvez pas partir ainsi, Jean. Surtout, vous ne pouvez pas partir maintenant.

Delajoie manifesta son scepticisme avec cynisme.

— Et pourquoi donc, Monsieur ? Le dossier Bravehomme ?

Le DRPJ protesta instantanément. Avec force.

— Bien sûr que non, Jean ! Vous me prêtez des intentions peu louables. Je ne suis pas aussi calculateur que vous pourriez l'imaginer.

Après une courte pause, le DRPJ changea de tactique.

— Laissez-moi vous parler franchement, Jean. Je ne crois pas que l'émotion et la culpabilité soient les meilleures conseillères pour prendre une décision aussi importante. Surtout dans le contexte actuel.

Delajoie s'était détourné légèrement et rapproché de la seconde fenêtre de son bureau. Mains dans le dos, regard vers l'extérieur, il observait le Pont-Neuf et l'écoulement presque invisible de la Seine sous les grandes arches de pierre.

— Je suis las, Monsieur. Las de ce spectacle sanglant. Las de cette noirceur qui habite le monde et mes congénères. Las de moi-même, pour tout dire. Peut-être plus que tout, d'ailleurs. Las de mes propres erreurs, aussi.

— Mais bon Dieu ! De quelles erreurs parlez-vous, Jean ? Vous ne pouviez rien faire, vous ne pouviez pas la sauver, personne, Jean ! Vous m'entendez ? Personne ne l'aurait pu… Alors, je vous en prie, arrêtez donc cet accablement inutile.

Delajoie faillit tressauter. Il n'avait jamais vu le DRPJ sortir ainsi de sa réserve, user d'un ton si direct, s'exprimer aussi librement.

— Je sais que ces dernières semaines ont été terribles pour vous et la brigade, continua le grand patron. Mais partir, comme ça, du jour au lendemain, cela signifie quoi, exactement, cela changerait quoi ? Votre départ ramènera-t-il Amanda ? Permettra-t-il à la brigade de se remettre de son traumatisme ? Elle a besoin de vous, Jean, la brigade, maintenant plus que jamais. Surtout l'équipe Meunier. J'ai rarement vu un groupe de policiers aussi proche de la dépression collective. Que vont devenir vos protégés, si vous n'êtes plus là pour les soutenir ? Quel autre sens que l'échec pourront-ils donner à cet…

Delajoie n'accepta pas la diatribe. Il n'hésita pas à couper le DRPJ.

— « Cette désertion » ? C'est bien cela que vous alliez dire, Monsieur ?

— Certainement pas. Mais « abandon », oui, il s'agit bien d'une forme de renoncement, Jean. C'est mon devoir de vous le dire. Croyez-vous vraiment que, sans vous, je puisse les laisser…

Delajoie se figea une nouvelle fois, regarda le DRPJ et tenta de l'interrompre à nouveau.

— Monsieur…

— Laissez-moi finir, Jean !

La réplique fusa comme un ordre, stoppant net la velléité de Delajoie. Mais le ton du DRPJ se radoucit immédiatement.

— S'il vous plaît… Il ne s'agit pas de vous culpabiliser, ni de vous faire chanter. Mais de dire seulement la vérité. Je vais être obligé de demander le soutien de la cellule psychologique, vous connaissez le protocole aussi bien que moi. Sans vous, je devrais suspendre provisoirement tous les membres du groupe, c'est la procédure. Je vais faire quoi, alors, pour le capitaine Kowiak ? Il est devenu une sorte de spectre, Jean, je suis désolé de vous le dire. Il fait peur à tout le monde. Je ne peux pas le laisser en activité pour le moment, sans garde-fous. C'est beaucoup trop dangereux pour lui, pour nous, pour la maison. Vous ne pouvez pas l'abandonner ainsi, surtout après ce qu'il a fait pour…

Le DRPJ stoppa instantanément. Mais il était déjà trop tard. Il était conscient d'être allé trop loin, de s'être laissé emporter, lui aussi, par l'émotion.

Delajoie, incrédule, l'observa fixement.

*Que signifiait «ce qu'il a fait pour...»? Pour qui? Pour
«vous»? Non, ce n'était pas possible... Comment le DRPJ aurait-il
pu connaître leur secret? Deviner que Kowiak lui avait effectivement
sauvé la vie?*

— Désolé, Jean, ma franchise vient de me jouer un mauvais
tour. Je n'aurais pas dû évoquer cela. Je m'en excuse, bien plate-
ment. Oui, je suis au courant. Je n'en connais pas les détails, mais
j'ai entendu parler de cette terrible nuit de 1999.

Delajoie en bégaya presque.

— Et pour... pour mon fils?

Le DRPJ acquiesça en baissant la tête. Une douche froide
venait de s'abattre sur Delajoie, le débarrassant instantanément
de cette sorte de gangue pâteuse, rance, qui enveloppait son
corps et son esprit depuis plusieurs jours. Il se sentait trahi, piégé
même.

— Qui?

— Je ne peux pas vous le dire, Jean. Mais ce secret est bien
gardé, faites-moi confiance. Je ne l'ai connu moi-même que par
un hasard très malheureux. Et je n'aurais jamais dû vous en parler, j'en suis navré. Et confus.

Le visage de Delajoie s'était durci. Tous ses muscles faciaux
étaient extrêmement tendus. Il sembla méditer quelques secondes, mais sa décision était déjà prise. Il posa quand même la
question. D'une voix étrangement calme.

— Qu'attendez-vous de moi, *exactement*, Monsieur?

Le DRPJ prit à son tour le temps de formuler précisément
sa réponse. On le sentait déstabilisé, presque coupable.

— Je souhaiterais que vous reconsidériez l'échéance de
votre démission. Je voudrais que nous nous donnions le temps
de la réflexion.

Delajoie ne laissa aucun répit au DRPJ. Son ton devint glacial.

— Combien de temps?

Le DRPJ égrena ses mots.

— Je pensais... à six mois, une durée qui...

L'objection fut instantanée.

— Trois mois. Au plus.

Le DRPJ sortit alors une enveloppe de l'une des poches intérieures de sa veste. Elle était encore scellée. Il la tendit lentement vers le commissaire.

— Entendu, prononça-t-il d'un ton neutre.

Delajoie se saisit du pli du bout des doigts, presque à contre-cœur, mais sans le retirer des mains du DRPJ.

— Vous ne l'aviez pas ouverte ?

— Cette maison n'appartient pas qu'aux morts, Jean. Elle est aussi celle des remords. Trop souvent celle des rumeurs. Toute la maison savait. Et je n'étais pas convaincu de la nécessité à glisser cette lettre dans votre dossier.

— Je vous la redonnerai, Monsieur, soyez-en certain.

— Je le sais, Jean. Pas tout à fait la même lettre, alors.

— Vous ne l'avez pas lue…

— Disons que je vous connais sans doute un peu mieux que vous ne le pensez.

Les deux hommes restaient toujours accrochés, bras tendus, aux extrémités opposées de l'enveloppe. Delajoie subodorait aussi la réponse à la question qu'il s'apprêtait à poser, mais une confirmation sans équivoque était nécessaire.

— Le groupe reste en activité, n'est-ce pas ?

— Sous votre responsabilité *extrêmement rapprochée*, il va sans dire.

— Aucune suspension. Pas même celle du capitaine Kowiak…

— C'est impossible, Jean, je ne peux rien vous promettre. Kowiak est vraiment trop mal en point. Ce n'est pas de la mauvaise volonté de ma part.

Delajoie ne pouvait se contenter de cette approximation.

— Le philosophe Alain disait que « la mauvaise volonté n'existe pas », Monsieur. « Il y a vouloir et ne pas vouloir », précisait-il. Comment voudriez-vous que nous l'aidions, si nous lui retirons la possibilité de se reconstruire ?

— Je ne sais pas, Jean, honnêtement, je n'en sais rien, je ne dispose pas de solution miracle.

— Vous me demandez de lui porter assistance, Monsieur. Or il n'a pas d'autre famille que la nôtre, vous le savez bien. Alors, aidez-moi à l'aider.

Le DRPJ hésita longuement. Il savait depuis son entrée dans le bureau que Delajoie ne céderait jamais sur ce point. Il en était d'ailleurs un peu le responsable. Il n'avait eu d'autre choix que d'essayer quand même.

— Il faut que vous arriviez à tenir Kowiak, Jean. Vous devez avoir cette intime certitude. Pas une conviction, une certitude, Jean. Si cela se passe mal, nous sauterons tous les deux. Sans aucun filet de sécurité. Et il ne s'agit pas d'une formulation rhétorique.

— Un vrai travail d'équipe, Monsieur…

Le DRPJ ne sut pas comment interpréter la phrase ironique de Delajoie. Elle fleurait le dépit plus que la provocation. Il préféra ne pas s'y attarder.

— Je veux quand même un bilan psychologique complet. Et une surveillance permanente.

— Nous restons dans le domaine du faisable.

— Et pas d'arme de service, bien entendu.

— Elle lui a déjà été enlevée, Monsieur.

Delajoie tira légèrement sur le bord de l'enveloppe, suffisamment pour que le DRPJ comprenne qu'il devait à présent la lâcher. Ce dernier en semblait même soulagé. Les réflexes reprirent leurs droits : ses épaules se redressèrent progressivement et il réajusta son nœud de cravate qui n'en avait nul besoin.

— Une dernière chose, Jean.

— Je vous écoute toujours, Monsieur.

Le DRPJ se racla la gorge avant de continuer.

— Pour le… professeur Bravehomme ?

Delajoie répondit immédiatement.

— J'affecte le dossier au groupe Meunier. Cela permettra de les remobiliser. Avec l'équipe de Morin en soutien. C'est suffisant pour le moment.

— Vous savez que…

— Oui, je le sais, Monsieur. Nous ferons notre travail, comme d'habitude, rassurez le ministre. Meunier et Marchand partent pour Nancy tout à l'heure.

Cette dernière précision laissa le DRPJ bouche bée, le temps de comprendre qu'il venait d'être joué.

— Vous… aviez déjà anticipé leur départ ?

Delajoie lui offrit un regard pétillant.

— «Disons que», moi aussi, «je vous connais un peu».

Le DRPJ répliqua à l'ironie par un sourire bienveillant.

— Merci quand même, Jean, j'apprécie vraiment.

— Nous avons passé un contrat moral, Monsieur, je le respecte simplement.

Et seulement, pensa Delajoie.

Le ton froid du commissaire avait contrasté avec l'amicale chaleur des remerciements exprimés par le DRPJ. Mais ce dernier ne jugea pas nécessaire de s'appesantir sur cette histoire de «contrat moral». En vérité, il était déjà passé à autre chose.

— Moyens et hommes illimités, bien entendu.

Delajoie resta silencieux. Il ouvrit l'un des deux grands tiroirs de son large bureau en noyer pour y glisser l'enveloppe, non sans une surprenante nonchalance.

Le DRPJ s'approcha de la porte. Il venait à peine de saisir sa poignée lorsque le commissaire l'interpella une dernière fois.

— Vous voyez, Monsieur le Directeur, cette fleur que l'on retire de la tête de ce malade, c'est la folie qui le tourmentait et transformait son esprit sain en âme noire.

Le directeur se retourna doucement vers le commissaire. Puis ses yeux se dirigèrent vers le tableau de Bosch. Un drôle de chirurgien y trépanait un patient, retirant de la plaie ouverte, une sorte de petite tulipe sombre.

— Savez-vous où j'ai rencontré l'âme noire pour la toute première fois, continua Delajoie ?

Le DRPJ devinait la réponse. Mais il savait qu'il devait se taire. En cet instant particulier, il convenait seulement d'écouter.

— 1999, Monsieur, poursuivit Delajoie. Cette nuit-là, j'ai su que rien ne pourrait plus jamais me sauver.

4.

Alors que Bastien s'appliquait à prendre connaissance des premiers éléments relatifs à la scène de crime, Franck, de son côté, avait bien du mal à se concentrer. Après avoir épluché la courte notice biographique qui lui avait été donnée par l'Identité judiciaire avant leur départ, il avait commencé à rechercher sur *Google* des informations supplémentaires concernant la victime.

Coiffé par un mini casque audio connecté à son ordinateur portable, il avait écouté — plus qu'il ne l'avait visionnée au sens strict — une vidéo trouvée sur *Dailymotion* et qui restituait une conférence donnée par le professeur Bravehomme. Cette captation avait été effectuée au cours d'un colloque professionnel intitulé *Le cycle du Condor* consacré, si Franck avait bien compris, aux évolutions actuelles de la « neuropharmacologie ». Terme insignifiant pour Franck, mais que *Wikipédia* avait rendu compréhensible grâce à une simple pression effectuée sur le pavé tactile de sa machine : « Neuropharmacologie : étude des substances susceptibles d'agir sur les nerfs et le système nerveux ». Dont acte : Bravehomme semblait s'occuper de la bonne santé de notre cerveau.

Certains des propos restitués par la vidéo, tenus par la présentatrice chargée d'introduire l'intervention du professeur, n'avaient pas manqué d'intriguer Franck. Il avait même sursauté lorsqu'il avait appris que «... plus d'un quart de la population mondiale est potentiellement porteuse d'une maladie mentale».

— Un habitant sur 4? Non!

Ce déni naïf mais tonique, exprimé à haute voix, avait attiré l'attention de Bastien qui n'avait pas semblé comprendre grand-chose à la soudaine et bruyante exclamation de son collègue.

— T'inquiète, je t'expliquerai...

Sans plus attendre, Franck avait repris son écoute. Et, dans son casque, la dame avait continué à parler. Elle s'était inquiétée, cette dame, de cette pandémie potentielle et du manque de réactivité des autorités sanitaires. Elle avait dénoncé le déficit criant des protocoles de dépistage précoce, les prescriptions médicamenteuses largement insuffisantes, ainsi que la carence en dispositifs dédiés à «la rééducation sociale».

Franck avait tiqué plusieurs fois. Certes, il n'était pas expert en ces matières cérébrales complexes, mais il avait lu dans la presse que les Français étaient pourtant les plus gros consommateurs de psychotropes en Europe. Ils tenaient même le troisième rang mondial selon l'article récent d'un magazine respecté : 200 millions de boîtes remplies par ces «pilules du bonheur» — comme les avait appelées le journaliste — seraient consommées chaque année par notre peuple, l'un des plus déprimés de la planète, à en croire les sondages d'opinion.

Alors, pas assez de prescriptions médicamenteuses?

L'expression «rééducation sociale» ne lui avait pas semblé très heureuse non plus.

Que venait donc faire la rééducation sociale dans ces préoccupations d'ordre médical? S'agissait-il d'un lapsus? Pensait-elle, plutôt, à une «réadaptation sociale» de certains malades?

Cette situation, avait poursuivi la dame sans attendre la fin des méditations de Franck, posait un réel problème de santé publique. C'était même, assurément, selon elle, *LE* problème de nos sociétés modernes. Voilà pourquoi, avait-elle conclu solennellement avant de laisser la parole à son invité, «la création de la Fondation Essentielle par son éminent collègue et l'invention de son extraordinaire solution thérapeutique représentaient deux révolutions dans l'histoire de la psychiatrie». «*Last but not least*», avait-elle conclu dans un anglais parfait accompagné d'un petit gloussement satisfait, «une avancée considérable dans le traitement biologique et l'approche génétique des troubles mentaux».

Après les applaudissements d'usage et de courtes congratulations policées, le professeur Bravehomme s'était installé derrière le pupitre. Mais, pour un profane tel que Franck, le langage médical très spécialisé qui avait ponctué le début de sa conférence s'était très vite transformé en flux abscons. La voix de l'orateur était finalement devenue un murmure, un simple meuble sonore marqueté d'un étrange sabir.

Franck s'était alors laissé envahir par des pensées moins plaisantes. Le regard accroché à un vague que l'on devinait très lointain, ses yeux semblaient hypnotisés par la ligne d'horizon infini, morne et pâle, qui s'effilochait au-delà de la plaine lorraine.

Un bref instant, le ciel devint plus sombre encore, provoquant un contre-jour dans le wagon. Un reflet furtif s'afficha sur le vitrage, créant une sorte d'écran entre Franck et sa rêverie, bousculant sa torpeur.

— Aman…

Il se retourna brusquement en direction du couloir, cherchant un emplacement particulier, l'origine probable de l'image renvoyée par le reflet.

La jeune femme qui occupait ce siège semblait absorbée par sa lecture. Frank put déchiffrer le titre de l'ouvrage qu'elle tenait dans ses mains : *Face aux ténèbres, Chronique d'une folie.*

Incroyable, pensa Franck. *Coïncidence pour le moins troublante. La dame de la conférence avait-elle dit vrai? Étions-nous cernés par la folie?*

La jeune femme se sentit observée. Elle redressa la tête, examina Franck quelques secondes, plongea son regard dans le sien, effleura un sourire bienveillant, puis reprit son activité.

Qui pouvait bien être intéressé par ce genre de témoignage? Ou, plutôt, pourquoi lisait-on pareil bouquin?

Mais là n'était pas le sujet de la préoccupation immédiate de Franck. Certes, cette passagère possédait un joli visage, malgré une certaine tristesse, une sorte de douce mélancolie qui l'habillait; sans doute, aussi, s'agissait-il de celui aperçu fugacement dans la vitre et qui avait fait tressaillir Franck. Mais les traits qu'il avait cru entrevoir n'étaient pas ceux d'une inconnue; c'étaient ceux d'une disparue.

Mon petit Franck, les hallucinations ne semblent pas indispensables pour améliorer ton formidable moral...

— Excusez-moi, marmonna-t-il à voix basse en direction de l'étrangère, conscient de l'avoir dévisagée avec un peu trop d'insistance.

La jeune femme n'entendit peut-être pas, mais Bastien, qui faisait face à son coéquipier dans ce carré qu'ils occupaient tous les deux au centre de la rame, venait d'assister à toute la scène. Ils se regardèrent un instant sans mots dire.

Puis, Franck retira son dispositif d'écoute, referma l'écran de son ordinateur et fit un signe avec son menton, désignant le dossier de Bastien posé sur l'étroite tablette qui les séparait.

— Alors?

— Inhabituel, même pour nous. Notre client doit se prendre pour John Doe. Et notre VIP, ça donne quoi?

— Des petits pas. Neuropsychiatre très connu, mais totalement inconnu de nos fichiers. Pedigree blanc. Côté public : professeur des universités, responsable d'un pôle hospitalier, chevalier de la Légion d'honneur, expert auprès du gouvernement, membre honorable et très honoré de sociétés savantes, etc., etc. Du lourd. Côté privé, très léger encore, j'attends des extractions, mais rien pour le moment, à part la panoplie d'usage : marié, six enfants, bon père de famille, catho version *light*, philantrophe mais aimant aussi les bêtes, esprit brillant dans un corps d'athlète, très haut coefficient de sociabilité et de mondanité, l'amour de l'humanité et le désintérêt absolu pour viatiques, un saint homme, ce Bravehomme, vraiment. Les couillonnades habituelles de l'hagiographie officielle, si tu veux mon avis. Tout cela est beaucoup, beaucoup trop lisse.

— Tu es sûr que ça va?

— Elle est vraiment conne, ta question, Columbo!

— J'admets. Qui vient nous chercher?

— Les *petits gris* de Nancy. Le bled est totalement paumé, c'est une brigade de proximité qui a été prévenue.

— J'ai lu ça.

— On arrive.

En guise de *petits gris*, terme fraternel que les fonctionnaires de la Police nationale utilisaient parfois pour désigner leurs confrères gendarmes, ce furent deux grands bleus qui les accueillirent sur le quai, directement à la sortie du wagon.

L'homme qui les salua le premier, avec chaleur, était vraiment immense.

— Général Dubois, commandant de la région. Ravi d'accueillir le 36 sur nos terres, Messieurs, c'est un honneur. Je vous présente le colonel Legrand du BDRIJ de Bar-le-Duc. Nous sommes à votre disposition.

Fichtre, on leur avait envoyé une belle brochette d'escargots. Un général et un colonel que pour tous les deux. Et leur escorte au grand complet. Preuve supplémentaire de l'importance de l'affaire aux yeux des habitants des hauts lieux.

Après de rapides présentations, la petite cohorte gagna la sortie pour s'engouffrer dans les trois véhicules qui l'attendaient. Franck et Bastien furent conviés à prendre place de part et d'autre du général lui-même, à l'arrière de sa propre voiture, tandis que le colonel s'installait à côté du chauffeur de son supérieur.

— Nous sommes loin ? demanda Franck, les portières aussitôt refermées.

— Une heure à peine, répliqua le général avec un large sourire. Un peu moins même, n'est-ce pas, Maurice ?

Le chauffeur regarda son patron par rétroviseur interposé et confirma aussitôt la bonne réception de l'instruction.

— Comptez 40 minutes, Mon Général.

— Parfait, Maurice.

Le colonel se retourna, de manière à communiquer plus facilement avec les autres passagers. Il se racla légèrement la gorge avant de tendre un journal à Franck.

— Nous avons un gros souci...

Franck déplia le quotidien régional sur ses genoux et découvrit le titre qui barrait la une. Une accroche des plus sensationnelles, il fallait bien en convenir : « Le Trépaneur de Bonnet ».

Cet appel au voyeurisme était suivi d'une photographie pleine page de la scène de crime elle-même.

— Effectivement, commenta Franck laconiquement.

C'est… ennuyeux.

— Oui, le visuel est… embêtant, précisa Bastien avec diplomatie, afin de ne pas froisser ses interlocuteurs.

— Fuite très malheureuse, vous pouvez le dire! intervint le général sur un ton qui avait perdu toute trace de jovialité. Et fort préjudiciable, j'en conviens aisément. La presse nationale va suivre. Quelques heures au plus. Et encore! La nouvelle circule déjà sur les réseaux sociaux et on vient de m'informer qu'une équipe de *France 24* serait aux aguets.

— Une piste?

— Aucune. La rédaction de *L'Est* nous oppose bien évidemment le secret des sources. Par ailleurs, une faute interne est impensable. Sur place, vous allez le constater, la zone est totalement sécurisée.

Pourtant, pensa Bastien, *la Grande Muette semble plus loquace qu'antan.*

— Deux autres personnes, des civils, étaient au courant au niveau local, enchaîna le colonel. Le maire du village et l'évêque du diocèse, que nous avons dû alerter, mais…

— Permettez-moi de vous interrompre, Colonel. Dans le premier PV que vous nous avez communiqué, il est clairement indiqué que le maire aurait été informé par un tiers.

— J'allais y venir. Nous n'en savons pas plus sur l'identité de l'informateur anonyme, mais il est fort probable qu'il s'agisse du meurtrier lui-même. Nous venons de recevoir la confirmation que le téléphone utilisé pour alerter l'élu est bien le portable personnel de la victime. Si nous tenons compte également des horaires de bouclage du quotidien ainsi que d'une première analyse sommaire du cliché envoyé à leur rédaction…

— Il ne s'agirait plus d'une fuite, mais d'une communication planifiée par l'instigateur, compléta Franck en coupant le colonel.

Un court silence collectif succéda à ces échanges.

— Oui, reprit enfin le général. Cet abominable individu semble chercher la notoriété. Ce qui n'étonne guère au vu de cette mise en scène funeste. Nous avons affaire à un détraqué, Messieurs, j'en ai bien peur. Et un malade dangereux, croyez-moi, je sais les reconnaître.

Le journal s'étalait désormais sur les cuisses de Bastien.

— Et ce titre ?

— Indice supplémentaire de la validité de notre thèse, Capitaine. Il est impossible, poursuivit le colonel, de voir sur cette photographie — comme sur les clichés que nous vous avons transmis ce matin — que la victime a subi une trépanation arrière. L'IRCGN n'est arrivé qu'en début d'après-midi, et nos techniciens n'ont pu le constater que lors des premiers relevés, en soulevant la tête du défunt. Ne vous inquiétez pas à ce sujet, rien n'a été déplacé.

— Aucune crainte, répondit Franck sereinement, nous connaissons leur professionnalisme, nos labos collaborent de plus en plus souvent à Paris. Et c'est d'ailleurs une bonne chose.

Le général sembla apprécier la remarque.

— Vous avez même droit au *must*. Notre *Lab-Unic* sera sur site dans deux heures.

Décidément, les grands moyens étaient vraiment déployés. Unique en Europe, le laboratoire ambulant de l'Institut de recherche criminelle de la gendarmerie nationale n'était utilisé que dans le cadre d'enquêtes exceptionnelles.

À vrai dire, Franck n'était pas du tout intéressé par le *Lab-Unic*. Il pensait à autre chose, les yeux toujours rivés sur le titre accrocheur de *L'Est républicain*. Certaines des paroles entendues dans le train revenaient le hanter.

Si la dame de la vidéo avait raison ? Si nous étions tous des fous en puissance ? De potentiels trépanés du bonnet ?

5.

L'épaisseur des murs et la hauteur des vielles constructions qui entouraient le petit jardin emprisonnaient
les voix des enfants dans une sorte d'écho sans fin, rempli de rires
et de cris joyeux, qui communiqua son allégresse aux visiteurs
qui approchaient. Cette expression spontanée de gaîté pure, cette
musique de jouvence, témoignait un état de plaisir et de contentement achevés, une sorte de bonheur primaire oublié des adultes
et qui renvoyait ces derniers vers la nostalgie de l'enfance. *Était-ce
l'insouciance juvénile qui, seule, permettait de créer la mélodie du
bonheur ?* se demanda Pline. *Cette euphonie qui disparaissait en
même temps que l'euphorie des premières années et que l'enfant devenu homme, adulte responsable et raisonnable, regretterait toujours ?*

Pline observait toujours. Il se laissa envahir par une brève
rêverie.

*Existait-il une raison radieuse ? Ne fallait-il pas être un peu fou
pour être heureux ? Se croire invincible, immortel, libre ? Rêver sa vie
pour éviter de la subir ? Croire tous les possibles pour échapper à une
résignation sans avenir ?*

Les derniers membres du groupe avaient rejoint Pline et
l'entouraient en silence, leurs yeux rivés, tout comme les siens,
sur l'aire de loisirs, essayant de décrypter ces histoires imaginaires
qu'interprétaient les enfants, qu'ils inventaient en toute liberté et

qui les rendaient si rayonnants.

Un jeu, voilà le tout de l'existence. Seulement un grand Je. Mais un Je qui finissait mal, un jeu mortel.

— C'est le centre d'animation pour les progénitures du personnel, se sentit obligé de commenter Pline. Difficile d'imaginer que nous nous trouvons dans la cour centrale, dite Royale, de l'une des pires prisons d'Europe. Et que ces rires remplacent les lamentations d'antan.

Le terrain engazonné était en effet placé entre deux masses monumentales assez intimidantes, construites en pierres de taille et dont les toits en pavillon étaient recouverts d'ardoises. Les encadrements des fenêtres laissaient deviner les anciens scellements réservés aux barreaux.

— Vous voyez cette balançoire? demanda Pline en montrant un portique d'agrès situé au milieu de la pelouse. Eh bien, se trouvaient sous cet emplacement, enterrés, huit cachots noirs, sans air et sans lumière, humides et infects, sans doute les pires du royaume de France, et dans lesquels on enchaînait les prisonniers aux murailles afin de leur faire « regretter la mort ». Au-dessus de ces oubliettes, on rompait vif les corps de certains condamnés. Les jours de ferrage, on préparait la *chaîne* qui déployait dans le préau ses longues ficelles métalliques et ses extrémités en colliers. On rivait ces larges triangles de fer aux cous des prisonniers transférés vers le bagne. Si nous avons le temps, je vous montrerai quelques cachots blancs qui sont bien conservés. Mais il est temps de tenir ma promesse avant le déjeuner.

— Laquelle? demanda Philippe.

— Visiter les enfers.

Cela faisait maintenant près de trois heures que le petit groupe déambulait dans Bicêtre. Les séminaristes, toujours guidés par la verve de Pline, étaient restés dans la partie historique de l'hôpital située le plus au nord. Pline leur avait raconté les difficiles débuts de l'établissement, il avait tenté de reconstituer la vie quotidienne, souvent effroyable, des premiers « renfermés » : les vieillards que l'on affamait; les prisonniers que l'on oubliait; les vénériens que l'on flagellait; les enfants que l'on corrigeait. Sans doute le tableau peint par Pline avait-il été exagéré; difficile cependant pour les participants de ne pas être affectés par les sordidités de ces révélations successives. Après cette mise en jambe épicée, la visite des services modernes de psychiatrie et de neurologie, installés dans les anciennes ailes du château, avait soulagé les congressistes de cette sorte d'oppression qui les avait accablés depuis leur arrivée. Ce sentiment désagréable avait totalement disparu au moment des échanges — programmés de longue date — entre les invités et les praticiens hospitaliers. Les visiteurs s'étaient retrouvés ensuite au lieu de rendez-vous convenu avec Pline, dans la cour centrale, dite de l'Église. Son nom était resté, mais l'édifice religieux avait été détruit et remplacé par une salle des divertissements.

De nouveau réuni, le petit groupe suivit Pline et contourna le bâtiment de gauche, après avoir traversé une clôture de grilles montées sur un muret.

— La *Force*, commenta leur guide, une des divisions de la prison. Elle était destinée aux condamnés sans moyens, que l'on enfermait dans de vastes dortoirs. Pour les pensionnaires plus aisés, victimes des lettres de cachet, des cellules individuelles étaient disponibles dans les *Cabanons*, l'aile construite en vis-à-vis. Ce petit passage que nous empruntons était appelé la cour des Fers, ce qui évoque bien sa fonction première. C'est ici, dans l'une des petites cours extérieures de la prison, que fut expérimentée en 1792, sur des cadavres de prisonniers, la nouvelle machine à tuer...

— La... guillotine ? interrogea un participant.

— Une mort assez républicaine, commenta Philippe.

— Si l'on veut, répliqua Pline. Incontestablement plus démocratique. La même exécution, quelle que soit votre rang. Finis les tortures des misérables, la mise à mort de classe, le collet, la roue, le gibet ou l'épée en fonction de votre pedigree. Le privilège d'une noble décollation pour tous, la mort d'un roi ou d'un prince pour chaque citoyen, une même lame, « la vitesse du regard et les os étaient coupés ». Comme vous le savez, l'essai fut concluant : « La tête vole, le sang jaillit, l'homme n'est plus. » Sacré Guillotin ! Formule laconique, aussi précise que tranchante. Prophétique à souhait : quelques mois après, les têtes allaient voler par milliers. Certains regrettèrent d'ailleurs, pendant cette Terreur, de ne pas avoir réussi à améliorer un prototype à neuf couperets, qui fut, également, testé dans l'une de ces cours.

— C'est vraiment un endroit charmant, laissa échapper Philippe.

— Nous y sommes presque. Personne n'est jamais venu par ici ?

Des mouvements de tête, accompagnés de quelques « non » murmurés, apportèrent à Pline la confirmation qu'il demandait. Toujours suivi par le groupe, il remonta vers une petite ruelle asphaltée située à gauche de la *Force* avant de pénétrer dans une large cour rectangulaire, limitée, sur ses deux longueurs, par des bâtiments.

Pline avança jusqu'au milieu de cette cour et se tourna vers l'entrée de l'immeuble le plus récent, dont la modernité et la couleur bleutée de la façade vitrée tranchaient avec le classicisme et le moellon calcaire des autres édifices. Un panneau de signalisation, fixé sur l'auvent de la porte, indiquait : « Gregory Pincus — Porte 15 ».

— Petite surprise. Mesdames, ce brave Gregory vous dirait-il quelque chose ? questionna Pline.

— Ce nom parle également aux messieurs, intervint de nouveau Philippe. L'inventeur de la pilule contraceptive.

— Et les messieurs savent-ils ce qu'abrite l'ensemble de bureaux qui est dédié à ce bienfaiteur de l'amour libéré ?

— Des unités de l'INSERM, répondit un autre participant, notamment l'Institut biomédical. Je savais que nous avions des collègues chercheurs qui travaillaient à Bicêtre, mais j'ignorais que leurs labos se trouvaient ici.

— Un temple de la neurobiologie, de la neuropsychologie et de la pharmacogénétique construit dans un ancien quartier pour fous : étonnant, non ? C'est l'une de ces ironies dont raffole l'histoire. Je me permets donc une petite pensée émue pour ces milliers de rats et de petites souris qui, à côté de nous, dans cette animalerie cachée de Pincus, ont remplacé les malheureux déments pour aider les hommes à mieux vaincre leurs curieux égarements.

Pline fit silence quelques secondes, puis écarta les bras, comme pour délimiter un espace.

— Imaginez donc ce que fut cet enclos dont il ne reste,

fort heureusement, que l'ancien pavillon que vous voyez là-bas, adossé contre l'angle sud-ouest de la muraille. Vous vous rappelez que, à son origine, l'Hôpital général ne devait renfermer que les pauvres et les mendiants ? En réalité, l'infortune ne commença à y être respectée que fort tard, bien après les événements de 1789, lorsque l'on décida de graver sur l'un de ses porches : « Respect au malheur ! ». En attendant, je vous l'ai dit, on parque ici tous les inutiles, les marginaux et les proscrits. Vous commencez maintenant, je le pense, à imaginer cette forteresse des relégués dans laquelle vivaient, offerts au dénuement et à la dégradation perpétuelle, plus de quatre mille âmes damnées : un immense « asile de misère », « un hôpital du malheur », des locaux transformés en véritables cloaques par la saleté et les déchets, les infections et les déjections, dont l'air était si vicié que la puanteur s'en répandait sur « quatre cents toises » à la ronde.

— La mauvaise odeur symbolique de la pauvreté, murmura Natalia.

— Réelle, Natalia, réelle. Nous avons conservé les plaintes des habitants des alentours, répliqua Pline : « l'air atmosphérique de tout le canton fut altéré ». Mais vous avez également raison. Sur un plan métaphorique, mes chers confrères, l'odeur de la mauvaise humeur, ce stigmate de la maladie depuis l'ère chrétienne, sa manifestation extracorporelle, s'étendait ainsi à la pauvreté en consacrant son infamie ; mieux, elle l'annonçait à distance, la signalait, pour mieux s'en garder. L'odeur de la maladie, jadis, était crainte ; celle de la pauvreté est désormais condamnation. Alors, rien d'étonnant à ce que les effluves de la folie, à leur tour, viennent corrompre cette cour dans laquelle nous nous trouvons, imprégnée des exhalaisons de la démence, cette odeur « si particulière aux fous, et qui s'attache aux meubles, aux vêtements, aux murs », comme l'écrivit un médecin de ce temps. Il faudra bien un jour, ajouta-t-il, chasser « ces miasmes qui se dégagent du corps des aliénés ». Mais n'anticipons pas, car, pour le moment, on ne les soigne pas encore. Dans cette cour des loges, on les lie, on les ferre, on les humilie, on les martyrise, on les frappe, on les dompte, on leur apprend des tours pour divertir les passants, on les exhibe aux curieux les jours de fête, on les fait convulsionner pour quelques pièces d'argent. Parfois, même, on les tue par simple caprice; plus souvent, on les laisse s'éteindre dans le froid, l'humidité et l'indifférence. Avec les vénériens que nous avons rencontrés tout à l'heure, les aliénés seront les êtres les plus maltraités de Bicêtre. Le ladre, de son vivant, était déclaré « mort au monde » par les chrétiens; le fou, lui, cohabite déjà avec les morts, au fin fond de l'hôpital, à côté de son cimetière.

— Les témoignages sont-ils fiables? demanda Philippe.

— Ils se recoupent, les littéraires comme les administratifs, corroborés également par les mémoires médicaux. Laissons le célèbre Mirabeau s'indigner à notre place : « Je savais comme tout le monde que Bicêtre était à la fois un hôpital et une prison; mais j'ignorais que l'hôpital eût été construit pour engendrer des maladies et la prison pour enfanter des crimes. »

Pline se déplaça légèrement pour se positionner à l'aplomb exact de l'extrémité droite de l'auvent qui surmontait la porte d'entrée des locaux de l'INSERM. Il leur tourna le dos et désigna un bâtiment plus ancien qui était parallèle, situé de l'autre côté de cette petite place.

— Traçons, si vous le voulez bien, mes chers confrères, une ligne imaginaire, perpendiculaire à ces deux immeubles, à partir de cette porte, afin de séparer la cour dans sa largeur. Tournons-nous en direction de la prison que nous venons de quitter et remontons le temps. Nous sommes en 1785. À main gauche, à la place des souris, le premier cimetière de l'établissement. À main droite, un bâtiment, sur l'emplacement de l'existant, plus court de moitié, dont l'aile en équerre se replie sur la ligne que nous venons de dessiner et qui protège, entre ses murs, une terrasse fermée. C'est le quartier des épileptiques, des gâtés, des idiots, des imbéciles, des enfants infirmes. Ce qu'on appelle, ici, le *sixième emploi*. On y enferme indistinctement « tous ceux qui y ont quelques difformités ». Maintenant, entre ces deux mondes, imaginons une allée centrale qui les sépare, bordée par deux rangées de cellules caverneuses : ce sont les terribles loges de *La Chapelle*, celles qui délimitent la division des incurables, le quartier de Saint-Prix. Même les locataires les plus endurcis de la *Force* tremblent à l'idée d'être menés ici en punition, attachés au pilori, livrés à l'hilarité ou aux crachats des insensés, poussés pour quinze jours dans l'un de ces galetas. Regardons mieux, à présent : un homme remonte cette allée, dans notre direction. Ce gaillard qui s'avance ne s'émeut plus des gémissements ou des hurlements qu'il entend, des mauvaises toux, des râles, des étouffements ou des pleurs qui s'échappent des minuscules trappes à nourriture, seules ouvertures pratiquées dans ces cages « plus propres à renfermer des bêtes féroces que des créatures humaines ». C'est que cet homme qui nous regarde vit ici depuis très longtemps : presque quatorze ans déjà ; il sait que la situation est bien pire un peu plus loin, là où il va nous emmener ; il sait aussi qu'il va essayer d'améliorer les choses. Mais, ce qu'il ne sait pas encore, c'est que, grâce à lui, en quelques années seulement, tout va bientôt changer pour les insensés. À Bicêtre et ailleurs.

— Philippe Pinel ? questionna Olivia.

— Non, Jean-Baptiste Pussin, corrigea immédiatement un dénommé Mathieu d'un ton assuré.

— Pussin, bien sûr, confirma Pline. Il est encore bien trop tôt pour l'entrée en scène de notre héros fondateur. Et cette geste de Pinel que vous apprenez par cœur dans vos manuels est un pur mythe, mes chers amis.

— Pinel n'a jamais libéré personne, confirma Mathieu. C'est Pussin qui ôta leurs chaînes aux aliénés.

— Seriez-vous un petit cachottier, Mathieu ? réagit Pline. Saint-Prix n'aurait donc aucun secret pour vous ?

— Disons que ce *septième emploi*, comme on le désignait aussi, ne m'est pas totalement étranger. J'ai publié un article sur Pussin, l'année dernière, dans *Le Psychiatre heureux*.

— Vous m'en direz tant… Votre aide me sera donc très utile tout à l'heure. N'hésitez pas à intervenir, il serait dommage de nous priver de vos recherches.

— Vous semblez mieux informé que moi, Monsieur Pline. Je n'ai jamais trouvé un ancien plan de Saint-Prix.

— Ah, ah… C'est que j'ai mes petits secrets. Suivons donc notre brave Pussin. Il vient de traverser notre ligne Maginot. Montons quelques marches après lui. Sentez-vous cette odeur de soufre ? Nous y voici.

Pline se tut quelques instants, attendant une réaction qui ne tarda pas.

— Où ça ? demanda Philippe.

— Dans cet enfer que je vous ai promis, voyons ! Rue de l'Enfer. Que nous allons bientôt rejoindre...

Pline laissa s'afficher sa satisfaction, ravi de cette petite facétie, puis avança de quelques pas.

— Allez, allez, ne soyez pas timides ! Ainsi était nommé ce petit corridor infernal, beaucoup plus resserré que l'allée qu'il prolongeait et que nous venons de quitter. Passage étroit, glauque, sombre, coincé entre l'épais bâti de mêmes geôles sinistres, s'étirant jusqu'aux pieds du pavillon devant lequel se tient déjà Pussin. Suivons-le encore, je vous prie.

Le groupe se rapprocha du petit bâtiment, un des seuls vestiges de la vieille commanderie de Saint-Louis. Pline le désigna de la main.

— On y avait aménagé des dortoirs pour une soixantaine d'insensés dits « tranquilles ». Sans doute l'endroit le plus salubre. À deux mètres de sa façade, un petit passage, situé sur la gauche, donnait accès au centre de la division. Mettons nos pas dans ceux de notre ami, il connaît bien la place.

Pline tourna deux fois à gauche, fit semblant d'esquiver un obstacle, puis se dirigea vers un bosquet d'arbres. Ce qui était surprenant, c'est que tous les membres du groupe semblaient se prêter au jeu de la reconstitution proposé par leur guide. Alors que l'espace central sur lequel ils évoluaient était vide de toute construction, ils suivaient néanmoins les tracés invisibles de cette topographie ancienne que Pline semblait si bien connaître.

— Nous sommes arrivés au cœur de ce quartier de fous, dans la célèbre cour du Préau. Libérons quelques instants le brave Pussin, nous le retrouverons plus tard. Laissons-le visiter son nouveau logis, près de cette deuxième entrée. Car, en ce jour d'automne, Pussin a fort à faire, il vient d'être nommé gouverneur de Saint-Prix, autant dire « maître et gardien des fous ». Une véritable consécration pour un fil de tanneur.

Pline garda le silence quelques secondes et tendit une oreille vers le ciel, comme s'il percevait un son.

— Entendez-vous cette cantilène emprisonnée par le temps ? Oyez, oyez, chers confrères, la complainte des insensés ! « Dans Bissestre, grande maison, on les va mettre à la raison ! » Rien de moins sûr, à vrai dire. Car à Saint-Prix, « les uns chantent, les autres pleurent, on y jure, on y prophétise, on rit, on se bat, on danse. C'est un déraisonnement perpétuel. »

Pline tendit une main vers le bosquet central.

— Sous ces arbres, cet écoulement lancinant, c'est celui de la fontaine d'Auteuil pour s'abreuver. Ce bruit plus lointain de débordements ? L'eau du bassin, ce réservoir où l'on s'asperge, où l'on se lave, souvent nu, à la vue de tous, été comme hiver. Voici tout l'univers des fols contenu dans ce petit rectangle : sur son pourtour, cinq petits corps de logis, contenant des antres à moitié enterrés n'ayant rien à envier à ceux que nous venons d'abandonner. De terribles réduits d'oubli. Ne pouvant inventer pire, je me dois de citer : « Les planches qui composaient leurs couchettes étaient scellées dans les murs, et l'infortuné qui n'avait pour tout meuble que ce grabat couvert de paille, se trouvant pressé contre la muraille de la tête, des pieds et du corps, ne pouvait goûter de sommeil sans être mouillé par l'eau qui ruisselait de cet amas de pierres et sans être pénétré par le froid de cette espèce de glacière. » Par manque de places, on y pousse souvent deux hommes. Vous me direz que c'est presque mieux que les vénériens que nous avons déjà rencontrés à l'autre bout de l'hôpital, qui partagent leurs *grands lits* à huit et sont même obligés de faire les trois-huit pour sommeiller ; moins de promiscuité, aussi, à première vue, que chez les *bons pauvres* dans l'aile de l'hospice et qui, si vous vous en souvenez encore, ne partagent leur couche que par quatre. Là-bas, vous le savez, le lit seul doit se payer ; le lit à deux, posé dans un couloir, s'octroie par de rares et secrètes faveurs.

Pline émit un long soupir, exprimant ainsi une sorte de dépit.

— Alors, me reprendrez-vous, nos fous seraient-ils mieux lotis ici ? Que nenni ! Nos « furieux » sont encagés par paires dans moins de deux mètres carrés. Ils sont aussi ferrés au cou, souvent encordés à leur auge — ainsi nomme-t-on l'espèce de planche qui leur sert de lit —, parfois lestés de chaînes aux pieds, les mains entravées par d'autres anneaux. Leurs haillons sont déchirés, la paille de leur couche est poisseuse, les seaux d'aisance renversés, les sols cirés par l'urine, l'air flétri par la mélasse excré-mentielle. Ne les plaignons pas trop, cependant : ils ne subissent pas, comme à la Salpêtrière, l'assaut des « gros rats » qui se jettent sur les folles dans les loges inondées par les crues. Certaines de ces malheureuses en meurent ; on les retrouve au petit matin, lors de l'inspection, « les pieds, les mains et la figure déchirés de morsures ». N'ayez crainte, cependant, la mort n'est pas misogyne, elle rend justice égale en genre et quantité : l'année passée, à Bicêtre, en 1784, la moitié des furieux se sont tus, enfouis dans la fosse commune du cimetière d'à côté.

— Si vous vouliez nous miner la journée, Monsieur Pline, l'objectif est largement atteint, lâcha, sonnée, une jeune femme qui était restée totalement silencieuse depuis le début de la visite.

— Mais on ne s'en occupe pas, on ne les soigne pas ? demanda un autre participant sur un ton frisant l'exaspération. Je croyais qu'on leur administrait quand même les *grands remèdes*…

— Tu parles, les *grands remèdes*, répondit Mathieu en haussant les épaules. Saignés à blanc, purgés totalement, refroidis par les bains, suffoqués par la thériaque, irrités par le vinaigre des bonnets d'Hippocrate… J'en passe et des meilleurs, notamment ces redoutables « moyens héroïques aux effets très marqués ». Pas étonnant que les moins fous succombèrent à leur tour au délire.

— Et puis…

Pline s'interrompit aussitôt pour tenter de lire le nom inscrit sur le badge du questionneur. L'intéressé lui vint en aide.

— Jean.

— Oui, Jean, merci. N'oubliez pas que les établissements de l'Hôpital général ne sont pas des lieux de soin. Les malades qui ont résisté à l'*antidote des fous* sont d'abord dirigés vers l'Hôtel-Dieu de Paris…

— « L'antidote des fous » ? demanda Natalia, incrédule, en coupant la parole du guide.

— Comment ? Vous ne connaissiez pas les propriétés insoupçonnables de l'anacarde, Natalia ? Une arnaque que certains homéopathes donnent de nos jours encore pour traiter les troubles du comportement. Voyons que je me souvienne… On mettait dans l'électuaire du miel de cet arbuste mélangé avec des agarics pilés, du bulbe de lys, du nard, du safran, du malabatre, de l'épithyme, du meum, du carpobalsame et autres ingrédients tout autant exotiques. Recette beaucoup moins sophistiquée que cette thériaque évoquée par Mathieu et qui pouvait contenir jusqu'à six cents composants. Cela dit, plus sérieusement, on ne donnait pas souvent cette préparation qui relevait d'un imaginaire et, surtout, de cette espérance séculaire en l'existence d'un remède universel contre la folie. Je gage que l'on comptait plus, déjà, sur l'effet placebo de ces potions que sur les excipients inactifs qui devaient souvent les composer.

Pline marqua une pause. Son œil pétillait lorsqu'il enchaîna sur un ton enjoué :

— Un peu comme ces psychotropes que l'on administre sans compter à nos déprimés ou cette électrostimulation qu'on leur inflige désormais…

Le résultat fut à la hauteur de sa provocation. Quelques indignations plus ou moins appuyées vinrent l'interrompre.

— Paix à vous, mes chers confrères, je vous taquinais. Je disais donc que les insensés étaient d'abord reçus à l'Hôtel-Dieu. C'est là-bas que le traitement de choc décrit par Mathieu était administré.

— Mais c'était quoi, Mathieu, les remèdes «héroïques» que tu évoquais ?

— Ah ! s'exclama Mathieu. Des solutions «très puissantes», aux dires des praticiens de l'époque ; plutôt «radicales», selon nos appréciations actuelles. Comme la transfusion du sang d'un veau ou bien, encore, l'ablation des testicules…

— Non ! réagit énergiquement Philippe, totalement interloqué.

— Si, si, confirma Pline. C'est d'ailleurs grâce aux insensés de Saint-Prix que cette option thérapeutique fut abandonnée. Selon le témoignage du célèbre Cabanis, les *furieux* de Bicêtre s'arrachaient souvent les testicules dans leurs loges, sans que leur état psychologique ne s'améliore pour autant ; on en déduisit assez logiquement que l'émasculation prescrite dans le traitement de la folie par certains médecins n'était appuyée que sur de «vaines hypothèses». Mais revenons à l'Hôtel-Dieu. Au bout d'un mois ou deux d'administration de ces *grands remèdes*, on observait les résultats de cette cure éprouvante. Les rescapés étaient libérés ; les autres déclarés inguérissables. Mais que faire de ces malheureux pour lesquels la vénérable science ne pouvait plus rien ? Les plus aisés étaient remis à leur famille qui, la plupart du temps, les confinait dans de *petites maisons* ou à la Charité de Charenton, moyennant le paiement d'une forte pension. Il s'agissait d'établissements privés — «plus spécialement consacrés aux classes aisées» —, dans lesquels les conditions d'internement étaient tout à fait acceptables : chambres individuelles, nourriture correcte, personnel attentif, domestiques autorisés, divertissements accessibles. Et, surtout, la maltraitance ne venait pas compenser l'absence de traitement médical. Mais pour les autres, les pauvres fous sans le sou? Pour ceux-là, pour les insensés incurables de la région de Paris, ne restaient plus que les quartiers spéciaux des *grandes maisons* de Bicêtre et de la Salpêtrière : Saint-Prix, donc, pour les mâles malades, abandonnés à leurs démons.

— Pourtant, vous nous avez montré tout à l'heure des infirmeries? insista Jean.

— Certes, mais ce terme ne doit pas, une nouvelle fois, vous confondre. Les infirmeries ne sont pas encore des salles de soins; seulement des espaces de repos plus agréables afin de favoriser la convalescence d'*infirmités* passagères. On n'y «soigne», tout au plus, que le personnel de l'établissement. Leur statut se transformera plus tard : l'infirmerie deviendra alors, théoriquement, un lieu de traitement pour les résidents. Devant l'encombrement de l'Hôtel-Dieu et les conditions éprouvantes — souvent mortelles — des navettes entre les différents établissements, il fut ordonné en 1780 de créer «différentes infirmeries pour y traiter et soigner tous les pauvres malades de chacune desdites maisons». Mais nos fous n'étaient nullement concernés par cette décision, ils avaient déjà été jugés incurables; c'est cette fatalité qui les avait conduits ici, en attente de la mort ou d'une guérison miraculeuse. Il faudra attendre le début du siècle suivant pour que débute à Bicêtre, *officiellement*, un traitement médical des aliénés.

— Philippe Pinel était pourtant ici dès 1793? demanda Olivia avec insistance.

— Pinel est nommé à Bicêtre en qualité de *médecin des infirmeries*, justement. Sa mission consiste à accélérer la mise en place de la réforme que je viens d'évoquer, mais qui, par manque de moyens et de personnel qualifié, était restée à l'état de simple ordonnance. Il n'a donc aucune autorité sur les fous, le seul *patron* des insensés de Saint-Prix — pour utiliser notre jargon —, c'est Pussin. Mais c'est ici que Pinel, qui s'intéresse à la folie depuis longtemps, va faire la rencontre exceptionnelle qui va changer sa vie : il va découvrir que Pussin arrive à améliorer sensiblement l'état clinique de ses fous, grâce à une méthode nouvelle, largement empirique. Plus fort encore, Pinel constate que Pussin arrive à guérir des patients pourtant déclarés incurables par les médecins de Paris. Pinel va alors devenir une sorte d'*interne* — de stagiaire — de Pussin. Et l'apprenti Pinel va retirer de cette expérience, de cette amitié et de ses observations méticuleuses chez les fous de Bicêtre toute la matière d'une théorie nouvelle : le traitement moral de la folie.

— Vous venez pourtant de dire, Monsieur Pline, que les soins prodigués aux aliénés n'avaient commencé ici qu'au début du XIXe siècle ? demanda Jean.

— J'ai dit « officiellement », Jean. Justement parce qu'une expérience audacieuse mais totalement officieuse va être tentée dans cette cour des Loges où nous nous trouvons, dès le lendemain de la nomination de Pussin comme gouverneur des fous. Je voudrais ainsi revenir à la répugnance exprimée tout à l'heure par Marie — c'est bien votre prénom, n'est-ce pas ? —, à ce dégoût des plus légitimes devant les conditions de réclusion à Saint-Prix jusqu'en 1785. L'heure du changement a sonné, Marie. Une révolution se prépare, dans l'ombre de la grande. Aussi radicale pour la médecine mentale que son aînée le fut pour notre avenir politique.

Pline fit quelques pas, semblant fouiller du regard ces loges invisibles, d'indicible souffrance, qu'il venait d'évoquer.

— Au lendemain de la Révolution, un inspecteur est chargé de réaliser un audit général des hôpitaux de Paris. Malgré l'exécrable réputation de Bicêtre, ce rapporteur consciencieux découvre avec surprise que les fous du quartier de Saint-Prix « paraissent généralement *conduits avec douceur* ». Mieux : ce témoin relève que les fous « ont, toute la journée, la liberté des cours quand ils ne sont pas furieux ». Et d'ailleurs, fort curieusement note-t-il, « le nombre de ceux-ci est peu considérable, il varie selon les saisons ; *dix seulement étaient enchaînés* parmi les deux cent soixante-dix individus enfermés le jour de notre visite ».

Cet inspecteur sourcilleux semble même désemparé lorsque le gouverneur de Saint-Prix, le désormais citoyen Pussin, lui assure qu'«une cinquantaine environ par année recouvre la raison»; et que ces guéris «sont alors remis en liberté». Ce rapporteur, qui ne mâche pourtant pas ses mots dans ses autres comptes-rendus, utilise à plusieurs reprises le terme «douceur» dans les seules pages consacrées à Saint-Prix. Un véritable oxymore! Que s'est-il donc passé ici entre 1785 et 1790 pour transformer la terreur en douceur?

— Le traitement moral, ne put s'empêcher de murmurer Mathieu.

— Ne soyez pas pas si timide, mon cher Mathieu! répliqua Pline sur le ton de la provocation. Vous avez parfaitement raison : le traitement *moral* des insensés. Comprendre : *psychologique*. Voilà pourquoi cette date du 5 octobre 1785, jour de la nomination de Pussin, est si importante : la psychiatrie est en train d'éclore au milieu des larmes de Saint-Prix. Et c'est un humble fils d'artisan, un ancien écrouelleux, un tuberculeux miraculé, un bon pauvre sans écuelle, un homme de peu donc, qui l'annonce et la prépare. Autant dire, pour nous autres, médecins de la faculté qui avons rapidement rayé son nom des livres d'histoire : un simple charlatan.

6.

Le chauffeur avait tenu sa promesse et n'avait pas ménagé ses talents pour respecter la durée annoncée, mettant parfois en difficulté les deux véhicules d'escorte qui l'accompagnaient. Il y avait eu quelque chose d'irréel dans cette chevauchée de trois pur-sang policiers lancés à grand galop au milieu des vastes étendues meusiennes, ébrouant, au fil des plaines fauchées, les paysages blanchis et engourdis qui n'avaient cessé de se succéder depuis leur départ de Nancy. Seuls les éclats bleutés des gyrophares avaient permis de colorer un peu le teint blafard du jour, d'éclairer cette forêt des brumes dont la densité arrivait même à étouffer les geignements entêtants des sirènes.

— Nous y sommes presque, commenta le colonel.

Effectivement, après une longue courbe, la route départementale dévoila les contours de quelques habitations. Une publicité pour un élevage d'escargots « en plein air », installée après le panneau qui signalait l'entrée de la commune, fit sourire Bastien, expression qui n'échappa nullement au général.

— Vous pourrez même en déguster, Capitaine. Des vrais, des bons, bien nourris, totalement dégorgés. Ce sont les meilleurs gastéropodes de la région. Et ils n'opposeront aucune résistance.

Franck fut surpris par ce trait d'humour, car le sous-entendu était limpide. Il ne put s'empêcher de répliquer.

— Nous savons bien, Général, que la noble gendarmerie réserve aussi à notre endroit quelques qualificatifs animaliers fort sympathiques.

— Oui, Commandant, mais chez nous, comme vous le savez déjà, cela relève du secret défense.

Les véhicules abandonnèrent la D360 sur leur gauche, empruntant la Grande rue qui menait au centre de la localité. Bastien fut déconcerté par une sorte de gros totem païen, qui surgit soudain sur sa droite, planté dans un pré, en contrebas de la route. Franck ne put rater non plus cette œuvre iconoclaste, et ils échangèrent tous les deux un regard incrédule.

— Arrêtez-vous quelques instants, Maurice, ordonna le général à son chauffeur. C'est le verger conservatoire, continua-t-il à l'intention des passagers. La grosse souche morte sur la gauche témoigne d'un malheureux accident de la circulation. Ce n'est pas une œuvre d'art, je vous rassure! Quant à cette... libre composition artistique que vous regardiez, elle rappelle le glorieux passé de Bonnet.

La «libre composition artistique», que tous les yeux fixaient désormais, était composée par trois troncs d'arbres massifs, surmontés, chacun, par un blason héraldique. Ces pilotis énormes formaient un grand trépied, une assise pour une petite grotte ouverte et peinte en bleu, encadrée par deux porcelets blancs, sur laquelle trônait un grand santon coloré dont la tête était auréolée par deux larges anneaux de métal.

Un nain de jardin et ses petits cochons, pensa Franck, *bienvenue au pays de Dingo...*

— Je dois admettre que cette sculpture est particulière, poursuivit le général, mais je ne nous ai pas arrêtés pour la beauté de la chose.

— Le premier anneau, médita Bastien à haute voix, n'est pas une auréole, mais une...

— Couronne, compléta le colonel. Vous avez parfaitement raison.

— Comme celle que porte notre victime, poursuivit Bastien, qui commençait à comprendre.

— Et qui coiffait d'ailleurs tous les gens qui venaient ici en pèlerinage depuis le Moyen Âge, reprit le général. Cet étrange personnage est en fait le protecteur de Bonnet, saint Florentin, qui, selon la tradition, fut par ailleurs un honnête gardien de pourceaux.

Voilà donc pour les petits cochons…

— Vous pouvez repartir, Maurice.

— Et le promontoire creux, demanda Bastien, alors que la voiture redémarrait ?

— Un simple édicule qui protège une source miraculeuse, répondit le colonel. La légende rapporte qu'elle aurait jailli sur le lieu d'un grand combat qui opposa Florentin à une diablesse un peu trop entreprenante, envoyée pour éprouver la solidité de ses vertus. Eau que l'on utilisa dès lors pour les thérapies. La fontaine est située de l'autre côté du village. Le maire est intarissable sur tous ces sujets, vous allez le rencontrer.

— Quelle maladie venait-on guérir ici ?

— Celle que soignait notre victime.

— La folie, murmura Franck.

— Précisément. Nous arrivons, continua le général en montrant un édifice religieux dont les dimensions respectables contrastaient avec la modestie du village.

L'église fortifiée était construite à flanc de colline et protégée par l'enceinte d'un cimetière qui le jouxtait, d'où émergeaient des cimes de cyprès et quelques croix qui devaient orner les sépultures.

— Déposez nos passagers en bas, Maurice, je vous prie.

Le général s'adressa ensuite à Franck. Je vous abandonne aux bons soins du colonel Legrand, Commandant. Je dois faire le point avec mon état-major. Je vous invite à me retrouver ensuite au PC.

La voiture s'arrêta quelques mètres plus loin pour déposer les passagers, au milieu du mur qui longeait la route, devant une grille en fer forgé. Les deux gendarmes qui la gardaient ne manquèrent pas de saluer les arrivants et de leur libérer le passage pour leur permettre de s'engager dans le grand escalier de pierre qui menait directement à l'église.

Arrivés sur son parvis, à l'ombre de l'épaisse tour-clocher qui la dominait, Franck et Bastien constatèrent que l'activité policière était intense.

Enfin, l'activité gendarmière...

— Par ici, les invita le colonel, en indiquant un porche taillé à flanc de narthex. Si vous en êtes d'accord, je souhaiterais que vous commenciez directement par la scène de crime, car nos hommes voudraient procéder aux prélèvements corporels.

— Bien entendu, répondit Franck.

Un gendarme vint à la rencontre du trio.

— C'est le brigadier Pinson, commenta le colonel, il dirige l'unité de Gondrecourt qui a découvert la scène. Avec le maire, il est arrivé le premier sur les lieux.

Le brigadier salua courtoisement Franck et Bastien, mais semblait gêné de devoir s'exprimer devant eux.

— Vous pouvez parler, Brigadier, collaboration totale avec nos collègues.

— C'est que, hésita encore ledit Pinson, l'évêque vient de nous demander s'il pouvait envoyer... l'exorciste.

Franck et Bastien ne purent éviter, une fois encore, un échange de regards désabusés, sous l'œil très amusé du colonel.

— Il existe encore beaucoup de superstitions, ici, Messieurs. Et cette église est considérée comme un sanctuaire. Vu la publicité qui se prépare, l'évêque a dû penser qu'une petite fessée publique administrée au démon pourrait sans doute apaiser les mauvais esprits qui ne manqueront pas de se manifester.

Puis il s'adressa au brigadier.

— Dites à l'évêque que nous le tiendrons informé, mais certainement pas avant deux ou trois jours. Nous vous retrouvons plus tard au PC, ces messieurs souhaiteront sans doute vous interroger.

Le brigadier acquiesça, salua et s'éloigna.

Le trio fit une halte devant une tente dressée à côté du porche. Les trois hommes purent revêtir les combinaisons et les accessoires indispensables pour prévenir toute pollution de la scène de crime. Ils passèrent ensuite sous le portail et pénétrèrent dans l'église.

L'harmonie intérieure de l'édifice contrastait étonnamment avec l'architecture extérieure, fruit de constructions successives et laborieuses, étalées sur plusieurs siècles. La nef, bien que resserrée, était très élégante. Elle s'arc-boutait entre de belles voûtes en ogive dont le travail était particulièrement mis en valeur par l'éclairage intensif que les techniciens de l'équipe scientifique avaient déployé dans les travées.

Les trois hommes remontèrent les trois rangées du vaisseau dans lesquelles se succédaient de vénérables bancs en bois de chêne. Ils arrivèrent au transept. C'était là, à cette croisée, que gisaient Florentin et la victime, presque côte à côte.

Pour sa part, le saint était de marbre, ou presque, somnolant sur une plate-tombe rehaussée par cinq robustes piles. Il est vrai que cette statue polychrome devait être endormie depuis plusieurs siècles déjà, sans doute bercée par le cortège incessant des milliers de pèlerins venus solliciter ses pouvoirs de thaumaturge.

— Une partie de la tradition se perpétue, commenta le colonel. Pour éviter les maux de tête, certains habitants se faufilent à genoux, six fois de suite, sous la statue, entre les colonnes.

Quelques pas plus loin, le professeur Bravehomme, pour sa part, semblait beaucoup moins serein. Il faut dire qu'il avait été refroidi depuis bien moins longtemps aussi. Et dans son cas, point de miracle : son cadavre était parfaitement raide.

Une zone de protection avait été établie autour de l'étrange berceau suspendu et sans couvercle qui contenait sa dépouille. L'un des techniciens qui s'affairaient à son chevet se redressa, vint à leur rencontre, puis se présenta.

— Lieutenant Desouche de l'IRCGN, responsable de la scène. Nous vous attendions.

— Merci pour votre patience, répondit Franck en tendant la main à son interlocuteur. Meunier, chef de groupe. Et voici le capitaine Marchand qui remplace notre procédurier.

— Enchanté. Je vous laisse découvrir la victime.

Le spectacle était tout à fait saisissant, beaucoup plus impressionnant que ne le laissait entrevoir la restitution photographique.

Le corps du professeur Bravehomme était habillé exactement comme le gisant de Florentin : vêtu d'une simple tunique de coton rouge plissée, descendant à mi-mollet et serrée à la taille par une ceinture en cuir épais à laquelle était attachée une petite bourse à coulant. Un capuche de couleur bleue recouvrait ses épaules ; ses pieds étaient protégés par des chausses montantes refermées par des boucles grossières. Comme la statue, le cadavre de Bravehomme reposait allongé sur le dos, mains jointes sur la poitrine, donnant l'impression de prier.

Mais de notables différences étaient visibles. La plus frappante, bien sûr, était les yeux grands ouverts de la victime, presque révulsés, ainsi que son visage aux traits horrifiés, qui contrastait avec la sérénité du visage juvénile de Florentin. Et la tête de Bravehomme était entièrement rasée. Sur son crâne huilé, on avait posé l'étrange couronne dont les policiers avaient parlé à l'entrée du village.

Un objet finalement assez fruste, médiocrement ouvragé, qui relevait presque de la caricature. Il s'agissait d'une couronne fermée. Son bandeau était ciselé dans des cuivres de couleurs différentes, agrémenté, sur son pourtour, d'anciennes pièces de monnaie. Deux branches recourbées en arceaux, poinçonnés par des fleurs de lys, s'élançaient du cercle pour se rejoindre en hauteur et s'y croiser. Un médaillon frontal, rond et creux, complétait cet attribut faussement royal.

Ce reliquaire, protégé par un verre, contenait un fragment d'os maintenu sur un lit de velours rouge par une ficelle rustique. Une inscription plaquée sous la précieuse relique précisait : «S. Florentini, C».

— *Saint Florentin le confesseur,* commenta Desouche. La couronne daterait du XVIIIe siècle. Elle a été volée à la mairie, il y a deux mois.

La victime était également attachée au fond de son berceau suspendu. De nombreux trous pratiqués dans les planches de bois latérales avaient facilité le passage des cordes qui le saucissonnait. Autre nuance, essentielle, encore : le coussin que l'on avait glissé sous la tête de la victime était, lui, complètement imbibé de sang.

— C'est la cause du décès, demanda Bastien, en indiquant la tête?

— Rien de certain. Il y a même une chance pour qu'elle ait été réalisée *post-mortem*. Le suintement nous a incités à relever la tête pour tenter un examen *de visu*. Mais je n'ai pas pu observer grand-chose dans cette position compte tenu de l'importance de la coagulation. La percée est assez nette, mais obstruée d'éclats. Ce qui est plus troublant, c'est la région cérébrale qui semble avoir été ciblée.

Il y avait, enfin, une nouveauté sur le corps de Bravehomme. Une étrangeté, même. Un grand livre, sans doute ancien, reposait, complètement ouvert, sur les cuisses de la victime. Son titre, tracé en larges lettres gothiques, bien visible, indiquait : « De Simplici Medicina ».

Franck, qui ne connaissait pas un seul mot de latin, osa quand même une traduction, pour le moins aventureuse.

— *La médecine pour les nuls* ?

Mais Bastien, le « littéraire du quai » comme on l'appelait parfois au 36, était mieux outillé pour proposer une piste plus pertinente.

— Sans doute un vieux recueil de remèdes.

Le lieutenant Desouche s'empressa de compléter.

— Vous avez raison, Capitaine, nous ne l'avons pas encore examiné, mais si le contenu est conforme à la couverture, c'est sans doute un vieux traité de pharmacologie.

Encouragé par cette réponse, Bastien ajouta une précision.

— Au Moyen Âge, « les simples » désignaient des herbes médicinales destinées à soigner les malades.

Franck dévisagea tour à tour le lieutenant Desouche et Bastien.

— Vous m'épatez, Messieurs !

Ce court échange eut pour conséquence d'installer très vite du respect et de la confiance entre les deux équipes. Franck, Bastien et le colonel restèrent trois bons quarts d'heure pour assister aux relevés et discuter avec les spécialistes de l'IRCGN. Car, même pour des policiers aguerris, la sophistication de la mise en scène et la dramatisation du crime étaient inhabituelles.

Le temps arriva où il fallut se rendre au poste de commandement, installé à la mairie, afin d'y rencontrer notamment le premier élu de la commune, qui avait été aussi le premier observateur de la scène de crime. Les trois hommes ressortirent donc par le petit portail sculpté qu'ils avaient emprunté à l'arrivée.

Sous le porche, ils purent se débarrasser des protections vestimentaires. Le téléphone de Franck se mit à vibrer. Il s'en saisit et lut le message qui s'afficha sur l'écran.

— C'est le patron, dit-il en se tournant vers Bastien, ils

semblent avoir du nouveau, je vais le rappeler du PC.

Alors qu'il retirait sa charlotte jetable, le regard de Bastien fut attiré par les œuvres picturales qui décoraient le tympan trilobé et les murs de la façade. Au centre, sur le fronton, était représenté le bon Florentin veillant sur ses cochons. Mais, de part et d'autre de la modeste archivolte, les autres peintures étaient en piètre état, leurs enduits fort malmenés par le temps, les dessins dégradés, les couleurs délavées, ne laissant entrevoir qu'avec peine leur figuration passée. Bastien crut cependant discerner, près du pinacle gauche, un… squelette. Le colonel vint spontanément à sa rescousse.

— C'est l'illustration d'une légende, le *Dit des trois morts et des trois vifs*.

Bastien sembla impressionné par ce commentaire si spontané, donné sans aucune hésitation.

— Rassurez-vous, je ne suis pas un spécialiste en art religieux, avoua honnêtement le colonel en souriant. Mais j'ai eu droit ce matin à une visite commentée de la part du maire, qui connaît très bien son histoire. Il s'agirait d'un conte moral assez répandu au Moyen Âge, que l'on peignait parfois sur les murs des églises pour rappeler la nature mortelle de la condition humaine.

— Et là, c'est un chevalier, interrogea Franck, en pointant un doigt de l'autre côté du gâble ?

— Oui, il y en avait trois, comme les squelettes, avant que les intempéries ne les effacent. Les cavaliers symbolisaient les nobles, les gouvernants, les fortunés. Les squelettes semblent les sermonner, ils obligent ces riches vivants à faire acte de contrition. Ils leur rappellent que, malgré leur position sociale, la mort ne saurait les épargner.

— Drôle d'admonestation publique, dit Bastien.

— Politique même, corrigea Franck.

— Sans doute pour inciter les puissants à être plus humbles, à mieux se comporter avec leurs semblables, à se préoccuper des faibles, à faire œuvre de charité. Du moins s'ils espéraient gagner le salut de leur âme.

— Déjà la lutte des classes, ajouta Franck, sur le ton d'une boutade.

Mais son visage s'assombrit aussi rapidement qu'il s'était

éclairé. Une curieuse pensée venait de l'assaillir.

— Une menace…

Bastien comprit tout de suite ce que Franck insinuait.

— Un avertissement, plutôt ? « Quelle que soit l'étendue de votre pouvoir et de votre puissance, votre sort est déjà scellé, vous êtes promis à la mort et rien ne pourra plus vous protéger. »

Le colonel les regarda, un peu désabusé. Mais il sembla finalement se rallier à l'hypothèse originale qui était en train d'émerger.

— Vous voulez dire…

— Qu'il est difficile de croire à une coïncidence, vu la précision symbolique déployée par notre meurtrier.

— Ou les meurtriers, suggéra Bastien. Trois morts qui menacent trois vivants, c'est une autre lecture, qu'en pensez-vous, colonel ?

Ce dernier ne réfléchit pas longtemps.

— Un crime collectif, commis par trois assassins ?

— Et surtout trois victimes, répliqua Bastien.

— Deux autres potentielles, renchérit le colonel. La première étant, disons, « avérée », si je peux l'exprimer ainsi.

— Peut-être, possible, intervint Franck qui continuait à réfléchir à voix haute. Voire *probable*, si mon instinct ne me trompe pas. Je ne sens pas du tout cette histoire de squelettes justiciers qui se baladent dans la nature, ce n'est pas très sain. J'espère, surtout, qu'il n'est pas trop tard pour sauver les autres vivants. Enfin, les deux autres survivants, comme vous le disiez, Colonel.

7.

Ils étaient assis tous les trois au second rang de la petite salle de projection. Jérôme et Samira Bouchon encadraient leur petit garçon, dans une position protectrice. Ils ne parlaient pas et n'osaient pas regarder les autres familles qui étaient installées à leurs côtés. Non pas que les Bouchon aient honte de se trouver ici, bien au contraire, mais ils étaient encore un peu mal à l'aise avec ce « trouble » que l'on avait diagnostiqué récemment chez Boris.

La fatigue de La Boule, sa mélancolie liée au deuil d'Amanda, l'âcreté d'un sentiment d'échec s'ajoutaient à cette incompréhension qui le tourmentait au sujet de son fils. Toutes ces émotions se mélangeaient et ne facilitaient guère la sociabilité, fût-elle de façade. En réalité, La Boule était très en colère. Contre le monde entier. Et contre lui-même. Il se reprochait même, à cette heure, une forme de « désertion ». Un sentiment sans doute excessif, car il avait dû seulement se faire remplacer par Bastien sur une nouvelle scène de crime.

Le travail qui consistait à établir les premières constatations visuelles sur le lieu où venait d'être commis un meurtre était, en principe, dévolu au seul procédurier. La Boule avait une confiance absolue en Bastien et le patron avait été fort compréhensif aussi. Mais cela n'empêchait pas une désagréable impression, celle d'avoir abandonné son équipe dans un moment particulièrement douloureux.

La Boule n'avait guère eu le choix, puisque ce rendez-vous à la fondation avait été fixé de longue date et que les Bouchon attendaient la délivrance de ce nouveau traitement comme le saint Graal. Sa compagne Samira, à l'instar d'autres femmes de flics du crime, était particulièrement tolérante sur les horaires et les « nécessités de services », comme on disait pudiquement à la PJ. Mais elle n'aurait pas toléré son absence aujourd'hui. Ne pas assister à cette rencontre essentielle pour la bonne santé de leur garçon n'avait pas été une option.

La lumière diminua progressivement avant que ne commence la projection. Le film était un dessin animé. Une petite pieuvre très amusante, qui dormait sur le sable, émergea de son sommeil. Elle fixa les spectateurs avec de gros yeux globuleux, succomba à un énorme bâillement et étira longuement ses tentacules. Puis elle s'adressa au public. Dans l'assistance, les enfants étaient enchantés.

— Te voilà enfin ! Je m'ennuyais moi, toute seule, à compter les grains du sable. Mais il faut que je me secoue un peu les idées, car je m'étais assoupie.

La pieuvre entama alors un ballet nautique un peu clownesque avant d'avaler une énorme pilule blanche qui provoqua une intense secousse de son petit corps flasque. Le tout déclencha le rire immédiat des jeunes spectateurs.

— Ça y est, je suis enfin en pleine forme ! Bonjour, bonjour ! Je me présente, je suis le professeur Happy Hop. Je te souhaite la bienvenue. Je vais t'expliquer pourquoi vous me rendez visite aujourd'hui, toi et ta famille. Il faut d'abord que nous fassions un peu connaissance tous les deux, car, tu l'as déjà remarqué, nous ne nous ressemblons pas vraiment physiquement ! Mais, tout comme le mien, ton corps fonctionne un peu comme une voiture : il a besoin d'un moteur pour la faire avancer. Ton moteur à toi, c'est ton cerveau, cette sorte de gros pamplemousse qui se trouve dans ta tête. Tu as bien de la chance, car le mien, il ressemble plutôt à une crevette ! C'est ton cerveau, figure-toi, qui contrôle toutes tes pensées, tes émotions et tes actions. Comme pincer ton nez ou bouger tes doigts. Regarde : lorsque je remue mes très jolis tentacules, c'est ma petite crevette de cerveau qui commande et coordonne en réalité tous leurs mouvements. Fabuleux, non? C'est le tien qui te permet aussi de respirer, d'entendre, de voir, de sentir, de toucher, de manger, de marcher, de parler, de rire et, même, de rêver que tu es une belle princesse ou un grand chevalier. Tu te rends compte? Tout cela, c'est ton cerveau! In-cro-ya-ble !

Dans la salle, les enfants étaient aux anges, car la petite pieuvre était vraiment facétieuse, elle imitait toutes les actions qu'elle commentait grâce à des accessoires nombreux et variés.

— Allez, viens, je t'emmène écouter un concert et rencontrer mes amis, les poissons-musiciens!

La pieuvre se dirigea vers un récif de corail sur lequel était installé un orchestre symphonique composé par des poissons, mollusques et autres crustacés, tous personnages hauts en couleur.

— Ton cerveau est comme un véritable chef d'orchestre qui dirige avec précision tous ses musiciens, c'est-à-dire tous les organes qui composent ton corps. Cette belle musique que tu entends maintenant, c'est un peu comme le bien-être que tu ressens lorsque tu es en parfaite santé. Et tous les autres spectateurs assis autour de toi dans l'auditorium sont également très heureux d'écouter cette magnifique symphonie. Ils sont tous joyeux et se mettent à applaudir, tiens, regarde : comme ce groupe de poissons-lunes, là-bas! Ces spectateurs, ce sont les grandes personnes qui te félicitent, à la maison ou à l'école, lorsque tu es sage, attentif et obéissant. Tout irait donc pour le mieux dans le meilleur des récifs si, parfois, ne survenaient quelques...

Le gros homard qui dirigeait l'ensemble musical se mit soudain à éternuer, ce qui provoqua immédiatement une panique parmi les musiciens et une rupture d'harmonie dans la pièce musicale qu'ils interprétaient.

—... fausses notes! s'exclama la pieuvre. Gare aux mauvaises notes, en effet, comme à l'école! Tu vois : il suffit que le chef d'orchestre se trompe ou ne maîtrise plus ses mouvements, et v'lan, toute la mélodie se transforme aussitôt en cacophonie! Si Captain Lob, le homard, est fatigué ou enrhumé, s'il relâche son attention, s'il accélère le rythme de sa partition ou, au contraire, ralentit trop le tempo, alors tous les musiciens sont perdus, ils ne savent plus où donner de la tête. Enfin, plutôt du basson, du violon ou des percussions. Les musiciens ignorent comment et à quel moment ils doivent faire chanter leurs instruments. Ils se mettent à commettre des erreurs et la belle musique se transforme aussitôt en tintamarre. Le public n'est plus content du tout, il est très en colère contre l'orchestre. Et, parfois même, il quitte la salle avant la fin de la représentation.

Une partie des poissons-spectateurs présents dans le dessin animé, dont un énorme banc de thons visiblement insatisfaits, fit demi-tour avant de disparaître en maugréant dans les bas-fonds.

— On dit chez nous que les mauvais tons font fuir les thons! Hi, hi, hi. Allez, salut les thons, à bientôt de vous revoir, les garçons, on va réparer tout ça!

La petite pieuvre se rapprocha de l'écran et prit un air beaucoup plus sérieux.

— Lorsque les musiciens jouent mal dans l'orchestre, c'est qu'ils ne sont plus dirigés, c'est comme lorsque ton corps n'obéit plus à ton cerveau. Tu commets alors des bêtises, tu n'écoutes plus, tu travailles moins bien, tu as du mal à te concentrer, tu chipotes pour des broutilles, tu te bagarres avec tes camarades, tu cours et sautes partout et sans arrêt, tu ne respectes plus les consignes des adultes. Bref, tu commets toutes ces sottises qui embêtent beaucoup tes parents, ta maîtresse, tes amis et leur causent énormément de peine. Alors les grandes personnes ne sont plus contentes de toi, elles te grondent souvent, elles te punissent parfois. Elles peuvent aussi, comme ces thons très grognons, s'éloigner de toi. Alors, bien sûr, tu éprouves beaucoup de tristesse, tu deviens malheureux. Penses-tu que tout cela soit normal?

Un «non» collectif, crié par les voix enfantines, se répandit spontanément dans la salle.

— Tu as raison, cette situation n'est pas normale du tout et ces conséquences sont injustes, très injustes même, car cette mauvaise note qui vient de dérégler toute la musique, eh bien elle n'est pas de ta faute! Non, non, non, je te le jure, tu n'y es pour rien, strictement pour rien. C'est ton cerveau le seul coupable, c'est lui, ton chef d'orchestre, qui n'est plus en forme, qui ne fonctionne plus bien et qui vient de provoquer tous ces embêtements que tu dois subir à sa place. Parce que ton cerveau est un peu enrhumé, comme Captain Lob le homard qui ne cesse d'éternuer. Mais rassure-toi, moi, Happy Hop, je suis là pour toi et je vais t'aider à trouver une solution ! Tu es d'accord ? Laisse-moi te poser une nouvelle question. Que fait-on lorsque l'on attrape un bon rhume ?

La pieuvre fit mine d'attendre la réponse en tapotant le sable de ses tentacules.

— Je n'entends vraiment rien ! Alors, tu ne sais pas ?

Dans la salle, les réponses des enfants commencèrent à fuser dans un joyeux chahut où se mélangeaient les noms de marques commerciales associées à des spécialités médicamenteuses d'un usage pédiatrique courant.

— Bien sûr, tu as entièrement raison, on le soigne, ce rhume, pardi ! Avec des médicaments appropriés. Allez, *Hop* ! Un petit bonbon tout rond et te voilà *Happy* ! Enfin, pas totalement transformé en moi, mais de nouveau très heureux. Moi, figure-toi, j'ai un secret : je préfère la musique aux bonbons pour soigner mes maladies. Alors, je mets ce casque magique sur mes oreilles, je joue au DJ et c'est fini. Si tu fais comme moi, le rhume de ton cerveau sera bientôt complètement guéri, tu pourras continuer à jouer pour tout le monde cette jolie mélodie de ta vie. Ce n'est pas magique, ça ?

« Si ! » s'exclamèrent en cœur les enfants. La pieuvre était maintenant revêtue d'un costume de prestidigitateur.

— Comme je sais que tu es très curieux et que tu aimes les tours de magie, alors je vais te faire un autre cadeau en te révélant mon grand secret du bonheur, celui qui va te permettre de toujours être en bonne santé, un peu comme moi, hé, hé, hé... Tu es prêt ? Attention : Abracadabra...

La Boule ne regardait plus le film et il n'écoutait plus Happy Hop. Son esprit était ailleurs. Il caressa affectueusement les cheveux de son enfant, qui semblait ravi par cette animation.

À vrai dire, La Boule ne savait plus trop comment ils en étaient arrivés là. Enfin, si, il savait, mais ils n'avaient vraiment rien vu venir avec Samira. Tout était allé bien trop vite.

Boris était un petit garçon de neuf ans qui ne leur avait

jamais posé de problème particulier. Ni en famille, ni à l'école, ni dans d'autres environnements collectifs. Comme beaucoup d'autres garçons de son âge, Boris était débordant d'une énergie plutôt joyeuse et espiègle, toujours d'un optimiste positif et enga- geant, d'une imagination riche et créative, avec des dispositions certaines pour le jeu et l'invention, d'un tempérament amical et affectueux.

Les choses s'étaient dégradées au début de la nouvelle année scolaire. Au mois de novembre, la maîtresse de Boris avait convo- qué les Bouchon pour les informer que l'attitude de leur fils était «pénible», peut-être même «inadaptée». Elle avait montré aux parents un *Cahier de comportement* qu'elle avait mis en place pour le suivi de certains enfants. Les Bouchon avaient été surpris par ce cahier — «une sorte de *Livret de correction*», avait aussitôt pensé La Boule, dont la méfiance légendaire débordait allègre- ment du cadre professionnel. Selon la maîtresse, cet outil «péda- gogique» était censé permettre à l'enfant de réfléchir à ses erreurs, d'améliorer son attitude sociale et de mesurer ses propres efforts.

Les Bouchon avaient donc pris connaissance du *Cahier de comportement* de leur enfant. Ils avaient pu y découvrir, au fil des remarques de l'enseignante, quelques bavardages intem- pestifs, une tendance à «faire son intéressant» devant ses petits camarades, ainsi qu'une aptitude appuyée à «se balancer sur sa chaise». Rien de bien grave à leurs yeux de parents sans doute trop tolérants.

En fin de compte, à l'issue de ce premier entretien à l'école, les Bouchon ne s'étaient pas inquiétés outre mesure puisque, par ailleurs, les résultats scolaires de Boris étaient tout à fait satis- faisants et que son comportement à la maison n'avait présenté aucun facteur d'inquiétude. Mais l'enseignante leur avait an- noncé qu'elle discuterait de Boris avec la psychologue scolaire et qu'elle les tiendrait informés. Les Bouchon n'avaient pas trop compris cette nécessité d'une discussion avec une psychologue, fût-elle «scolaire», mais ils avaient laissé dire et faire en bons parents respectueux de l'école républicaine. Et ainsi avait été fait, effectivement.

Quelques semaines plus tard, l'institutrice avait repris contact pour leur faire part des conclusions de son échange verbal avec la psychologue de l'établissement. Selon cette dernière, une consultation spécialisée semblait s'imposer. Les Bouchon étaient restés sans voix. La Boule s'était d'abord étonné que pareil conseil puisse être donné lors d'un simple échange téléphonique, comme si cette suggestion et cette démarche relevaient de pratiques banales ; Samira, de son côté, avait été fort troublée par le fait que la psychologue scolaire n'avait jamais rencontré ou même observé son enfant ; tous les deux n'avaient pas bien accepté que cette proposition n'ait pas été assortie d'une motivation plus circonstanciée. En fait, les Bouchon n'avaient pas compris pourquoi leur enfant devait soudain rencontrer un psychologue.

Il ne s'agit pas d'aller simplement chez le coiffeur ! avait pesté La Boule en secret. *Que devaient-ils dire, au juste, à ce praticien ? Comment devaient-ils présenter leur démarche et leur enfant ? D'après nos informations, Boris aurait déchiré malencontreusement une capuche pendant une récréation ? Leur enfant se balancerait quelquefois sur sa chaise ou agiterait sa règle dans le vide ? Parfois même, Boris parlerait en classe sans attendre l'autorisation préalable de l'institutrice ?*

La Boule avait alors exprimé de fortes réserves à l'enseignante. Il avait souligné la bonne volonté familiale, mais avait sollicité quelques précisions supplémentaires : « Sur quels critères ou appréciations l'école se fondait-elle pour les orienter vers une consultation de psychologie ? »

On leur avait promis rapidement des éclaircissements, mais, étrangement, l'école s'était rétractée. La Boule avait alors réussi à obtenir de l'institutrice une « tendance » que l'on pourrait indiquer au professionnel de santé. Cette prédisposition avait été exprimée en un seul mot lors d'un échange verbal. D'après l'institutrice, Boris semblait présenter les caractéristiques d'un « dominateur ». La Boule n'en avait pas cru ses oreilles et le téléphone lui était même tombé des mains.

Quelques semaines plus tard, les Bouchon s'étaient adressés à leur médecin traitant. Ce dernier, qui connaissait bien leur enfant, avait été un peu réticent. Il les avait néanmoins orientés vers un centre médico-psychologique. « Pour faire plaisir à l'école », avait-il ajouté, « pour montrer votre bonne volonté ».

Boris avait alors subi toute une batterie de tests, à rendre jalouses les souris de laboratoire les plus expérimentées. Et les résultats avaient effectivement permis de constater un « trouble ». Ainsi, Boris était vraiment souffrant et ses parents n'avaient pas su le détecter.

Honte à nous ! avaient pesté les parents Bouchon.

Certes, les causes restaient très obscures — « polyfacto-rielles », avait même précisé l'équipe du centre ; mais la morbidité semblait avérée, aussi lisible que la varicelle sur le nez.

Enfin, avec beaucoup moins de boutons quand même...

Les Bouchon n'avaient pas osé tergiverser pour une simple différence d'appréciation oculaire : que savaient-ils de la science et de ses nombreux mystères ? Boris souffrait visiblement d'une maladie invisible. Il faudrait s'y faire et faire avec.

C'est que le « trouble » qui affectait Boris s'avérait extrême-ment insaisissable. Malgré des discussions nombreuses, l'équipe médicale n'avait pas réussi à le définir parfaitement. Alors, on avait répertorié le dysfonctionnement de Boris sous l'étiquette « 7.7 » de la *Classification française des troubles mentaux de l'enfant et de l'adolescent*, c'est-à-dire à la rubrique « Autres troubles caractéri-sés des conduites ».

Les Bouchon étaient restés incrédules devant le descriptif qui avait associé officiellement Boris à une classe de malades pré-sentant, selon son libellé catégoriel, des « comportements parfois répétitifs, qui *inquiètent* et *attirent* l'attention de l'entourage et qui peuvent *par eux-mêmes* avoir des conséquences graves pour l'individu et/ou son entourage. »

Inquiets, assurément, les Bouchon l'étaient restés : ils n'avaient pas été beaucoup plus avancés avec cette définition. Oui, le verdict de la science était tombé, Boris était vraiment ma-lade. Mais de quoi souffrait *exactement* Boris ? Surtout, comment soignait-on un « trouble répétitif non identifié » ?

Les Bouchon avaient été un peu perdus, une nouvelle fois livrés à eux-mêmes, à leur impuissante et leur culpabilité. Au centre médico-psychologique, personne n'avait apporté des réponses très claires. Entre les précautions sémantiques — « un trouble n'est pas exactement une maladie », leur avait-on répété à plusieurs reprises pour ne pas les affoler — et les hésitations du diagnostic clinique — « ambigu » ou « complexe » selon les intervenants successifs —, il avait été difficile, pour ne pas dire impossible, de s'y retrouver. Officiellement, ce « trouble » étant « polyfactoriel », il fallait donc suivre, en toute logique, une « polythérapie ».

Plus officieusement, une psychothérapeute embarrassée leur avait glissé dans l'oreille que ce dysfonctionnement pouvait s'apparenter, « sans doute et avec les guillemets nécessaires », à une « *forme légère* de TDA/H » et que l'on pouvait donc, « peut-être », envisager de le soigner comme tel.

Devant la perplexité des Bouchon, leur interlocutrice avait libéré enfin la signification de ce mystérieux acronyme : *trouble déficitaire de l'attention avec ou sans hyperactivité.*

Les Bouchon avaient cillé. Ils devenaient même, de jour en jour, de plus en plus abasourdis. Comment un enfant qui pouvait passer des heures à construire des jouets complexes, composés par des milliers de briquettes emboîtables, pouvait-il souffrir d'un trouble de l'attention ou bien, même, se révéler « hyperactif » ?

Pour en avoir le cœur net, les Bouchon avaient pris rendez-vous chez un pédopsychiatre très connu de Sainte-Anne, un spécialiste de la santé mentale pour les enfants. Malheureusement la renommée de ce professionnel s'était avérée totalement usurpée. À l'issue de la première consultation, l'aimable docteur avait en effet isolé les parents pour leur déclarer, *ex abrupto*, avec un large sourire, que Boris… était en parfaite santé. « Que leur enfant, avait-il ajouté, ne présentait aucun signe d'altération de ses facultés mentales ou cognitives, ni trouble comportemental quelconque ».

La Boule avait tenté d'opposer au praticien, résultats des tests à l'appui, les conclusions établies par l'équipe du centre médico-psychologique. En vain. Ce médecin s'était transformé en vrai entêté ; il avait même conclu, ironique, comme pour narguer le désarroi des Bouchon : « Il y a quelques années, nous utilisions un terme assez banal pour désigner la majorité des enfants que l'on diagnostique aujourd'hui comme atteints de TDA/H. Nous les nommions simplement *des garçons.* »

Cette blague n'avait pas du tout fait sourire La Boule.

Les Bouchon n'avaient pas désarmé pour autant. Ils avaient

trouvé, sur le forum du site Internet de l'Association TDAH France, les coordonnées d'un neuropsychiatre. Car, apparemment, il s'agissait bien d'une anomalie du cerveau, tout semblait bien partir de là, du chef d'orchestre, comme disait la joyeuse pieuvre Happy Hop.

Ce neuropsychiatre s'était avéré être le bon, enfin le bon samaritain qu'ils attendaient. Un véritable homme de science, de surcroît.

Il avait d'abord fait passer des tests très sophistiqués à Boris, lui avait fait également remplir un questionnaire « TCI de Cloninger » afin de mesurer, grâce à 226 items, les « sept dimensions fondamentales » — « biosociales », avait précisé le docteur — du caractère et du comportement de Boris.

L'imagerie par résonance magnétique de son cerveau, que ce médecin avait fait réaliser ensuite, ainsi que la cartographie coloriée de son activité électrique, avaient confirmé sans erreur possible des « anomalies neurochimiques liées à un déficit notable de… ».

À ce stade, il était devenu trop difficile pour les Bouchon de comprendre la terminologie expliquant l'origine de ce dérèglement cérébral. Mais ils avaient été rassurés par l'empathie et le professionnalisme évident de ce médecin.

Après plusieurs rencontres, ce spécialiste des troubles mentaux avait suggéré une alternative thérapeutique au traitement par Ritaline®, médicament qu'il avait souhaité prescrire à Boris en « première intention ». Sa nouvelle proposition semblait non seulement mieux adaptée au cas particulier de Boris, mais le préserverait aussi « des effets secondaires trop indésirables du méthylphénidate ». Certes, cette technique récente était plus onéreuse, mais elle se situait « à la pointe de la recherche ».

Les Bouchon avaient immédiatement dit « oui » à leur bon samaritain : avoir la chance de bénéficier des dernières innovations médicales, du progrès de la science pour soigner leur enfant, était une opportunité qu'aucun parent digne de cette fonction ne pouvait refuser.

Le médecin avait alors appelé un éminent confrère et, usant d'une influence évidente, réussi à programmer un rendez-vous pour les Bouchon dans une fondation renommée.

Une véritable aubaine, cette recommandation d'un «Cher docteur» à un autre «Cher docteur», car, compte tenu d'une liste d'attente interminable, les délais pour pouvoir bénéficier de ce nouveau traitement avaient semblé totalement farfelus à La Boule.

C'est ainsi que les Bouchon s'étaient retrouvés ici, dans cet établissement très prisé de l'avenue Hoche de Paris.

Afin que leur petit Boris puisse retrouver la plénitude biochimique de son cerveau enrhumé. Plus exactement, pour que Boris puisse se retrouver lui-même et retrouver les autres.

On allait équilibrer les émotions de Boris pour favoriser l'équilibre de ses relations sociales. On allait aider Boris à atteindre le summum. Lui apprendre, aussi, à y rester.

Et cela tombait fort bien, car le So MôM® était justement le nom inscrit sur l'espèce de smartphone que la petite pieuvre enserrait précieusement entre ses fins tentacules, ledit boîtier étant relié à une sorte de casque musical posé sur le crâne allongé du personnage animé.

Là, maintenant, sur l'écran. Juste devant les yeux des Bouchon, de Boris et de tous ces enfants troublés par le monde enchanté de Happy Hop.

8.

Elle était assise sur de petites marches, le dos appuyé contre l'une des colonnes qui supportaient l'étroite galerie d'un logis allongé. Malgré la caresse rugueuse de l'air, elle restait totalement absorbée par sa lecture et n'avait prêté qu'une attention furtive aux intrus qui venaient d'apparaître à l'opposé, et qui perturbaient son intimité littéraire.

Le groupe, toujours précédé par Pline, était arrivé en traversant un passage percé dans le flanc d'un immeuble dont les formes imposantes n'avaient pas laissé deviner les constructions plus aériennes qui les attendaient dans le préau suivant. En fait, les visiteurs découvraient soudain un petit havre de tranquillité, une sorte de jardin caché, peut-être même un peu oublié. Le contraste avec l'architecture massive qui avait accompagné leur pérégrination hospitalière depuis le début de cette journée était saisissant.

La nouvelle cour dégageait une ambiance étrange, surannée, propice à la rêverie. Cet espace rectangulaire était bien protégé des regards indiscrets : sur ses largeurs, par l'épais monument dont le groupe s'éloignait et, à l'autre extrémité, par un ouvrage bas, de plain-pied, d'une austérité sans compromis, doté d'un portique central qui menait vers des quartiers opposés. Les côtés les plus longs de ce parallélogramme étaient clos par deux édifices également sans prétention, vaguement toscans d'inspiration, terminés par des pavillons carrés, surmontés d'étages de faible hauteur et disposant de galeries avancées. La couleur grise de leurs toits à pupitre, recouverts de feuilles en zinc, tranchait avec les teintes plus vives des enduits décoratifs, couleurs imitant la chaux dorée de Vénétie pour les peintures d'étage et la terre brûlée de Sienne pour les murs en rez-de-jardin. Un certain classicisme était revendiqué par la dalle surélevée des logis, leurs marches et leurs colonnades en pierre claire, par les frontons dépouillés des pavillons et, enfin, par les moulures sans ostentation ornant les pourtours de l'ensemble.

Entre ces deux longues bâtisses s'étendait une large promenade dont la pelouse n'était plus qu'un vague souvenir et dont le pavement de l'allée centrale, protégée de chaque côté par des arbres défeuillés, n'était plus que vestiges. Une petite stèle, perdue dans sa solitude centrale, marquait l'emplacement d'une ancienne fontaine.

Le tout contribuait à créer, en ce jour délavé, une atmosphère étrange, à la fois apaisée et inquiète. Un vague sentiment de nostalgie se dégageait en fait de cette sorte de cloître, sans qu'on puisse en déterminer précisément les raisons.

— *An melancholicis peregrinatio* ? demanda Pline avec son sourire facétieux.

Aucun membre du groupe n'aurait pu dire si la prononciation était correcte ; leur latin, pour ceux qui l'avaient appris un jour, n'était plus qu'un écho de style se répercutant quelquefois dans leurs publications académiques. Et sa pratique éventuelle ne s'était jamais élevée à ce classicisme cicéronien qui faisait briller les yeux des érudits.

Devant l'absence de réactions, Pline, satisfait, continua.

— Il est bien loin ce temps où nous écrivions et soutenions nos thèses en langue romaine, n'est-ce pas, mes chers confrères ? Alors, sérieusement, qu'en pensez-vous : le voyage serait-il une bonne thérapeutique pour les mélancoliques ? Question des plus importantes dont s'apprête à débattre — nous sommes en mars 1767 —, pendant plus de six heures, devant les honorables membres de la faculté de médecine de Paris, un jeune homme de trente et un ans afin d'obtenir son deuxième bonnet de docteur.

Eh oui, à cette époque, l'importance de notre savoir se comptait en nombre de bonnets. Combien de bonnets en si bonne compagnie, que je compte un peu, pour voir ?

La blague ne produisant aucun effet sur sa petite assistance, Pline s'empressa d'enchaîner.

— Ah, cette bonne vieille mélancolie ! Nous dirions « dépression » aujourd'hui, mais à l'époque, elle n'existait pas encore. Pas plus que nos névroses ou nos psychoses ; encore moins l'un de ces cinq cents autres troubles mentaux que revendique notre grand manuel de référence et dont nous psalmodions quotidiennement les libellés sans jamais regimber. Imaginez donc : quatre pauvres catégories à peine pour seule classification des maladies de l'esprit. Et à l'étanchéité toute théorique : mélancolie, frénésie, manie, imbécillité. Sachant que la mélancolie pouvait rapidement virer en frénésie par effet de sympathie et cette dernière dégénérer en inconsolable manie par temps de forte pluie… C'est que, comme nous l'avons vu, la médecine de l'époque se détourne alors des insensés ou, alors, maltraite les corps et les âmes de ceux qu'on lui présente. Dans les Hôtels-Dieu de Paris ou de province, on applique indistinctement aux malades de l'esprit, selon une tradition immémoriale, ces petits ou grands remèdes qu'évoquait Mathieu en fin de matinée et que nous savons être parfois fatals. Pour les mélancolies pugnaces, on tentait de purger abondamment, en profondeur, cette mauvaise humeur, cette substance « tenace, poisseuse, qui engorge les viscères et tapisse le canal intestinal ». L'issue thérapeutique se réduisait ensuite à deux classes, nous le savons déjà : les guéris que l'on relâchait et les incurables que l'on séquestrait *ad vitam æternam*.

Pline, en parfait acteur, savait ménager son souffle.

— Pourtant, lorsqu'il soutient sa thèse sur la vertu des pérégrinations dans le traitement de la mélancolie, ce doctorant éloquent n'hésite pas à déclarer que « les mêmes régimes ne conviennent point aux divers malades ; ni même le climat, ni même le temps de sommeil ou de travail ». « Ainsi, ajoute-t-il, doit-on permettre aux mélancoliques les voyages pour distraire et réjouir leur esprit, exercer leur corps et conjurer leur tristesse naturelle. » Vouloir soigner le corps en négligeant l'esprit est une erreur, conclut l'auteur du mémoire, car « *Mens in corpore quod sol in nature*». Et n'est-il pas vrai, mes chers confrères, que «l'esprit est vraiment le soleil du corps»? Diantre! Quelle audace! Si vous vous souvenez que, au même moment, dans ce quartier des fous de Saint-Prix que nous avons visité avant le déjeuner, on enchaînait certains mélancoliques à côté des furieux pour leur éviter de commettre le péché du suicide ou bien, encore, qu'à la faculté de médecine de Paris, une sommité de l'université prescrivait du sang d'âne frais — prélevé si possible un matin de printemps — pour «guérir merveilleusement ceux qui ont perdu l'esprit», vous percevez alors toute l'innovante radicalité des propos tenus par ce jeune homme. Ils annoncent non seulement une nouvelle perception de la maladie mentale, une mise en place de traitements différenciés, l'élaboration de la classification qu'ils requièrent, mais, aussi — surtout même — la naissance de la psychothérapie moderne.

— Cet étudiant si prometteur, c'est ce Colombier que vous évoquiez à table? demanda Natalia.

— Je constate que ni notre repas ni les belles présentations de Mathieu sur Pussin et de Géraldine sur Pinel ne vous ont engourdi l'esprit.

— Êtes-vous en train de sous-entendre, Monsieur Pline, que Colombier serait le précurseur du traitement moral? Vous sembliez considérer, avec Mathieu, que c'était Pussin le véritable artisan de cette réforme, continua Philippe.

— Regardez donc autour de vous, reprit Pline, dans ce préau paisible, ces bâtiments qui servent aujourd'hui de logements pour les élèves infirmiers. Quelle différence, n'est-ce pas, avec le quartier de Saint-Prix? Voici le prototype de ce qui deviendra bientôt les quartiers d'aliénés. Cette cour des Colonnes vieilles, comme on la nommait, préfigure toute l'architecture asilaire future. Et ces principes ont été définis par Jean Colombier, autre grand oublié de l'histoire officielle. Alors, Colombier serait-il le grand esprit de la révolution psychiatrique qui se prépare? L'inspirateur sans doute, l'instigateur sûrement, même je me méfie toujours des reconstructions *a posteriori* : elles accouchent le plus souvent de nouvelles légendes. Voyez-vous, mes chers confrères, je ne crois pas aux découvertes subites ni aux hommes providentiels. Pour qu'une rupture intervienne, il faut toujours la conjonction de nombreux facteurs capables de la préparer. Nous n'inventons jamais à partir du vide ; le génie le plus brillant bénéficie toujours d'un capital culturel accumulé patiemment par les générations qui l'ont précédé. C'est ce que répétait déjà au XIIᵉ siècle, par une formule si juste qu'elle est devenue immortelle, un ancien maître...

— De l'école de Chartres, enchaîna Natalia avec un large sourire : « Nous sommes, reconnaissait-il modestement, comme des nains juchés sur les épaules de géants. Nous voyons mieux et plus loin qu'eux, non que notre vue possède une plus grande acuité, non que notre taille soit plus élevée, mais parce que nous sommes soulevés et portés par leur immense stature. »

— Pour que s'imposent des transformations radicales, reprit Pline, il faut également que les esprits du temps et le corps social soient disposés à les accepter. Souvenez-vous que l'héliocentrisme avait déjà été pressenti par certains philosophes ioniens ; pourtant, il fallut attendre vingt siècles pour que la société chrétienne accepte d'abandonner l'idée biblique, si nombriliste, d'une terre occupant le centre de l'Univers. Pour que les changements s'opèrent, il faut, enfin, qu'une impulsion décisive soit donnée. Dans le cas qui nous occupe, c'est bien Jean Colombier qui, dans les faits, va amorcer cette dynamique et tracer, si l'on peut dire, la feuille de route de cette réforme. Sans Jean Colombier, pas de Jean-Baptiste Pussin à Saint-Prix, ni de Philippe Pinel à Bicêtre. Or, Colombier, Pussin et Pinel, c'est un peu notre triade gagnante, celle qui va véritablement créer et imposer en France la nouvelle « science des aliénés ». Pour un meilleur qui, malheureusement, se transformera trop vite en pire.

Pline stoppa son exposé, et son regard se porta sur la lectrice qui, malgré l'irruption du groupe, était restée concentrée.

— Je vous prie de bien vouloir m'excuser quelques instants, mes chers confrères.

Le guide abandonna le groupe qui se tenait maintenant au milieu du préau pour se diriger vers la jeune femme. Il la salua élégamment, par un mouvement étudié de chapeau, tout en déchiffrant le titre du livre qu'elle referma en douceur.

— J'espère que vous nous pardonnerez ce petit dérangement, nous n'en avons plus pour longtemps.

La jeune femme mit quelques secondes à se libérer de son ouvrage. Elle se leva avant de répondre.

— Vous ne m'avez pas gênée, et je ne vais pas tarder à y aller, de toute façon. Mes cours reprennent dans une demi-heure.

— Vous étudiez à l'IFSI ?

— Deuxième année.

— Ah, ce bon vieux module de soins aux personnes atteintes de psychoses ! Un *must*, vous verrez.

Le visage de la jeune femme exprima un étonnement teinté de curiosité. Pline indiqua négligemment le groupe d'une main.

— Brochette de docteurs experts en ciboulots. Un congrès. Moi-même, j'ai sévi un temps dans le métier. Je leur fais aujourd'hui la visite du retraité. Excusez-moi, je ne me suis même pas présenté : Albert Pline, pour vous servir. Logez-vous ici ? Votre chambre n'est pas trop exiguë ? L'anneau pour attacher les fous est-il toujours placé au-dessus de votre lit ?

La jeune femme marqua une nouvelle fois sa surprise.

— Vous connaissez vraiment bien cet endroit…

Pline posa une nouvelle question.

— Le choix de ce livre n'est donc pas lié au hasard ?

— Vous le connaissez ?

— J'ai même un petit faible pour cette voix tendre qui s'élève *Dans la nuit de Bicêtre*. Un bien joli hommage rendu à Pussin et aux siens.

— Lecture dérangeante aussi, répliqua la jeune femme, souvent inconfortable. Je veux dire que découvrir ce roman ici, dans les lieux mêmes de son récit, n'est pas de tout repos pour la conscience. Je n'arrive d'ailleurs plus à savoir ce qui relève de la fiction ou de la réalité.

— Œuvre littéraire, ma chère, mais appuyée sur un remarquable travail de recherche, croyez-moi. Bien sûr, il faut aussi savoir, comme le fait habilement notre auteure, combler certains espaces laissés vacants par l'histoire. De mon point de vue, la vérité s'accommode toujours mieux d'un ressenti, d'une impression que d'une sèche accumulation de vérifications. L'aperception : voilà l'esprit de vérité selon moi, la distance raisonnable que nous devrions toujours entretenir par rapport à cette fable que nous nommons le « réel ». Nous allions justement évoquer les méthodes de Pussin avec le groupe. Aimeriez-vous nous accompagner ?

La jeune femme eut l'air intéressée. Elle regarda sa montre et calcula sans doute le temps libre qui lui restait.

— Avec plaisir. Mais je devrai vous quitter dans vingt minutes.

— Vous m'en voyez ravi. Je vous précède, alors.

Le duo rejoignit le groupe qui n'avait pas bougé. Pline engagea les présentations.

— Je me suis permis de convier…

— Amandine, compléta l'intéressée spontanément.

— Mademoiselle Amandine. Elle est des nôtres, si je puis dire : elle prépare sa psychiatrie. Je m'interrogeais, poursuivit Pline après une courte hésitation, si nous ne devrions pas prendre place sur ces marches afin de reposer un peu nos souliers ?

Sans attendre la moindre réponse, Pline se dirigea vers le corps de logis le plus proche, suivi par son petit comité. Et chacun s'assit à son gré sur les degrés du long escalier.

— Repartis ainsi, autour de ces sobres colonnes de pierre, nous formons presque une antique assemblée, commenta Pline, satisfait. Il ne nous manque plus qu'un rhéteur. Ah, je vois que Philippe se relève déjà.

— J'ai seulement mal au dos, répondit aussitôt l'intéressé. Mais une question me tarabuste depuis tout à l'heure, Monsieur Pline. Plutôt une date, à vrai dire. Pourquoi tenez-vous absolument à fixer la naissance de la psychiatrie en 1785 ?

— Parce que c'est l'année où sont posées les fondations. Je m'en explique. À la fin du XVIIIe siècle, toutes les conditions sont réunies pour engager une réforme globale : celle des établissements de renfermement qui ne servent, «jusqu'à présent, qu'à entasser les hommes dans les repaires infects que l'on appelle hôpitaux» et celle de ces institutions de santé qui «nuisent à la population et tuent les hommes». Les témoignages accablants qui parviennent de tous les coins de l'Hexagone ne cessent de s'accumuler sur les bureaux de l'Administration royale. Ils ne peuvent plus être ignorés compte tenu de la sensibilité de l'opinion publique. C'est un ministre des Finances atypique qui va donner le coup d'envoi du changement.

— Jacques Necker ? proposa Natalia.

— Heureux temps en effet où le Suisse gérait nos finances et ne protégeait point les ministres du Budget qui volaient nos impôts et notre souveraineté ! Colombier va devenir l'éminence grise de Necker, son représentant officiel, le rouage essentiel de la nouvelle organisation des « secours pressants qu'exige l'humanité souffrante » et que l'on veut désormais mieux centraliser. En un mot, Colombier va poser les piliers de la future Assistance publique.

— C'est que l'esprit philanthropique s'est répandu dans le royaume, commenta Natalia.

— Remarque fort à propos, chère Natalia. C'est l'une des raisons, précisément, du choix de Colombier par Necker. Permettez-moi, mes chers confrères, un tout petit aparté. Au-delà du bilan personnel de Colombier — je vous rappelle que ce monsieur vient de fonder et d'imposer l'hygiène militaire moderne en moins de six ans —, on reconnaît aussi, dans cet administrateur très habile, un homme « éclairé ». Mais « éclairé » par quoi, exactement ? Eh bien, par ces Lumières des philosophes qui viennent d'enseigner que la première qualité d'un citoyen responsable — et non plus seulement d'un chrétien — est de pratiquer la vertu sociale, de laisser se développer son amitié pour l'humanité. Notez que l'on utilise déjà le terme de « citoyen » bien avant la Révolution. Devenir *un ami des hommes*, c'est, d'abord, répugner « à voir souffrir ses semblables » ; c'est, ensuite, laisser s'exprimer cette « noble passion de leur être utile » ; c'est, enfin, œuvrer à l'amélioration de leurs conditions sociales, économiques, morales et *hygiéniques* — « sanitaires », dirions-nous aujourd'hui. Cette nouvelle préoccupation *philanthropique* sera même rendue impérative par Kant. Catégorique, le philosophe n'hésitera pas à apostropher ses contemporains…

— « Agis de façon telle que tu traites l'humanité, aussi bien dans ta personne que dans toute autre, toujours en même temps comme fin, et jamais simplement comme moyen », cita immédiatement le prénommé Jean.

— Bien dit ! acquiesça Pline. Des docteurs qui ont leurs lettres, je me régale ! En quelle année, je vous prie ?

Personne ne répondit à cette question. Aussi le guide

enchaîna-t-il directement :

— 1785. Je vous avais prévenus : un millésime fameux. Mais retournons maintenant à Bicêtre, un peu plus tôt, car nos histoires vont s'y rejoindre. La détermination des Necker est renforcée par leur première visite de cet établissement : « J'ai trouvé à Bicêtre, rapportera le nouveau directeur général des finances de Sa Majesté, le spectacle le plus affreux, les infirmités les plus dégoûtantes et les plus cruelles. » Necker charge alors Colombier d'une grande enquête sur les hôpitaux, les hospices, les prisons et les dépôts de mendicité du royaume. Et c'est ainsi que Bicêtre va devenir pour Colombier un de ses lieux privilégiés d'étude et d'expérimentation. Il y sera aidé par un certain…

— Jean-Baptiste Pussin, intervint Mathieu. Les deux hommes vont y nouer une amitié exceptionnelle. Le grand Colombier, administrateur, censeur et inspecteur royal, se liant fraternellement avec le petit Pussin, devenant même son témoin de mariage, voilà qui semble inexplicable à première vue…

— Mais pas si nous y regardons de plus près, continua Pline. Les deux hommes se ressemblent sur de nombreux points : doux avec les faibles et volontaires avec les puissants, tous les deux sont hommes de terrain, des *opérationnels* qui détestent l'inaction et les tergiversations ; ils possèdent la même capacité d'empathie et partagent cette idée assez neuve, philanthropique, d'une assistance concrète, utile, envers les plus démunis ; créatifs et innovants, ils savent contourner les obstacles pour faire aboutir leurs projets. Colombier va également trouver en Pussin un témoin irremplaçable qui l'alimentera en informations de première main : c'est que Pussin connaît mieux que quiconque l'Hôpital général, de l'intérieur, comme pensionnaire et comme employé. Mathieu nous l'a raconté à midi : Pussin est d'abord entré sans un sou à Bicêtre, parmi les autres *bons pauvres*, abandonné pendant cinq ou six ans dans le labyrinthe glacé des couloirs, des travées et des salles sordides de l'hospice, car déclaré inguérissable par les grands docteurs de Paris. Un détail qui aura son importance par la suite : condamné à mort par la médecine, Pussin se gardera toujours de porter un jugement définitif sur la curabilité d'un insensé. Deuxièmement, cet homme plein de ressources, resté à Bicêtre après une rémission jugée miraculeuse, est devenu commis d'économat de la maison, une place enviable et enviée.

— Lorsqu'il rencontre Colombier, précisa Mathieu, sans doute à la fin de l'année 1777, Pussin est chargé spécialement de la tenue des registres des entrées et des sorties de l'établissement, une mission qui nécessite, outre une excellente connaissance des différents services, des qualités évidentes de psychologue.

— Alors, reprit Pline, quelle fut l'influence réelle de Jean-Baptiste Pussin sur les premières réformes structurelles de l'hôpital supervisées par Colombier? Sur, par exemple, la conception du nouvel établissement «modèle», expérimental, créé l'année suivante par madame Necker? Sur les prescriptions d'aménagement des nouvelles salles destinées aux malades de l'Hôtel-Dieu de Paris? Sur les conditions d'accueil du centre de soins innovant conçu pour les enfants atteints par la syphilis? Nous ne le savons pas. Mais nous pouvons, sans doute, deviner son ombre dans l'introduction d'une nouveauté audacieuse, l'installation des premiers lits individuels dans l'établissement. Pussin, l'ancien infirme qui avait partagé durant de nombreuses années sa couche avec d'autres infortunés «enveloppés dans des linges corrompus», ne pouvait pas rester insensible à la détresse de ses anciens compagnons. Lui doit-on, également, ce renvoi d'une «supérieure entièrement inepte» de Bicêtre, despote qui terrorisait et rançonnait les malheureux pensionnaires? Quoi qu'il en soit, l'amitié entre Pussin et Colombier ne cesse de se développer. Ce dernier usera sans doute de son influence pour assurer la promotion fulgurante de son protégé. 1780 marque, à cet égard, une étape décisive.

— C'est au mois d'avril, enchaîna Mathieu, que Pussin est nommé maître des enfants infirmes de Bicêtre. Quatre mois plus tard, on lui confie aussi les fonctions de gouverneur de ce sixième emploi que nous avons longé ce matin, espèce d'antichambre de Saint-Prix. Il devient ainsi un personnage influent de Bicêtre. Il s'agit surtout du premier contact professionnel de Pussin avec les malades de l'esprit : épileptiques, séniles, idiots et imbéciles.

— C'est dans ce quartier que Pussin va réaliser une première libération : l'abolition et l'interdiction absolue de tout châtiment corporel envers les malades. C'est dans la petite Cour des Miracles de ce secteur que va s'élaborer en partie, durant quatre ans, un véritable guide des nouvelles pratiques à adopter vis-à-vis des fous. C'est que, pour Colombier, les insensés font partie des «êtres les plus faibles et les plus malheureux», à qui «la société doit la protection la plus marquée et le plus de soins». Entre ses nombreux déplacements pour visiter les établissements de France, Colombier vient discuter régulièrement avec Pussin et le regarde opérer; non pas avec l'œil inquisiteur du puissant Inspecteur royal des hôpitaux et des prisons qu'il vient de devenir, mais en tant que spectateur curieux et attentif à tous les détails. Il découvre que son ami autodidacte, mû par un instinct très sûr, pratique dans les faits une sorte de médecine de l'intuition, un empirisme guidé par le bon sens, méthode qui génère des résultats prometteurs.

— C'est que, étonnamment, poursuivit Mathieu, Pussin n'utilise aucun moyen physique de curation, aucun remède autre qu'homéopathique. Mais il essaye de modifier l'environnement des malades, d'agir sur *leur moral*, en réformant peu à peu leurs conditions de vie, notamment leur hygiène, leur régime, leurs vêtements, leurs activités, leurs mouvements, leurs pensées. Et non seulement Pussin réussit à améliorer la vie matérielle et psychologique des incurables, mais il obtient des améliorations imprévisibles et quelques guérissons inattendues et spectaculaires.

— La manière d'œuvrer de Pussin se révèle finalement conforme aux convictions intimes de Colombier et à ses conclusions générales, issues des observations réalisées lors des contrôles méticuleux qu'il mène en calèche d'enfer dans un très grand nombre de maisons de Paris et de province. Dans quelques rares pensions privées, réservées aux fous de bonne famille, Colombier a pu constater que l'aménagement agréable des lieux, l'égard du personnel pour les malades, l'absence de punitions corporelles, la possibilité de promenades, la participation à des activités récréatives ou manuelles favorisaient sinon la guérison complète des enfermés, du moins l'instauration de conditions de réclusion plus acceptables; dans tous les cas, plus conformes à l'idéal philanthropique. «C'est ainsi, constate Colombier, que le riche peut guérir, ou du moins traîner une vie moins misérable, lorsqu'il a le malheur d'être attaqué de la folie.» Or, ce que souhaite Colombier, c'est que les pauvres puissent bénéficier des mêmes mesures dans les hospices qui relèvent de l'Administration royale, car, dit-il, «le cri de l'humanité s'est fait entendre en leur faveur». Et ce que Pussin démontre de son côté, à Bicêtre, c'est qu'il est possible d'atteindre ces objectifs dans un établissement public sans entraîner des dépenses inconsidérées de la part d'un État exsangue, dont le trésor côtoie déjà les abîmes.

— L'instruction de 1785, c'est bien cela, Monsieur Pline vers quoi vous nous emmenez?

— Nous y voici déjà, chers confrères. Toutes ces observations minutieuses, réunies patiemment par Colombier, lui permettent d'ébaucher le cadre théorique d'une nouvelle doctrine officielle concernant «la manière de gouverner les insensés et de travailler à leur guérison dans les asiles qui leur sont destinés».

— Des «asiles», vraiment? Avant la loi de 1838? réagit avec étonnement Marie.

— Pas encore une création *ex nihilo* d'établissements spécialisés, bien sûr. Les ressources du royaume ne permettent pas de l'envisager. Mais la mise en place systématique de quartiers spécialisés dans les hôpitaux ou les dépôts de mendicité existants. La séparation physique des insensés était déjà prévue depuis plus d'un siècle, mais elle n'était que murs ou grilles supplémentaires ajoutant l'oubli à l'isolement. La grande nouveauté, dans le document de Colombier, c'est la nature fonctionnelle de cette *sectorisation* — le terme est certes anachronique, mais l'intention est avérée — et les instructions précises qui la détaillent, en organisant et en aménageant ces «lieux nouveaux», ces nouveaux asiles…

— Je croyais que cette dénomination avait été proposée par Esquirol? demanda Olivia.

— Disons poliment que monsieur Esquirol a beaucoup emprunté à ses prédécesseurs. Bien avant lui, on pensait déjà qu'un endroit spécifique, conçu pour les seuls fous, ferait fonction d'«instrument de guérison par lui-même». Qu'écrit d'ailleurs Colombier à ce sujet? Les lieux où l'on place les insensés doivent concourir «au soulagement, à la guérison et à l'amélioration de l'état des malades». Ouvrons une petite parenthèse : pourquoi notre auteur retient-il ce beau nom d'«asile», qui deviendra si détestable par la suite, au point que nous devrons le changer en «hôpital psychiatrique»?

— L'asile est une notion fort ancienne qui nous parvient directement de l'Antiquité, intervint Natalia. *Offrir l'asile* à quelqu'un — lui «donner asile», comme nous le disons encore de nos jours —, c'était garantir à cette personne, dans un territoire particulier — souvent sacré — une protection inviolable. Ainsi, au Moyen Âge, trouvait-on asile dans les églises, par exemple, ou dans les monastères, les cimetières.

— Même si cette «inviolabilité» est devenue de plus en plus relative avec le temps, poursuivit Pline. L'asile est synonyme de sanctuaire, comme vient de le dire Natalia. L'utilisation de ce terme-concept dans le titre de la brochure élaborée par Colombier fait donc fonction de manifeste : désormais, les fous doivent être protégés. Mais Colombier va encore plus loin : tout doit être entrepris, dit-il, pour tenter d'améliorer leur état. C'est la deuxième orientation du document. En l'absence de soins, écrit Colombier dans le préambule, «la démence des uns est perpétuée, tandis qu'on pourrait la guérir ; et celle des autres augmentée, tandis qu'on pourrait la diminuer». Enfin, la troisième prescription n'en est pas moins innovante que les précédentes : on doit, dit Colombier, adapter les traitements «aux différentes espèces de folie».

— On ne peut soigner les frénétiques de la même manière que les imbéciles, les maniaques ou les mélancoliques, murmura Mathieu.

— «Il ne suffit donc pas de traiter d'une manière générale tous les insensés renfermés dans les maisons de force, il faut aussi qu'ils soient classés suivant leur état de santé et suivant les vues qu'on a sur leur traitement présent, prochain ou éloigné.»

Pline avait totalement abandonné son air facétieux, son attitude était devenue beaucoup plus imposante.

— L'innovation et l'importance de cette instruction, pourtant diffusée à des centaines d'exemplaires dans toutes les généralités — régions administratives — du royaume, ont été très largement sous-estimées, voire ignorées. Or, en 1785, le contenu de cette circulaire est proprement avant-gardiste. Sur le fond, Colombier tente d'imposer une action gouvernementale en faveur des insensés. Il ne s'agit plus de préserver uniquement la société et son ordre public des effets néfastes d'une folie dérangeante que l'on essayait d'oublier dans les renfermeries ; il convient de protéger les malades eux-mêmes « contre les abus et les préjugés actuels » de la société, et de systématiser les soins en profitant « des lumières acquises » — c'est-à-dire des découvertes scientifiques les plus récentes. Sur la forme, il s'agit d'un véritable programme national distribué à tous les établissements pour leur donner « un exemple dont ils puissent profiter et des éclaircissements » pour « se corriger et de se perfectionner ». L'instruction de 1785 apparaît bien comme le premier acte officiel d'une politique publique de la santé mentale.

— Pourquoi reste-t-elle alors confinée dans les notes de bas de page ou presque ? demanda Natalia.

— Parce qu'elle sentait trop l'Ancien Régime. Le mythe d'un Pinel libérateur des fous collait mieux au récit de la grande geste révolutionnaire telle qu'on l'enseigne encore dans nos écoles. Colombier a également la mauvaise idée de mourir de fatigue, sur les routes de France, la fameuse nuit du 4 août 1789. Il ne pouvait choisir meilleure date pour que sa mémoire soit emportée avec lui dans les débris du vieux monde.

— Mais quelle est la relation de son *Instruction* avec la nomination de Pussin comme gouverneur des fous ?

— Je crois que c'est lui qui a fait nommer Pussin à Saint-Prix en octobre 1785, justement pour mettre en place cet asile type décrit dans la circulaire. Il est étonnant de constater la similitude entre le profil théorique des « personnes chargées du soin de ces malades » que conseille Colombier « puisque, précise-t-il, leurs fonctions exigent en même temps une grande force de corps, de l'humanité, de la présence d'esprit et de l'adresse », et la description de Pussin qui nous est parvenue par d'autres sources, lesquelles présentent ce dernier comme doté « des qualités physiques les plus propres à en imposer » et sachant « allier avec intelligence la douceur et la fermeté ». Comment ne pas être saisi, non plus, par la méthode non violente utilisée par Pussin et les interdictions formelles que l'on retrouve sous la plume de son ami Colombier : « Les coups doivent être proscrits et punis sévèrement » ?

— De fait, insista Mathieu, c'est bien Pussin qui va montrer l'exemple à Saint-Prix en reformant radicalement les conditions d'existence des insensés : «Suppléant à presque toutes les ressources par son esprit observateur et son génie, il a souvent déterminé, de manière prompte, des cures dont on avait désespéré, et cela, dans un local où les circonstances les plus défavorables se trouvaient rassemblées. »

— C'est lui, aussi, qui va accomplir cette sorte d'allégorie de la *Grande Libération des fous* — qui s'opposera opportunément, au lendemain de la Révolution, à ce *Grand Renfermement* décidé par l'Ancien Régime. C'est Pussin qui va ôter les derniers fers aux malades les plus furieux, initiative que la postérité, assez peu reconnaissante, préférera attribuer à Pinel, figure plus conforme à la propagande révolutionnaire bourgeoise.

— Comment le savez-vous, Monsieur Pline ? demanda Olivia, intriguée.

— Parce que Pussin l'a écrit, Olivia : «Au mois de prairial de l'an V — 1797 —, je suis venu à bout de supprimer les chaînes en les remplaçant par des camisoles qui les laissent promener et jouir de toute la liberté possible, sans être plus dangereux. » Et parce que cette allégation est corroborée par les propres déclarations de Pinel. Ce dernier fera bien «briser» lui aussi les chaînes des insensées de la Salpêtrière quatre ans plus tard, mais seulement lorsque… Pussin l'aura rejoint au titre de «médecin des folles»!

— Monsieur Pline dit vrai, confirma Mathieu. Nous avons aussi la preuve que Pussin et son équipe substituaient déjà l'utilisation des gilets de force à cet «usage gothique des chaînes» bien avant l'arrivée de Pinel à Bicêtre.

— Comprenez bien, mes chers confrères, poursuivit Pline, que libérer un homme de ses fers ne relève pas uniquement de ce symbolisme romantique devant lequel l'histoire officielle souhaite que nous continuions à nous extasier : retirer les entraves, ouvrir les cages, c'est redonner un statut humain à la bête abandonnée, c'est restituer à l'être souffrant une part de sa dignité perdue. C'est, également, tenter de rétablir un dialogue, aussi ténu soit-il. Est-ce Colombier qui instruisit Pussin de l'existence de ce dispositif déjà largement utilisé en Angleterre ? Colombier avait-il lu Cullen, un célèbre professeur écossais qui préconisait la systématisation des camisoles ? Est-ce l'ingénieux Pussin lui-même qui, manquant de ressources pour acheter ces gilets à l'étranger, demanda à un artisan de Bicêtre de lui confectionner les premiers exemplaires français ? Nous ne pouvons rien affir…

— William Cullen !

L'exclamation qui venait d'interrompre Pline avait été aussi spontanée qu'enthousiaste.

— Oui, Géraldine ?

— C'est Pinel qui fut l'un des premiers à traduire Cullen en français…

— Vous me contentez, Géraldine. Mais, justement, vous souvenez-vous de l'année de parution de sa version française des *Éléments de médecine pratique* de Cullen ? demanda Pline avec un œil redevenu gourmand.

Géraldine prit le temps de réfléchir.

— Hum… Pas exac…

Saisie d'un doute, elle se tut aussitôt tout en interrogeant Pline du regard. Ce dernier lui offrit son plus beau sourire avant de continuer.

— 1785, en effet, encore. Année où est révélée en France, *via* les traductions du fameux Cullen, que la folie — en tant qu'« affection du système nerveux » — doit être rangée parmi les « maladies nerveuses », que cet auteur propose même de nommer « névroses ». On connaît le succès de ce joli vocable qui annonce l'arrivée de la neurologie avant de se faire annexer, un peu plus tard et moyennant une sérieuse toilette conceptuelle, par la psychanalyse.

— Et Pinel dans tout cela ? demanda Philippe. Où est-il, cette fameuse année 1785 ?

— Quelle impatience ! rétorqua Pline.

— Eh bien, répondit Géraldine, il est encore à Paris, où il essaye de gagner sa vie tout en espérant se faire accepter enfin par le docte milieu parisien qui n'aime point trop les petits médecins provinciaux de leur état. En attendant ses jours de gloire — ils ne viendront qu'après la Révolution, monsieur Pline a raison —, il continue à étudier et à apprendre. Il anime un petit périodique médical, il donne des cours de mathématiques, il s'éprend de zoologie, d'anatomie, de naturalisme, d'hygiène. Et, comme nous venons de le voir, il traduit aussi des ouvrages de médecine. Bref, il se prépare pour son entrée en scène.

— Vous oubliez quand même, chère Géraldine, intervint Pline, que c'est précisément l'année où il commence à s'intéresser de très près à la folie. Pas seulement à cause de cette traduction de Cullen dans laquelle il découvre une classification des maladies mentales qu'il reprendra à son compte, mais parce que la folie rôde vraiment autour de lui. C'est l'année de ses premières publications sur la manie et la mélancolie.

— C'est vrai que Pinel est obsédé par la mort d'un proche. La culpabilité revient le hanter. Il se reproche de n'avoir pas su guérir la mélancolie mortifère de cet ami, de ne pas avoir pu empêcher l'irrésistible chute du jeune homme. La mémoire de ce suicide et le constat de sa propre impuissance face à ce drame ne s'effaceront jamais tout à fait : « Il était dans mon pouvoir — écrira-t-il plus tard — d'user d'un grand nombre de remèdes, mais *le plus puissant de tous me manquait*, celui qu'on ne peut guère trouver que dans un *hospice bien ordonné.* »

— L'« hospice » que mentionne Pinel, continua Pline, ce sera Bicêtre, bien sûr, « source de nouvelles lumières et d'instruction ». Car c'est au contact de Pussin et de ses fous que Pinel, en 1793, aura une sorte de révélation et que sa vocation se confirmera. C'est à Saint-Prix, au milieu des fous dits incurables, qu'il trouvera enfin la clé de sa quête, qu'il étudiera « le vrai caractère et les variétés de la folie », qu'il découvrira cette approche empirique qui, parce qu'elle obtient des résultats réguliers et incontestables, s'apparente bien à une méthode nouvelle du traitement de la folie. Dès lors, Pinel collectera les principes pratiques mis en œuvre par Pussin afin de les codifier et de les articuler avec tout le matériau théorique qu'il accumule lui-même depuis plusieurs années. Ce « plus puissant remède » contre la folie dont il ne disposait pas encore pour empêcher le suicide de son ami, c'est bien évidemment ce *traitement moral* que Pinel va conceptualiser à partir de l'expérience décisive de Bicêtre.

— Qui aboutira donc à son célèbre *Traité médico-philosophique sur l'aliénation mentale* ? demanda Philippe.

— Dont une grande partie sera écrite ici même.

Pline ne put s'empêcher de sourire en voyant la main levée

d'Amandine qui demandait ainsi l'autorisation d'intervenir. L'apprentie infirmière en psychiatrie était sans doute intimidée par le savant aréopage qu'elle avait rejoint.

— Je vous en prie, Amandine…

— Concrètement, c'est quoi, ce « traitement moral » ?

— Si je voulais être totalement cynique, je dirais : une usur-pation. Car cette nouvelle doctrine médicale provient en grande partie du travail de Colombier et de Pussin. Elle introduit une modification de perspective concernant à la fois les origines de la folie et son mode de traitement. Comme le résume fort bien Pinel dans son traité, l'opinion courante de l'époque faisait « attribuer aux vices du cerveau, et surtout aux irrégularités et aux dispro-portions du crâne, l'aliénation mentale ». Cette certitude d'une cause exclusivement organique des maladies mentales — qui n'est pas sans rappeler certaines affirmations actuelles, n'est-ce pas, mes chers confrères ? —, d'un « vice » purement physiolo-gique donc, s'était imposée dans la plupart des cénacles officiels. Ne sachant absolument pas soigner ces prétendues lésions, on en déduisit assez vite que la folie était incurable. D'où cet abandon généralisé des fous dans les renfermeries. Or, malgré l'absence totale de soins « médicaux » prodigués dans ces établissements de l'oubli, certains insensés parvenaient à retrouver leurs esprits. Comment un tel miracle était-il possible ? Sans ardents médica-ments ou traitements plus virulents ?

— Par la psychothérapie, répondit Olivia.

— En cessant de torturer les corps pour mieux soigner les esprits, en effet. En agissant sur les perturbations mentales, sur les comportements, en jouant sur le registre de l'entendement et des émotions. Pinel s'appropriera le concept de « maladie nerveuse » de Cullen pour justifier l'usage du traitement moral et l'opposer, en quelque sorte, à l'ancien couple « maladie organique-traite-ment physique ». Parce que, argumentera-t-il, « c'est une très pe-tite partie de la médecine que la prescription des médicaments ».

Pline afficha un grand sourire satisfait.

— Je me permets de le répéter pour ceux qui ne m'auraient pas bien entendu : « C'est une très petite partie de la médecine que la prescription des médicaments. »

— Nous avons bien reçu le message, Monsieur Pline,

répondit Philippe avec un certain amusement.

— Vous m'en voyez ravi, alors, répliqua le guide, les yeux pétillants de malice. Il faudra cependant attendre un demi-siècle supplémentaire pour que ce nouveau partage médical du domaine de la folie soit formulé avec nos mots d'aujourd'hui, Amandine : « Nous voudrions donc qu'il fût reconnu et convenu que la folie est une question aussi psychologique pour le moins que physiologique. » La codification du traitement moral par Pinel était donc l'aboutissement de cette redécouverte — effectuée par d'autres, je me permets d'insister — concernant l'efficacité d'une cure ne faisant appel qu'à des ressorts psychologiques.

— Pourquoi « redécouverte » ? demanda Amandine.

— Parce que les grands auteurs antiques avaient bien insisté sur ce point. Certains théoriciens plus modernes préconisaient également cette « médecine de l'esprit » ; on savait qu'une tête couronnée avait été soignée de la sorte ; on voyait aussi de riches patients, mieux traités dans leurs pensions que les déshérités dans leurs mouroirs, parvenir à rémission ; et voilà que, maintenant, de pauvres fous recouvraient en masse leur raison dans les hospices publics. Mais qu'importaient ces résultats à la médecine officielle, jalouse de ses connaissances et de ses prérogatives, toujours aussi hostile vis-à-vis des nouveautés, rigidifiée par ses vieux réflexes conservateurs ? Elle n'avait que mépris pour ces guérissons suspectes. Comment ces « faux médecins », de simples charlatans sans talent, pouvaient-ils mieux « savoir » que les caciques des académies royales ? Pire : comment ces « personnes sans titre et sans capacités » pouvaient-elles parvenir à soigner l'inguérissable ?

— C'est là que réside le véritable coup de force de Pinel, compléta Géraldine. Avoir réussi à transformer une pratique profane en méthode canonique. Lorsqu'il fait publier son célèbre traité, Pinel est devenu un notable par les grâces de la Révolution ; il fait partie de la nouvelle élite médicale parisienne ; à ce « titre », il est donc accrédité pour dire la bonne et la vraie science. Présenté par un éminent docteur, revêtu des oripeaux de la scientificité, le traitement moral peut revendiquer ses lettres de créance, être admis dans le *corpus* officiel, ses vices passés se transformant *ipso facto* en vertus entendues. L'adoption institutionnelle du

traitement moral est facilitée, aussi, par la dimension extrêmement concrète de l'ouvrage de Pinel. C'est en effet la première
fois qu'une explication claire est donnée dans un livre en français, que les exposés sont accompagnés d'études de cas variés et
de témoignages crédibles — car rapportés par un membre de
l'*establishment*. Le tout transforme cette publication en une sorte
de bréviaire ; son succès de librairie sera d'ailleurs immédiat ; ses
prémisses discutées au-delà du cercle médical.

    — Pour le dire moins poliment que Géraldine, reprit Pline,
et je reviens sur mes propos de tout à l'heure, le traité de Pinel
opère la captation d'un art de guérir développé précisément hors
du champ de la médecine. Mais que cette dernière va pouvoir
désormais annexer complètement pour son plus grand profit.
Rappelez-vous ce que je vous avais raconté concernant une inspection de l'hospice des fous de Bicêtre, réalisée au lendemain
de la Révolution. Le rapporteur étonné avait utilisé dans son
compte-rendu, à plusieurs reprises, le mot inhabituel de « douceur » pour parler de la manière dont les insensés y étaient traités.
Cette pratique de la « douceur » à Bicêtre, suffisamment rare pour
être mentionnée dans un document officiel, n'était régie par
aucun système formel ; seulement servie par l'empathie naturelle,
l'intelligence pratique, le bon sens et le savoir-faire de Pussin.
Dans les faits, cette approche hygiéno-psychologique, puisqu'elle
avait bénéficié des conseils de Colombier, avait produit de si
bons résultats que Saint-Prix était devenu bien avant l'heure, *officieusement*, un lieu avéré de traitement : « Les fous n'y restent —
témoigne Pussin en 1794 — autant qu'ils sont malades ; aussitôt
que l'on est assuré de leur parfaite guérison, on les fait rentrer
dans le sein de leur famille ou de leurs amis. » Ce que je veux dire,
c'est que Pussin et les siens, à Bicêtre, à York ou ailleurs, avaient
fait espérer une véritable libération des fous ; sans doute Pinel
lui-même avait-il cru sincèrement soulager la peine des insensés, modifier le regard que leur portait la science, instaurer une
relation nouvelle et plus intime — « clinique », dirions-nous —,
entre des praticiens demeurés longtemps indifférents et des êtres
sans statut redevenus des malades. Mais en théorisant cette méthode et, surtout, en l'abandonnant comme offrande sur l'autel
de la médecine triomphante, bourgeoise, toute-puissante de ce

début de XIXe siècle, Pinel allait favoriser en réalité la possibilité d'un nouvel enfermement, cette fois-ci médical et spécialisé.

— Ah, vous exagérez, tout de même ! s'exclama Géraldine.

— Je n'ai pas dit, rétorqua aussitôt Pline, que votre héros le réalisa lui-même…

— Et ce n'est pas « mon héros » ! répliqua Géraldine, du tac au tac, un peu vexée. On ne peut pas réduire simplement comme vous le faites, Monsieur Pline, l'avènement du traitement moral à un nouveau système de police et de régulation sociale.

— Je vous taquinais, Géraldine, veuillez excuser cette boutade héroïque, enchaîna Pline. Je vous accorde que Pinel avait des intentions louables et que ses actes, notamment à la Salpêtrière, seront toujours motivés par de très estimables sentiments. Ses successeurs auront beaucoup moins de scrupules, convenez-en. Vous savez très bien que les postulats sur lesquels reposait le traité, notamment ce concept de la « raison aliénée » et la « théorie de l'isolement » qui en était la conséquence, ne pouvaient, sans contrôle extérieur, aboutir qu'à une catastrophe. Bientôt, dans les « Pinélières » du traitement moral — comme l'opinion publique les baptisera rapidement —, d'honorables docteurs de la faculté remplaceront les Pussin et consorts. À Jean-Baptiste l'Empirique, cet amateur qui « n'a jamais été médecin, n'a fait aucunes études médicales, ni même aucune autre espèce d'études », succéderont les très sérieux praticiens de la « science aliéniste ». L'heure de « la vertu douce », philanthropique, chère à Fénelon, était déjà révolue ; celle des « douceurs insidieuses » de Foucault — n'est-il pas vrai, mon cher Philippe ? — allait bientôt sonner.

— Le ver n'était-il pas déjà dans le fruit de la passion ? demanda Natalia, un brin espiègle. Je veux dire que, dès le départ, cette dénomination de traitement moral posait quand même problème, elle était particulièrement équivoque.

— Cabanis avait perçu cette ambiguïté très tôt, dès la parution de la première édition du traité de Pinel : « Cet excellent esprit n'ignore pas que tout ce qui porte le nom de *moral* réveille des idées bien vagues et même bien fausses. » Une inquiétude qui se transformera rapidement en certitude. Permettez-moi, chère Géraldine, de citer cette définition du traitement moral donnée par Pinel lui-même : « L'art de subjuguer et de dompter l'aliéné, pour ainsi dire, en le mettant dans l'étroite dépendance d'un homme qui, par ses qualités physiques et morales, soit propre à exercer sur lui un empire irrésistible, et à changer la chaîne vicieuse de ses idées. »

— Vous savez très bien que ces mots n'ont pas le même sens qu'aujourd'hui, essaya de se défendre Géraldine. C'était quand même un progrès.

— Je n'en suis pas certain, rétorqua Pline. Je crois, pour ma part, que toutes les dérives ultérieures sont déjà contenues dans cette courte description. La brève parenthèse enchantée ouverte par les Colombier et les Pussin allait se refermer brutalement. Le traitement moral — cette emprise « irrésistible » — allait devenir, dans les mains des médecins bien-pensants et tous-puissants, un traitement *par* la morale. Le temps du *Grand Renfermement* s'achevait; celui du *Grand Internement* pouvait commencer. Et, avec lui, le calvaire de ces nouveaux fous désormais baptisés « aliénés ».

9.

Delajoie déroula la ficelle qui tenait scellée la pochette du courrier interne qu'un fonctionnaire de la maison venait de lui apporter. Au milieu de différentes enveloppes et de plusieurs mémorandums interservices, il découvrit le boîtier plat d'un DVD dont la couverture l'intrigua. Plus que le visuel, qui représentait l'affiche d'un vieux film français, c'est le nom du metteur en scène, imprimé en lettres du haut de casse, qui avait attiré son attention. Une phrase précisait en effet, en dessous du titre et du nom de l'auteur, que l'œuvre était «librement adaptée et mise en scène par Héraclès».

Cet «Héraclès» ne laissa pas Delajoie indifférent. Le commissaire comprit immédiatement que le film qu'il tenait entre les mains était une version sans doute originale, mais bien peu fidèle à l'œuvre originelle. Delajoie contourna rapidement son bureau, ouvrit le tiroir réservé aux documents à traiter et fouilla dans cet incroyable pêle-mêle. C'est qu'un retard important s'y était accumulé ces dernières semaines, compte tenu du dénouement tragique de l'affaire Aristote. Mais il trouva rapidement ce qu'il cherchait, une petite enveloppe blanche, sur laquelle était écrit au crayon noir : «Pour le commissaire Delajoie, de la part de son admirateur Héraclès».

Delajoie ne savait plus trop quand il avait reçu cette missive

— elle ne portait pas le tampon dateur apposé habituellement par le service du courrier —, mais il n'y avait attaché aucune importance particulière sur le moment, d'où sa mise en sommeil dans le caisson d'attente. Il faut dire que le nombre de dérangés qui lui faisaient parvenir quotidiennement des menaces, insanités, avertissements, énigmes, défis et autres extravagances, ne diminuait pas avec les années. Les lettres qui lui étaient adressées, ainsi que ses courriels et textos, abondaient d'une littérature aussi désagréable que nauséabonde. Mais son flair policier venait de l'alerter, de le convaincre que cet « Héraclès » pouvait être un véritable « client ». En une seule mention, le statut d'Héraclès venait de basculer de celui d'illuminé à celui d'assombri.

Delajoie glissa la fine lame de l'ouvre-lettres dans la fente du pli, le libérant d'un seul à-coup. L'enveloppe contenait quatre cartes postales[1] tout à fait étonnantes : chaque recto offrait une reproduction iconographique ; chacun des versos affichait du texte. Delajoie se saisit de la première sur laquelle était représentée une sculpture antique composée de plusieurs personnages. Le plus grand, un homme de corpulence athlétique, entièrement nu sous une peau de lion qui recouvrait sa tête et ses épaules, tenait une sorte de grosse massue dans sa main droite, alors que son bras droit était replié afin de soutenir un jeune enfant. Ce dernier, aux traits de chérubin, échangeait un regard étonné avec une biche apprivoisée qui se tenait aux pieds de l'adulte. Les connaissances en mythologie de Delajoie restaient limitées — une mise à jour avait néanmoins été effectuée pendant des vacances en Grèce partagées avec Antoine —, mais il déduisit que l'homme devait représenter Héraclès, hypothèse qui fut confirmée au retournement de l'image. Une maxime en latin, que Delajoie ne put comprendre, précédait la signature « Héraclès ».

Un facétieux, pensa Delajoie, qui se promit de demander la traduction de la citation à Antoine.

Les trois autres cartes, quant à elles, reproduisaient sur leur face figurative d'anciennes gravures montrant des hommes alanguis, prisonniers d'appareillages très surprenants, pour ne pas dire monstrueux. La première estampe présentait un malade alité et enchaîné dans une cellule étroite, affublé d'un étrange

---

1. Pièces à conviction à consulter sur la page *Bonus* du site *dosdesangetdedouleur.fr*

bonnet, dont le buste était emprisonné dans un impressionnant corset d'acier. Sur la seconde, le malade, immobilisé au moyen d'une camisole de force, était assis dans une sorte de petite cabine en bois mobile, montée sur un gros pivot métallique, dont les mouvements rotatoires étaient commandés manuellement par un ingénieux système de cordes et de poulies. La dernière image offrait la vue d'un patient sanglé sur un lit suspendu, sorte de balancelle que l'on pouvait également faire tourner sur un axe en actionnant une longue manivelle en fer.

Sur l'envers de chacun de ces trois fac-similés, une courte citation en latin, écrite entre guillemets, précédait un texte beaucoup plus long, écrit dans une langue différente, toujours aussi inconnue par le commissaire.

Un pénible, soupira Delajoie intérieurement. *Qu'est-ce qui m'échappe?* se demanda-t-il, juste avant que ne se produise une association d'idées.

Delajoie retourna la face illustrée de l'une des cartes, celle où un fou était lié sur un lit suspendu.

Bien sûr, pensa-t-il aussitôt.

Car la balancelle reproduite sur la carte ressemblait étonnamment à celle dans laquelle on avait retrouvé le corps du professeur Bravehomme.

Delajoie ouvrit le premier dossier d'une pile de documents qui était posée sur le côté gauche de son bureau afin d'observer à nouveau les quelques photographies de la scène de crime que lui avait fait parvenir dans la matinée des gendarmes de Nancy. Malgré des différences, le doute n'était pas permis.

Un dangereux, conclut finalement Delajoie. *Et un dangereux intelligent, les pires.*

Il se saisit alors du combiné téléphonique et composa un numéro interne. Quelqu'un répondit très vite.

— Je te dérange, Moustache? Tu es disponible? J'ai un DVD à lire, tu as le nécessaire? Rapidement, s'il te plaît, c'est très urgent. Merci.

Ledit Moustache, Robert Sullac dans la vie civile, adjoint du chef de groupe Morin, se présenta devant le bureau 315 en moins de cinq minutes.

— Vas-y, entre! ordonna Delajoie qui venait d'entendre

l'arrivée du colosse, sans attendre son toquement de politesse contre la porte.

Fidèle à sa réputation, Moustache présentait une allure *Troisième république* irréprochable, des extrémités de ses bottines immaculées aux arabesques luisantes de ses célèbres bacchantes. Tout l'honneur vestimentaire du Quai s'exprimait en cet homme. C'est que, au 36, on ne plaisantait pas avec la vêture ; l'élégance était même une valeur et une fierté collectives. Certes, à quelques exceptions bien connues... L'éclat des belles formes compensait sans doute un peu l'obscurité de ces bas-fonds si souvent arpentés par ces nettoyeurs du crime. Seul son sourire habituel n'illuminait pas le visage jovial de ce bon vivant. C'est que, comme pour la plupart de ceux qui travaillaient dans cette Grande Maison, le deuil avait éclipsé la bonne humeur de Moustache.

— Je le pose où ? demanda-t-il, en montrant un ordinateur portable de bonne dimension.

— Là-bas, répondit Delajoie, en indiquant la table de réunion vers laquelle il se dirigea aussi.

— Patron, continua Moustache sur un ton neutre, mais hésitant, ça m'ennuie de vous demander ça, mais j'ai entendu quelques rumeurs déplaisan...

Delajoie coupa la parole à Moustache tout en lui posant une main affectueuse sur l'épaule.

— Je suis là, non ?

Moustache acquiesça en silence.

— Alors, le sujet est clos, conclut Delajoie. Le client de Bravehomme ne se cache pas, poursuivit Delajoie en tendant les cartes illustrées à son interlocuteur. Il m'avait même averti, mais sa missive était dans la mauvaise bannette. Je pense qu'il nous a concocté une petite suite qui ne va pas nous plaire du tout.

— Un méticuleux, commenta Moustache en détaillant les gravures.

— Tiens, tu peux le mettre, demanda Delajoie en lui donnant le DVD qu'il venait de retirer du boîtier.

— C'est quoi ? demanda sobrement Moustache tout en introduisant le disque dans le lecteur du portable.

— Un film de mauvais genre, j'en ai bien peur.

Moustache jeta un coup d'œil sur la pochette.

— L'original est pourtant excellent, Patron, ce film n'a pas pris une ride. Vous l'avez vu ?

— Je ne m'en souviens pas.

— C'est une comédie satirique sur la médecine. Jouvet est à mourir de rire.

— Je ne suis pas certain que nous nous amusions beaucoup avec cette nouvelle « adaptation », répliqua Delajoie, qui prit place devant l'ordinateur.

— Vous voulez que je reste avec vous, Patron ?

— C'est préférable, nous risquons d'avoir une urgence médicale à gérer. Le film a été livré ce matin.

Moustache approcha une chaise à côté de celle déjà occupée par son patron, ajusta la position de l'écran pour optimiser une vision partagée et sans reflets, puis appuya sur la touche qui déclenchait la lecture.

Le pastiche se révéla dès le générique. À la manière des films muets, un premier carton noir afficha le titre « *Knock ou Le triomphe de la médecine* de Jules Romain. Comédie en trois actes, librement adaptée et mise en scène par Héraclès ». Cette introduction fut suivie d'un nouvel écran textuel qui indiquait : « Acte I — La préparation ».

La scène s'ouvrait sur un masque, cadré en très gros plan, qui ressemblait étonnamment au visage de la statue d'Héraclès reproduite sur la première des cartes postales envoyées à Delajoie. On entendait le son d'une eau débordante ainsi que les cris étouffés d'un homme.

— Ça commence bien, commenta Moustache.

Le masque s'écarta de l'objectif, ce qui libéra le champ de vision et permit de découvrir le lieu, une sorte de grande salle de bains vétuste, sortie d'un autre âge, meublée de baignoires imposantes, scellées au sol, et séparées les unes des autres par des paravents amovibles. Une de ces baignoires était occupée par un homme allongé, immobilisé dans le bain par un couvercle étanche fixé par un jeu de clavettes. Une encolure étroite, pratiquée dans cette housse qui le maintenait prisonnier, ne laissait dépasser que son cou et sa tête. Tête souffrante, sur laquelle se déversait, en un jet dense et continu, une eau vive provenant d'un robinet positionné à une vingtaine de centimètres au-dessus de la victime. «Victime», car l'individu n'était visiblement pas consentant : il hurlait. Le débit de l'eau qui l'assaillait était tel qu'une masse aqueuse obstruait en permanence sa bouche et ses narines, l'empêchant de respirer correctement. La victime tentait désespérément de se débattre et de décaler son crâne pour échapper au pilon liquide et infernal qui le martelait sans répit. En vain.

— Merde ! laissa échapper Moustache. Ça semble mal barré pour le mec.

Une voix *off*, située à proximité de la caméra, se fit alors entendre. Sans doute celle de l'homme au masque d'Héraclès.

— Ce bon docteur que vous voyez là, Commissaire, hésite encore à me donner la réplique. Je me vois contraint de lui administrer une petite thérapie. Sachez que je respecte scrupuleusement les consignes d'éminents aliénistes, hommes du passé psychiatrique, certes, mais d'un temps peu éloigné du nôtre. L'eau du bain est à 10 ° tout juste ; celle de la douche curative à 12 ° à peine. Avouez que ce monsieur semble d'une composition un peu fragile, cela ne fait que trois heures qu'il barbote dans cette eau spécialement sinapisée. Je vous ferai remarquer qu'en pareil cas, notre grand Pinel, ce Jésus de la psychiatrie, autorisait lui-même les douches punitives pour «dompter» les malades. Pour les soumettre au travail forcé, également. Un de ses successeurs, Leuret, fut un orfèvre en la matière. Il faut dire que, les aliénés n'étant pas rémunérés, leur réticence initiale pouvait se comprendre. Mais il nous faut bien décongestionner les cerveaux récalcitrants, n'est-ce pas ? Les désordonnés, les alanguis, les mélancoliques, les originaux, les rétifs, les enthousiastes, les rebelles. Soyons justes : que de progrès accomplis depuis les deux derniers siècles ! Désormais, plus de torture, plus de sacs à étouffement, plus de carcans, plus de lithotomie, et même plus, presque plus, d'électrochocs ! Juste de petites pilules, quelques électrodes intracrâniennes ou, même, une électrostimulation indolore suffisent à ramener l'ordre dans ces pensées trop confuses, à chasser toutes les idées noires qui les encombrent. Une misérable gélule, une impulsion précisément calculée et hop, hop ! Nous voilà en quelques minutes débarrassés de toutes ces émotions chagrines qui accablaient nos vies et la tranquillité de notre entourage.

Voici que s'ouvrent enfin les portes de ce bonheur permanent que l'on nous promettait depuis si longtemps.

La voix marqua alors une courte pause.

— Il semble bien vous connaître, Patron, commenta Moustache.

— Il me provoque plutôt, j'en ai bien peur, répliqua Delajoie. Et je me méfie des narcissiques de son espèce, c'est des cas très spéciaux. Il est cultivé, indéniablement ; déterminé, assurément ; et connaissant parfaitement son affaire.

— « Notre grand Pinel » semblerait le rattacher à cette profession, non ?

— Possible. Psychiatre ou mégalomane se rêvant tel.

— Cette chienlit du bonheur, reprit la voix *off* en maugréant. Mais je m'aperçois qu'il faut que je vous abandonne quelques instants pour la minute de révulsion. Il ne faut point être négligent avec le protocole.

L'homme au masque d'Héraclès apparut dans le champ, il se rapprocha de la victime. Il se saisit d'un large tuyau souple posé sur le sol carrelé de la pièce, puis tourna la petite vanne qui contrôlait l'ouverture du bec métallique qui servait de robinet. Un jet puissant gicla violemment sur le sol, provoquant un effet de recul de la lance. L'eau semblait chaude, car une légère vapeur s'en échappait. La victime redoubla ses cris, rien qu'à la vue de l'instrument.

— À mon avis, le pauvre a déjà dû subir quelques « minutes de révulsion », commenta Moustache.

— Alors, mon bon Docteur ? reprit l'homme au masque d'Héraclès en direction de sa victime. Cessez vos geignements ! Allez-vous enfin m'obéir ? On nous attend, le saviez-vous ? Et notre public est aussi impatient qu'exigeant. Si vous vous entêtez ainsi, vous allez bientôt ressentir une faiblesse à l'estomac qui sera suivie de fortes nausées, puis vous serez sujet à quelques vomissements. C'est que, comprenez-vous, les affusions d'eau froide provoquent une constriction dans les capillaires de votre cuir chevelu, ainsi que dans tout l'arbre vasculaire cutané. Je sais que vous sentez déjà comme écrasé par une montagne de glace. Percevez-vous tout ce sang qui afflue vers votre cerveau ? Allons, je vous en conjure, une commotion de l'encéphale n'est pas une fin digne pour un homme de votre qualité.

La victime tenta d'implorer son bourreau, entre ses gargouillements et les efforts désespérés qu'elle déployait pour tenter d'échapper à la suffocation qui la guettait à tout moment.

— … ce… que… vous… voudrez… voudrez… arrêtez… je… supplie…

— Tiens donc!? Vous suppliez, maintenant? Mais n'est-ce pas vous qui aimez à répéter à vos patients mal-en-point : «Respectons le protocole!» Vous me pardonnerez ainsi de m'en tenir à vos propres instructions, poursuivit l'homme au masque d'Héraclès avant de diriger le jet de la lance vers le visage de la victime.

La puissance de l'impact ainsi que le choc thermique provoquèrent presque immédiatement son évanouissement. Un nouveau carton noir apparut pour annoncer la suite des festivités : «Acte II — La représentation». Fidèle à son effet d'ouverture, l'homme au masque d'Héraclès se présenta devant la caméra, déclamant une tirade d'une voix extrêmement théâtrale.

— L'action se passe dans le canton de la bonne ville de Saint-Maurice. Le docteur Knock vient d'être victime d'une escroquerie en rachetant la clientèle inexistante d'un confrère peu scrupuleux. Mais Knock ne se décourage point, car il se pose en héraut de la médecine moderne : «Les gens bien-portants sont des malades qui s'ignorent.» Et Knock se fait fort d'appliquer cette devise à la lettre.

L'homme au masque d'Héraclès se retira, permettant de découvrir la pièce sanitaire de l'acte précédent. Les compartiments qui contenaient les baignoires étaient maintenant occultés par un grand rideau coulissant. La victime était debout, au centre d'une sorte de potence en bois qui formait un grand cadre, nue sous une camisole qui lui arrivait à hauteur de hanche, entravée à la taille par un large bandeau de toile solide dans laquelle se croisaient deux épaisses cordes de chanvre. La première, tendue de haut en bas, maintenait l'homme debout en lui servant d'appui. La seconde, qui courait entre les côtés latéraux du cadre, assurait son asservissement horizontal. Le visage du prisonnier était dissimulé sous un masque à l'effigie du comédien Louis Jouvet, et sa tête était couverte par un chapeau melon, une copie conforme à celui que portait le personnage sur l'affiche du film. Les manches de son gilet de force étaient cependant détachées pour lui permettre de tenir un livre. L'homme au masque d'Héraclès vint se positionner à quelques mètres de lui. Il fit claquer dans le vide la mèche d'un très long fouet de dressage.

— Gaucher. Et il sait se servir de l'engin, murmura Delajoie.

— Et pourquoi donc? réagit Moustache.

— Parce qu'un débutant arrive très rarement à produire ce claquement que tu viens d'entendre. La mèche doit frotter l'air extrêmement vite pour provoquer un choc supersonique.

— L'extrémité du fouet se déplace plus rapidement que la vitesse du son!?

— Exactement. Ce n'est pas difficile, mais cela nécessite un entraînement.

— Vous m'étonnerez toujours, Patron.

— Tu ne te rappelles pas ce client que la presse avait surnommé «Le Dompteur»? Une affaire de 95, je crois. J'avais beaucoup appris sur l'art du dressage pendant l'enquête.

— Ça ne me dit rien du tout, non. Vous croyez qu'il va vraiment le fouetter, Patron?

— Je ne sais pas, en général, le fouet ne sert pas à frapper, juste à claquer pour intimider la bête à dresser.

L'homme au masque d'Héraclès s'adressa à sa victime.

— C'est à vous de jouer, mon bon Docteur. Appliquez-vous, donnez du son, mettez-y le ton, et tout se passera bien. Une erreur, un coup de fouet. Je vous donnerai la réplique aux moments voulus. Je vous écoute.

— J'ai ma réponse, murmura Moustache.

La victime tenta d'éclaircir sa voix et commença à bredouiller une première tirade.

— «Voilà donc une malheureuse population… qui est entièrement abandonnée à elle-même… au point de vue hygiénique et prophylactique.»

L'homme au masque d'Héraclès n'hésita pas à l'admonester immédiatement.

— Dernier avertissement, mon bon Docteur. Je vous ai dit d'y mettre le ton. Un peu de bonne volonté! Vous voyez, ici, vous auriez dû épeler les voyelles de «pro-phy-lac-ti-que» pour vous donner un air plus savant, c'est ce qui accentue le ridicule de la situation. N'oubliez pas que Knock est un missionnaire, un prophète de la prévention. Il ne veut pas guérir. Tout ce qu'il souhaite, c'est soigner, comme vous, développer son juteux commerce.

La victime tenta aussitôt de satisfaire son bourreau. Les mots portèrent davantage, la récitation fut plus nuancée, malgré une diction qui restait assez pénible.

— « Je pose en principe que tous les habitants sont *ipso facto* nos clients désignés. »

— « Tous, c'est beaucoup demander ? »

— « Je dis tous. »

— « Il est vrai qu'à un moment ou l'autre de sa vie, chacun peut devenir notre client par occasion. »

— « Par occasion ? Point du tout. Client régulier, client fidèle. »

— « Encore faut-il qu'il tombe malade ! »

— « *Tomber malade*, vieille notion… »

Le fouet fusa presque en même temps que le cri de la victime. Et l'homme au masque d'Héraclès corrigea la diction.

— « *TÔMMM-BER MAA-LAA-DE* ». Il vous faut ici créer un effet comique. Reprenez !

La victime retint ses sanglots et prit une longue respiration.

— « *TÔMMM-BER MAA-LAA-DE*, vieille notion qui ne tient plus devant les données de la science actuelle. La santé n'est qu'un mot, qu'il n'y aurait aucun inconvénient à le rayer de notre vocabulaire. »

— « Il faut croire que de mon temps les gens se portaient mieux. »

— « Ne dites pas cela, les gens n'avaient pas idée de se soigner, c'est tout différent. Mais la MAA-LAA-DIE, qui est-ce qui m'aidera à la débusquer ? Qui est-ce qui instruira ces pauvres gens sur les périls de chaque seconde qui assiègent leur organisme ? Il est démontré, clair comme le jour, à l'aide de cas observés, qu'on peut se promener avec une figure ronde, une langue rose, un excellent appétit, et receler dans tous les replis de son corps… »

— Notez que vous pourriez dire ici, mon bon Docteur, les « replis de son âme ».

Delajoie fit un signe à Moustache pour lui indiquer d'accélérer le visionnage. Ce dernier effectua une avance rapide entrecoupée de petites pauses lorsqu'un mouvement suspect semblait digne d'intérêt, notamment un nouveau lever de fouet.

— « ... qui me tient à cœur. Pour moi, le médecin qui ne peut pas s'appuyer sur un pharmacien de premier ordre est un général qui va à la bataille sans artillerie. Par elle-même, la consultation ne m'intéresse qu'à demi : c'est un art un peu rudimentaire, une sorte de pêche au filet. Mais le traitement, ça, c'est de la pisciculture. »

— Voilà un passage intéressant, intervint l'homme au masque d'Héraclès. Arrêtons-nous-y un instant. Mon bon Docteur, vous qui collectionnez les diplômes au point de faire pâlir le corps médical d'un hôpital dans son entier, comment se fait-il que vous monnayiez tant de vos précieux talents en pharmacologie ? Enfin, en pharmaco-quelque-chose, car entre la pharmacodynamie, la pharmacocinétique, la pharmacogénétique, tant de savoirs me perdent. Soit ! Je l'admets : vous êtes bien docteur en pharmacie lorsque cela vous arrange. Mais aussi neuropsychiatre pour vendre vos salades. C'est là que le caducée blesse. En termes vulgaires, vous voulez donc le beurre, l'argent du beurre et... disons : l'argent de l'argent du beurre. Cela fait un peu beaucoup, non ? Auriez-vous cédé à la tentation piscicole de Knock ? Je vous concède que vos honoraires pour servir de caution à tous ces remèdes qui sortent de vos laboratoires et pour vendre votre thériaque moderne sont très impressionnants.

— La « thériaque » ? questionna Moustache.

— Inconnue à mon vocabulaire, répondit Delajoie alors que l'homme au masque d'Héraclès continuait son sermon :

— Remarquez bien que nous disons encore « laboratoire ». C'est que « laboratoire », ça fleure bon la science, la recherche fiévreuse et l'expérimentation audacieuse. Voire le philanthropique, si la propagande est bien faite par le tambourinaire — « l'écho médiatique », dirions-nous désormais. Tout le contraire de cette industrie pharmaceutique d'aujourd'hui qui sent la poudre de perlimpinpin et préfère délaisser l'invention pour ne produire que des maladies.

L'homme au masque d'Héraclès était sorti du champ de la

caméra. Lorsqu'il revint près de la victime, il tenait une espèce de gros dictionnaire dans sa main droite. Mais à cette distance, ni Delajoie ni Moustache ne purent déchiffrer le titre du livre que l'inquiétant personnage tendait à bout de bras, en direction de sa victime.

— Voilà le grand coup de génie! Ah, la découverte des maladies! Quelle aubaine, quelles perspectives, quels bénéfices! Rien de mieux pour recycler les bonnes vieilles molécules qui traînent sous toutes les paillasses des labos, n'est-ce pas? Autrement plus profitable que d'en chercher de nouvelles, nous tomberons d'accord, au moins, sur ce point. Comme utiliser ces substances au hasard ou pour des usages contraires à leurs vertus revendiquées.

L'homme au masque d'Héraclès jeta violemment le livre aux pieds de sa victime.

— Qu'avez-vous donc inventé avec vos laborantins depuis plusieurs décennies, mon bon Docteur, afin d'aider l'humanité et par amour pour elle? Qu'avez-vous donc trouvé pour laver les véritables plaies de vos prochains? Pour lutter, par exemple, contre ce paludisme, cette leishmaniose et cette bonne vieille tuberculose, tous maux encore génocidaires? Ah, oui, si, si, quelques jolies trouvailles cosmétiques quand même, comme cette éflornithine. Elle promettait des merveilles contre cette maladie du sommeil qui menace plus de soixante millions de nos contemporains. Personnes pauvres, malheureusement; pauvres personnes assurément, qui ont dû déchanter rapidement. Il fallut bien constater que ces patients potentiels étaient mal nés, sous des cieux bien trop austères pour assurer un bon niveau de prospérité. L'éflornithine fut donc convertie en crème épilatoire. C'est que la beauté des femmes de nos pays développés exige un glabre beaucoup plus monnayable. Je ne vous blâme pas, mon bon Docteur, je peux même vous comprendre, les pauvres ne voulaient jamais me payer. Toujours à se plaindre, à gémir, à envier. Je devrais vous remercier, en vérité: grâce à vous, les voilà cois, heureux de rester miséreux.

— Le doute n'est plus permis, ce client est vraiment de la partie, intervint Moustache. Même si je ne comprends pas où il veut en venir.

— Il va nous le faire savoir rapidement, ne t'inquiète pas à ce sujet, répondit Delajoie.

L'homme au masque d'Héraclès poursuivait sa diatribe avec ferveur, comme stimulé par sa propre vindicte :

— J'admets que combattre la maladie de l'âme, enfin des âmes occidentales, est autrement plus intéressant — je veux dire plus enrichissant — que de chasser la tsé-tsé affamée. Les revenus extravagants que vous retirez de ce fabuleux Summum®, et que vous partagez avec vos complices, sont tout à fait explicites. Ce n'est plus le petit canton de Saint-Maurice qui s'offre à Knock, mais le monde entier qui vous tend ses bras, mon bon Docteur. Je dois dire que vous m'impressionnez : faire disparaître une demi-douzaine d'études cliniques avant de demander l'autorisation officielle de mise sur le marché de votre nouveau Népenthès relève du grand art.

Un changement soudain d'expression se produisit sur le visage de la victime, l'étonnement pouvait s'y lire.

— Il semblerait qu'il nous offre effectivement le mobile, dit Moustache.

— Ce «Summum®» me dit vaguement quelque chose, ajouta Delajoie en réfléchissant. Mais quoi ? Ce client ne se cache pas, sa mise en scène n'est pas simplement méticuleuse, elle est démonstrative, presque didactique, il veut nous faire comprendre la motivation de ses actes.

— C'est quoi, le «Népenthès» ? interrogea Moustache.

— Je n'en sais fichtrement rien, répliqua Delajoie.

L'homme au masque d'Héraclès poursuivit après un bref silence. Il interpellait toujours sa victime avec véhémence :

— Quoi ? Vous ne niez pas ? Il est vrai que cette hécatombe de rats était contrariante, sans parler de ces thromboses fort déplaisantes ni, encore, de ces effets secondaires tout à fait exceptionnels...

— Nous y sommes ! s'exclama Moustache en appuyant sur la touche «pause».

— Je ne suis plus certain, effectivement, que son action soit motivée uniquement par un narcissisme pathologique, murmura Delajoie.

— Mais tout cela rime à quoi, alors ?

— Il se sent investi d'une mission. Et c'est comme s'il

voulait nous faire admettre sa légitimité à agir. Il n'est pas atteint par la fièvre prophétique habituelle, il n'agit pas sous l'effet d'une révélation ou d'une force occulte. Il se prend plutôt pour un lanceur d'alerte, un dénonciateur de complot.

— Ses méthodes de communication sont particulièrement radicales, Patron, pour ne pas dire définitives...

— Médiatiques au plus haut point. Il veut et il sait que son message sera entendu. « Ses » messages, car cela ne m'étonnerait pas que le professeur Bravehomme soit l'un des « complices » qu'il vient d'évoquer.

— Il en manquerait donc un autre, poursuivit Moustache, du moins si le nombre de cartes est cohérent.

— La dernière victime viendra à nous toute seule, Moustache, crois-moi. Tu peux continuer, s'il te plaît ?

Moustache s'exécuta et relança la lecture.

L'homme au masque d'Héraclès continuait à parler. Et sa victime, entièrement soumise, à se taire.

— Alors, êtes-vous un bon apothicaire ou un mauvais alchimiste, mon bon Docteur ? Je vous vois confus, bien en peine de me répondre ou de vous justifier. Croyez que je comprends ces hésitations. Votre déesse Pharmacée souffre elle-même, depuis sa naissance, d'une confusion regrettable, d'un mystérieux *trouble de la personnalité multiple*. C'est pourquoi son prêtre, ce *pharmakos* que vous êtes, est regardé depuis la nuit des temps avec méfiance, comme un homme double, mi-guérisseur, mi-empoisonneur. Une sorte de magicien, en somme. C'est que le *pharmakon* dont vous faites commerce, ce médicament craint de tous, était suspect même aux yeux des premiers sages : un remède, bien sûr, mais aussi un charme, un philtre, une drogue. Et un poison mortel. Héritage lourd à porter, qui requiert assurément beaucoup de circonspection, puisque, par nature, tout remède peut aussi se transformer en poison. Mais il est si tentant d'oublier la duplicité de votre belle Pharmacée, n'est-ce pas ? Que deviendraient alors les bénéfices sonnants et trébuchants si la prodigalité des usages et des prescriptions venait à souffrir d'une modération bien trop prudente ?

L'homme au masque d'Héraclès prit une courte respiration. Delajoie remarqua de nouveau cette sorte de vide qui semblait absorber son client lors de chacune de ses pauses. Comme si l'action ou la parole lui permettait de fuir sa désolation intérieure.

Il souffre d'une perte, pensa Delajoie, qui connaissait bien ce phénomène lié à un état neurasthénique.

Après quelques secondes, l'homme au masque d'Héraclès sortit de sa torpeur et continua son monologue :

— Saviez-vous que, jadis, à Athènes, une fontaine avait été consacrée à Pharmacée ? Une source curative, dit-on, située sur les hauteurs rocheuses qui surplombaient une rivière. Platon nous raconte qu'une vierge s'abreuva un jour à cette fontaine. On ne revit plus jamais la jeune fille, comme on ne sut exactement les causes de sa disparition. Peut-être, même, avait-elle trépassé, mais son corps ne fut jamais retrouvé. Certains racontèrent que cette vierge avait été précipitée dans l'abîme par un coup de vent boréal ; d'autres rapportèrent qu'elle était tombée dans le gouffre du fait de sa propre imprudence. La seule certitude, c'est que, à ce moment-là, la jeune fille « jouait avec Pharmacée ». Trop imprudemment ? Comment avez-vous pu oublier, mon bon Docteur, le caractère ambivalent de Pharmacée, de tous ses traitements médicamenteux ? Et l'indispensable parcimonie qui doit accompagner leur utilisation ? Mais vous n'êtes pas le seul, je dois l'admettre, à faire boire trop goulûment vos patients à la fontaine de Pharmacée. Devons-nous conjecturer une tare congénitale affectant les membres de votre corporation ? Une dégénérescence telle qu'elle vous obligerait à dispenser sans compter du véritable poison à des gens en parfaite santé ? Mais j'en oubliais presque cette leçon que nous donna le docteur Knock, il y a presque un siècle. Allons, reprenons, maintenant. C'est moi qui commence, cette fois-ci.

— « Est-ce que, dans votre méthode, mon cher confrère, l'intérêt du malade n'est pas subordonné à l'intérêt du médecin ? »

— « Docteur Parpalaid, vous oubliez qu'il y a un intérêt supérieur à ces deux-là. »

— « Lequel ? »

— « Celui de la Médecine. C'est le seul dont je me préoccupe. »

— « Oui, oui, oui. »

— « Vous me donnez un canton peuplé de quelques milliers

d'individus neutres, indéterminés. Mon rôle, c'est de les déterminer, de les amener à l'existence médicale. Je les mets au lit, et je regarde ce qui va pouvoir en sortir. Un dépressif, un névropathe, un obsessionnel, ce qu'on voudra, mais quelqu'un, bon Dieu! Quelqu'un! Rien ne m'agace autant que cet être ni chair ni poisson que vous appelez un homme bien portant. »

L'homme au masque d'Héraclès fit claquer le fouet.

— Faire passer des vessies pour des lanternes à vos contemporains, n'est-ce pas là, comme le démontre Knock, votre exercice préféré? L'histoire médicale, y compris la plus récente, abonde de toutes ces croyances absurdes qui ont fait souffrir des millions de malades. Cette réalité aurait pourtant dû rendre plus raisonnables et plus prudents les gens de votre espèce. Plus modestes, pour le moins. Observez bien ce cadre en bois dans lequel vous vous tenez à présent ; pensez aussi à ce bain que je vous ai administré tout à l'heure. Eh bien, ce sont vos sommités qui les ont inventés et mille autres horreurs semblables à elles, érigées en vérités scientifiques. Ces pontes de la médecine étaient traités en leur temps comme de véritables bienfaiteurs de l'humanité ; ils recevaient honneur, gloire et richesse pendant qu'agonisaient leurs cobayes. Vous êtes semblable, mon bon Docteur, faisant fi de la vie de vos patients en affirmant des choses que vous ne savez pas et que la science, contrairement à vos allégations, ne vous permet pas de connaître. Vous êtes seulement un imposteur, un mauvais génie de nos peurs, un Knock à la petite envergure. Mais voilà que je deviens rabat-joie, tout à coup! Allez, changeons-nous un peu les idées.

L'homme au masque d'Héraclès se rapprocha de la victime afin de ramasser le chapeau melon qui était tombé lors du dernier claquement de fouet. Avant de continuer son discours, il prit le temps d'ajuster le couvre-chef sur sa propre tête, au-dessus du masque :

— Ah! J'adore la tirade suivante, je vais même la lire à votre place tant elle me délecte! Elle annonce la fin proche de notre acte, de toute cette mascarade. Knock contemple l'œuvre accomplie depuis son arrivée, accoudé à une fenêtre de son cabinet. Le canton entier lui appartient corps et âmes désormais, depuis qu'il applique consciencieusement sa théorie de la thérapeutique préventive. Elle lui permet, aidée par ses trois compères, le tambourinaire — le journaliste ou l'homme de communication dirait-on de nos jours —, l'instituteur et le pharmacien, de soigner tout le monde. Knock se laisse alors emporter par le lyrisme : « Il y a deux cent cinquante chambres où quelqu'un confesse la médecine, deux cent cinquante lits où un corps étendu témoigne que *la vie a un sens*, et grâce à moi *un sens médical*. La nuit, c'est encore plus beau, car il y a les lumières. Et presque toutes les lumières sont à moi. *Les non-malades dorment dans les ténèbres. Ils sont supprimés.* »

L'homme au masque d'Héraclès marqua un bref arrêt pour marquer son effet. Puis il reprit avec ferveur :

— Avez-vous entendu, mon bon Docteur ? SU-PPRI-MÉS ! Voilà le coup de maître de Knock ! C'est bien ça que vous vouliez, vous aussi, non ? Supprimer tous les non-malades ? Eh bien, je vais vous prendre au mot.

— Plus aucun doute, lâcha Delajoie, avec dépit, c'est bien un *snuff movie*.

Un nouveau carton succéda à un bref fondu au noir pour afficher : « Acte III — L'épilogue ».

La scène s'ouvrait sur un nouveau décor, tournée dans une petite église. Un léger mouvement de travelling avant rapprochait progressivement le spectateur du chœur, sur fond sonore de requiem. Malgré la luminosité réduite, Delajoie devina ce qui les attendait dans le ciborium qui abritait le tabernacle. Le commissaire se saisit de la deuxième carte postale, celle qui reproduisait un homme assis sur un dispositif rotatif. Il y jeta un bref coup d'œil avant de la tendre à Moustache.

— Si le professeur Bravehomme est bien le n° 2 et celui-ci le n° 3 comme il y paraît, il nous manquerait la victime n° 1.

La caméra s'était maintenant immobilisée et montrait la copie nature, presque conforme, de la gravure imprimée sur la carte postale que Moustache tenait dans ses mains. La victime était prisonnière d'une camisole de force, attachée sur le fauteuil d'une cabine en bois mobile dont l'axe avait été fixé entre le sol et le sommet du petit dôme, à l'emplacement même du maître-autel. Un châssis en bois supportait l'appareillage nécessaire pour faire tourner l'étrange siège. Au-dessus du baldaquin, une grande fresque peinte représentait une vierge protégée par deux anges, qui semblait veiller sur des indigents. Le tableau d'ensemble était des plus saisissants, mêlant le surréalisme de la mise en scène au décor baroque de la chapelle.

— Conscient de ses actes, mais fêlé quand même, dit Moustache. Il a construit ça tout seul, comme un grand ?

— J'ai quelques doutes, répondit Delajoie. Mais la détermination peut réveiller en nous des forces insoupçonnées.

— La dernière fois que j'ai vu un truc aussi élaboré, c'était dans une série américaine.

L'homme au masque d'Héraclès se positionna en face de la caméra :

— Je sais, Commissaire, que vous croyez toujours en la justice des hommes. C'était une très belle idée, mais qui, à l'usage, ne vaut pas mieux que celle de Dieu. Qui donc s'est levé pour punir celui-là et ses semblables, pour leur faire rendre compte de leurs forfaits et de leurs crimes ?

— Il nous manquait la petite tirade moralisatrice, la justification habituelle, lâcha Moustache, un peu nerveux.

Delajoie posa une main sur l'avant-bras de son subordonné, comme pour le calmer. L'homme au masque d'Héraclès continuait à parler, toujours devant l'objectif :

— Personne, Commissaire, personne. Leur drogue a pourtant perpétré plus de morts que les dernières guerres. Bientôt, très bientôt même, nous discuterons de tout cela, Commissaire. Je vous invite à contrôler votre courrier dans les prochaines heures.

— Ce n'est pas beau, ça !? s'exclama Moustache. Il va même se livrer tout seul, comme un grand, il nous faudrait simplement attendre son bon vouloir...

— Je suis comme Knock, Moustache, je préfère nettement la prévention à la curation. On va quand même essayer de l'attraper avant qu'il ne nous zigouille trop de monde.

L'homme au masque d'Héraclès se tenait toujours devant la caméra, continuant à débiter son laïus :

— Je vous laisse, il est temps d'en finir avec ce boutiquier. Ma méthode ne va pas vous plaire, j'en ai bien peur. Je n'en ai pas trouvé de meilleure pour stopper leur folie.

L'homme au masque d'Héraclès s'éloigna alors de la caméra,

se hâtant vers la victime.

— Allez, mon bon Docteur, votre calvaire s'achève ici, vous pouvez me croire. Nous passons à la séquence «déontologie». Que dites-vous, je ne vous entends point?

La victime n'avait rien dit du tout, elle n'avait pas prononcé un son, ni bougé ses lèvres.

— Il est gra-ve-ment TA-RÉ, articula Moustache en épelant bien les syllabes du dernier mot.

— «Déontologie», un gros mot, vous avez raison, mon bon Docteur, poursuivit l'homme au masque d'Héraclès. Lisez quand même, et à haute voix, l'extrait de cette promesse, de ce serment que vous prêtâtes devant vos pairs, avant de revêtir la blouse blanche. Je vous ai punaisé devant les yeux la version originale, pas celle que vous avez récitée fièrement à la faculté de médecine de Nice, au nom de «l'Être suprême». Dire que la médecine moderne peut encore se prosterner à l'ombre de la Terreur, en France, au XXIᵉ siècle, voilà qui donne le ton et bien des frissons! Il est vrai que d'Hippocrate à hypocrite, ce n'est qu'une question de lettres... Mes petites blagues vous laissent de marbre? Tant pis, c'était pour alléger un peu l'atmosphère. Je vous écoute, maintenant, Judas!

La victime, extrêmement engourdie, peut-être même droguée, posa une question, au prix de quelques efforts.

— J'ai fait tout ce que vous m'aviez demandé. Vous me libérerez, après?

— Évidemment, évidemment, mon bon Docteur. Allez, allez, ne nous apitoyons pas sur notre sort, lisez!

Vidée de toute énergie, les yeux hagards et tristes, la victime faisait pitié à voir et à entendre. Sa lecture monocorde ressembla à une longue lamentation.

— «J'utiliserai mon art pour l'utilité des malades, suivant mon pouvoir et mon jugement; mais si c'est pour leur perte ou pour une injustice à leur égard, je jure d'y faire obstacle. Je ne remettrai à personne une drogue mortelle si on me la demande, ni ne prendrai l'initiative d'une telle suggestion...»

Ni ne prendrai l'initiative d'une telle suggestion», martela l'homme au masque d'Héraclès en coupant la victime. Vous vous rappelez là, hein? Continuez!

— « Si j'exécute ce serment et ne l'enfreins pas, qu'il me soit donné de jouir de ma vie et de mon art, honoré de tous les hommes pour l'éternité. En revanche, si je le viole et que je me parjure, que ce soit le contraire. »

— Êtes-vous un parjure, mon bon Docteur ?

La victime essaya de se défendre en balbutiant.

— Les remèdes ne sont pas des drogues…

— Certes non, fort heureusement, tous les médicaments ne sont pas des drogues. Beaucoup sont indispensables et très utiles. C'est bien pourquoi nos anciens, reconnaissant leurs bien-faits, les appelaient d'ailleurs « mains des dieux ». Vous n'avez décidément rien compris à ce que je vous ai dit tout à l'heure ! Ce sont vos mains et vos remèdes qui sont malfaisants, mon bon Docteur. Vous abusez de votre pouvoir pour jouer aux apprentis sorciers. Vous vous prenez pour le Dieu des cervelets apprivoisés, pour le régent des esprits. Je vous repose, une dernière fois, la question : vous êtes-vous parjuré, mon bon Docteur ?

La victime ne répondit rien. Elle était dans un tel état d'accablement qu'elle ne pouvait plus lutter. Elle semblait avoir abandonné.

— Soit ! enchaîna alors l'homme au masque d'Héraclès. Je constate que vous ne regrettez rien. Alors voici venu le temps de payer votre déshonneur. Je vais faire droit à votre requête et vous libérer définitivement. De tous vos péchés. Adieu, mon bon Docteur.

L'homme au masque d'Héraclès appuya alors sur le gros bouton d'une télécommande. Ce qui eut pour effet d'actionner le système de cordes et de poulies qui commandait la rotation de la cabine. Et, effectivement, la victime se mit à tourner sur elle-même. Doucement d'abord, puis de plus en plus vite, jusqu'à se transformer en toupie infernale. Et arriva le moment où le bruit assourdissant du mécanisme se confondit avec des hurlements. Le film s'arrêta brutalement sur ce plan, et un dernier carton noir apparut sur l'écran : « Il est bon pour Charenton ! À Charenton ! À Charenton ! »

Moustache resta songeur quelques secondes devant l'effet de neige pixellisée qui s'était substitué aux images.

— Est-il vraiment mort sur ce manège ? se décida-t-il à

demander à voix haute.

— Je n'en doute pas une seconde, répondit Delajoie en se levant. Sonne le rassemblement et demande au Doc de faire suivre une équipe de l'IJ. Je vous rejoindrai sur place, un peu plus tard.

— Où ça? demanda Moustache, très étonné.

— À l'hôpital psychiatrique de Saint-Maurice.

— Esquirol?

— C'était la maison des fous de Charenton. La localisation semble précise. Je vais informer Franck et Bastien, ils doivent être dans le train du retour.

— Je vous le laisse, Patron? demanda Moustache en désignant l'ordinateur portable.

— Je te le rendrai demain. Dis donc, Moustache, reprit Delajoie après une courte hésitation, je peux te demander un service?

— Vous n'avez pas à poser la question.

— Tu pourrais prendre Kowiak avec toi, quelques jours? Je veux dire «officieusement»? Et le surveiller discrètement? Il n'est pas vraiment apte au service, mais je serais rassuré si tu pouvais veiller sur lui. Je n'aime pas le savoir tout seul en ce moment, livré à lui-même, dans les rues de Paris.

— Le Che ne va pas tousser?

— Je gérerai ça avec Franck, aucun problème. Un peu de distance vis-à-vis du groupe ne fera pas de mal à Kowiak ni aux autres, si tu vois ce que je veux dire.

— Je comprends parfaitement. Vous pouvez compter sur moi, Patron.

Moustache s'apprêtait à sortir du bureau, lorsque Delajoie lui adressa une dernière instruction :

— Et aussi, Moustache, fais diffuser un avis général avant de partir, s'il te plaît. Tu avais raison, ce n'est pas normal que nous n'ayons pas de piste pour le n° 1. Nous aurions dû le retrouver en premier. Héraclès est bien trop méticuleux, quelque chose nous a échappé, un autre cadavre doit se cacher quelque part. Peut-être dans un autre asile, ça collerait avec cette histoire de fous.

10.

Elle dansait, joyeuse et insouciante, baignée de bonheur et de couleur de lune, effleurant le sable chaud de ses pieds nus, sa robe légère portée par le souffle tiède du soir, emportée par ses tours en dedans, se dédoublant en reflets sur les eaux translucides de l'Adriatique, donnant ainsi vie à des dizaines de nymphes aquatiques qui la rejoignaient aussitôt dans ce ballet dalmatique.

Lui, était assis sur un tronc gris et troué par le sel, desséché et échoué sur la dune, plus heureux qu'il ne l'avait jamais été, savourant l'envoûtant spectacle à guichet fermé que sa femme lui offrait dans le plus beau des théâtres qu'il eût pu imaginer, dans cette petite île de Lastovo où ils venaient de sceller un peu plus tôt leur promesse sacrée et qui leur offrait ce soir, pour présent de mariage, l'union démesurée du ciel et de la mer. Il n'arrivait d'ailleurs plus à discerner au loin la ligne d'horizon, ni les contours des crêtes, ni l'extrémité de la voûte céleste. C'était comme si l'Univers entier s'était transporté dans cette crique isolée pour mieux éclairer de ses feux infinis l'étoile de la terre, sa désirée, celle qui tourbillonnait au raz des flots légers, dont les chevilles faisaient virevolter les graines siliceuses, cette déesse croate qui redonnait la vie aux sylphides elles-mêmes et qui, désormais, lui appartiendrait pour l'éternité.

Mais le tonnerre gronda soudain. Sans s'annoncer, la foudre frappa brutalement, et la nuit se déchira entièrement, volant en mille éclats, embrasant le grand dôme de ses éclairs de mica. Et l'homme vit sa femme tituber, se cambrer, se plier et, dans cette chute qui l'emportait, se pencher fiévreusement vers lui, tendre ses bras fragiles dans une supplique désespérée, implorer d'un regard incrédule son aide et sa pitié.

D'un bond, il voulut se ruer, mais il ne put se lever, comme paralysé, emprisonné par une main d'airain. Il s'affola en entendant les râles de sa bien-aimée, puis, ravagé de peine et colère, il la vit s'écrouler sur le rivage, toute disloquée, bientôt ne plus bouger. Il voulut crier, mais même ça, il ne le pouvait pas. Rapidement, l'onde fit glisser le corps sur la grève. Lorsque les flots étreignirent sa dépouille, la mer se mit aussi à pleurer. Alors, seulement, il parvint à hurler. Et à se réveiller.

Kowiak se redressa brusquement, en proie à la panique, trempé par la suée. Fébriles, ses yeux se portèrent immédiatement vers le morceau de tissu qu'il agrippait dans l'une de ses mains. C'était une robe de couleur opaline, celle de son cauchemar, fortement délavée par un effet d'eau de Javel, sur laquelle étaient imprimées des fleurs printanières, maculées de traces plus sombres, comme de longues coulures irrégulières que l'on aurait tenté d'effacer.

Il pivota en s'aidant de ses avant-bras afin de poser ses pieds sur le sol. Quelle heure était-il ? Combien de temps avait-il dormi ? Il ne le savait pas. Il plia délicatement le précieux vêtement avant de le ranger dans un petit coffret posé sur la table de nuit, à côté de l'urne cinéraire.

Deux femmes, deux terribles souvenirs, deux immenses douleurs. Et deux petites boîtes : tout ce qui restait d'elles.

Il n'arrivait pas à se débarrasser de cette amertume qui lui rongeait la bouche. Il ouvrit posément le tiroir du petit meuble et en sortit un pistolet, ainsi qu'un chargeur qu'il introduisit immédiatement dans la crosse. Il avait certes déposé son arme officielle à l'armurerie de la brigade, mais tous les membres de son groupe savaient pertinemment que Kowiak gardait toujours quelques « doudous » personnels à portée de ses grosses pattes. Il était tout à fait improbable de vouloir lui retirer son attirail.

Il arma le HS 2000 d'un geste sec, débloqua sa sécurité, enfonça le canon de 9 mm au plus profond de sa gorge, puis ferma les yeux.

Alors, c'est pour de vrai, ce coup-ci, tu vas y arriver, mon Kow, tu vas en finir une fois pour toutes avec ces conneries ?

Il commença mentalement le décompte de secondes, mais un son numérique, qui annonçait la réception d'un courrier électronique, interrompit sa petite cérémonie masochiste.

Partie remise, mon ami, pensa-t-il en retirant le pistolet et en attrapant son téléphone mobile.

Il lut le court message qui venait de s'afficher sur l'écran du portable : « Fais pas l'imbécile, Kow, nous avons besoin de toi. Je te vois ce soir. La bise. Francky »

— Hum…, marmonna-t-il, sans grande conviction.

Bien sûr que non, vous n'avez plus besoin de moi, je n'ai même pas réussi à sauver Manda…

Mais il déchargea l'arme, la rangea et se saisit de ses béquilles. Il se leva et se dirigea vers la porte-fenêtre en claudiquant. Il tira le rideau qui occultait le vitrage, et la lumière inonda aussitôt son petit studio, l'obligeant à refermer partiellement ses paupières. Il ouvrit ensuite l'un des battants pour se hisser sur le modeste balcon.

L'air frais lui rafraîchit un peu le visage, et les sons de la ville remplacèrent l'espèce de bruit blanc qui l'assiégeait lorsqu'il restait enfermé dans une pièce. Kowiak s'appuya sur la barre en bois, en très mauvais état, qui constituait le garde-fou, modeste dispositif pour prévenir une chute de plus de sept étages. Il y avait souvent pensé, aussi, à ce grand saut, mais l'idée de finir aplati comme une peau de renard l'avait dissuadé de se jouer de la gravité. Certes, il n'était pas loin de forcer le grand passage, mais lorsque l'heure aurait sonné, il le ferait comme un homme.

Il se pencha quand même au-dessus de la rambarde. Il n'avait pas ressenti un tel appel du vide depuis… depuis cette nuit malfaisante qui, à Sarajevo, avait emporté son grand amour. C'était il y a longtemps déjà, et la nuit avait été longue à traverser, très longue, elle s'était étirée pendant de nombreuses années. En fait, il le savait depuis toujours, il faisait partie de ce vide qui l'appelait souvent, il était même totalement vide à l'intérieur, sec de toute émotion, de toute larme, de tout désir. Et, finalement, il n'aspirait plus qu'à se vider définitivement.

Un monde de fourmis, pensa-t-il en observant les créatures humaines qui s'agitaient beaucoup plus bas. *Et ils ne le savent même pas. Heureux les simples d'esprit, car le royaume des ténèbres vous attend…*

«Dépression»… Ça l'avait presque fait marrer lorsque l'autre grand con lui avait dit sérieusement qu'il traversait une «grave dépression». Qu'est-ce qu'il connaissait de l'obscurité, ce toubib? C'était un homme en blanc, alors forcément, tous les deux ne fréquentaient pas les mêmes couleurs. Imaginait-il, le doc, qu'il existait une jungle humide et sombre dans laquelle certains hommes vivaient comme des damnés? Et que savait-il, aussi, de cette plante parasite, multiforme qui, jour après jour, subrepticement, s'accrochait à lui, se nourrissait de lui, se développant au fur et à mesure qu'elle pompait sa sève vitale, qu'elle aspirait sa moelle épinière afin de s'en repaître?

Il y avait pourtant un gars qui savait, lui, un gars qui parlait même drôlement bien de ce «diable intérieur» qui dévorait les humains. *Salomon*, qu'il s'appelait, le gars, non pas le roi sacré de la Bible, mais un sacré écrivain que lui avait fait découvrir Antoine, le compagnon du patron.

Ouais, Salomon, il savait parfaitement de quoi était capable ce chiendent sournois et fatal qui prenait possession de votre âme.

C'était la seule fois où Kowiak avait lu une description si exacte de ce qu'il vivait. C'est vrai que Kowiak lisait peu, mais quand même, quel choc cela avait été ! Découvrir dans les mots d'un autre ce que vous ressentiez dans vos entrailles sans pouvoir le formuler par vous-même!

Une image de Salomon, surtout, l'avait impressionné. L'écrivain avait comparé la dépression à une liane sauvage qui, peu à peu, lentement mais inéluctablement, finissait par étouffer complètement le végétal sain qu'elle vampirisait. Cette analogie avait suffisamment marqué Kowiak pour que sa mémoire s'en imprègne : « La dépression s'était nourrie de moi de la même façon que la liane avait vaincu le chêne. Elle avait été une sorte de parasite suceur qui m'avait enveloppé, plus hideux et vivant que moi. Elle avait eu une vie propre qui, petit à petit, avait étouffé toute vie en moi. Ses vrilles menaçaient de pulvériser mon cerveau, mon courage et mon estomac, de fendre mes os et de dessécher mon corps. Elle continuait à se repaître de ma substance alors qu'il semblait n'en plus rien rester. Je n'étais pas assez fort pour arrêter de respirer. J'ai compris alors que je ne pourrais jamais tuer cette plante grimpante. Tout ce que je voulais, c'est qu'elle me laisse mourir. Mais elle m'avait pris l'énergie dont j'aurais eu besoin pour me suicider, et elle refusait de me tuer. Si mon tronc était pourri, cette créature qui s'en nourrissait était désormais trop forte pour le laisser tomber. Elle était devenue une sorte de prothèse de ce qu'elle avait détruit. Chaque seconde de vie me faisait mal. Comme cette chose m'avait vidé de tout fluide, je ne pouvais même pas pleurer. »

Mais Kowiak n'était pas un civil ordinaire, et c'est pourquoi il avait développé sa propre métaphore, celle de la jungle canni-bale qui se refermait sur ses proies pour les conduire inexorable-ment *Au cœur des ténèbres*. C'est ce qu'avait si bien décrit un autre auteur, Conrad, et si magnifiquement mis en images le cinéaste Coppola dans ce voyage aux confins de la folie qui s'achevait par une complète apocalypse.

Cette œuvre cinématographique était devenue l'un de ses fétiches, un film-miroir en vérité, qui lui renvoyait sa propre his-toire, sa propre descente aux enfers, non dans la jungle vietna-mienne en ce qui le concernait personnellement, mais dans la forêt primaire de Perućica, pendant la guerre de Croatie.

Il y avait même des nuits où Kowiak se retrouvait assis, dans une rencontre hallucinatoire, face au général Kurtz. Des nuits éclairées par de grands soleils noirs, où Kowiak essayait de laver sa malaria, de se débarrasser de cette fièvre qui torturait ses sou-venirs et peuplait ses visions de démons impitoyables. Mais, alors que Kurtz avait désiré son sacrifice expiatoire, Kowiak n'avait jamais pu accepter le sien. Même dans ses rêves si étranges, psy-chédéliques, Kowiak n'avait pas su mourir.

Qu'est-ce qui, finalement, au dernier moment, le retenait toujours ? Il n'en savait strictement rien.

Ne pas vouloir vivre et ne pas être capable de partir, voilà une situation étrange.

Qui le condamnait forcément au purgatoire.

Kowiak eut subitement envie de bon café, fort et épais. Il regagna l'intérieur de la pièce, se saisit d'un flacon de médicaments qu'il glissa dans une poche de sa veste, puis quitta l'appartement.

Un tocsin frénétique l'accueillit dès la sortie de l'immeuble. La rue de Bagnolet, comme bien souvent, était totalement congestionnée par la circulation. Kowiak regarda presque avec amusement cette cohue et tous ces gens civilisés qui, devenus des automobilistes, enfermés volontairement dans leurs cages en acier, se métamorphosaient en bons sauvages, ne cessant de vociférer à travers les vitres de leurs prisons roulantes et de s'invectiver copieusement entre détenus.

Tous bons pour l'asile, ces braves gens, pensa-t-il avant de faire quelques pas sur le trottoir et de pénétrer dans un petit restaurant.

Il fut salué dès son entrée par une jeune femme qui essuyait consciencieusement des verres derrière un long bar en bois. Malgré l'exiguïté de l'établissement, *Le petit Sarajevo* était comme une sorte d'institution dans ce quartier où vivaient beaucoup de ses compatriotes. Et Kowiak était particulièrement respecté par les membres de sa communauté. Non pas en sa qualité de policier, mais pour les hauts faits d'armes de sa vie «d'avant», ces épisodes par ailleurs totalement inconnus de son administration de tutelle. Même les membres de la brigade ignoraient tout du passé de Kowiak.

Enfin, pas tous...

Mais ici, comme au pays, Kowiak était une vraie légende. Personne n'en parlait jamais, mais tous savaient qu'après avoir perdu sa femme, assassinée par un *sniper*, il s'était engagé dans l'armée croate et avait furieusement combattu pour la reconquête du pays. Avant de devenir le très redouté «TT», le «Tueur de Tigres». La rumeur disait même qu'il avait participé bien après le conflit, malgré son installation en France et sa nouvelle virginité professionnelle, à des assassinats perpétrés contre des Serbes connus, rendus célèbres pour leur barbarie passée...

Enfin, c'est ce qui se racontait.

— Nebojsa est là? demanda Kowiak à la serveuse après s'être haussé, non sans mal, sur l'un des tabourets du bar.

Cette dernière hocha la tête, le gratifia d'un magnifique sourire tout en lui remplissant un grand verre d'eau fraîche qu'elle déposa devant lui.

Dommage que tu sois si jeune, pensa Kowiak en lui rendant son sourire, *je me consolerais bien dans tes jolis bras.*

— Tu peux lui demander une petite poêlée de poulpes avec quelques lamelles de jambon ? Et fais-moi couler un double bien noir.

La jeune femme se dirigea immédiatement vers la cuisine. Kowiak cala ses deux béquilles, fouilla dans sa poche pour retrouver son flacon, s'en saisit, l'ouvrit maladroitement, en retira deux belles pilules blanches qu'il goba dans l'instant et qu'il fit passer avec un mince filet d'eau. Il accompagna cette ingestion d'un commentaire sobre, déclamé à haute voix, comme une formule magique.

— Et maintenant, soyons heureux !

Il récupéra un journal qui traînait à côté de lui et commença à le parcourir en diagonale. Il tourna rapidement les pages pour se rendre, comme à son habitude, à la rubrique des faits divers. Mais une information radiophonique sollicita son ouïe et fixa son attention : le corps démembré d'une femme venait d'être retrouvé dans l'ancien puits d'un hôpital.

Des humains égorgés comme des moutons, équarris comme des bœufs, tronçonnés comme des porcs, éparpillés comme des poulets, rien de cela ne pouvait plus choquer Kowiak. Non, ce qui venait d'éveiller sa curiosité, c'étaient quelques détails inhabituels, même pour un compagnon de la Faucheuse. Le journaliste rapportait en effet que le tronc de la femme, extrêmement souillé, était pris dans un étrange corset d'acier ; que la cheville de la seule jambe retrouvée était entravée dans un fer de prisonnier ; que, enfin, la tête de la dame n'avait pas été retrouvée.

Kowiak releva la sienne au moment où la serveuse lui apportait sa commande de poulpes croustillants. Elle déposa le plat fumant devant lui et installa les couverts de part et d'autre de l'assiette.

— Les nouvelles sont bonnes, TT ? demanda-t-elle.

Kowiak réfléchit quelques secondes, plia machinalement *Le Parisien* et le reposa sur le comptoir. Il ferma les yeux et prit le temps de humer la délicieuse odeur de mer qui venait de lui titiller les narines.

— Je ne sais pas, répondit-il, songeur.

— Je te sers le double en même temps ?

— Oui, s'il te plaît.

— Bon appétit.

Kowiak était déjà ailleurs.

Il faut que j'appelle le patron, pensa-t-il.

Alors qu'il approchait la fourchette de ses lèvres, il fut envahi par la nausée. Son esprit venait de faire défiler les images des corps avilis de sa propre femme, d'Amanda et de cette victime abandonnée au fond d'un puits.

Comment espérer s'en sortir ? De ce puits sans fond, de ce trou béant, de cette monstrueuse folie ? Comment trouver du sens au milieu de tout ce chaos ? Dans un monde qui ne tournait pas rond, peuplé par des déments ?

11.

Que les individus ne naissent pas libres et égaux en droit naturel, La Boule s'en doutait depuis un bon moment, lui qui, tous les jours, tentait par son travail de compenser un peu cette pénible vérité. Du moins, pensait-il y contribuer grâce à ce droit positif qu'il servait avec conviction depuis de nombreuses années.

« Une œuvre commune qui fondait la civilisation », croyait-il, élaborée certes avec labeur, bâtie aux forceps, lentement, siècle après siècle, mais qui essayait de substituer un état de droit à l'État sauvage, d'imposer le fruit de la culture dans le jardin un peu mieux entretenu de l'humanité. Seule cette justice socialisée permettait, selon Jérôme Bouchon, de compenser les inégalités les plus flagrantes de la naissance, de combattre les iniquités les plus criantes de l'existence.

Missions auxquelles La Boule — tel que le surnommaient ses coéquipiers — s'attelait avec une conscience non dénuée de clairvoyance, malgré l'évidente difficulté de la tâche. C'était pourtant la raison principale de son engagement dans la police : tenter de rendre le monde un peu plus vivable et s'efforcer d'y vivre mieux. Il considérait que le droit des hommes était en quelque sorte la barrière qui séparait le règne animal de l'expérience de cohabitation humaine.

Mais ce que La Boule venait d'apprendre cet après-midi venait de lui faire perdre ses dernières illusions.

Que la Nature se montre aussi désagréable avec la créature que l'on disait pourtant la mieux lotie en ce bas monde, voilà qui devenait franchement déprimant ! Nous n'étions donc même pas égaux en corps ! Quant à notre pensée, il ne fallait pas y songer : sa liberté était pure vue de l'esprit.

La Boule était maussade.

La faute à cette histoire de prédestination qu'il venait de découvrir. Non plus celle de la Providence, mais celle de l'Hérédité biochimique. Il referma le navigateur Internet avec un geste de dépit et contempla l'appareil posé devant lui.

Ainsi donc, le So MôM® était une sorte de petite machine policière. Elle remplissait finalement la même fonction que lui : non pas réguler le corps social, mais stabiliser le corps tout court en évitant les débordements intempestifs.

Après leur rendez-vous dans les locaux de la Fondation Essentielle, les Bouchon étaient retournés directement dans leur petite ville de banlieue, emportant avec eux le précieux So MôM® tant convoité. Le prix à payer avait été à la hauteur des promesses du traitement, mais le personnel de la fondation avait été fort compréhensif en leur proposant un crédit à taux réduit qui leur permettrait de mensualiser cet achat en le payant pendant cinq ans. Les économies des Bouchon n'en souffriraient pas trop. Il faudrait faire quelques heures supplémentaires, mais la guérison de Boris méritait bien ce petit effort.

Arrivés à la maison, les Bouchon avaient vaqué à leurs occupations. Boris avait rejoint sa sœur pour jouer au rez-de-chaussée ; Samira avait libéré la nounou puis gagné la cuisine pour préparer le dîner ; et La Boule s'était enfermé dans le petit bureau mansardé pour se coltiner la lecture du mode d'emploi du So MôM®.

La notice, au format d'une bande dessinée, mettait en scène, une nouvelle fois, la petite pieuvre Happy Hop. Mais cette pédagogie familiale, trop simpliste à son goût, n'avait pas entièrement satisfait sa curiosité. La Boule s'était alors connecté au site du So MôM® pour obtenir des informations complémentaires. Et les renseignements qu'il y avait trouvés ne l'avaient pas déçu! Certes, certaines explications étaient fort déroutantes, elles avaient nécessité parfois une relecture attentive. Beaucoup de détails restaient aussi obscurs. Mais le principe général qu'elles révélaient était en fin de compte assez simple.

Selon certaines théories actuelles, notre « chef d'orchestre », comme l'appelait Happy Hop, avait été doté par l'évolution d'une organisation scientifique de son travail cérébral. Ses activités avaient été divisées en grands pôles fonctionnels régis par des ateliers spécialisés, les lobes, des zones bien localisées de son anatomie.

La partie frontale du cerveau était plus particulièrement responsable des mouvements, et elle gouvernait la personnalité ; la pariétale, qui lui succédait, servait d'interface sensorielle et pilotait la pensée ; la temporale, abritée par les deux précédentes, organisait la mémoire et le langage ; l'occipitale, située au niveau de la nuque, commandait surtout à la vision.

La coordination de l'ensemble était rendue possible par un mode de transport de l'information extrêmement rapide : l'électricité. Et c'est pourquoi la bonne santé de l'organisme était étroitement corrélée à cette circulation électrique, ce vecteur énergétique continu dont se servait le « chef d'orchestre » pour communiquer entre ses différentes parties, mais, aussi, avec le reste de notre corps. L'électricité permettait au cerveau de recevoir les informations, de les analyser, de les trier, de les traiter et de renvoyer, en retour et sans délai, ses propres instructions à l'organisme tout entier.

C'est grâce à l'électricité, par exemple, que la vision d'un chien agressif rencontré inopinément s'acheminait illico vers l'aire visuelle du cerveau, que ce dernier la comparait avec les images stockées dans sa mémoire, qu'il effectuait le diagnostic d'une possible atteinte à l'intégrité physique de « son » corps et qu'il organisait sa défense en conséquence : en cas de fuite programmée devant l'assaut du canidé, le cerveau activait une sécrétion de cortisol pour pallier une dépense énergétique plus importante liée aux efforts physiques à accomplir, il autorisait une meilleure irrigation sanguine des muscles des jambes pour favoriser la durée de la course, il ordonnait une diminution préventive de la perception de la douleur, anticipant une éventuelle blessure physique.

La centrale électrique la plus importante de notre corps était le cerveau lui-même. Pour cela, ses cellules personnelles, les neurones, utilisaient des réactions chimiques afin de communiquer entre elles, créant *ipso facto* le flux nécessaire à la transmission efficiente de leurs informations respectives.

Cette réaction biochimique était assez facile à imaginer, puisqu'elle était comparée au processus en œuvre dans une pile électrique. Mais si, dans cette dernière, l'énergie était générée par une migration d'électrons issue de l'oxydation d'un métal, dans le cerveau, le courant était produit par de petites molécules nommées *neurotransmetteurs*. Ce nom décrivait d'ailleurs fort bien leur mission : transporter les informations entre les neurones.

Dans chacune des grandes aires cérébrales, les neurones agissaient donc comme des ouvriers hautement qualifiés en produisant des neurotransmetteurs spécialisés, dont les caractéristiques étaient adaptées précisément aux travaux qu'ils avaient à accomplir.

Ainsi, la *dopamine* — un neurotransmetteur agissant comme une amphétamine naturelle — était libérée en plus grand nombre dans la zone frontale, ce poste de commande très dispendieux en énergie ; l'*acétylcholine*, lubrifiant naturel, était plus répandue dans l'aire pariétale, cette région qui nécessitait une vélocité des échanges ; pour sa part, l'*acide gamma-aminobutyrique* — « GABA » —, anxiolytique naturel, s'épanchait plus volontiers dans l'espace temporal, gardien de la régularité ; enfin, la *sérotonine*, responsable de notre sérénité, régnait dans la partie occipitale.

Parmi la centaine de neurotransmetteurs existants, ces quatre-là étaient, de loin, d'après les spécialistes, les plus importants pour l'équilibre corporel et intellectuel de l'organisme humain.

Neurones et neurotransmetteurs associés à chaque région constituaient ainsi des sortes de sous-circuits électriques autonomes, comme ceux des différentes pièces d'habitation d'une maison, mais interconnectés ensemble, dont la réunion formait le grand réseau de communication du système nerveux. Et, tous les circuits secondaires contribuaient, pour leur part respective, à maintenir la qualité homogène du flux général, propriété indispensable pour que l'encéphale puisse remplir ses tâches de manière correcte.

La dopamine agissait ainsi sur la tension du courant afin de favoriser une intensité propice au traitement d'un grand nombre d'opérations ; l'acétylcholine veillait plutôt à sa fluidité, en réglant la vitesse nécessaire à la transmission des échanges ; le GABA surveillait son rythme pour garantir une régularité des transferts, une communication sans à-coups intempestifs.

Tension, vitesse et rythme étaient eux-mêmes synchronisés, en quelque sorte, par la sérotonine.

Certains spécialistes pensaient que la plupart des troubles mentaux trouvaient leur origine dans un dysfonctionnement de production ou de répartition des neurotransmetteurs. Ils le savaient, disaient-ils, en contrôlant l'activité électrique des cerveaux de leurs patients. En effet, lors de leurs déplacements, les neurotransmetteurs provoquaient de petites ondes, pareilles à celles générées par un canard glissant paisiblement sur la surface d'une mare. C'étaient ces mouvements qui créaient, dans chaque zone cérébrale, une partie de l'énergie requise. Il suffisait alors, en théorie, de mesurer l'émission de ces ondes particulières pour constater leur quantité et en déduire l'état de santé des localisations fonctionnelles, voire de l'encéphale lui-même.

Une dopamine déficiente, et voilà que notre moteur se mettait à tourner à bas régime, ralentissant nos facultés cognitives et corporelles, favorisant une grande fatigue, une attitude indolente, la dépendance aux drogues, voire un gâtisme prématuré. Lorsque l'acétylcholine était produite en moins grande quantité, c'était notre pensée qui en prenait un sacré coup, les mots se mélangeaient, l'apprentissage devenait laborieux, la mémoire se perdait souvent dans nos circonvolutions spongieuses. *A contrario*, un sursaut de GABA, et nous voilà presque transformés en homme primitif, impulsif, violent, irritable, prédisposé aux convulsions et aux crises cardiaques. Moins de sérotonine ? Alors, la machine entière se détraquait, l'univers mystérieux de la dépression et de ses douleurs s'ouvrait irrésistiblement à notre masochisme.

Théoriquement, selon les mêmes scientifiques, un cerveau sain et performant profitait donc d'une création optimale de

neurotransmetteurs, d'un dosage bien équilibré de ses principaux types et, donc, d'une circulation électrique tout à fait satis-
faisante.

Mais ce n'était pas toujours le cas. Loin de là.

C'était même ici, au plus profond de notre encéphale, que
la basse génétique blessait notre amour propre. Et qu'elle venait
de meurtrir particulièrement celui de La Boule.

Car Jérôme Bouchon venait d'apprendre que notre patrimoine héréditaire décidait, avant notre naissance, de nous nantir
différemment de ces précieuses substances biochimiques. Un
excédent ou une insuffisance de l'un ou de plusieurs de ces neurotransmetteurs essentiels, et notre « chef d'orchestre » ne pouvait
plus remplir correctement sa mission.

Le dysfonctionnement n'affectait pas seulement la ou les
zones cérébrales concernées ni les fonctions spécifiques qu'elles
étaient censées accomplir, mais, par effet domino, c'était le réseau
général en entier qui était affecté.

Autant dire l'ensemble de notre métabolisme.

La Boule avait constaté que le schéma commenté par Happy
Hop dans la petite brochure familiale résumait finalement assez
bien toutes ces données collectées sur le site.

La petite pieuvre avait dessiné un garçon dont le cerveau
contenait de grandes roues dentées qui, en tournant sur elles-
mêmes, entraînaient d'autres roues. Ce mécanisme de mouvement général actionnait de petits leviers responsables de la
motricité des différentes parties du corps de l'enfant. Chaque
engrenage était placé dans une zone cérébrale spécifique, et les
courroies qui favorisaient les mouvements rotatoires étaient
commandées par de petits personnages amusants : les neurotransmetteurs.

Un premier dessin représentait un comportement lié à un
cerveau harmonieux : chaque groupe de neurotransmetteurs faisait tourner sa roue correctement, participait à une bonne rotation de l'ensemble du mécanisme cérébral et permettait ainsi aux
parties du corps d'être actionnées normalement par le biais de ses
leviers respectifs — les nerfs.

Un second dessin montrait une défaillance dans la zone
frontale. Le nombre de neurotransmetteurs chargés d'actionner

la manivelle de la courroie avait considérablement diminué, ce qui non seulement ralentissait la course de son propre engrenage, mais affectait aussi, par transmission ralentie, la régularité de tout le mécanisme. Naturellement, le corps de l'enfant souffrait d'une très mauvaise synchronisation, et il finissait même par chuter : l'irrégularité de la vitesse des leviers actionnant le mouvement de ses pieds avait fini par le faire trébucher.

La Boule n'avait pas seulement mal à la tête, il était fort mal à l'aise. Curieusement, cet afflux de démonstrations scientifiques destinées à le rassurer n'arrivait toujours pas à vaincre la réticence qui s'était installée depuis quelque temps déjà.

Certes, il ne doutait plus de la réalité du dérèglement bio-chimique affectant le cerveau de son fiston. Leur bon samaritain, ce neuropsychiatre qui avait pris la détresse des Bouchon en main, avait même rendu visible ce qui était resté invisible beaucoup trop longtemps.

Comme pour s'en convaincre une nouvelle fois, La Boule ouvrit la grande pochette blanche qui contenait la cartographie de l'activité électrique du cerveau de son petit Boris. C'étaient les résultats d'un électroencéphalogramme spécialisé, l'examen crucial qui avait permis de mesurer l'influx nerveux de Boris et de visualiser enfin ce « trouble » qui s'était si longtemps dérobé aux regards extérieurs.

Eh bien! La preuve était là, désormais imprimée sur un beau papier satiné !

Chaque type de neurotransmetteur générait en effet des ondes électriques spécifiques que l'on pouvait cartographier sous la forme d'une représentation graphique colorée. Et, en regardant objectivement les résultats, le trouble de Boris sautait aux yeux tant les différences entre les images du cerveau témoin affichées sur la gauche des clichés et celles de l'organe du fiston — reproduites en vis-à-vis — étaient flagrantes.

Alors que le cerveau témoin affichait un joli équilibre de couleurs rouge et jaune sous la forme d'un coucher de soleil se reflétant sur les eaux paisibles des tropiques, signe d'une intensité et d'une tension électriques optimales, celui de Boris offrait une vue plongeante dans une faille océanique du Grand Nord, laquelle proposait un épicentre en forme de cercle noir inquiétant, ceinturé par des bleus profonds très peu enthousiasmants.

« La médecine par les preuves, Monsieur Bouchon », avait conclu le neuropsychiatre lors de la remise de ces résultats dans son cabinet. Avant de rajouter : « Inutile de vous affoler davantage, vous et votre compagne. Pour le dire simplement, il s'agit d'une carence principale en dopamine et d'une transmission qui devra être stimulée avec quelques GABA supplémentaires. »

Combien de fois les Bouchon avaient-ils regardé ces images depuis cette découverte ? La Boule ne s'en souvenait pas exactement, mais jamais il ne s'était posé la question qui venait soudain de lui traverser l'esprit, ajoutant une nouvelle couche d'incertitude à son embarras :

Ce cerveau témoin, cette mer de calme et de volupté, à partir duquel s'établissaient toutes les comparaisons, qui en était l'heureux propriétaire ?

N'était-ce pas finalement cet aspect de la normalité, plus exactement la définition de la norme mentale, qui tourmentait La Boule inconsciemment depuis le début de cette mésaventure familiale ?

Et ce qu'il venait de lire sur Internet à ce sujet ne l'avait pas vraiment convaincu non plus.

Le Summum® et sa déclinaison pédiatrique le So MôM® promettaient un équilibre totalement maîtrisé de notre système nerveux. Le problème, pour La Boule, n'était pas tant le principe thérapeutique mis en œuvre que les matrices sur lesquelles il était adossé. Car, pour déterminer ce dosage idoine des neurotransmetteurs que favorisait ce procédé technologique exclusif, les concepteurs du Summum® se référaient à des modèles théoriques... qui n'existaient pas.

D'après les recherches de La Boule, les archétypes humains parfaitement épanouis et équilibrés qui servaient de référents pour commander les réglages du petit et du grand Summum® étaient le résultat de simples opérations statistiques, de projections cartographiques idéales, mais absolument artificielles. On ne trouvait d'ailleurs nulle part la trace d'une explication détaillée concernant la méthode utilisée pour la création de ces modèles.

Où se cachaient donc ces êtres virtuels, toujours en pleine forme physique et intellectuelle, raisonnables et créatifs, extravertis et combatifs, sociables et charismatiques, moraux et empathiques qui servaient de référence ?

Le mystère de leur existence restait entier.

Peut-être existaient-ils seulement dans les têtes savantes des spécialistes qui les avaient conçus ? Dès lors, ne serait-il pas utile de connaître les véritables motivations et les intentions précises de leurs architectes ?

Les vieux réflexes professionnels avaient la vie aussi dure que les braves chiens de Pavlov. La Boule se souvint de ce que Bastien avait conclu au sujet des modèles économiques dominants au cours de leur précédente enquête : « Fondés sur une mystique scientiste et vendus par des zélotes impénitents », avait affirmé son collègue.

En était-il de même ? Les Bouchon étaient-ils en train de se faire « mystifier » ?

Les yeux de La Boule étaient toujours fixés sur le So MôM®. Alors que la solution aux problèmes familiaux des Bouchon était à portée de ses mains et que les soins de Boris pourraient commencer dans quelques minutes, l'indécision le paralysait toujours. De nombreux sentiments contradictoires le tourmentaient.

D'abord, cette perspective de transformer Boris en enfant idéal, *idéalement stable* pour le moins, était à la fois extrêmement désirable et totalement détestable.

En dehors de considérations éthiques, dans une perspective purement pratique, la raison ne pouvait qu'accueillir favorablement un traitement destiné à rééquilibrer les neurotransmetteurs de Boris, pour son propre bien, dans l'intérêt de sa future évolution psychologique et sociale. Mais, de leur côté, les sentiments répugnaient à cette manipulation, à cette modification forcée de la personnalité de leur garçon.

Le sang de La Boule se glaçait même à cette idée.

De quel droit, après tout, hormis quelques articles du Code civil un peu trop accommodants en matière d'autorité parentale, les Bouchon pouvaient-ils décider de soumettre Boris à une cure médicale qui promettait de transformer en profondeur son individualité, son être en lui, à lui ?

Ensuite, les parents Bouchon ne voulaient pas d'un *autre* enfant, et surtout pas d'un enfant *meilleur*. Ils savaient que le mieux était souvent l'ennemi du bien. Ils voulaient juste leur Boris, tel qu'il était. Même si, apparemment, il semblait être un autre Boris, un enfant différent, en dehors du foyer.

En acceptant d'appliquer le protocole de soins, les Bouchon ne devenaient-ils pas les complices consentants de ce que La Boule percevait comme une atteinte portée à l'un des droits les plus essentiels de la personne humaine : celui de pouvoir jouir pleinement de son intégrité physique et psychique ?

C'était un peu comme cette histoire absurde de circoncision. L'ablation du prépuce d'un garçon était tolérée, admise, justifiée, voire sacralisée par la tradition, la religion et même la médecine. Alors que l'excision du capuchon clitoridien des petites filles était considérée comme une pratique barbare et avilissante, condamnée et punie comme telle, avec raison.

Étonnante inégalité des droits corporels, tout de même !

Pareillement, les psychotropes hallucinogènes ou stupéfiants, après avoir servi les nombreux maux de l'humanité pendant des siècles, étaient désormais interdits et bannis au nom de la morale, avec la bénédiction de la médecine appelée à grand renfort d'arguments sanitaires. Mais la modification de la personnalité et du comportement par des substances ou procédés stimulants et inhibants ne semblait gêner personne, elle était même vénérée pour les mêmes raisons.

Notre espèce était-elle incurablement névrosée ? Me suis-je trompé ? Le droit de la nature pourrait-il être plus juste, parfois, que celui des hommes ?

Enfin, dans cette balance qui pesait systématiquement la force et la faiblesse des arguments qui se bousculaient dans son esprit, s'ajoutait le très mauvais souvenir de la violence qui s'était abattue sur leur paisible maisonnée. C'était bien avant que le trouble de Boris ne soit clairement identifié, lorsque les parents Bouchon étaient encore dans le déni, quelques jours seulement après le coup de fil de l'institutrice.

La Boule se remémorait ce triste épisode comme s'il était survenu la veille. C'est que le ciel avait bien failli leur tomber sur la tête aux Bouchon, lorsque le doute qui s'était insinué perfidement dans leurs pensées avait débordé les frontières de leurs synapses pour se répandre dans le champ des relations familiales.

La famille avait même frôlé le cataclysme, à bien y repenser. Seule la solidité du couple avait réussi à éviter l'explosion du foyer, à clore sans trop de dégâts l'incroyable psychodrame qui s'était noué pendant plusieurs semaines.

Cela avait commencé par un immense sentiment de culpabilité et le constat de leur impéritie parentale.

Une consultation de psychologie !

Comment les parents Bouchon n'avaient-ils rien vu venir ? Comment n'avaient-ils pas pu déceler les perturbations de leur enfant, cette vérité que l'école avait même désespéré leur faire admettre ?

Quelles étaient les erreurs que le couple avait commises pour provoquer les anomalies comportementales de Boris ? Quelle était l'origine de leur échec éducatif ?

Les Bouchon avaient tout questionné. Ils avaient aussi questionné tout le monde. Les amis et leurs connaissances avaient été appelés à la rescousse, tout comme les anciens enseignants et les médecins traitants, les fidèles baby-sitters et tous les autres animateurs. Tous avaient paru étonnés, voire sceptiques, et, « non, vraiment », personne n'avait jamais rien remarqué. La perplexité de tous avait été totale.

Alors, les Bouchon, qui ne dormaient presque plus, avaient commencé à traquer les stigmates de ce qu'ils n'avaient su détecter auparavant. Ils s'étaient mis à ausculter les moindres faits et gestes de leur enfant. Et la vérité n'avait pas tardé à éclater. Car, à y regarder de très près, les signes étaient bien là : Boris semblait effectivement beaucoup trop entêté, impudent même, à l'occasion. Parfois, il « répondait » à certaines récriminations. Comble de l'insolence, Boris pouvait évoquer un drôle de concept, celui d'« injustice ». Si on ne voulait le croire, il pouvait effectivement se mettre en colère.

Oui, en se débarrassant de l'empathie parentale, en objectivant le regard, il était maintenant évident que Boris présentait des attitudes d'opposition, une tendance à la rébellion, un caractère irritable, une aptitude pour la fronde, voire l'agitation.

Samira avait fini par déceler la mauvaise volonté, flagrante et répétitive, de Boris : leur garçon rechignait toujours avant de mettre le couvert, de recommencer ses gammes ou de faire ses devoirs. Son côté «dominateur» — tel que qualifié par la bonne maîtresse — s'était même révélé lors des activités ludiques : Boris voulait toujours gagner au jeu ou être le premier dans les disciplines sportives ; dans les cas contraires, il pouvait être mauvais perdant, n'hésitant pas à bougonner, le cas échéant.

Mais le pire avait été la découverte de sa cruauté. La Boule avait surpris son fils en train d'aplatir une araignée et d'exploser des moustiques innocents, d'écraser un ver de terre somnolent et, même, à plusieurs reprises, de tirer la queue de Zébulon. Pauvre chat !

Oui, les parents Bouchon étaient bien coupables. Pour le moins, coupables d'aveuglement.

Alors, la virulence avait remplacé le dépit et l'introspection. Cela avait commencé par une sorte de rage intérieure. Envers eux, bien sûr, mais aussi vis-à-vis de leur enfant. Il y avait eu des fessées excessives et expéditives, quelques gifles bien senties, mais trop malheureuses aussi, sans compter les punitions répétitives et largement disproportionnées. Puisque Boris ne voulait pas être un enfant gentil, eh bien, ses parents seraient désormais très méchants avec lui ! Puisque Boris avait tout eu, eh bien, il n'aurait plus rien désormais ! Puisque Boris ne voulait pas faire plaisir à ses parents, eh bien, on ne lui ferait plus plaisir non plus ! Puisque Boris n'était pas heureux dans cette maison, eh bien, Boris ferait ses valises et irait en pension ! Peut-être même, plus tard, directement en prison, sans repasser par la case maison !

— Oui, en prison, Boris, tu as bien compris !

Car La Boule avait alors commencé à se renseigner sur ce mal probable qui avait atteint son fiston. Son inquiétude n'avait fait qu'empirer lorsqu'il avait découvert dans un rapport du très sérieux Institut national de la santé et de la recherche médicale que «les enfants qui présentent plusieurs symptômes de troubles des conduites sont à haut risque de développer des problèmes d'adaptation sociale», que ces enfants présentaient également un potentiel élevé de «participation à des gangs délinquants», de «sexualité précoce», ou de «mauvaise intégration sur le marché du travail».

Aïe, aïe, aïe... Il y avait urgence à rééduquer sérieusement le fiston !

Confronté à ce déferlement de reproches et de sanctions, Boris, pour sa part, cet enfant joyeux qui avait su si bien cacher son jeu à des parents trop complaisants, s'était alors refermé sur lui-même : il était devenu morne, malheureux, presque peureux. Il s'était beaucoup excusé d'être celui qu'il était. Chacun de ses gestes l'avait interrogé, afin de ne «plus faire de peine à Papa ou à Maman», afin de ne plus être ce «méchant petit garçon» qu'il était devenu et qu'il s'était mis, lui aussi, à haïr. Chacune de ses paroles était devenue l'objet d'une réflexion préalable, d'un questionnement sur sa portée et son bien-fondé, sur le «bien» ou le «mal» qu'elle pourrait causer aux autres.

Boris avait terriblement souffert et, aussi, beaucoup pleuré.

D'ailleurs, tout le monde dans la maison Bouchon avait versé de grosses larmes. La pression psychologique qui s'était abattue sur cette famille sans histoires avait été telle qu'elle aurait pu être comparée à un cas de schizophrénie collective. Du pain bénit pour tout psychiatre qui se respecte.

Et lorsqu'un soir, avant de s'endormir, Boris avait dit à ses parents, d'un ton résolu, qu'il «voulait disparaître pour ne plus faire de mal à personne», «qu'il voulait simplement devenir un squelette», les Bouchon avaient vraiment pris peur, ils avaient soudain paniqué.

Assurément, tout ce qui venait de leur arriver n'était pas normal. C'était à ce moment-là qu'ils avaient décidé d'assumer enfin leurs responsabilités de parents et de consulter. Pour de vrai.

Un premier rendez-vous avait été fixé chez le médecin traitant. Le premier d'une longue série qui les avait menés jusqu'au So MôM®.

La Boule fut soudain parcouru de frissons.

Non, sa famille n'avait pas traversé toutes ces épreuves en vain, juste pour s'arrêter maintenant, si près du but.

Il attrapa le So MôM® d'un geste décidé, comme si toutes ses appréhensions venaient d'être balayées d'un seul coup par son dernier souvenir.

Il se leva calmement, ouvrit la porte du bureau, avança un peu sur le palier, puis appela son petit Boris.

D'une voix douce mais assurée.

12.

*U*n *petit temple grec!* C'était la première impression qu'avait eue Moustache en apercevant leur cible, cette chapelle bâtie sur le plus haut des plateaux de l'hôpital Esquirol, établissement psychiatrique situé dans la ville de Saint-Maurice, à quelques minutes du périphérique parisien.

— «Toscan», avait corrigé à voix basse, presque par automatisme, le directeur de l'hôpital qui était attaché aux basques de Moustache.

L'homme était un peu affolé par toute cette armée policière qui venait de débarquer *manu militari* dans son sanctuaire, n'hésitant pas à violer l'antique asile sans expliquer précisément les raisons de cette intrusion. Troupe menaçante qui s'apprêtait à assaillir l'édifice le plus sacré du complexe.

— Inspiré du temple dorique de la ville romaine de Cori, ajouta-t-il dans un chuchotement savant comme si la confiance de ses propos lui permettait de combattre un peu cette fébrilité qui l'avait envahi.

Car il n'en croyait toujours pas ses yeux ébahis de spectateur soudainement projeté dans la figuration d'une mauvaise fiction policière : la majorité des hommes qui l'entouraient ressemblaient plus à des scarabées qu'à des émules du commissaire Maigret. La plupart étaient des créatures en noir, aux mouvements silencieux et félins, malgré l'imposante carapace des armures qui les protégeaient. Même si l'intensité de certaines sclérotiques, seules parcelles visibles de leur anatomie, ces petits cercles agiles qui tranchaient l'obscurité du soir par leurs lueurs blanchâtres, trahissait bien la condition humaine de certains. Mais pas de tous. Pas des émules de Darth Vader, de ceux qui étaient affublés de masques ridicules.

— Et encore, murmura Moustache à son intention comme pour le rassurer. Vous n'avez pas vu nos gars de la scientifique. Nous-mêmes, on les appelle certains jours les *iTi* — les «extra-terrestres» —, c'est vous dire. Ils ne vont plus tarder. Mais ne vous inquiétez pas, cela va bien se passer. Il ne devrait y avoir personne. Enfin, aucun vivant. Nous sommes obligés de suivre le protocole, au cas «où».

L'inquiétude de son guide commis d'office, loin de dimi-nuer pour autant, resta en état d'alerte maximale. Alors que les hommes de la BRI continuaient à se positionner, en files indiennes, sur toute la longueur des deux grands escaliers qui menaient à la terrasse supérieure, Moustache lut l'inscription qui était gravée sur le socle du groupe statuaire qui les surplombait légèrement. Le monument était posé sur le petit palier de distri-bution qui permettait d'accéder au niveau supérieur de l'établis-sement depuis la cour de l'administration, c'est-à-dire à quelques mètres à peine des deux hommes, lesquels étaient restés derrière l'équipe des scarabées.

— C'est l'Esquirol de l'hôpital ?

Le directeur fixa le visage impassible du statufié, lequel, insensible à toute cette agitation, méditait les profondes pensées qu'il s'apprêtait sans doute à immortaliser sur le papier. Le célèbre médecin-chef de cet ancien asile de Charenton, imperturbable dans son bronze solennel, ne leur prêtait aucune attention. Il était représenté assis, dans la force de l'âge, serein, empathique et paternel, le regard absorbé par la rêverie, un épais cahier de notes posé sur le haut de ses cuisses, tenant une belle plume dans l'une de ses mains, tandis que l'autre protégeait, grâce au pli rabattu de son manteau, un pauvre bougre prostré, totalement avachi à ses pieds.

Presque un saint, tel Martin le miséricordieux, pensa le

directeur. *Et son malade entièrement soumis au grand docteur thaumaturge aurait évidemment écrit le psychiatricide. Hum...* « *psychiatricide* » : sympathique qualificatif d'Henri Ey à l'endroit de Michel Foucault. Sans doute excessif, mais il n'était jamais bon de questionner le passé de la bonne vieille « psychiatrerie », comme on l'appelait antan.

Le directeur répondit sobrement à Moustache.

— Lui-même, disciple et continuateur de Pinel.

— Connais pas, constata sobrement Moustache.

— Ah bon ? réagit le directeur, étonné par la sincérité ou l'ignorance du policier.

— Des toubibs ? demanda Moustache.

— On peut le dire ainsi. Des aliénistes. Philippe Pinel est un peu le penseur fondateur de la psychiatrie ; Esquirol, son élève, a imposé notre spécialité et les asiles qui allaient avec.

— De sacrées pointures, dites-moi ?

— C'est ça…

Enfin, c'était un peu plus compliqué que *ça*, justement. S'il avait voulu être simpliste, le directeur aurait pu expliquer à ce policier que Pinel avait imposé une nouvelle doctrine postulant que le fou restait doté d'une part de conscience, que ce reste de raison autorisait un dialogue avec le monde réel et donc la possibilité d'un traitement utilisant la parole comme vecteur primordial. Puisque la folie était une affaire de psychisme, elle ne pouvait être guérie que par des moyens psychologiques.

Esquirol était allé plus loin, attribuant la cause principale de la folie à un dérèglement des passions de l'âme. Il avait ainsi préconisé deux principes majeurs pour rétablir l'instabilité viciée de l'esprit : premièrement, confier le sort de ces aliénés à un professionnel ayant « une trempe d'esprit particulière pour cultiver avec fruit cette branche de l'art de guérir », c'est-à-dire un médecin spécialisé ; d'autre part, confiner les malades dans un lieu protégé afin de les tenir éloignés du monde et de l'environnement social qui avait contribué à corrompre leurs malheureuses idées.

Il fallait bien avouer que le fatal glissement *moral* s'était opéré à ce moment-là, lorsque la prophétie de l'isolement s'était accomplie, quand les fous avaient été reclus une seconde fois, *internés* pour être livrés à la science *balbutiante*, pour ne pas dire *hallucinante*, des premiers aliénistes.

La morale avait alors remplacé *le moral*.

La suite, le directeur n'avait pas vraiment envie d'en parler, surtout avec un intrus : le linge sale se lavait en famille.

Ses pensées furent interrompues par le chuchotement d'une voix inconnue, grave, presque rocailleuse, qui jaillit dans son dos, le faisant même tressauter.

— Comment ça se présente, Moustache ?

— Tout est en place, Kow, répondit l'intéressé sans se retourner. Trente secondes avant la poussée.

Le directeur ne fut pas rassuré davantage par la physionomie de ce nouvel arrivant. Il resta pour le moins perplexe à la vue des accessoires orthopédiques qui l'aidaient à se mouvoir et de la mine sombre qui lui servait de visage. Ce policier ressemblait beaucoup plus à l'un de ses patients qu'au profil lisse et rassurant de ces héros ordinaires chargés de combattre le crime, ce poncif que véhiculait la communication d'État pour mieux justifier son emprise sécuritaire. Le directeur se demanda même un instant s'il n'était pas l'objet d'une hallucination. Par une étrange association d'idées, il pensa immédiatement à l'un des malheureux personnages de Kafka qui, se réveillant un beau matin, avait constaté sa transformation nocturne en insecte. Le rejet social avait ensuite achevé la bête désespérée que le dénommé Gregor Samsa était devenu bien malgré lui. Voilà l'impression que faisait au directeur cet étrange policier qui venait d'apparaître tel un spectre. Il y avait quelque chose de Samsa dans cet homme, la marque d'une fatalité. Et se savoir entouré ainsi par un cloporte fantomatique et de grouillants coléoptères déprimait un peu le directeur.

Mais quoi de plus normal, au fond, dans ce lieu voué aux métamorphoses humaines ?

Le gros insecte daigna quand même le saluer, entre deux échanges avec son collègue, par un austère hochement de tête.

— Qui est au Kremlin-Bicêtre ? demanda ensuite l'insecte à son collègue.

— Jérôme et le patron.

— Je croyais que La Boule avait pris sa journée ?

— Il a été rappelé.

Le «Go!» énergique, dont l'écho s'échappa de l'oreillette de Moustache, modifia instantanément le sujet de la discussion.

— Vous me suivez, tout en restant collé à moi, s'il vous plaît, intima Moustache au directeur. Kow, tu nous rejoins tranquillement, lorsque l'église sera sécurisée.

Les policiers, placés à la queue leu leu dans les deux escaliers, s'étaient mis en mouvement. Moustache et son hôte emboîtèrent les pas du groupe de gauche, et à petites foulées. Arrivés sur le plateau de la chapelle, alors que les hommes de la BRI continuaient à converger vers l'édifice religieux pour mieux l'entourer, ils se placèrent tous les deux à couvert, protégés par les colonnes d'un bâtiment qui bordait la large terrasse. Cette «galerie des convalescents», comme le précisa le directeur, offrait un très bon point de vue sur le petit temple et les opérations qui se déroulaient devant eux.

Le directeur fut impressionné par la manœuvre des scarabées. Ils avançaient sans bruit, en toute fluidité, avec des gestes précis, sans aucune hésitation.

En fait, pensa-t-il, *ils ressemblent plus à des machines qu'à des insectes, des robots parfaitement programmés pour remplir leurs tâches, sans aucun état d'âme… Peut-être, même, sans âme aucune? Qui pouvait bien savoir ce qui se passait dans leurs têtes, à cet instant?*

— L'absolue nécessité de bien faire leur travail, chuchota Moustache, comme s'il avait lu dans les pensées du guide. Ne pas commettre de geste fatal, respecter les consignes, ne pas désorganiser l'action du groupe, ne pas mettre en danger la vie de civils potentiels ou de leurs coéquipiers. La discipline peut être une ascèse, Monsieur, un art indispensable pour ceux qui ont mission de protéger leurs concitoyens. Une simple erreur et voici le protecteur à terre, la digue rompue, la violence prête à déferler.

Le directeur regarda Moustache avec admiration, un brin étonné par ce commentaire spontané et si argumenté. Le policier venait de marquer quelques points d'estime dans la considération que lui portait son guide.

— Vous êtes aussi un peu médium? demanda le directeur, ironique, toujours à voix basse.

— Notre travail ne requiert pas uniquement de la masse

musculaire, répondit Moustache, avec un sourire amusé. Parfois, aussi, un peu de cette matière grise que vous semblez bien connaître.

— C'est intéressant, ce que vous venez de dire sur *la discipline*, répondit le directeur, devenu un peu plus confiant. Pinel pensait aussi que la discipline des esprits était la meilleure thérapeutique pour guérir les désordres psychiques. Chasser la confusion des pensées afin de rétablir les bons équilibres mentaux et calmer les ardeurs anarchiques du corps. *Mens sana in corpore sano*.

Moustache tourna légèrement son visage vers le directeur.

— Vous disiez?

— «Un esprit sain dans un corps sain», excusez-moi. Étrange analogie, n'est-ce pas, entre la préservation du corps social qui nécessiterait des comportements disciplinés et cette optimale condition du corps physiologique qui imposerait une hygiène mentale des plus strictes? C'est justement ce que nos pères aliénistes nommèrent le «traitement moral».

— Des cours de morale pour soigner les f... malades mentaux? demanda Moustache, indécis.

— Vous pouvez prononcer le mot, rassura le directeur. Mais à l'époque, justement, on disait plutôt «aliénés». On pensait que leur raison avait été submergée par des sensations trop vives, par un débordement incontrôlé de leurs passions. Selon Esquirol, les fous étaient devenus esclaves de leurs mauvaises pulsions, de leurs pensées déviantes, de leurs comportements licencieux; victimes d'une faiblesse morale qui, en viciant leur jugement et leurs comportements, les enchaînait irrémédiablement à la maladie. *Aliénés* au sens propre donc, trompés par les illusions, aveuglés par de fausses croyances, vaincus par l'impulsivité sans bornes de leurs émotions. Alors, oui, les aliénistes crurent qu'il fallait traiter le moral défaillant grâce à la fermeté de la morale. Remettre de l'ordre dans les esprits par un catéchisme sans faille: infantilisation compassionnelle, étude des livres saints, sermons religieux, ardentes processions, ferventes admonestations. «Chez l'aliéné, écrivait l'un de mes ancêtres, si le mal n'a pas encore miné la raison jusque dans ses derniers retranchements, le régime sévère et réglé de l'établissement, la privation de boissons alcooliques, l'éloignement des femmes, la guérison de quelque maladie physique, *résultat de ses débauches*, ramènent bientôt la raison. » Ah… Cette débauche du corps et de l'âme comme raison de la déraison, tout un programme ! Cette thérapie morale était accompagnée de quelques bons coups de trique lorsque le patient persévérait dans ses opinions corrompues et manquait trop de componction. Je dis « bâton » pour ne pas décrire pire. Car pire il y eut, croyez-moi, de justes châtiments, bien au-delà de votre imagination. Notez que l'entreprise initiale était toute aussi louable que celle de l'Inquisition. Que d'horreurs perpétrées au nom du Bien depuis la naissance de la civilisation ! Pourquoi la vertu est-elle toujours accompagnée par une odeur de soufre ? Et l'enfer des hommes toujours pavé par les meilleures intentions ? Je n'en sais rien, mais j'en viens parfois à haïr cette idée du Bien, dégoulinante du sang des hommes. Autant vous dire, même si ce n'est pas très bien vu par mes confrères, que je n'assume aucunement cette préhistoire de notre art. J'entretiens donc — comment l'exprimer ? — une relation *peu amicale* avec ce concept de « discipline » que vous évoquiez tout à l'heure.

Moustache médita quelques instants les paroles du directeur tout en reprenant l'observation des manœuvres qui se déroulaient sur la terrasse. Puis il posa une nouvelle question.

— Rassurez-moi, cette époque est révolue ?

— J'aimerais en être certain. Les mauvaises idées ont une prédisposition étonnante pour la survie, savez-vous ? La notion « d'ordre mental » est encore au cœur de la plupart de nos théories actuelles. Nous la nommons simplement « santé mentale ». Les mots trompent rarement : nous cherchons aujourd'hui à « stabiliser » nos patients, à mettre *bon ordre* dans leurs esprits. La priorité n'est plus de guérir les malades — nous avons presque abandonné cette quête —, mais de les maintenir dans un état de santé que nous pourrions définir comme *socialement acceptabl*e. Pour eux et pour les autres. Pour notre bien commun, en somme.

Le directeur prit quelques secondes de réflexion avant d'ajouter :

— « Stabiliser » dans notre jargon, c'est un peu l'équivalent de « sécuriser » dans le vôtre, cette expression que vous avez utilisée tout à l'heure avec votre charmant collègue.

Moustache ne put s'empêcher de sourire. Il imaginait sans peine la mauvaise impression que Kowiak, compte tenu de son apparence déplorable, avait dû produire sur le directeur. En temps ordinaire, Kowiak ne passait jamais inaperçu, et une première rencontre avec l'«ours des Balkans» — tel était son autre surnom à la brigade — s'oubliait rarement. Moustache ne se souvenait pas d'un seul client qui avait osé pérorer devant Kowiak. C'était sans doute le seul flic du 36 qui réussissait à imposer le respect par sa seule présence, même devant les voyous les moins repentis. Alors, dans son état de délabrement actuel…

— Pour répondre plus directement à votre question, reprit le directeur, qui était devenu étonnamment loquace, le traitement moral n'est en effet plus la croyance dominante de notre… *discipline*. Mais la norme qu'elle établissait est encore dans tous les esprits. C'est même le fondement de la médication moderne, dont l'objectif prioritaire consiste à sauver les apparences. Ah, «sauver les apparences»! Le grand drame de la science depuis ses origines. Bref, vous pouvez désormais réaliser un subtil enfermement personnel, *incognito*, à domicile. Il faut bien admettre que ce sont les psychotropes qui ont permis de vider les anciens asiles et qui, de nos jours, limitent considérablement le nombre des hospitalisations psychiatriques. Mais «stabiliser» et «soigner» sont deux notions clairement opposées qui s'appuient sur des stratégies médicales différentes. Dans nos pratiques hospitalières, nous avons beaucoup de mal à nous débarrasser de ce parfum entêtant du traitement moral. Vous ne le croirez peut-être pas, mais, il y a peu, l'un de mes célèbres prédécesseurs, respectable membre de l'Académie de médecine, faisait passer le *test du Juste* à ses patients. Pour cet honorable spécialiste, la folie n'était que la perte d'une conscience morale de l'individu; même la schizophrénie — qui est un peu la reine de notre spécialité — était pour lui un leurre. Selon cet énergumène, il suffisait d'augmenter le taux de moralité du patient pour espérer le libérer de sa triste affliction. Redonner au malade les moyens de discerner le Vrai, de faire la différence entre le Bien et le Mal : voilà tout le secret, selon ce joyeux prophète, de l'art psychiatrique. Je n'évoque pas des temps obscurs : cette sommité, qui se comparait très sérieusement à Philippe Pinel lui-même, exerçait encore il y a quelques décennies à peine. Ici, comme directeur de cet établissement modèle. Le plus fou n'est donc pas toujours celui que l'on croit.

Moustache ne sut que penser de ces propos, car son esprit était ailleurs. Il était très attentif à suivre l'étrange ballet des ombres qui se projetaient devant lui. Ses collègues de la BRI s'étaient divisés en trois groupes et chaque équipe venait de se positionner de part et d'autre des différentes entrées de la chapelle. Tous les policiers étaient désormais immobiles, presque pétrifiés, attendant les prochaines instructions qui leur redonneraient vie. Mais il éprouva le besoin de rompre le silence, presque par politesse.

— C'est curieux, cette architecture, pour un asile. On se croirait plutôt dans une ville antique.

— *Hôpital psychiatrique*, corrigea le directeur. *Asile* avait bien trop mauvaise réputation après l'échec du traitement moral : il fallut s'en débarrasser. Mais c'était l'intention primitive, disposer d'un refuge pour les fous. *Refuge de Charenton* fut d'ailleurs la première dénomination que porta cette célèbre maison. Certes, l'aménagement qui nous entoure est plus tardif ; il est l'aboutissement de toutes les réflexions engagées autour de ces « établissements spéciaux » souhaités depuis la fin du XVIIIe siècle : « Pour mettre de l'ordre dans les idées des aliénés, il faut en mettre autour d'eux. » Dont acte : d'abord éloigner le malade « des lieux qui lui rappellent son malheur » ; ensuite, répartir les pensionnaires par « espèces d'aliénation », les regrouper par catégories de folie ; enfin, « modifier la direction vicieuse de l'intelligence et des affections des aliénés » par une construction monumentale aux « proportions sévères, des lignes constamment pures ». Et quoi de plus impressionnant en effet, de plus propre à dominer le regard et à subjuguer l'esprit de l'aliéné que cette architecture néoclassique, symbole d'autorité, de grandeur, de calme, d'*ordre* ? Un véritable *Temple de la Raison*, comme on le baptisa rapidement. Gilbert, son concepteur, avait justifié sa « masse imposante » en augurant que cette dernière produirait un « *heureux* effet » sur le moral des malades.

— Ce fut le cas ? demanda Moustache, sans relâcher son attention visuelle.

La question prit visiblement de court le directeur, qui

n'avait pas de réponse toute prête. Il se contenta de balbutier un « c'est-à-dire… » peu convaincant. Moustache entendit l'embarras de son guide et lui proposa une porte de sortie.

— Quelle époque ?

— Les travaux de transformation ont commencé en 1838, répliqua immédiatement son interlocuteur, bien heureux de saisir la perche ainsi tendue. Grand millésime, année exceptionnelle pour la psychiatrie et pour la consécration d'Esquirol. Son asile — « dont la réputation s'étendait dans le monde entier » à l'en croire — allait enfin bénéficier de la majestueuse parure architecturale qui lui manquait. 1838, c'est également la date de publication de son grand œuvre sur les maladies mentales…

— Le bouquin sur lequel il écrivait, au bas de l'escalier ? demanda Moustache en interrompant son guide.

— Vous êtes fin observateur…

— Je suis simplement policier, ajouta Moustache avec une note d'humour pour répondre à l'étonnement qu'il venait de percevoir dans la voix de son interlocuteur.

— Et 1838, enchaîna sans attendre le directeur, c'est surtout l'année où est votée une loi qu'Esquirol réclamait depuis longtemps. Une véritable loi d'exception. Elle instituait la création systématique d'un asile public par département, dont la direction allait être confiée à un médecin tout-puissant nommé directement par le gouvernement. C'était, en quelque sorte, le triomphe de l'aliéniste, puisque la loi consacrait ce nouveau sacerdoce et plaçait même ce praticien sous l'autorité directe de l'État. La « médecine politique », *via* la première spécialité médicale — psychiatrique —, venait de naître officiellement.

Le directeur prit une respiration, puis demanda avec un ton malicieux :

— Croirez-vous que nous dépendîmes un temps du même ministère, vous et moi ?

— De l'Intérieur ? s'étonna Moustache. Bigre ! Santé mentale et sécurité corporelle placées sous le même toit. La collaboration devait être plus facile qu'aujourd'hui… On ne s'ennuie pas, en votre compagnie, cher… *confrère*.

— C'est réciproque, répondit le directeur avec un sourire plus amer.

Il faudra bien un jour, pensa-t-il, que nous nous libérions de ce péché des origines, que nous tranchions définitivement ce dilemme : appartenons-nous à l'espèce des médecins ou bien à celle des policiers ? Dans quel tableau nosographique devons-nous être rangés ?

Le questionnement existentiel du directeur cessa brusquement lorsque la déflagration d'une violente explosion fit vibrer le *Temple de la Raison*. Le directeur n'eut pas le temps d'avoir peur : il sentit qu'il était vaillamment empoigné et qu'il perdait pied. Il se retrouva plaqué au sol en quelques secondes à peine, avec fermeté, mais douceur, le corps protégé par les cent vingt kilos du policier. Il s'étonna du savoir-faire de ce dernier, de sa souplesse et de sa rapidité, compte tenu de son gabarit respectable. Il entendit sa voix, toujours étonnamment calme.

— Comment ça va, *confrère*?

— Je ne sais pas… vous m'écrasez un peu… qu'est-ce…

— Un problème inattendu. Ne bougez pas, s'il vous plaît, intima Moustache, poliment, mais avec une intonation qui n'autorisait aucune objection.

Le directeur ouvrit les yeux. Il n'arrivait pas à entendre distinctement les paroles qui s'échappaient pourtant en flot de l'oreillette de son protecteur. Mais, même ainsi, au raz du sol, il put voir.

À travers le voile de fumée qui s'échappait de la chapelle, il distingua les portes déchiquetées de l'édifice et les morceaux de bois éclatés qui, propulsés par le souffle de la déflagration, jonchaient maintenant la terrasse.

Il aperçut plusieurs masses sombres, allongées, sans mouvements, devant le petit temple ; d'autres ombres aussi, qui s'agitaient prudemment à leurs côtés. C'est alors qu'il entendit les braiments gras d'un âne, quelques secondes à peine avant que l'animal affolé ne surgisse de l'intérieur, traversant l'ouverture béante, irruption qui provoqua la stupeur des «scarabées».

Spectacle ô combien étrange, surréaliste en effet, que cet équipage improbable, errant éperdument en ellipses erratiques devant la petite chapelle, tout auréolé par l'irisation des volutes de fumée. Il y avait de quoi être étonné.

Un âne blanc, le directeur n'en avait jamais vu en chair et en os. Mais un âne blanc monté par un cavalier entièrement nu,

également peint en blanc, dont la tête était ceinte d'une couronne lumineuse, ni lui ni les scarabées n'en reverraient jamais
plus non plus.

13.

Pline la regardait de loin, visage levé vers les cimes de Notre-Dame, sourire énigmatique coincé entre ses lèvres. À cette distance, il ne pouvait évidemment pas discerner les traits contemplatifs de sa chimère préférée, vigie du jour et de la nuit, toujours perchée dans ses hauteurs célestes. Mais il la connaissait bien, elle était depuis longtemps objet de ses méditations. Car, malgré ses mauvaises fréquentations et une très horrible réputation, cette stryge était figée dans une attitude contemplative, sereinement accoudée sur un balconnet en pierre, la tête reposant entre ses mains, le regard perdu dans l'infinité du vide. Il y avait longtemps qu'elle avait cessé d'effrayer la nuit par ses sinistres cris. D'ailleurs, de mémoire d'homme, on n'avait jamais vu pareille stryge, silencieuse, pensive ; pour tout dire : désabusée.

Un spectre mélancolique, dépressif, traversant une crise existentielle, pensa Pline, *un monstre conscient de son impuissance et de sa parfaite inutilité*.

La stryge avait sans doute compris que l'homme n'avait nul besoin de démons pour répandre la peur et la crainte dans le cœur de ses semblables ; en son royaume de domination et de terreur, il régnait en maître incontesté.

— Que regardez-vous ? demanda Philippe, intrigué, qui se

trouvait juste à côté du guide.

— Une vieille amie résignée, qui attend.

— Ah... Elle attend quoi, cette amie, si ce n'est pas indiscret?

— Ce que nous attendons tous, mon cher Philippe, continua Pline après quelques secondes. La fin des temps et le jugement dernier.

Philippe ne fut pas certain d'avoir compris la réponse, mais il ne répliqua pas. Il était maintenant habitué à l'originalité de leur guide.

— Bien, continua Pline à l'adresse de tous les membres du groupe qui venaient de les rejoindre. Avant de nous rendre au Paradis, ce qui nous changera un peu de cet après-midi, nous...

Une très déplaisante rafale d'avertisseurs sonores vint l'interrompre dans sa lancée, suivie immédiatement par un échange de vociférations et de gesticulations inamicales — voire animales — entre deux automobilistes visiblement très courroucés.

— Ah! commenta Pline, il faudrait rattraper ces deux vauriens, deux nouveaux clients en puissance. *La colère au volant*, nouveau trouble psychiatrique à la mode, mes chers confrères, d'une lucrativité sans limites, la molécule est déjà testée...

— Vous rigolez? demanda Géraldine, incrédule.

— Point du tout, ma chère. Classé comme «trouble explosif intermittent» dans notre nouveau DSM-5. Je vous propose quand même de traverser maintenant, nous serons plus au calme de l'autre côté.

Pline, suivi par son groupe, remonta le trottoir du quai de Montebello de quelques mètres et profita du signal lumineux qui les autorisait à traverser la voie pour s'engager sur le pont au Double. Le guide marqua une pause au milieu de cet ouvrage qui enjambait la Seine et menait directement sur le parvis de la cathédrale.

— Je vous disais donc, même si je ne vous ai pas menés à Notre-Dame pour cela, que l'ancien Hôtel-Dieu de Paris se situait ici, de part et d'autre de ce petit bras de la Seine. En 1785, notre année mémorable, il représentait *grosso modo* un grand quadrilatère s'étendant jusqu'au Petit Pont. Vous vous rappelez sans doute que l'on y accueillait les fous du royaume que l'on pensait pouvoir guérir grâce cette « ordalie médicale » — l'expression est de notre très regrettée consœur Gladys Swain —, dont nous avons tant parlé. Eh bien, les hommes étaient accueillis juste au-dessus de vos têtes.

— À la place du pont ?

— Non, sur le pont lui-même. À l'époque, il n'y avait qu'un tiers de sa surface qui servait de passage. Payant au demeurant, d'où son juste nom puisqu'il fallait acquitter un double denier pour honorer le péage. Le reste était bâti de constructions fermées appartenant à l'Hôtel-Dieu. Au premier étage, les fous de sexe masculin étaient placés dans la salle Saint-Louis, entassés dans les 13 lits que contenait la pièce. Les femmes, de leur côté, étaient tout aussi mal reçues à l'autre extrémité de l'établissement, près du Petit Châtelet, sur la rive droite, là-bas, dans une salle du deu-xième étage dédiée à Sainte-Geneviève.

Pline reprit la traversée du fleuve tout en continuant ses explications.

— Je ne reviendrai pas sur le sort réservé aux insensés à l'Hôtel-Dieu. Sachez seulement qu'après une visite de contrôle, le ministre de l'Intérieur Chaptal, influencé par son ami Pinel, fit cesser définitivement ces « soins gothiques », comme on les appe-lait encore en 1802. Les fous curables furent dès lors envoyés à Charenton ; les folles rejoignirent la Salpêtrière. Cet arrêté pris par Chaptal le 6 germinal de l'an X est même considéré par cer-tains comme l'acte fondateur de l'asile, bien avant la loi de 1838.

Pline arrêta le groupe à cinquante mètres de la façade de la cathédrale. Il montra au sol une petite dalle circulaire, enser-rée dans les pavés du parvis, sur laquelle était gravée l'inscription « Point zéro des routes de France ».

— Longtemps se tint ici, à la place de cette rose des vents, un étrange personnage de pierre qui s'appuyait sur un bâton autour duquel s'enroulait un serpent…

— Asclépios ? demanda Olivia.

— Le peuple de Paris lui préférait le nom de Grand Jeû-neur. Mais vous avez raison, Olivia, notre Dieu à nous, mes amis, le père des médecins, surveillait ainsi l'entrée de l'Hôtel-Dieu, qui se situait juste devant vous, au niveau du premier terre-plein jardiné. Là était situé le bureau d'accueil des malades. Parmi eux, nos fous, diagnostiqués avant leur admission ou renvoyés directement vers Bicêtre ou la Salpêtrière en cas d'incurabilité, comme vous le savez déjà. Ce classement était fort sommaire, inutile de le préciser. Un seul mot et votre avenir était scellé : « fol », « maniaque », « mélancolique », « furieux », « dément », « incurable ». Mais je dois vous libérer pour votre gala du soir. Venez, mes chers confrères, nous sommes ici pour le jugement, pas pour le Jeûneur.

Pline entraîna le groupe vers la cathédrale, au plus près de son portail central.

— Le Jugement dernier selon Matthieu, mes amis, commenta Pline en indiquant le tympan. Une pure merveille, premières décennies du XIIIe siècle. Tremblez, tremblez, braves gens, l'heure des comptes vient de sonner ! Ce qui nous intéresse est plus bas, en dessous du piédroit gauche, sous les statues des apôtres. Regardez bien ce bas-relief et les médaillons surbaissés.

Le groupe était désormais à quelques mètres à peine du côté gauche du portail, les yeux rivés sur des petites sculptures situées à deux mètres du sol.

— Les Vertus au-dessus des Vices, mes chers confrères, qualités ou défauts personnifiés par des femmes, reconnaissables à leurs attributs. Que font-ils là, me demanderez-vous ? Eh bien, au début du Ve siècle, le poète Prudence fit publier une sorte d'épopée chrétienne destinée à affirmer la foi des fidèles et à lutter contre les tentations du paganisme et de l'idolâtrie. Sa *Psychomachie*, ou « Combat dans l'âme », mettait en scène une grande bataille des vertus contre les vices, devenus, sous la plume de Prudence, des personnages allégoriques. Le sens de cette œuvre de prosélytisme était des plus clairs : la dignité spirituelle du bon chrétien ne pouvait se gagner qu'à l'issue d'une lutte personnelle et sans concession contre ses passions dévorantes et ses démons intérieurs. Nous ne pouvions espérer emporter cette lutte morale avant que « notre esprit, guerrier courageux, n'ait vaincu, en en faisant un grand carnage, les monstres de notre cœur asservi ». Cette œuvre eut un succès considérable et une postérité inattendue. Tout l'art du Moyen-Âge en fut imprégné.

Pline se déplaça très légèrement pour désigner un emplacement précis.

— Ce sont ces couples opposés que vous voyez ici, gravés dans la pierre, mais figurés aussi plus haut, assemblés dans les vitraux de la grande rosace que l'obscurité ne nous permet plus, malheureusement, d'observer. Aux douze vertus représentées sur la rangée supérieure, dans cette sorte de cloître figuré, sont opposés les douze vices, là, situés juste en dessous, dans les médaillons circulaires. Je vous prie de bien regarder la seconde paire en partant de votre gauche, celle qui est située à l'aplomb de l'honorable saint Simon, ce zélote zélé qui, dit-on, finit son apostolat découpé en rondelles.

— Encore Asclépios! s'exclama Natalia en montrant du doigt la statuette d'une femme songeuse, revêtue d'une simple tunique plissée, assise sur un banc, et tenant dans sa main droite une sorte de récipient circulaire dans lequel un serpent s'enroulait autour d'un bâton.

— Les apparences sont trompeuses, répondit Pline. Le serpent enroulé sur le bâton est effectivement l'emblème d'Asclépios, que nous retrouvons de nouveau, mais passé au filtre de l'acculturation chrétienne. Vous savez qu'Asclépios, bien avant Jésus-Christ, était connu pour ressusciter les morts. Une tradition rapportait que c'était un serpent qui lui avait enseigné cet étonnant pouvoir. Cette perspicacité du reptile s'est transformée au fil des siècles, et elle est devenue pour les chrétiens le signe de la sagesse et de la sagacité par excellence : le *don de discernement.* C'est de cette «prudence de serpent» dont parle saint Mathieu dans son évangile, le serpent qui sait «abandonner tout son corps pour... mieux conserver sa tête». Cette femme de pierre — la Prudence personnifiée — est donc logiquement opposée, vous vous en doutez, à la représentation…

— De la folie…, compléta Philippe.

— La folie de celui qui, justement, n'arrive pas à «conserver sa tête», de celui qui s'égare dans les illusions ou les fausses croyances. Remarquez bien le mouvement erratique du personnage qui incarne la Folie, sa tenue négligée, sa chevelure désordonnée, son errance dans la forêt, l'olifant qu'il tient dans une main et dans lequel il corne à tout vent pour répandre ses élucubrations. «*Dixit insipiens in corde suo non est Deus*», souffle-t-il à tue-tête.

— « L'insensé a dit dans son cœur : pas de Dieu », traduisit immédiatement Natalia.

— Deuxième verset de l'ancien psaume 52, pour les connaisseurs, ajouta Pline. Terrible annonce !

— Le fou, c'est donc l'hérétique ? demanda Olivia.

— En partie, répondit Pline. Celui qui ne marche pas droit, dans tous les cas. Voilà, mes chers confrères, ce qui nous ramène, une fois encore, à l'aspect moral du traitement de la maladie mentale. C'est à partir du XIᵉ siècle que la perception de la folie se transforme doucement pour devenir une déviance morale, d'abord religieuse, comme vous le constatez devant vos yeux, puis, plus tard, clairement sociale. Pour Pierre Lombard déjà, qui était maître en cette école du cloître Notre-Dame de Paris, « les insensés sont tous ceux qui vivent dans le mal ». Vous saisissez dès lors toute l'ambiguïté de cette représentation symbolique et de l'association frappante qui a presque fait sursauter Natalia. Car c'est bien notre sceptre en effet, ce bâton au serpent tenu par Prudence, qui a fait réagir Natalia. Le nouveau docteur des âmes du XIXᵉ siècle, l'aliéniste, va se poser en gardien du bien comme, avant lui, le docteur de l'Église avait été celui de la foi orthodoxe.

Pline se retourna pour fixer les membres du groupe.

— On ne peut comprendre les dérives de la psychiatrie si on ne remonte pas aux causes qui les ont produites, si on méconnaît la filiation historique qui les unit. Les apôtres de l'Église et ceux de la médecine mentale ont partagé longtemps les mêmes croyances, ils ont puisé aux mêmes sources culturelles que s'était appropriées — après les avoir adaptées à ses propres dogmes — la société chrétienne. En ce qui concerne directement notre propos, dans l'ancienne théorie stoïcienne des passions.

C'est Mathieu qui intervint, cette fois-ci :

— « La passion est un ébranlement de l'âme opposé à la droite raison et contraire à la nature. »

— Belle mémoire, Mathieu ! Cette formule de Zénon, le fondateur de cette école philosophique, résume en effet toute l'ambivalence originelle de cette doctrine. Vingt-quatre siècles plus tard, Esquirol ne dira pas autre chose lorsqu'il affirmera que « les passions sont la cause la plus commune de l'aliénation ». En d'autres termes, poursuivit Pline, les passions créent des mouvements désordonnés de l'esprit qui altèrent le jugement, égarent l'entendement et produisent son «*alienatio mentis*». Notez pour l'anecdote, mes chers amis, que cette expression «d'aliénation mentale» est due à l'un de mes illustres ancêtres.

Pline attendit une réaction de l'assemblée à cette nouvelle fantaisie. Vainement.

— Pline l'Ancien, ce nom n'évoque donc rien?

— Très vaguement, répondit Philippe, qui avait perçu le ton contrarié de leur guide.

— Aucune importance, enchaîna Pline, en soupirant, l'air dépité. Puis il reprit aussitôt :

— Or, la cause de ce dérèglement, de cette aliénation mentale, les stoïciens la situent dans le vice. C'est lui, écrit Cicéron, c'est le vice qui engendre les passions. Vice de l'athéisme ou de la mauvaise croyance, traduiront opportunément les chrétiens; vice de la perversion des facultés morales, interpréteront les aliénistes dans une époque plus laïcisée, suivant en cela les préceptes stoïciens d'origine. Ainsi, puisque les vices sont des péchés qui trouvent leur origine dans des «idées fausses et dans le parti pris d'agir en conséquence», parce que la crainte irrationnelle, le désir compulsif ou la peine excessive sont les conséquences d'une erreur de jugement ou de mauvaise interprétation des choses du monde, il convient de ramener le coupable, le déviant, le marginal, dans le droit chemin de la vertu religieuse ou civique afin de maintenir le bon ordre divin et social. Et parce que cette tentation du vice relève finalement de la responsabilité personnelle, parce que l'homme libre doit savoir gérer les troubles de son affect, gare aux brebis égarées qui refuseraient de se corriger et de rejoindre le troupeau du Seigneur ou de l'État : on les contraindrait à «devenir raisonnables». Les tribunaux de l'Église soumettront les récalcitrants à la question et enverront les irréductibles au bûcher; les tribunaux de l'État placeront les aliénés dans les nouvelles cités asilaires où «le gouvernement des fous doit être absolu» et «toutes les questions décidées sans appel par le médecin».

Pline s'interrompit quelques secondes, le temps de frotter ses paupières, comme si ce léger massage permettait d'activer l'énergie supplémentaire dont, soudainement, il semblait avoir besoin pour achever sa présentation. Les traits de son visage s'étaient en effet raidis, sa fatigue était visible, le poids d'une grande lassitude paraissait l'accabler. Mais il réussit à reprendre rapidement le dessus et à afficher, une fois encore, son air malicieux.

— Nous avons vu à Bicêtre, en fin d'après-midi, dans la cour des Colonnes neuves, à quel point François Leuret, ce digne disciple d'Esquirol, avait poussé la méthode du redressement moral à sa perfection. La rééducation sociale par la contrainte et le travail forcé y furent un modèle du genre. Parce que les aliénés étaient des « hommes qui se trompent », il fallait absolument « rendre pénibles les idées déraisonnables afin que le malade fît un effort pour les repousser ». Je vous ai détaillé quelques-unes des techniques « pénibles » par lesquelles Leuret et ses compagnons parvenaient à « arracher le désaveu de leurs idées » aux malades. Nous avons vu comment il justifiait la torture physique et psychologique parce que « la douleur sert aux aliénés comme elle sert dans le cours ordinaire de la vie ». Fidèle aux préceptes de son maître, Leuret voulait « briser le spasme par le spasme en provoquant des secousses morales ». Car le doute d'Esquirol bourdonnait à ses oreilles : « Peut-on compter sur une guérison solide, si elle n'est précédée par quelque commotion ? » C'est que le grand Pinel, leur mentor, avait lui-même puisé les principes du nouvel « art de subjuguer et de dompter » les insensés dans les *Tusculanes* de Cicéron, ouvrage dans lequel le maître latin discutait des théories stoïciennes des passions.

Pline sembla hésiter. Il se tourna vers la dénommée Géraldine, avant de continuer à son attention :

— Je vous accorde bien volontiers que Pinel ne pensait sans doute pas que cet « empire irrésistible », que le nouveau médecin des âmes devait établir afin de « soumettre » son patient, n'allait pouvoir se conquérir qu'en recourant systématiquement à la violence ou à la coercition. Notons, tout de même, que sa prescription d'employer à cette fin un « appareil imposant de terreur » — ce sont ses propres mots, Géraldine —, ne laissait rien augurer de très bon. Vous savez tous, maintenant, ce qu'il en fut vraiment.

La jeune femme ne souhaitait pas engager une nouvelle polémique avec leur guide. Elle se contenta d'afficher un sourire amusé.

— Mes chers confrères, reprit Pline, si je tenais à achever

cette journée devant cette allégorie des vices et des vertus, c'est que nous ne pouvons faire l'économie de cette réflexion, compte tenu du « syndrome de moralité » qui affecte notre profession depuis son plus jeune âge. Le plus étonnant, c'est que nous pensons toujours, nous autres *modernes*, être parvenus au dernier degré d'une connaissance maîtrisée, détenir ainsi une sorte de vérité définitive. Nous sommes si persuadés de l'exactitude de nos savoirs et de nos techniques, si emplis de vanité pour tout dire, si prompts par ailleurs à juger, à condamner et à rejeter celle de nos prédécesseurs, que nous sommes incapables de douter, de prendre le moindre recul, cette distance nécessaire et raisonnable qui éviterait pourtant de perpétrer trop d'erreurs et ces nouvelles catastrophes qui s'annoncent inéluctablement. N'en doutons pas : elles seront à leur tour désavouées par nos successeurs.

La physionomie de Pline venait de se transformer. C'était comme si le guide avait de plus en plus de mal à maîtriser son comportement et à tenir son rôle, à faire semblant d'être jovial et convivial. Son regard pétillant était presque éteint, offrant à ses spectateurs une sorte de vide assez inquiétant.

— Bien sûr, nous avons jeté les notions nauséabondes d'« ordre mental » ou d'« hygiène de l'âme » dans les oubliettes sémantiques. Mais notre curieux vocable de « bonne santé mentale », que recouvre-t-il exactement, sinon le même concept, celui d'une droite raison, c'est-à-dire d'une raison normée et socialement définie ? Il est vrai que nous avons détruit la plupart des dispositifs barbares, les fers et les corsets immondes, les douches et les bains de terreur, les armoires et les horloges de malaise, les cages et les potences de correction, les fauteuils et les lits rotatoires, les murs et les cellules des asiles eux-mêmes. Nous avons enfin banni les saignées, les flagellations, les vomissements, les purgations, les girations, les suspensions, les électrocutions cérébrales. Nous ne soumettons plus les malades aux comas hypoglycémiques, aux castrations ou excisions génitales, aux simulations d'étouffements, aux humiliations de la nudité et de l'exposition publique. Nous n'utilisons plus l'électricité comme « agent de coercition » pour réagir contre « l'esprit d'indiscipline » en créant des « orages magnétiques », comme les décrivait Céline il y a peu, encore ; disparus, aussi, les « eaux galvaniques » et les « chocs voltaïques ». Nous ne prescrivons plus de haschich, de valériane, de bromure de potassium, de papavérine, de barbiturique, de belladone pour soigner la folie. Non, aujourd'hui, parce que nous savons forcément mieux que nos prédécesseurs, nous donnons des amphétamines aux enfants inattentifs, nous implantons des électrodes dans le cerveau des dépressifs. Sommes-nous plus responsables que les apprentis sorciers des siècles passés que nous fustigeons, lorsque nous utilisons des méthodes ou des remèdes dont nous ne connaissons exactement ni les principes, ni même les effets ? Ou lorsque nous distribuons comme des bonbons des molécules coûteuses qui, sur des pathologies mineures, agissent moins bien que des placebos sans substances ? N'est-ce pas là une nouvelle « imposture » d'un aliénisme moderne aveugle, comme le souligne votre confrère Landman, de nommer « antipsychotiques » ou « antidépresseurs » des médicaments alors même que nous ignorons tout, *absolument tout*, de leurs causes, de cette « étiologie des dépressions ou des psychoses » ? Sommes-nous plus sages que nos aïeuls lorsque nous demandons sérieusement à des gens inquiets, afin de détecter une éventuelle « phobie sociale » — nouvelle appellation psychiatrisée de la timidité —, s'ils éprouvent une légère appréhension à « appeler quelqu'un qu'ils ne connaissent pas très bien » ? Ou, encore, lorsque l'on déduit, de leur « résistance à l'insistance d'un vendeur » insupportable, un trouble avéré de « personnalité *évitante* » ?

Pline prit une courte respiration avant de poursuivre son réquisitoire fiévreux, que personne n'osait désormais interrompre.

— Et que dire du nouveau Graal, de ce Summum® que vous allez fêter ce soir, cette panacée qui nous promet, comme l'avait annoncé Huxley, le bonheur du meilleur des mondes ? En quoi, mes chers confrères, cette technologie non invasive du Summum®, nouvel avatar de la psychochirurgie, est-elle réellement préférable à l'admirable lobotomie qui coûta leur cerveau, leur conscience et leur vie à tant de pauvres hères pour permettre à leur précurseur diabolique d'accéder à la gloire médicale de Stockholm ? 100 000 malades payèrent le prix fort de cette autre certitude scientifique. Et l'hécatombe n'est pas finie, puisque l'on continue, malgré les évidences, à pratiquer de nos jours les leucotomies dans certaines contrées. Mais, somme toute, hein, que représente ce nombre presque insignifiant de morts ou de spectres vivants en comparaison des millions de gens troublés que l'on dit être concernés aujourd'hui par ce bienfaisant Summum®!?

L'exaltation de Pline avait atteint un paroxysme qui mit très mal à l'aise les membres de la petite assemblée. Certes, les participants s'étaient habitués à l'originalité avérée de leur guide. Mais la fin de sa diatribe avait atteint un niveau de rage tout à fait préoccupant. Natalia tenta une diversion pour calmer l'ardeur de Pline et chasser la gêne collective qui venait de s'installer.

— Monsieur Pline, quel est donc cet objet que Dame Folie tient dans sa main droite? On dirait une sorte de marotte…

Pline était visiblement absorbé par d'autres pensées. Une maxime d'Ennius lui revint à l'esprit : « La colère est un début de folie. »

Non, assurément, il n'était pas fou du tout. Il était même totalement conscient de l'œuvre déjà accomplie et qu'il lui fallait désormais achever. Quelques heures encore, et tout serait terminé.

Il fit un effort pour se reprendre, se concentrer et répondre avec un ton qu'il voulut le plus aimable possible :

— Ce n'est pas encore une marotte, mais il le deviendra, vous avez raison. Ce gourdin se transformera un jour en attribut du fou de cour, en contre-sceptre du pouvoir. Au XIIIᵉ siècle, ce n'est encore qu'une massue, le symbole même de la maladie mentale depuis l'Antiquité et la folie furieuse…

— D'Héraclès! compléta énergiquement Mathieu.

Pline attendit quelques secondes. Non seulement il avait retrouvé sa sérénité, mais son expression était redevenue facétieuse.

Intelligent, ce jeune homme, attachant même, tout comme cette Natalia. Dommage…

Il invita calmement Mathieu à continuer :

— Poursuivez, je vous prie.

— Vous savez tous qu'Héraclès est le héros le plus célèbre de la mythologie grecque. Malheureusement pour lui, sa naissance fut placée sous le signe de la colère impitoyable d'Héra, la compagne de Zeus. Il est de notoriété publique que le maître de l'Olympe était un coureur de jupons invétéré qui n'hésitait pas à s'acoquiner avec des mortelles. Héraclès fut le fruit de l'une de ses innombrables infidélités. Et la vengeance d'Héra fut terrible. Selon une vieille tradition, la déesse attendit patiemment qu'Héraclès fût devenu père à son tour pour lui faire perdre ses esprits et commettre l'irréparable.

Pline se mit à déclamer quelques vers :

— «Voyez : il s'apprête à entrer dans l'arène, ébrouant sa tête, roulant ses yeux convulsés et étincelants, la respiration bruyante et désordonnée : on dirait un taureau prêt à bondir, poussant des mugissements terribles…»

— Impressionnant, Monsieur Pline, réagit Mathieu. Euripide dans le texte. Et c'est sous l'effet de cette fureur trompeuse qu'Héraclès assassina ses propres enfants en les criblant de flèches.

— Les deux premiers seulement, rectifia Pline, en tout cas dans la fameuse version d'Euripide. Au troisième fils, le célèbre dramaturge réserva justement la légendaire massue d'airain de son héros. Écoutons encore Euripide : «Héraclès roule les yeux farouches d'une Gorgone. L'enfant est maintenant trop proche pour le darder avec son arc cruel. En un geste précis, tel celui du forgeron qui écrase le fer en fusion, il élève sa massue haut dans les airs, la laisse retomber de tout son poids sur la tête blonde de l'enfant, brisant tous les os de son crâne fragile.»

— Ah, tout de même! laissa échapper Olivia visiblement choquée. Quelle horreur, quel terrible filicide!

— Héraclès fut bien puni, Olivia, pour ce crime des plus odieux, mais dont il n'était nullement responsable. L'oracle de Delphes lui enjoignit, pour prix de son expiation, de se mettre au service de son détestable cousin, le roi de l'Argolide. Douze années pénibles passées sous les ordres d'un homme qui le détestait et ne désirait que sa perte. Vous connaissez la suite, bien sûr.

— Héraclès vint à bout de ces douze missions surhumaines ordonnées par Eurysthée, continua Mathieu, ces travaux mythiques qui contribuèrent à forger sa grande popularité.

— Dans la pensée mystique grecque, compléta Pline, les travaux d'Héraclès devinrent également des allégories pour figurer ces combats livrés par l'âme que nous retrouverons plus tard sous la plume du poète Prudence et sur les livres de pierre des cathédrales chrétiennes. On avait fini par interpréter les fameux travaux comme autant de luttes intérieures ayant permis à Héraclès de se libérer de la servitude de ses vices pour atteindre la sérénité, cette vertu de la vie bienheureuse que les Grecs nommèrent, après Démocrite, l'*euthymie*. La récompense fut à la hauteur du labeur d'Héraclès : il devint immortel à l'image des dieux.

Pline marqua une nouvelle pause. Il sembla chercher un souvenir, avant de poursuivre :

— Douze vices, douze vertus, douze combats intérieurs pour les départager : voilà pourquoi l'ombre d'Héraclès règne depuis toujours sur l'histoire de la folie. Mais revenons à la massue, mes chers confrères : celle d'Héraclès souillée du sang de son enfant, bien entendu, mais l'arme primaire par excellence, la plus archaïque, la plus vile, celle de la force abrupte, de l'homme sauvage, la folle massue devenue ainsi le bourdon de tous les égarés de l'esprit, de ceux qui errent à côté de leur raison. Ce n'est pas seulement l'arme ensanglantée du héros qui va devenir l'accessoire figuratif de la folie, c'est la fureur d'Héraclès elle-même, décrite par Euripide, qui va devenir l'archétype du fou. Car Euripide a puisé chez Hippocrate la description clinique de la rage mortelle d'Héraclès. Sénèque, le premier, empruntera les mots du grand tragique grec pour décrire les stigmates extérieurs de l'homme atteint d'un accès de fureur. Esquirol ne fera ensuite que recopier ces auteurs : « Voyez-vous cet homme le visage enflammé, la physionomie convulsive, les yeux rouges, étincelants, le corps vacillant ? »

Pline esquissa son sourire énigmatique et si déconcertant pour les séminaristes.

— Malgré tout, n'oubliez jamais, mes chers confrères, qu'Héraclès fut le meilleur ami des hommes. Celui qui, par ses exploits, détruisit « les monstres qui épouvantaient » ses contemporains.

Pline prit une ample respiration, avant de conclure :

— Ici s'achève cette agréable journée passée en votre compagnie. J'ose espérer que ce sentiment est partagé. Je vous laisse à présent regagner votre bus et rejoindre cette soirée de clôture que vous attendez tant. Je suis sûr qu'elle vous réservera bien d'autres surprises. Pour ma part, d'autres obligations m'appellent, à présent.

Tous les membres du groupe entourèrent alors leur guide. D'aucuns, pour le remercier chaleureusement; d'autres, pour le saluer plus rapidement; les derniers, enfin, pour le féliciter avec plus de ferveur. À chacun il accorda néanmoins une franche et honnête poignée de main.

Puis tous s'éloignèrent peu à peu. Pline continua à saluer le groupe à distance, d'abord avec des mouvements de mains, enfin par une révérence assez théâtrale et un dernier coup de chapeau magistral. Il interpella même les congressistes de loin une ultime fois, en haussant un peu la voix :

— Surtout, mes chers amis, restez «prudents comme des serpents»!

Lorsqu'il ne discerna plus que leurs silhouettes, Pline remit son chapeau, réajusta son nœud papillon, puis se tourna à nouveau vers le portail de la cathédrale.

Il leva les yeux vers le tympan et fixa le grand démon qui tentait de faire pencher en sa faveur la balance du jugement dernier que tenait l'archange saint Michel. La pesée des vices et des vertus : toute une vie se jouait en cet instant.

Pline savait que, pour sa part, il avait déjà perdu sa propre éternité. C'est seulement à ce moment-là que son sourire s'effaça définitivement, que les traits de son visage se figèrent en un masque tragique, qu'une lueur nouvelle, étrange, presque hallucinée, illumina son regard.

Il plongea ses yeux dans ceux du Christ impassible qui trônait en majesté au-dessus de la comédie céleste gravée dans la pierre.

— Je vous confie les âmes de ces bons docteurs, murmura Pline en direction du fils de Dieu. Prenez-en soin, toutes ne méritent pas de se consumer dans les feux de la Géhenne. Vous le savez mieux que moi : parfois, nous n'avons pas le choix.

Pline se retourna, enfonça la tête entre ses épaules, releva le col de sa veste pour se protéger du froid ou de regards indiscrets, jeta un coup d'œil furtif aux alentours, puis s'éloigna rapidement.

Bientôt, il devint une ombre parmi les ombres.

Mais une ombre reconnaissable entre toutes, même dans la noirceur de la nuit : celle d'Héraclès le furieux.

Partie 2

SYLLA

Cette nuit

« Nulle peine n'a été épargnée pour rendre votre vie émotivement facile, pour vous préserver, pour autant que la chose soit possible, de ressentir même des émotions. »

Aldous Huxley, *Le meilleur des mondes*

14.

L'homme semblait un peu fébrile, visiblement ému de ce qui se préparait. Les traits de son visage étaient creusés, une légère anxiété pouvait se lire dans son regard. Un casque étonnant, équipé de composants électroniques, était fixé sur sa tête, mais cette étrange coiffure ne semblait pas le gêner. Son teint pâle s'accordait avec la monochromie claire du costume sans style qui le vêtait.

— L'enregistrement va commencer. Êtes-vous prêt ?

L'homme était assis dans une petite pièce sans âge, sans décoration, derrière une table sans fioriture et sans objets. Il acquiesça également à la question sans enthousiasme, lentement, de la tête, sans prononcer un son.

— Êtes-vous installé confortablement ?

L'homme opina encore du chef.

— Pouvez-vous nous donner vos prénoms, nom, âge et profession, s'il vous plaît ?

La voix féminine qui l'interrogeait était mûre et posée.

— Je m'appelle… Eno Dailor. « Comme le comporte mon état civil, je suis dit être né le 4 septembre 1896 à Marseille, Bouches-du-Rhône, France. » J'exerce de plus la noble profession d'humain.

La réponse avait été donnée avec assurance.

— « Endolori » ou « indolore » ?

Cette fois-ci, la réplique nécessita une courte réflexion.

— « Laideron » est aussi une anagramme de ma douleur.

— Et pourquoi pas « Léonardo », tout simplement ?

L'homme hésita à nouveau.

— Restons-en à « endolori », si vous le voulez bien ?

— Bien sûr. « Humain » est donc pour vous une profession ?

La réaction fut cette fois-ci instantanée.

— Largement suffisante, oui. La plus exigeante de nos acti-vités, même. Voyez-vous, « nous sommes réels. Ceci au besoin nous dispense d'être nécessaires ».

— Une profession ne serait donc pour vous qu'une obliga-tion formelle ?

— De l'utilitarisme social, oui.

— Vous m'aviez dit pourtant que vous étiez artiste ?

— Je joue mon propre rôle, je suis ainsi acteur.

— Un acteur est un artiste…

— « L'artiste est frère du criminel et du dément. »

— Thomas Mann. Vous le pensez aussi ?

— Disons que j'ai commis le crime de naître, de n'être que dément.

— Vous savez pertinemment que vous n'êtes pas fou.

— « La folie est un coup monté. »

— Un démontage plutôt ? Que vous ai-je dit ?

L'homme grommela sa réponse.

— Un « dé-rè-gle-ment ».

— Exactement, un trouble est un simple dérèglement.

— Je rêve de reconquérir mon âme agile.

— Et pourquoi donc ?

— « La croyance en une matérialité fluidique de l'âme est indispensable au métier d'acteur. »

— Au métier d'humain, aussi ?

La figure de l'homme s'assombrit soudain.

— « Dites aux médecins qui vous entourent qu'il y a des états que l'âme ne supporte pas sous peine de s'égorger. »

— Voyez-vous donc quelqu'un d'autre ici ? Quels…

L'homme coupa la femme violemment.

— Ne me prenez pas pour un idiot ! Derrière la glace sont

terrées mille et une des blouses blanches de mon malheur.

— Je m'excuse pour cette omission, quelques collègues nous observent, en effet. Pour votre bien, non pour vous accabler davantage. Cela vous dérange-t-il ?

L'homme bougonna un « non » qui ressemblait plus à un grognement. Mais les excuses de la femme le calmèrent.

— Quels sont ces états de l'âme que vous ne supportez plus ?

— Sa gluance, sa boursouflure, son ignoble obésité. Elle enfle tellement parfois, elle gonfle sans pouvoir s'arrêter, elle pèse tant sur les parois de mon crâne qu'elle le déforme sans répit. Et je voudrais alors pouvoir lui rendre sa liberté afin que cet étau se desserre, pour mettre fin à cette conquête barbare de mon moi assiégé.

— C'est-à-dire ?

— M'ouvrir la tête, relâcher cette terrible chose qui me persécute, fracasser cette douleur contre les murs, la tuer d'un seul coup, d'un seul. Me débarrasser définitivement de cette âme tortionnaire.

— Vous suicider ?

— Non, je ne veux pas mourir, je veux juste tuer cette salope.

— Disposer d'une âme « agile », comme vous dites, serait une autre solution ?

— Un de mes amis m'a raconté que les médecins antiques pensaient que l'âme était composée d'eau et de feu. Que cette âme était mobile ; qu'elle se déplaçait dans tout le corps, un peu à la manière des astres ; qu'elle effectuait son orbite autour d'un centre mystérieux situé au niveau du ventre et que c'est au cours de ses révolutions qu'elle rencontrait les sensations du monde qui, de leur côté, pénétraient le corps à travers les pores de la peau. C'est par ce dialogue improbable que l'âme apprenait à « connaître », qu'elle devenait « intelligente » — au sens étymologique. Mais pour pouvoir tirer tout le profit de cet échange d'informations entre le corps et le cosmos, l'âme devait être véloce, son mélange devait être parfaitement équilibré : la quantité de feu devait prévaloir légèrement sur la portion en eau. Une âme de feu était forcément plus légère, elle se mouvait plus rapidement, pouvant ainsi connaître mieux et plus vite. Si le dosage en eau l'emportait, l'âme se trouvait en revanche alourdie, trop lente pour pouvoir capter cet afflux de sensations extérieures et prétendre s'en nourrir. L'âme se retrouvait ainsi béante, à proprement parler : « in-sens-ée ».

— C'est tout à fait exact. Mais votre ami a-t-il précisé cependant que le contraire n'était pas non plus souhaitable ? Du feu en excès et voici l'âme en perdition, tournant trop vite, incapable de tirer parti de ce flux d'informations qui l'assaille, noyée par un tourbillon de sensations et d'émotions qui la perdent, qu'elle ne peut plus assimiler. Tournant trop vite, elle devient alors sujette au délire, aux irritations, à des troubles constants de l'humeur. Il semble ainsi que tout soit dans la juste mesure. Quant au lieu mystérieux de cette rencontre entre l'âme et les sensations du monde, cet endroit du ventre que vous évoquiez et dans lequel tournoierait cette âme « sensible », il était localisé entre le cœur et le diaphragme...

Le regard de l'homme s'illumina brusquement, il coupa la femme :

— Il fut vraiment un temps où l'âme dansait autour du cœur ?

— On pourrait le dire ainsi, dans une région que les anciens nommaient le *thymos*, que nous pourrions traduire par « zone épigastrique ». Les anciens avaient remarqué très tôt que la poitrine était la partie du corps où s'exprimaient, souvent avec violence, les émotions excessives comme la peur, la panique, le chagrin, le dégoût. Bref, que c'était là que s'opérait une « dysthymie », autrement dit une rupture dans l'équilibre de nos émotions. Nos expressions populaires restituent encore ce ressenti : « avoir la peur au ventre », par exemple, ou bien « avoir l'estomac noué ». Beaucoup des douleurs de l'appareil digestif restent encore inconnues de nos jours et sont souvent imputées, par tradition et ignorance, à des causes psychologiques. Il y a dix ans à peine, nombre de praticiens pensaient toujours que l'ulcère de l'estomac était dû à un excès de stress.

— Mais, mon âme de feu, pourriez-vous me la rendre ?

— Votre aparté est intéressant en ceci que nous pensons effectivement que vos troubles psychologiques proviennent en partie d'un problème de transmission des informations entre vos neurones. Nous sommes loin de l'eau et du feu, mais quand même… Ce que nous allons tenter aujourd'hui, c'est de rétablir une meilleure communication à l'intérieur de votre cerveau afin de mieux synchroniser les différentes zones fonctionnelles qui le composent.

L'homme s'enthousiasma.

— C'est bien ce que je disais tout à l'heure !

— C'est-à-dire ?

— Optimiser la « matérialité fluidique de l'âme » !

La femme tenta de relativiser cette ardeur.

— Essayer de fluidifier les échanges du système nerveux, pour le moins. J'aimerais maintenant, si vous le voulez bien, que nous revenions à notre protocole…

— Je suis tout à vous.

— Pourriez-vous décrire, s'il vous plaît, votre emploi du temps de dimanche ?

L'homme afficha une expression désemparée. Sa physionomie indiquait même que de profonds changements s'opéraient en lui.

— Vous ne vous souvenez plus de rien, n'est-ce pas ?

Il hésita encore avant de tenter une diversion.

— Je peux dire un poème.

— Allez-y, je vous en prie.

— « Vous verrez mon corps actuel

Voler en éclats

Et se ramasser

Sous dix mille aspects

Notoires

Un corps neuf

Où vous ne pourrez

Plus jamais

M'oublier. »

— N'oubliez-vous rien vous-même ?

La femme se mit à chuchoter.

— Je vous fais une confidence : je vous ai reconnu.

Une lueur de joie traversa le regard de l'homme.

— « Qui suis-je ?

D'où viens-je ?

Je suis Antonin Artaud. »

— Mais vous ne volerez pas en éclats aujourd'hui, je vous le garantis, pas ici en tout cas. Me reconnaissez-vous à votre tour, Antonin ?

— Bien sûr, vous êtes le docteur Romina.

— Vous ne me feriez pas de petite cachotterie, n'est-ce pas ? Antonin Artaud n'est pas votre vrai nom ?

L'homme se recroquevilla encore plus sur lui-même, comme honteux d'avoir été pris en flagrant délit de mensonge.

— Vous ne voulez pas me confier votre vrai nom ?

— Je ne m'en souviens plus…

— Vous rappelez-vous ce que nous faisons ici ?

L'homme semblait ailleurs, égaré par d'étranges pensées. La femme insista donc.

— Vous venez de me demander une « âme agile », Antonin ? Vous vous souvenez ?

L'homme se mit à déclamer.

— « Les asiles d'aliénés sont des réceptacles de magie noire conscients et prémédités, et ce n'est pas seulement que les médecins favorisent la magie par leurs thérapeutiques intempestives et hybrides, c'est qu'ils en font. »

— Vous dramatisez un peu, Antonin, non ? Vous êtes ici dans un hôpital, venu de votre plein gré, vous avez accepté de suivre un protocole thérapeutique expérimental sans aucune contrainte. Me considérez-vous réellement comme une sorcière ?

— Ce n'est pas moi qui le dis. Vous allez me guérir, vous utilisez donc une forme de magie.

— Ah… Vous ne pensez plus désormais que « guérir une maladie est un crime » ?

— Non, mais c'est le résultat d'une opération magique. Quelle est la différence, dites-moi, entre un guérisseur et un magicien ?

— Je vais essayer de soigner votre maladie, Antonin, voilà pour la différence. Et avec votre consentement.

— Vous allez quand même m'envoyer de l'électricité dans le ciboulot…

— Ce n'est pas vrai, Antonin…

— Remarquez, j'ai l'habitude, ce ne sera que mon cinquante-neuvième électrochoc.

— Je ne peux pas vous laisser dire ça. Nous ne pratiquons plus ainsi. Il est vrai que votre… «ami» a subi ce traitement de choc, il y a fort longtemps. Nous avons déjà discuté de tout cela. Je vais simplement envoyer un infime courant électrique, totalement IN-DO-LOR-RE, dans les électrodes miniaturisées que nous avons implantées dans vos neurones. Et ce, comme je vous l'ai déjà expliqué, afin de stimuler une fonction sans doute déficiente pour tenter de faire disparaître ce trouble à l'origine de votre maladie. Il ne s'agit pas de modifier, mais de corriger un dysfonctionnement. D'assurer une meilleure «matérialité fluidique», comme vous disiez.

L'homme sembla méfiant. Sa concentration semblait pourtant maximale, à la recherche d'une mémoire perdue.

— J'ai dit ça, moi? «Matérialité fluidique», ça ne veut rien dire du tout!

— Ce n'est pas très important, Antonin. Dites-vous que vous êtes comme un précurseur, que vous allez nous aider à explorer un nouveau continent, que vous deviendrez le Neil Armstrong de…

— Un petit pas pour le patient, un pas de géant pour la psychiatre!

— Est-il besoin d'être cynique, Antonin?

L'homme parut touché par la remarque et le ton de reproche de son interlocutrice.

— Pardon, Docteur.

— Il n'y a aucun mal. Je vous ai déjà tout dit sur le mode opératoire et la manière dont nous allions travailler. Longuement, même, n'est-ce pas?

— Oui, Docteur.

— Il me semble alors que le moment est venu. Êtes-vous toujours d'accord, Antonin?

L'homme apparaissait maintenant comme totalement coopératif.

— Oui, Docteur.

— Nous allons donc essayer de vous redonner une «âme de feu».

—... Une « âme de feu » ?

La perplexité de l'homme se transforma en joie.

— Ça sonne bien, ça me plaît bien !

— Antonin, vous allez maintenant fermer les yeux douce-ment. Vous n'allez rien sentir du tout, je vous le promets. Je vous demande de tenir vos paupières closes jusqu'à une instruction contraire. Pouvons-nous procéder ?

— Procédons, Docteur, procédons ! Et vive l'âme en feu !

— Fermez vos paupières, je vous prie, Antonin. Détendez-vous, pensez à quelque chose de très agréable. Imaginez que vous êtes au milieu d'un champ, entouré par des milliers de fleurs très colorées. Il fait bon, le ciel est lumineux, vous sentez la chaleur de l'été caresser votre peau. La joie de vous sentir si libre vous gagne peu à peu. Baissez-vous maintenant vers cette fleur orange qui attire votre regard. Approchez votre nez de sa large corolle. Res-pirez doucement. Imaginez que vous humez son parfum délicat en voulant vous imprégner totalement de cette fragrance. Ins-pirez très profondément, lentement, longuement, totalement... Voilà, comme ça...

Une bonne minute s'écoula ensuite dans un silence absolu. L'homme semblait serein, apaisé, presque heureux.

— Léonardo ? Léonardo ? M'entendez-vous ?

La voix de la femme tira l'homme de cette torpeur.

— Oui, Docteur, vaguement, je suis toujours au milieu des fleurs.

— Pourriez-vous revenir à l'hôpital et ouvrir les yeux, s'il vous plaît ? En regardant droit devant vous pour faciliter le relevé des mesures par les capteurs ?

L'homme s'exécuta. Il sembla sortir d'un long sommeil.

— Me voici.

— Que venez-vous de ressentir, Léonardo ?

—... Du bien-être. Et une odeur étrange, en fait, presque obsédante.

— Laquelle ?

— L'odeur de l'enfance.

— Pouvez-vous m'en dire plus ?

— Pas vraiment, il s'agit d'une impression assez vague. Le goût du lait aussi, celui... de ma mère.

L'expression faciale du jeune homme devint triste. La femme décida de réagir.

— D'autres sensations encore ? Plutôt désagréables ?

— Je ne vois pas ce que vous voulez dire.

— Rien de particulier qui aurait gâché ce moment ?

L'homme venait de comprendre.

— Rien, strictement rien. C'est déjà fini, Docteur ? Vous l'avez fait ?

— Absolument, Léonardo. Avez-vous perçu quelque chose de différent à l'intérieur de votre tête, de votre crâne, une sensation inhabituelle, une variation infime ou très brève ?

— Rien du tout, je vous le promets. Je ne savais même pas que vous aviez déjà déclenché le processus.

— Alors, ma promesse a été tenue, Antonin...

Le doute s'afficha sur le visage du jeune homme.

— Pourquoi m'appelez-vous Antonin, Docteur ? Et pourquoi souriez-vous ?

— Parce qu'il semblerait que nous ayons réussi, Léonardo.

— Suis-je guéri, Docteur ?

— Non, vous n'êtes pas guéri, Léonardo. Mais le traitement semble fonctionner. La symptomatologie paraît excellente, si j'en crois les données que je découvre sur l'écran. C'est déjà une très grande victoire.

— Vous m'en voyez ravi.

L'homme hésita avant de poursuivre.

— Je n'ai toujours pas bien compris, Docteur. S'agit-il d'un traitement psychiatrique ou neurologique ?

— Les deux, Léonardo. On pourrait dire, effectivement, que nous appliquons une solution neuropsychiatrique, puisque nous agissons sur la biochimie du cerveau et que nous avons dû effectuer préalablement une intervention neurochirurgicale. Je ne suis pas certaine que ces réponses vous éclairent beaucoup.

— Ma maladie est bien liée à un problème dans mon cerveau ?

— C'est ça, effectivement, comme je vous l'ai dit tout à l'heure. Nous fluidifions le fonctionnement d'une partie du système de communication de votre chef d'orchestre. Un peu comme si nous graissions les gonds rouillés d'une vieille ferrure.

— «Tout à l'heure» ?

— Aucune importance, Léonardo, c'était avant le traitement. Je dois vous poser quelques questions pour clore cette séance.

— Je vous écoute.

— Vous souvenez-vous de ce que vous avez fait hier, dimanche ?

— Bien sûr. Nous avons fêté mes 30 ans.

— Joyeux anniversaire ! Vous avez donc organisé quelque chose pour cette occasion ?

— Juste un petit repas en famille, en comité restreint, ma femme, ma fille, quelques amis.

— Et votre père ? Il était là aussi ?

Léonardo répondit plus froidement.

— Non, pas lui…

— Quelle est votre date de naissance précise, Léonardo ?

La réponse fusa instantanément.

— 7 avril 1979.

— Vous n'êtes donc pas né en 1896 ?

Léonardo parut dubitatif. Il sourit en répondant.

— Vous plaisantez ? J'aurais conservé une belle forme !

— Effectivement. Je vérifiais seulement que votre double était toujours endormi.

— Mon doub…. Ah, oui. Vous l'avez vu ?

— Il était encore avec nous, il y a quelques minutes à peine. Bien présent, même.

— Vous l'avez chassé, n'est-ce pas, Docteur ?

— Je viens de lui faire comprendre qu'il n'était plus le bienvenu en ces lieux. Quel métier exercez-vous, Léonardo ?

— Je suis illustrateur indépendant.

— C'est un métier «indépendant» ?

— Pardon ?

— Je vous taquinais, aucune importance. Vous travaillez sur quoi, en ce moment ?

Les yeux de Léonardo se mirent à pétiller.

— Sur les serpents.

— Vous dessinez des reptiles ?

— Une fosse entière.

— Vous vous moquez de moi ? Dois-je m'inquiéter à nouveau ?

— Nullement. J'illustre une nouvelle édition de la *Divine comédie* de Dante.

— Ah ! Vous m'en direz tant ! C'est un vrai défi, surtout après le fabuleux travail de Botticelli !

— Mon ambition reste plus modeste, Docteur. Mais cela reste un objectif ambitieux et une tâche éprouvante.

— Je veux bien vous croire. Vous dessinez donc la... fosse aux voleurs de cet horrible *Malebolge* du huitième cercle de L'Enfer ? Je me trompe ?

— Vous m'épatez, Docteur.

— Je n'ai aucun mérite, Léonardo. Dante, c'est un peu comme Freud, toujours aussi incontournable pour tout psychiatre qui se respecte, malgré ce que l'on peut en dire.

— Je m'attaque en ce moment à la septième douve : « Je vis, terrible aspect ! comme une masse grouillante de serpents si divers et de race et de forme, qu'à leur penser mon sang se glaça d'effroi et de terreur. »

— Je ne vous cache pas que je préférerais vous voir peindre le Paradis, en ce moment.

— Son heure viendra sans doute, il s'agit d'une commande.

— Je comprends, nécessité fait loi. Bien, il est temps d'achever notre session, Léonardo. Je voulais vous remercier encore pour votre collaboration tout au long des différentes étapes de ce protocole.

— C'est moi, Docteur, qui voud...

La salve d'applaudissements qui jaillit de l'assemblée renvoya un écho si assourdissant qu'il ne permit à personne d'entendre la réplique de Léonardo. D'ailleurs, il était trop tard : celui-ci venait de disparaître purement et simplement de l'écran. Le projecteur venait d'être coupé par un technicien sans doute trop pressé.

Le retour de la lumière fut également assez brutal : il rompit violemment la semi-obscurité à cause de la forte réverbération qu'il provoqua en inondant les murs clairs, formés de grandes pierres taillées. Plusieurs des convives qui se trouvaient dans cette chapelle aménagée en salle de réception cillèrent des yeux pour combattre cette agression soudaine de leurs pupilles dilatées.

Les participants avaient pris place autour de tables rondes, réparties harmonieusement dans une première partie de la grande pièce. Les invités de cette soirée portaient des tenues de gala, et la plupart tenaient même une coupe de champagne en main. Mais tous venaient de se lever et continuaient à applaudir en direction de la petite estrade, là où était placé l'écran de projection.

Un homme d'âge mûr, de bonne taille, vêtu d'un élégant smoking, se détacha de sa table et gagna la tribune. Il se plaça derrière un pupitre à côté duquel un long kakémono promotionnel reproduisait les informations de l'événement qui se déroulait à ses pieds : « 4ᵉ Congrès français de psychiatrie biologique de Paris — Soirée de Clôture — Fondation Essentielle ».

De l'autre côté de l'estrade, parfaitement éclairée par la découpe blanche de projecteurs à longue portée, était exposée une très grande reproduction d'un curieux tableau.

Dix personnages embarqués sur un petit bateau semblaient festoyer joyeusement, sans aucune retenue, dans une ambiance délurée, abandonnant le navire aux caprices du fleuve. Le plus étonnant, dans cette œuvre, c'est que les deux principaux protagonistes étaient des gens d'Église, un moine et une nonne qui se faisaient face, installés de part et d'autre d'une grande planche de bois faisant office de table à manger. L'un et l'autre étaient visiblement très éméchés, la nonne jouait du luth et les deux lurons chantaient à tue-tête tout en essayant de mordre dans une sorte de crêpe épaisse suspendue depuis le gréement. Deux autres individus se trouvaient dans l'eau, complètement dénudés, tout à côté de l'esquif. Le premier espérait récupérer dans une large coupe une dinde rôtie, liée en haut du mât, qu'un matelot s'apprêtait à détacher. Le second tentait avec ses mains de contrôler les mouvements erratiques de la coque afin d'aligner la trajectoire entre le volatile et le récipient tenu par son acolyte.

Il se dégageait une impression tout à fait bouffonne de cette scène peu ordinaire.

L'homme qui était sur la scène s'apprêtait maintenant à prendre la parole. Il arborait l'air sérieux des personnes importantes, mais esquissa un sourire forcé avant de commencer à calmer les applaudissements de la salle grâce à de cordiales invitations verbales, largement amplifiées par une sonorisation mal réglée.

— Mes chers confrères, mes chers confrères…

Rapidement, le bruit des claquements des paumes de mains diminua pour se taire définitivement. Les convives reprirent leur place en silence, mus par une sorte d'automatisme collectif. L'homme approcha alors sa bouche du microphone.

— Merci beaucoup, merci, merci infiniment, mes très chers collègues. Que de chemin accompli depuis ce premier essai du Summum® en 2009, n'est-ce pas!? Aurions-nous imaginé, en si peu de temps, obtenir pareils résultats, qui plus est sur des pathologies aussi lourdes? Rappelons que notre patient «zéro», ce Léonardo, présentait un diagnostic de schizophrénie dysthymique associée à un trouble dissociatif de l'identité assez sévère. Que dire également de la nouvelle technologie utilisée qui, désormais, grâce à l'ingénieux système de transport utilisant les ondes cérébrales elles-mêmes, évite toute intervention invasive et nous dispense d'implanter des électrodes dans le cerveau de nos patients? Qui eût cru, mes chers confrères, il y a dix ans à peine, que l'on pourrait soigner les troubles neuropsychiatriques avec un simple smartphone? Que la DBS, notre merveilleuse neurostimulation intracrânienne profonde, pourrait être réalisée sans aucune opération chirurgicale? Oui, en vérité, je vous le dis, mes chers confrères, le temps des asiles et celui de l'empirisme thérapeutique que l'on nous a tant reprochés sont des époques bien révolues.

Une nouvelle salve d'applaudissements nourris obligea l'orateur à respecter une courte pause.

— Il y a de quoi, effectivement, nous congratuler : nous sommes désormais en mesure de traiter efficacement plus de 90 % — je dis bien «90 %», mes chers confrères, des troubles référencés par notre sacré DSM! Mes très chers amis, avant de laisser la paro…

Un brouhaha vint interrompre une nouvelle fois le discours. Un petit groupe, composé d'une dizaine de personnes, venait de faire son apparition dans la nef principale de l'église et se dirigeait vers la salle du dîner.

L'orateur reconnut les nouveaux venus et les accueillit

chaleureusement.

— Nos «visiteurs de Bicêtre»! Nos jeunes confrères rentrent enfin de leur expédition! Avec un peu de retard, semble-t-il, puisqu'ils n'ont pas eu le temps de se changer. Ce n'est pas bien grave, nous savions votre programme chargé! Prenez donc place parmi nous, installez-vous, mes jeunes amis, vous n'avez pas manqué grand-chose, hormis quelques bulles de champagne et ce charmant Léonardo que vous connaissez déjà.

Tandis que les arrivants prenaient place en silence autour de deux tables restées inoccupées, l'homme continua sa présentation.

— Avant de dérouler notre programme final, je dois tempérer notre euphorie collective. Les trois admirables personnes à l'origine de cette révolution thérapeutique, que vous connaissez bien et qui devaient elles-mêmes présenter cette prodigieuse innovation, ne seront pas parmi nous ce soir. Une loi des séries bien intempestive, d'origine épidémique semble-t-il, une bien mauvaise grippe pour le dire trivialement, nous prive ainsi de la présence et des lumières de ces trois mousquetaires de la science.

En tant qu'administrateur de la Fondation Essentielle, l'orateur savait pertinemment que la maladie n'avait strictement rien à voir avec l'absence de ses patrons.

Ces derniers s'étaient purement et simplement volatilisés depuis plusieurs jours. Une disparition totalement anormale compte tenu de la programmation du congrès et du lancement stratégique du dernier produit de la fondation à cette occasion. L'administrateur avait donc dû se résoudre à signaler à la police cette anomalie.

Ses craintes s'étaient révélées exactes lorsqu'il avait reçu un coup de fil de la brigade criminelle en début d'après-midi pour lui annoncer le décès du professeur Bravehomme. Une stupéfaction, un véritable séisme! Pourtant, il n'avait dû rien laisser paraître devant les congressistes, car ce n'était ni le lieu ni le moment.

Concernant les deux autres absents, l'administrateur n'en savait guère plus. La directrice générale de la Fondation Essentielle, le professeur Alice Romina, avait été la première à ne plus donner signe de vie. Trois jours déjà, trois longues journées sans même un seul SMS, voilà qui n'était pas dans les habitudes de la patronne et n'augurait rien de fameux. Quant à Van Acken, le dernier contact avec le puissant directeur de la recherche de la fondation remontait au matin de la veille. Et Théodule n'était pas du genre à innover en matière d'agenda.

Que dire, que faire? Gâcher le congrès avec de telles nouvelles? Cela ne servirait ni les intérêts des disparus ni ceux de la fondation. On aviserait plus tard, lorsque l'on saurait exactement de quoi il retournait.

L'administrateur avait donc décidé de n'en dire mot.

— Je tiens, en leur nom, à vous présenter nos plus sincères excuses pour cet impondérable. Mais je pense que nous pouvons saluer, même en leur absence, l'inestimable contribution à notre science rendue par ces membres éminents de notre corpo…

Une agitation dans la salle vint suspendre, une troisième fois, son discours.

Une jeune et petite femme, qui faisait partie du groupe des derniers arrivants, tentait de prendre la parole. Son dernier « Monsieur! », très appuyé, avait atteint son objectif.

Le conférencier en parut légèrement agacé, mais son ton resta extrêmement courtois.

— Oui, Madame? Mademoiselle?

— Natalia Horvath, du CH Édouard Toulouse. Je m'excuse de vous couper, Monsieur, mais vous ne semblez pas au courant…

Aïe, pensa aussitôt l'administrateur. *Ils savent, bien sûr, ils n'étaient pas enfermés avec nous toute la journée. Ce n'est pas bon du tout, ça, ils vont me plomber la soirée, ces nigauds.*

Alors que tous les yeux étaient désormais rivés sur elle, Natalia sentit la panique l'envahir. Elle prit soudain conscience de l'importance de l'annonce qu'elle s'apprêtait à faire. D'ailleurs, ses voisins de table affichaient des mines graves qui contrastaient avec la joie bon enfant que l'on pouvait lire sur les visages des autres congressistes.

C'est que les « visiteurs de Bicêtre », comme les avait appelés l'administrateur, savaient aussi : ils étaient dans le même bus que Natalia lorsque la radio avait diffusé l'information concernant l'assassinat de Bravehomme.

Mais Natalia n'eut pas la possibilité de prononcer un autre mot. Sur scène, l'administrateur avait repris l'offensive :

— Bien sûr que nous savons, chère amie! Asseyez-vous donc, Natalia, je vais venir vous voir immédiatement pour que nous en parlions, mais le programme de ce dîner de clôture est très chargé.

Puis, ne laissant aucune possibilité de réaction à la jeune femme, il s'adressa sans transition à la salle entière :

— Mesdames et Messieurs, mes très chers confrères, avant que ne soit servi le plat de résistance de cette soirée — et j'ose même dire «de ce congrès» —, avant donc de laisser l'équipe marketing de la Fondation Essentielle vous présenter notre nouveau bijou, cette version «Absolute®» du Summum®, nous allons immédiatement vous proposer deux mises en bouche tout à fait remarquables. La première sera délivrée directement dans votre assiette, pour nourrir les sens et le corps, une délicieuse création du grand chef étoilé qui préside aux saveurs de cette soirée : sa *Ronde folle des trois homards aux trompettes de la mort*. Et, sur cette petite scène, à ma place, un grand monsieur ravira en même temps votre intelligence et votre esprit. J'ai l'honneur de vous présenter ce soir, chers amis, maintenant, un futur prix Nobel de médecine, celui qui brisa cette année l'un des secrets les mieux gardés de l'esprit humain. Je vous demande d'accueillir comme il se doit, sous vos applaudissements, l'invité exceptionnel de notre congrès, le profes…

Natalia n'écoutait plus, elle semblait même abasourdie. Elle se laissa tomber sur sa chaise et but avidement quelques gorgées de vin. Elle venait de se faire moucher comme une écolière devant ses pairs. Elle se sentait humiliée, et les regards compatissants de ses compagnons de tablée ne faisaient qu'aggraver cette très désagréable impression.

Elle ne comprenait pas.

Pourquoi donc cacher une telle nouvelle?

Car, apparemment, l'ambiance de la salle laissait supposer que les autres congressistes ne savaient rien du décès du professeur.

Natalia ne comprenait pas non plus cette étrange formule mathématique qui s'afficha soudain sur l'écran, au moment

même où montait sur l'estrade, ovationné par le public, le conférencier qui venait d'être introduit par l'administrateur.

Dans le métier, tout le monde connaissait — du moins de
réputation — celui qui était désormais surnommé « Monsieur
Tristesse ». Ce chercheur avait trouvé une formule qui permettait,
disait-on, de mesurer le niveau de dépression chez un patient.

Natalia relut en silence la savante équation nobélisable ins-
crite en signes de lumière : « D-Mesure type = C1 (MHPG) – C2
(VMA) + C3 (NE) – C4 (NMN + MN) / VMA + C0 ».

*La mathématique permettait-elle vraiment d'évaluer le degré
de mélancolie d'un patient ? De jauger la noirceur de son âme ? À
l'aune de ce savant calcul, était-il possible d'apprécier son propre
abattement ?*

Car ce soir, assurément, Natalia déprimait.

Un souvenir plaisant vint cependant secourir sa détestable
humeur. Elle sourit même un peu en songeant aux passionnantes
discussions de Bicêtre.

*Étrange bonhomme que ce monsieur Pline, à y repenser. Intri-
gant, aussi. Et d'ailleurs, que s'était-il passé tout...*

Elle venait de se remémorer un détail qu'elle avait occulté
sans doute un peu trop rapidement. Avant de partir pour Notre-
Dame, le groupe avait achevé sa visite de Bicêtre par le Grand
Puits, un ouvrage gigantesque, tout à fait remarquable, destiné à
alimenter l'ancien hospice en eau potable. Les aliénés y avaient
remplacé les douze chevaux de trait qui assuraient initialement
le fastidieux et permanent puisage. Pline disposait de la clé pour
accéder aux bâtiments couverts et contigus qui contenaient les
trois parties du dispositif technique.

À la fin de la présentation collective, Natalia était restée
seule avec Pline quelques minutes supplémentaires, autour de
l'immense margelle, pour achever une discussion relative aux
conditions de travail des anciens aliénés. Puis, son guide l'avait
invitée à sortir également et à rejoindre son groupe. « Le temps
d'éteindre les lumières, de bien fermer les portes et je vous retrouve au bus », avait-il précisé.

Natalia s'était alors exécutée. Seulement, elle était restée
un peu à l'extérieur, à flâner, pour admirer la vieille architecture
classée de cette sorte de petit quartier historique situé en plein

Bicêtre.

C'est à ce moment-là qu'elle avait entendu un bruit bizarre, sourd, à la fois proche et très lointain…

Comme Pline était ressorti rapidement, elle ne s'était pas inquiétée.

Leur guide avait refermé la petite porte avec grande application, puis, tournant la tête, avait aperçu Natalia. Arborant immédiatement un grand sourire, il lui avait dit : « Vous m'attendiez ? J'ai un petit secret à vous livrer : lorsque je viens ici, j'adore donner à manger aux canards. Il y a toute une colonie qui vit dans le puits. Une manie de petit vieux. »

Enfin, son guide l'avait entraînée vers le bus tout en engageant une nouvelle et passionnante conversation.

Mais maintenant qu'elle y repensait, de nouvelles questions affluaient.

C'était quoi, cette histoire de canards et, même, de colonie de canards ? Depuis quand les palmipèdes habitaient-ils au fond d'un puits creusé à plus de 60 mètres de profondeur ? Et puis ce bruit, à bien y repenser, il ressemblait quand même, ce bruit, à celui… d'un corps chutant dans l'eau.

15.

Delajoie venait d'apercevoir une place libre à l'angle formé par les rues Ferrus et Cabanis. Alors qu'il engageait la manœuvre pour garer la voiture, Antoine ne put s'empêcher de rajouter un petit commentaire. En l'occurrence, il lut une citation qui était reproduite sur le grand cahier à spirales posé sur ses cuisses :

— « On ose à peine franchir le seuil, car on se rappelle les histoires tragiques racontées par des évadés. Le bruit court que des gens sont entrés, ici, pleins de raison, qu'on a gardés comme fous entre les murs des cabanons. On compte ceux qui sont sortis ; on ne compte pas ceux qui sont restés. »

— J'espère bien en ressortir rapidement, pour ma part, répliqua Delajoie du tac au tac, sur le ton du reproche.

Le commissaire coupa le moteur du véhicule qu'il venait d'immobiliser juste en face d'un majestueux portail qui affichait sur son fronton : « Centre hospitalier Sainte Anne ». Les lettres majuscules de bronze sali qui composaient cette inscription, leurs empattements triangulaires de facture classique, rappelaient l'âge respectable de l'établissement de soins spécialisés.

— C'est qu'en 1882 l'endroit n'a pas très bonne presse, continua Antoine, imperturbable. Lorsque Vallès réalise son terrifiant reportage sur Sainte-Anne, cet ancien asile n'est pas encore devenu la Mecque moderne des neurosciences et de la psychiatrie biologique. As-tu remarqué le nom de la rue que nous venons de remonter ?

— Cabanis ?

— Non, pas celle-là, même si ce Cabanis mérite une petite parenthèse. Il fut aussi médecin, entre autres activités. Surtout un grand réformateur de l'assistance publique, un brillant théoricien ayant beaucoup réfléchi sur ce sujet de la folie. L'un des premiers à avoir milité pour une approche globale de la maladie mentale en combattant non sans mal les dogmes dualistes de son époque. Pour Cabanis, l'origine d'un trouble de l'esprit était forcément complexe, et non pas imputable, de manière exclusive, soit à la physiologie, soit à la psychologie. Mais c'est l'autre nom, Ferrus, qui nous intéresse ici. Parce que Ferrus fut l'un de ces médecins-chefs de Bicêtre dont je t'ai parlé tout à l'heure, une des créatures d'Esqu…

— Le féru du travail ? ironisa Delajoie.

Antoine ne put s'empêcher de sourire.

— C'est lui qui a créé cette ferme Sainte-Anne qui occupait le site avant la construction de l'asile. Elle n'était qu'un tas de ruines, à l'époque. Elle fut réhabilitée et aménagée par les malades eux-mêmes, les convalescents et ceux que l'on appelait les « tranquilles ». Sainte-Anne était une annexe de Bicêtre, les fous y venaient tous les jours pour s'adonner aux travaux agricoles. Pour beaucoup d'adeptes du traitement moral, le travail était considéré en effet comme « le plus sûr moyen et peut-être l'unique garant du maintien de la santé des bonnes mœurs et de l'ordre ». Sainte-Anne devint ainsi le laboratoire du traitement de la folie par le travail.

Antoine avait refermé et rangé son cahier. Il débloqua sa ceinture de sécurité et descendit de la voiture.

— Je t'attends là ? demanda Delajoie, qui n'avait pas bougé.

— Je passe le prendre chez lui, c'est juste à côté. On se retrouve devant la petite porte de gauche dans cinq minutes.

— Dépêchez-vous, je dois vraiment retourner au Quai rapidement.

— Ne t'inquiète pas, répondit Antoine avant de refermer la portière et de s'éloigner.

Si, si, je m'inquiète, justement, pensa Delajoie.

Il ne comprenait toujours pas pourquoi Antoine avait autant insisté pour qu'il se déplace. Le moment n'était vraiment pas des mieux choisis. L'affaire Héraclès prenait une tournure inattendue, très préoccupante. En quelques heures à peine, trois crimes avaient été perpétrés, deux policiers avaient trouvé la mort dans une explosion totalement improbable, le pronostic vital d'un collègue de la BRI était engagé et trois autres flics étaient hospitalisés. Cela faisait beaucoup de macchabées et de blessés pour une seule journée, surtout après la semaine éprouvante que venait de vivre la brigade. Sans parler de l'enterrement de... Il lui restait peu de temps avant le *Joint up*, la grande réunion préliminaire ainsi nommée par les enquêteurs.

Il secoua la tête pour tenter de bloquer la suractivité des glandes lacrymales qu'il venait de détecter. «Ne pas s'appesantir sur son propre drame», se répéta-t-il plusieurs fois, en guise d'exorcisme. Une phrase du poète Pablo Neruda qui était devenue un viatique, une sorte d'adjuration qui l'aidait à ne pas trop s'apitoyer sur lui-même.

Plus facile à dire qu'à faire, au passage...

Cette sinistre journée ne semblait donc plus vouloir finir. Mais il fallait lutter, ne pas se laisser déborder par ce tsunami émotionnel qui attendait son heure, afin de mieux le submerger. Il lui fallait absolument conserver la pleine maîtrise de ses facultés intellectuelles, il en avait le plus grand besoin pour ramener un peu de sérénité au cœur de sa brigade — cette deuxième famille si malmenée — et tenter de boucler aussi ce qu'il pensait être sa dernière grande enquête.

La clore proprement, si possible.

On verrait bien, après, ce qu'il adviendrait de tous ces spectres qui rôdaient autour de lui. Alors, quand Antoine lui avait répété «On a trouvé, mais tu dois venir, tu dois voir, *ab-so-lu-ment* voir...», son agacement avait atteint le stade de l'exaspération.

Pourquoi lui fallait-il «ab-so-lu-ment» se déplacer?

À l'heure des nouvelles technologies, cette exigence lui avait paru un brin anachronique. Il avait évidemment fini par céder à l'injonction amicale. Delajoie savait qu'Antoine, surtout en cette période bouleversée, ne l'aurait certainement pas dérangé sans une très bonne raison. Son compagnon ne faisait pas que partager une vie parfois tumultueuse avec le commissaire ; Antoine apportait aussi une aide tout à fait irremplaçable dans certains dossiers.

Professeur de littérature dans l'un des plus prestigieux lycées parisiens, Antoine n'était pas déformé par le mode de pensée particulier qui habitait les enquêteurs du crime, ni formaté par une pratique très largement codifiée, parfois trop restrictive pour permettre l'exploration de nouveaux territoires. Toutes les professions souffraient en réalité de ce syndrome du vase clos, prisonnières d'un cadre culturel souvent étroit, délimité par des paradigmes qui faisaient office de Tables de la Loi, contraint par des usages dont on héritait et que l'on ne questionnait plus, cloisonné par un ensemble de rites, de traditions, de coutumes intangibles.

Les réflexions toniques d'Antoine, ses libres réflexes mentaux s'avéraient donc souvent judicieux en ouvrant des portes invisibles, en proposant des entrées inédites pour la résolution d'un problème, perspectives qui auraient été ignorées en suivant le processus normatif de l'investigation.

Cette sorte de collaboration informelle n'était pas très académique ; elle n'était pas connue non plus, à l'exception de quelques proches — la haute hiérarchie n'aurait sans doute pas apprécié —, mais elle permettait pourtant de contourner certaines impasses. Cet échange contribuait aussi à tonifier leurs relations personnelles.

C'était d'ailleurs dans un contexte similaire que les deux hommes s'étaient rencontrés dans le passé, lorsque Antoine avait aidé la brigade — « officiellement », cette première fois — à résoudre une affaire criminelle qui s'enlisait.

Delajoie cessa de maugréer à cette pensée. C'est tout de même lui qui avait demandé à Antoine, cet après-midi, de se renseigner sur ces étranges cartes envoyées par son fou furieux d'Héraclès ; de traquer aussi les textes obscurs qu'elles contenaient. Delajoie était donc passé chercher Antoine rue Clovis.

Durant le trajet, son compagnon avait commencé par lui faire un petit résumé de « l'histoire de l'aliénisme », car, avait précisé son professeur préféré : «Ton affaire est totalement reliée à sa chronologie, tous les symboles semés par ton assassin y ramènent, tu dois comprendre le contexte.»

Soit…

Tant de culture chez un seul homme épaterait toujours Delajoie. Il est vrai que son compagnon s'intéressait aux mystères de l'âme depuis fort longtemps. Spécialiste et laudateur inconditionnel de Camus, Antoine répétait inlassablement la grande leçon existentielle de ce dernier : la seule question philosophique importante est celle du… suicide.

Bonjour le départ pour réfléchir sereinement sur l'existence humaine!

Et parce que cette quête du sens s'avérait légèrement psychotique, Antoine était devenu un adepte inconditionnel des psychotropes dont il faisait un usage…

Un usage, quoi!

Combien de fois Delajoie avait regardé, totalement hébété, son compagnon composer et absorber des mélanges savants de molécules chimiques exotiques, véritables cocktails d'humeur à faire pâlir un apothicaire? «Ne t'inquiète pas, je sais ce que je fais…», lui répondait inlassablement Antoine.

Tu parles, oui…

Il y a quelques années, Delajoie en avait même parlé, en douce, à son psychanalyste. Force avait été de constater que ce praticien n'avait pas paru emballé non plus par cette «cuisine du Saint-Esprit», comme la baptisait parfois Antoine. Derrière la bonne humeur sociale de son compagnon se cachait en vérité, comme souvent, une prédisposition à la mélancolie, un terrain propice à la dépression, ce qui l'avait amené à s'intéresser très tôt à la physiologie du cerveau humain. Sa quête, forcément, avait commencé en bibliothèque, durant ses études de lettres.

Il s'était intéressé d'abord aux théories «organiques» d'un penseur hétérodoxe du XVIIIe siècle, Julien Offray de La Mettrie. Banni de son temps par la plupart des philosophes officiels des Lumières, pour son matérialisme qui s'accordait mal avec le déisme ambiant qui régnait alors chez les «bons esprits» chargés de libérer le monde de ses ténèbres, La Mettrie avait, le premier, renvoyé l'«âme» dans ses limbes conceptuels : «L'âme n'est donc qu'un terme inutile dont nous n'avons aucune idée » et qui ne devrait « servir que pour nommer la partie qui pense en nous. » En une phrase, l'âme sacrée, vénérée, transcendante, avait été rabaissée à la vulgarité d'un simple flux, un « principe de mouvement », engloutie entièrement par une pensée « secrétée » par le cerveau : « Car le cerveau a ses muscles pour penser, comme les jambes pour marcher. » Depuis Leucippe de Milet et les atomes pensants de son élève Démocrite, une telle attaque contre l'âme spirituelle n'avait plus été menée en Occident. Les conclusions qui découlaient de la démonstration de La Mettrie étaient fort simples, pour ne pas dire brutales : puisque « l'homme est une machine », son « bonheur n'est qu'une agréable, une heureuse façon de sentir, qui dépend de l'imagination », c'est-à-dire « d'une disposition particulière des organes ».

Berk! Berk! Berk! Le bonheur ne serait donc qu'une sensation fabriquée par un cerveau mou et spongieux?

Dès lors, comment atteindre le bien-être en cas de déficience ou de mauvaise disposition de cet organe? Comment regagner, en somme, la félicité humaine perdue, simple état biologique qualifié de « bonheur organique »? Peut-être, avait alors suggéré cet auteur audacieux, grâce à certains... remèdes, en faisant appel aux propriétés des « médicaments », puisque ces derniers semblaient pouvoir restituer les « états doux et tranquilles » proches du contentement absolu, semblables à ceux que procurait... l'opium.

Deux cents ans avant l'invention du premier neuroleptique, La Mettrie avait ouvert la voie à l'école organiciste de la psychiatrie et prophétisé tout simplement l'avènement de la psychopharmacologie.

Cependant, même pour ceux qui célébraient la libération de Dieu dans la nature, la proposition avait semblé osée, voire blasphématoire : Offray fut donc congédié, rejeté à cris d'orfraie puis voué à l'oubli par les nouveaux amis de la liberté de penser.

Antoine avait continué sa quête en se penchant amplement sur les sinuosités visqueuses de cet « organe pensant ». Il avait fait sienne, quelques années plus tard, une théorie plus moderne qu'un ami lui avait fait découvrir, celle du « fantôme dans la machine » comme l'avait surnommé un autre écrivain-philosophe,

Arthur Koestler, dans un ouvrage de vulgarisation fameux.

Cette théorie, nommée plus savamment «cerveau triu-
nique», élaborée par le professeur MacLean dans les années cinquante du XXe siècle, postulait une structure tripartite de notre
cerveau. Selon ce neurobiologiste américain, l'évolution avait
mal synchronisé les différentes couches successives qui constituaient l'encéphale actuel de l'*homo sapiens*, créant ainsi un
désordre permanent dans nos émotions et les mouvements non
moins erratiques de nos comportements. L'ombre de La Mettrie
planait ainsi toujours sur nos angoisses.

C'est par cette démarche qu'Antoine était devenu, petit à
petit, un fin connaisseur et un ardent défenseur des pilules du
bonheur et de cette chimie salvatrice, seule capable, selon lui, de
remettre un peu d'ordre dans des ciboulots jugés déficients par
nature. «De serrer les boulons entre nos trois cerveaux, quoi!»

Pour Antoine, en définitive, nous étions tous de grands malades en puissance et il était temps de soigner l'espèce humaine
de cette tare congénitale, identifiable sans grande difficulté grâce
à la longue trace sanglante qui s'étalait sur le mur de notre histoire et que chaque génération se plaisait à allonger un peu plus
avant de la léguer à la suivante. Pour son compagnon, même la
schizophrénie, en tant que désordre mental, n'était pas l'apanage
de quelques malheureux, mais bien la compagne d'infortune du
genre humain.

Si n'étaient intervenues récemment de malheureuses circonstances, une affaire comme celle d'Héraclès aurait donc été
un véritable régal de collaboration entre Antoine et Delajoie.
Mais en ces heures sombres, ni le plaisir d'investigation ni la jubilation des échanges n'étaient vraiment d'actualité.

Le petit cours express de psychiatrie pour les nuls délivré à Delajoie pendant le trajet avait donc été assez scolaire : Antoine avait été à l'essentiel.

Le commissaire avait retenu que, dans un premier temps, les fous avaient été simplement enfermés et oubliés comme les pauvres, la société s'étant révélée incapable de les prendre en charge autrement que par l'exclusion.

Que, au cours d'une deuxième période, pour faire taire les hurlements de ces malheureux qui finissaient par réveiller la mauvaise conscience des bien-portants, on avait expérimenté sur ces malades, au petit bonheur la malchance, toute une série de procédés plus baroques les uns que les autres qui « montraient bien — avait précisé Antoine — la prédisposition perverse de notre espèce pour la domination de son prochain » et la créativité sans limites que la créature humaine pouvait déployer dans l'art de la malfaisance.

— Tu vas être surpris de constater que la mise en scène de tes crimes correspond exactement à des traitements réels — enfin, si tant est que nous puissions les nommer ainsi — tels qu'on les pratiquait sur certains malades. Les reproductions des cartes que tu as reçues figurent des dispositifs qui ont existé. Mais pour en comprendre tout le sens, il faut les mettre en regard des inscriptions portées sur leurs versos. Selon l'ami qui nous attend à Sainte-Anne, les citations insistent sur le côté irrationnel des croyances qui justifiaient l'usage de telles méthodes « gothiques » et l'emploi de ces véritables instruments de torture. La lecture de tes cartes doit ainsi s'inverser : côté pile, ton client illustre ces abominations grâce à quelques morceaux de choix ; côté face, les textes choisis par ton assassin mettent en exergue l'ignorance et la superstition, lesquelles, habillées par un discours pseudo scientifique, réussiront à justifier aux yeux des politiques incultes et d'une opinion publique aussi craintive que crédule l'administration de ces sévices aux fous.

— Pourquoi évoquer ainsi le passé ?

— Le corset de fer, la potence de contention ou la cabine rotatoire reproduits sur les cartes sont datés ; mais ils préfiguraient les traitements de masse encore plus traumatisants, biologiques, qui allaient se développer dans tous les asiles et perdurer une grande partie du XXe siècle.

— Où souhaite-t-il en venir exactement ? Et pourquoi avoir choisi ces dispositifs en particulier ?

— Je ne sais pas. Peut-être, simplement, par souci d'illustration, pour leur aspect particulièrement exemplaire. Pour appuyer sans doute sa démonstration. Car, si je ne me trompe pas, il procède par analogie.

Antoine avait expliqué ensuite que, confrontés à la faillite de ces « grands remèdes » corporels, on avait décidé de s'attaquer au « moral » des fous, à leur psychisme. Mais que, d'échec en échec, de dérive en dérive, cette intention première de traitement psychologique s'était rapidement transformée en traitement par la morale. L'oisiveté léthargique ou furieuse, soupçonnée d'être alors l'une des causes de la pathologie mentale, fut combattue par la vertu, en imposant pieuses et besogneuses activités — incluant moult prières et heures de travail forcé — aux patients dont on abandonna désormais le sort aux mains d'un nouveau genre de médecin, affecté exclusivement aux consciences altérées et doté de pouvoirs extraordinaires : l'aliéniste.

— Le lieu où tu as retrouvé le corps démembré de la femme n'a pas été choisi au hasard.

— Le puits de Bicêtre ?

— Pas le Grand Puits à proprement parler, bien que les fous y furent contraints longtemps comme des bêtes. Mais le CHU, oui. C'est là que tout a commencé. Non seulement Bicêtre fut le premier laboratoire de ce traitement moral dont je viens de te parler, mais c'est à l'ombre de son ancien quartier des fous que cette notion de spécialité médicale s'est également forgée. Les cadres théoriques de la psychiatrie moderne ont été tracés d'abord par ces gens que j'ai évoqués, notamment les Colombier, Pussin, Pinel. Puis, de Bicêtre, ce nouvel ordre aliéniste s'est répandu ailleurs, à la manière des ordres monastiques. Bicêtre, c'est un peu l'abbaye mère de la psychiatrie. Pinel et Pussin se sont retrouvés à la Salpêtrière de Paris, établissement qui était alors réservé aux femmes. Ils y seront rejoints un peu plus tard par Ferrus et Esquirol, deux élèves de Pinel qui poursuivront son œuvre en l'adaptant, le premier en revenant à Bicêtre même, le second en prenant la direction de l'asile de Charenton…

— Là où nous venons de retrouver le n° 3…

— Tu vois, les liens se tissent petit à petit. Ferrus deviendra le principal instigateur de la mise en œuvre du traitement moral dont la conception originelle, philanthropique, sera rapidement dévoyée pour se transformer en «convulsion morale» généralisée, selon la propre expression de François Leuret, un autre aliéniste un peu extrémiste qui succédera à Ferrus…

— Où? À Bicêtre?

— Toujours à Bicêtre.

— Je commence à comprendre.

— Ferrus développera la thérapeutique par le travail parce que, comme il l'écrivait lui-même : «Traitement et liberté ne peuvent aller ensemble». La deuxième génération d'aliénistes pensait en effet que «la plupart du temps, la maladie n'est que la conséquence de l'individualisme poussé à l'excès. Son remède se trouve donc dans la disposition contraire». Quant à Leuret, c'était un fondamentaliste : entre les séances de sévices corporels qu'il organisait pour les fous jugés déviants, cet admirable gardien des âmes trouvait encore le temps de faire chanter des cantiques religieux à ses autres déments et aux enfants. Leuret était un élève et un disciple d'Esquirol. Or, pour Esquirol et tous les membres de son école, la douceur n'avait pas vocation à pouvoir agir sur des perturbations mentales : ils imputaient les désordres psychiques à une mauvaise gestion personnelle des passions intérieures. Et c'est la conception thérapeutique esquirolienne qui découlait de ce postulat — *le médecin doit inspirer de la crainte au patient pour l'aider à combattre ses diables intérieurs* — qui va finir par s'imposer comme la norme de traitement. L'approche humaniste des origines sera donc très vite remplacée dans les faits par une théorie de la secousse et du choc.

— « Secouer les mauvaises idées »...

— C'est Esquirol qui va réussir à imposer aux pouvoirs publics, à institutionnaliser, cette notion totalement nouvelle de spécialité médicale : c'est lui qui crée la psychiatrie, un peu comme saint Paul a créé le christianisme. Et c'est Esquirol et ses disciples qui vont contribuer à construire cet espace totalement nouveau, absolument clos, dans lequel le patient sera livré, pieds et poings liés, à la seule autorité du nouvel apprenti sorcier déclaré guérisseur en chef de la folie.

— L'asile.

Antoine avait acquiescé de la tête avant de poursuivre :

— Là, je dois te demander toute ton attention, mon cher, puisque nous arrivons au plat de consistance.

Antoine avait alors insisté sur cette loi des aliénés promulguée en juin 1838 qui devait beaucoup à Esquirol « et sa bande ». Si les motivations initiales avaient été, comme souvent, extrêmement louables, cette loi avait abouti dans les faits à créer une situation d'exception qui allait marquer la psychiatrie naissante du sceau du despotisme. La loi consacrait l'internement discrétionnaire des malades ou des moins malades au sein d'établissements spécialisés en légalisant l'abandon du sort des patients aux mains des seuls médecins de l'âme. Dans ces nouveaux lieux isolés de la folie, le fou, le marginal, le déviant social subirent le pouvoir absolu de ces nouveaux docteurs. Leurs droits humains et civiques furent bafoués, ils devinrent des animaux d'expérimentation, de sévices, de compagnie : des corps de souffrances. Cette situation totalitaire allait perdurer plus d'un siècle. En 1925, à la fin de son reportage *Chez les fous*, témoignage pamphlétaire qui fera date, le fameux journaliste Albert Londres concluait : « C'est une loi de débarras », « les trois quarts des asiles sont préhistoriques, les infirmiers sont d'une rusticité alarmante, le passage à tabac est quotidien. »

— D'accord, mais tu veux en venir où ?

— 1838, c'est la date charnière, celle qui fait basculer la psychiatrie dans une nouvelle époque : l'ère de la neurobiologie. Et qui nous permet de comprendre, si je ne me trompe pas, l'analogie établie par ton Héraclès.

— Mais encore ?

— Que pouvons-nous dire de ton client à ce stade ?

— Ce n'est pas un ami des professionnels de la psyché et il semble leur retourner d'anciennes politesses si nous admettons, pour partie, un dessein de vengeance.

— Il abhorre plus exactement un type précis de psychiatres, une sous-espèce, si tu préfères, celle dont les adeptes pensent la maladie mentale en termes exclusivement neurologiques...

— Qu'est-ce qui te permet d'affirmer ça ?

— C'est ma thèse. Héraclès vise une catégorie de professionnels qui croient que la cause de la folie ne peut être *que* biologique, c'est-à-dire imputable à une lésion organique ou un dysfonctionnement physiologique du système nerveux. Qui ignore, pour le dire autrement, la responsabilité des facteurs sociaux ou psychologiques sur les affections mentales. Héraclès abomine tellement cette sous-espèce qu'il torture ses membres et met en scène leurs agonies. Mais alors, direz-vous : « Pourquoi tant de haine ? »

— Je vous le demande justement, mon cher ?

— Déjà parce qu'il les juge sans doute directement responsables de ses propres souffrances, comme tu viens de le dire...

— Partie de mobile crédible, mais certainement pas suffisante, à moins qu'il ne soit totalement taré, ce que j'exclus pour le moment.

— Surtout, et c'est là où je voulais plutôt en venir, Héraclès considère ses victimes comme des charlatans, des imposteurs, de simples « bourreurs de crâne ». Ce que ton Héraclès tend à exprimer, c'est que, depuis la naissance de la psychiatrie, ces médecins spéciaux ont abîmé impunément des millions d'esprits. Ils ont détruit des milliers de vies uniquement parce qu'ils ont réussi un tour de passe-passe : ils ont revêtu la blouse blanche des savants respectables, détenteurs d'un savoir objectif. Or, nous dit Héraclès, il n'en est rien. Et sur ce point, l'histoire lui donne raison. Même aujourd'hui, les certitudes sophistiquées de la psychiatrie, c'est-à-dire de la neurologie dominante, ne cachent qu'une énorme frustration et un immense dépit : nous ne connaissons toujours pas l'étiologie de la folie — ou plutôt les différentes causes des différentes catégories de folie. La schizophrénie, qui est pourtant la maladie mentale par excellence, reste une grande inconnue. Mais cette ignorance n'empêche nullement certains professionnels de continuer un empirisme thérapeutique criminel, cautionné par les États. Je crois qu'il est là, le message d'Héraclès. Les corps meurtris de tes victimes disent : « Voyez la barbarie ignorante, mais agissante de ces spécialistes. »

— Tu vas un peu vite en besogne.

— Cela me semble assez limpide.

— Ne pas confondre faits et coïncidences.

— Je peux continuer quand même ?

— Je t'en prie.

— Si mes coïncidences n'en sont pas, il serait utile de comprendre les conséquences de la loi de 1838 que je m'apprêtais à t'expliquer !

Antoine s'était alors tu, obligeant Delajoie à réagir.

— Bouderais-tu ? Pourrais-tu continuer, s'il te plaît ?

Antoine avait repris ses explications, mais sans ajouter un seul commentaire.

— La loi de 1838 accordait à des médecins qui se proclamaient spécialistes des privilèges exorbitants, notamment en matière de police, elle autorisait des pratiques en marge du processus judiciaire. Elle apportait de plus à cette corporation une reconnaissance et un statut social sans précédent. C'était en quelque sorte le triomphe d'une certaine forme de médecine bourgeoise, le prix fort que l'État avait accepté de payer, sans aucune contrepartie, pour se décharger trop facilement de l'une de ses missions régaliennes. Pour citer encore Albert Londres : « Une science qui tâtonne s'arroge des prérogatives qui ne devraient appartenir qu'à la justice. » Car il y avait bien eu tromperie sur le service vendu à la nation. Que savait en réalité un aliéniste sur les origines des maux de l'esprit ? Rien. Strictement rien de plus que les hypothèses pour le moins originales transmises depuis l'Antiquité. Du côté des soins, même carence, même désert, même impuissance, même totale incapacité. Quel traitement efficace avait été développé ou testé par les nouveaux notables, tout-puissants, de l'ordre médical ? Aucun, strictement aucun.

— Quel est le rapport avec la biologie ?

— « Patience et longueur de temps... »

— Je ne dispose ni de l'un ni de l'autre.

— Les aliénistes sentirent l'urgence de réagir afin de ne pas perdre ces précieux cadeaux qui découlaient de leur monopole. Ils devaient réussir à démontrer que, d'une part, cet art qu'ils affirmaient détenir était tout de même en mesure — faute de pouvoir guérir la maladie insoumise — d'en comprendre les ressorts ou d'en expliquer les origines. C'est à ce moment-là que la croyance « organiciste », devenue aujourd'hui dominante, s'est imposée.

— Tu sais ce qui m'intrigue ? C'est que tu n'arrêtes pas d'affirmer toi-même, depuis des années, que notre cerveau serait malade et que la cause de cette déficience serait, disons... Je ne sais même plus comment dire d'ailleurs, puisque tous ces mots techniques contribuent davantage à entretenir la confusion qu'à établir une compréhension ! Disons, quand même, et tu choisiras le qualificatif qui te convient le mieux : « physiologique », « organique », ou « neurologique » ?

— Tu voulais plutôt dire « somatique » ?

— Tu tiens vraiment à me contrarier, c'est ça ?

— « Ce que l'on conçoit bien s'énonce clairement,

Et les mots pour le dire arrivent aisément. »

— Je te reconnais bien là ! Qui ?

— Boileau. Petite précision d'ordre terminologique, maintenant, mon cher, puisqu'il convient de remettre ton trio gagnant dans le bon enchaînement. Tu voulais sans doute dire que, premièrement, j'attribuais la pathologie mentale à une cause purement matérielle, c'est-à-dire corporelle, autrement dit, somatique ? Que, deuxio, localisant plus précisément la source de cette anomalie au niveau du ciboulot, partie intégrante du système nerveux baptisé « appareil neurologique », ledit ensemble étant composé par un certain nombre d'organes constitués entièrement de tissus biologiques, il était ainsi tout à fait correct de ma part, tant par l'expression que par la formulation, de rattacher la genèse du mal de l'esprit au registre physiologique de la créature humaine, et non point, c'est une évidence, à l'invisible et impénétrable domaine de sa psychologie ?

Antoine avait semblé pleinement satisfait de sa petite tirade. Il avait enchaîné une nouvelle question non sans un brin d'ironie :

— Rassure-moi, c'est bien la question que tu voulais me poser ?

— Accouche...

— Tu as raison sur l'énoncé : l'embrouillement volontaire par vocables interposés que perpétue cette profession est tout à fait insupportable et n'est sans doute pas imputable au seul hasard. Il est destiné à perdre le profane, du moins à l'éloigner de la chose, par savantissime. Mais sur le fond, tu as complètement tort : non, Jean, je ne suis pas un organiciste fondamentaliste, si c'est cela que tu insinues !

Antoine avait haussé la voix, surjouant une fausse indignation.

— Mais tous ces petits cachets que tu avales pour « stabiliser » ton humeur, comme tu dis ? Je sens une légère contradiction, ici…

— Tu as vraiment le temps pour cette discussion ?

— Non.

— Bon, alors laissons tomber !

Antoine avait été poussé dans ses retranchements, mais il n'en avait laissé rien paraître. Il avait enchaîné. Seul le ton de sa voix, un plus sec, avait indiqué une légère contrariété.

— Il fallait absolument prouver que l'origine de ces espèces de folie était purement physiologique, au même titre que la maladie du foie trouvait sa source dans une lésion de son organe. Rendre le mal de la folie visible… Peu importait qu'une dépression — la mélancolie de l'époque — puisse avoir une origine psychologique ou sociale, comme on le pressentait depuis la nuit des temps. C'était tout simplement impossible à théoriser, donc à plaider devant les pouvoirs publics. Pour sauver les privilèges corporatistes découlant de la législation asilaire, il fallait démontrer

— ou pour le moins claironner — que la cause principale de la perturbation mentale était liée à un dysfonctionnement du cerveau. Ainsi, la médecine mentale pouvait devenir une science véritable, *positive*, abandonner son discours spéculatif ; elle pouvait proposer une réalité tangible à se mettre sous le stéthoscope.

— Très clair. Un peu comme les économistes qui se prennent aujourd'hui pour des physiciens.

— La comparaison est fort juste, avait répliqué Antoine avec un léger agacement.

— Je te remercie…

— Même nécessité à acquérir ses lettres de noblesse en construisant un discours scientifique cohérent à partir du néant.

— Désolé de te demander cela, mais quelle est la destination de ce judicieux cheminement ?

— Sainte-Anne ! avait lâché Antoine, exaspéré.

Delajoie avait éprouvé alors le besoin de calmer un peu le jeu et les nerfs visiblement irrités de son compagnon.

— Je m'excuse pour tout à l'heure, et je respecte profondément ton organe, tu le sais bien.

Antoine avait réagi par une sorte de bougonnement. Les deux hommes avaient fini par se regarder et par se sourire.

— Excuses acceptées. Reprenons : quels sont les métiers de tes victimes ?

— Pour Madame sans tête, les résultats ADN ne sont pas encore parvenus à la brigade. Peut-être une spécialiste en psychiatrie génétique, car un signalement de disparition inquiétante a été enregistré il y a deux jours dans le XVIIᵉ arrondissement. Certaines caractéristiques physiques de la disparue sembleraient concorder avec les premières conclusions légistes. L'homme retrouvé à Bonnet, le professeur Bravehomme, était…

— Neuropsychiatre, tu me l'as déjà dit. Et le dernier, celui de Saint-Maurice ?

— Psycho quelque chose aussi…

— Neuropsychopharmacologue, précisément.

— C'est un métier, ça ? Qui existe ? Et pourquoi me le demandes-tu, si tu le sais déjà ?

— Ces victi…

— Et, d'abord, comment le sais-tu !?

— Parce que j'ai appelé Franck, je n'arrivais plus à te joindre tout à l'heure. Ces trois cadavres te ramènent à la psychiatrie biologique, à ma thèse fantaisiste...

— Je n'ai pas dit...

— Tu l'as pensé! Or, Monseigneur, nous commettons la grosse erreur de croire que l'âge d'or de cette école dominante a commencé avec la découverte des neuroleptiques…

— Dont tu es…. Pardon, je n'ai rien dit. Et je ne crois rien non plus, j'écoute seulement.

— La course engagée depuis 1838 pour trouver une faille ou une lésion organique du cerveau afin de sauver la psychiatrie marque le début de l'acte II de cette spécialité. On remise les breloques trop visibles dans les cabinets de curiosité, on cache les instruments rustiques, on relègue les antiques remèdes dans les encyclopédies du passé. *Exit* fers, chaînes et carcans! On démarre l'ère biologique tout en douceur. Formidable époque. Scène première : on essaye d'abord d'abattre la folie par la fièvre. L'idée est loin d'être révolutionnaire, défendue de son temps par le vénérable Hippocrate en personne. Qu'importe! La grande nouveauté, c'est le moyen thérapeutique que l'on va utiliser : on va déclencher ces poussées de fièvre artificiellement, en contaminant les patients. Une véritable épidémie de malaria et autres chaleurs exotiques s'abat alors sur tous les asiles. On négocie âprement le moindre moustique piqueur, pou râleur ou rat moqueur, on transfuse le sang contaminé à la chaîne, presque de lit en lit. Deux décennies d'orgie paludique sous une température de 40 ° de moyenne, cela aboutit à la première grande victoire de la psychiatrie.

— Des guérisons?

— Aucune, la folie n'abandonna pas si facilement sa raison prisonnière. Mais un premier prix Nobel de médecine pour l'école biologique dès 1927 en récompense de cette malariathérapie.

— Stupéfiant! Ce qui est vraiment étonnant, ce que je n'arrive pas à comprendre en définitive, c'est comment ces mythes successifs — puisqu'il ne semble s'agir finalement que de croyances — peuvent s'imposer aussi vite comme des vérités médicales? Surtout eu égard aux errements qui jalonnent la courte existence de cette spécialité telle que tu me la présentes.

— Telle qu'elle fut.

— Entendu. Les mauvaises expériences devraient plutôt inciter les praticiens à un peu plus de prudence, non ?

— Il y a toujours eu quelques indisciplinés au sein de la discipline, fort heureusement. Des oppositions vives, voire très virulentes parfois. Mais pas suffisantes pour stopper la dynamique générale et l'espèce de folle euphorie qui s'emparait de la grande majorité des docteurs à la moindre annonce d'une nouveauté thérapeutique. Tu sais bien que, dans le domaine des sciences ou du savoir en général, il en est comme dans celui de l'Histoire : la vérité est toujours écrite par les vainqueurs. Et puis, admettre une impuissance permanente, puisqu'il s'agit plutôt de cela, c'était admettre quelque part une faillite totale, et reconnaître...

— Leur complète inutilité.

— Cela aurait consisté à avouer que jusqu'à l'avènement des psychotropes, les psychiatres n'avaient été que de simples garde-chiourmes. Ni plus ni moins.

— « Gardiens des fous », ça fait moins classe sur une carte de visite que « Prix Nobel de médecine », je te le concède.

— Passons à la deuxième grande scène de cette héroïque épopée biologique. Nous sommes maintenant dans les années trente du siècle précédent.

— Le XXᵉ siècle ?

— C'est un plaisir de te voir suivre ma chronologie. Évidemment, le XXᵉ ! Ou alors il nous en manque un !

— Petite vengeance suffisamment mesquine pour être soulignée.

— Qui fait du bien. La fièvre commence à tomber en désuétude au moment où d'autres alternatives se présentent aux mains de nos amis : le coma par injection d'insuline, la secousse par cardiazol et le fameux électrochoc. Comme l'affirma avec enthousiasme un neurologue devant ses collègues de l'époque réunis en congrès familial : « Vous voici en quelques années à peine devenus *maîtres ès convulsions et comas* ». Il fallait tout de même oser la formule ! Les honorables médecins qui composaient le public rirent beaucoup de la facétie de leur collègue ; leurs malades beaucoup moins.

— C'est absolument incroyable, cette obstination.

— Tiens-toi bien : imagine-toi, maintenant, frais pension-naire d'un asile de l'époque, élu schizophrène par le corps médi-cal.

— Insinuation fort déplacée. À quel titre, je te prie?

— Malade par homosexualité.

Delajoie était resté hébété.

— Tu déconnes?

— Pas le moins du monde. L'homosexualité fut officielle-ment considérée comme une maladie mentale par la psychiatrie jusqu'en décembre 1973. Officieusement bien plus longtemps encore. Mais soyons justes : la psychiatrie américaine, qui donne le ton depuis longtemps, fut longtemps influencée, dominée même, par la psychanalyse. Or Freud et ses émules tenaient pour vraie la proposition selon laquelle «l'origine des symptômes paranoïdes psychotiques serait une défense contre des désirs ho-mosexuels inconscients». Les débats furent donc houleux contre ceux, majoritaires dans les années soixante-dix du siècle *précé-dent*, qui considéraient que «supprimer ce terme constituerait une erreur scientifique sérieuse». Une fois de plus, l'obscuran-tisme moral se cachait derrière un alibi scientifique.

— Juste pathétique! Incroyablement pathétique! Absolu-ment pathétique!

— Je ne te le fais pas dire. Te voilà, toi, Jean Delajoie, en 1940, décoré de schizophrénie par l'ordre psychiatrique, empor-té par ta déviance sexuelle que je n'ai pas encore eu l'honneur pour ma part d'explorer totalement…

— S'il te plaît, Antoine…

— Un peu de légèreté ne saurait nuire à cette journée. Un prêté pour un rendu…

— Pour *deux* rendus, petit rancunier impénitent.

— Les comptes sont ainsi soldés. Pour le moment. Te voici donc, disais-je, abandonné aux mains de tes médecins thauma-turges, ne pouvant pas t'opposer à leurs décisions souveraines. On te ligote sur un lit, tu es prêt à subir la nouvelle cure à la mode. Dans ton désarroi, tu as beaucoup de chance : l'époque de la stérilisation ou de la greffe des testicules est révolue. Mais tu oses quand même protester, tu t'agites sur le sommier imbibé d'urine sur lequel tu es ficelé, tu tentes d'arracher les liens par désespoir. Malheureux! Cette résistance n'est que le symptôme supplémentaire, l'aveu même de ton infirmité mentale. La résignation aurait été préférable. Raison supplémentaire de te servir le menu complet. Tu vas devoir subir un coma hypoglycémique par jour pendant trois mois au moins! Et comme ce n'est pas suffisant, on t'administrera sans doute pendant tes périodes d'inconscience un «torpillage électrique»…

— Par électrochocs?

— Quelques sessions vite fait, bien fait. Parfois même, on rajoutera, au milieu de ces séances mémorables, quelques injections de cardiazol, histoire de te transformer en véritable possédé du démon. Ah, le cardiazol! La hantise des cobayes, mais la déesse de nos spécialistes de la convulsion. Entre les spasmes terribles provoqués par ce dérivé du camphre, le mort-vivant qu'était devenu le malade vivait dans un «état de sommeil artificiel indescriptiblement désespérant». Quelques rares témoins évoquent même «des sensations tout à fait nouvelles qui doivent être celles de la mort». Beaucoup ne croyaient pas si bien dire. À la fin des années cinquante, plus de 80 % des malades diagnostiqués comme schizophrènes eurent droit à ces «terribles et merveilleuses thérapies»; les mélancoliques furent plus chanceux : seuls 90 % des dépressifs subirent uniquement des séries d'électrochocs. Pour aller dans le sens de ton indignation de tout à l'heure, le plus insupportable dans cette histoire, sans doute, c'est que de nos jours la psychiatrie officielle ne reconnaît toujours pas ses errements. On peut lire, dans un dictionnaire professionnel de référence, je cite : «Ces thérapeutiques *physiodynamiques* — je souligne volontairement la pudicité du qualificatif — auront contribué… *à faire avancer le mouvement de désaliénation*.» On croit rêver.

— La dynamite des corps. Et malgré tout, la folie ne voulut toujours pas abdiquer?

— Rebelle, jusqu'au bout des neurones. Malgré tous ces essais, l'impuissance psychiatrique s'avérait presque obscène. Il fallait vite passer à une autre époque.

— Scène III.

— L'heure de l'apothéose : l'excision de la pierre de folie.

— Celle-là, je la connais bien, c'est ma préférée.

— Oui, mais ton tableau fétiche est simple une allégorie. Jérôme Bosch n'aura jamais pu imaginer le fol engouement pour la trépanation réelle qui, plusieurs siècles après lui, allait saisir le corps psychiatrique. Frustrés par leurs échecs à répétition, les psychiatres se décidèrent enfin à prendre le couteau par le manche, à cesser de tourner autour du problème. Désormais, on allait agir directement dans le cerveau, amputer le noble organe, purifier l'âme empoisonnée. C'est que l'on venait de constater que le retrait du lobe frontal d'un chimpanzé colérique transformait *ipso facto* le mauvais primate en digne représentant du monde végétal. Après l'opération, le singe était même devenu d'une «placidité remarquable». Eurêka! On affina rapidement le procédé technique sur quelques cochons avant de se lancer dans la production en masse de légumes humains. Plusieurs centaines de milliers de malades seront ainsi privés des connexions qui relient leur cortex préfrontal au reste de leur encéphale. Car c'est ça, une leucotomie ou une lobotomie : on frappe, on perfore, on coupe. On détruit purement et simplement une partie du cerveau afin de calmer les malades, de les rendre écervelés.

Les traits de Delajoie s'étaient alors crispés.

— Oui? avait demandé Antoine en percevant le changement d'humeur de son compagnon.

— Attends…

— Quoi?

— Regarde dans la deuxième pochette du dossier. Les photos des scènes de crime. Cherche les gros plans des têtes, les clichés pris de l'arrière des crânes. Bravehomme et Van Acken ont subi tous les deux une lobotomie, *post-mortem*, semblerait-il.

— Pourquoi après le décès? Le mode opératoire est d'une facilité déconcertante. Une célébrité nommée Freeman — cela ne s'invente pas — la pratiquait même sans anesthésie dans son «lobotomobile», un bus équipé pour les interventions en série. Un petit électrochoc, une pointe métallique sous la paupière et l'affaire était entendue en quelques minutes à peine. Tu te retrouvais avec tes fibres blanches sectionnées de chaque côté avant même de reprendre conscience, deux belles cicatrices en prime, deux nouveaux grands sourcils pour surligner l'air abruti et totalement apathique dont tu héritais au réveil…

— Comme celui de Nicholson à la fin de ce film terrible là, c'était quoi, son titre, déjà?

— *Vol au-dessus d'un nid de coucou.* «Leucotomie transorbitaire», ils appelaient cette technique, nos scientistes. La *quick* trépanation quoi, quinze opérations par matinée, une véritable industrie. Interventions assez rentables, tu t'en doutes. Les asiles étaient devenus de véritables moulins à légumes.

Delajoie avait marqué son impatience en guidant la recherche de son compagnon.

— Sous celles-là. Regarde bien.

— Je cherche, je cherche…

Antoine avait finalement trouvé, il avait bien regardé, et ce qu'il avait constaté l'avait intrigué.

— Bizarre… Je ne suis pas un spécialiste, mais ton client semble avoir plutôt visé leur cervelet.

— Le légiste m'a dit la même chose, nous aurons les détails tout à l'heure.

— Je ne comprends pas bien ce rituel, mais ça renforce ma conviction. La mise en scène et les corps te racontent une même histoire.

— Je veux bien, mais le message final, c'est lequel, en définitive? Les psychiatres, ou ta sous-espèce là, sont tous des salauds, et je vous montre pourquoi… Héraclès veut nous faire comprendre ça en diluant sa pseudo-démonstration dans une sorte de mysticisme pervers? C'est un peu lourd, non?

— Certes… Même si je pense que ton Héraclès est sans doute un peu plus subtil qu'il ne paraît. Il doit nous manquer quelques pièces pour assembler son puzzle. Tiens, prends la deuxième à gauche, s'il te plaît, nous sommes presque arrivés.

— Je connais la route. Et pour en finir avec nos décérébrés?

— La lobotomie tue ou rend infirme en altérant de manière irréversible les capacités intellectuelles et émotionnelles des sujets «traités». En dépit de cette tragique constatation, un second prix Nobel de médecine vient, en 1949, récompenser Egas Moniz, le premier psychiatre à avoir fait appliquer la leucotomie à un être humain. Quelle euphorie, quelle gloire pour la psychiatrie biologique! Quel sentiment de puissance! Soigner la maladie au cœur même du cerveau, en double aveugle, avec un simple pic à glace. La psychiatrie atteint alors les sommets de la gloire, elle dépasse la chirurgie, ancienne noblesse de la médecine. Et il y avait de quoi, en effet, faire enfler la tête à nos aventuriers de la raison perdue : les surveillants des fous étaient devenus psychochirurgiens.

— «Chez les Têtu, neurobouchers de père en fils», ça sonnerait moins bien, effectivement.

— Pour l'anecdote, Moniz ne profita pas très longtemps de son Nobel, il fut attaqué…

— Laisse-moi deviner : par un ancien trépané?

— Bien vu.

— Non, trop facile, presque jubilatoire.

— Comme tu l'as souligné tout à l'heure, avec la discipline économique, la psychiatrie est sans doute une des plus grandes escroqueries scientifiques de tous les temps. Tu me taquinais tout à l'heure sur mes psychotropes…

— À peine…

— Mais c'est justement les psychotropes qui vont porter un coup fatal, momentané malheureusement, à cet égarement thérapeutique. Et ce sont de simples chimistes qui vont inventer le premier neuroleptique, c'est un chirurgien-anesthésiste qui suppliera ces messieurs les psychiatres, non sans une persévérance assez louable, de tester ces nouveaux médicaments sur leurs malades.

— La Mettrie avait donc raison?

— En partie, j'en suis convaincu. Mais les grands pontes de la science mentale n'avaient de leur côté absolument pas anticipé cette révolution; ils n'ont fait qu'en récolter les fruits presque mûrs. Les petites gélules allaient leur ôter pendant quelques décennies, en même temps que leurs dangereux jouets, ce prestige social gagné de si haute lutte. Mais se retrouver relégués au simple rang de distributeurs de dragées, voilà qui était tout simplement insupportable. Comment, dès lors, reprendre nos cerveaux en mains pour espérer survivre en tant qu'espèce médicale? C'est à ce moment du récit que tes victimes interviennent.

— Où ça?

— Ici même, au bout de la rue, à Sainte-Anne. Nous arrivons. C'est dans ce temple des neurosciences que se sont joués en

partie les derniers actes de cette histoire inachevée de la psychiatrie. Que fut scellée aussi, sans aucun doute, celle de tes victimes
expiatoires.

      — Bravehomme travaillait ici ?

      — Les deux, mon commissaire : Van Acken aussi.

16.

La robe satinée du novillo était d'un noir ébène qui contrastait avec la vivacité des couleurs de la capote de brega tenue avec détermination par le jeune torero qui faisait face à l'animal. L'adolescent donna le signal de la charge en s'avançant vaillamment vers le taureau de combat, cape parfaitement tendue, prête à être passée.

La bête vigoureuse et racée ne résista pas à cette provocation : elle fonça droit devant elle, cornes baissées, vers ce leurre rose et jaune qui la narguait. Étrangement, après un seul couple de passes, l'animal stoppa net son attaque, se mit à tituber, tournant sur lui-même avec difficulté, emporté par des mouvements saccadés, presque mécaniques, comme soumis irrésistiblement par une force invisible. Cette incroyable danse taurine cessa aussi brusquement qu'elle avait commencé.

Un deuxième homme fit alors son entrée sur le *ruedo,* remplaçant l'adolescent qui venait de lui servir de *peón* en émoustillant la bête pour chauffer ses muscles et réveiller son agressivité. Apparemment, le nouveau venu semblait être le matador en personne, mais un «tueur» nu dans cette enceinte d'entraînement toute spartiate : il tenait bien dans sa main droite une muleta d'un rouge magistral, mais avait troqué son habit de lumières par un costume de ville assez terne.

Son attitude n'avait rien de conquérante ; elle n'obéissait nullement au code protocolaire, à cette virile gestuelle de salon qui fait la joie des aficionados lors des *paseos* — ces parades ampoulées qui précèdent toute bonne corrida qui se respecte. Non, la démarche de l'homme était plutôt prudente et réfléchie.

Il ne s'éloigna que de quelques pas du *burladero* de fortune destiné à le protéger en cas d'incident. Mais l'effilage précaire des planches composant cet abri ridicule faisait douter de son efficacité réelle lorsque survenait l'impensable, quand, malgré l'inégalité notoire des armes, les *tercios* — ainsi nommait-on ces soi-disant combats entre l'homme et la bête — se transformaient en humiliantes séances de sauve-qui-peut pour un prédateur arrogant ramené subitement à la condition de proie, de cible mouvante dont l'honneur pouvait alors subir de sacrés coups de cornes ou de butoir.

Mais, ici, la geste éternelle que rejouait censément la corrida, cette rencontre initiale — fantasmée dans sa dimension initiatique — entre le chasseur et l'animal sauvage de nos plaines archaïques, ne semblait guère être l'enjeu du moment.

D'ailleurs, une autre bizarrerie dans l'attirail du matador sautait immédiatement aux yeux : l'homme ne tenait aucune arme dans sa main gauche, ni pique, ni banderille ou épée, mais enserrait entre ses doigts une sorte de boîtier ressemblant à un énorme talkie-walkie.

Avait-il l'intention de porter une estocade fatale en utilisant ce vil instrument indigne de la longue tradition de mise à mort érigée en œuvre d'art ?

L'homme fit alors quelques pas en direction de la bête, qui se trouvait à moins de cinq mètres de distance. Et pour attirer définitivement l'attention du taureau, il agita évidemment sa cape grâce à quelques mouvements secs du *palo*, en de courts va-et-vient horizontaux.

Le résultat ne se fit pas attendre : la boule noire de muscles se précipita aussitôt vers l'insignifiante créature qui osait la défier. Mais les cornes du monstre n'eurent pas le temps d'effleurer le précieux tissu. C'est que l'homme venait d'appuyer sur un bouton de son gros dispositif électronique, faisant ainsi dévier, immédiatement, la trajectoire de l'animal, obligeant le taureau à se soumettre, une nouvelle fois, à cette chorégraphie erratique qu'il avait déjà interprétée — bien malgré lui — quelques minutes auparavant.

Dans une arène spectaculaire remplie de puristes enthousiastes, l'homme aurait été immédiatement sifflé. Mais ici, il eut quelques applaudissements de la part des rares personnes qui assistaient à la manœuvre.

En réalité, cette séquence surréaliste était terriblement effrayante.

Une voix *off* se mit alors à commenter la vidéo : « On étudiait les différentes parties du cerveau et l'un de nos amis nous avait demandé si nous étions capables d'inhiber la sauvagerie d'un animal élevé et sélectionné génétiquement durant des siècles pour son comportement agressif. »

— Delgado, Cordoue, 1963 !

La voix claquante de Bastien fit sursauter Franck.

— « Améliorer l'homme et la société dans son ensemble », poursuivit le policier. Tout un programme.

Malgré cette apostrophe, Franck eut du mal à rompre la sorte de fascination qui rivait son regard sur l'écran de l'ordinateur.

— Qu'est-ce que tu dis ? Tu sais que tu me fais flipper, des fois, Columbo ? Tu connais ça aussi ?

Avant d'atterrir à la criminelle, Bastien avait sévi au « Château » — la brigade financière pour les novices. Le saut quantique qu'il avait ainsi réalisé entre ses brillantes études d'économie et son entrée dans la police restait un mystère total, même pour ses plus proches amis. À bien des égards, Bastien était d'ailleurs une énigme, une énigme pétrie de contradictions. Passionné de littérature et de sciences, doté d'un esprit brillant et acéré, il se plaisait cependant à cacher ses talents derrière une attitude aussi désinvolte que maladroite.

— L'éco, ça mène à tout, je t'ai déjà dit, répondit-il. De la police des peuples à la police du Quai, du FMI au 36.

— Jolie formule.

Bastien déposa sur le bureau le lourd dossier et le cahier de notes qui, malgré une irrésistible envie d'obéir à la loi de la gravité, étaient restés coincés entre son coude et ses côtes gauches.

Il était intrigué :

— Pourquoi regardes-tu Delgado, le Che ?

— Je cherche des infos sur…

— Le Summum®, compléta Bastien. Pas mal. Partagerions-nous la même intuition ?

Franck ne put s'empêcher d'exprimer à son tour sa surprise en haussant les sourcils.

— Bravehomme, Van Acken, Romina, la Fondation Essentielle, enchaîna Bastien : tout nous mène au Summum®.

— Qui va mettre les labos pharmaceutiques au chômage, poursuivit Franck, si j'en crois quelques articles de presse. Du moins leurs branches spécialisées dans les médicaments psychotropes.

— Conjecture audacieuse, postulat un brin complotiste, même. C'est une opération beaucoup trop ostentatoire pour ce type d'entreprises. Elles ont les moyens de faire dans la discrétion, crois-moi, j'ai donné à la BF.

— Sans doute, mais cela pourrait aussi être calculé, justement. J'ai acquis la conviction que le mobile est lié à ce traitement. J'ai commencé à surfer pour glaner quelques infos, et voilà que je suis tombé par hasard sur ce type qui semble être à l'origine des recherches les plus poussées sur les puces cérébrales et la stimulation électrique.

— Tu as déjà fait le lien avec Bravehomme ? demanda Bastien.

— Quel lien ?

— Tu ne sais donc toujours pas que Bravehomme a collaboré avec Delgado ?

L'étonnement de Franck se mua en stupéfaction.

— Comment tu sais ça, toi ?

— Parce que je suis flic. Un bon flic, je veux dire. Parce qu'il semble surtout que nous ayons cherché dans la même direction. À la nuance près que je connaissais déjà Delgado. Tu en as parlé à La Boule ?

Franck franchit une nouvelle étape vers l'ébahissement.

— Parce que c'est le traitement qu'il file à son gosse, poursuivit Bastien.

— Tu déconnes !? Il est sous Summum®, le petit Boris ?

— Tu ne le savais pas ?

— Ben non, je ne le savais pas !

— Ils ont rencontré quelques soucis à l'école cette année. La Boule m'en a parlé un soir où il n'allait pas bien du tout, il avait besoin de causer.

Franck accusa le coup. Lui qui pensait tout connaître ou presque de la vie des membres de son équipe, il s'en voulait de ne pas savoir. Cela ne procédait nullement d'une curiosité mal placée, mais plutôt d'une vision œcuménique qui consistait à considérer la brigade comme une « grande famille ». Le Quai ne s'était-il pas appelé, d'ailleurs, et très tôt : la « Grande Maison » ? Dénomination protectrice et rassurante à bien des égards qui avait ensuite englobé la corporation policière tout entière.

C'est que la pratique de cette activité professionnelle si particulière finissait toujours par blesser les consciences et les affects des flics du crime ; il existait donc une véritable solidarité, celle que l'on ne retrouve que chez les combattants aguerris, qui ont fait l'expérience du feu commun et d'une rencontre avec la mort. À la Crim', on prenait soin des autres parce que les autres prenaient soin de vous. C'était une question de survie. Et pour une fois, il ne s'agissait pas d'une déclaration solennelle, mais bien d'une réalité quotidienne, visible, presque palpable.

Cette disposition était particulièrement appuyée chez Franck, qui était devenu un adepte inconditionnel des thèses développées dans un livre qui l'avait beaucoup marqué : *L'Entraide, un facteur de l'évolution*. L'ironie voulait que Franck ait découvert et lu Kropotkine pour les nécessités d'une infiltration au sein de certains mouvements de la gauche très radicale lors de son arrivée à la SAT, la section antiterroriste de la brigade. Il avait gardé de cette période une tendance altruiste très appuyée, mais également quelques « stigmates gauchistes » — ainsi qualifiés par un sous-directeur de la préfecture — qui, pour leur part, détonnaient parfois en cette auguste maison de l'ordre.

Franck était donc peiné de ne pas avoir su discerner les problèmes de La Boule. Mais il comprenait sa pudeur et la dimension intime de cette préoccupation qui se prêtait sans doute mal à la confidence. Le contexte des derniers jours n'avait sans doute pas favorisé non plus la libération de la parole.

Aussi, Franck préféra-t-il changer de sujet :

— Comment tu le connais, toi, ce Delgado ?

— Parce que j'ai réalisé un mini mémoire sur l'économie de guerre du Troisième Reich. Mais soyons honnêtes : je viens à peine de découvrir sa relation avec Bravehomme.

Franck fixa Bastien avec un air…

— « Con », tu peux le dire. Ça date, je ne te le fais pas dire non plus. Mes folles années universitaires.

— Quel rapport ? Il était nazi, Delgado ?

— Plutôt franquiste par opportunisme, bien qu'il s'en soit toujours défendu. C'est toujours un peu mieux dans l'échelle du fascisme. Bien qu'entre un collabo et un bourreau, la nuance reste toute rhétorique, selon moi. Il était espagnol de naissance, mais sa carrière s'est déroulée principalement aux États-Unis, dans le Connecticut, à l'université Yale, qui était alors pionnière dans le domaine de la physiologie cérébrale.

— Quel est le lien avec l'économie nazie et, accessoirement, avec Bravehomme ?

Bastien afficha un large sourire avant de poser son postérieur sur une extrémité du bureau de son supérieur.

— T'as raison, fais comme chez toi, Columbo ! D'abord ta paperasse et maintenant tes fesses sur mes dossiers, je ne le crois pas. Il n'y a plus de respect, dans cette taule.

— Version longue ou courte ?

— À ton avis ? Et tu voulais quoi, au fait ?

— Te signaler que l'analyse concernant la couronne semble positive. Desouche vient d'appeler, les résultats ont matché.

— Alors ?

— Peut-être un nom. Ils préfèrent vérifier avant de confirmer. « Dans la demi-heure », m'a-t-il dit.

C'était la première bonne nouvelle de la journée, et Franck sentit comme un léger relâchement dans l'étreinte thoracique qui l'oppressait depuis plusieurs jours. Un peu de chance n'était pas malvenue dans cette période funeste.

Après la visite sur la scène de crime à Bonnet, Franck et Bastien s'étaient rendus au PC provisoire de la gendarmerie installé dans la mairie du village. Ils y avaient rencontré le premier édile, qui avait également été le donneur d'alerte. C'était ce dernier qui avait découvert le corps de Bravehomme puis contacté aussitôt la brigade de proximité. Tous les deux avaient procédé à un nouvel interrogatoire de l'élu à partir de la première déposition enregistrée en début de matinée par leurs collègues de la gendarmerie.

Une bizarrerie était ressortie des déclarations de l'intéressé concernant la couronne-reliquaire retrouvée sur la tête de Bravehomme. Bien que de valeur monétaire ou artistique négligeable, cette parure représentait le véritable «trésor» de la localité. Selon les dires du maire, c'était cet objet historique — même si Franck avait douté de la haute antiquité de la «chose» — qui, depuis le Moyen-Âge, avait permis aux fous de recouvrer leur raison.

Sans doute monsieur le maire n'était-il pas assez naïf lui-même pour croire aux vertus thérapeutiques de cette simple breloque en cuivre, mais le notable s'était avéré un excellent VRP de sa commune et de sa tradition locale. Il avait expliqué qu'à la fin du pèlerinage ancien que les malades effectuaient dans le village, à l'issue de soins particuliers contre la folie que l'on prodiguait ici durant une cure de neuf jours, le rituel s'achevait par l'imposition de la fameuse couronne sur la tête des convalescents. Le miracle de la guérison pouvait alors s'accomplir définitivement à Bonnet, aidé par les prières et l'intercession personnelle de saint Florentin auprès du bailleur des Cieux. Sans cette précieuse couronne, Bonnet aurait perdu bel et bien son principal attrait touristique.

C'était pourquoi le maire n'avait pas déclaré la mystérieuse disparition du précieux atour, intervenue pourtant deux mois auparavant. «Afin d'éviter un drame de village», s'était-il justifié, pour «ne pas ébruiter cette perte préjudiciable pour la bonne réputation de Bonnet».

Quelle n'avait donc pas été sa surprise, à monsieur le maire, lorsqu'il avait retrouvé cet accessoire au petit matin, simplement posé sur la tête d'un… cadavre! Après avoir reçu une mystérieuse invitation téléphonique lui suggérant de se rendre dans l'église…

L'explication de leur interlocuteur avait été aussi bringue-balante que la justification de son silence au sujet du vol initial de la couronne, mais Franck s'était focalisé tout de même sur cette histoire de disparition, aussi mystérieuse que sa restitution.

Que cet objet ait été retrouvé sur le crâne d'un assassiné et dans le contexte de forte mise en scène d'un crime ne relevait pas du hasard et signifiait forcément quelque chose. C'était même un message important. C'est pourquoi Franck avait demandé aussitôt une analyse prioritaire du reliquaire.

Il était donc satisfait de constater que, même affaibli par le mauvais temps des jours, son flair ne l'avait pas totalement abandonné.

Les éléments du labo seraient-ils exploitables? C'était autre chose, on verrait bien, il ne fallait pas en demander trop quand même.

Bastien éloigna Franck de ses pensées en posant une nouvelle question :

— Te rappelles-tu ce module sur *L'homme criminel* que nous avons étudié à l'École de police?

— Lombroso et consorts? Tu m'étonnes! L'hérédité assassine, la destinée physiologique, les secrets de l'âme livrés par les stigmates du corps, cette fois dans les formes coupables et toutes les pratiques nauséabondes qui en ont découlé : hier la physiognomonie et la cranioscopie; aujourd'hui la morphopsychologie et la graphologie...

— Je voulais dire «le modèle» sur lesquelles se sont appuyées ces pseudo-sciences?

— Le darwinisme social?

— Tout est parti réellement d'une théorie de la dégénérescence édictée par... un psychiatre. Un énième avatar de la dégradation platonicienne.

— Que vient faire ce bon vieux Platon dans l'affaire? Et dis-le quand même un peu moins vite.

— Résumons, donc : il existe depuis la nuit des temps, dans toutes les civilisations, cette idée que, à partir d'un modèle primordial que l'on projette idéal — toujours pur, immaculé et doté de l'ensemble des vertus humainement imaginables —, les choses ou les êtres se dégradent inéluctablement avec le temps, se détériorent en qualité, pour, un jour, s'anéantir.

— La décomposition finale, une perspective inéluctable...

— Cette opinion est sans doute née d'une désillusion, celle qui sépare nos rêves de la réalité.

— De la constatation de cette opposition persistante entre une existence quotidienne souvent vécue difficilement sur une

terre qui semble habitée par le mal et cette espérance renouve-
lée, un peu folle, que nous formulons inlassablement, génération
après génération, au sujet d'une société parfaite que nous souhai-
terions paisible, heureuse, constituée d'êtres humains fraternels
et sans défauts...

Bastien échangea un sourire complice avec Franck.

— Touché. Disons-le autrement : parce que le monde tel
qu'il est ne nous contentait pas, ne voulait pas ressembler à nos
désirs, il fallait bien imaginer une autre possibilité, un lieu au-
delà du monde même, où cette espérance de pureté et de bien-
être pourrait être enfin satisfaite. Plus de peine, plus de douleur,
plus de larmes. Rajoutes-y le souhait de bannir notre appréhension d'une mort jugée insupportable, et tu obtiens une certaine
projection humaine du bonheur, qui devient à la fois un lieu
totalement préservé — le paradis —, une durée immobile qui ne
corrompt plus — l'éternité — et un état de satisfaction perpétuel
— la réjouissance.

— Belle paraphrase. Et ?

— Comment, dès lors, expliquer cette corruption du modèle originel, cette dégradation du monde idéal et de ces êtres
parfaits ? Pourquoi et comment avons-nous perdu le droit sup-
posé à cette jouissance perpétuelle alors que nous sommes assail-
lis par les difficultés et les malheurs dans la vie réelle ?

— Ah, si, je crois voir où Monsieur veut en venir. Nous
aurions fauté. Par aveuglement, parce que nous ne sommes plus
capables de voir la Vérité, que nous sommes emportés par les
passions coupables de nos instincts grégaires et de nos opinions
erronées. La caverne de Platon.

— Exactement. L'allégorie de la caverne a servi à développer le dogme chrétien de la Chute et de la dépravation du
monde. Par nos erreurs de jugement, par notre vanité, nous
avons été précipités dans l'abîme de la discorde et la fureur des
temps. Et puisque nous vivons maintenant en perdition, c'est
bien la preuve que nous avons déchu de cet état antérieur postulé
« idéal ». Nous sommes donc...

Franck venait de comprendre. Il put compléter la phrase de
son collègue :

— *Dégénérés*... Petit malin de Bastien. Tu lies donc le péché originel à la théorie des Idées de Platon ?

— C'est une évidence : la dégénération de l'espèce humaine, sa chute, sa dégradation dans la hiérarchie céleste ne sont possibles que si la théorie des Idées est acceptée comme axiome de départ. Entre l'Idée de l'Homme parfait que nous nous faisons, qui n'est autre que celle d'un Homme-Dieu dépourvu de toutes ses imperfections naturelles et, d'autre part, sa réalité existentielle, sa matérialisation dans le monde sensible, le hiatus entre ces deux visions prouve bien que quelque chose a mal tourné.

— Pour les croyants, dans tous les cas. Le fantasme de la perfection et de la Vérité en soi.

— Ce «quelque chose» qui s'est détraqué, c'est un problème de réplication, l'impossibilité d'avoir recours à la matrice de l'Homme idéal pour couler les êtres dans le moule original platonicien. Et parce que les imperfections s'accumulent de siècle en siècle, à chaque génération nous nous éloignons un peu plus de l'archétype. En termes humains...

— Je veux bien...

— La responsabilité du désastre est imputable à sa reproduction au sens strict ou, plutôt, à la mauvaise reproduction des hommes dégénérés, à leur mauvaise hérédité…

— D'où l'eugénisme prôné par notre philosophe-roi dans sa République totalitaire. Trier et cultiver les humains pour créer un *Homo transgenicus*.

— C'est sur cette base, certes un peu schématique, que Platon introduit le *racialisme* comme une solution politique pouvant tempérer les effets néfastes de cette dégradation.

— Une sorte de pis-aller.

— Bien évidemment, il ne faut pas entendre «racialisme» avec nos oreilles d'aujourd'hui. En l'occurrence, Platon conceptualise un vieux fond mythique hérité du Proche-Orient. Dans son récit des origines du monde, un des premiers de l'Occident, Hésiode rapportait que, jadis, avait existé un temps béni — une sorte de paradis, donc — où vivait la première génération des hommes justes et bienheureux que ce poète nommait la «race d'or». Malheureusement, leurs successeurs perdirent le sens de la Justice et furent emportés par l'Hybris — la démesure de leurs désirs —, provoquant cette corruption irrémédiable de l'espèce, son abâtardissement successif jusqu'à accoucher d'une «race de fer» — la nôtre —, génération la plus dépravée depuis la création de l'Univers, une race misérable condamnée à de terribles maux. Adaptant ce récit, Platon enfonce le clou, en proposant une communauté politique basée sur la ségrégation sociale des individus. Dans le nouveau mythe qu'il élabore pour convaincre ses contemporains d'accepter une forme de dictature comme principe de gouvernement, il affirme que Dieu...

— Plutôt l'«Architecte», l'«Artisan» sous sa plume, si je me souviens bien ?

— On s'en fiche, c'est du pareil au même.

— Ah bon, si tu le dis.

— Que Dieu, donc, aurait ajouté à la fabrication des hommes modernes quelques particules de ces métaux constitutifs des races anciennes afin de marquer dans la chair même des individus leurs attributs sociaux.

— Malin, il posait les bases de la prédestination.

— Ainsi, ceux ayant reçu de l'or dans leur patrimoine génétique seront les sages, les philosophes, seuls aptes à gouverner la cité ; ceux qui ont reçu quelques corpuscules d'argent seront les «auxiliaires» des premiers, c'est-à-dire le groupe chargé d'exécuter les ordres du gouvernement et de le protéger ; les derniers, composés pour partie d'atomes de cuivre et de fer, gens de peu bien plus nombreux, seront destinés à nourrir et à servir tous les autres...

— Les trois ordres de l'édifice médiéval.

— C'est bien ce régime platonicien des trois castes, des trois «races», que l'on retrouvera en Occident jusqu'à la Révolution française : clergé, noblesse, tiers état...

— Le prêtre, le chevalier, le paysan.

— Tout simplement parce que le christianisme triomphant reprendra à son compte ces propositions qui s'adaptaient si bien à ses propres dogmes.

— Le philosophe-roi est devenu le prêtre-roi...

— Interprète et représentant de Dieu sur terre. D'où cette tentation permanente des pouvoirs religieux d'imposer ensuite la théocratie comme système de gouvernement.

— Tout cela est intéressant, Bastien, mais Delgado ?

— Le point à retenir, tu vois, continua Bastien comme si de rien n'était, c'est que ces idées seront largement répandues et acceptées dans des sociétés qui se sont construites sur ce principe très accommodant de l'inégalité sociale, proposition devenue, par la grâce de décrets divins, une loi naturelle. Mais leurs fondements, leurs justifications étaient jusqu'alors affaire de théologie, laquelle était présentée en chrétienté comme l'ultime philosophie. Malheureusement pour les ordres établis, une révolution vint mettre le désordre dans cette mauvaise histoire de prédestination, en déclarant bientôt que…

— « Les hommes naissent et demeurent libres et égaux en droits. »

— Mauvaise nouvelle pour les autocrates.

— Dès lors, comment concilier cette *Déclaration universelle des droits de l'homme et du citoyen* avec les impérialismes nationaux, le colonialisme oppressif ou la grande traite négrière transatlantique qui en était une des conséquences directes ? En d'autres termes, comment, au-delà des grands et généreux principes de la Révolution, justifier désormais la domination humaine en raison ?

— Je n'en sais rien, Bastien. Et j'ai encore du mal à saisir le but de cette démonstration.

— Il y avait pourtant urgence à disposer d'une nouvelle argumentation irréfutable, non plus d'un simple article de foi, mais d'une explication…

— Rationnelle ou scientifique…

— Plus que scientifique : *médicale*.

— *Capito* !

— Car, les jalons « scientifiques » avaient déjà été posés avant la Révolution par les naturalistes, les grands observateurs de la nature, qui s'étaient remis à répertorier et à classer le vivant. Malgré quelques divergences entre savants chrétiens, un premier consensus avait émergé : si l'homme procédait bien d'un archétype original qui ne pouvait être que le bel Adam biblique…

— Comme par hasard…

— Il existait cependant des différences indéniables entre tous ces peuples de la terre que l'on étudiait désormais sous la loupe et que l'on dessinait sous toutes les latitudes et toutes les coutures. Il était incontestable que les Lapons, par exemple, «Tartares dégénérés», se ressemblaient «par la laideur» et qu'ils étaient «tous également grossiers, superstitieux, stupides». Il n'en était pas moins vrai que la couleur blanche, celle de l'homme européen dominant — *Homo Europaeus* ou Aryen — était l'étalon de la création — «le blanc est la couleur des premiers hommes», avait conclu Maupertuis — et cette altération chromatique avait même été prouvée par Buffon grâce à une grande étude sur les espèces animales : «La dégénération dans l'espèce de la bécasse est assez semblable à celle du nègre blanc dans l'espèce humaine.»

— Peu aimable pour les bécasses, ce bouffon. On comprend mieux l'engouement de ces précieuses et ridicules bécasses du XVIIIe siècle pour leur teint blanc.

— Mais comment expliquer désormais cette perte de qualité, cette dénaturation? Reprenant une vieille théorie de l'influence géographique sur la physiologie humaine pensée par le médecin Hippocrate, les savants avaient alors conclu assez vite que «dès que l'homme a commencé à changer de ciel, et qu'il s'est répandu de climat en climat, sa nature a subi des *altérations*». Cette explication était un peu bancale, et il fut beaucoup plus facile d'expliquer ultérieurement cette différence entre races humaines lorsqu'on réussit à se débarrasser du dogme chrétien de l'ancêtre commun…

— Le «bel Adam».

— Lequel fut reconduit vers la sortie avec son Ève corruptrice lorsque l'étau moral et social de la religion finit par se desserrer un petit peu. Cette dépréciation physique liée à la transformation migratoire et climatique des espèces était donc acceptée comme un fait scientifique à la fin du XVIIIe siècle. Elle permit d'abord de justifier fort opportunément la corruption morale que l'on constatait chez les peuples «altérés», et…

— Et de légitimer *a fortiori* la mission civilisatrice et spirituelle des Européens. Ah, cette belle rationalité du Vieux Continent!

— L'argutie fatale : pour prétendre naître «libres et égaux en droits», il convenait d'être préalablement civilisés. C'est ce que déclara Jules Ferry en haut du perchoir de l'Assemblée nationale : «Messieurs, il faut parler plus haut et plus vrai! Il faut dire ouvertement qu'en effet les races supérieures ont un droit vis-à-vis des races inférieures… parce qu'il y a un devoir pour elles ! Elles ont le devoir de *civiliser* les races inférieures. »

— Beau sophisme.

— Les mauvaises mœurs étaient devenues le facteur déterminant de la dégénération, elles amenaient « chez certaines races un état d'infériorité ». *Civiliser* : voilà le nouvel argument qui autorisait la domination raciale. Avant de s'imposer comme critère de hiérarchisation sociale.

— C'est bien la justification toujours utilisée pour tenter de théoriser le « conflit des civilisations » moderne.

— L'évolution décisive qui nous intéresse au premier chef se précise : de la déchéance du corps et des mœurs à celle de l'esprit, il ne restait plus qu'un seul pas à franchir. Et c'est le psychiatre que j'évoquais au début de notre discussion, Bénédict Augustin Morel, qui couronna le bel édifice théorique en prouvant *médicalement* la dimension pathologique de cette *transformation* — « transformisme », disait-on alors. Là, tu vois, nous sommes en pleine effervescence positiviste, en ces premières décennies du XIXe siècle où la science, même pensée, pratiquée et racontée par des croyants, tente désespérément de s'arracher à l'emprise de la religion. Le fait voudrait remplacer la foi ; l'expérience et la démonstration souhaiteraient devenir les nouveaux *credo* de la certitude.

— Le mieux étant toujours l'ennemi du bien, ça accouchera également de monstruosités le positivisme, nous sommes bien placés pour le savoir avec les errements de la criminologie balbutiante. C'est pour cela que tu me parlais de *L'homme criminel*, tout à l'heure ?

— Bien sûr.

— Il faut te suivre, Bastien ! Heureusement que je te pratique depuis un certain temps. Ceci dit, la foi dans un progrès sans fin est sans doute préférable à celle qui prône une résignation perpétuelle.

— Justement. Morel est l'un de ces nouveaux aliénistes optimistes qui prétendent soigner les fous. Il cherche avidement, à l'instar de ses glorieux prédécesseurs, à trouver la cause de la folie, à isoler enfin une loi naturelle, universelle, qui régirait et expliquerait le processus de la maladie mentale et sur lequel on pourrait enfin agir. Car, enfin, cette raison aliénée, déchue, d'où provient-elle ? Quelle en est la cause ? Ne participerait-elle pas du même processus que celui de la corruption physique, de ce phénomène héréditaire lié à la «perte de qualité de sa lignée» ? Son célèbre *Traité des dégénérescences physiques, intellectuelles et morales de l'espèce humaine* paraît en 1857. Il s'agit d'une sorte de synthèse des travaux antérieurs, mais dont les conclusions introduisent des nouveautés décisives qui seront lourdes de conséquences. Sous la plume de Morel, l'hypothèse de la dégénération devient un fait, «la déviation maladive d'un type normal primitif», et, surtout, une pathologie qu'il convient de considérer comme la source unique des affections mentales. Le dégénéré est un être affaibli, prédisposé biologiquement à succomber aux vices et aux déficiences organiques qui altéreront — «pervertiront» — son système nerveux. Deuxièmement, Morel impose le facteur héréditaire comme vecteur principal de transmission de cette décadence des êtres. Tu l'aurais aimé, ce Morel : il appuie sa démonstration en prenant l'exemple des classes ouvrières, «classes dégénérées» par excellence.

— Ce ne sera pas le dernier à stigmatiser le prolétariat.

— Citant le cas d'un patient débile mental dénommé François D., «véritable imbécile de naissance», Morel remonte la lignée de cette famille consumée par l'alcool, le tabac et la débauche pour pronostiquer une «extinction probable de la race» après plusieurs générations.

— Et que suggère ce bon psychiatre ? L'élimination ?

— Il ne franchit pas encore cette étape, Morel est un vrai catholique : il suggère seulement un traitement par «la loi morale».

— Le programme habituel des liberticides de tous bords : se soumettre à l'ordre par la vertu, la discipline et le travail.

— *Ora et labora.*

— Que dis-tu ?

— «Prier et travailler», la vieille devise monastique. Mais c'est une autre histoire…

— Qui me rappelle en effet une ancienne affaire[1].

-----
1. Lire *L'Agneau mystique*. Du même auteur. À paraître.

— Deux petites pièces du puzzle théorique sont encore nécessaires avant que nos vrais fascistes ne puissent proposer une solution finale à ce problème de dégénérescence des individus et des races.

— Tout ce cheminement pour me dire finalement que Platon a gagné la partie ?

— Ne nous égarons pas, Chef, ce n'est pas le propos. Revenons plutôt aux conclusions de Morel. Premièrement : *la dégénérescence est un fait*; deuxièmement, *son combat est un enjeu de santé publique* et relève donc du *magistère de la médecine* dont les efforts auront pour but, désormais : « l'amélioration intellectuelle, physique et morale » des citoyens afin de « combattre tant de causes réunies de destruction et d'abâtardissement de l'espèce humaine ».

Bastien marqua une pause devant l'air soudain songeur de Franck.

— Qu'est-ce qu'il y a ?

— Ton *speech* me rappelle un peu la petite musique de Romina, le discours que j'ai écouté ce matin dans le train…

— Tu avais, disons, *fortement* réagi.

— Certaines de ses affirmations m'avaient paru totalement extravagantes, mais je ne savais pas encore qu'il s'agissait d'elle.

— Tu te doutes bien que je ne remonte pas aussi loin dans le passé pour t'imposer ma science. Qui est grande, je dois l'avouer.

— On ne nous le changera pas, notre Bastien !

— J'ai pris moi aussi la peine de visionner cette conférence de Bravehomme introduite par Romina, ainsi que d'autres interventions publiques de nos trois victimes.

— N'enterre pas Romina trop vite quand même, attendons la confirmation. Il est troublant que je retrouve dans tes propos ses allégations concernant la prévention de la maladie mentale. Et je pense également à cette mise en scène très théâtralisée du meurtre de Van Acken.

— Le remake de *Knock*…

— Il semblerait que l'obsession de la prévention soit au cœur de notre dossier, comme si les protagonistes avaient voulu empêcher une catastrophe en puissance.

— Hier la dégénérescence ; aujourd'hui une disposition

d'esprit que l'on considère troublée, anormale. Ou des comportements asociaux que l'on juge dangereux pour la société.

— Cela ne fait que conforter ma conviction au sujet du mobile. Le Summum® est présenté comme une sorte de remède miracle certes, mais, avant tout, comme une arme de prévention contre les troubles mentaux.

— Je suis bien d'accord. D'où l'utilité de ma petite incursion dans le passé qui, tu vas le voir, n'est pas totalement terminée. Cette obsession pour la prophylaxie s'est donc renforcée à la suite de Morel et de l'acceptation quasi unanime des conclusions de son traité. Et c'est à ce moment-là que, de leur côté, nos amis les psychiatres allemands entrent en scène une première fois, à la fin du XIXe siècle. La défaite française de la guerre franco-allemande de 1870 et les évènements de La Commune donnèrent lieu à des déclarations surprenantes des aliénistes prussiens qui constatèrent sans rire que la «France est une nation turbulente qui fait des révolutions; l'Allemagne une nation sage qui accomplit des réformes»…

— Tu es certain qu'il ne s'agit pas d'une déclaration récente? demanda Franck sur le ton de la taquinerie.

— S'adossant à la théorie de Morel, un prestigieux collègue outre-Rhin en déduisit même, dans un livre savant, *La dégénérescence intellectuelle du peuple français*, son caractère pathologique qui justifiait la «dépravation et la corruption» ainsi que «l'idiotie paralytique» de notre nation de vaincus. Les «preuves scientifiques» de cette étude furent versées au dossier par un autre confrère et permirent de constater que le poids d'un cerveau français était bien inférieur à celui d'un cerveau allemand!

— Tu vois, déjà tous atteints : 100 % de nos compatriotes à soigner! Madame Romina reste une petite joueuse avec ses statistiques.

— Alors? Que faire pour empêcher une race entière de dégénérer?

— L'eugénisme…

— Nous y arrivons...

— Enfin! C'est long de te faire cracher la Valda, Columbo.
Bastien resta impassible, et continua :

— Deux ans après le traité de Morel, Darwin publie son

travail révolutionnaire sur *L'Origine des espèces*. On oublie souvent de citer le sous-titre de ce pavé jeté dans les eaux du créationnisme : *Préservation des races les meilleures dans la lutte pour la vie*. Tu connais la suite, et la relation qui sera établie aussitôt entre les deux théories. C'est de cette époque qu'il faut vraiment dater les débuts du darwinisme social, parce que la théorie de l'évolution était — bien malgré elle — l'articulation scientifique, la preuve biologique qui manquait à tous les théoriciens des ségrégations sociales et raciales.

— Puisque la nature agissait avec autant de clairvoyance concernant le genre animal, en sélectionnant les forts et les plus aptes pour perpétuer et améliorer les espèces, alors il était évident que la société devait adopter les mêmes mesures afin de garantir sa propre sauvegarde...

— CQFD !

— Merci Spencer.

— Et beaucoup d'autres. Remercions, en priorité, Galton, un cousin de Darwin : c'est lui qui inventera ce terme — pardon, cette « science » de l'eugénisme. Merci à Lapouge, ensuite, un Français qui aura une influence décisive sur l'école allemande et qui définira concrètement l'eugénisme comme la « doctrine pratique » du « sélectionnisme ». En d'autres termes, sa méthode appliquée, une « science » permettant désormais « de corriger les conséquences fâcheuses de la sélection naturelle ».

— C'est vrai que l'on a tendance à oublier cette période de folie généralisée. Pas un seul bon esprit n'avait échappé à la tentation de l'eugénisme. J'avais été sidéré d'apprendre que des sociétés savantes spécialisées dans cette discipline s'étaient créées dans toutes les capitales du continent.

— Ailleurs, aussi. En une époque vécue comme celle d'une décadence généralisée, en ces temps de conflits sociaux, de nationalismes exacerbés, de peur régressive, la preuve de Morel et la caution de Darwin permettent de libérer toutes les mauvaises passions, les instincts les plus vils : puisque la dégénérescence semble responsable de tous les malheurs du monde, puisque les êtres dégradés suscitent troubles et violences, puisque les races inférieures résistent aux bienfaits de la civilisation, puisque les nations métissées, abâtardies et démocratiques s'affaiblissent et perdent les guerres, il est grand temps d'agir...

— De suivre les bonnes manières de Dame nature, d'empêcher la putrescence du genre humain en stoppant la transmission de ses mauvais gènes.

— La folie de la pureté s'empare alors du monde.

— Et les mauvais génies sortent de leur boîte de Petri.

— Sans être aucunement gênés, puisque la thèse de Morel et l'alibi darwinien permettent désormais de tout faire, ou presque. Le temps des débats s'achève bien ; celui de l'action ne fait que commencer. La fin du XIXe siècle marque ainsi le début d'une immense ferveur pour un *hygiénisme* d'État autoritaire qui gagne tous les pays et qui est imposé aux populations les plus démunies.

— Les premières politiques publiques de santé publique.

— On commence par empêcher la prolifération des vices coupables de ces altérations ; on combat donc la prostitution, l'alcoolisme, les drogues, l'oisiveté, la paresse, l'immoralisme. Les politiques sanitaires de « prévention » et leurs lois d'interdiction se multiplient afin de protéger les corps sains de la nation et mettre fin aux processus dégénératifs.

— C'est vraiment du Romina dans le texte, une fois ses arguments débarrassés du jargon médical et passés au crible de l'analyse rétrospective !

— Si fait, Monsieur.

— C'est assez flippant, quand même. Le prétexte de santé publique n'est qu'une stratégie qui servirait à faire accepter un dispositif de sélection et de moralisation sociales.

— Aujourd'hui de *régulation* plutôt, mais j'y viens.

— Je comprends mieux pourquoi tu disais qu'il fallait absolument *une caution médicale* et non pas seulement scientifique pour que tous ces Méphistophélès de la vertu puissent vendre leurs salades bio.

— Après ces préliminaires qui préparèrent les esprits, l'heure d'une action plus efficace arriva. Il convenait désormais de remonter à la source du mal, d'empêcher purement et simplement la reproduction des dégénérés. On aborde cette nouvelle étape progressivement, sans faire trop de bruit, afin ne pas émouvoir les consciences, de ne pas susciter trop d'hostilités. On choisit au départ de cibler les êtres les plus faibles, les moins organisés, les moins aptes à se défendre et à se faire entendre, dont le sort ne peut susciter qu'une faible réaction au sein de la société : les idiots, les imbéciles, les débiles. Bref, les malades mentaux.

— Plus facile de s'attaquer aux fous qu'aux nations dégénérées qui disposaient tout de même de généreux canons !

— Ce sont nos amis psychiatres qui mènent encore ce premier bal, celui de la stérilisation de masse, forcée, qui s'abat sur les nations civilisées et qui est destinée à stopper net le processus de décadence ainsi que toute transmission des pathologies que l'on croyait héréditaires. Le prophète Morel l'avait déjà affirmé de son temps : « Les aliénés renfermés dans nos asiles ne sont, dans la majorité des cas, que les représentants de certaines variétés maladives dans l'espèce. » Au Kansas, un éminent aliéniste procède dès 1894 à la castration de tous les pensionnaires de son asile. Car c'est aux États-Unis que l'eugénisme va d'abord se déployer sous cette forme. La stérilisation contrainte pour « empêcher la reproduction de ceux qui sont manifestement inaptes » y est légalisée dès 1907. Mais le Vieux Continent ne sera pas épargné très longtemps par cette nouvelle vague de la stérilisation. Les années trente du XXe siècle sonnent l'apogée de cette appétence castratrice : Suisse, Danemark, Norvège, Suède, Finlande adoptent des législations contraignantes. Sans oublier, bien sûr, le pays roi de cette abomination...

— La France ?

— Non, pas cette fois-là ! Aucune loi concernant la stérilisation eugénique n'a été adoptée chez nous, au grand dam de plusieurs de nos prix Nobel de médecine qui ne cessèrent de le regretter et de s'en lamenter. En 1913, le lauréat Claude Richet pleurait à grosses larmes sur notre « veulerie et notre philanthropie larmoyante » qui empêchaient, disait-il, la nation d'« éliminer les mauvais ».

— Une agréable fréquentation, dis-moi ?

— Plus tard, un autre nobélisé, Alexis Carrel, reviendra à la charge : « L'eugénisme est indispensable : sauver les faibles et les tarés, leur donner la possibilité de se reproduire, c'est produire la dégénérescence de la race. Un changement radical dans l'attitude des médecins et du public est donc indispensable. »

— Ce panthéon médical de nobélisés est assez effrayant.

— Mais les imprécations de ces éminences n'y firent rien, heureusement : notre législateur ne cédera jamais sur ce point.

— Cocorico, alors! Tu évoquais donc l'Allemagne?

— La «nation sage», en effet. Force est de constater que c'est encore un psychiatre, de renommée mondiale, Ernst Rüdin pour ne pas le citer, grand spécialiste de *L'hérédité de la schizo-phrénie*, vaillant militant avant-guerre de l'eugénisme, qui sera le principal instigateur de la loi de stérilisation promulguée par l'État national-socialiste en 1933. Une politique d'«assainisse-ment» qui atteindra évidemment, dans ce pays et sous ce régime, une dimension quasi industrielle : 400 000 personnes seront stérilisées de force en dix ans; 96 % de ces victimes seront des patients psychiatriques.

— Saloperies de nazis!

— Non, Franck. C'est trop facile de tout mettre sur le dos de ces pestiférés. Salopards, indéniablement. Mais pas tout seuls, très loin de là. Certes, Hitler avait écrit en 1924, dans *Mein Kampf*, que «tout individu notoirement malade ou atteint de tares héré-ditaires, dons transmissibles à ses rejetons, n'a pas le droit de se reproduire» et que l'État «doit lui en enlever immédiatement la faculté». Mais les propos du futur Führer étaient bien en deçà de ce que pensaient et publiaient les nombreux scientifiques de l'époque. C'est très important de saisir ce contexte. L'Associa-tion professionnelle des médecins allemands, sous la pression des psychiatres, réclamait à cor et à cri le vote d'une loi eugénique de stérilisation depuis des années. La médecine, et c'est ce qui explique bien des dérives éthiques ultérieures, se pensait — et j'aurais tendance à dire «se pense encore» — comme un auxi-liaire naturel des gouvernements.

— Je trouve ta conclusion assez excessive, et tu connais pourtant mes réticences naturelles. Les toubibs n'arrêtent pas de clamer qu'ils appartiennent à une profession libérale.

— Lorsque cela les arrange. C'est pourtant un médecin, l'un des pères fondateurs de l'hygiénisme, qui avait lui-même écrit ce nouveau paradigme en 1829 : «La médecine n'a pas seu-lement pour objet d'étudier et de guérir les maladies, disait-il, *elle a des rapports intimes avec l'organisation sociale.*» Dès lors, ce que l'on nommait «l'hygiène» devenait *de facto* une médecine politique et morale, recouvrant également les maux sociaux et raciaux : « *Les fautes et les crimes sont des maladies de la société* qu'il faut travailler à guérir ou tout au moins à diminuer et jamais les moyens de curation ne seront plus puissants que quand ils puiseront leur mode d'action dans les révélations de l'homme physique et intellectuel, que *lorsque la physiologie et l'hygiène prêteront leurs lumières à la science du gouvernement.* » Derrière toutes les lois de santé publique ou présentées comme telles, y compris les plus odieuses, y compris les plus récentes, tu trouveras toujours quelques bons médecins qui les ont inspirées, Franck. Pour revenir au cas allemand, disons plus correctement que l'insistance des psychiatres avait fini par rencontrer l'intérêt idéologique, *mais surtout économique*, des nazis. Restons encore un peu dans cette «nation sage», car s'y situe une grande partie du reste de mon récit.

— C'est même ici que tu entres en scène, si j'ai bien entendu le mot «économique»…

— Mais je ne pouvais pas faire… l'économie de cette introduction, tu me le concéderas. Lorsque j'ai commencé à m'intéresser à l'économie du régime, et surtout au financement de la guerre, j'ai tout de suite été frappé par les motivations budgétaires d'une opération que l'on évoquait encore peu dans les manuels d'histoire, un programme appelé Aktion T4 et qui avait permis d'euthanasier dans l'indifférence généralisée 70 273 malades mentaux, dont beaucoup d'enfants, entre le mois d'octobre 1939 et celui du mois d'août 1941.

— Cette horreur me dit vaguement quelque chose, en effet.

— Cette découverte m'avait suffisamment ébranlé pour que je me souvienne parfaitement des données de ce programme dénommé «Mort miséricordieuse». J'étais tombé par hasard sur l'article d'un historien et journaliste nommé Götz Aly, un précurseur des recherches sur ce drame, qui a beaucoup milité et combattu dans son propre pays pour que cet épisode douloureux sorte enfin de l'oubli, pour que l'on puisse aussi rendre hommage à toutes ces victimes anonymes en tentant de leur restituer — même à titre posthume — une identité personnelle. Au-delà d'un devoir de vérité et de justice, ce combat s'imposait, affirmait Aly, parce qu'il permettait d'éclairer le contexte de la tragédie ultime qui s'annonçait.

— La Shoah? Quel rapport? L'extermination?

— Pas seulement, même si, et tu as raison, l'expertise du meurtre de masse — sa technicité, son mode opératoire — a été mise au point et expérimentée sur les malades mentaux dans le cadre de l'opération «Mort miséricordieuse». Peu de personnes, encore aujourd'hui, savent cela. Aktion T4 fut une sorte de grand laboratoire qui permit de tester tous les aspects d'un tel projet d'éradication : sa sémantique, sa propagande, sa gestion sanitaire et administrative, sa mise en application, l'évaluation de ses impacts socioéconomiques et psychologiques. D'ailleurs, lorsque ce programme sera officiellement arrêté grâce à la réaction courageuse et isolée d'un évêque catholique de Münster, la centaine d'experts en «mise à mort» que comptait le service T4 sera affectée à la mise en place et au fonctionnement des centres d'extermination construits pour régler définitivement «le problème juif». Pour Aly, qui refuse la caricature et la simplification un peu trop commodes de l'Histoire, seules les expériences préalables et cumulées des stérilisations forcées, de l'assassinat méthodique des malades — invalides et déficients mentaux — ainsi que la déportation en camps de travail des asociaux et marginaux ont rendu possible l'exécution de la Solution finale.

— Je ne saisis toujours pas la relation entre les deux.

— Parce que le peuple allemand s'était directement rendu complice, par son acceptation tacite et son silence, de toutes ces atrocités. On parle ici, tiens-toi bien, au bas mot, de plus d'un demi-million de compatriotes concernés par ces différents dispositifs. Or, non seulement le peuple savait, mais «la grande majorité des Allemands s'étaient accommodés» de ces atrocités. Et Götz Aly de conclure : ainsi, les dirigeants nazis «eurent la certitude qu'ils pourraient commettre des crimes encore plus importants sans rencontrer une opposition notable. Celui qui permet que sa propre tante atteinte de schizophrénie meure dans une chambre à gaz ou bien que son fils de cinq ans souffrant d'une paraplégie spastique reçoive une injection létale, celui-là ne se souciera pas du sort de juifs érigés au rang d'ennemis du peuple, celui-là restera indifférent lorsque deux millions de prisonniers soviétiques mourront de faim en l'espace de six mois. »

— Ouah… Pénible d'entendre tout ça. D'un autre côté, que pouvaient faire les gens sans risquer de dures représailles ?

— Toi aussi, tu m'étonneras toujours, Le Che ! Que fais-tu de ta sacro-sainte responsabilité individuelle ? Ils pouvaient pour le moins s'indigner sans prendre de grands risques ! Les rares auxiliaires qui refusèrent de collaborer ne furent pas inquiétés. La réalité, c'est que les esprits étaient prêts à accepter l'inimaginable depuis fort longtemps, bien avant l'arrivée des nazis au pouvoir. Ce sont les savants allemands, universitaires et médecins, qui avaient théorisé, conçu et souhaité ces programmes d'eugénisme. Et ce n'est ni par hasard ni par contrainte que 70 % des praticiens affiliés à l'Ordre des médecins adhérèrent spontanément aux grandes organisations liées au nazisme.

— Tout de même ! Comment est-on passé de l'eugénisme à l'euthanasie de masse ? De l'idée de la sélection naturelle à celle du génocide ?

— Dès sa naissance, l'eugénisme — la science des « bons gènes », de la « bonne naissance » au sens étymologique — portait en germe, si je puis dire, cette extrémité, cette potentialité de faciliter la « bonne mort ». Tu auras noté que le programme T4 s'appelait d'ailleurs « Mort miséricordieuse ». On utilisa le terme « euthanasie » pour éviter de parler d'assassinat pur et simple, mais cette finalité était consubstantielle à une politique de santé publique basée sur l'amélioration de l'espèce ou de la race. Tu parlais tout à l'heure des dérives du positivisme : cette foi inconsidérée dans le progrès, cette croyance que la science pourrait désormais régler tous les problèmes humains et permettre l'amélioration de la société et des individus fut le péché originel de l'hygiénisme dont la pratique ne fut pas autre chose qu'une médecine politique. Note d'ailleurs que cette espérance perdure, comme tu as pu le constater avec le discours de madame Romina.

— Cet aveuglement est totalement glaçant, lorsqu'on y réfléchit bien. Tu as raison lorsque tu parles de « foi », nous baignons dans une sorte d'irrationnel permanent que nous appelons « science » pour nous permettre d'y croire.

— Tout comme Platon, les élites n'aiment pas la démocratie. À l'époque, ils la jugeaient responsable de cette décadence des nations et des peuples qui ne cessait de les obséder. La démocratie, c'était le «mixte», le mélange coupable des classes et des races, le métissage honni pour tout bon eugéniste qui se respectait. Tu remarqueras qu'en temps de crise la vieille proposition d'un «gouvernement des meilleurs» réapparaît systématiquement. Il y a toujours eu chez les élites une nostalgie de l'aristocratie — non pas celle des rentiers et des oisifs renversés par la Révolution française — bien qu'elle persistât longtemps —, mais d'une aristocratie nouvelle, légitimée par le savoir ou le savoir-faire. Au XIXᵉ siècle, on pense que cette aristocratie doit être composée par des savants, des industriels, des techniciens, les plus aptes à rationaliser et à gérer la société. La politique ne consisterait plus à s'occuper des «affaires humaines», mais à *administrer scientifiquement* les affaires des hommes, leurs «choses», ce qui aboutit, *in fine*, à considérer l'homme lui-même comme un objet, une simple donnée.

— Une variable d'ajustement.

— Saint-Simon l'avait écrit dès 1830 : «L'idée vague et métaphysique de liberté serait contraire au développement de la civilisation et à l'organisation d'un système bien ordonné.» L'eugénisme, en tant que système idéologique, est né dans ce contexte ; son obsession de la pureté s'inscrit dans cette radicalité scientifique et technique de l'époque.

— Une société technocratique, dirions-nous de nos jours. Et n'est-elle pas la réalité d'aujourd'hui ? N'appelle-t-on pas à l'aide des techniciens aguerris et «réalistes» afin de gouverner des peuples jugés infantiles, ingérables et déraisonnables ?

— Sans doute. En fondant son modèle principal sur le naturalisme et la biologie animale, l'eugénisme semblait pourtant se condamner de lui-même. Car l'aberration de son présupposé saute immédiatement aux yeux : vouloir étudier l'homme en partant d'une comparaison avec la physiologie animale, vouloir donner une explication anthropologique basée exclusivement sur la génétique, occulter les faits culturels et sociaux de l'espèce, c'était exclure toute la complexité qui le rendait spécifiquement humain, c'était le considérer comme une simple bête. Pour l'eugéniste, l'humanité n'était en fin de compte qu'un immense zoo, un parc d'attractions, où l'on ne se privait pas, d'ailleurs, à l'occasion des foires internationales et coloniales, d'exhiber, devant les regards excités des membres de la noble race, quelques spécimens dégradés du vieil Adam : Indiens, Papous, Lapons et autres nègres. L'eugénisme a ainsi contribué à imposer dans les cercles de l'intelligentsia et du pouvoir une vision purement « biologique » de l'histoire humaine et de ses sociétés, idéologie qui s'est très vite transformée en pratique politique : la biocratie.

— Le gouvernement par la biologie ?

— Presque : « un gouvernement des peuples par les sciences de la vie » dont la mission consisterait à créer « une race humaine admirable » où chacun serait enfin à la juste place déterminée par la nature, car définie par le seul critère objectivement et scientifiquement digne de confiance : le biotype personnel. Je reviendrai tout à l'heure sur cette notion, car nous touchons, je le crois, au cœur de notre affaire.

— Toujours cette obsession de l'ordre !

— En attendant, puisque l'eugénisme devenait le principe directeur de l'hygiénisme d'État, les plus aptes à décider et concevoir les mesures de santé publique qui permettraient de composer cette « société considérée comme la meilleure » sur des critères biologiques, étaient donc…

— Les toubibs ! Après le temps du philosophe-roi, celui du prêtre-roi, était venue l'heure du médecin-roi.

— Je t'épargne tous les projets fous qui germèrent alors dans ces esprits réformateurs pour améliorer la société ou l'espèce humaine, et stopper sa dégénérescence. On hésitait parfois entre des techniques botaniques — cultiver l'homme comme de belles tomates OGM dans des serres isolées et incorruptibles — ou zoologiques, en ambitionnant de réaliser une saillie parfaite, comme on venait de la réussir en Europe, disait-on, avec la création d'une race d'équidés « supérieure pouvant servir à l'amélioration de toutes les autres ».

— Tu veux dire un homme 100 % pur-sang ?

— Tu ne crois pas si bien rire. Le mythe du sang pur ne doit rien à Hitler et à ses sbires. Sa réactualisation, la théorisation et la large diffusion du concept de race aryenne, pure et créatrice de la civilisation, sont liées aux publications de Français, surtout Gobineau et Lapouge. C'est Lapouge le premier qui écrivit : « L'Aryen, c'est l'*Homo Europaeus*, une race qui a fait la grandeur de la France et qui est aujourd'hui rare chez nous et presque éteinte. » Celui qui allait devenir la coqueluche des eugénistes allemands ajoutait encore : « Le seul concurrent dangereux de l'Aryen, dans le présent, c'est le Juif. » Lapouge n'était pourtant pas antisémite, selon les critères de l'époque ; il classait même les juifs parmi les... aryens. Mais écrire cela trois ans seulement après le brûlot de Drumont...

— *La France juive*, cette saloperie qui nourrira toutes les caricatures de l'antisémitisme le plus primaire. Je me souviens bien de cette lecture hautement fastidieuse. Le peuple juif « dominateur », « ferment de décomposition ». On comprend mieux l'appropriation de ces thèses par les nazis !

— Eh non, pas seulement par les nazis. Je te le répète : la génération spontanée des « monstres » n'existe pas, c'est nous qui les fabriquons, même si cette vérité est difficile à accepter. Tout comme l'antisémitisme moderne puise ses racines dans le christianisme conquérant et sa condamnation initiale du juif déicide, damnation répétée avec force par Luther au XVIe siècle dans son pamphlet *Des Juifs et de leurs mensonges*, l'eugénisme européen se développe insidieusement depuis l'Antiquité, depuis l'appropriation par les clercs et les dirigeants de ce mythe des races « sociales », revu et corrigé par Platon. Le travail idéologique est donc produit bien avant l'arrivée au pouvoir de la bande à Hitler ; le mal infuse même la majorité des esprits européens depuis une petite éternité. Outre-Rhin, le glissement d'un eugénisme « social » vers un eugénisme véritablement « racial » — au sens où nous l'entendons désormais — s'est opéré à la suite de Chamberlain, un auteur anglo-allemand antisémite très virulent qui, se référant aux travaux de Gobineau et Lapouge, plaça au sommet de la pyramide des peuples « les Germains » eux-mêmes, c'est-à-dire « les différentes variétés de la grande race nord-européenne », composante supérieure, selon lui, de la race aryenne : « Sans le Germain, s'exclamait cet auteur aux accents wagnériens, une nuit éternelle eût envahi le monde ! »

— Ce sont plutôt cauchemars, *Nuit et Brouillard* que le Germain va engendrer.

— Cette tentation irrésistible de l'eugénisme pour la solution de « l'euthanasie » apparaît finalement très vite dans différents pays. Mais celui qui va théoriser cette solution ultime, c'est un docteur bien de chez nous, un autre spécialiste des maladies mentales, professeur à la fameuse École de psychologie de Paris. Dans *Les Haras humains*, ouvrage que Charles Binet-Sanglé publie en 1918, et dont le titre annonce parfaitement le contenu pratique et détaillé, nous retrouvons peu ou prou, résumé en une phrase, l'ensemble de la philosophie eugéniste : « Il nous faut des hommes beaux, vigoureux, raisonnables, intelligents. Nous les obtiendrons en aidant la sélection naturelle par la recherche et le regroupement des élites et l'institution du Haras humain. »

— Chouette perspective que de brouter l'herbe fraîche de cette propriété réservée.

— La méthode préconisée de sélection et d'« élevage » n'était que le rappel du principe même de l'eugénisme, à savoir l'« hominiculture », tel que défini sans ambages dans les statuts constitutifs de la Société française d'eugénique. Honnêtement, lorsque tu auras le temps, je te conseille la revigorante lecture de Binet-Sanglé, vu le nombre de petites perles qui s'y trouvent. Au milieu d'un jargon savant et forcément très pédant, si caractéristique de toutes les pseudo-sciences, quelques éclats de haine cachent difficilement le profond mépris pour les classes populaires dont semble animé son auteur. Je t'enfile la première de ces perles : « Les alcooliques sèment à pleines vésicules les enfants du samedi, de la Noël et du 14 juillet, dégénérés redoutables, graines d'infirmes, de phtisiques, de bandits, d'anarchistes et de religieux. »

— On baisait peu, finalement, en 1918 ! « Les enfants du samedi », ça sonne bien, c'est joli.

— Ajoute à cette liste des mauvaises graines, « les gros mangeurs, opiomanes, tabacomanes, éthéromanes, rhumatisants, goutteux, diabétiques, obèses, tuberculeux, scrofuleux, cancéreux, névropathes, neurasthéniques, hystériques, éthopathes, épileptiques, imbéciles, idiots », mélancoliques, paresseux, rebelles ainsi que tous les marginaux ou asociaux, et tu obtiens, grosso modo, l'ensemble des « inférieurs » dont il faudrait bien évidemment interdire la reproduction. Plus que tout, cependant, la société doit empêcher absolument « leurs produits de vivre ».

— Il appelle réellement les enfants des « produits » ?

— Oui, M'sieur, mais rien de bien choquant, encore une fois, si tu consultes la littérature savante des temps, fais-moi confiance. C'est presque mieux que les «petits singes» du grand professeur allemand Forel, un aliéniste qui nommait ainsi les enfants débiles qu'il convenait de laisser mourir afin de favoriser la «mise au monde d'enfants forts et aptes».

— Ça pue à plein né le malthusianisme et la haine du peuple, tout ça. On est en pleine lutte des classes, en réalité.

— L'époque s'y prête. L'ombre de Malthus, sa hantise d'une surpopulation mondiale fatale à la civilisation, imprégnaient évidemment toutes les théories eugénistes de l'époque. Sauf en France, assez bizarrement, puisque, après la défaite et l'hécatombe de 1918, la faible natalité posait un problème sérieux aux dirigeants, obsédés par le renouvellement des contingents militaires qui, selon eux, était indispensable afin de pouvoir gagner les futurs conflits armés qui se préparaient déjà dans les esprits revanchards. Il fallait absolument sauver la race française. La première obsession des gouvernements était de ne pas se laisser battre, d'avance, par la démographie allemande.

— L'utilitarisme peut avoir du bon. Vue sous cet angle, la qualité de la chair à canon, mélangée ou dégénérée, importait peu.

— Tu ne crois pas si bien te moquer : c'est ainsi, sous le vocable bien sympathique de «massa carnis» — masse de viande — que certains psychiatres allemands nommaient les handicapés dégénérés. Comme notre nation ne pouvait se permettre ce luxe de la pureté prôné par les nouveaux cultivateurs de l'espèce humaine, l'eugénisme s'est donc heurté chez nous à de nombreuses oppositions, en tout cas contre ses formes «thérapeutiques» les plus extrêmes. Mais ne nous trompons pas : les esprits français étaient tout aussi acquis aux théories que ceux des autres nations civilisées ; seul l'utilitarisme politique, tu as raison, s'opposa à la mise en œuvre opérationnelle des programmes. Ce qui n'empêcha nullement nos glorieux prophètes de déclamer hautement. Paul Robin, par exemple, un néomalthusien radical, souhaitait interdire l'acte de procréation à… 99 % de la population.

— Le ridicule ne tue pas.

— Si, si, il peut, et il va même tuer. Finalement, à ce stade, rien de bien neuf sous le soleil déjà ardent de l'eugénisme dans *Les Haras humains* de notre charmant monsieur Binet-Sanglé. Là où ce docteur-cultivateur-éleveur innove, c'est lorsqu'il passe de la question de l'élevage des produits supérieurs à celle, plus problématique, des «mauvais générateurs» de la société et de leurs «produits tarés».

— Il propose de les éliminer?

— Il évoque «la destruction», pour être exact. Et cette question ne pouvait pas être différée éternellement par des gens qui fondaient leurs réflexions et bâtissaient leurs propositions sur le modèle de l'évolution naturelle. Que faisait la nature avec les races ou les individus inférieurs?

— Elle favorisait leur extinction.

— Pas seulement.

— Elle faisait aussi tuer les inadaptés par les espèces supérieures, les prédateurs.

— Affirmatif. D'où la proposition originale de Binet-Sanglé: l'autodestruction. Il faut «encourager le suicide des mauvais générateurs et, à cet effet, créer un Institut d'euthanasie, où les dégénérés, fatigués de la vie, *seront anesthésiés à mort à l'aide du protoxyde d'azote* ou "gaz hilarant".»

— Terrible! Mais pas mort de rire.

— Le mot est ainsi institutionnalisé pour la première fois. Nous lisons ici, en filigrane, le futur programme T4. Mais notre courageux littérateur n'était pas suicidaire lui-même; il se doutait bien qu'un appel *ex abrupto* au meurtre public passerait mal. La solution du suicide était donc bien plus maligne. En Allemagne, cet «Institut d'euthanasie» proposé par Biné-Sanglé sera nommé pudiquement *Commission de travail du Reich sur les asiles publics*; le «protoxyde d'azote» sera remplacé par *le monoxyde de carbone*; les malades mentaux ne seront pas «anesthésiés», mais bien *gazés à mort*, puis incinérés dans les premiers fours crématoires construits à cet effet. Et si nous lisons plus attentivement encore Binet-Sanglé, nous découvrons dans *Les Haras humains* la future méthodologie utilisée pour obtenir la complicité tacite du peuple allemand. Dans le chapitre que notre ami de l'humanité consacre à «l'infanticide», et dans lequel il nous rappelle qu'il faut aider «la nature en supprimant les mauvais produits» qui auraient échappé par miracle aux programmes de dépistage obligatoire, de contraception imposée et d'avortement contraint, Biné-Sanglé décrit le futur mode d'emploi qui sera exactement suivi par les nazis : premièrement, il y a nécessité à obtenir préalablement *les autorisations médicales ad hoc*…

— La biocratie en actes…

— Trois attestations précisant que la vie de l'enfant «ne peut qu'être nuisible à l'humanité»; ensuite, le consentement des parents devra être obtenu.

— Quelle grandeur d'âme, mon bon prince.

— Les responsables nazis du programme T4 exigeront bien *ces trois rapports médicaux*…

— La décision revenait donc aux médecins.

— Quant au «consentement» des parents, les nazis savaient de leur côté, depuis une vingtaine d'années, que ce ne serait qu'une formalité de principe. En 1920, un psychiatre et directeur d'asile pour enfants arriérés incurables, Meltzer, avait effectué un sondage auprès des familles de ses patients, étude dont les résultats avaient été stupéfiants : «Consentiriez-vous en tout état de cause, avait demandé Meltzer au début du questionnaire envoyé à chaque parent, à un abrègement indolore de la vie de votre enfant *dès lors que des experts constateraient qu'il est incurablement stupide*?»

— La plupart avaient répondu par l'affirmative?

— Une majorité absolue, Franck, ce qui avait même déstabilisé le praticien. Seuls 10 % des sondés s'étaient opposés catégoriquement à l'hypothèse d'un «abrègement indolore» de l'existence de leur progéniture.

— Affligeant…

— Je ne sais pas ce que j'aurais répondu moi-même, j'ose croire que j'aurais fait partie de ces 10 %. Et c'est pourquoi l'administration nazie *n'utilisera pas la loi* pour le programme T4, mais *s'appuiera exclusivement sur la collaboration volontaire* et le pouvoir discrétionnaire donné aux psychiatres par voie d'une autorisation administrative leur accordant les «pleins pouvoirs», c'est-à-dire, dans les faits, *une véritable autorisation de tuer*.

— Tu dis que ce sont les psychiatres qui décidaient d'assassiner les gosses!?

— Et les adultes. Ils furent même les exécuteurs zélés de toute cette hécatombe.

— C'est insupportable à entendre, ton histoire. Comment un médecin peut-il se transformer en véritable assassin ?

— Parce qu'il ne se considère pas ainsi, Franck, c'est un eugéniste convaincu qui pense qu'il participe à cette grande «utopie d'un peuple sain et vigoureux» germanique. La dimension racialiste de l'eugénisme allemand explique la tournure particulière des évènements terribles qui se produiront sous le Troisième Reich. Le concept de race «germanique» ou «nordique» du Chamberlain dont je t'ai parlé s'était imposé très rapidement à Berlin, au point de devenir l'obsession d'un médecin et biologiste dénommé Alfred Ploetz, le créateur de la première Société d'hygiène raciale allemande. Sa croyance, partagée par la plupart des universitaires et médecins allemands, était simple : «La société est principalement basée sur la biologie et la race.» Tu ne pouvais pas écrire plus explicitement. Ploetz affinera d'ailleurs les idées de Chamberlain en créant une notion essentielle reprise ultérieurement par l'idéologie nazie : la «Viltarasse», un mot-concept presque intraduisible, véhiculant les idées de «race essentielle», de «race primaire».

— La race pure des origines, en quelque sorte, l'archétype platonicien.

— La race d'or, bien évidemment, nous retournons à nos débuts. La race parfaite, non corrompue par l'effet de génération, le prototype idéel qui regrouperait par essence l'ensemble de toutes les qualités physiques, psychologiques et morales d'un peuple. Si tu associes cette obsession pour la pureté d'une *race vitale* à celle de la conquête d'un *espace vital*, territorial, nécessaire à l'épanouissement et aux besoins de cette «Viltarasse», tu obtiens, en gros, les deux piliers de l'édifice idéologique nazi.

— Intelligible comme une croix gammée...

— Alors, même si le psychiatre qui signe le bon de transfert d'un gosse malade vers une chambre à gaz ne partage pas l'ensemble des idées du régime, il est d'accord avec Goebbels lorsque ce dernier fulmine en déclarant qu'il est «insupportable de voir pendant une guerre des centaines de milliers d'individus totalement inaptes à la vie pratique, qui sont complètement abrutis et ne pourront jamais être guéris, être pris en remorque et peser sur l'état social ». Car ce psychiatre, comme la grande majorité des Allemands, est convaincu d'appartenir à cette communauté raciale d'exception, d'être un élu — un « Volksgenosse », disaient les nazis —, chargé de protéger la nation de toute souillure et de la débarrasser des parasites dont les « vies ne valent pas d'être vécues ». On peut difficilement imaginer la séduction fatale qu'exerça cette théorie sur les élites et le peuple allemands. Elle permit, dans le contexte de terrible crise économique et sociale des années 30, comme le formule si bien Liliane Cripp, une universitaire française, « de souder le peuple allemand » et de « remplacer la lutte des classes par la lutte des races ».

— Il est effectivement temps de nous débarrasser, une fois pour toutes, de cette notion de nation.

— Il y avait aussi une raison beaucoup moins idéologique à cette participation proactive de notre psychiatre au programme T4 : ce cher docteur avait besoin de « matériel humain » pour étudier de très près sa folie adorée. Autrement dit, de jeunes et frais cerveaux à découper.

— T'es dégueulasse là, Bastien, on atteint l'ignoble.

— Attendez, mon bon prince, attendez ! Je ne vous ai pas raconté toute cette histoire pour faire la conversation. Restons encore un peu à Berlin, mais disons au revoir à notre charmant monsieur Binet-Sanglé…

— Avec grand plaisir.

— Qui, pour l'anecdote finale, fut tout de même honoré chez nous du grade d'officier de la Légion d'honneur et pour lequel l'Académie française créa en 1952 un prix littéraire de philosophie, une distinction destinée à récompenser un auteur « aux idées courageuses et hardies »…

— Il ne nous reste plus qu'à euthanasier aussi, et hardiment il va de soi, nos immortels.

— Ton interrogation sur le médecin-tueur est finalement la vraie bonne question.

— Vous êtes vraiment trop généreux, Messire.

— Parce que le droit de mort, c'est le pouvoir absolu, l'expression ultime de la domination. Disposer de la puissance vitale des autres, c'est véritablement devenir l'égal de Dieu.

— Arrête de tirer sur le chichon, s'il te plaît.

— Tu ne l'as sans doute pas réalisé encore, mais la question de l'homicide médical est clairement posée par Héraclès dans sa version de *Knock*...

Franck prit le temps de réfléchir quelques secondes, avant de répondre :

— Belle perspicacité, mon Bastien ! La scène sur le serment d'Hippocrate, effectivement. Bien qu'Héraclès ne parle pas d'homicide *explicitement*.

— Je ne sais pas ce qu'Héraclès voulait signifier exactement, mais il reproche à Van Acken de s'être rendu coupable de terribles nuisances envers ses patients, d'avoir ainsi rompu son serment sacré de docteur. Sans doute, d'avoir provoqué le décès de certains de ses malades pour de mauvaises raisons, soit volontairement, soit par faute ou négligence. Or, en Allemagne, ce sont bien les psychiatres qui ont réussi à rendre légal l'assassinat des malades mentaux en le justifiant pour des raisons purement...

— Médicales. J'ai bien compris le processus.

— Dès 1908, Emil Kraepelin, l'un des fondateurs de la psychiatrie moderne, s'inquiétait, dans son manuel universitaire de référence, d'une civilisation qui « maintient en vie les inférieurs mentaux et les malades et leur permet le cas échéant de se reproduire ». C'est l'un de ses élèves, le fameux professeur Nitsche, qui sera nommé plus tard à la direction du programme T4. Ce dernier ne cachera pas la joie d'un tel honneur : « Quelle formidable perspective tout de même que celle de nous débarrasser du poids mort dans les asiles ! » Ce qui prouve bien, comme le démontre aussi la législation sur la stérilisation de 1933, à quel point l'attente des médecins fut comblée avec l'arrivée au pouvoir des nazis. Jusqu'à cette victoire du Parti national-socialiste, les médecins désespéraient de se voir attribuer *leur autorisation de tuer*. Ploetz s'en lamentait encore, avec une certaine franchise, en 1927 : « Notre époque *foncièrement démocratique* ne permet pas la mise en pratique, par nos États, *de plans visant directement à la sélection et l'éradication de races, de mélanges de races ou de groupes ethniques.* » Le dernier obstacle était clairement identifié par le chef de file de cette École de biologie raciale.

— C'est d'un cynisme glacial.

— Mais parfaitement assumé. Je ne te parle pas là d'un point de vue isolé, mais bien d'une croyance partagée par le plus grand nombre. Je le répète parce c'est important afin de comprendre tout à l'heure un aspect de notre enquête : de la biologie raciale à la biologie mentale, la frontière est ténue.

— La biocratie, c'est donc lorsque la médecine influence la politique pour parvenir à ses propres fins ?

— C'est une prise de pouvoir par procuration. Voilà pourquoi l'arrivée d'un régime autoritaire qui n'avait pas les pudeurs des démocraties suscita une telle euphorie chez les médecins allemands, provoquant une adhésion et une participation étonnante aux différents programmes d'épuration. Un État venait enfin de leur donner ce pouvoir de mort qu'ils revendiquaient depuis si longtemps. Ploetz sera récompensé par Hitler, et sa candidature proposée pour le prix Nobel... de la paix.

— Vraiment une autre époque...

— Je n'en suis pas certain. Tu te doutes bien que l'on ne dira jamais «assassiner», on préférera garder «euthanasier»; on remplacera même «tuer» par un terme plus médical : «désinfecter».

— Un peu comme ce «stabiliser» que l'on utilise aujourd'hui en parlant de l'action des médicaments psychiatriques...

— Tu vois? Ça commence à venir... Pour clore ce pénible épisode T4, il fallut attendre soixante-cinq ans avant que la psychiatrie allemande n'assume publiquement, sans alibi et sans aucune réserve, cette page terrible de son passé. Le 23 novembre 2010, le docteur Franck Schneider, président de l'Association allemande de psychiatrie, publiait un texte dans lequel il reconnaissait enfin que : «*À l'exception de quelques personnes, une vaste majorité* de psychiatres allemands et de membres de nos associations de recherche et de science ont participé à la préparation, l'exécution et la légitimation scientifique de la sélection, de la stérilisation et du meurtre des patients. »

— Je ne nourrissais aucun ressentiment particulier envers les psychiatres, mais tu ne viens pas de me les rendre très sympathiques. Quant aux Allemands...

— Attention, mon ami! Eux, au moins, ils ont fait leur *mea culpa*.

— C'est-à-dire, «eux» ?

— Bizarrement, durant l'occupation nazie, sous le régime de Vichy, se produisit en France une surmortalité excessive dans nos établissements asilaires, que l'on estime aujourd'hui à plus de 45 000 patients. Ces laissés-pour-compte furent décimés par la famine, ils furent les premières victimes du rationnement alimentaire plus général qui touchait drastiquement l'ensemble de la population. Il est avéré aujourd'hui que cette hécatombe ne fut pas le fruit d'une volonté ou d'une planification politique qui se rapprocherait peu ou prou des programmes nazis. Le phénomène fut lié en grande partie à cette indifférence générale et généralisée pour des êtres humains qui ne présentaient plus aucune « utilité sociale » et qui méritaient donc, moins que les autres, de survivre. Nos compatriotes considéraient d'ailleurs depuis fort longtemps les asiles comme des mouroirs bien pratiques.

— Loin des yeux, loin du cœur.

— Mais c'est l'ombre de l'eugénisme qui fut ici, comme ailleurs, la grande responsable : elle avait fini par obscurcir toutes les âmes. Certes, il ne s'agissait pas, comme en Allemagne, d'éradiquer les « cellules malades » de l'organisme sain du peuple-roi, mais plutôt de les laisser mourir dans leurs cellules sans essayer même de les soigner. Inconsciemment plus que de manière délibérée, sans doute. Voilà le résultat de toutes ces thèses martelées depuis des générations, *ad nauseam*, par l'intelligentsia et cette espèce vénéneuse de médecins, dont un digne représentant fut ce Carrel, le prix Nobel dont je t'ai parlé tout à l'heure, grand chirurgien, mais tout petit pétainiste, apologiste impénitent de l'eugénisme même par temps de guerre. Qui n'hésita pas à reprendre les propositions d'un Binet-Sanglé, débarrassées de la pudeur du suicide, en militant pour la création d'« un établissement euthanasique, pourvu des gaz appropriés ». Ce sont ses propres mots, paraphrasés à partir de ceux de Binet-Sanglé.

— Je vois : à force de marteler l'existence d'une hiérarchisation sociale ou biologique, cette illusion de la différence finit par créer au minimum une indifférence au sort des êtres jugés comme « inférieurs ».

— Et c'est cette indifférence qui fait toute... la différence, qui permet de laisser mourir sans émotion particulière son voisin, son ami, son parent. Tel un Paul Claudel, qui daigna un jour de 1943, en pleine disette, rendre enfin visite à sa sœur Camille, cette grande artiste abandonnée, internée à l'asile de Montde-vergues. Le grand chrétien vint les mains vides, sans même une miche de *Pain dur*, lui qui savait pourtant sa sœur atteinte d'un œdème «imputable à la carence alimentaire». Camille mourut un mois plus tard et n'eut personne pour pleurer sur son corps famélique jeté au milieu des autres, dans la fosse commune.

— Si nous y réfléchissons bien, nous avons fait, nous-mêmes, cette amère expérience en 2003 : ce furent nos vieux, ces autres «déchets» de la société, que nous avons oublié de ramasser.

— Ne serions-nous pas un peu tous coupables, dans ces affaires-là ?

— N'en jetez plus, mon brave, la nausée est proche. Mais bon, puisque nous sommes dans l'horreur, c'est quoi, ton histoire de cerveaux «jeunes et frais» dont avaient besoin les psychiatres allemands du T4, affaire que je subodore, une fois encore, légèrement nauséabonde ?

— Il faut bien que nous remontions à notre dompteur de cervelle à taureau...

— Delgado, certes, et Bravehomme, puisque tu dis qu'ils sont liés. Je les avais presque oubliés, ces deux-là.

— Extrapolons maintenant à partir de ce cas allemand, de cette horrible séquence de l'euthanasie des fous. Transposons tout le lent processus historique qui a rendu possible, un jour, cette barbarie. Au départ, nous avons une idée philosophique-ment folle et fausse, mais qui, reprise et rationalisée par une science toute-puissante, devient présentable et acceptable ; répé-tée en boucle, génération après génération, cette proposition se transforme bientôt en croyance, elle imprègne sournoisement tous les esprits au fil du temps, au point de s'imposer comme une évidence. Il suffit alors que les conditions politiques soient réu-nies pour franchir l'étape ultime, pour que cette foi devienne un dogme, que le dogme soit défendu par un clergé autoproclamé et que les pratiques rituelles se développent afin de la renforcer davantage. Tu me demandais tout à l'heure comment une étude économique pouvait mener à étudier l'eugénisme et ses pratiques extrêmes ?

— Tu avoueras que cette relation interroge.

— Parce que l'expérimentation de l'euthanasie par les nazis fut motivée *d'abord* pour des raisons économiques ; que, ensuite, la mauvaise économie favorisa l'acceptation massive par la population de la mise à mort des inutiles. Le contexte est primordial, ces « conditions » que je viens d'évoquer. Les effets dévastateurs de la grande dépression de 1929 s'étaient cumulés aux très grandes difficultés économiques qui avaient résulté des exigences exorbitantes des vainqueurs de la Première Guerre mondiale, notamment de l'intransigeance coupable de la France.

— Ouh là ! Tu vas un petit peu vite en besogne, non ? Tu ne vas pas me dire que c'est de notre faute si les nazis sont arrivés au pouvoir, tout de même.

— Nous avons une grande part de responsabilité dans la création des conditions qui permirent la victoire des nationaux-socialistes. Je me permets de te rappeler que l'occupation presque permanente de la Rhénanie par la France, suivie par celle de la Ruhr — le cœur industriel de l'Allemagne — en gros de la fin 1918 à 1930, fut responsable de bien des difficultés économiques de la République de Weimar, des émeutes civiles et de la déstabilisation politique du régime. C'est un fait que l'on ne saurait occulter trop vite.

— Tu as raison, humilier un peuple, ça se paye un jour ou l'autre.

— Ce n'est d'ailleurs pas un hasard si, dans cette région, les premières mesures d'eugénisme racial concerneront les « bâtards de Rhénanie », c'est-à-dire la stérilisation forcée, en 1937, des enfants nés de notre occupation, de ces unions plus ou moins consenties entre les blanches autochtones et les soldats plus colorés de nos colonies.

— Contaminer la race germanique avec du sang français, c'était déjà inacceptable ; alors, avec du sang encore plus dégénéré d'indigène… Je ne connaissais pas cet épisode.

— En janvier 1933, l'Allemagne est ainsi au bord de l'abîme. Le pays est exsangue, le chômage dévastateur, la faillite politique absolue, le sentiment d'humiliation total. Le rêve porté par le Parti national-socialiste, celui d'une grandeur et d'une fierté retrouvées du peuple Germain, attisé par un sentiment collectif de revanche, semble s'imposer à tous comme la seule alternative possible.

— Difficultés économiques et échec du politique sont les deux mamelles du totalitarisme, toujours et partout.

— Dans un environnement si délétère, réflexion et exigence morales sont battues par avance, l'eugénisme social ou racial — quelles que soient ses formes les plus sournoises — peut déployer ses ailes sans rencontrer beaucoup de résistance. En temps de crise, pour le père de famille, privé d'emploi, qui ne peut plus nourrir les siens, l'assistance sociale envers les anormaux ou les gens jugés « inutiles », les « parasites », devient presque une injure. Certes, cet homme ne fait que le penser, ayant honte de le proclamer, jusqu'à ce qu'une personnalité politique, instrumentalisant toutes les peurs et tous les ressentiments, s'appuyant sur les instincts les plus primaires, s'appropriant les arguments erronés de la science, érigeant ainsi la croyance en vérité naturelle, se mette à la clamer haut et fort. Sur le versant racial, la « race germanique » était forcément un prétexte idéal pour justifier les motivations les plus triviales. Tel jeune médecin de Berlin, pour prendre un exemple avéré, sans le moindre office, qui aurait bien aimé occuper le cabinet d'un confère juif, ne pouvait qu'accueillir avec enthousiasme la ségrégation imposée par les lois de Nuremberg. Ce que je veux dire ainsi, c'est que le contexte socioéconomique particulièrement dégradé de l'Allemagne a favorisé l'adhésion généralisée aux croyances eugénistes grâce à des arguments *banalement utilitaristes*. Et ce sont également des raisons purement « matérialistes » qui ont motivé le programme T4 et les premières exterminations des anormaux. Au départ, les nazis avaient besoin de lits et de locaux d'habitation pour accueillir et réinstaller les Allemands rapatriés lors de l'élargissement territorial entrepris par la guerre de conquête des armées du Troisième Reich. Ensuite, les motivations furent budgétaires : il fallait tenter de réaliser des économies substantielles.

— En éliminant le fardeau de la société, les inutiles…

— D'abord en les laissant mourir de faim, un peu comme chez nous ; puis en favorisant la « désinfection » des patients incurables, au minimum ceux qui ne pouvaient pas travailler et amortir « le coût de leur prise en charge ». Dans les notes préparatoires du T4, l'argument eugéniste n'apparaît nulle part, ce qui prouve bien à ce stade, comme l'affirme Götz Aly, que les nazis étaient juste « pragmatiques ». L'argument eugéniste ne sera invoqué que lorsque la décision du passage à l'acte sera prise, pour un motif avant tout d'ordre psychologique : il fallait justifier « philosophiquement » la méthode pour faciliter l'approbation silencieuse d'un peuple désormais gagné aux solutions les plus radicales...

— Par égoïsme personnel, en somme.

— Les esprits étaient mûrs : toute une littérature nauséabonde sur le sujet était parue en Allemagne depuis les débuts du siècle. Elle avait fini par banaliser cette justification économique. Les titres de ces articles ne prenaient même plus la peine de cacher les intentions de leurs auteurs. Dès 1911, une publication, lauréate à un concours, posait clairement la question qui allait permettre de fasciser assez vite : « Combien coûtent les éléments inférieurs à l'État ? » Eh bien, cette dépense, cette charge financière que faisait peser sur la société « les parasites », se révéla être l'argument définitif qui autorisa l'euthanasie. Le bilan du programme T4 permit d'apporter une réponse concrète à cette lancinante question. Grâce à l'assassinat des 70 273 premiers anormaux, l'État national-socialiste avait réalisé une économie budgétaire qui fut évaluée à 880 millions de reichsmarks. Certes, le programme fut arrêté, du moins officiellement, mais les objectifs économiques initiaux avaient déjà été atteints.

— Ce qui donnerait quoi, aujourd'hui ?

— Environ dix milliards d'euros.

— Fichtre ! Cela me rappelle, une nouvelle fois, ces milliards que Romina voudrait faire économiser aux budgets nationaux de santé publique par sa grande campagne de dépistage et de prévention des maladies mentales...

— Ah ! Quand même ! Voilà comment, mon cher, à partir d'un simple travail économique, j'en suis venu à étudier l'eugénisme allemand. Et, pourquoi, curieusement, ce vieux travail peut sans doute apporter un éclairage particulier à notre affaire.

— Je crois discerner le dessin d'ensemble, mais peux-tu le préciser un peu ?

— Je vais même tâcher d'être tout à fait explicite : dans notre dossier, nous avons un ou des affreux qui zigouillent des spécialistes en neurosciences. Et pas n'importe lesquels ! Des pontes dans leurs domaines respectifs, des gens qui ont également développé et conçu ensemble, à travers une fondation, un soi-disant remède miracle pour soigner, ou au moins « stabiliser », les maladies mentales…

— Le Summum®…

— Ledit traitement permettrait également de combattre, je cite, car c'est un argument essentiel que l'on retrouve sur le site Internet du produit et qui est récurrent dans les propos tenus par Romina et Bravehomme : la plupart des « troubles du comportement ».

— Autrement dit, une certaine forme de déviance.

— Pas une « certaine forme », Franck, une déviance. Un « trouble du comportement », c'est une attitude jugée anormale, problématique.

— Selon des critères…

— C'est justement là que le bât blesse.

— Trouble social, trouble moral, trouble médical ?

— Quelle que soit son origine, si tu veux le rendre morbide, le transformer en maladie au sens commun, tu ne disposes que d'une seule possibilité…

— Le plonger dans l'eau baptismale de la médecine, comme ce fut le cas pour l'eugénisme. Bien compris.

— Je constate que ton cerveau fonctionne à 100 %, Chef. J'ai eu peur un instant…

— N'en fait pas trop quand même, Columbo.

— Nous sommes donc exactement confrontés au même processus. Un « trouble du comportement » devient pathologique uniquement lorsque la médecine l'a identifié comme tel puis a décidé de le transformer en maladie. Mais en fonction de quels critères puisque les maladies mentales sont invisibles par essence, pour ainsi dire, et que nous ne leur connaissons aucune cause avérée ? La question se transforme dès lors, obligatoirement : « Les symptômes que l'on imputerait à une maladie sont-ils suffisants pour définir cette maladie par elle-même ? »

— Pour la créer purement et simplement, en définitive ?

— C'est maintenant que ça devient réellement intéressant, figure-toi. Après ma discussion avec La Boule au sujet de son petit Boris, j'ai voulu en savoir un peu plus sur le Summ…

Franck venait de se redresser subitement sur sa chaise. Il chuchota presque.

— Quand on parle du loup…

Bastien s'arrêta net, tournant ses yeux du côté de la porte principale dans laquelle venait de s'encadrer la massive corpulence de leur procédurier préféré. La Boule n'affichait pas sa bouille des bons jours.

— Ça va ? bredouilla à son intention Bastien, simplement par réflexe, sur le ton d'un gosse pris en flagrant délit de bêtise.

Non seulement La Boule n'avait sans doute rien entendu, mais la question était des plus idiotes au demeurant, compte tenu de l'état d'esprit général des troupes et de celui de La Boule en particulier.

C'est que Jérôme Bouchon n'en pouvait plus d'accumuler les contrariétés. La dernière n'était pas de petite taille, l'intéressé s'était même senti défaillir à son écoute. Trop, c'était trop ! Même pour un gaillard de son diamètre.

Lorsque La Boule avait été rappelé au Quai en urgence, en fin d'après-midi, pour se rendre avec le patron sur les lieux où avait été découvert un corps féminin réduit en quelques morceaux, il avait appris par la même occasion que le cadavre retrouvé le matin à Bonnet était celui de son… bon samaritain !

Autrement dit, ce médecin qui avait soulagé la famille Bouchon de son fardeau, en prenant en charge sérieusement le trouble mental qui affectait leur gamin depuis plusieurs mois, cette mystérieuse maladie qui avait plombé par la même occasion l'ambiance familiale de sa maisonnée.

Cette ultime douche froide avait été plus glaciale encore que les précédentes, et La Boule avait toujours du mal à digérer cette fatale information. Il appréhendait également d'en parler à Samira. Il ne savait pas trop comment sa compagne réagirait à l'annonce de la mort de leur sauveur.

Alors, non, il n'allait pas bien du tout !

Franck eut conscience de l'incongruité de la question lancée par Bastien, mais il était trop tard pour la rattraper. Il valait mieux l'effacer par une nouvelle :

— Tu as les résultats ? demanda-t-il sur un ton absolument normal.

La Boule s'avança vers les deux hommes, adressa une grimace appuyée à Bastien, puis tendit une feuille vers Franck. Bastien éprouva le besoin de s'excuser.

— Désolé, mon pote.

— T'es pardonné, j'ai juste un peu la rage.

La Boule répondit ensuite à Franck.

— C'est confirmé, il s'agit bien de Romina.

— Nous nous en doutions un peu. Et sa tête ?

— Toujours rien, ils continuent à sonder. Le patron est dans les parages ?

— Il ne sera de retour que pour le *Joint up*.

La Boule venait de poser son regard sur l'écran de l'ordinateur de Franck. L'image figée de la vidéo affichait le crâne partiellement ouvert du taureau dont une partie du cerveau était apparente. La bête semblait subir une opération chirurgicale compte tenu des accessoires médicaux qui étaient installés autour de la plaie et de plusieurs mains gantées qui s'affairaient au-dessus de la béance.

La Boule fut suffisamment intrigué pour se pencher un peu plus encore vers le moniteur. Il put ainsi distinguer une sorte de petit boîtier électronique que les mains semblaient vouloir fixer dans la substance grise.

— C'est dégueulasse, ce que vous regardez. C'est quoi ?

Franck et Bastien échangèrent un regard penaud qui ne passa guère inaperçu.

— Qu'est-ce que vous complotez, tous les deux ?

La voix aimable de Kowiak, largement déployée dans la gamme des graves, traversa alors la cloison tel le son d'un basson, faisant sursauter le petit groupe, mais apportant un répit inespéré aux deux « comploteurs ».

— Columbo ! L'IRCGN pour toi. Un certain Desouche. Un Français, apparemment. Il dit que c'est urgent.

Bastien ne se fit pas prier pour échapper au regard inquisiteur de La Boule. Il se leva précipitamment et récupéra dossier et cahier avec fébrilité.

— Je pense que ce sont des nouvelles de Bonnet, commenta-t-il sobrement.

Puis il commença à s'éloigner, abandonnant Franck au

dépit et Jérôme à sa frustration.

— Et... Delgado !? essaya bien de protester Franck.

— Tout à l'heure, tout à l'heure, je reviens, répondit à voix haute Bastien, qui avait déjà atteint l'ouverture mitoyenne du bureau.

Le visage toujours aussi méfiant de La Boule se retourna alors vers Franck. Ce dernier évita de croiser le regard de son subordonné. Mais c'était bien mal connaître La Boule, souvent plus obstiné qu'un taureau. Il revint donc à la charge.

— Le Che, c'est quoi, ce délire ? C'est quoi, le machin sur ton écran ? Y'a un problème ?

Franck se sentit acculé, mais ne voulut pas mentir.

— C'est l'ancêtre du… Summum®.

Le visage de La Boule fut l'objet d'une altération de couleur qui ne devait rien à une cause héréditaire.

— Tu déc…, balbutia-t-il seulement.

Il accusa le coup et resta interloqué quelques secondes, avant de commenter plus sobrement :

— Tu vois, Francky, il y a vraiment des jours où l'on devrait rester couché. Juste couché, comme ça, les yeux fermés.

Il s'éloigna ensuite, sortit du bureau afin de s'isoler dans le couloir. Il composa le numéro de portable de Samira, ne patienta que quelques secondes avant d'entendre la voix de sa compagne et de lui parler :

— Non, Sam, ça ne va pas bien. Je t'expliquerai, je t'expliquerai demain. Fais juste ce que je te dis pour le moment, s'il te plaît. Tu montes et tu enlèves tout de suite le Summum® de la tête de Boris… Sam, je n'ai vraiment pas le temps, là, ma nuit va être longue. Non, je t'assure, ce n'est pas très grave, mais je compte sur toi : tu déconnectes le petit, hein ? Comment !?

L'exaspération de La Boule était à son comble, il n'était vraiment pas en état de discuter. Alors, il hurla dans le terminal téléphonique :

— Arrête de tergiverser, Sam, s'il te plaît ! Tu montes et tu débranches Boris, point !

17.

D elajoie ne regrettait plus de s'être déplacé. Dès leur entrée dans la bibliothèque du Pavillon de l'Horloge, il avait compris l'insistance d'Antoine. Et effectivement, il avait vu, il l'avait vue même, comme si elle n'attendait que lui : une série d'aquarelles de tailles modestes, accrochées à deux mètres de hauteur dans un alignement presque parfait, fixées sur le mur de la grande salle de lecture.

— Incroyable, avait-il alors murmuré en découvrant ces toiles sous verre.

Antoine avait souri sobrement pour marquer sa satisfaction. Delajoie avait aussitôt ouvert le gros dossier qui l'accompagnait pour en extraire les cartes expédiées par Héraclès. Il avait comparé les reproductions visuelles de ces dernières avec les œuvres qui s'offraient à présent au-dessus de leurs yeux, commentant sobrement chacune des correspondances qu'il avait établies rapidement :

— Ici, là et là-bas.

Malgré la naïveté du traitement artistique des peintures, le doute n'avait pas été permis : il s'agissait bien des mêmes motifs, des mêmes scènes, des mêmes sévices. Mais Delajoie s'était vite rembruni.

— Quoi ? avait alors questionné Antoine, percevant le

changement de pensée qui s'était opéré chez son compagnon.

— Je compte dix tableaux, je n'ai que trois victimes ; je dirai que nous rencontrons un problème d'arithmétique.

— Tu penses que c'est un tueur en série ?

— Compte tenu de sa détermination, j'ai bien peur qu'il puisse aller jusqu'au bout de cette logique.

Delajoie s'était alors tourné vers l'ami d'Antoine, le guide que ce dernier était allé chercher à leur arrivée aux portes de Sainte-Anne. Même si les contingences de la vie ne favorisaient plus une relation entretenue entre eux deux, il était évident que l'on avait affaire à de vieux complices. Cela sautait immédiatement aux yeux d'un observateur extérieur : cette joie véritable de se revoir qui s'exprimait dans leurs échanges ; la chaude camaraderie qui semblait les lier malgré la distance des années ; la sorte de fraternité naturelle qui se révélait instantanément ; surtout, peut-être, la spontanéité quasi enfantine de leurs comportements, cette liberté-vérité des corps qui dénotait toujours la solidité des véritables amitiés parce qu'elle était la seule à ignorer les artifices sociaux et à se jouer d'eux.

Delajoie avait dissipé rapidement un léger parfum de jalousie qui n'avait pas manqué de chatouiller ses narines après les brèves présentations d'usage, lorsque les trois hommes avaient dépassé la porterie pour s'engager, à pied, dans cette grande allée Paul Verlaine qui traversait l'établissement hospitalier.

L'ami d'Antoine était indéniablement brillant, intelligent, convivial, serviable, et devait jouir — au titre de chef d'un service psychiatrique réputé — d'une situation en or. Autant de qualités qu'il était difficile de trouver réunies en un seul homme sur le marché très concurrentiel de la solitude ; sans doute une sorte de produit de luxe qui devait s'arracher à prix d'or sur les linéaires virtuels d'*adopteunmec.com*. Malheureusement, il devait y avoir rupture de stock sur cette référence : Quentin Ligule — tel était son nom — ne vivait pas seul. De plus, Delajoie le soupçonnait d'être gai luron sur les bords, mais plutôt chasseur de minettes que traqueur d'éléphants. Toute crainte sur le sujet avait donc été écartée au plus vite.

Antoine et Ligule s'étaient rencontrés au lycée et avaient fait ensemble un bout de route estudiantine, le premier en direction de la littérature, le second en se jetant directement dans les bras de la science. Ils avaient même partagé leur premier appartement — « en tout bien tout honneur », avait précisé Ligule qui ne manquait pas non plus de psychologie. Et puis la vie, ses contraintes, son rythme s'étaient chargés de les éloigner l'un de l'autre, au gré des jours et des occupations. Aux « On s'appelle demain ? » avaient succédé les « On se voit bientôt ! » détrônés rapidement, tous les 1ᵉʳ janvier, par « On se croise cette année, absolument ! ». Les « absolument » étaient devenus bissextiles à leur tour.

Bref, les deux amis s'appelaient régulièrement, mais se voyaient très peu.

En dépit des circonstances, Delajoie était ravi de rencontrer ce « vrai camarade » d'Antoine dont il avait beaucoup entendu parler, mais qu'il n'avait jamais eu l'occasion de rencontrer physiquement. Antoine était finalement très — « trop », selon Delajoie — discret sur son propre passé et ses anciennes fréquentations, celle du « temps d'avant ». Comprendre « avant nous », « avant notre relation », avant l'installation de Delajoie dans l'appartement de son compagnon.

— Qui est l'auteur de ces œuvres, Quentin, vous le connaissez ?

— Un ancien patient de l'hôpital, Commissaire, Neuburger, il fut interné dans les années trente. Son dossier est malheureusement vide, ça date un peu, il ne nous apprend rien de plus.

— Oubliez le « commissaire », je vous en prie. Si vous tenez à ce que je vous appelle Quentin, c'est à double sens.

— Bien compris, Jean. Neuburger s'était inspiré d'illustrations existantes, trouvées dans les ouvrages de cette bibliothèque. J'ai demandé qu'on nous les prépare. Si vous voulez bien me suivre ?

— C'est quoi cette pendule, là, Quentin ? avait demandé Delajoie avant de se déplacer.

Delajoie avait désigné une aquarelle qui représentait un homme enfermé, debout, dans le meuble d'une ancienne et haute horloge de parquet. Seule la tête pâle et étonnée du patient était visible dans le trou supérieur, réservé habituellement à l'emplacement du cadran rond. Un second homme, bedonnant, protégé par un large tablier blanc, mains croisées dans le dos, se tenant à quelques pas du meuble, semblait contrôler le dispositif.

— Ah, notre fameux cercueil anglais! Une invention raffinée, saxonne en vérité, réservée aux récalcitrants, aux insolents et aux obstinés. Pour mater les rebelles et éviter les tentatives de suicide.

— Et celle-là? avait poursuivi Delajoie, indiquant une œuvre étrange qui représentait un homme ou une femme hirsute, au teint gris de cendre, enfermé dans une sorte de baignoire en osier, laquelle était entièrement fermée jusqu'à la tête et munie de six poignées. Cette sorte de malle pour humains venait d'être placée dans une crypte par deux geôliers que l'on voyait s'éloigner.

— C'est la version horizontale de la précédente, si vous voulez, un peu comme le lit de votre carte n° 1, dans lequel fut retrouvé le professeur Bravehomme. Mais sans l'option du balancier. On mettait un peu de paille quand même, au fond de ces caisses ou armoires, pour permettre au patient d'uriner ou de déféquer plus confortablement. Je n'insiste pas sur l'infection généralisée qui en résultait généralement et qui altérait définitivement l'état de santé déjà fort précaire du malade. Vous avez là, je vous l'accorde, quelques preuves du passé peu reluisant de notre profession. Que voulez-vous? Il faut bien que nous l'assumions. Mais vous allez découvrir un bel aperçu de ces inventions dans les livres que je vais vous montrer.

— Quentin? avait questionné une nouvelle fois Delajoie en montrant un autre tableau. On enfermait vraiment des malades dans cette essoreuse géante? Un peu comme des souris de laboratoire?

La scène concernée figurait une grande roue pleine et large, construite en bois, que deux hommes tournaient à la main grâce à une imposante manivelle. Seule une petite porte permettait d'accéder à l'intérieur du tambour géant. Cette ouverture était mal refermée et bloquait la jambe d'un personnage en déséquilibre, reclus dans la machine, soumis irrésistiblement au mouvement rotatoire.

— Version plus ancienne d'un panier à salade que, m'a-t-on dit, vous utilisiez aussi dans votre métier. La nôtre était un peu plus dynamique, je dois le reconnaître. La plupart des dispositifs de traitement de la folie que vous voyez là résultaient d'une ancienne croyance médicale transformée en méthode thérapeutique : «la théorie du choc». Longtemps nous poursuivîmes cette idée que le désordre mental procédait d'un accident, d'un évènement particulier qui avait provoqué une sorte de pagaille dans l'esprit des patients. Notez que, sur ce point, la psychanalyse elle-même partagea longtemps cette certitude. La langue commune garde les traces de cette foi : «avoir l'esprit dérangé», ou dire plus simplement de quelqu'un «il est dérangé». Il convenait alors, pensait-on, de rétablir l'ordre initial en créant une secousse suffisamment violente pour «ranger» l'esprit, pour remettre en ordre cette psyché emmêlée.

— «Remettre les idées en place», avait spontanément prononcé Delajoie.

— Autre vestige linguistique de cette croyance qui fut profondément ancrée. D'où cette constance dans l'usage de moyens violents pour combattre la folie. Infliger des coups et des secousses, provoquer des vomissements ou des purgations, utiliser des machines à mouvements ou des mécanismes d'immersion, imposer des bains hypothermiques ou des jets glacés, désinfecter l'âme au cautère ou au fouet, administrer des électrochocs ou des brûlures, inoculer des fièvres ou des drogues, tout cet arsenal, qui semble sorti d'un vieux grimoire sur l'art de la torture, procède du même postulat antique, de cette «idée mythique, comme le résume parfaitement mon ami Pigeaud, qu'il faut de la violence pour éveiller l'intelligence, idée que nous retrouvons déjà dans le traité *Airs, eaux, lieux*» d'Hippocrate.

— La foudre de Zeus, le saisissement créateur, l'éclair du génie, était intervenu Antoine. Tu vois, Jean, c'est un peu ce que je t'ai raconté tout à l'heure.

— Certitude qui dépassa largement le cadre de la psychiatrie et de la médecine, reprit Ligule. «Soigner le mal par le mal» est une conviction solidement ancrée dans la plupart des cultures humaines que l'on retrouve notamment dans le domaine de l'éducation : le mauvais apprenti doit être ainsi «corrigé» par une saine punition corporelle. Dans le domaine psychiatrique, cette mode du choc et de la secousse reprit sa pleine vigueur au XVIIIᵉ siècle. Ce fauteuil rotatoire par exemple, reproduit sur la quatrième aquarelle et sur l'une de vos cartes, celui qui a été utilisé pour le malheureux docteur Van Acken, était une invention de Darwin lui-même, mais ce fut Esquirol qui construisit le prototype et l'expérimenta dans son asile de Charenton, précisément là où vous avez retrouvé notre regretté Théodule. Pas dans la chapelle, évidemment, mais dans une aile de l'établissement qui était réservée aux cures « sérieuses ».

— Ben, Quentin !? était intervenu Antoine, visiblement surpris. Tu m'as dit tout à l'heure que tu ne l'aimais pas trop, Van Acken ? Tout comme Bravehomme !

— J'ai dit que « je ne les appréciais pas » sur un plan strictement professionnel, s'était défendu immédiatement l'intéressé. Ce qui n'est pas tout à fait la même chose. Je n'ai jamais souhaité leur mort et je ne me réjouis certainement pas de leur décès ! Qui plus est dans de telles conditions. Vous m'avez mal entendu, Maître Frodon.

À ce moment-là, Delajoie n'avait pu s'empêcher de céder à un bref et discret fou rire. Il avait constaté non sans un brin d'étonnement que, depuis leur entrée à Sainte-Anne, Antoine et Ligule s'étaient affublés l'un et l'autre, de temps en temps, et sans aucune gêne, de curieux surnoms. Preuve supplémentaire d'une grande complicité passée.

Delajoie n'avait pas osé questionner sur ce sujet malgré une curiosité qui lui avait brûlé les lèvres. Cette histoire, assurément, leur appartenait. En revanche, il n'avait pu laisser sans réaction les derniers propos, assez surprenants, qui avaient été tenus par celui que son « maître Frodon » avait parfois appelé « immortel Elrond ».

— Excusez-moi de vous poser cette question un peu directe, Quentin, mais pourquoi vous ne les « appréciez pas » ? J'ai cru comprendre que vous étiez collègues, que vous travailliez même ensemble, ici, à Sainte-Anne ?

— Non, Commissaire, je…

— Jean.

— Pardon, Jean. Vous êtes l'ami d'Antoine et je vais éviter la langue de bois. D'abord, nous ne collaborions pas, nos services sont tout à fait distincts, je suis spécialisé en pédopsychiatrie. Deuxièmement, nous n'appartenons pas à la même école, au même courant si vous voulez, nous ne partagions pas du tout la même approche au sujet des maladies mentales.

— C'est-à-dire?

— Nous divergions à peu près sur tout, nos écoles sont même un peu en guerre, si je puis l'exprimer ainsi. Une guerre au sens métaphorique, il va de soi, mais une guerre quand même, car les enjeux sont très élevés : l'issue du combat déterminera les futures politiques publiques en matière de santé mentale. Je dois admettre, malheureusement, que mon camp est en train de perdre actuellement cette bataille.

— Votre dispute porte sur quoi?

— C'est une longue histoire, Jean, aussi datée que celle de la folie elle-même. Mais, pour le dire vite, j'appartiens à un courant qui croit, en l'absence de preuve contraire, que l'origine des troubles psychiques est extrêmement complexe, qu'elle est imputable à ce que nous appelons dans notre jargon «le triangle de la folie». Que la cause n'est donc pas unique, mais liée à de nombreux facteurs d'ordres psychologique, sociologique et organique. Techniquement : organogénèse, psychogenèse et sociogenèse. Voilà les frontières entre lesquelles se développent les maux de l'esprit. Et c'est la résultante de ces différentes influences, confluences ou déficiences qui favorisent, différemment chez chacun de nos patients, l'émergence, la croissance ou même la disparition d'un trouble particulier. Tout cela est très variable, dépend de l'histoire personnelle, du corps et de la psychologie spécifiques du patient, de la nature de son problème et du type de sa maladie. Cette école de la complexité, mon école en l'occurrence, est la plus ancienne. Dans la Perse antique déjà, nos prédécesseurs disposaient de trois voies thérapeutiques différentes pour répondre à ces possibilités : la médecine «du scalpel, des plantes, et de la parole».

— C'est pour cela que vous êtes également psychanalyste?

— Vous n'avez pas tout à fait tort, Jean. Le psychiatre est avant tout un médecin, mais c'est un médecin particulièrement démuni, parce que sa spécialité est une terre largement inconnue. Alors qu'un médecin ordinaire peut espérer pouvoir guérir raisonnablement la plupart des maladies courantes de ses patients, le psychiatre est condamné pour sa part à une sorte de frustration permanente. Au mieux, il peut arriver à soigner, c'est-à-dire à soulager les effets les plus nocifs ou les plus douloureux de la maladie ; au pire, il est voué à les stabiliser...

— À « sauver les meubles », en somme, si je comprends bien ? avait demandé Antoine.

— Oui, tu peux le dire aussi comme ça. Le praticien cherchera à éviter un développement des conséquences les plus préjudiciables ou désagréables de la pathologie. C'est pourquoi, Jean, la psychanalyse prend en charge tout ce domaine incertain que la psychiatrie ignore, dont elle se détourne trop vite ; le psychanalyste redevient ce prêtre-médecin de l'Égypte ancienne qui interprétait les rêves de ses malades pour en déduire les remèdes et les régimes les plus appropriés susceptibles de les guérir. Car un psychanalyste, c'est quoi, en définitive ?

— C'est une très bonne question, ça, Elrond, avait commenté Antoine, avec ironie.

— C'est simplement un chaman moderne, l'héritier de ceux de Babylone, un éternel accoucheur de la souffrance humaine : voilà ce qu'est vraiment un psychanalyste. Les Grecs n'avaient pas eu besoin de lire Freud, vous savez, pour connaître l'incroyable pouvoir libérateur de la parole. Affectés, troublés ou en parfaite santé, nous autres, humains, avons une nécessité vitale à exprimer les choses, à dire ce que nous sommes, ce que nous ressentons, ce que nous vivons, ce que nous souffrons, ce que nous espérons. Dire, c'est vivre...

— Bien dit, Elrond ! était intervenu Antoine, en coupant directement la parole à son ami. Dire, c'est le *logos* des origines, c'est le souffle de l'existence, le chant libérateur et créateur du commencement, c'est le Verbe des juifs et des chrétiens, ce verbe qui s'est fait chair et qui peut ainsi, lorsque son corps est assiégé par la douleur, rejaillir, libérer son étreinte, lui restituer son premier râle, cette part de liberté qui est un peu sa dignité.

— Vous êtes très en verve, Maître Frodon. Donc, Jean, un psychanalyste, contrairement à ce que l'on croit souvent, ce n'est pas un confesseur, c'est avant tout un confident.

— De petites confidences qui peuvent aussi coûter très cher sur le divan, Elrond !

— Vile attaque sur ma gauche, Maître Frodon ! Chez

certains praticiens, peut-être. Moi je suis conventionné, un simple ouvrier de la santé. Au moins, tu m'accorderas que la psychanalyse ne trépane pas, qu'elle ne brûle pas les neurones, qu'elle ne tue pas ses patients, qu'elle respecte pleinement la chair. Plaie d'argent n'est pas mortelle, après tout.

— Je retire ma plainte, immortel Elrond.

— Et vos adversaires, Quentin ? avait continué à questionner Delajoie. Que pensent-ils ?

— Ce sont des monothéistes, Jean, des biothéistes même. Comme tels, ils refusent la complexité du monde et de la vie. Ce sont des impatients, fatigués de chercher et de comprendre, las d'attendre une heure de gloire qui ne revient toujours pas depuis qu'elle leur fut ravie par la chimie. Ce sont des croyants terrorisés par l'ignorance. Pour ces adeptes, la vérité devrait être immédiatement visible, simple, unique ; alors ils vouent un culte exclusif au cerveau, devenu l'organe-fétiche de toutes leurs espérances, objet de leur dévotion neurologique. De leur point de vue, la cause est là, déjà entendue, elle se cacherait dans les tréfonds de nos synapses. Où cela, précisément ? Ils ne sauraient le dire, tout comme ils ne savent pas nous montrer le moindre marqueur biologique qui les rendrait crédibles. Ce sont des astrologues de l'esprit, qui établissent de belles cartes colorées du ciel mental, qui se livrent à de savants calculs des éclipses neuronales, qui élaborent de très hautes spéculations sur les fluides cosmiques de l'âme pour tenter de trouver enfin un sens à leur quête, l'essence même de l'être.

— Cette ambition semble effectivement un peu démesurée.

— Comme tous les prosélytes, ils supportent évidemment mal la moindre contestation, la plus petite interrogation ; ils fustigent immédiatement leur contradicteur, le déclarent hérétique et prononcent son anathème par la même sentence. Voilà, en gros, qui sont les charmants adeptes de cette école de la psychiatrie biologique que nous appelons les « Organicistes ».

— Présentation des plus objectives, je le sens bien, mon cher Elrond, avait commenté Antoine.

— Ne me demande pas d'encenser nos fossoyeurs.

— Et quel est le petit nom qu'ils vous réservent à leur tour ?

— « La tribu des polythéistes ».

Antoine et Ligule avaient échangé un sourire de conni-
vence. Le trio s'était éloigné ensuite du mur aux aquarelles pour
s'approcher d'une table de lecture sur laquelle avaient été posés
de gros livres anciens, sans doute préparés à leur intention. Les
trois hommes s'étaient assis, puis avaient entamé une longue discussion.

Plusieurs fois, au cours de ces échanges, Delajoie s'était
vraiment félicité de l'initiative de son compagnon. Ligule était
bien l'homme de la situation.

Il avait commencé par une exégèse complète des cartes
envoyées par Héraclès, identifiant et contextualisant chaque
reproduction, traduisant les citations inscrites sur chacun de leur
verso, émettant des hypothèses sur leur signification. Il avait également donné de très précieuses informations sur le professeur
Bravehomme, les docteurs Romina et Van Acken. Il avait parlé
aussi, un peu, du Summum® et de la Fondation Essentielle. Il
avait même tracé une sorte de portrait psychologique d'Héraclès.

Il fallait bien reconnaître que, en si peu de temps, et en
un seul lieu, l'enquête avait fait des progrès décisifs, ce qui ne se
produisait jamais dans une affaire de ce genre.

Certes, le ou les assassins manquaient toujours à l'appel,
mais, selon Ligule — et cette suggestion avait corroboré une
conviction déjà solidement ancrée en Delajoie —, cela n'allait
plus tarder, car, avait précisé le psychiatre : « Le commanditaire
éventuel, votre Héraclès, ne se cache pas ; il veut même que vous
l'attrapiez, c'est donc une question de jours ou de morts. »

*

* *

L'heure était passée vite dans ce temple du fol savoir psychiatrique. Delajoie ne savait toujours pas si Ligule était meilleur psychiatre que psychanalyste ; en revanche, le commissaire était maintenant convaincu que leur guide était un excellent psychologue.

Il regarda sa montre : il était grand temps de se mettre en route, de rentrer au Quai pour animer le *Joint up*.

— Quentin, je peux me permettre une dernière question, plus personnelle, demanda-t-il ?

— Je vous en prie.

— J'ai appris tout à l'heure que le petit garçon de l'un de mes hommes était atteint d'une forme de «TDH», je crois...

— TDAH, précisa Ligule.

— Oh mince ! ne put s'empêcher de s'exclamer Antoine, visiblement troublé.

Ligule afficha immédiatement un large sourire, ce qui eut pour effet de déstabiliser un peu ses deux interlocuteurs.

— Je vous accorde que l'acronyme ne prête pas au rire, c'est un peu comme si votre bambin venait d'attraper la peste de l'enfance. Le hic, c'est que ce *trouble déficitaire de l'attention avec ou sans hyperactivité* n'existe pas et que l'on ignorait même tout de son existence il y a quelques années à peine.

— C'est qui ? demanda Antoine à Delajoie.

— Boris, le fils de Jérôme. Il s'est confié à Bicêtre lorsqu'il a appris le nom de la victime retrouvée à Bonnet. C'est Brave-homme qui suivait Boris.

— Incroyable, murmura Antoine.

L'expression de leur hôte était devenue studieuse, il semblait fouiller dans sa mémoire.

— Boris… Bouchon ? demanda soudain Ligule. C'est bien le nom de l'enfant de votre collègue ?

— Effectivement, répondit Delajoie, déstabilisé par cette question.

— Ne soyez pas si étonné, Jean, s'empressa de rassurer Ligule. J'ai reçu cet enfant en consultation privée, il y a quelques mois. Boris n'est pas un prénom si courant. Et un Boris dont le père se prénomme Jérôme, je vous épargne la conclusion. Rassurez-vous, il était en parfaite santé, ce petit bouchon, je l'ai dit à votre collègue d'ailleurs, très clairement. Je me souviens de ce dernier aussi, un gars bien costaud…

— On peut le dire comme ça, effectivement, commenta Antoine avec un ton légèrement moqueur.

Delajoie restait perplexe, vaguement inquiet.

— Pourquoi Boris est-il soigné avec le Summum®, alors ?

La réaction de Ligule fut immédiate et assez épidermique, attitude qui contrastait avec le calme auquel il venait de les habituer.

— Ils ont osé ! C'est vrai qu'ils osent tout, désormais. Si j'étais vous, Jean, je conseillerais vivement à votre collègue de stopper immédiatement ce soi-disant traitement. Le TDAH, c'est de la fumisterie ! Une pathologie artificielle créée de toutes pièces par le lobby pharmaceutique et le zèle de certains confrères. Elle fait partie des « maladies-concepts », comme nous les nommons, car elles réunissent en réalité des symptômes très divers.

— Tu peux préciser ? demanda Antoine.

— On se permet de traiter des problèmes extrêmement différents, indistinctement, avec les mêmes médicaments. Le diagnostic de TDAH permet en réalité de fuir la complexité que j'ai évoquée tout à l'heure, et de traiter tous les enfants que l'on considère comme plus ou moins ingérables, sans bilan véritablement fiable et personnalisé, en leur refilant en douce, grâce à la bénédiction de la science, une amphétamine sous forme de cachets contenant du méthylphénidate. Dont certains effets sont proches de la cocaïne, il faut bien le savoir! Chez nous autres, les polythéistes, on appelle ces médicaments des «pilules d'obéissance», c'est dire si nous sommes assez loin de l'idée de médecine. Boris semble avoir réussi à échapper à ces molécules, mais le Summum®, je vous le garantis, ce n'est pas vraiment mieux!

— Mais pourquoi Jérôme ne vous a-t-il pas écouté, Quentin? s'étonna Delajoie.

— Je ne saurais vous dire, je ne peux pas répondre à cette question, Jean. Monsieur Bouchon avait sans doute de bonnes raisons, il a dû consulter plusieurs praticiens, dont le professeur Bravehomme, apparemment. Et les arguments de ce dernier semblent avoir emporté sa conviction, malheureusement. Vous savez, nous sommes dans une société de la norme où la compétition commence dès le plus jeune âge, dès la maternelle. Nous sommes restés de grands primates, finalement. La sélection sociale a seulement remplacé la sélection naturelle. Malgré les discours, nos différences continuent à poser un problème aux institutions; ces écarts de conduite ou de pensée sont donc systématiquement dépistés afin d'être corrigés.

— Tout de même! intervint Antoine, d'une voix légèrement exaspérée. Les parents restent bien libres de choisir?

— Ce n'est pas si simple, le processus est toujours indirect, insidieux. Confrontés à la réprimande des uns, à la pression éducative des autres, à la culpabilisation de l'entourage, les parents sont souvent perdus, leur détresse est immense, leur attente absolue. Au moment où ils ne savent plus quoi faire, on les dirige ingénument vers des hommes en blanc, des hommes qui savent, des sachants qui prononcent alors des incantations intimidantes en posant une de leurs mains sur la tête de leur enfant et l'autre sur un gros livre mystérieux bourré de hiéroglyphes, un livre qui contiendrait, paraît-il, toute la sagesse des signes médicaux. Qu'est-ce qu'ils en savent, les parents? Autant dire que la messe est déjà dite : ils se laissent aller corps et âme; enfin, ils livrent plutôt leur propre chair et son esprit aux sorts de ces officiants bienveillants. Puis ils se mettent à remercier ce grand dieu de la

médecine qui vient enfin de leur porter secours, de leur fournir réponses et réconfort, qui leur permet de retrouver calme et
volupté au sein du foyer et de leur cité.

    — Ils ont des circonstances atténuantes, en effet, constata
Delajoie.

    — Vous savez ce que la Fondation Essentielle fait distri-
buer dans les écoles sous couvert de prévention et d'information
pédagogique, bien entendu ? Une brochure pour expliquer cette
soi-disant maladie aux enfants, aux parents et aux enseignants.
Eh bien, l'héroïne de cette bande dessinée — je ne parle pas de
la drogue en elle-même, mais de son dealer-prescripteur, une
petite pieuvre fort amusante au demeurant — y affirme que le
Summum® permettrait d'améliorer considérablement les résultats scolaires : « il aide sans effort à obtenir de meilleures notes à
l'école » ! Vous n'imaginez pas la portée et le pouvoir d'influence
d'un tel argument sur les parents.

    — Sacrés apothicaires ! s'exclama Antoine. Il s'agit finale-
ment d'une forme d'eugénisme social ?

    — Pas « d'une forme », Maître Frodon. Nous nous autori-
sons un traitement forcé sur des enfants en fonction de critères
subjectifs, avant tout sociaux et moraux, qui n'appartiennent
aucunement au champ de la médecine. Tiens, une simple illustration : aux États-Unis, ce sont les enfants noirs des quartiers
défavorisés qui sont le plus concernés par la prescription de Rita-
line® ou son équivalent. Étrange, non ? On nous prédit également
une épidémie de ce mystérieux TDAH dans les décennies à venir,
alors que plus de 15 % des gosses sont déjà traités outre-Atlan-
tique. Il s'est passé exactement la même chose avec une autre maladie mentale, entre guillemets bien sûr, très à la mode : le trouble
bipolaire. L'un des chercheurs ayant contribué à imposer cette
nouvelle pathologie, notamment dans le domaine pédiatrique
qui est l'un des plus rentables, avait démontré, prétendait-il, une
épidémie inquiétante de cette affection impactant sensiblement
la variabilité de l'humeur chez les enfants. Une augmentation
« de plus de 40 % » ! Bigre, on ne rigolait plus, là. Il se trouve
que cet expert en bien mauvaises statistiques excellait dans le
domaine de sa comptabilité personnelle : il fut prouvé qu'il était
devenu riche grâce aux libéralités du laboratoire pharmaceutique

qui commercialisait le traitement le plus prescrit pour combattre ces sautes d'humeur enfantines.

Delajoie semblait songeur.

— Mais comment peut-on créer une maladie, Quentin? Puisque, à vous entendre, il s'agit bien de cela?

Ligule afficha de nouveau son sourire si engageant.

— Je comprends votre scepticisme, Jean. Accordez-moi une minute, je vous prie.

Ligule se leva, se dirigea vers un des rayonnages de la bibliothèque, disparut quelques instants dans une allée étroite, puis revint de nouveau s'asseoir sur son siège en disposant sur la table un très gros livre de couleur violette. Delajoie et Antoine s'empressèrent de lire le titre qui s'affichait sur la couverture : *Diagnostic and Statistical Manual of Mental Disorders*. Lequel était suivi d'une abréviation, imprimée en caractères épais : *DSM*.

— Voilà cette machine à créer les maladies mentales, Jean, commenta Ligule. Un simple livre, la bible de tout organiciste qui se respecte. Ce *DSM* est un véritable bréviaire édité par l'Association américaine de psychiatrie; c'est une publication qui s'est imposée dans le monde entier comme la référence ultime. Pas un seul étudiant en psychiatrie, pas un seul médecin généraliste prescripteur de psychotropes, pas un seul apprenti en Psychologie & compagnie, plus un seul pédagogue vaguement psychologisant qui, aujourd'hui, dans le monde entier, ne se réfère, de près ou de loin, à ce véritable évangile des maladies mentales.

— Il semble effectivement épais, commenta Antoine. Combien?

— 500 maladies dans 1000 pages, répondit Ligule. À la fin de la Seconde Guerre mondiale, on référençait vingt-six troubles majeurs seulement; soixante, dans les années cinquante; cent cinquante, vingt ans plus tard; on doublait la mise dans la troisième édition du manuel alors que la version suivante en proposait une centaine de plus. Nous atteignons l'apothéose avec cette dernière édition, qui en répertorie un bon demi-millier. «Existe-t-il réellement autant de troubles psychiatriques distincts?» se demandait mon confrère et historien David Healy, il y a quelques années déjà. Et de répondre, au seuil de son enquête de référence sur les antidépresseurs : «Cette question est liée *in fine* à celle des traitements spécifiques. » Et il faut convenir que David avait parfaitement raison.

— Pourquoi ? demanda Delajoie.

— De fait, en grande partie, cette création a été l'œuvre de l'industrie pharmaceutique, qui bataillait dans l'ombre des rédacteurs responsables des éditions de ce manuel. L'avènement des psychotropes dans les années 50 fut le moteur décisif de cette surenchère incroyable. Les laboratoires pharmaceutiques, qui finançaient également les recherches psychiatriques, poussaient à la roue ; les rats d'abord, sur lesquels ils testaient leurs molécules miracles et tous leurs dérivés possibles ; les experts du *DSM* ensuite, chargés de faire tourner le juteux business de ces généreux mécènes. Ou bien de laisser libre cours à leur propre volonté de puissance. Bref, un tel pavé fait dire aux sceptiques, dont je fais évidemment partie, qu'en se basant sur les données du Bottin que vous avez sous les yeux, on pourrait en conclure facilement qu'un humain sur deux, au cours de son existence, souffre ou souffrira d'un trouble du comportement. Comprendre, en réalité : « souffre ou souffrira d'une conduite socialement inadaptée ». Voilà ce que ne cessent de déclamer publiquement nos amis les organicistes. Vous aurez remarqué que nous traduisons pudiquement par « trouble » ce mot anglais de « désordre ». C'est médicalement plus correct et socialement moins marqué.

— C'est un catalogue La Redoute des maladies mentales, en définitive ? demanda Antoine.

— L'objectif initial était un peu plus ambitieux. Notre discipline voulait en finir avec cette subjectivité qu'on ne cessait de lui reprocher, elle voulait devenir une vraie science en disposant « de guides d'emploi comparables à ceux qui sont utilisés en cardiologie ou syphilologie ».

— Il existe une science consacrée à la chtouille ? réagit Antoine. J'en apprends, des choses, aujourd'hui.

Ligule continua, imperturbable ; le sujet lui tenait visiblement à cœur.

— Pour vous donner une bonne idée de l'état de notre discipline à la fin des années soixante, le 4ᵉ Congrès mondial de psychiatrie fut l'occasion d'une véritable réunion de pleureuses : les unes fustigeaient « la persistance de pratiques non uniformes et individualistes dans la prescription des médicaments»; les autres déploraient de la part de certains collègues un «refus de développer des standards impératifs»; les dernières regrettaient «l'absence d'une théorie universellement acceptée des médicaments psychiatriques».

— Un besoin de standardiser, murmura Delajoie.

— C'est ça. Le *DSM* est né de cette sorte de désespérance; l'idée louable du départ était d'offrir une approche internationale commune, d'aboutir à un consensus entre des médecins qui n'étaient souvent d'accord sur rien, un outil pour tenter d'uniformiser une langue médicale, des méthodes et des pratiques psychiatriques, pour oublier toutes les différences d'une science qui se cherchait toujours, pour finalement contourner «tous les sujets qui fâchent», comme le dit clairement mon ami Pignarre, que j'aime paraphraser à l'occasion. Et notamment le plus fâcheux d'entre eux : l'absence de connaissances relatives à l'origine du mal, l'énigme que représente encore l'étiologie des troubles mentaux, leurs «causes». Alors, pour répondre à ta question plus directement, Maître Frodon, dans ton catalogue La Redoute, les objets présentés sont bien réels, alors que ceux proposés dans le *DSM* sont invisibles pour la plupart.

— Excusez-moi, Quentin, insista Delajoie, mais je ne vois toujours pas comment on peut créer concrètement une maladie.

— En transformant les symptômes en syndromes; lorsque le diagnostic crée son propre objet pathologique.

— En français, sans vouloir vous offenser, immortel Elrond, intervint Antoine.

— Pardon, chassez le naturel… Lorsque vous vous cassez une jambe, Jean, le médecin constate bien, en s'aidant ou non d'une radiographie, qu'un os est brisé; il peut donc diagnostiquer avec raison une fracture. Pour la maladie mentale, c'est un peu le processus inverse qui est à l'œuvre. On observe vos attitudes, on analyse vos émotions afin de comparer votre comportement à une norme, à un standard, pour en déduire des anomalies éventuelles et associer ce dérèglement, le cas échéant, à une catégorie de maladie. Si la case de destination n'existe pas, si ce trouble n'est pas référencé, il suffit alors de la créer, de nommer ce nouveau mal psychique en fonction de critères extramédicaux. Ou, accessoirement, opportunément, en se calant sur les besoins et les attentes de la profession elle-même. Ou bien, encore, en fonction des nécessités commerciales de laboratoires pharmaceutiques.

— Mais, persista Delajoie, vous ne pouvez pas inventer une maladie comme ça, du jour au lendemain !

— Il suffit d'être malin et de procéder par étapes, je viens de vous le démontrer : vingt-cinq maladies référencées en 1945 ; presque cinq cents aujourd'hui ! La science a fait des progrès, mais quand même ! Vous rétrécissez d'abord les limites qui définissent un comportement normal ou « sain », vous ajoutez au domaine médical ce qui ne l'était pas auparavant, un excès de timidité par exemple, une certaine tendance à l'introspection, un chagrin qui dure trop longtemps, une attirance marquée pour la solitude, une aversion pour les commerciaux un peu trop entreprenants, un coup de colère intempestif contre une incivilité, une pratique sexuelle jugée répréhensible. Vous imposez cette idée en la psalmodiant tous les jours après lui avoir conféré l'apparence de la scientificité. Cette litanie mystique creuse son sillon dans les livres et les esprits ; petit à petit, la répétition crée sa réalité, elle finit par s'imposer d'elle-même, par se transformer en vérité. Il ne reste plus qu'à l'imprimer, puis à recommencer avec la suivante.

— Si je te comprends bien, poursuivit Antoine, le *DSM* serait une sorte de code des bonnes conduites ?

— Il est devenu le lectionnaire de l'hygiène mentale, sans aucun doute.

— La psychiatrie, nouvelle religion du Livre ? ironisa Antoine. Tu irais jusque-là ?

— Pour une bonne part, incontestablement, répliqua toujours sérieusement Ligule. Le grand tour de magie réalisé par le *DSM*, c'est d'avoir réussi à transformer nos émotions ordinaires en anomalies de santé. Regarde bien ce pavé : la chose est assez intimidante, non ? Tu imagines une seule seconde le profane, l'étudiant ou le praticien en manque de formation douter de ces écritures sacrées, de tout ce précieux sabir ? Mais tu le sais aussi bien que moi : le poids de la science, l'odeur de la science, les mots de la science ne suffisent pas pour autant à créer une science.

— Un livre pour compenser leur ignorance, alors ? Un livre pour les gouverner tous !

— L'idée de l'anneau est bien là, Maître Frodon : gouverner tous les fous, le plus grand nombre possible de malades avérés et potentiels. Le *DSM*, c'est la victoire de ce que Michel Foucault appelait «la médecine des espèces», une médecine botanique, inspirée des anciens naturalistes, le vieux rêve d'une corporation qui souhaitait depuis longtemps réduire «les maladies à des espèces précises avec le même soin et la même exactitude que les botanistes ont fait dans le *Traité des plantes*». Ce qu'Aristote nommait les «catégories» et que la modernité médicale appelle désormais la «nosographie».

— Un mauvais coup porté par la confrérie des Nazgûl, lâcha Antoine, devenu sardonique.

— Ne me fais pas dire ce que je n'ai pas dit, Maître Frodon ! Tous les psychiatres ne sont pas les chevaliers noirs de la médecine, loin de là.

Delajoie, pour sa part, n'écoutait plus. Il était en train de sonder son esprit, essayant d'établir une relation entre des mots et des souvenirs. Il murmura plusieurs fois à voix basse :

— *Traité des plantes… DSM… Traité des plantes…*

L'association qu'il recherchait s'établit enfin. Il fouilla alors dans son dossier et trouva une pochette marquée «Bonnet». Il en retira une enveloppe qui contenait les images de la scène de crime.

— Que se passe-t-il ? demanda Antoine.

— Le livre retrouvé à Bonnet, répondit Delajoie. Bastien m'avait dit que c'était une sorte d'herbier médiéval.

— Et le *Traité des plantes* évoqué par Quentin t'a fait penser à cet herbier... Mais encore ?

— Il y a beaucoup mieux, en fait. Voici !

Delajoie venait de trouver la photographie qu'il recherchait et de la poser devant Ligule.

— Vous aviez déjà vu ce gros plan, Quentin ?

— Antoine ne m'a fait parvenir qu'une vue générale.

On pouvait distinguer sur le cliché un détail de ce grand livre étrange qui avait été déposé sur les cuisses du cadavre de Bravehomme. Antoine lut à voix haute le titre de l'ouvrage, qui était parfaitement visible.

— *De Simplici Medicina…* Je ne vois toujours pas.

— Les initiales, Antoine, les initiales.

C'est Ligule qui comprit le premier. Il prit le temps d'articuler les fameuses initiales.

— D… S… M…

Antoine resta circonspect, s'attirant une remarque amusée de son compère.

— Maître Frodon, je vous prends en défaut de réflexion. Je ne peux y croire. Tu as devant toi LE dictionnaire des plantes ou préparations médicinales le plus utilisé au Moyen-Âge pour soigner les maladies courantes. Cette compilation du XIIIᵉ siècle fut attribuée à un médecin de Salerne, Matthaeus Platearius. Et ce manuel fut longtemps la bible des médecins, chirurgiens et apothicaires. Ces derniers devaient même prêter serment d'en posséder un exemplaire devant la Faculté de médecine.

— Ça y est, mon cerveau s'est remis enfin en marche, réagit Antoine. Le *DSM* est à la psychiatrie ce que fut en son temps, pour la médecine, le *De Simplici Medicina*.

— Excellent! lui répliqua Ligule avant de se tourner vers Delajoie :

— Le message caché de votre Héraclès deviendrait beaucoup plus clair : «Voyez cet homme qui s'est abreuvé de catégories et de maladies, de maladies catégorielles trop catégoriques, voilà quelle fut sa faute, voilà quel fut son péché, voilà quelle fut la cause de son décès.»

Delajoie sentait instinctivement qu'il tenait un élément essentiel pour la compréhension de cette affaire. Même si toute la logique n'était pas encore parfaitement établie.

— Comment le mobile pourrait-il être relié directement au *DSM*?

— *Indirectement*, plutôt, répondit Ligule. Son instrumentalisation.

— Qui servirait à justifier, par exemple, compléta Antoine, un usage immodéré du Summum®.

— Puisque ce traitement prétend soigner un très large spectre des troubles mentaux… référencés en définitive dans ledit manuel. Il semblerait que nous tenions le bon b…

Une alerte sonore, qui annonçait la réception d'un courriel sur son smartphone, vint interrompre la phrase de Delajoie. Le commissaire regarda l'écran de l'appareil.

— Excusez-moi, je dois le lire.

Moins de dix secondes s'écoulèrent avant que la sonnerie du portable ne vienne déranger le court silence qui venait de s'installer. Delajoie appuya sur la touche mains libres.

— Oui, Kow ?

— Vous avez reçu le mail de Bastien, Patron ?

— À l'instant.

— Et la carte ?

— Je crois.

— Elle vient d'être déposée à l'accueil par un coursier. Francky et La Boule sont en train de cuisiner le lascar, mais c'est sans doute un *bolos*. Ça semblait urgent.

— Merci, Kow, je regarde et je vous rappelle. De toutes les façons, nous allions nous mettre en route. Tu seras toujours au bureau ?

— Évidemment.

Delajoie raccrocha.

— Il ne va pas mieux ? questionna aussitôt Antoine.

— Je ne suis pas très optimiste pour le moment, mais chaque chose en son temps. Il semblerait que notre ami se soit manifesté de nouveau. Ce n'est jamais bon signe. Voyons ça…

Delajoie agrandit la pièce jointe que contenait le message électronique. Ligule et Antoine se penchèrent pour tenter de mieux lire l'écran, qui était de taille modeste. Le document était une photographie de la nouvelle carte que venait d'adresser à Delajoie son « admirateur Héraclès ». Sur la partie haute de l'image, qui reproduisait le recto, figurait une œuvre que Delajoie connaissait parfaitement.

— *La Nef des fous*, commenta Antoine qui partageait la même ferveur que son compagnon pour les œuvres de Jérôme Bosch.

— Il se rapproche de moi, dirait-on, murmura Delajoie. Personnalisation assez inquiétante.

Sur la partie basse de la carte s'affichaient, sur trois lignes, des vers en allemand, reproduits au verso. Antoine commença à les lire :

— « *Wer nicht die rechte Kunst studiert, Derselbe wahl die*

Schellen rührt, Und wird am Narrenseil geführt. »

— Ce n'est plus ma partie, commenta Ligule, un peu dépité. J'ai fait espagnol comme deuxième langue, précisa-t-il à l'intention de Delajoie avant de se tourner vers Antoine :

— Maître Frodon ?

Ce dernier tenta une traduction directe à voix haute :

— « Celui ~~qui ne sait pas~~ », non : « ~~qui apprend en vain~~ », plutôt : « qui n'apprend pas la ~~vraie connaissance~~ », mieux : « science véritable » ; « ~~alors lui tintent les grelots du fou~~ », peut-être : « celui-là ~~porte le bonnet du fou~~ » ou, préférable : « revêt les attributs du fou » ; « et la folie ~~le soumet en esclavage~~ », non, sens incomplet, sans doute : « le mène ~~par la~~ en laisse ».

— Brant ! s'exclama Ligule, très enthousiaste.

Antoine regarda son ami comme le messie.

— Bien vu, grand Elrond, je n'avais pas percuté… *Das NarrenSchiff.* Tu as le texte ici ?

— Sans doute, mais je ne sais pas où. Il faudrait que j'appelle la documentaliste, et à cette heure, cela ne va pas le faire. Attends, je regarde sur Internet si je peux trouver la référence.

Ligule se saisit de son propre smartphone et entama sa recherche. De son côté, Delajoie se sentait un peu frustré : il n'avait rien compris à l'échange elfique entre maître Frodon et son immortel Elrond.

— Messieurs ? demanda-t-il. Une petite explication charitable pour un modeste policier ?

— Le tableau de Bosch est inspiré d'une œuvre littéraire éponyme, répondit Antoine. Une publication majeure de la fin du XVe siècle, une parodie pamphlétaire contre les contemporains de l'auteur dont les comportements et les mœurs étaient, pensait-il, contraires « à la sagesse, à la raison et aux bonnes mœurs ». Le monde était devenu fou, peuplé de fous, et courait à sa perte. C'est un thème récurrent, qui revient périodiquement pour questionner une société ou un système social à bout de souffle, qui ne convient plus.

— Tout comme l'*Éloge de la folie* d'Érasme, qui paraîtra quelques années plus tard, compléta Ligule tout en continuant sa recherche. Ces œuvres annonçaient la Réforme protestante qui était déjà en gestation.

Delajoie savait maintenant pourquoi les deux compères s'étaient jadis trouvés : ils avaient succombé à la loi des affinités électives.

— Le livre de Sébastian Brant, poursuivit Antoine, contient une galerie de cent douze vices majeurs dénoncés par l'auteur ; ces vices sont personnifiés sous la forme de portraits types de «fous», et tous ces «insensés» sont regroupés dans une embarcation abandonnée à la dérive : *La Nef des fous*. La mer et cette navigation erratique sont des métaphores pour évoquer les passions déchaînées qui mènent à la folie. Car la destination du bateau, c'est inéluctablement *l'île de la folie*. Je ne t'en ai jamais parlé ?

— Il ne me semble pas, répondit Delajoie.

— Pourtant, c'est la thématique centrale qui est reprise librement par Bosch dans son tableau. C'est pourquoi les deux personnages installés autour de la table, dans le bateau, sont une nonne et un moine...

— Ils symbolisent les clercs, compléta Ligule, ces gens d'Église qui étaient un peu les «savants» de l'époque. Ce sont eux qui sont fustigés en premier lieu par Brant, en tout cas leurs vices...

— La folie morale étant considérée comme le vice suprême et...

— J'ai trouvé ! s'écria presque Ligule, coupant ainsi la parole à Antoine. Chapitre 27, *Des vaines études*. Je vous lis la traduction : «Je parle ici de ces écoliers qui auront pour premier salaire leur joli et lucratif bonnet»...

— «De docteur», compléta aussitôt Antoine. Le bonnet, c'est l'attribut vestimentaire de celui qui devient officiellement docteur au sens académique. Nous pouvons remplacer ici par «médecin».

— «Au lieu d'étudier avec application, reprit Ligule, les voilà qui méprisent le savoir véritable ; ils butinent et préférèrent connaître les choses inutiles et stériles.»

— C'est-à-dire ? demanda Delajoie.

— Le *DSM*, par exemple ? proposa Antoine.

— Nous allons le savoir, je pense, répondit Ligule avant de poursuivre sa lecture. «Mais c'est leurs maîtres qu'il faut blâmer, ceux qui les perdent dans de sottes et orgueilleuses arguties : "le jour paraît-il avant la nuit?", "De l'âne ou de l'homme, lequel descend de l'autre?", "De Socrate ou Platon, quel est le premier philosophe?". Ne sont-ils pas de vrais fous, en vérité, ces scoliastes vaniteux, à se disputer ainsi matin et soir devant notre jeunesse, sans une once de science en tête? Voilà le beau savoir que l'on vend aujourd'hui dans nos écoles!»

— Les responsables sont donc «leurs maîtres», commenta Antoine, les *auctoritas*, nos «autorités» scientifiques d'aujourd'hui. Jusqu'au Moyen-Âge, on désignait ainsi les maîtres à penser, antiques ou scolastiques, ces auteurs qui, par l'immensité de leur savoir et de leur sagesse, disaient «le vrai». Entendu comme «ce qui était jugé vrai par le pouvoir dominant». En l'occurrence, celui de l'Église.

— On ne pouvait pas hasarder une thèse personnelle, poursuivit Ligule, sans avoir recours, préalablement, systématiquement même, à ces «autorités». L'audace ou l'indépendance d'esprit pouvait facilement se confondre avec l'hérésie. Pas une discussion, pas un débat sérieux sans faire appel aux «autorités».

— Force est de constater, conclut Antoine, que la pratique universitaire actuelle est toujours empreinte de cette bien mauvaise habitude.

— Très bien, intervint Delajoie avec un brin d'impatience. En quoi cette précision peut-elle concerner notre enquête?

C'est Antoine qui répondit le premier :

— Ce terme était utilisé parce qu'il recouvrait dans le même temps, depuis le droit romain, la notion de souveraineté politique et l'injonction d'obéissance qui en résultait. On ne pouvait remettre en cause l'*auctoritas* sans questionner le pouvoir lui-même. L'*auctoritas principis* était le pilier fondamental de l'ordre établi.

— Tout le concept moderne du «savoir-pouvoir» de Michel Foucault était déjà en germe dans ce vocable, compléta Ligule. Ce qui veut dire concrètement, Jean, qu'Héraclès vous emmène ainsi sur le terrain politique. J'essaye de vous traduire ce que nous pensons comprendre, avec Antoine : premièrement, ses victimes appartiennent à la secte de mes grands amis les organicistes parce que ces derniers prétendent disposer d'un savoir qui n'est que «sottes et orgueilleuses arguties»; deuxièmement, elles font également partie du cercle restreint de scientifiques qui, malgré leur ignorance, font autorité puisqu'ils peuvent influencer les décisions politiques en matière de santé publique. Santé mentale, en l'occurrence.

— Or, poursuivit Antoine, comment se constitue ce savoir qui va directement influencer le pouvoir ? Et de quelle manière se propage-t-il ?

— « Dans les écoles », répliqua Ligule : « le beau savoir que l'on vend aujourd'hui dans nos écoles ! » Élargissons, Maître Frodon ! Élargissons ! Construction et diffusion du discours scientifique ?

— La théorie…

— Les résultats des recherches…

— Les publications académiques…

— Le relais par la presse scientifique…

— Les leaders d'opinion auprès du grand public…

— L'élaboration des référentiels, tel le DSM…

Delajoie regardait les deux acolytes avec un air incrédule. Antoine et Ligule étaient tous les deux enfiévrés par leur joute intellectuelle, cette émulation les faisait jubiler. De tels échanges devaient sans doute leur manquer. Mais Delajoie manquait de temps, lui, pour en apprécier toutes les subtilités. Un nouveau signal sonore indiqua l'arrivée d'un autre message dans son portable, ce qui eut la vertu de faire taire les « deux bavards ». Delajoie s'empressa de le lire rapidement, puis appuya sur une icône tactile afin d'afficher le nouveau document qui lui était joint.

— C'est le recto de l'enveloppe qui contenait la carte, commenta Delajoie. Bastien vient de découvrir une phrase manuscrite qu'il n'avait pas aperçue tout à l'heure. Quelques secondes, je vous prie, ça mouline. En passant, je tiens à vous dire que je n'ai rien compris à ce que vous racontiez…

Antoine et Ligule échangèrent un regard souriant, mais un peu embarrassé, tandis que Delajoie continuait à s'impatienter et commençait même à maltraiter son appareil :

— Allez, un petit effort, machine ! Il n'est pas de la dernière génération, ce téléphone… Toutes ces économies budgétaires… Ah, voilà, enfin ! Je vous lis encore : « Vous êtes invité dans une heure pour assister au feu d'artifice qui clôturera notre bal costumé. Votre présence s'avère indispensable. Signé : votre dévoué Héraclès. »

Delajoie soupira longuement, fort dépité.

— Incompréhensible. Encore son charabia indigeste.

Ligule se leva brusquement.

— Les congrès ! Les congrès ! s'exclama-t-il. Nous avions oublié les congrès, Antoine ! Le savoir se construit, se consolide et se transmet aussi, surtout même, dans nos colloques professionnels !

Cette fois-ci, c'était Antoine lui-même qui ne comprenait pas un mot des propos de Ligule. Pas plus que cette soudaine fébrilité qui venait de saisir son ancien camarade de chambrée.

— Je suis vraiment confus, continua Ligule, je m'excuse vraiment. Je n'avais pas établi cette relation.

Il se rendit rapidement dans l'entrée de la bibliothèque tout en marmonnant des reproches : « Quel idiot ! Quel idiot, alors ! » Antoine et Delajoie étaient sidérés ; ils le virent disparaître quelques instants dans le petit local qui faisait office de vestiaire, puis revenir très vite pour tendre au commissaire le butin qu'il venait de récupérer dans une poche de son manteau. Ligule se remit à reparler aussitôt :

— Vous devez vous rendre à la Salpêtrière, Jean ! Il s'y tient en ce moment le gala de clôture du 4ᵉ Congrès français de psychiatrie biologique. J'avais reçu cette invitation.

— Les organicistes t'invitent à leur petite sauterie annuelle ? demanda Antoine. Ils ne sont pas bien rancuniers.

— Les divergences professionnelles n'empêchent ni les bonnes manières ni les échanges de politesse. J'évite quand même de pointer mon nez dans ces arènes, où l'on peut, très vite, se sentir bien seul.

Delajoie venait de retirer le bristol de son enveloppe. *La Nef des fous* de Jérôme Bosch était imprimée sur la couverture du premier volet de l'invitation.

— Effectivement, murmura-t-il. Mais pourquoi Héraclès m'avertit-il si tardivement ?

— C'est un dîner-présentation, expliqua Ligule, suivi d'une pièce de théâtre. Je ne pense pas que la soirée soit terminée, Héraclès sait ce qu'il fait, il est méticuleux. Je crois que le

«feu d'artifice» du message n'est pas à comprendre au sens lit-
téral, c'est plutôt un indice pour vous permettre d'identifier le
lieu : c'est une allusion au petit Arsenal qui s'élevait à l'origine
sur le site de l'hôpital, on y travaillait le salpêtre pour la poudre
à canon. Quant au «bal costumé», c'est sans doute une moque-
rie de sa part pour désigner l'assemblée des savants, mais une
allusion très explicite au célèbre Bal des folles que l'Assistance
publique donnait tous les ans dans cet asile pour femmes.

— Je me méfie des «moqueries» de notre ami, commenta
sobrement Delajoie tout en continuant à découvrir le document.
Pourquoi voudrait-il que je me rende là-bas? Surtout si tard?

— Je ne sais pas, répondit simplement Ligule.

— C'est quoi, cette histoire de Bal des folles? demanda
Antoine.

— La folie exhibée au grand jour, une sorte d'exorcisme collectif, moment où «la folie se donnait en spectacle à elle-même»,
comme le formule si joliment mon collègue Quétel. C'étaient
des évènements très prisés du beau monde qui venait y trouver
le frisson de la folie. Ces bals étaient organisés périodiquement
dans tous les asiles respectables. À Charenton, par exemple, un
patient célèbre, des plus redoutables même, le marquis de Sade,
tenait spectacle en grande pompe : il y faisait fureur, salle comble
et dîner plein.

Antoine ne put s'empêcher d'ironiser :

— Sans doute par manque de pudeur.

— Tu connais *Les Bacchantes*, Antoine? demanda Delajoie, qui avait toujours les yeux plongés dans l'invitation. C'est
l'œuvre qui se joue en ce moment, si j'en crois ce programme.

— Sans doute le chef-d'œuvre d'Euripide, répondit le professeur de littérature sans une hésitation. Une réflexion sur l'alté-
rité et la double nature de l'homme.

— C'est aussi le premier texte où est nommée la folie, précisa Ligule.

Lequel, après quelques secondes de réflexion, proposa une
nouvelle explication :

— Il existe sans doute une relation dans la tête d'Héraclès
entre *Les Bacchantes* et le Bal des folles de La Salpétrière. Les bals
permettaient aux patientes de se donner en spectacle, de danser et

de chanter librement, publiquement, leurs égarements. C'est un peu ce que nous raconte Euripide de son côté, lorsqu'il évoque les tantes du dieu Dionysos, ces femmes qui « hantent la montagne, l'esprit égaré ». C'est à ce moment précis de la tragédie que le mot « mania », qui va désormais désigner la folie au sens général pendant très longtemps, est écrit pour la première fois.

Ligule et Antoine se regardèrent à nouveau dans les yeux, donnant l'impression de se sonder en silence, comme si une idée commune venait de les effleurer au même moment.

— Tu crois ce que je crois ? demanda Ligule à son compère, afin d'obtenir une confirmation.

Antoine acquiesça en silence, réfléchit encore quelques secondes, avant de s'adresser à Delajoie :

— Vous n'avez toujours pas retrouvé la tête de Romina, n'est-ce pas ?

Son compagnon releva la sienne, regarda les deux hommes et marqua une courte pause avant de répondre.

— Non, mais en vous observant tous les deux, je sens que c'est du registre du provisoire…

— Elle t'attend à la Salpêtrière, c'est certain, dit Antoine sur le ton de l'évidence.

— Vous donnez dans la divination, maintenant, Messieurs ?

— Et tu avais raison aussi, poursuivit Antoine, qui semblait préoccupé.

— À quel sujet ?

— La série des victimes n'est pas terminée.

Le visage de Ligule affichait également une certaine inquiétude. Il ajouta sobrement :

— *Les Bacchantes* risquent fort de se déchaîner.

18.

Le décor était d'une sobriété spartiate, bien que l'action se tînt à Thèbes et dans sa campagne. Seules deux belles torches murales, dont les réservoirs d'huile joliment ferronnés semblaient recouverts de feuilles de cuivre, éclairaient la petite scène et les acteurs.

Au centre du plateau se tenait une femme échevelée, totalement hagarde, dont la nudité était revêtue par une fine et transparente tunique ensanglantée, partiellement en lambeaux. Cette femme tenait dans l'une de ses mains rougies un sac en toile grossière, de forme ovoïde, visiblement bien rempli, tenu clos par un cordon de lierre. Elle tentait maladroitement de donner cette fruste besace à un homme beaucoup plus âgé qu'elle, qui lui faisait face à quelques pieds seulement, un homme habité par le chagrin, habillé d'une robe solennelle dont le noir tissu contrastait avec les reflets dorés de la couronne qui ceignait son front royal.

Tout à coup, l'homme s'approcha de la femme, puis la gifla violemment. Sous le choc, cette dernière sembla sortir de la sorte de transe dans laquelle elle était plongée. Elle s'écria alors :

— Je reviens à moi, je reviens à moi ! Un changement vient de s'accomplir dans mon esprit !

Depuis sa table, placée à proximité de la scène, Natalia

était fascinée. Euripide avait réussi — ce qui n'était pas un faible mérite — à chasser ses mauvaises pensées du début de soirée. Elle porta un bref regard circulaire dans la grande salle de la chapelle, et constata avec satisfaction que tous les convives semblaient captivés par la représentation, phénomène assez rare dans ce type de rencontres professionnelles où les bavardages primaient souvent. Elle-même n'avait jamais assisté à un spectacle des *Bacchantes*; elle en connaissait le texte depuis ses études en psychiatrie, mais découvrir l'œuvre incarnée, être donnée si près d'elle, voilà qui lui donnait quelques frissons et la plongeait dans le contentement. Elle avait adoré la sobriété de cette adaptation, sa mise en scène épurée, le jeu subtil des acteurs.

Natalia se concentra à nouveau.

L'acteur se tenait maintenant face au public, tournant le dos à l'interprète féminine. Sans bouger, il posa une question que l'on sentit lourde de reproches, avec une voix ample, mais presque frémissante :

— Agavé, quelle tête crois-tu donc tenir dans tes mains ?

La femme ne répondit pas tout de suite. Elle semblait saisie par le doute, elle soupesa son sac, le huma même, le portant ensuite à son oreille en l'agitant comme un grelot.

— Celle d'un lion, Père! Ainsi m'affirmèrent mes compagnes de chasse.

Cette réponse sembla exaspérer l'homme davantage. On voyait bien qu'il luttait pour ne pas céder à la fureur. Il répondit en retenant néanmoins sa rage :

— Eh bien, regarde-la! Il t'en coûterait pourtant peu d'efforts!

La femme hésita comme si, soudain, elle eut l'intuition de l'imminence d'un drame. À contrecœur, elle commença à desserrer la fine racine végétale qui refermait le sac, se débarrassa du lien en le jetant sur le sol, puis écarta prudemment l'ouverture ainsi libérée.

— Que vois-je donc? Quelle est donc cette chose que je découvre?

— Allons! répliqua l'homme aussitôt, en criant presque un ordre : observe-la mieux, reconnais-la mieux!

La femme enfonça sa main libre dans le sac pour se saisir de quelque chose qu'elle remonta très lentement. On vit ses doigts réapparaître, agrippant une épaisse chevelure, peut-être une crinière.

— Je sens — ô infortunée — une immense douleur !

L'homme ne lui laissa aucun répit :

— Cela te semble-t-il toujours être un fauve !?

Agavé continua sa lente extraction. Les spectateurs pouvaient maintenant apercevoir le haut d'un front très pâle. Certainement pas celui d'un lion.

— Mais, que tiens-je… Malheur ! Non, je ne peux le croire, la tête de…

L'actrice n'acheva pas sa phrase, ses mots se muèrent en véritable cri d'effroi.

Natalia était aux anges. La comédienne l'impressionnait, elle était vraiment remarquable, même sa terreur paraissait naturelle, une vraie championne de l'art dramatique. Ce qu'ignorait Natalia, c'est que l'actrice était dramatiquement effrayée, en état de choc. Elle lâcha soudain cette tête humaine qui pendouillait au bout de son bras et qui semblait avoir été arrachée de son tronc.

Il y eut quelques applaudissements dans la salle pour récompenser cette performance artistique et le réalisme plastique de l'accessoire morbide qui venait de rouler un peu sur les planches avant de s'immobiliser tout au bord de la scène. Mais un des cameramen chargés de filmer le spectacle eut la très mauvaise idée de cadrer, en très gros plan, ce visage mutilé et bouffi, qui aurait dû être fait de latex ou de papier mâché.

Et lorsque les traits décomposés d'Alice Romina apparurent nettement sur l'écran géant de projection, un murmure de stupéfaction parcourut la salle. Certains invités venaient de reconnaître leur collègue.

Il y eut un moment de doute collectif, une hésitation entre les rires et les pleurs, cet instant où le jugement oscille encore, où il hésite à trancher entre la réalité et la fiction, entre le mauvais goût de l'artifice et l'évidence de l'horreur.

Le murmure se transforma en agitation, devint onomatopées, râles, bruits, cris et hurlements. Tous les invités s'étaient levés. La lumière de service, violente dans sa cruelle et soudaine blancheur, inonda la salle, éblouissant tous les convives, au moment où des injonctions, accompagnées de quelques grésillements, jaillirent d'un mégaphone invisible.

— Police criminelle! Merci de ne pas bouger de votre place et de ne pas céder à l'affolement!

Une myriade de policiers en tenue, surgissant des quatre nefs, fit alors irruption dans la chapelle centrale. Les ordres furent répétés :

— Police criminelle! Calmez-vous, s'il vous plaît, nous allons vous donner des instructions pour vous évacuer dans le calme et recueillir vos premières dépositions. Merci de ne pas vous déplacer, des agents vont vous prendre en charge immédiatement.

Natalia était hébétée, mais incroyablement calme, comme si elle observait toute cette agitation à travers un filtre, un fin voile tissé de tulle. Elle eut même une pensée pour le moins iconoclaste vu les circonstances, se disant qu'Euripide n'aurait sans doute jamais espéré un tel final.

C'est Pline qui avait raison, pensa-t-elle : *tout cela n'était pas la faute de Lyssa, la déesse de la folie, mais la responsabilité des hommes eux-mêmes, de leur incorrigible nature.*

Le souvenir de leur étrange guide, de celui qui les avait accompagnés tout au long de cette journée pour un étonnant voyage au royaume des fous, la fit même sourire. L'étrange incident final qui s'était rappelé à elle en début de soirée était à présent totalement oublié; elle ne pensait plus qu'aux analyses historiques, souvent hétérodoxes, de leur guide. Pline avait évoqué les *Bacchantes,* bien sûr, puisque la pièce était au programme de la soirée; mais il avait surtout parlé, pendant le déjeuner, de Thèbes elle-même, qui symbolisait «l'antre de la folie par excellence», un lieu dont les mythes avaient nourri le symbolisme de la psychiatrie et, surtout, «l'énorme baratin de tous ces petits branleurs de la psychanalyse».

Il est vrai que Pline ne mâchait ni ses mots ni ses formules.

Natalia prit soin d'effacer cette trace de gaîté soudaine qui pouvait sans doute se lire sur son visage, mais qui était totalement déplacée en pareil moment.

C'était effectivement à Thèbes, dans cette cité grecque de

Béotie, qu'Œdipe avait commis les crimes du parricide et de l'inceste ; c'était dans cette célèbre ville aux sept portes qu'Agavé avait assassiné, en le démembrant, son propre fils Penthée. « Dévorer ses parents ou ses enfants », « tuer les générations passées ou futures », autant de métaphores que l'on devait à ces légendes de Thèbes, et qui incarnaient, disait-on, la dictature du soi, sa fatalité, cette nécessité pour l'être de se débarrasser de toute concurrence afin de mieux déployer sa propre existence.

— La despotique volonté cannibale du vivant, avait commenté Pline.

Et si Thèbes était bien la ville de ce Moi devenu roi, elle était aussi, selon la belle expression de Sophocle, « la seule cité où des mortelles donnent naissance à des dieux », notamment à ce Dionysos que Pline avait qualifié affectueusement « de fangeux », un dieu trouble, forcément double, parce que né par deux fois.

Pline avait bien sûr une interprétation très personnelle et très peu canonique de la figure de Dionysos. Pour lui, l'opposition entre Apollon et Dionysos, « celle de la Culture contre la Nature », antinomie que les intellectuels, depuis Plutarque, croyaient lire dans ce duel artificiel qu'ils avaient créé de toute exégèse, était « une vaste fumisterie ».

Non, pour Pline, si on tenait absolument à comparer les deux divinités, leurs différences ne pouvaient s'entrevoir que dans les motivations humaines ayant justifié leur reconstruction symbolique.

Au filtre de l'analyse de Pline, Apollon représentait en quelque sorte l'idéal de l'homme, sa sublimité, l'homme tel qu'il se rêvait lui-même, une créature parfaite débarrassée de ses défauts, de ses pulsions, de ses infirmités, de sa tragique destinée. Mais la pureté d'Apollon, son indécente beauté, l'insolence de ses multiples dons, son arrogante prétention à la vérité et à la sagesse, son appétit insatiable pour un absolu glacial, la distance hautaine qu'il maintenait entre son immaculée pureté et les pouilleuses créatures qui le vénéraient, toutes ces qualités ne cachaient-elle pas un énorme mensonge ?

— Trop net pour être honnête, un peu comme le gendre idéal qui se présente pour la première fois devant sa future belle-mère, avait ironisé Pline.

Le guide avait même ajouté un commentaire qui avait beaucoup fait rire dans la cantine de Bicêtre :

— Ce dieu soi-disant solaire n'était-il pas aussi psychorigide, vindicatif, vengeur, sadique, ne le nommait-on pas aussi *Loxias* — le Tordu ? Ne tuait-il pas comme un couard, la nuit avec un petit poignard ? Et le jour, en véritable petite peste, de son grand arc, planté et planqué au loin, sur son céleste char ?

Alors qu'avec Dionysos, dieu des hommes parmi les hommes et pour les hommes, on restait dans l'intimité, en bonne compagnie, entre nous en quelque sorte, sur le plancher des vaches, dans la fange gluante ou le pré verdoyant de la condition humaine, toujours dans le registre du familier et de l'imparfait, à proximité immédiate de nos vies et de nos envies. Il s'invitait dans nos scènes de foutre et de lucre, de cris et de fureur, de trahison et de douleurs, mais aussi dans nos histoires d'amour et d'amitiés, de joie et de baisers, de complicités et de générosité.

Pour Pline, Dionysos était donc notre miroir, celui de la complexité de l'être dans toute sa fragilité, dans toute son incontournable duplicité, dans toute la nue-vérité de son humanité ; Dionysos se reflétait dans nos peurs et nos pleurs, nos joies et nos espoirs, nos rêves et nos cauchemars. Alors oui, parce qu'il nous ressemblait tant, Dionysos était un dieu campagnard, parfois rustre et paillard, excessif et extatique, mais il restait le grand maître de notre nature, de nos plaisirs, de nos fêtes et nos arts, arborant tour à tour le masque de notre tragédie ou celui de notre comédie. Parce que Dionysos était bien le dieu du réel et non le représentant d'une fallacieuse transcendance, il trompait parfois nos sens, mais ne nous mentait jamais sur nous-mêmes.

— C'est pourquoi, avait poursuivi le guide, contrairement à ce qu'une certaine vulgate se plaisait à perpétuer, Apollon ne symbolise nullement cette *Raison* que l'on oppose si souvent à la *Déraison* de Dionysos. Comment croire en effet que la raison pourrait être un simple leurre, un alibi pour nous forcer à renoncer à notre identité et à nos vies, aussi médiocres et précaires soient-elles ? Une raison qui se ment à elle-même s'appelle au mieux une mascarade, au pire une tare mentale qui relève de la pathologie. *A contrario*, comment ne pas accepter et honorer une déraison qui dit le vrai et dont la révélation nous aide à accomplir nos destinées dans ce temps fugitif qui, seul, nous appartient vraiment?

L'analyse avait été si séduisante que Natalia s'en rappelait chacun des principaux arguments.

— Voilà pourquoi, mes chers confrères, avait conclu Pline sur le sujet, Dionysos est le dieu de la raison par excellence, le seul dieu sur lequel nous autres, humains, pouvons compter. Oui, Dionysos est un dieu fou parce que la vie elle-même est pure folie, mes chers amis, un défi permanent lancé à l'entendement, à la mort et à notre mauvais destin. Et c'est pour mieux noyer notre chagrin qu'il nous fit d'ailleurs don du vin. Je vous invite ainsi à lever un verre à la santé de notre généreux bienfaiteur!»

La démonstration avait été exubérante, mais terriblement efficace, à l'image de cette personnalité hors du commun.

Et Natalia? Qu'en pensait-elle? Par elle-même?

Elle était troublée, indéniablement; par ce bon vin de Dionysos, incontestablement; par ces deux yeux exorbités de Romina qui semblaient la fixer, indubitablement. C'est que la tête de cette «grande prêtresse du cerveau», comme la surnommaient certains collègues, ne se trouvait qu'à quelques mètres de sa table

Natalia ne connaissait pas personnellement la victime, elle l'avait croisée plusieurs fois, bien sûr, au cours de colloques passés, mais ce qui était vraiment étrange, là, maintenant, c'est qu'elle n'éprouvait aucune peine ni la moindre empathie pour cette consœur. Tout cela ne tournait pas très rond.

Natalia était-elle devenue une bacchante?

Non, assurément, son esprit était clair, légèrement embrumé, mais étonnamment aiguisé. Elle était calme, se sentait même apaisée. Elle avait juste un peu de mal, au milieu de cette cohue environnante, à fixer ses pensées.

Alors? Apollon était-il simplement une illusion, comme l'avait affirmé Pline?

À l'évidence, le bel éphèbe avait les attraits du prince charmant de ces contes de fées que l'on raconte aux petites filles afin de mieux les endormir. Leur réveil s'avérait souvent brutal, les femmes qu'elles étaient devenues se trouvant confrontées à des destinées beaucoup plus triviales, le plus souvent désenchantées. Pour les garçons, Apollon était l'équivalent de ce preux et pieux chevalier des fables médiévales, sans peurs et sans reproches, auquel on leur demandait tant de s'identifier ; autant dire que leur désillusion ultérieure était tout aussi inévitable.

Oui, sans doute Pline exagérait-il un peu, mais il y avait quelque chose de vrai dans sa thèse.

Cela avait même frappé Natalia au cours de la présentation du nouveau Summum®, en début de dîner. Au point de se demander rétrospectivement si Pline n'avait pas abordé le sujet sciemment lors de leur visite à Bicêtre.

La version Absolute® du Summum® telle que décrite par l'équipe de vente de la Fondation Essentielle était en effet placée sous le prestigieux patronage d'Apollon. Le marketing à cet égard était extrêmement subtil, puisque le nom de la divinité n'avait jamais été mentionné dans les discours et qu'il n'apparaissait pas non plus dans les argumentaires. Mais c'était bien l'effigie du Dieu, la reproduction de son visage à partir d'une très célèbre statue, qui ornait en filigrane les emballages des produits et l'ensemble des documents publicitaires.

L'appropriation du symbolisme apollinien, de cet idéal de perfection physique, psychique et morale, n'était pas du tout innocente. À travers l'image de ce dieu de la lumière, de l'harmonie et de la vitalité, se dessinait en fait une vision particulière de la bonne santé mentale développée par les concepteurs du Summum®.

S'établissait ainsi une démonstration implicite entre l'action supposée du remède — une parfaite régulation de nos neuromédiateurs — et la promesse de ses effets thérapeutiques. Apollon était un dieu parfait parce qu'il disposait du don de la juste mesure ; la dernière version du Summum® promettait un homme en parfaite santé parce qu'elle prétendait offrir la juste stabilité de ses émotions.

Une phrase du chef de produit s'était révélée particulièrement éloquente : « Parce que votre cerveau sera alors équilibré et que cette stabilité sera parfaitement maintenue, vous atteindrez alors le Summum® de votre forme physique et mentale, vous contrôlerez à la perfection toutes vos émotions, vos possibilités sociales seront ainsi illimitées, vous pourrez utiliser votre intelligence au maximum de son potentiel, vous deviendrez enfin le maître de votre vie. »

« Être au Summum® et le rester pour toujours » : voilà ce que promettait ce traitement. Il ne s'agissait plus seulement de soigner un trouble ou de guérir une maladie, mais bien de proposer une autre manière d'exister, de construire un autre homme, un surhomme à l'âme de feu et au corps d'acier, un Apollon.

L'élément le plus probant de ce rapprochement avait été affiché lors de l'explication du modèle théorique retenu par les ingénieurs pour déterminer les réglages optimums du Summum®, notamment pour définir la vitesse et le mélange des quatre neuromédiateurs principaux que ce bijou de la technologie était censé commander.

La diapositive qui avait projeté cette « Matrice de Romina-Acken » avait chassé les derniers doutes de Natalia : elle avait pu retrouver dans cet étalonnage comportemental et émotionnel la plupart des caractéristiques positives qui définissaient la personnalité mythique d'Apollon.

Cela en avait été presque caricatural. En agissant sur la fluidité du cerveau, les concepteurs ne proposaient pas seulement de « transcender sa propre personnalité », mais ils affirmaient en sus pouvoir soigner la plupart des maladies somatiques. Adieu stress, timidité, anxiété, dépression, mauvaise humeur, fatigue, léthargie ! Mais adieu, aussi, migraines, surtension artérielle, diabète, obésité, cholestérol, sclérose en plaques, maladie de Parkinson !

De qui se moquait-on ?

L'accroche publicitaire imprimée sur les plaquettes promotionnelles résumait bien cette philosophie : « Avec le Summum®, construis-toi toi-même ! ». Natalia savait qu'il s'agissait d'une citation détournée, « empruntée » au professeur Delgado, lequel avait été l'un des précurseurs des techniques en stimulation cérébrale électrochimique.

C'est Delgado qui avait prédit dans les années soixante-dix l'avènement d'une société *psychocivilisée* qui permettrait de créer un « homme moins cruel, plus heureux et meilleur », une ère nouvelle de l'humanité où le « Connais-toi toi-même ! » deviendrait un... « Construis-toi toi-même ! ».

Apollon aurait-il réellement apprécié de voir son fameux précepte, celui qui fut longtemps gravé au fronton de son temple de

Delphes, cette devise qui avait nourri toute la philosophie occiden-
tale depuis plus de vingt-cinq siècles, être ainsi brutalement congédié
par un simple dompteur de cerveau ?

Toute cette mystique moderne autour du cerveau finissait
par embarrasser Natalia. Elle « croyait », *oui*, à une étiologie, une
cause, une origine partiellement liée à la physiologie, mais elle
ne prétendait pas comprendre et expliquer, car on ne savait pas
encore. En vérité, on ne connaissait presque rien du fonctionnement du cerveau. Alors, elle se taisait souvent et elle continuait à
chercher, infatigablement.

Mais la tournure actuellement prise par les neurosciences
ne lui plaisait guère, pas plus que cette dictature de la théorie des
neurotransmetteurs qui s'imposait partout et qui, de son point
de vue, contribuait à discréditer toute la neurologie. Alice Romina était l'exemple même de cette dérive, un chercheur obsédé par
la neurotransmission et la génétique.

Natalia posa une nouvelle fois son regard sur la tête de sa
collègue. Elle n'éprouvait aucun frisson de dégoût face à ce visage boursouflé et grimaçant. Bizarrement, cette vision évoqua
un autre masque de comédie, celui d'Éole le joufflu, en train de
souffler ses bons vents sur le monde.

Toute cette histoire avait commencé ainsi, par une simple histoire d'air — le *pneuma* des Grecs, le *spiritus* des Latins —, un souffle intelligent et subtil, une sorte de fluide intérieur, mystérieux et léger comme l'éther, insufflé dans notre corps à la naissance, non par ce dieu des vents un peu comique qui se rappelait au bon souvenir de Natalia, mais par le très sérieux architecte de l'univers en personne. Voilà ce que croyaient nos anciens.

C'était ce souffle intelligent qui, selon eux, avait permis d'*animer* l'inanimé, de passer du statut de végétal à celui de créature, donnant esprit à la vie, lui apportant son âme ; c'étaient ensuite ce souffle capturé — qui ne disparaîtrait plus qu'avec la mort — et ses mouvements incessants dans le corps qui, circulant dans la cavité des nerfs, étaient responsables de la sensation et de la motricité, de cette communication essentielle entre l'âme céleste et un organisme obéissant à ses flux et ses reflux.

Mais parce que l'âme appartenait à Dieu et que les douceurs de l'Inquisition avaient découragé longtemps toute spéculation trop hardie sur cet organe sulfureux, notre représentation du système nerveux et de ses «esprits animaux» qui l'habitaient était restée prisonnière de cette vieille conception de «conduits remplis de pneuma» jusqu'à la fin du XVIIIe siècle, jusqu'au moment où un chœur de grenouilles, qui ne devait plus rien à

Aristophane, s'était décidé à faire mentir le grand Aristote.

De simples grenouilles, la honte...

Natalia ne put s'empêcher de sourire en y repensant.

Plutôt que les vibrations de leur cœur, ce fut l'agitation des pattes de ces petits amphibiens, désormais débarrassés de toute conscience, qui provoqua d'abord l'émoi des scientifiques européens. Alors que les Français continuaient à se délecter tranquillement de la chair blanche et délicate de ces cuisses exquises, les Italiens réussirent à faire danser leurs aimables jarrets.

Depuis quelques années déjà, on s'était rendu compte, en Haute Cour ou dans les basses-cours foraines, qu'une petite décharge électrique sur le corps, délivrée par un condensateur archaïque, provoquait des contractions musculaires.

Mais le professeur d'anatomie Luigi Galvani découvrit qu'il pouvait obtenir le même effet sans avoir recours à cette « électricité artificielle », seulement en établissant, *via* deux tiges de métal conducteur, un contact entre le nerf sciatique d'une grenouille et le muscle de l'une de ses cuisses : « La patte de l'animal se dresse et se soulève... »

Quelle était donc cette énergie étrange, responsable des contractions et des mouvements de la jambette de la rainette ? Pouvait-elle être « inhérente à l'animal lui-même » ? Galvani avait conclu dans ce sens : « Nous croyons qu'il est probable que le fluide nerveux soit fabriqué par la force du cerveau. »

Les « esprits animaux » venaient d'être remplacés par « l'électricité animale » ; le *pneuma* spirituel congédié par un simple courant matériel.

Cette électricité « animale », quelle fantastique découverte !

Puisque le fonctionnement du système nerveux se révélait affaire de physique et non plus de métaphysique, une autre question pouvait maintenant être posée : d'où provenait cette électricité qui permettait de nous animer, qui favorisait le contrôle de nos perceptions et de nos mouvements ? Comment était-elle produite ?

Ce fut l'opposant le plus redoutable de Galvani qui contribua à éclairer cette nouvelle énigme. Bien malgré lui, au demeurant ! Des talentueux efforts déployés par le célèbre Alessandro Volta pour invalider la théorie de l'énergie « inhérente » de son compatriote était née la première pile électrique de l'histoire, la fameuse pile… voltaïque. Mais la relation analogique que rendait possible cette invention ne put être établie que lorsque l'anatomie du cerveau fut un peu mieux connue.

Au tout début du XXe siècle, Ramón y Cajal, un physiologiste espagnol, émit l'hypothèse que le tissu nerveux était constitué de petites cellules spécifiques et discontinues — les « neurones » —, lesquelles étaient séparées par d'infimes espaces leur servant également de « points de jonction » — les « synapses ». Et si, donc, ces neurones fonctionnaient eux-mêmes un peu comme des piles de Volta ? Si les neurones se comportaient comme de petites piles biologiques ? C'est ce que démontra en 1902 un autre physiologiste, un Allemand dénommé Julius Bernstein.

Pour boucler ce circuit nerveux autonome, il restait cependant à franchir un obstacle majeur, malgré sa petite taille : comment cette « électricité animale » pouvait-elle se propager à travers des « vides », ces synapses qui séparaient les neurones et qui, dès lors, agissant comme des isolateurs, interrompaient la transmission du flux énergétique ?

Patatras ! Retour des p'tites reinettes !

On dut faire appel, une nouvelle fois, au grand cœur des grenouilles afin de résoudre cette dernière difficulté. En 1921, Otto Loewi, un autre chercheur allemand, montra que cette communication entre les neurones s'effectuait grâce à une transformation et à un transport de nature chimique. Arrivé à l'une des extrémités d'un neurone, le signal électrique était converti en instructions chimiques, puis aussitôt embarqué dans une petite vésicule pour permettre sa traversée. Cette barque — le « neurotransmetteur » — naviguait alors dans la fente synaptique avant d'être récupérée sur l'autre rive par un neurone voisin, lequel se hâtait aussitôt de décoder et de traduire les informations afin de rétablir le courant entre insulaires, pour favoriser sa propagation dans le système nerveux.

La théorie centrale des neurosciences modernes était désormais en place, confirmant une très vieille intuition formulée vingt-cinq siècles auparavant par Alcméon de Crotone, un des premiers physiologistes de l'Antiquité. Idée qui avait été reprise et transmise par le grand Galien en personne, la principale autorité médicale de l'Occident depuis l'époque romaine : « Là où se trouve l'origine des nerfs, là est le principe de l'âme rationnelle. »

Ah! L'âme rationnelle, soupira Natalia en elle-même, *cet éternel et épineux problème que l'on évitait bien d'aborder!*

Pour se débarrasser des polémiques incessantes, la science moderne avait fait mine de céder l'âme éthérée et son esprit pneumatique à la théologie ou à la philosophie. On avait seulement conservé dans les laboratoires le ratio de raison nécessaire, cette part de *ratio* qui nous permettait de raisonner… raisonnablement.

Cette faculté rationnelle était devenue un ensemble de processus électrochimiques permettant seulement de « penser », de « peser » les choses, comme disaient les Latins, une suite de calculs objectifs, de décisions et d'instructions utilitaires, répartis en deux classes : d'un côté, une pensée de l'organisme, inconsciente, formée de processus réflexes intelligents générant des stimuli comportementaux ; de l'autre, un ensemble d'opérations réfléchies qui établissait et définissait la pensée consciente.

C'était cette dernière aptitude à nous penser nous-mêmes, cette disposition si particulière de la créature humaine, qui séparait — disait-on — l'homme des autres espèces animées. En son temps, Alcméon de Crotone avait déjà clairement formulé cette distinction : l'homme « est le seul à disposer de la conscience alors que les autres ont des sensations sans avoir la conscience ».

Sacrée conscience! Qui es-tu, coquine?

Le plus coriace des phénomènes cognitifs à approcher. Pourtant, les savants n'avaient jamais abandonné l'idée d'accrocher une nouvelle rosette de victoire sur leur jaquette immaculée. Mais pour y parvenir, il faudrait d'abord réussir à matérialiser la conscience.

Une affaire loin d'être gagnée, ma grande!

Pourrions-nous, un jour, vraiment, transformer en équation les flux de l'intelligence et l'écrire simplement en blanc sur le grand tableau noir de la recherche?

Comme cette formule mathématique de la dépression qui s'était affichée ce soir sur l'écran de projection? Quelle arrogance, à y repenser!

L'enthousiasme des chercheurs était immense à ce sujet, mais le doute ne l'était pas moins. D'abord, les grenouilles ne les aidaient plus : après avoir payé un lourd tribut à la science, on les avait déclarées incompétentes en matière de pensée réflexive, et renvoyées panser leurs plaies ailleurs. Ensuite, malgré les belles explications savantes, la conscience se dérobait toujours aux regards, elle restait insaisissable aux grosses lunettes et aux enregistreurs, tel un éternel fantôme rôdant dans la machine humaine, une ombre très agaçante qui ne cessait de se soustraire à la vigilance des capteurs ou des microscopes, fussent-ils de puissance atomique. Ce n'était pourtant pas faute d'essayer de la traquer : certains tentaient de capturer son image, ses couleurs ou les vibrations de son ectoplasme ; d'autres essayaient de localiser sa position grâce à des caméras à positons.

Dures sciences, en vérité, que nos neurosciences ; beaucoup plus impénétrables que la dure-mère qui cachait l'objet de toutes les convoitises !

Natalia s'égarait maintenant dans d'autres pensées : elle était comme hypnotisée par les yeux sans âme de Romina.

Voilà donc tout ce qui restait des convictions inébranlables de sa consœur : le reflet d'une hésitation ultime, la peur du dernier souffle gravée dans la dilatation de ses pupilles.

C'était l'esprit du vin qui, sans doute, donnait à Natalia cette vertigineuse impression de se trouver ailleurs, totalement inaccessible au chagrin, isolée des sentiments par une seconde peau, une sorte de cocon intérieur, tiède et très soyeux. Elle s'en voulut presque de ne ressentir aucun chagrin.

In vino veritas ?

Comment expliquer autrement ses humeurs étranges en pareil moment ?

Les humeurs...

Natalia ne pouvait pas éviter de voir celles de Romina, ces liquides biologiques qui suintaient et qui commençaient à goutter des orifices de la tête et du cou déchiré de sa consœur. Sans doute sous l'effet d'une décongélation accélérée par la chaleur ambiante des projecteurs.

Romina croyait-elle vraiment à la théorie des humeurs ?

Les « humeurs » : ainsi avaient été désignés très longtemps ces fluides corporels qui se mélangeaient lentement devant ses yeux, sur le revêtement brillant qui recouvrait la scène.

Le poids de cette conception antique s'entendait toujours dans nos expressions familières et empreignait encore nos explications médicales.

Les premiers physiologistes de l'Antiquité avaient dû reconstituer le fonctionnement de l'organisme humain sans pouvoir s'aider autrement que par la dissection animale. Car ouvrir un corps humain, c'était commettre une profanation redoutable, s'exposer à la foudre divine et à la persécution des hommes.

Les premiers observateurs du corps ne disposaient donc que de la comparaison analogique pour tenter d'expliquer ce qui était inaccessible à leurs études. Cette méthode pour élaborer une connaissance privée de toute observation directe ou de l'expérience empirique avait été formulée par le philosophe ionien Anaxagore : « Le visible est l'œil de l'invisible. »

Or, ce qui s'offrait au regard des médecins, ce qui se déversait de l'organisme, que ce dernier soit en bonne santé, malade ou encore blessé, c'étaient des substances plus ou moins liquides — *humor* en latin —, lesquelles s'écoulaient — « fluaient » — des différents orifices naturels ou accidentels : sang, urine, larmes, salive, sueur, sperme, pus, lait.

Ces épanchements *visibles* du corps allaient permettre d'élaborer les premières théories du fonctionnement interne, *invisible*, de la physiologie humaine. Les physiciens ne faisaient-ils pas de même pour interpréter les phénomènes astronomiques en espérant mettre *bon ordre* dans le ciel, pour donner forme au cosmos ? Et l'homme n'était-il pas, au fond, juste un modèle réduit, un microcosme issu de cet Univers infini qui lui avait donné la vie, le miroir de ce macrocosme que l'on essayait d'appréhender avec notre *ratio* et d'expliquer avec les fragiles outils de la science naissante ?

Les médecins procédèrent donc ainsi, ils utilisèrent l'analogie.

Si je me rappelle bien, c'est le gendre d'Hippocrate...

L'explication qui allait être promise à une grande postérité fut élaborée par Polybe au Ve siècle avant notre ère. Pour ce disciple du père de la médecine, le corps était composé de quatre liquides essentiels, au même titre que le cosmos semblait constitué par quatre éléments primordiaux.

Chacune de ces humeurs était ainsi associée à la qualité principale de l'un de ces composants universels : le phlegme — la lymphe — avait la froideur de l'eau ; le sang possédait l'humidité chaude de l'air ; la bile jaune était bouillante comme le feu ; la bile noire aussi sèche que la terre. Le dosage de ces humeurs dans l'organisme était influencé par les quatre saisons en vertu d'une autre analogie climatique, mais, aussi, en fonction de l'âge des personnes : la proportion de phlegme augmentait ainsi forcément en hiver, celle du sang au printemps, la quantité de bile jaune était plus importante en été et celle de la bile noire en automne.

Une bonne santé requérait donc la juste proportion de ces humeurs, un «mélange parfait en qualité et quantité» : un bon *tempérament*. L'évacuation extérieure par les orifices naturels prouvait *a contrario* un déséquilibre de cette harmonie intérieure, lequel prenait immédiatement la forme d'une faiblesse ou d'une maladie.

Les troubles mentaux étaient provoqués par les mêmes

causes, en l'occurrence un excès de phlegme ou de bile, qui provoquait rapidement une «détérioration du cerveau» par son
refroidissement ou sa surchauffe : «Ceux qui sont rendus fous
sous l'effet du phlegme sont tranquilles, ne crient pas et ne sont
pas agités ; tandis que ceux qui le sont sous l'effet de la bile sont
braillards, malfaisants, toujours excités et agissent sans cesse à
contretemps. »

Pour espérer guérir les maux du corps ou les troubles de
l'esprit, il convenait d'essayer de rétablir le déséquilibre du mélange humoral grâce à la diététique et une bonne gymnastique
du corps et de l'âme. Se rajoutaient à ces traitements des remèdes
plus actifs qui favorisaient l'évacuation ou la stabilisation des
coupables liquides : il fallait assainir l'organisme par les saignées,
les expurgations forcées, les bains ou autres expédients.

Quel retour aux origines, lorsqu'on y songe !

Cette théorie avait régné sans partage sur la médecine occidentale jusqu'à la fin du XVIIe siècle ; elle était défendue encore,
il y a quelques décennies à peine, par un groupe d'irréductibles,
véritables héritiers des médecins de Molière.

Mais le plus étonnant, c'était de constater que la psychiatrie
neurologique avait réussi à la ressusciter au grand jour, sans rencontrer une grande résistance. Certes, dans le nouveau cerveau
électrique, le processus cognitif — cette ancienne «superfluité
pure et lumineuse qui émanait d'une sécrétion du sang» — avait
été remplacé par les étincelles du flux nerveux électrochimique.
Mais le principe thérapeutique restait identique : pour Alice Romina et ses adeptes, il fallait «fluidifier» à tout prix.

Le vocabulaire avait évolué — on préférait dire aujourd'hui
«réguler» —, mais, dans la pratique, les neuropsychiatres avaient
seulement substitué quatre neurotransmetteurs aux quatre
humeurs hippocratiques. Ils utilisaient dorénavant leurs merveilleuses barques biochimiques pour tempérer les humeurs électriques de leurs patients.

La théorie humorale moderne avait fait sa réapparition
dans les années soixante, lorsque l'on avait constaté qu'une classe
de psychotropes permettait d'augmenter la quantité de sérotonine dans le cerveau, et que ce phénomène semblait agir sur la
dépression de certains patients. On avait déduit de cette simple

constatation un postulat, à savoir que la dépression était liée à… un manque de sérotonine.

Ce n'était plus un excès de bile noire qui était responsable de cette mélancolie séculaire, mais une carence en neurotransmetteurs.

Curieux syllogisme, tout de même! Qui revenait à dire que, puisque le paracétamol agissait sur les céphalées, les migraineux étaient donc des gens qui manquaient… de paracétamol!

Pendant plus de deux millénaires, Asclépios avait bien rigolé : la bile noire imaginée par son descendant Polybe avait réussi à leurrer tous les médecins. On avait eu beau saigner et ressaigner des millions de patients, souvent jusqu'à leur décès, personne n'avait jamais réussi à apercevoir cette terrible atrabile que l'on avait tenue *mordicus* responsable des tristesses de l'âme. Mais qu'importait cette erreur précédente, pourtant si impressionnante, pour les dieux de la neurologie moderne? Leur dogme tout neuf n'en fut que mieux affermi : le déficit de sérotonine fut bientôt rendu responsable de tous les maux de l'espèce humaine, ou presque : agressivité, boulimie, hyperactivité, anxiété, trouble bipolaire, envie suicidaire, etc.

On affina un peu les détails pour crédibiliser l'article de foi et l'offre pharmacologique : trois petits frères vinrent rejoindre leur grande sœur sérotonine sur le banc des accusés. Dix ans plus tard, le fameux quaternaire hippocratique faisait sa réapparition en fanfare : les quatre grandes pathologies psychiatriques s'étaient vues associées à un excès ou à un déficit de l'un des quatre neurotransmetteurs sélectionnés par les apôtres de la nouvelle religion.

Aucune preuve de ces conjectures ne fut jamais apportée. Mais, tout comme l'hypothèse de la bile noire avant elle, cette spéculation se transforma bientôt en paradigme. Relayée par les publications scientifiques «à comité de lecture», les institutions corporatistes, les académies respectables, les médias avides de sensations, elle se répandit dans tous les pays et dans toutes les chaumières à la vitesse de la lumière. C'est que, depuis Hippocrate, le monde lui-même était devenu un système très nerveux, fonctionnant à l'électricité.

Aujourd'hui, nous en étions restés là, dans une version plus élaborée que l'on avait saupoudrée d'une pincée de génétique.

Et chez nous, en France, c'était Alice Romina qui était devenue le chef de file, puissant, respecté et incontesté, de cette croyance.

Il fallait bien admettre que Romina possédait un don pour faire avaler des pythons delphiques à ses interlocuteurs.

Natalia se remémora la première conférence sur le Summum® qui s'était tenue à Toulouse, quelques années auparavant, pour le lancement de la première version commerciale de ce produit.

La «grande prêtresse du cerveau» avait alors exposé à la presse les principes directeurs de ce remède présenté comme une révolution dans les soins psychiatriques. Natalia se souvenait parfaitement de ce discours :

— «Avant la découverte de l'ADN, avait commencé Romina, nous autres, les humains, pensions être uniques à la face de l'Éternel et des autres mortels. Damned! Voilà que le déchiffrage de notre génome — ce programme biologique qui commande le développement et le fonctionnement de notre organisme, comme vous le savez — nous a appris l'extrême immodestie de cette espérance. En réalité, nous partageons plus de 99,9 % de nos caractéristiques physiologiques personnelles... avec tous nos autres congénères! Et même 99 % ou presque avec nos frères d'enfance, les simiens. Un véritable choc pour tout *sapiens sapiens* qui se respecte, vous me l'accorderez! Cette humiliante victoire à la Darwin a de quoi faire frissonner nos egos, je l'admets. Heureusement, diront certains, qu'il reste ce petit 0,1 % pour départager quand même Marcel et Marcelle. C'est bien ce minuscule écart qui, d'après eux, crée nos différences. De corps et d'esprit. Qui nous sauve, en quelque sorte, d'un clonage total. Marcel est un brave type qui peut différer des autres grâce à son génotype personnel. Un strabisme prononcé, des jambes trop courtes, une calvitie précoce? Cette heureuse singularité, Marcel le devrait à un phénotype particulier, sa propriété exclusive. L'apparence semble sauve, mes chers amis, et notre libre arbitre semblablement préservé. Mais, derrière cette illusion, se cachent encore les sombres desseins de la destinée. Ce misérable pourcentage censé nous libérer est en réalité totalement responsable, non seulement de notre anatomie, mais, aussi, des traits de notre caractère : au fin fond de nos gènes trompeurs sont trempés nos *tempéraments*!»

Romina avait expliqué ensuite que c'était notre patrimoine génétique qui, décidant des réglages de la circulation électrique de notre organisme, influait finalement sur tous nos comportements.

En nous dotant d'un mélange plus ou moins bien équilibré de ces neurotransmetteurs, la génétique était directement responsable de nos humeurs, de notre vigueur ou de notre fragilité. De nos potentialités psychologiques et somatiques.

Bien sûr, avait-elle concédé, il y avait des élus qui naissaient bien équilibrés. Mais ils étaient fort peu nombreux. Tous les autres étaient dotés d'un mauvais mélange biochimique. Ceux-là, c'est-à-dire la grande majorité des humains, héritaient dès le couffin d'une tendance biochimique plus accentuée qui déréglait le fonctionnement optimal de la belle horlogerie électrique. Et là, plus d'égalité du tout.

À entendre Romina, c'était un peu comme le loto ou l'astrologie : pour gagner son bon lot de neurotransmetteurs, il valait mieux naître sous la protection d'une étoile bienveillante. *Le dopaminien*, type le plus rare, semblait aussi le plus chanceux, un énergique extraverti, rationnel et pragmatique ; *l'acétylcholinien* n'était pas trop à plaindre non plus, un cérébral créatif, enthousiaste et charismatique ; *le gabalien*, le plus commun, un organisé de première, sociable, obéissant et altruiste ; *le sérotonien*, la jouait un peu trop personnel, mais c'était un hédoniste par excellence et un aventurier audacieux.

Quelle absurdité, lorsque j'y repense !

C'était à cet instant précis du discours de la conférence de Toulouse que Natalia avait fait le rapprochement avec la théorie des humeurs et son évolution jusqu'à nos jours.

Cinq siècles après son concepteur Polybe, Galien avait récupéré un schéma initial déjà enrichi par des transmissions successives. Mais le célèbre médecin de Pergame avait ajouté une dimension psychologique inédite.

Pour Galien, un mauvais équilibre des humeurs nuisait également «aux fonctions de l'âme», qui étaient tenues pour responsables de la détermination de nos tempéraments. «Ainsi, avait-il remarqué en observant de jeunes enfants, d'aucuns se

montrent très lâches et peureux, certains sont insatiables et gourmands, d'autres affichent des dispositions contraires.» Autant de
signes qui lui avaient permis de conclure que «la nature de l'âme
n'est pas la même pour tous».

Galien n'était pas allé plus loin sur ce terrain psychologique
de l'enfance, mais un auteur plus tardif avait exploré ensuite la
voie ouverte par le maître, apportant ainsi la touche finale à un
concept quaternaire qui allait envahir l'Occident médiéval et
s'imposer comme le pilier central d'une conception médicale
imprégnée de symbolisme cosmologique et théologique.

Dans son traité *Sur le pouls et le tempérament humain*, ce
médecin anonyme de l'époque byzantine avait associé définitivement les caractères aux humeurs : «Les humeurs ont une action
sur le psychisme et l'intelligence», avait-il écrit. On pouvait en
effet observer, avait-il continué, que, lorsque le sang fluait en
abondance, le liquide rendait l'individu «très beau, à la belle
voix, direct, enjoué, gracieux, souriant». Si la bile jaune prédo-
minait, l'excès de cette humeur contrariait sa couleur de peau, le
rendait boulimique, suscitait «son irascibilité et sa colère»; si le
phlegme l'emportait, l'homme était toujours «beau d'aspect»,
mais «sans orgueil», accablé par les tracas et les soucis, son teint
devenait même morne; l'excès de bile noire suscitait au contraire
un regain de force physique, mais également la méfiance, l'envie,
la duplicité et... l'envie de dormir.

C'est pourquoi, lorsque Alice Romina, à Toulouse, avait
décrit le plus sérieusement du monde les caractéristiques princi-
pales des quatre grands types de tempéraments déterminés génétiquement par leur dotation en neurotransmetteurs, Natalia en
avait presque sursauté sur sa chaise. Elle avait cru retrouver dans
les propos de sa consœur une copie à peine modernisée de cette
conception médiévale des humeurs qui avait divisé l'*homo* latin
en quatre lettres, en quatre catégories, en quatre caractères.

Le «dopaminien», l'«acétylcholinien», le «gabalien» et le
«sérotonien» de Romina avaient simplement remplacé le «san-
guin», le «bilieux», le «mélancolique» et le «flegmatique» des
temps anciens.

Et lorsque la conférencière avait rajouté que «la vraie promesse du Summum® était de redonner sa chance à chacun, de lui

conserver sa meilleure part tout en lui offrant celle des autres, de rétablir les inégalités de l'évolution et de la naissance en quelque sorte, de lui permettre d'être au Summum® de sa forme et de ses capacités», Natalia s'était rappelé une phrase de Raymond Lulle, le célèbre franciscain mystique du XIIIᵉ siècle : «Quand les tempéraments sont troublés, les médecins s'efforcent de les régler. »

Ainsi, les nouveaux docteurs de l'âme ne saignaient plus, ne purgeaient plus, n'évacuaient plus les fluides corporels afin de régler les tempéraments de leurs contemporains, mais ils stimulaient, inhibaient ou stabilisaient leurs flux neuronaux afin de modifier leurs comportements.

Une nouvelle salve de vociférations mégaphoniques arracha Natalia à sa méditation. Elle constata que les invités des tables les plus éloignées de la scène avaient déjà commencé à être évacués avec méthode par de nombreux agents, empruntant la travée centrale qui leur permettait de gagner plus rapidement la sortie. Elle aperçut le policier en civil qui tenait le porte-voix et qui se tenait au milieu de la salle.

Beau quadra, pensa-t-elle, *un apollon mauvais garçon, virilité totale, look baroudeur, mais soigné. Un beau tempérament, je le croquerais bien en dessert.*

Le « beau quadra » semblait donner des instructions à trois autres de ses collègues. Natalia ne put s'empêcher d'esquisser un nouveau sourire à la vue de ce trio, qui lui parut vraiment insolite.

— « Un albatros estropié, une dinde bien enrobée et un chat de gouttière ébouriffé », ironisa-t-elle, à voix basse.

Sans leurs brassards rouges marqués « Police », Natalia n'aurait jamais imaginé que les spécimens de ce bestiaire puissent appartenir aux membres des forces de l'ordre.

Était-ce encore l'effet du vin de Dionysos, dont elle avait largement abusé, qui la rendait si cynique, sujette à ces sautes d'humeur, totalement étrangère au drame qui venait de se jouer et à toute l'effervescence qui avait envahi l'espace situé sous ce «dôme en as de pique de la chapelle»? Elle aimait bien cette courte citation de Malraux qui avait été reproduite sur la carte du menu. Alors, trop de vin, vraiment?

Natalia attrapa son verre à moitié plein puis but d'un seul trait son contenu après avoir porté un toast à haute voix :

— «Gloire à toi, ô immortel Dionysos!»

Philippe, l'un des visiteurs de Bicêtre, qui était aussi l'un de ses compagnons de tablée, se tenait debout à ses côtés. Il lui demanda, inquiet :

— Tu te sens bien, Natalia?

— Le vin, c'est beaucoup mieux, plus agréable que la sérotonine, Philippe, répondit la jeune femme. C'est notre Galien lui-même qui l'affirmait : «Le vin manifestement dissipe toute espèce de chagrin et la dysthymie.» Ah, sagesse louable des anciens!

Sa réponse perturba ledit Philippe, qui n'en avait pas vraiment besoin, vu la pâleur de son teint.

— Tu ne veux pas t'asseoir, Natalia?

— Mais tu n'as rien écouté Philippe! Que disait tout à l'heure le devin Tirésias?

— Je ne sais pas, Natalia, je ne suis pas certain que cela soit vraiment opportun.

Natalia continua quand même, imperturbable :

— «Lorsqu'ils se sont emplis du nectar de la vigne, il leur donne l'oubli de leurs maux journaliers, par le sommeil, le seul remède à leurs souffrances.»

Philippe ne comprenait pas l'attitude de sa collègue, visiblement éméchée. Il préféra se détourner avant de murmurer, un peu fâché :

— Un peu de tenue, Natalia, tout de même…

Était-elle vraiment indécente?

Elle ne le savait pas, mais ce qu'elle voyait, à présent, c'était «la dinde bien enrobée» qui se rapprochait de leur table, à grosses pattes décidées, flanquée de plus menus poulets. Elle aurait dû sourire à nouveau, mais elle se renfrogna, vexée par la remarque de son collègue.

C'était peut-être vrai, ce qu'avait dit Philippe, même s'il aurait pu le dire plus gentiment. Comment pouvait-elle être gaie et se sentir aussi peu concernée par le drame qui se jouait ici ?

Arrivée à destination, « la dinde bien enrobée » se mit à parler, s'adressant fermement, mais très poliment, à son groupe de convives :

— Mesdames et Messieurs, je suis le lieutenant Jérôme Bouchon. Nous allons commencer votre évacuation après celle des personnes de la table située sur votre droite. Je vous prierai de bien vouloir vous conformer aux instructions qui vous seront communiquées par ces agents.

Elle glousse fort bien, pour une dinde, se dit Natalia.

— Nous procéderons au relevé de vos identités à l'extérieur du bâtiment et nous…

La Boule n'acheva pas sa phrase, il venait d'être perturbé par la proximité de la tête de Romina, qui se situait désormais dans son champ de vision.

Certes, nul mieux que lui, en tant que procédurier, n'était conscient de la nécessité de préserver une scène de crime de toute pollution extérieure. Mais les personnels de la police scientifique n'étaient pas encore dans la place. Il ne pouvait pas décemment laisser cette tête à la vue de tous, traumatiser davantage ces malheureux spectateurs qui devaient l'être bien assez.

Il prit sa décision très vite, prononça un rapide « Excusez-moi, je reviens », tira violemment sur un bord de la nappe rouge qui recouvrait une desserte vide, s'en saisit, et se dirigea vers la scène, suivi par tous les regards.

Lorsqu'il arriva à côté du plateau, la tête de Romina lui fit l'effet de celle d'une mégère, d'une gorgone menaçante. Il s'apprêtait à la recouvrir du morceau d'étoffe lorsqu'un détail attira son attention. Dissimulé partiellement sous son épaisse chevelure, une sorte de petit boîtier métallique dépassait légèrement de la boîte crânienne.

Comme si…

La Boule pensa immédiatement à la vidéo du taureau de Delgado, celle dont il avait visionné des extraits au bureau. La ressemblance entre les deux dispositifs était surprenante.

Bien que cette petite diode rouge qui clignote, là…

Lui revinrent aussitôt en esprit les mots du dernier message qu'Héraclès avait fait parvenir au Quai : « … pour assister au feu d'artifice qui clôturera notre bal costumé. »

La Boule comprit instantanément que, contrairement aux conclusions préalables de l'équipe, la menace était bien réelle, que ce « feu d'artifice » n'était pas qu'un simple indice de localisation.

Que faire, maintenant ? Ne pas céder à la panique, surtout ne pas la transmettre.

Il approcha sa bouche du col de sa veste et murmura à voix basse dans le micro-cravate de son talkie-walkie :

— Le Che, fais accélérer la sortie tout de suite ! Alerte aussi le déminage, nous avons un big problème : le feu d'artifice semble bien programmé.

Franck, qui se trouvait toujours au centre de la chapelle, se retourna immédiatement dans la direction de Jérôme, acquiesça de la tête pour confirmer qu'il avait bien reçu le message.

C'était bon…

Avant de se retourner, La Boule vit Delajoie apparaître à l'extrémité d'une travée, le patron avait en effet été retardé sur le trajet. La Boule commença alors à s'éloigner, aussi naturellement qu'il le pouvait, laissant glisser l'inutile nappe rouge à ses pieds.

Il se rapprocha à nouveau de la table de Natalia, souhaitant commencer l'évacuation sans tarder. Cette dernière, qui avait tout observé, se demandait ce qui pouvait bien se passer.

Tout cela ne semblait pas très normal, en fait, même pour un esprit brouillé par quelques verres en trop.

Ce fut là sa dernière pensée.

Celle de La Boule, lorsqu'il entendit le petit cliquètement si caractéristique d'un mécanisme de mise à feu, alla à son petit Boris. Il n'eut pas le temps de faire d'autres adieux.

À peine venait-il de bredouiller le nom de sa compagne que le souffle de l'explosion le plongea dans les ténèbres.

Ce que Pline avait omis de dire aux visiteurs de Bicêtre, ce que Natalia avait elle-même oublié dans les vapeurs du vin, c'est que Dionysos était un dieu vengeur, implacable avec tous ceux qui refusaient de reconnaître sa divinité.

Et contrairement à celle des hommes, la vengeance d'un

dieu était un plat qui se mangeait toujours chaud.

Quelques secondes plus tard ne restait des premières ran-gées de tables et de leurs occupants qu'un champ de ruines et d'agonie.

Dans l'épaisse fumée qui s'élevait en dévoilant son horrible mystère, on pouvait discerner les ombres d'une danse macabre et entendre les rires déments des bacchantes.

19.

Bastien n'était pas loin de changer d'avis sur la notion de fatalité. Jusqu'à présent, il avait cru que la fatalité n'était qu'un terme désignant cette succession rapprochée d'événements malencontreux qui surviennent immanquablement, une ou plusieurs fois, au cours d'une existence.

*Non, il n'avait jamais cru au destin ou à une quelconque forme de transcen*dance.

Il ne pouvait adhérer à cette idée d'une intelligence supérieure et tyrannique qui nous transformerait en simples marionnettes de ses caprices et se jouerait de nous au gré de ses humeurs.

Bastien ne croyait qu'au seul hasard, c'est-à-dire à ce chemin insaisissable emprunté par la vie, laquelle n'obéissait à aucune règle de physique ou de métaphysique imaginée par les hommes.

La vie n'était pour lui que contingence et mouvement, un foisonnement exubérant. Et même si l'on pensait pouvoir éviter quelques-uns de ses accidents par la prudence, elle déjouait le plus souvent nos ruses, décidant seule de la suite du chemin que nous emprunterions.

La chance ou la malchance — cet autre nom donné à la fatalité — n'étaient que les résultats de combinaisons aléatoires liant des phénomènes essentiellement imprévisibles, une interaction de circonstances souvent fortuites, indépendantes les unes des autres, laquelle s'agrégeait indéfiniment aux résultats d'autres compositions tout aussi indéterminables.

Et parce que tout cela nous paraissait absurde, nous essayions désespérément d'interpréter ces événements pourtant dénués de toute signification. Nous isolions alors un instant arrêté de ce flux permanent ; nous prenions une photographie de cet enchaînement perpétuel des causes et des effets ; nous tentions alors de faire parler, tel un miroir, cette image fixe afin qu'elle nous raconte une histoire, un récit réfléchi qui nous aiderait, pensions-nous, à trouver une logique à ces assemblages anarchiques qui gouvernaient largement nos vies.

Là était notre drame : tenter de mettre l'être en équation ; ce qui, bien sûr, ne pouvait être. Jamais la vie ne se laisserait calculer par et pour une mauvaise raison, jamais elle n'accepterait de livrer un mystère qui n'était qu'une série illimitée d'inconnues. À bien y réfléchir, c'est même cette quête illusoire du sens… Mais non !

Bastien n'avait plus du tout la tête à réfléchir, son crâne menaçait d'exploser sous l'effet de ce tourbillon de pensées chaotiques.

Tout cela n'avait justement aucune explication ! Cet acharnement de l'adversité démontrait bien qu'il n'y avait rien à comprendre, juste à subir, juste à pleurer, juste à hurler, juste à souffrir, juste à traîner son insensée carcasse jusqu'à la tombe.

Il expira longuement, lentement, pour tenter de calmer son tumulte intérieur.

Retourner au néant, voilà ce qui restait à faire : simplement embrasser le néant et s'embraser avec lui.

À bien y réfléchir *quand même*, ce mauvais sort qui s'évertuait à frapper la brigade ne devait rien à ce misérable hasard ; leur poisse portait même plusieurs noms. Le sort du Magicien, celui qui les avait menés ce matin au cimetière, était déjà réglé ; mais pour l'autre ? Cet Héraclès qui venait de les conduire au service de réanimation des grands brûlés de l'hôpital Saint-Louis ?

Il fallait s'en occuper très vite, lui renvoyer la monnaie de sa mauvaise pièce !

C'était la première fois que Bastien éprouvait cette sensation si violente, celle de la haine pure, une pulsion sourde, brutale, destructrice qui ne demandait qu'à jaillir, qu'à s'extraire du corps ; c'était la première fois que cette émotion bestiale ne pouvait pas être contenue par la réflexion et cette digue morale que la raison opposait habituellement aux élans spontanés des passions ; c'était la première fois, surtout, que Bastien était saisi d'une envie aussi irrésistible de vengeance.

Son portable se mit à sonner, il regarda l'écran pour lire le nom de l'appelant, puis répondit immédiatement tout en essayant de contrôler sa colère :

— Oui… Tu as eu mon message ? Non, je ne pourrai pas passer cette nuit, Marie. Comment ? 9 morts et 13 blessés graves. Je ne sais pas… D'accord. Moi aussi.

Il raccrocha sèchement et fut soudain la proie d'une bouffée délirante. Il se mit à frapper le téléphone sur le volant de la voiture avec une rage inhumaine, hurlant une rafale de « Merde ! », jusqu'à ce que son terminal vole en éclats.

Franck, qui occupait la place avant du passager, à ses côtés, releva la tête et l'observa sans dire un mot. Lui aussi avait la mine triste, les yeux rougis par les larmes, le teint blafard et les traits tirés.

Cela faisait cinq minutes qu'ils étaient assis tous les deux sans parler, dans un véhicule banalisé, mal stationné sur un trottoir de l'avenue de la Grange aux Belles, moteur coupé et feux éteints, dans le noir et le silence les plus complets.

Cela faisait dix minutes qu'ils avaient dû abandonner La Boule aux portes du bloc.

Enfin, ce qu'il restait de leur collègue et ami.

Jérôme semblait s'accrocher à la vie ; il était dans le coma, son corps était un champ brûlé, il avait perdu ses jambes et un avant-bras, mais respirait toujours. Le pronostic vital semblait engagé, mais il n'y avait plus rien à faire, sauf à attendre, sauf à… prier pour qu'un miracle se produise.

Ils savaient bien tous les deux que les miracles, ça n'existait pas vraiment.

Ouais, leur ami était maintenant aux portes de la nuit, seul, livré corps et âme aux mains de cet insupportable hasard…

Étrangement, c'était Kowiak qui avait réagi avec le plus grand sang-froid. Il était même resté avec Jérôme, avait été autorisé, malgré sa propre infirmité, à pénétrer dans la salle opératoire, où les chirurgiens allaient tenter de faire leur «maximum». Un maximum qui semblait tout de même assez minimaliste. En fait, Kowiak venait de les libérer de sa propre charge, leur permettant de mieux se concentrer sur la traque du coupable. C'est lui qui les tiendrait au courant désormais au sujet de Jérôme.

Un couple qui remontait le trottoir fut obligé de contourner la voiture mal garée en empruntant la chaussée, ce qui sembla déplaire fortement à l'un de ces passants. Sans doute cet homme avait-il aperçu le gyrophare éteint qui était posé sur le tableau de bord ou la plaque fixée sur le pare-soleil du côté passager et qui indiquait «Police», car il adressa un reproche appuyé aux deux occupants :

— Heureusement que les flics doivent montrer l'exemple! Vous ne pouvez pas stationner votre véhicule convenablement, comme tout le monde!?

Ces gouttes de reproche firent déborder l'outre trop remplie du ressentiment de Bastien. Ce dernier fut saisi de frénésie, il sortit du véhicule telle une furie, se jetant littéralement sur l'individu qui venait de les sermonner. Si rapidement que ce dernier n'eut même pas le temps d'avoir peur. Bastien saisit au collet l'importun et le souleva au-dessus du sol avec une facilité déconcertante. Il le secoua comme un prunier, l'insulta copieusement pendant que sa femme, paniquée, reculant de quelques pas, commençait à appeler du secours.

Franck, qui n'avait rien vu venir, se hâta de descendre à son tour et de rejoindre au plus vite les deux hommes. Il essaya de s'interposer comme il le pouvait, de calmer la colère de Bastien, tout en s'efforçant de protéger la victime de coups éventuels : il n'était pas du tout convaincu que son collègue puisse s'abstenir de toute action excessive.

— Lâche-le, Bastien, lâche monsieur tout de suite, c'est un ordre! enjoignit-il.

Mais Bastien n'écoutait pas, il continua à molester sa proie et à la menacer :

— Répète ce que tu viens de dire, bouffon!? Tu sais quoi, je vais te fourrer le fion! Tu n'as que ça à faire, nous casser les burnes alors que l'un de nos potes est en train de crever parce qu'il essaye tous les jours de protéger vos miches? T'as vraiment aucun respect, tête de nœud! Tu veux ajouter quelque chose avant que je te fracasse ta tronche de bouffon?

L'homme, totalement effrayé, tentait maladroitement de calmer le policier:

— Non, M'sieur, je vous en prie, M'sieur...

Franck se dit que les insultes n'allaient rien arranger, qu'ils étaient bons tous les deux pour une enquête des goupils de l'IGPN si le couple portait plainte.

Fatalité, lorsque tu nous tiens...

Il réussit néanmoins à faire lâcher prise à Bastien, non sans mal, ce dernier semblait doter de cette puissance diabolique qu'ils rencontraient eux-mêmes, parfois, chez certains forcenés.

Phénomène étrange, d'ailleurs, que cette «musculature de la rage», comme la nommait Delajoie, une conséquence psychosomatique de certains mauvais délires, inconnue dans son mécanisme, mais très connue des psychiatres. Lors de crises, elle semblait doter certains individus de ressources physiques insoupçonnables.

Parvenu à les séparer enfin, Franck ordonna à Bastien de regagner la voiture tandis qu'il s'efforçait de redonner quelque tenue au blouson et à la chemise de l'individu, éléments vestimentaires ayant été passablement déformés par l'essorage que venait de subir leur propriétaire. Cette remise au net un peu gauche ressemblait plus à une forme d'exorcisme qu'à une opération de *relooking*, comme si Franck essayait inconsciemment d'effacer la réalité de l'incident.

Il présenta ses excuses au couple, lequel s'éloigna aussitôt sans demander son reste. Frank entendit néanmoins quelques bribes du marmonnement prononcé par l'homme dans son dos:

—... dictature... vraiment inacceptable... ça ne se passera pas comme ça... fascistes... ils ne savent pas qui je suis...

Menaces de dépit qui, bien que puériles, provoquèrent l'exaspération de Franck.

Et puis merde!

Il répondit donc à l'homme sous le coup de l'impulsion, par une célèbre citation présidentielle:

— «C'est ça, casse-toi p'vre con!»

Franck regagna la voiture. Il n'avait jamais vu Bastien dans un tel état, sortir à ce point de sa réserve et, surtout, maltraiter et insulter un concitoyen. Il comprenait certes le pétage de plombs de Columbo, lui-même ayant cédé dans le passé, plus que de raison, à de telles impulsions désordonnées. Lui-même ne se sentait d'ailleurs pas à l'abri d'un éventuel débordement, mais c'était justement le risque qu'il fallait éviter en pareil moment.

Se raccrocher à une logique, à un sens, à quelque chose ou à quelqu'un pour éviter de sombrer dans la désespérance et l'abandon.

Il toqua au carreau de la vitre située du côté conducteur et fit signe à Bastien de se glisser sur le siège passager. S'il était inutile de s'appesantir sur l'incident, il était hors de question en revanche de laisser son collègue conduire dans cet état.

Lequel état semblait s'être considérablement amélioré lorsque Franck prit place à son tour derrière le volant.

Bastien éprouva même le besoin de s'excuser :

— Désolé d'avoir disjoncté, Francky, je ne sais pas ce qui s'est passé, je ne supporte plus les bons citoyens.

— Te bile pas, on s'en tape. On y va ?

Bastien acquiesça d'un mouvement de tête.

Franck démarra le véhicule et remonta la rue jusqu'au canal Saint-Martin. Alors qu'il venait de s'engager sur le quai de Valmy, il ressentit le besoin de rompre le lourd silence qui venait de s'installer et de modifier l'objet de leurs pensées :

— Tu n'avais pas fini tout à l'heure au sujet de Delgado ?

Bastien ne réagit pas, il semblait plongé dans une sorte de léthargie.

— Bastien !?

— Oui, soupira quand même ce dernier.

— Delgado et Bravehomme ? Tu ne m'as toujours pas expliqué.

Bastien sembla faire un effort intense pour parler :

— À quoi bon, Francky ?

— J'aimerais bien comprendre l'origine de cette folie.

— Il n'y a rien à comprendre, tout cela n'a aucun sens, répliqua Bastien d'un ton las.

Frank ignora cette réponse :

— Ce que je n'arrive pas à saisir, c'est « pourquoi » ? Pourquoi ce mec est-il si furieux ? Au point de se transformer en barbare ?

— La réponse nous attend certainement au bureau.

— Pourquoi en veut-il autant à ces gens ? Que lui ont-ils fait ?

— Ils l'ont rendu dingue, complètement fou furieux.

— Tu ne veux pas m'aider un peu ?

— Ça va ressusciter tous ces morts ? Ça va nous ramener La Boule ?

— La Boule est toujours là.

— Arrête ! Tu sais pertinemment que ses chances de survie sont infimes. Quant à Héraclès, ce salopard est suicidaire, il veut se faire cueillir. Il ne reste plus qu'à attendre et à lui exploser sa tronche de monstre.

— Cette envie me démange autant que toi.

— Après je me barre, c'est fini.

— Bastien...

— Je me barre, c'est tout, point à la ligne, j'en ai ma claque, Franck. Le patron a raison depuis le début, ce monde ne tourne pas rond. En fait, il n'a jamais tourné rond, je me suis simplement nourri d'illusions.

Le silence s'installa une nouvelle fois. Mais Franck revint assez vite à la charge :

— Tu ne veux pas faire un petit effort ?

— Passe-moi l'eau, s'il te plaît.

Franck s'exécuta. Il finit sa goulée puis tendit la bouteille ouverte à Bastien qui prit le temps de boire très lentement la moitié de son contenu.

L'eau fraîche, son écoulement surtout, lui firent un bien fou, semblèrent même apaiser cette brûlure permanente, ces charbons ardents qui habitaient sa poitrine et qui l'asphyxiaient depuis l'explosion survenue à La Salpêtrière. Il revissa tranquillement le bouchon de plastique et se sentit soudain beaucoup plus calme.

— On en était resté où ?

— À l'eugénisme en général et à l'euthanasie des tarés par les nazis en particulier.

— En vérité, l'histoire du Summum® débute dans ces laboratoires de l'Aktion T4.

Franck ne put s'empêcher de montrer un vif étonnement,

lequel ne produisit aucun effet sur Bastien.

— Dès cette époque, poursuivit ce dernier, un courant dominant de la psychiatrie considère que la folie est une maladie physiologique liée à une déficience organique. C'est l'essor de la thèse biologique. D'une part, grâce à l'évolution de la technologie, on a réussi à observer des lésions du tissu cérébral mises en relation avec des pathologies identifiées : démence paralytique dans les premières décennies du XIXe siècle, maladies d'Alzheimer et de Parkinson au début du siècle suivant. D'autre part, on dispose d'une nouvelle théorie dite « neuronale » qui permet d'expliquer un fonctionnement électrique du système nerveux. La seule question qui divise encore les chercheurs concerne la nature de la communication entre les neurones : est-elle électrique ou chimique ?

Franck exprima sa perplexité :

— Et c'était important de savoir ça ?

— Pour récolter un prix Nobel, oui. Et, accessoirement, soigner la folie. La psychiatrie allemande était alors très en avance. C'était en Allemagne que l'on venait de découvrir le processus de neurotransmission et de perfectionner aussi l'appareil permettant de lire « l'électricité dans le cerveau »...

— L'électroencéphalogramme ?

— Ouais. Il fallait aller plus loin et plus vite, mais les investigations biologiques nécessitaient une quantité très importante de cerveaux, parce que la préparation des coupes de matière cérébrale nécessaires à l'exploration microscopique s'avérait extrêmement délicate à l'époque.

— Les fameux « matériaux humains » dont tu parlais tout à l'heure, je comprends mieux.

— Aktion T4 ne fut pas seulement un programme d'extermination, l'opération devait faciliter par la même occasion un grand plan de recherche fondamentale sur « la chimie du cerveau » destiné à clore, selon les propres mots de ses instigateurs, « le temps de la désespérante inaction en psychiatrie ». Le service des mises à mort fut chargé de fournir au professeur Carl Schneider, « sommité de la psychiatrie allemande », devenu responsable du département recherche de l'Aktion T4, « un large volume de cerveaux d'idiots et d'arriérés profonds ». Concrètement, le service de Schneider faisait expérimenter de « nouvelles méthodes de traitement » sur les patients sélectionnés. Une fois cette phase achevée, les collaborateurs chargés des protocoles adressaient une demande administrative de meurtre de leurs cobayes humains afin de pouvoir les disséquer immédiatement. Le rêve de la recherche psychiatrique se réalisait à grande échelle : procéder à l'examen clinique d'un patient, le soumettre ensuite à toute une batterie d'expérimentations et, enfin, pouvoir autopsier immédiatement son cadavre, son crâne et son cerveau afin d'en tirer les conclusions idoines. Un guide pour « l'examen physique du cerveau et du crâne d'un cadavre » fut même rédigé afin de normaliser les pratiques des opérateurs dans les différents centres d'euthanasie et éviter ainsi le gaspillage des précieux organes.

— Putain...

— Les résultats, voire une partie des « matériaux humains » eux-mêmes, étaient adressés aux institutions ou hôpitaux universitaires de recherche les plus prestigieux du Reich, des organismes mondialement connus bien avant la guerre. Le célèbre Institut Kaiser-Wilhelm de Berlin, par exemple, réalisa pour son propre compte plus de « 3000 préparations macroscopiques et 150 000 coupes de cerveaux » d'enfants euthanasiés dans le cadre de l'Aktion T4.

— Ça donne envie de gerber.

— Cette opération fut une véritable manne pour la psychiatrie et la neurologie allemandes, qui prirent une bonne longueur d'avance sur leurs concurrentes ; elles avaient acquis ainsi une expérience considérable en recherche « expérimentale », une avance qui allait profiter, paradoxalement, aux Américains, par le biais de leur toute nouvelle Agence centrale du renseignement, et ses extraordinaires projets de contrôle des comportements humains.

Bastien était resté extrêmement sec dans ses explications, ce qui ne lui ressemblait guère. Mais au moins parlait-il, ce qui lui évitait sans doute de continuer à broyer du noir. Franck évita donc d'interrompre, une nouvelle fois, son collègue, même si la dernière affirmation de Columbo lui paraissait, encore, tout à fait surprenante.

— À la fin de la guerre, les États-Unis sont devenus les

principaux bénéficiaires du transfert de la technologie allemande et ont même récupéré leurs meilleurs savants. D'abord, un certain nombre de chercheurs de confession juive avaient choisi l'exil volontaire ou avaient été expulsés avant les premiers pogroms de 1938; ensuite, les chercheurs nazis eux-mêmes furent accueillis en Amérique du Nord dans le cadre de l'opération Paperclip…

— Pardon?

Franck n'avait pas pu s'empêcher de réagir devant une affirmation qui paraissait plus énorme que les précédentes.

Imperturbable, Bastien continua sur le même ton.

— Dans le contexte de rivalité avec l'URSS, les Américains voulaient bénéficier de l'avantage technologique des Allemands dans de nombreux domaines scientifiques, et éviter ainsi que leurs recherches, leurs procédés ou leurs ressources qualifiées ne tombent aux mains des Russes. Les services de renseignements de l'armée américaine ont donc favorisé le repérage, le recrutement et l'accueil de scientifiques allemands de tout premier plan. Parmi eux figuraient de très nombreux nazis. Tout cela est parfaitement bien documenté aujourd'hui.

La dernière phrase ressemblait à un reproche, mais Franck n'en avait cure.

Non, lui ne connaissait pas du tout cette opération digne d'un roman de John Le Carré. C'était gros quand même.

Il voulut en avoir le cœur net :

— Tu dis que des nazis auraient été exfiltrés par les services secrets US afin de les faire travailler pour le compte du gouvernement américain?

— Plus de mille, dans le plus total secret. Sans les nazis, pas de conquête spatiale américaine, par exemple. Wernher von Braun? Ce nom évoque quelque chose?

— Rien du tout.

— Un des patrons les plus respectés du programme Apollo, responsable des lanceurs Saturn. En Allemagne, Braun avait laissé pendre à des grues géantes les prisonniers de guerre suffisamment improductifs affectés à la fabrication des terribles missiles V2 qu'il avait développés pour Hitler. Il fut transformé en citoyen américain immaculé grâce à la magie de Paperclip. Et Braun finira sa vie entouré des plus grands honneurs : il deviendra administrateur adjoint de la NASA et sera récipiendaire de la prestigieuse National Medal of Science, décoration octroyée uniquement par décision personnelle du président des États-Unis.

— Tu as raison, ce monde ne tourne pas rond du tout.

Franck était choqué. Il n'avait jamais entendu parler de cette histoire. Décidément les obscurs desseins des hommes ne se fixaient aucune limite.

Bastien réagit à l'étonnement de son collègue par une surenchère :

— Je n'invente rien. Tu veux du rab ? Hubertus Strughold, le père de la médecine spatiale ; Otto Ambros, le célèbre chimiste de la mort ; Kurt Blome, le cerveau de la guerre biologique ; Theodor Benzinger, le ponte de la bioénergie, expérimentateur émérite de ses hypothèses dans les camps de la mort ; Friedrich Hoffmann, le grand maître des poisons du Troisième Reich ; Siegfried Knemeyer, le mauvais génie des systèmes de navigation aéronautique, un homme qui fut chargé par le Führer de préparer le bombardement atomique de New York ; Otto von Boschwing, mentor et conseiller d'Eichmann pour la Solution finale ; Aleksandras Lileikis, un esthète de la mitrailleuse, responsable du massacre de 60 000 juifs en Lituanie. La liste est longue. En vérité, la guerre froide fut une guerre terriblement glaciale.

Franck était proprement stupéfait par ce récit. Bastien n'était certainement pas un adepte des théories du complot, ses informations étaient toujours vérifiées, mais il n'en restait pas moins que le tableau d'ensemble ressemblait à une très mauvaise fiction. Il ne put s'empêcher de penser à cette superproduction américaine des studios Marvel qu'il avait vue au milieu de l'année avec son neveu. Dans *Le Soldat de l'hiver,* la suite de la franchise commerciale *Captain America,* une organisation fasciste dénommée Hydra avait justement réussi à infiltrer l'agence américaine de renseignements baptisée Shield. Étonnante coïncidence.

— L'opération Paperclip, poursuivit Bastien, ne concerna pas seulement le recrutement illégal d'anciens nazis experts en technologies de guerre, en stratégie militaire, en intelligence de renseignement, en processus industriels innovants, en électronique de pointe ou, encore, en armes de destruction massive, chimiques et biologiques. Non, elle s'intéressa aussi, évidemment, à des psychiatres et à des spécialistes en neurosciences parce que les services secrets US étaient littéralement obsédés par des rumeurs qui laissaient supposer que les Russes étaient parvenus à prendre le contrôle de l'esprit humain. L'environnement totalement paranoïaque de l'après-guerre et l'anticommunisme viscéral des dirigeants américains permirent ainsi de justifier, en avril 1950, le lancement d'un dispositif secret piloté par la toute jeune CIA, l'opération Bluebird, dont les objectifs consistaient précisément « à contrôler suffisamment un individu pour le faire parler ou agir contre sa propre volonté, en réussissant au besoin à annihiler ses mécanismes biologiques d'autoconservation ».

— Je n'ai jamais rien entendu de cette histoire, dit Franck, totalement interloqué.

— Le projet qui nous intéresse plus directement est une extension ultérieure de l'opération Bluebird, baptisée MK-Ultra, incluant elle-même cent cinquante sous-programmes de recherche. Pour te donner un ordre de grandeur, disons, que, de l'expérimentation du LSD à celle du sérum de vérité, de l'emploi des moyens de guerre psychologique aux techniques de torture mentale, des tentatives de reprogrammation mémorielle à la manipulation psychologique des groupes sociaux, rien ou presque ne fut oublié dans le cadre de cet immense champ d'investigations scientifiques destiné à « trouver comment utiliser la chimie et la biologie pour prendre le contrôle de l'esprit humain ».

Bastien déroulait son récit sans à-coups, d'un ton constant, d'une voix sans émotion, comme s'il répétait une litanie apprise par cœur. Les faits n'en devenaient que plus effrayants pour Franck. Certes, ce dernier avait souhaité créer une diversion pour tenter de soustraire Bastien à sa mortification, et ce magistère de la parole semblait en effet opérer comme un puissant exutoire.

Mais voilà que, maintenant, c'était Franck qui éprouvait un profond malaise, alors que Bastien, de son côté, continuait à débiter son morne récit comme une simple litanie, étonnamment étranger à son propre discours.

— Les expériences initiées ou appuyées par la CIA ne furent pas réalisées en vase clos, uniquement par les services et le personnel internes de l'agence. Deux cents chercheurs américains réputés, une centaine d'institutions, incluant des universités prestigieuses et plusieurs laboratoires pharmaceutiques, furent associées, directement ou indirectement, volontairement ou involontairement, aux dispositifs expérimentaux via des organisations-écrans, souvent en lien avec l'armée ou des services de l'État. Les collaborations pouvaient même traverser les frontières, comme ce fut le cas dans le cadre du sous-projet n° 68.

— Un truc encore sympa, sans doute ?

— Les fonds secrets de la CIA permirent, en l'occurrence, de mener et de multiplier les protocoles extrêmes théorisés par un célèbre psychiatre et neurologue canadien, Ewen Cameron, une pointure internationale. Cameron était intervenu en tant qu'expert psychiatrique durant le procès de Nuremberg, c'est dire qu'il n'était pas un inconnu. Mais le grand rêve secret de Cameron était de parvenir à « reprogrammer » la mémoire de ses patients, notamment pour vaincre la schizophrénie. Eh bien, grâce au soutien et à l'argent de la CIA, Cameron pourra gaver tranquillement ses cobayes humains de LSD ou autres psychotropes expérimentaux très actifs, les plonger dans des comas à répétition, les électrocuter quotidiennement, les enfermer dans des chambres de « conditionnement sensoriel » et les soumettre à d'autres protocoles tout aussi exotiques. Cameron sera même récompensé de ces décennies de sévices par une nomination à la tête de l'Association mondiale de psychiatrie...

— Ce n'est pas possible, c'est un mauvais film !

— Après avoir présidé celle du Canada et dirigé sa grande sœur américaine.

Franck n'en pouvait plus.

— Tu sais ce que disait Bakounine au sujet des hommes de sciences ?

Bastien fit un simple mouvement de la tête pour indiquer son ignorance.

— « Leurs vices principaux, écrivait-il, sont l'exagération de leurs propres connaissances et le mépris envers tous ceux qui ne savent pas. Donnez-leur le pouvoir et ils deviendront les plus insupportables des tyrans. »

Bastien resta de marbre. Il reprit ses explications après quelques secondes de silence, mû par une sorte de réflexe.

— C'est à ce moment que Delgado entre en scène, dans le

cadre de deux sous-programmes du MK-Ultra, les numéros 142 et 119. Était-il possible de contrôler le cerveau à distance en agissant sur les signaux bioélectriques ? Il s'agissait là de l'espérance ultime, presque inespérée, des initiateurs de MK-Ultra. Et ce rêve rencontra la réalité à l'université Yale en la personne du professeur José Manuel Rodriguez Delgado.

Bastien prit le temps de boire une gorgée d'eau.

— L'école de médecine de Yale était à cette époque une Mecque. C'était dans son laboratoire de physiologie que le mentor de Delgado, un dénommé John Fulton, avait découvert les vertus ataraxiques de l'ablation du cortex préfrontal effectuée sur deux petits primates. Rapidement, un de ses émules, le neurologue portugais Edgar Moniz, avait remplacé les singes de laboratoire par des humains, inaugurant cette nouvelle mode qui allait bientôt amputer tant de cerveaux de patients dans les institutions psychiatriques du monde entier : la leucotomie.

Franck murmura :

— Le tableau dans le bureau du patron.

— L'œuvre de Bosch n'est qu'une satire, elle montre un charlatan en train de procéder, après trépanation, au retrait de la cause supposée de la folie, qui, en l'occurrence, est assimilée à la crédulité.

Bastien s'était soudain tu, comme si l'évocation du tableau de Bosch avait éveillé d'autres mauvaises pensées. Il se racla la gorge, sembla hésiter quelques secondes, partagé entre l'appel de l'émotion et celui de la raison.

Il n'était pas question pour Franck de le laisser basculer, il relança son collègue immédiatement :

— Delgado était donc un élève de ce Fulton ?

Et la machine à conter qu'était devenu Bastien se remit en marche :

— Plutôt un partenaire talentueux. Lorsqu'il rejoint Fulton à Yale, dans les années cinquante, Delgado est déjà connu en Espagne comme l'un des meilleurs physiologistes. Il s'était nourri du travail précurseur de Cajal, son compatriote, devenu lauréat du prix Nobel pour sa découverte des neurones. Le jeune Delgado avait bénéficié d'une formation de premier plan, mais il était aussi particulièrement doué. Il avait obtenu, très jeune, un double doctorat avec les félicitations des jurys ; il avait publié son premier article scientifique à dix-huit ans ; il avait été nommé professeur adjoint du laboratoire deux années plus tard ; il avait même reçu sa première récompense professionnelle avant de fêter sa trentaine. Bref, entre 1942 et 1950, Delgado s'était imposé comme un précurseur en recherche comportementale sur le cerveau des primates non humains. C'était même sur ses propres gibbons, choisis et achetés par ses soins en Afrique, qu'il avait mené ses premières expérimentations en pratiquant des ablations sélectives des lobes cérébraux et en implantant profondément des électrodes afin d'effectuer des stimulations électriques.

Franck ne put retenir un nouvel étonnement :

— Il coupait et électrifiait la cervelle des singes ?

— La « résection de la masse cérébrale » — cela fait beaucoup plus propre, dit ainsi — était une méthode de contrôle destinée à vérifier les résultats produits par l'excitation électrique des tissus nerveux. On avait d'abord utilisé cette technique chez les animaux, puis sur les épileptiques, elle avait déjà une vieille histoire lorsque Delgado avait commencé à s'y intéresser, une histoire qui remontait à la découverte de l'« électricité biologique ».

— Là, je décroche complètement, Bastien.

— Tu n'as pas étudié Galvani et ses célèbres grenouilles au collège ?

— Aucun souvenir, non.

— Galvani avait montré que les organismes semblaient produire leur propre énergie, et que c'était cette sorte d'électricité animale qui faisait vivre et mouvoir les corps et les âmes. Il n'en fallut pas beaucoup plus, pour que l'on pense que les problèmes de santé étaient imputables à un excès ou une carence de cette électricité, que l'on cherche donc à substituer à l'énergie animale...

— L'électricité tout court.

— Processus assez commun de transformation d'une simple croyance en paradigme bien établi. Ce fut d'abord un phénomène de cirque, où l'on se plaisait à redonner vie à des vraisfaux cadavres : on les soumettait à une charge électrique afin de mieux produire une décharge d'adrénaline chez le public. Mais les générateurs utilisés pour ces démonstrations — les fameuses machines galvaniques ou voltaïques, de simples grosses piles, au début — sortirent rapidement des spectacles forains pour gagner les bons salons et mettre en scène la puissance vitale de la « fée électricité ». C'est ainsi que le patient torpillé dans les cabinets privés avait remplacé assez vite la femme-torpille des premières attractions publiques. L'électrothérapie avait été considérée en France, assez vite, comme une solution magique pour soigner la plupart des maladies somatiques et, bien évidemment, psychologiques : « l'électricité médicale » devint une spécialité reconnue et enseignée à la faculté de Paris. Cette « galvanisation » avait été rejointe par la « faradisation », la « franklinisation » et l'« arsonvalisation » dans les officines médicales, les hôpitaux et les asiles, afin de mieux « doser l'électricité » que l'on avait alors répandue allégrement dans tous les corps pour soulager presque tous ses maux. Dès lors, charlatans ou médecins réputés, tous s'y étaient essayés : les uns, comme d'Arsonval, pour mettre au point « la thérapeutique de l'avenir » ; les autres, comme Duchenne de Boulogne, pour découvrir et photographier « l'orthographe de la physionomie en mouvement ».

— La reproduction sur la couverture du livre posé sur ton bureau ?

— Parfaitement. Avant eux, Philippe Pinel lui-même avait autorisé des essais d'« électricité médicale » sur ses aliénées de la Salpé…

Bastien n'acheva pas de prononcer le nom de l'ancien asile. Les contractions de ses joues et la rigidité de sa mâchoire indiquèrent une nouvelle bouffée de colère. Il inspira profondément pour réussir à se maîtriser. Il reprit alors, toujours aussi mécaniquement :

— Mais il avait fallu attendre Charcot pour que cet hôpital dispose du premier service spécialisé en électrothérapie destiné aux soins des affections nerveuses. Deux cents patients y avaient subi quotidiennement un « bain électrique » collectif pendant plusieurs décennies : l'électricité était devenue à Paris le nouveau traitement miracle contre la folie et toutes les maladies supposées du cerveau.

Ces histoires d'électricité n'inspiraient guère Franck. Il décrocha de l'exposé de Bastien et se mit à songer à Betty. Cette pensée suffit pour lui apporter une bouffée d'oxygène et un peu de réconfort.

Oui, Franck avait changé depuis qu'il fréquentait sa petite « chérie ». Ce mot lui faisait vraiment drôle, d'ailleurs.

À vrai dire, ce qui lui avait fait un effet certain, c'est lorsque Betty avait prononcé récemment, pour la première fois, ce terme au masculin. Lui, Franck Meunier, glorieux coureur de jupons émérite, s'était fait qualifier de « mon chéri » par une petite jouvencelle ! Cela avait résonné comme une fin de carrière anticipée, son entrée dans le monde des relations normalisées, une étape qu'il redoutait de franchir parce qu'elle était, pensait-il, sans retour en arrière possible, parce qu'elle sonnait le glas de sa liberté de papillonnage et marquait le début d'une banalisation fatale aux rapports affectifs.

Cette sorte d'institutionnalisation des relations amoureuses le tétanisait, parce qu'au prétexte de sceller un engagement ou de le démontrer, elle était en réalité promesse de délitement. C'était l'annonce officielle de cette sorte de contrat à durée indéterminée de l'amour qui, croyait-il, brisait les sortilèges de la passion, érodait les charmes de la séduction, émoussait les désirs des corps, diminuait l'agrément des échanges et finissait fatalement par éteindre les dernières flammèches du sentiment amoureux.

D'un autre côté, Franck avait lu dans cette énonciation de Betty une véritable annonciation, ce signe qu'il appelait de ses vœux depuis plusieurs mois et dont l'absence l'empêchait de formuler clairement un projet d'installation commune.

— Tu m'écoutes !? demanda Bastien sur un ton de reproche.

— Je ne fais que ça, mentit Franck en tentant de paraître concentré.

— Cette frénésie pour la « fulguration » s'était contentée longtemps de rester à la surface de l'être. Pour la religion et la morale, la foudre de Zeus, même curative, même domestiquée, sentait encore trop le soufre de l'enfer. Le « fluide galvanique » et les claquements intimidants de ses étincelles n'allaient-ils pas finir par accoucher réellement de l'un de ces monstres créés par cet épouvantable docteur Frankenstein, celui-là même que la bonne société londonienne avait découvert, horrifiée, sous les comptoirs des bonnes librairies ? Certes, la mère de Frankenstein, son auteure, avait été inspirée par les expériences du propre neveu de Galvani. Pour prouver la thèse de l'«électricité animale» de son oncle fameux, cet Aldini s'était amusé à faire sourire les têtes affligées de criminels décapités. À Londres, dans l'amphithéâtre du Collège royal de chirurgie, il avait réussi, disait-on, à réanimer les membres rigidifiés d'un assassin fraîchement pendu. Le clou du spectacle — le fameux «clin d'œil galvanique» du cadavre — avait été fatal à l'intendant de la société savante, mais le récit ultérieur de cet exploit s'était révélé un très puissant stimulus artistique pour la jeune Marie Shelley.

Franck était beaucoup plus intéressé par son destin personnel avec Betty que par les péripéties des émules de Frankenstein.

Il fallait bien reconnaître que la relation de leur couple évoluait vers un compagnonnage sérieux, thèse accréditée par le fait que lui-même ne s'était autorisé aucune cueillette de fleurs nouvelles depuis le début de cette aventure. Une rareté en décennies de récoltes! Franck était donc non seulement très amoureux de «sa chérie», non seulement il était convaincu d'une réciprocité d'affection, mais il souhaitait désormais partager avec Betty des moments un peu plus longs que de simples nuits, aussi agréables fussent-elles. Peut-être bien, même, l'associer à son avenir, sauter à quatre pieds dans l'inconnu!

Oui, nul doute que nous étions des êtres extrêmement compliqués, pétris des contradictions les plus radicales. Mais «vivre», finalement, n'était-ce pas simplement réussir à les dominer, à vaincre jour après jour ses propres incohérences, à «lâcher prise», enfin?

Franck avait différé une proposition de vie commune afin de ne pas effaroucher Betty, mais il était peut-être temps, désormais, de passer à une formulation plus claire. Les timides sous-entendus qu'il avait distillés trop discrètement ne semblaient pas avoir été entendus.

L'explicite s'imposait à présent.

Le silence qui s'était réinstallé dans l'habitacle obligea Franck à un retour express à la réalité et à une nouvelle réaction. Il jeta un coup d'œil furtif au visage accusateur de Bastien, tout en faisant semblant d'en ignorer la raison :

— Et donc?

— Hummm... Et donc, fulgurer le corps des morts ou des

vivants était une chose ; galvaniser l'organe de l'âme, une tout autre affaire qui dépassait de loin la simple récréation littéraire. Jusqu'ici, peu de physiologistes ou de chirurgiens s'étaient aventurés au cœur du système nerveux central, et seuls quelques très rares audacieux avaient osé titiller directement le cerveau humain. Quelques essais d'excitation électrique par apposition d'électrodes rudimentaires sur des aires spécifiques du cortex avaient pu reproduire néanmoins avec succès, artificiellement donc, les « contractions musculaires ». Ces expériences avaient montré que certaines parties de l'encéphale étaient responsables de la motricité, et que Franz Joseph Gall, malgré toutes les excentricités de ses bosses crâniennes et les débats houleux qui avaient suivi l'avènement de sa phrénologie, semblait avoir raison sur le fond : le cerveau semblait bien « composé d'autant d'organes particuliers qu'il y a de penchants, de sentiments, de facultés ».

Franck ne voyait pas bien le rapport de tout cela avec Delgado et le Summum®. Mais il ne lui semblait pas opportun de perturber le flux verbal de Columbo.

L'important, c'était que ce dernier continue à parler, que le souffle de ses mots expurge l'atrabile, libère l'humeur délétère qui le rongeait, cette substance corrosive dont lui-même se sentait désespérément rempli.

Assurément, la parole possédait bien un pouvoir de catharsis.

— Curieusement, poursuivit Bastien, c'était un silence, la « perte du langage articulé » chez un patient épileptique de Bicêtre, qui avait mis fin aux verbeuses controverses.

— Bicêtre, encore ?

— Bicêtre, toujours. L'autopsie du cerveau de ce malade par le docteur Paul Broca ainsi que les vérifications ultérieures effectuées chez d'autres malades décédés ayant souffert de la même infirmité avaient montré que les lésions étaient toujours localisables au même endroit : cette aire semblait donc responsable de la coordination des « mouvements propres au langage » parlé. Un contemporain de Broca, Wernicke, avait découvert quelques années plus tard en Allemagne une nouvelle zone affectant la compréhension et la restitution du langage. Autant de preuves qui s'accumulaient et qui accréditaient la thèse que les « facultés » de l'homme étaient bien localisables. Mais comment prouver ces constatations purement anatomiques ?

Franck se sentit obligé de participer :

— En stimulant des cobayes ?

— L'idée de pouvoir localiser des zones cérébrales fonctionnelles et de les stimuler préalablement avec l'électricité venait ainsi de tout changer. Il suffisait, pensait-on, de provoquer des stimuli, de constater les conséquences motrices de ces excitations locales et, ensuite, de procéder à l'amputation sélective des structures nerveuses concernées, pour obtenir une confirmation irréfutable des associations testées.

L'ablation du cerveau, berk...

Par un étrange phénomène de rappel mémoriel, cette évocation provoqua chez Franck la vision d'une cervelle persillée de porc, présentée dans un plat en inox, celle qu'on lui avait servie une fois par semaine à la cantine, à l'époque où il n'était encore qu'un collégien en culotte courte. Denrée si appétissante qu'elle avait contribué, avec d'autres morceaux aussi peu ragoûtants, à le détourner définitivement de toute consommation d'abats. Lorsque la mémoire de l'odeur se joignit à celle de l'image, Franck éprouva une forte envie de répulsion.

Il baissa un peu la vitre pour aspirer le souffle frais de la nuit.

— Mais les cobayes ne parlent pas, réussit-il à articuler entre deux goulées d'air.

Bastien ne s'était pas aperçu du malaise qui venait de saisir son collègue, il continuait, toujours aussi placide.

— Les épileptiques le peuvent, eux. En se basant sur les travaux de Broca et de Wernicke, David Ferrier, un Anglais, avait d'abord mis en œuvre ce protocole sur des chiens. Ferrier avait été en mesure de prouver que la résection d'une zone particulière du cerveau entraînait bien la disparition de la fonction motrice correspondante. Ses travaux avaient ainsi définitivement consacré l'hypothèse « localisationniste » comme l'un des principes majeurs de la neurophysiologie naissante : le système nerveux central était organisé en multiples centres spécialisés régissant des fonctions motrices ou sensorielles spécifiques. Mais, surtout, même, les travaux de Ferrier ouvraient une nouvelle voie thérapeutique, chirurgicale, pour soigner les tumeurs cérébrales soupçonnées de dérégler les mécanismes moteurs. Avant de pouvoir appliquer sa méthode à l'être humain, Ferrier avait reproduit les expériences sur des singes, car ces derniers possédaient le cerveau animal le plus proche de celui de l'homme. Les extrapolations pour un modèle humain avaient ensuite servi à orienter plusieurs diagnostics de tumeurs ou de lésions responsables de dysfonctionnements psychomoteurs. Ces interventions chirurgicales s'étaient révélées des succès. Pouvait-on désormais appliquer une semblable méthode pour soigner les effets les plus visibles de certains troubles psychiatriques et, notamment, du plus spectaculaire d'entre eux ?

Franck, dont le teint avait retrouvé une coloration plus marquée, intervint vigoureusement, comme s'il se sentait concerné directement par cette question :

— Depuis quand l'épilepsie est-elle considérée comme une maladie mentale ? Ma cous…

Bastien ne laissa pas Franck achever sa contestation. Il le coupa exactement sur ce même ton monotone, froid et un peu sec, qu'il avait adopté depuis le début de leur conversation :

— Depuis que les anciens, stupéfaits par certaines manifestations corporelles, l'avaient associée à une forme de folie mystique, un phénomène de possession divine. Les Grecs l'avaient d'ailleurs surnommé craintivement « la maladie sacrée ». En cette fin du XIXᵉ siècle que j'évoque, l'épilepsie est toujours considérée par certains aliénistes, à la suite de Pinel, comme une névrose convulsive. Pour la soigner, on utilise parfois, encore, les grands remèdes : ablation du clitoris chez les femmes, obstruction chirurgicale des artères, retrait de l'os du crâne jugé responsable de la pression irritative, installation d'une « valve mobile » pour purger les flux trop volubiles.

— Sidérant.

— Mais pour les médecins anglais de ce nouvel hôpital spécialisé dans lequel travaillait Ferrier, il semblait plus probable que la maladie, dans ses manifestations les plus impressionnantes pour le moins, soit liée à une affection de zones motrices de l'encéphale. Certaines crises paroxystiques, redoutables, ne semblaient-elles pas disloquer totalement le corps du patient, libérer les réflexes nerveux « primitifs », faire mouvoir les membres contre la volonté du malade, en tous sens et tremblements ? Il existait une similitude étonnante entre ces phénomènes désorganisés et ces jeux désarticulés des membres antérieurs et des corps des grenouilles mortes que l'on stimulait toujours autant en laboratoire. L'épileptique, du moins celui saisi par le « Grand mal », n'était-il pas victime lui aussi de « décharges » électriques soudaines, d'une activité neuronale anormale qui, modifiant le flux galvanique, annihilait ainsi le processus de coordination motrice ? C'était ce qu'avait pensé John Hughlings Jackson, un proche collègue de Ferrier. Et tous les deux avaient voulu en avoir le cœur net en confiant à Victor Horsley, un jeune professeur qui pratiquait la chirurgie dans le même établissement médical, la première opération du cerveau assistée par stimulation électrique.

— Je n'aurais pas aimé être à la place de ce cobaye.

— Peut-être, mais grâce à la méthodologie de Ferrier, la localisation de la lésion suspectée de créer les « décharges » de Jackson avait d'abord été « établie par l'utilisation du courant d'induction » dans le cerveau de ce jeune homme de 22 ans ; puis la partie incriminée, parfaitement localisée, avait été retirée avec succès.

— Il s'en est donc sorti ?

— Assez bien. Et cette réussite fit grand bruit dans le monde. Désormais, les malades épileptiques allaient apporter une contribution majeure à la cartographie fonctionnelle du cerveau.

— Pourquoi cet acharnement sur les épileptiques en particulier ? demanda Franck.

— Parce que je viens de te le dire, ce furent les premiers parmi les malades mentaux à subir des exérèses méthodiques. Et comme ils pouvaient parler pendant l'opération, ils guidaient ainsi le chirurgien dans ses investigations tout en commentant directement les effets de ces stimulations successives, ce qui permettait de cibler plus précisément la lésion cérébrale et, surtout, d'éviter de sectionner par erreur une aire fonctionnelle majeure. Par exemple, si la zone stimulée faisait mouvoir la jambe, il paraissait préférable de ne pas retirer ou brûler cette partie de la cervelle…

— Comment ça, « ils pouvaient parler » ? réagit Franck, avec vigueur. Les patients opérés n'étaient pas endormis ?

— Fedor Krause, un neurochirurgien allemand qui avait

mis ses pas dans ceux de Ferrier, avait découvert que le cerveau était «insensible à la coupe, à la manipulation et à l'irritation». Grâce à cette méthode, Krause avait même réussi à produire la première carte détaillée d'un cortex moteur stimulé artificiellement.

— Mais comment sais-tu tout cela, Bastien ?

— J'ai révisé, pour tenter de comprendre, c'est tout. Ce procédé de «stimulation du cerveau ouvert d'un patient conscient» sera utilisé puis amélioré par Foerster, Cushing et surtout Penfield. Je n'étale pas ma science, je sais bien que ces noms ne te disent rien pour le moment, ils ne me parlaient pas plus ce matin. Mais nous allons les retrouver. Cushing, par exemple, qui inventera le mot «neurochirurgie» au début du XXᵉ siècle, avait été le grand maître de Fulton…

— Lui-même mentor de Delgado à Yale, j'ai retenu. La boucle est bouclée.

— Le monde des neurosciences naissantes était très petit à ce moment-là. Cependant, l'opération réussie de 1886 par Horsley avait donné de très mauvaises idées à des psychiatres beaucoup moins méthodiques. Si la pathologie mentale dépendait de lésions modifiant le flux électrique cérébral, n'était-il pas préférable d'enlever entièrement les zones pathogènes, de «couper le mauvais courant», plutôt que de maintenir sans grand succès un flux mental définitivement corrompu ? C'est la question que se posèrent plusieurs psychiatres. Burckhardt, un aliéniste suisse qui n'avait aucune formation en chirurgie, passa directement à la pratique, deux ans plus tard : il essaya de retirer, purement et simplement, les aires de Broca et de Wernicke du cerveau de certains patients trop agités de son asile.

— Ces endroits chargés de la coordination motrice du langage ?

— Tu imagines bien la suite : le résultat de ces amputations fut un désastre, mais le chemin vers la leucotomie pour des pathologies psychiques humaines était ouvert, attendant que Moniz...

— Disciple de Fulton.

— Que Moniz, donc, suscite son engouement généralisé à partir de 1935. Pourtant, Ferrier...

— C'est lequel, lui, déjà ?

— Le gars qui avait prouvé la théorie des localisations. Ferrier avait mis en garde, dès 1876, contre tout excès de zèle, affirmant que l'ablation pure et simple provoquait chez les chiens et les singes opérés « une forme de dégradation mentale ». Pour Moniz, ce sera d'ailleurs l'effet principalement recherché : un excellent moyen pour combattre « la rigidité mentale » de ses patients.

Franck était définitivement écœuré. À travers le vitrage du pare-brise, son regard s'arrêta quelques secondes sur la tête de Marianne qui se rapprochait.

Liberté, Égalité... Fraternité.

Des mots qui lui semblaient si vides, si vains en ces moments. C'était lui, fragile agent de la paix, qui était censé incarner le bouclier et l'épée en bronze qui ornait la grande statue de la place de la République. Mais ce métal était-il assez solide pour protéger réellement la démocratie contre cette folie des hommes qui ne semblait pas vouloir guérir malgré des siècles de civilisation ? La race de bronze, cette race guerrière qui était un peu la sienne, n'était-elle pas promise, comme l'avait écrit Hésiode, à la mort et aux ténèbres ?

« C'est frappés par leurs propres mains qu'ils partirent pour le glacial et humide palais d'Arès, sans laisser de nom. Malgré leur aspect effrayant, la noire mort les emporta et ils quittèrent pour toujours la lumière éclatante du soleil. »

L'espèce de calme inconscient qu'affichait maintenant Bastien offrait un contraste saisissant avec le propre émoi de Franck.

Toute cette discussion — qui s'était plutôt transformée en froid monologue — n'avait eu pour seul objectif que d'alléger temporairement la souffrance de son collègue en créant une sorte de diversion.

Le but semblait bien atteint pour le moment, mais la situation n'en était que plus étrange. Rien ne semblait pouvoir stopper la logorrhée quelque peu effrayante de Columbo.

— Les progrès de l'imagerie médicale allaient achever la transformation de cette théorie « si controversée des localisations cérébrales » — comme l'avait si bien résumé Broca — en certitude grâce à l'établissement d'une cartographie du cerveau digne des plus beaux atlas géographiques. Longtemps, les savants n'avaient eu recours qu'à l'intuition et à une sorte d'empirisme sauvage pour tenter d'affiner leur modèle de zones fonction-nelles. Ils avaient dû aussi rester à la surface des choses et de l'encéphale, pour ainsi dire. Désormais, les chercheurs dispo-saient d'un potentiel d'action grâce à l'électricité ; d'une visua-lisation de l'influx nerveux sous forme d'ondes enregistrées par électroencéphalogramme ; d'une carte en couleur pour localiser plus précisément leurs prospections ; il ne leur manquait plus qu'une boussole pour se lancer dans des explorations plus pro-fondes. Cet instrument de précision — la stéréotaxie —, c'était encore Horsley...

— Le premier chirurgien des épileptiques ?

— Lui-même. C'est Horsley, inspiré par un autre de ses talentueux collègues, qui apporta l'instrument ultime dans la boîte à outils des dompteurs de cerveaux.

— Cette « stéréotaxie ». En français ?

— Une sorte de GPS pour le bulbe, une technique qui allait permettre de cibler précisément les interventions chirurgicales dans le cerveau, notamment l'implantation profonde, dans les couches les moins accessibles de l'encéphale, de petites électrodes de stimulation.

— Rien que d'imaginer ces trous dans ma tête, éveillé qui plus est...

— Tu localises, tu fores, tu traverses le cerveau en profon-deur, tu implantes, tu envoies la sauce. Bref, tu tentes de prendre le contrôle. La dernière étape avant le Summum®.

— Tout cela est absolument répugnant.

— Bien. À ce moment-là, on avait donc acquis la certitude que le cerveau commandait bien les mouvements. Mais notre organe pensant était-il aussi le chef d'orchestre de nos émotions ? Une réponse allait être apportée à cette question par un autre médecin suisse au milieu des années vingt : grâce à des stimula-tions effectuées par le biais de ces petites électrodes implantées très profondément dans certaines parties des hypothalamus de chats ou de chiens conscients, Walter Hess avait non seulement pu agir sur des fonctions vitales de l'organisme, mais aussi, ce qui était alors totalement nouveau, réussi à provoquer des réponses

émotionnelles. En modulant la pression artérielle, le débit san-
guin ou la fréquence respiratoire de l'animal stimulé, Hess avait
su provoquer la soif, la faim, la défécation ; mais il avait aussi
fait naître l'apathie, l'agitation ou la somnolence ; il avait surtout
suscité la peur, la colère et l'agressivité...

— On peut réellement produire ces réactions ?

— Ça, et bien plus encore. Les travaux de Hess, récom-
pensés par un prix Nobel, avaient suscité une ferveur particulière ; les images de ses expériences avaient circulé dans tous les
laboratoires de physiologie, dans les premiers services de neurochirurgie et, bien entendu, dans les asiles. À Madrid, Delgado
avait été si impressionné par les résultats de Hess qu'il avait voulu
reproduire et poursuivre ces investigations. Pourquoi ne pas tenter d'aller plus loin ? s'était même demandé Delgado.

Bastien se retourna vers Franck. C'était bien la première
fois, depuis leur départ de l'hôpital, qu'il semblait se soucier de
son collègue.

— Tu me suis toujours ?

— Un peu à la peine, mais j'essaye, j'essaye, Bastien, répondit Franck, avec une petite voix. Je n'ai pas ta capacité d'assimiler
autant d'informations en si peu de temps.

— Le raisonnement de Delgado était le suivant : si les émotions pouvaient être provoquées et modifiées par des stimulations
électriques, il était sans doute possible d'agir directement sur les
processus psychologiques. Pouvait-on envisager d'influencer les
mécanismes de l'esprit lui-même ? *In fine*, pouvait-on arriver à
contrôler le comportement social d'un individu ? Mieux : d'un
groupe tout entier ? C'était toute cette recherche que Delgado
avait initiée à Madrid dans son laboratoire de singes. Mais les
mauvaises conditions économiques limitaient ses investigations.
La possibilité de collaborer avec les meilleurs chercheurs américains tout en bénéficiant de ressources financières presque illimitées était une véritable aubaine qui ne pouvait se refuser. C'est
ainsi que Delgado avait débarqué dans le bureau de John Fulton,
un beau jour de 1946. Grâce à l'intervention personnelle d'un
membre du gouvernement de Franco.

— Belles fréquentations.

— Lorsqu'il arrive à Yale, Delgado est convaincu que

«l'idée selon laquelle l'individu serait indépendant et se suffirait à lui-même est basée sur de fausses prémisses». Et que, peut-être, il est désormais possible, avec le nouveau kit des neurosciences, de développer un «être humain *psychocivilisé*». Cette réflexion tombait à pic, car la CIA pensait exactement la même chose.

Un reflux corporel menaçait maintenant de déborder Franck. Il n'arrivait plus à contrôler son corps, comme si les échos de ce passé qui se racontait à ses côtés venaient de libérer le surplus d'émotions qui s'accumulait en lui depuis plusieurs semaines.

Il avait tenté stoïquement de garder le contrôle, par «devoir moral», pensait-il. Mais tout semblait soudain se mélanger, pensée et matière, créant un flux malsain devenu incontrôlable, favorisant une sorte de grand trou psychique et un trop-plein physique.

C'était comme si l'esprit venait de provoquer une sorte d'effet de souffle, d'ordonner la libération de toutes les barrières physiologiques, de sonner une grande vidange générale des émotions.

Franck ressentit une forte acidité qui remonta le long de son œsophage et gagna son palais. Il eut bientôt du mal à déglutir, sa salive venait de s'épaissir, les bords de sa langue commencèrent à picoter ses papilles, sa bouche entière devint lourde, extrêmement pâteuse. Bientôt, Franck ne ressentit plus rien d'autre que le goût rance de la nausée.

Lorsque la voiture dépassa le porche du 36 afin de se garer dans la petite cour intérieure, Franck eut juste le temps d'ouvrir la portière, de pivoter sur son siège et de se pencher à l'extérieur du véhicule. Il expurgea alors violemment sur les pavés de la Grande Maison toute cette méchante bile noire qui l'empoisonnait à petit feu depuis des jours.

Il pensa à Amanda et à Jérôme. Toujours recroquevillé, offrant seulement son dos à Bastien, caché des regards indiscrets, il fondit en larmes.

20.

Le chirurgien, visiblement concentré sur son opération, était de grande taille. Il était vêtu d'un manteau
de belle confection, taillé dans un riche textile de couleur chair
dont les manches et le pied étaient frangés élégamment par de
courts revers en fine fourrure. Sa tête était coiffée par un bonnet rouge vermillon, surmonté lui-même d'un capuche en cuir
tanné, presque poli, dont la collerette souple et sombre redescen-
dait au-dessous des épaules afin de protéger le haut du buste. Un
entonnoir en étain, posé à l'envers, recouvrait étrangement ces
deux premiers couvre-chefs. Une large ceinture noire entourait
sa taille et lui permettait de disposer, à portée de main, d'une
petite cruche ventrue en terre cuite vernie dont l'anse était retenue par la chaîne dorée du fermoir.

Le médecin se tenait debout, derrière un patient qui lui faisait dos, assis lui-même sur un fauteuil de bois clair, sa tête offerte
au praticien, son cuir chevelu entaillé, l'os du crâne déjà percé.
Ce malade était néanmoins éveillé, les yeux grands ouverts, le
regard vague, l'expression alanguie. Il ne semblait souffrir aucunement, engourdi sans doute par les effets anesthésiants du vin
offert avant l'opération par un clerc tonsuré qui se tenait à ses
côtés et qui semblait l'encourager dans cette épreuve. La main
droite du praticien tenait une sorte de bistouri ancien légèrement

enfoncé dans la plaie du malade ; il s'aidait de la lame pour procéder à l'excision minutieuse d'une petite fleur logée à l'intérieur du crâne.

— J'ai toujours adoré cette œuvre, dit Quentin Ligule, qui se tenait debout, à côté du tableau.

Le psychiatre se reprocha le ton légèrement enjoué de son commentaire, qu'il jugea un peu déplacé dans le contexte. Il adopta immédiatement un air beaucoup plus sérieux, puis attendit. Delajoie rejoignit son hôte près de la table de réunion qui se situait dans la deuxième partie de son bureau. Le commissaire tenait une pochette à la main.

Après les évènements survenus à la Salpêtrière, une sorte d'effondrement intérieur s'était produit en Delajoie, un affaissement presque total de l'être. Le commissaire avait beaucoup lutté moralement pour tenter de masquer cette fêlure qu'il savait sans précédent ; pour la première fois de sa carrière, il sentait que les barrières psychologiques qu'il avait réussi à édifier non sans mal durant ces longues années, ces digues qui, dans l'exercice de son métier, l'aidaient à isoler sa raison des passions mortifères, commençaient à céder les unes après les autres.

Ce n'était pas un très bon signe.

Lors de son retour au Quai, il s'était enfermé quelques minutes dans son grand bureau. Durant ce court moment de solitude, avachi dans l'un de ses deux majestueux fauteuils qui servaient habituellement aux interrogatoires les plus tenaces, la tête repliée entre ses mains, il avait tout simplement craqué et il avait pleuré les morts et les blessés.

Pendant quelques instants, qui lui avaient paru une éternité, tout s'était alors mélangé en lui, passé et présent, évènement et sentiments, morts et vivants. À travers cette vision embuée, il avait aperçu la longue procession de tous les chers disparus qui, les uns après les autres, année après année, avaient quitté la route commune du compagnonnage.

Au bout du chemin, il avait aperçu Amanda, bien sûr. Mais Jérôme aussi, furtivement certes, car ce voyage-là n'était peut-être pas tout à fait achevé.

Plus douloureusement encore, il s'était lamenté sur l'image si nette et si persistante, omniprésente même, de son fils, cette partie de lui-même que le mauvais destin lui avait arrachée bru-talement, une nuit ténébreuse de 1998. Delajoie avait alors pensé immédiatement à Héraclès, au propre enfant de ce dernier, à cet accident fatal qu'il venait de découvrir et qui, peut-être, avait engendré le pire.

Pline n'avait pas su résister, il était devenu fou. Cette affaire n'était-elle que la conséquence ultime de la radicale vengeance d'un père ?

Une sorte de punition absolue, primitive, instinctive, à la hauteur des blessures subies par cette bête que Delajoie savait sommeiller en tout homme, à cette puissance destructrice, presque indomptable, que lui-même avait ressentie quelques années auparavant.

Pline avait regagné l'ancien rivage, les terres ancestrales de nos origines, il avait franchi cette limite parfois fragile qui sépare la bar-barie de la civilisation. Putain d'existence, putain de vie, putain de mort, putain d'injustice, putain de chaos.

Delajoie avait réussi à se calmer, à sécher ses yeux et ses joues, à reprendre une respiration normale, à calmer son rythme cardiaque, à redonner une certaine cohérence à ses pensées.

Putain… Ça faisait du bien de se vider.

Comme toujours, mû par une sorte de réflexe, il s'était en-suite levé puis rapproché de la seconde fenêtre de son bureau afin de plonger son regard dans les eaux noires de la Seine. Selon son habitude, il avait ausculté les entrailles du fleuve. Malgré l'obscu-rité, ce qu'il avait cru lire dans les reflets noirs de l'eau n'avait pas semblé de très bon augure.

Presque serein, il avait ensuite glané les dernières informa-tions, donné quelques instructions, organisé le *Joint up* et invité Quentin Ligule à cette grande réunion de synthèse qui se pré-parait. Car il fallait faire vite, cette tragédie avait assez duré, il voulait en finir et…

Partir, oui, s'en aller sans doute, sans plus attendre, se libérer de tout ça, de ce fardeau trop lourd à porter, s'éloigner de cette chienlit de l'humain, de cette putréfaction des êtres qui était devenue son seul quotidien.

On connaissait désormais le nom du meurtrier présumé ; sans doute, aussi, son mobile ; l'attraper ne serait plus qu'une question d'heures.

Les ordres pour lancer la traque avaient déjà été donnés. Mais Delajoie avait pensé que Quentin Ligule serait d'un grand secours pour apporter les éclairages définitifs au dossier le plus psychotique et le plus dévastateur de ce trop long magistère policier passé au milieu de trop nombreuses brebis égarées.

Delajoie répondit à son hôte par politesse, d'une voix courtoise, presque amicale :

— Vous admiriez ce superbe charlatan, Quentin ?

— Je ne crois pas qu'il s'agisse d'un imposteur, répondit Ligule d'un ton presque neutre. Je veux dire qu'au-delà du message que souhaitait envoyer Bosch et de cet entonnoir qui indique toute la dérision de la scène, l'artiste a peint un authentique chirurgien. Son manteau long et l'écusson couronné rivé sur son chaperon ne trompent pas, c'est bien un médecin officiel et non l'un de ces vilains mires des fabliaux. Ce qui ne préjuge en rien, évidemment, de ses connaissances réelles en chirurgie.

— Vous êtes également expert en peinture flamande, Quentin ? Je comprends mieux désormais l'amitié qui vous lie à Antoine. Je tenais à vous dire que je suis ravi d'avoir fait votre connaissance, en dépit des circonstances.

— Je me permets de vous retourner le compliment. Je suis très heureux qu'Antoine vous ait trouvé, Jean.

Après une très courte respiration, Ligule reprit :

— Je ne suis malheureusement qu'un piètre amateur de peinture, à l'exception de quelques œuvres précises. Cette scène, je la connais bien, effectivement, plus par intérêt professionnel, vous pouvez vous en douter. Elle illustre admirablement le sujet que nous évoquions tout à l'heure. Longtemps, ce terme de « mire » regroupa en effet tout une population plus ou moins professionnelle, très hétéroclite, de médecins, de chirurgiens, de barbiers, d'inciseurs, d'arracheurs de dents…

— Les barbiers ? Étonnant…

— Cette appellation regroupait des activités fort diverses qui allaient bien au-delà du soin du poil et de son lustre. Après des luttes corporatistes fort nombreuses, les médecins — souvent gens d'Église plus instruits et jaloux de leurs prérogatives — furent d'abord séparés du troupeau commun des mires. Ce n'est qu'ensuite, au XIVᵉ siècle, que les chirurgiens eux-mêmes gagneront leur autonomie officielle vis-à-vis des chirurgiens-barbiers, ces derniers ne pouvant plus soigner que plaies bénignes, abcès purulents ou bosses communes. Dans les faits, la confusion perdura longtemps. On arrivera même à cette situation cocasse où le premier chirurgien du roi devint un jour grand chef de la barberie du royaume…

— Il existait en France un patron des coiffeurs ?

— Eh oui, le premier barbier du Roi, responsable de tous les « barbiers-baigneurs-étuvistes-perruquiers ». À l'époque du tableau de Bosch, ce qui distingue visuellement un vrai chirurgien ou un maître-chirurgien, c'est normalement la longueur de sa robe et son affiliation à une confrérie officiellement reconnue par le pouvoir, ce que semble accréditer le port de ce petit écusson. Cela étant dit, le couteau qu'il utilise ressemble étonnamment à un rasoir pliable, et cette cruche ambulante fait plutôt partie de l'attirail du barbier de poil. Le doute reste évidemment permis.

— Et, aujourd'hui, dans la vraie vie, qu'en est-il de ce désordre des professions ?

— Cette incertitude, cette confusion de la délimitation des territoires, des compétences et des prérogatives restent toujours d'actualité : neurologie, psychiatrie, psychologie. Où poser les bornes ? La lutte corporatiste est toujours aussi âpre, et l'intérêt des patients passe évidemment à l'arrière-plan dans ces petits jeux entre confrères, amis d'académies mais souvent frères ennemis en compagnies. Nous revivons la même situation trouble qui fut celle de ces mires. Étalage de science — vraie ou fausse —, revendications corporatistes exorbitantes, exigence d'une légitimité statutaire. Simple conquête du pouvoir, en vérité, guerre d'influence et de prébendes.

Ligule avait rapproché son visage de la reproduction, il fixait attentivement un détail que Delajoie ne pouvait distinguer.

— C'est presque désespérant de constater que nous n'apprenons finalement jamais de notre passé, que nous nous évertuons à reproduire toujours les mêmes erreurs. Nous aurions pu pourtant régler cette querelle depuis longtemps. Il y eut une courte fenêtre où la mise au clair parut possible, logique et souhaitable. À la fin du XIXᵉ siècle, un éminent neurologue anglais,

Jackson, lequel travailla beaucoup sur le problème de l'épilepsie, fut le premier à sortir cette maladie du champ des pathologies mentales où elle restait cantonnée depuis fort longtemps. Il fut même le premier médecin à établir une distinction parfaitement nette qui conserve aujourd'hui toute sa pertinence : « Il n'y a aucune physiologie de l'esprit comme il n'y a aucune psychologie du système nerveux. »

— Une suggestion polie pour dire : « chacun chez soi » ?

— Et nos malades seraient mieux gardés. Mieux regardés pour le moins, à défaut d'être totalement soignés. Évidemment, cette distinction imposait une rupture radicale des pratiques médicales et un ajustement des prérogatives : « C'est pourquoi, avait poursuivi Jackson, le neurologue doit traiter de manière *matérialiste* les centres cérébraux dans la mesure où les crises d'épilepsie ne dépendent pas de faits psychologiques. » Presque au même moment, de l'autre côté de la Manche, à la... Salpêtrière, Charcot, qui s'était un moment égaré avec ses « compresseurs d'ovaires » pour essayer de terrasser l'hystérie, était finalement parvenu à la même analyse, statuant sur une origine purement psychologique de cette maladie. On avait donc ouvert à cette époque un espace possible de salutaire clarification : d'un côté, existaient bien des maladies nerveuses, d'origine organique, que l'on devait confier à des médecins spécialisés en neurologie ; de l'autre, se développaient des troubles psychiques à l'étiologie largement inconnue qui seraient pris en charge, naturellement, par des médecins formés à la psychologie. Et, dans les cas de maladies douteuses ou difficilement appréciables, une gestion conjointe aurait été le recours opportun. Les débats casuistiques auraient été clos. Mais cette parenthèse s'est refermée assez vite.

— Et pourquoi donc ? demanda Delajoie tout en étalant sur la table les photographies qu'il venait de retirer de sa pochette.

— Parce qu'entre-temps, une espèce médicale parasite, l'aliéniste, avait pris le pouvoir et ne voulait plus le lâcher. Il y eut d'ailleurs quelque chose de pathétique à voir ces premiers psychiatres refuser cette dichotomie logique, ne pas vouloir abandonner, par exemple, l'épilepsie à la neurologie : les aliénistes français en vinrent même à créer une « épilepsie larvée », une catégorie fantasque, pour tenter de conserver la maladie sacrée dans leur pré carré. Notez bien que cette tendance persiste toujours de nos jours. La vérité, Jean, c'est que la psychiatrie est née d'une erreur de l'évolution médicale : elle ne fut très longtemps, simplement, seulement, qu'une police de la bonne santé mentale. Aujourd'hui, elle n'est plus rien, ou presque. Sa triste et courte histoire témoigne en sa défaveur : quels sont les legs bienfaisants de la psychiatrie à la médecine, à l'humanité ? Nous avons été au mieux des surveillants autoritaircs ct malveillants, souvent des tortionnaires sans conscience, parfois des assassins sans scrupules. Un héritage qui devient de plus en plus lourd à assumer.

— Que deviendriez-vous, Quentin, si la psychiatrie venait à disparaître ?

— Comme je n'ai aucun goût pour la neurologie, je resterai ce que j'ai toujours été, je le crois, ce que souhaitait aussi, en première intention, notre héros Philippe Pinel : juste un médecin-philosophe, un simple docteur parmi tant d'autres. Mais un médecin avant tout, un vrai fils d'Hippocrate, prenant soin des souffrances de ses prochains. Du moins, j'ose le penser.

Ligule sembla hésiter avant de reprendre :

— Me permettez-vous une question indiscrète ?

— Je vous en prie…

— Quelle est l'origine de cette très belle reproduction ? Que fait un tel tableau, je veux dire aussi peu conventionnel, dans le bureau d'un commissaire de police ?

Delajoie esquissa un sourire, mais esquiva la question.

— Vous n'êtes pas le seul à vous interroger sur cette énigme. C'est une longue histoire. Disons que sa contemplation me rappelle à l'ordre tous les jours. Pour ne jamais oublier ce que nous sommes vraiment.

— Vous m'intriguez, Jean. Que sommes-nous « vraiment », selon vous ?

Delajoie marqua quelques secondes de silence, avant d'éluder une fois encore.

— Peut-être en parlerons-nous un autre jour, le voulez-vous bien, Quentin ?

Ligule comprit qu'il devrait se contenter d'une curiosité insatisfaite. Le psychiatre indiqua alors les clichés étalés sur la table.

— Je peux ?

— Elles sont pour vous.

Ligule se rapprocha de l'épais plateau de bois sombre qui recouvrait un très beau piètement de bronze. Il commença à examiner la série de gros plans qui affichaient les détails de certaines parties de crânes humains. Il continua son observation tout en parlant :

— Vous savez sans doute, Jean, que la trépanation était déjà utilisée dans la Préhistoire pour soulager certaines blessures ou inflammations. Peut-être, aussi, dans le cadre de rituels magiques ou religieux.

— Vieilles passions cannibales. S'approprier la puissance de l'adversaire ou du défunt. J'ai rencontré plusieurs affaires de manducation mystique de cerveau.

— « Clients », comme vous dites, sans aucun doute intéressants ?

— Motivations un peu trop complexes pour nous autres, modestes travailleurs du crime.

— Je vois. La technique de la trépanation nous a été transmise par la médecine grecque. Longtemps, elle n'a consisté qu'en une simple perforation destinée à évacuer le liquide céphalorachidien ou les épanchements liés à des traumatismes crâniens. Le long usage des armes blanches dans les combats avait particulièrement favorisé les coups portés à la tête, les fractures ou l'écrasement de la boîte osseuse. Les chirurgiens — nos mires — essayaient alors de dégager les parties endommagées qui pouvaient faire pression sur l'encéphale, ou tentaient de retirer les éclats d'os brisés, souvent éparpillés dans ce dernier. Parfois, ils essayaient de cautériser les inflammations visibles des membranes ou posaient des cataplasmes sur certaines lésions apparentes qui provoquaient d'insupportables douleurs. Mais ils ne retiraient que très rarement des portions de matière cérébrale. Tout simplement parce qu'ils étaient bien incapables de prédire les effets d'une telle mutilation.

Delajoie écoutait attentivement. Il était intrigué depuis le début par ces « trous » et les prélèvements effectués dans les têtes de Bravehomme et de Van Acken.

Celle de Romina avait-elle subi le même sort avant de voler en éclats? Il n'en saurait jamais rien compte tenu de sa totale désinté-gration.

Il eut une pensée fugace, indésirable, pour Jérôme, qu'il se hâta de chasser aussitôt.

Ligule, de son côté, semblait perplexe.

— Hum… Puis-je les toucher, Jean? demanda-t-il en indi-quant plusieurs tirages.

— Évidemment.

Le psychiatre se saisit alors de certaines photographies pour les étudier de plus près.

— Cette détestable habitude de l'ablation a réellement fait son apparition à la fin du XIXᵉ siècle, toujours dans le cadre du traitement de l'épilepsie. Vous voyez, ici et là? C'est pratiqué à la hussarde, comme pour une mise à nu du cervelet, mais, en réa-lité, l'assassin semble s'être attaqué au système limbique. Difficile d'en dire plus à partir de ces clichés…

— Extractions effectuées après le décès, jugea utile de pré-ciser Delajoie.

— Fort heureusement! réagit Ligule avec une once d'effroi dans la voix.

Delajoie tendit une feuille à son interlocuteur.

— Le dernier rapport du légiste.

— Merci. Voyons… Ah, il n'a pas fait dans la dentelle, ef-fectivement. C'est un peu comme s'il avait tout curé à partir du bulbe rachidien…

— Cela revêt une signification particulière?

— Médicale? Non. Symbolique, peut-être. « Peut-être », avec des pincettes. Héraclès semble avoir retiré les parties… di-sons «les plus animales» du cerveau. Pour le préciser de manière imagée, il a enlevé une partie des couches les plus anciennes, les structures reptiliennes et paléomammaliennes.

Cette évocation «reptilienne» évoquait quelque chose à Delajoie, réminiscence de vieilles discussions enflammées avec Antoine.

Il comprit soudain que l'intérêt porté aux mécanismes céré-braux par son compagnon devait avoir un lien, sans doute son origine même, dans cette ancienne relation étudiante qu'il avait entretenue avec Ligule.

Il formula donc sa proposition presque naturellement :

— La théorie des trois cerveaux ?

Ligule ne masqua pas son étonnement.

— Antoine…, enchaîna aussitôt Delajoie sur un ton sobre, comme pour répondre à la curiosité de son interlocuteur. Je crois bien que vous lui avez transmis votre passion.

Ligule sourit franchement, spontanément.

— Alors il semble devenu plus prosélyte que moi sur le sujet, l'enthousiasme des convertis. En l'occurrence, une mise à jour s'imposerait, car cette théorie est un peu datée.

— Ma mémoire aussi. Pourriez-vous me la rafraîchir ?

— C'est fort simple, répondit Ligule en ouvrant le lutrin qu'il avait posé sur une extrémité de la table. J'ai apporté quelques schémas pour la réunion, poursuivit-il, « au cas où », ce n'est jamais très simple d'expliquer les mécanismes cérébraux juste avec des mots.

Les mains et les yeux de Ligule parcoururent rapidement le porte-vues, à la recherche d'un document spécifique. Ce qui ne l'empêcha pas de commencer son explication :

— Jackson fut le premier…

— L'Anglais de l'épilepsie ?

— Lui-même, excusez-moi. Jackson, en observant ses malades, fut l'un des premiers à avoir l'intuition que le système nerveux était le résultat d'un processus évolutif semblable à celui décrit par Darwin. Durant les crises épileptiques importantes, les patients semblaient perdre totalement leurs fonctions intellectuelles supérieures, la maîtrise de leur corps ainsi que leurs capacités de coordination. Les réflexes moteurs semblaient se libérer totalement, hors de tout contrôle. De là, écrit Jackson, ce « besoin de mordre, les grincements de dents, la terreur ou la fureur qui forment l'accompagnement bien connu de la crise ». Ce médecin fit preuve d'une réflexion tout à fait novatrice à partir de ces constatations déjà fort anciennes. Pour lui, la crise épileptique caractérisait une forme de « régression de l'évolution », une sorte de « dissolution » momentanée des fonctions cognitives les plus évoluées. Jackson en déduisit que « le système limbique » était le centre de « la décharge épileptique ».

Ayant enfin trouvé ce qu'il cherchait, Ligule montra à

Delajoie une représentation grossière d'une coupe verticale d'un cerveau humain divisé en trois zones coloriées.

— Voici, en très gros, commenta-t-il. Les premiers anatomistes comparaient le cerveau à une orange ; je lui préfère celle d'un beau chou-fleur, image plus explicite. Au centre, c'est le tronc cérébral, la racine du cerveau et son interface avec le corps via la moelle épinière, tout comme la tige du chou-fleur relie ce dernier à la terre. Au cours de l'évolution, le cerveau humain s'est développé en couches et en éventail à partir et autour de ce tronc racine que vous voyez là, qui est ainsi la structure la plus ancienne, la première de nos trois grandes strates cérébrales. Il représente le fameux cerveau reptilien.

— Celui du crocodile, responsable des fonctions fondamentales de l'organisme ?

— Votre mémoire ne semble pas si endormie que cela, Jean. On pense effectivement que cette région contrôle principalement notre homéostasie, c'est-à-dire les automatismes vitaux, la satisfaction des besoins physiologiques essentiels ainsi que nos réflexes moteurs. C'est un cerveau aux fonctions simples, enfin c'est une manière de parler, car rien n'est vraiment simple et aussi délimité dans cet organe. Nous partageons cette structure primitive avec les animaux les moins évolués, comme les reptiles ou les amphibiens. Le cerveau reptilien, c'est, métaphoriquement, le substrat animal, « animé » même, qui sommeille en nous.

Le psychiatre fit glisser son doigt sur une nouvelle zone.

— Passons à cette deuxième couche coloriée en orange, toujours très profonde, dont l'inflorescence est déployée autour du tronc cérébral, sur son *limbus*, sa bordure. Elle forme le système limbique, une sorte de deuxième cerveau…

— Celui du cheval…

Ligule acquiesça d'un mouvement de la tête.

— Que nous partagerions effectivement avec les mammifères inférieurs les plus anciens. Les structures qu'il contient seraient responsables du comportement, des émotions et, sans doute, aussi, de mécanismes touchant à la mémoire. Troisième couleur, troisième strate, poursuivit Ligule : cette grande couche verte qui représente 80 % de la masse cérébrale et recouvre les deux autres telle une gangue. C'est le néocortex — la « nouvelle écorce » —, la plus récente, celle qui appartient aux mammifères supérieurs.

— Le cerveau de la raison.

— Ou de la déraison, allez savoir ! On lui impute les fonctions les plus élaborées, bien évidemment la responsabilité de la conscience, de la pensée et du langage. Chez les hominidés, plus spécifiquement chez l'homme, son développement récent a été particulièrement rapide, spectaculaire, au point que certains ont même parlé d'une véritable tumeur.

Ligule releva la tête.

— Voilà la base anatomique de la théorie des trois cerveaux, qui permit d'expliquer longtemps les conflits intérieurs de l'être, cette pathologie latente du genre humain et certaines de ses maladies mentales les mieux partagées. Ce que le philosophe Arthur Koestler dénomma la « schizophysiologie », une anomalie biologique qui serait responsable d'un conflit intérieur permanent entre des passions sans cesse aiguisées par nos émotions et une raison incapable de les gérer, de les modérer ou de les combattre efficacement. Pourquoi faisons-nous souvent l'inverse de ce que nous pensons ? Pourquoi cette sorte de prédisposition de l'espèce à la paranoïa, à la violence sauvage, gratuite, destructrice ? Pourquoi ce don pour les croyances les plus absurdes et les idéologies extrêmes ? Pourquoi tant de fanatisme, de tortures, de meurtres ?

— De bonnes questions…

— Le postulat qui découlait de cette sédimentation conceptuelle, c'était que, à l'évidence, nos trois cerveaux étaient incapables de travailler correctement ensemble parce que l'évolution avait mal conçu les modes et les voies d'échange d'informations entre des composants si hétérogènes. Difficile en effet de connecter un clavier Bluetooth à un ordinateur plus ancien ne disposant que d'un port PS/2 !

— Un défaut de fabrication, en somme ?

— C'est une hypothèse. Il existe en effet de nombreux précédents, des sortes d'impasses biologiques, ce qui explique la disparition ou la déficience de certaines espèces animales. Comme vous le savez peut-être, une partie des arthropodes sont condamnés à ingérer une nourriture liquide parce que leur tube alimentaire a été compressé au fil du temps par la croissance continue de leurs masses ganglionnaires — un ersatz de cerveau.

— Je l'ignorais.

— Prenez l'exemple de l'araignée ou du scorpion : ces bestioles sont devenues suceuses de sang parce qu'elles ne peuvent plus faire passer de nourriture solide dans leur estomac. La nature est parfois un créateur facétieux.

— Ou sadique.

— Ce problème de communication entre nos différentes structures cérébrales créerait un véritable déficit de synchronisation dans notre organe pensant. Comme l'écrivit Paul MacLean, le chercheur qui mit une touche finale à ce concept : « Alors que nos fonctions intellectuelles s'accomplissent dans la partie la plus récente et la plus développée du cerveau, notre comportement affectif continue d'être dominé par un système relativement grossier et primitif. » Et MacLean de conclure, non sans humour, sa présentation : « Pour parler allégoriquement de ces trois cerveaux dans le cerveau, on peut imaginer que le psychanalyste qui fait étendre son malade lui demande de partager son divan avec un cheval et un crocodile. Le crocodile est tout prêt à verser des larmes, le cheval veut bien hennir, mais lorsqu'on les encourage à exprimer verbalement leurs ennuis, il devient évident qu'aucun enseignement du langage ne peut les y aider. »

— Vous ne semblez pas croire à ce modèle, Quentin ? Je vous sens un peu sceptique, je me trompe ?

— Il est un peu daté compte tenu de nos connaissances actuelles, même si le principe de sédimentation évolutive reste pertinent. L'intuition de Jackson a eu des répercussions qui se sont étendues bien au-delà du territoire de la neurologie. Du côté de la psychanalyse, on retrouve cette approche dans l'« appareil psychique » conceptualisé par Freud, composé symboliquement de trois couches, lui aussi : un système inconscient, un système préconscient et un système conscient.

— Effectivement, nous ne sommes pas très loin des trois cerveaux et de leurs fonctions respectives.

— La psychiatrie aussi opérera une approche similaire par l'intermédiaire d'un médecin très influent, Henri Ey…

— Le nom que j'ai vu inscrit au fronton de votre bibliothèque, tout à l'heure ?

— Celle de Sainte-Anne! J'aimerais bien qu'elle soit mienne. Mais vous avez raison, les «cours du mercredi» d'Henry Ey à Sainte-Anne étaient fameux. Ey proposera une théorie dite «organodynamique», une tentative habile de passerelle entre matière et esprit par la création d'un étonnant «corps psychique». C'était aussi une nouvelle tentative de conciliation des disciplines, de la psychiatrie avec la psychanalyse et la neurologie. Pour revenir à votre question sur la pertinence de la théorie de MacLean, il semble que nous ayons dépassé le stade de simples aires fonctionnelles, de strates spécialisées ou même de groupes experts de neurones. La plasticité étonnante du cerveau plaide pour une interaction beaucoup plus élaborée, une sorte d'intelligence de la matière capable de pallier elle-même certains accidents et de modifier ses stratégies. Quoi qu'on en dise, le débat entre le corps et l'esprit n'est certainement pas clos, et malgré nos sourires souvent condescendants envers nos prédécesseurs, notre ignorance apparaît aussi grande que la leur. Certes, nous contemplons de plus jolis coloriages que ce vieux schéma, mais toutes les images animées de l'activité cérébrale dont nous disposons désormais et qui nous subjuguent restent finalement muettes. Elles nous montrent seulement qu'il se passe bien quelque chose, elles confirment nos intuitions initiales. À la bonne heure! Mais quoi, exactement? Réellement? Il est tentant d'abandonner une explication que nous jugeons simpliste pour des approches prétendument plus savantes qui nous renvoient vers des notions extrêmement complexes, si complexes que nous ne sommes pas en mesure de les appréhender correctement.

Delajoie écoutait poliment, il ne lui importait guère de se livrer à une réflexion philosophique sur un sujet qu'il ne maîtrisait pas. Il manquait de temps pour les digressions, mais il n'interrompit pas son invité.

— Ce n'est pas pour me déplaire personnellement, mais l'histoire nous apprend que nous n'aimons rien de moins que la complexité; elle nous insupporte, en réalité, car elle nous effraie. Sommes-nous prêts pour le grand saut dans la neurologie quantique? Je ne le crois pas. C'est pourquoi, au-delà du champ de la recherche, le principe directeur qui guide nos interventions thérapeutiques actuelles, via la pharmacologie ou la psychochirurgie, est toujours basé sur les anciens modèles : il consiste à optimiser l'influx nerveux, à cibler des zones ou des couches précises, c'est-à-dire à tenter d'activer, d'améliorer ou de restreindre une fonction, à susciter une réponse adaptée par l'optimisation d'une communication que nous pensons déficiente. En fin de compte, dans les faits, nous sommes toujours prisonniers d'une vision très archaïque, beaucoup trop primaire, du cerveau, une sorte de mécanique des fluides. On a seulement remplacé les humeurs par les neurotransmetteurs.

Les préoccupations actuelles de Delajoie portaient plutôt sur les clichés des victimes, il revint donc à ce sujet :

— Nous ne pouvons tirer aucun enseignement de ces opérations ?

— De cette boucherie ? Non, je ne vois pas. Le retrait du système limbique seul ferait sens dans le contexte, car c'est précisément la région ciblée par le Summum®.

Ligule chercha une nouvelle figure dans le porte-vues et la présenta sous les yeux du commissaire.

— C'est dans cette région que se concentre plus spécifiquement l'action du Summum®.

— Le cerveau des émotions.

— Je préfère dire «une zone» qu'il faut imaginer comme une interface générale entre le monde extérieur et notre univers intérieur.

Delajoie s'était penché par courtoisie sur l'illustration présentée par Ligule. Mais un détail venait d'attirer son attention, la légende imprimée sous le schéma : «Figure 12.4 *Diagram of the limbic system*. MacLean and Delgado (1953)».

— Delgado ? Il s'agit bien de l'homme du taureau ?

Ligule réagit par un contre-étonnement :

— Oui, de l'université de Yale. Vous avez entendu parler de lui ?

— Un de mes enquêteurs évoque son nom dans la notice biographique qu'il a établie sur Bravehomme. Selon lui, les deux hommes auraient collaboré.

Le doute du psychiatre se mua en perplexité.

— Ah bon !? Eh bien, vous me l'apprenez, Jean.

Ligule se concentra, essayant de rechercher un indice

mémoriel qui lui aurait échappé.

    — Quand ? Sur quelle recherche ? Non !?

    — Il semblerait bien que si. Bastien nous en dira plus tout à l'heure. Que savez-vous de cet homme, vous, Quentin ?

— Delgado fut le pré…

L'attitude réfléchie de Ligule céda la place à un enthousiasme presque enfantin :

— Bien sûr ! C'est tout à fait logique ! Delgado était revenu en Europe depuis le milieu des années 70…

Delajoie n'avait pas compris la cause de cet élan soudain de Ligule.

— Je ne vous suis pas… totalement, Quentin.

— C'est quoi, le Summum®, Jean, en définitive ? Pour le dire simplement, c'est une sorte de régulateur. Imaginez le cerveau comme une centrale atomique.

— Il va falloir m'aider un petit peu.

— Le dispositif principal d'une usine nucléaire sert à maîtriser la fission des *nucleus*, cet éclatement des noyaux d'atomes d'uranium qui produit l'énergie grâce à un phénomène que l'on nomme « la réaction en chaîne », cette dernière étant comparable à une sorte d'explosion exponentielle : la rupture d'un noyau d'atome libère des projectiles — les neutrons —, ce qui entraîne immédiatement d'autres fissions chez les atomes voisins. Cette réaction en chaîne produit ainsi une chaleur, cette énergie est transformée en vapeur, puis convertie en électricité. La mission du réacteur d'une centrale est, comme son nom l'indique, de contrôler cette réaction en chaîne, de l'optimiser, de la ralentir le plus souvent afin de ne pas libérer sa puissance destructrice. Sans cette régulation, l'usine se transformerait en une sorte de bombe atomique et elle exploserait.

— Tchernobyl, Fukushima...

— Notre cerveau est comme cette bombe en puissance, il fonctionne de la même manière : des millions de neurones — nos atomes pensants — sont prêts, constamment, à « décharger » leur énergie pour communiquer avec leurs collègues. Sans gestion de ce processus, le cerveau deviendrait le théâtre d'un feu d'artifice permanent, générant des comportements « explosifs », totalement erratiques, et de terribles convulsions semblables à certains spasmes des crises épileptiques. Un cerveau sain intègre donc son propre système de modulation : il est ainsi capable de réduire — « inhiber », dans notre jargon — ou de favoriser — « exciter » — l'activité électrique des neurones en fonction de ses besoins propres pour gérer une communication efficace et harmonieuse de ses flux nerveux.

Durant son explication, Ligule avait affiché un nouveau document contenu dans le lutrin. C'était une planche sur laquelle étaient imprimées deux photographies côte à côte. La première, à gauche, représentait une vue satellitaire, nocturne, de l'Europe où tous les points d'énergie des agglomérations, leurs halos et leurs connexions semblaient former une sorte de grand réseau lumineux. Elle ressemblait à s'y méprendre au cliché de droite, lequel semblait reproduire le système stellaire d'une galaxie. Mais Delajoie ne tomba pas dans le piège.

— Notre cerveau ?

— La similitude est remarquable, n'est-ce pas ? On dirait même la nébuleuse du crabe. Eh bien, c'est un agrandissement du tissu nerveux, et nos stars cérébrales, ces étoiles que vous voyez là, s'appellent « neurones », « synapses » et même... « astrocytes » ! Un petit cosmos dans la tête, cela ne peut pas nous faire de mal, n'est-ce pas ? Et cela permet de relativiser nos certitudes.

— C'est à la fois beau et presque terrifiant...

— Cette photographie rend mieux compte de son incroyable activité énergétique. Mais il suffit que vous coupiez une connexion, ici par exemple, pour que toute cette partie supérieure se retrouve soudain plongée dans l'obscurité. Les chercheurs ont donc postulé assez vite que cette régulation automatique du cerveau ne fonctionnait pas correctement dans le cas de lésions physiologiques.

— Accidentelles ou pathologiques.

— D'où cette idée de compenser la défaillance en corrigeant artificiellement le processus, en facilitant l'inhibition ou l'excitation des neurones.

— En utilisant l'électricité.

— Soigner le mal par le mal. Et la meilleure manière de parvenir à comprendre ce mécanisme, c'était de simuler les effets de cette stimulation, en intervenant sur des zones ciblées ou, plus précisément encore, sur de petits groupes de neurones lorsque la technologie rendit possible cette approche plus fine.

Ligule présenta un autre schéma à Delajoie.

— Delgado fut donc l'un des précurseurs de cette stimulation électrique en profondeur, et plus spécifiquement des structures enfuies dans et autour du système limbique, comme l'hypothalamus qui est situé ici, juste au-dessus de l'arrière de notre palais, en fait. Ou son noyau caudé, là, cette sorte de grande trompe et son amygdale, la petite amande située à son extrémité. Vous voyez, nous aussi nous parlons de « noyaux ».

— Je ne savais que nous avions des amygdales dans le cerveau.

— Précieuses mêmes, non pas responsables de méchantes angines, mais, sans doute, d'une partie de notre méchanceté. De notre agressivité, de notre anxiété, aussi. Au début, on ne savait pas aller dans ces profondeurs du cerveau, alors on s'était contentés de stimuler le *cortex*...

— L'écorce.

— Et voici le résultat de cette première enquête.

Ligule choisit un nouveau visuel dans son dossier.

L'image était étonnante. Elle représentait un petit homme totalement dénudé. Il s'agissait plutôt d'une espèce de gnome, à la peau couleur bébé, au corps déformé, qui exhibait l'intimité de ses membres proéminents ou atrophiés dans une attitude incroyablement naïve et totalement impudique. Par cette posture qui avait quelque chose de pathétique, cet être mi-homme mi-monstre semblait offrir son corps maladif au diagnostic des observateurs, tirant même sa langue anormalement boursouflée, ainsi prêtée à l'auscultation, en direction d'un hypothétique médecin. Organe parlant qui, au demeurant, compte tenu de son volume disproportionné, semblait condamné à rester éternellement à l'extérieur de la cavité buccale.

La nature peu clémente de cette créature, sortie directement de l'univers d'un Tolkien, suscitait la pitié au premier regard. Comment rester insensible devant cette sorte d'écorché qui semblait souffrir à la fois d'éléphantiasis et d'hypertrophie ? Comment ne pas compatir à la vue de ces gigantesques mains ouvertes, de ces doigts immenses, de ces bras ridiculement chétifs, de ce torse culturiste en miniature, étroit, porté par des jambes courtes et de grands pieds en pâte à modeler ? Comment ne pas être gêné, même, en observant ce crâne potelé et glabre, cette tête de petit cannibale vraiment grotesque équipée de petits yeux noirs ébahis, dotée d'un visage globalement stupide, nantie de larges narines épatées et de lèvres injectées au silicone ?

Cette chose, qui appelait pour le moins la compassion, semblait dire : « Voilà qui je suis vraiment, voilà seulement ce que je suis : une âme triste dans une peau d'infirme. »

Qui était elle ? se demanda Delajoie. *S'agissait-il d'un être en devenir ou d'une erreur de fabrication de la nature ? À moins que ce ne soit l'un de ces sujets victimes d'une terrible malédiction, une sorte d'ange déchu par malignité, mauvaise lignée ou fatale destinée, désormais condamné à une errance désespérée, à porter le fardeau de sa monstruosité comme prix de ses péchés.*

— *Homonculus*, le petit homme ou l'homme-cerveau, annonça sobrement Ligule. Il s'agit, poursuivit le psychiatre, d'une extrapolation graphique, artistique, de l'organisation et de l'agencement des zones motrices et sensorielles du cortex moteur telles qu'elles ressortaient des stimulations de surface effectuées sur les malades épileptiques. D'où ces mains et cette langue disproportionnées, parce que les aires impliquées dans la dextérité manuelle et la motricité du langage semblaient de loin les plus importantes lors des investigations. À la fin des années 1940, nous en sommes là, *grosso modo*. Du côté théorique, nous pensons que le cerveau est structuré en une cinquantaine de zones fonctionnelles ; du côté thérapeutique, cette connaissance commence à être utilisée en psychiatrie pour développer un nouveau traitement par chirurgie destructive : la lobotomie. Malgré des résultats déplorables qui entraînent souvent des modifications substantielles de la personnalité, ces ablations ou déconnexions des lobes s'imposent très vite comme un traitement de référence, en dernier recours...

— Lorsque l'on ne sait plus quoi faire, commenta Delajoie.

— Mais comme l'on ne savait pas quoi faire depuis fort longtemps pour soigner les pathologies mentales les plus lourdes, l'ablation chirurgicale devint à son tour une sorte de couteau suisse pour traiter les maux de l'esprit. C'est ainsi que, après la période des sévères traitements biologiques, s'était ouverte l'ère de la chirurgie psychiatrique ou « psychochirurgie ». Après tout, cette castration mentale paraissait un moindre mal. Selon son précurseur, les malades opérés « continueraient, dans la pire des hypothèses, à rester des aliénés mentaux ».

— Évidence qu'il convenait en effet de souligner, soupira Delajoie avec dépit.

— Et ce fut le cas. Or à Yale, l'université que venait de rejoindre Delgado, on culpabilisait un petit peu, en fait. C'était à cause de son patron Fulton et de son confrère Jacobsen que cette mauvaise idée d'appliquer la lobotomie thérapeutique aux êtres humains avait germé dans la tête d'un psychiatre en manque de célébrité…

— Le fameux Egaz Moniz.

— Vous me surprenez d'heure en heure, Jean.

— Ne le soyez pas, tout le mérite en revient exclusivement à Antoine.

— Vous ne me croirez peut-être pas, mais Moniz conseillait même la lobotomie pour soigner l'homosexualité.

— Ah, si, je vous crois bien volontiers, Antoine m'a déjà entretenu largement sur cet épineux sujet qui, vous le savez, ne saurait nous laisser totalement indifférents.

— Pour la petite histoire, un concurrent de Delgado, le professeur de psychiatrie Robert Heath qui officiait à La Nouvelle-Orléans, à l'école de médecine de l'université Tulane, utilisera la stimulation électrique profonde pour tenter de modifier l'orientation sexuelle de plusieurs patients. Avec tout le succès que l'on pouvait espérer. Mais cette intervention était au moins réversible.

— Il est certes plus difficile de recoller les morceaux d'un cerveau.

— L'équipe de Yale, qui venait d'intégrer Delgado en 1946, était donc très réticente vis-à-vis d'une ablation qui pouvait «provoquer une altération considérable de la personnalité affective» et dont l'essor devenait préoccupant. Elle commençait même à s'imposer dans le cadre de condamnations judiciaires. Dès 1950, la lobotomie fut proposée à certains condamnés comme une alternative à leur peine de prison. À Yale, on s'active donc pour trouver une solution qui permettrait une intervention plus ciblée, qui ne modifierait pas le comportement affectif général. MacLean et Delgado explorent le système limbique dans toutes ses profondeurs. Depuis la fin des années 30, on avait tendance à penser, à partir d'expériences réalisées sur les animaux, que la colère, la rage, l'agressivité, l'impulsivité trouvaient en effet leur siège dans cette région. La récente mise au point d'une technique de localisation assez fiable pour le cerveau humain et la possibilité de stimuler ses couches les plus profondes en introduisant de fines électrodes donnaient la possibilité de corréler les résultats de l'expérience avec la théorie.

— Et je me doute que, de la théorie, on passa rapidement à la pratique.

— L'euphorie thérapeutique est une constante dans notre discipline. On commença à tester le procédé chez des malades schizophrènes. Le principe était assez simple : comme pour l'épilepsie, on tentait de provoquer des répliques de leurs comportements anormaux en stimulant successivement des zones profondes contiguës, puis on se servait des électrodes pour détruire électriquement — «coaguler», disait-on — les groupes de neurones suspects ou pour modifier les connexions entre structures cérébrales. On «grillait» la partie incriminée, pour le dire familièrement.

— Quelle différence avec une ablation?

— C'est une intervention plus fine, mieux renseignée dans le cas de certaines pathologies réellement organiques. En théorie.

Beaucoup moins invasive, mais tout aussi destructrice, vous avez raison, surtout lorsqu'elle est effectuée sur des patients qui souffrent de troubles purement psychiques. Les premières interventions sur des malades schizophrènes suscitèrent l'enthousiasme, mais se révélèrent évidemment déplorables. À ses débuts donc, la stimulation électrique profonde s'imposa d'abord comme une méthode alternative à la psychochirurgie grossière.

— Une sorte d'électropsychochirurgie, si je comprends bien, l'électricité remplaçant simplement le scalpel ?

— C'est tout à fait exact. Tout comme le « couteau gamma » remplacera à son tour l'électricité un peu plus tard, en utilisant la radiochirurgie. À l'époque, on appela savamment ces interventions « stéréotaxiques », parce que c'était le nom de la technique utilisée pour guider précisément l'insertion millimétrique des électrodes dans le cerveau.

— Un système cartographique du cerveau ?

— Personnalisé. Mais ces interventions ne satisfont toujours pas Delgado. Il pense que l'on pourrait éviter cette destruction des tissus cérébraux en lui substituant une stimulation électrique permanente qui corrigerait l'anomalie physiologique. L'avantage de cette thérapie serait sa réversibilité totale. Delgado se met au travail très vite afin d'évaluer cette « possibilité thérapeutique chez les patients psychotiques ». Il a aussi beaucoup travaillé sur les épileptiques et les parkinsoniens.

— Tout cela semblait louable, à première vue.

— Absolument. Mais vous le savez comme moi, Jean, l'enfer est souvent pavé de très bonnes intentions. Dans sa quête, Delgado se livre alors, presque frénétiquement, à des centaines d'expériences sur les animaux et sur des cobayes humains qui ne sont pas toujours consentants. Il s'impose rapidement comme le spécialiste le plus crédible dans la stimulation électrique profonde. On lit ses nombreuses publications, on découvre ses expériences sensationnelles, on souhaite sa collaboration sur de nombreux projets, on emprunte sa technologie, on s'enthousiasme pour ses possibilités qui semblent illimitées. Il faut bien comprendre que cette effervescence, cette espérance étaient liées à la situation toujours aussi désespérée concernant les soins disponibles pour les pathologies lourdes. La carence thérapeutique était encore totale, les psychotropes ne seront introduits aux États-Unis qu'en 1955, plus tardivement qu'en Europe. Parallèlement, la folie des traitements gothiques semblait atteindre un paroxysme : chocs biologiques, festival d'électrochocs, épidémie de mutilations.

— L'engouement pour une alternative moins barbare ne semblait donc pas déraisonnable.

— Delgado a presque tout exploré et presque tout inventé dans son domaine. Dès 1952, il met au point un procédé pour l'implantation permanente des électrodes ; il imagine ensuite un stimorécepteur qui permet de redonner sa liberté de mouvement au patient, grâce à une activation distante, par contrôle radio, de la stimulation. Il perfectionnera cet appareil afin de le transformer en implant miniaturisé sous-cutané, totalement autonome, « portable à vie », l'ancêtre de notre pacemaker, dispositif qui permettra d'établir également une liaison à double sens entre le cerveau du malade et l'appareillage médical. On disposait ainsi d'un système de télémétrie qui rendait envisageable une automatisation de la stimulation en temps réel, réglée sur l'activité cérébrale du patient. C'est cette technologie, modernisée, qui est désormais implantée dans le crâne de plusieurs centaines de milliers de malades à travers le monde.

— On utilise vraiment ces dispositifs de nos jours ?

— C'est même la grande mode neuropsychiatrique du moment. Le procédé fut sorti des cartons, dépoussiéré et utilisé avec succès au début des années 1990 par un Français, le neuro-chirurgien Alim-Louis Benabid, pour le traitement des symptômes les plus invalidants de la maladie de Parkinson. Comme l'avait démontré Delgado, cela fonctionne parfaitement bien sur les troubles du mouvement, principalement les dystonies, les tremblements essentiels ou cérébelleux. Très honnêtement, en l'absence d'autres solutions, l'intervention se révèle souvent un succès pour ces patients, elle change même radicalement leur vie, c'est une évidence. Je n'y suis donc pas opposé. Le problème, c'est que, selon la très fâcheuse habitude de notre corporation, nous n'avons pas pu nous empêcher de nous contenter de gérer certains troubles moteurs. Du Parkinson, de l'épilepsie, du syndrome de la Tourette, de certains symptômes de la sclérose en plaques, nous avons étendu la stimulation électrique profonde aux troubles obsessionnels compulsifs. Puis… à l'autisme, au mystérieux trouble bipolaire, à la dépression, à l'anorexie, la boulimie, à l'alcoolisme, aux dépendances diverses et variées! Et maintenant, nous voulons même soigner les maux de tête et les céphalées. Toutes les pathologies mentales ou assimilables semblent être concernées par cette stimulation électrique du cerveau, alors que nous ne savons toujours pas ce que nous faisons exactement ni ce que nous déclenchons réellement comme processus complexe ; la seule certitude, c'est que nous pouvons contrôler certaines fonctions motrices, diminuer certaines sensations de douleur et agir grossièrement pour inhiber ou favoriser certaines émotions. C'est un peu court pour affirmer pouvoir stimuler ou implanter tout le monde et modifier concomitamment le fonctionnement d'ensemble du comportement affectif et des processus émotionnels.

Ligule présenta une nouvelle planche visuelle sous les yeux du commissaire.

— Regardez, Jean. Là, ce sont les électrodes placées dans le cerveau. En fonction des effets souhaités, on cible bien évidemment une région spécifique grâce au cadre stéréotaxique fixé sur la tête du patient. Les fils sont ensuite passés sous le cuir chevelu — «tunnelisés», disons-nous — et reliés au centre de contrôle, ce petit pacemaker implanté sous la peau, généralement ici, juste au-dessous de la clavicule.

Delajoie ne put retenir une grimace.

— *L'Homme qui valait trois milliards.*

— Un peu du docteur Frankenstein sommeille en chaque neuropsychiatre, je vous le concède. C'est Delgado qui a créé l'interface bioélectronique entre l'homme et la machine ; en reliant notre cerveau à un ordinateur, Delgado a véritablement inventé l'homme connecté. Mais il a été plus loin encore, et c'est pourquoi je ne suis finalement pas si surpris de ce que vous venez de me révéler.

— À quel sujet ? demanda Delajoie.

— Cette collaboration entre Bravehomme et Delgado que vous évoquiez. Premièrement, c'est Delgado qui a expérimenté l'action localisée de nombreuses substances chimiques — dont certaines censées agir sur les neurotransmetteurs — en les injectant directement dans les structures profondes du cerveau par le biais d'une autre de ses inventions, les «chimitrodes», des petites canules miniaturisées. Une nouvelle fois, Delgado a essayé beaucoup de choses en la matière, des drogues les plus actives aux gaz les plus toxiques, des hydrocarbures nocifs à des minéraux radioactifs, sans oublier, bien évidemment, le large échantillon des nouvelles molécules, inhibitrices ou excitantes, qui venaient de faire leur apparition sur le marché pharmacologique et se proposaient de révolutionner les soins psychiatriques. Delgado va ainsi explorer l'autre versant, chimique, de la stimulation profonde, celui qui permet plus particulièrement de contrôler le processus de transmission entre les neurones. Deuxièmement, lorsqu'il reviendra se fixer en Espagne, en 1974, Delgado concentrera ses efforts sur une méthode beaucoup moins invasive. Est-il possible, se demandera-t-il, de réaliser une stimulation électrochimique du cerveau sans procéder à un acte de chirurgie? Autrement dit, sans implants? C'est comme cela qu'il en vint à concevoir et à fabriquer un casque permettant de délivrer des impulsions électromagnétiques, un procédé utilisé de nos jours sous le nom de «stimulation magnétique transcrânienne».

— L'ancêtre du Summum®.

— Le principe est similaire, même si le Summum® utilise une technologie beaucoup plus sophistiquée. Le Summum® fonctionne sur une base neuroacoustique. C'est une espèce de gros *walkman* qui délivre une musique enrichie d'instructions codées. Vous croyez écouter un morceau de Mozart, mais en réalité, des informations additionnelles incorporées à la musique sont acheminées — via le système auditif — en direction de zones précises du cerveau. Ces ondes sont transformées en impulsions électriques qui vont activer ou inhiber des groupes de neurones afin de libérer ou de contenir des neurotransmetteurs spécifiques. Le contrôle et le dosage sont assurés en temps réel par le logiciel connecté à votre terminal mobile, lequel analyse en permanence votre activité cérébrale et les effets des stimulations. Toutes les données consolidées sont envoyées au système d'information central par Internet, lequel déclenche les mises à jour correctives éventuelles.

— Votre cerveau est donc contrôlé en permanence par

votre téléphone…

— Son état électrochimique pour le moins.

— Ou son état… d'esprit, diraient les trouble-fêtes.

— Dont je fais partie. Il n'y a finalement rien d'étonnant à cette participation de Delgado au projet fou de Bravehomme.

— Pourquoi ne pas faire mention publiquement de cette collaboration compte tenu de la notoriété de Delgado? Vous-même l'ignoriez, Quentin?

— Je n'en sais rien. Peut-être parce qu'utiliser le nom de Delgado présentait plus d'inconvénients que d'avantages. Il est possible que Bravehomme n'ait pas souhaité communiquer à ce sujet, car Delgado n'était plus fréquentable depuis les années 70. Il fut certes un chercheur et un inventeur hors du commun, mais tout aussi sulfureux et compromis que talentueux. Au point que, malgré l'étendue de son œuvre et ses apports incontestables à la recherche neuropsychiatrique, il est aujourd'hui rarement mentionné dans l'histoire officielle de ces disciplines.

— Et pourquoi donc?

— Certaines de ses expériences ou certains essais dérivés de ses propres découvertes furent très contestés. Delgado s'est retrouvé ainsi mêlé à plusieurs scandales. Il fut suspecté d'avoir travaillé en partie pour la CIA; enfin, une forme de collaboration sous le régime de Franco ne lui a pas été pardonnée. Delgado faisait partie de ces nombreux scientifiques…

— Il est décédé?

— En 2011. Il appartenait à cette espèce de savants qui sont victimes de leur *hybris*, de leur ambition démesurée qui s'affranchit des règles communes, d'une morale jugée trop stricte par rapport à la vision personnelle et à l'espérance messianique — forcément incomprise du commun — que ces prophètes placent souvent dans les potentialités de leurs propres découvertes. L'*hybris* — qui était considéré par les Grecs comme le plus grand de nos défauts — c'est la grande maladie de la science. Devenir un «père fondateur» dans sa discipline, être reconnu comme un «pionnier», un «explorateur», un «visionnaire», un «génie», recevoir les premières médailles qui vous rapprochent de l'illustre prix Nobel, voilà le rêve ultime de nombreux chercheurs. Cette quête s'affranchit souvent des précautions déontologiques les plus élémentaires, car elle implique une course concurrentielle aussi effrénée qu'épuisante pour espérer obtenir la consécration suprême et capter *in fine* des ressources financières dont le volume global est par définition limité.

— Mon métier m'a appris que l'éthique est une affaire très personnelle et que ses frontières sont parfois très floues, souvent fort élastiques même.

— L'éthique, c'est toujours l'affaire des autres. Dans le domaine de la science, la clé du succès, c'est l'adoubement par les pairs, la sainte publication dans un journal spécialisé à «comité de lecture» composé d'autres savants, loin d'un public ignare. Or, le contexte de compétition impose une révélation rapide des résultats de ses travaux, l'annonciation de sa découverte extraordinaire au gotha scientifique mondial dans les délais les plus brefs. Il faut hâter la publication afin de marquer son territoire, imposer sa préséance sur le champ de recherche, rendre sa primauté incontestable. Publier en premier et au tout premier rang hiérarchique des coauteurs éventuels, c'est la première étape, fondamentale, vers le succès. De là tous ces articles bâclés, édités prématurément sur des recherches dont la méthodologie reste souvent discutable, au risque des approximations, des généralisations, des incertitudes et d'un manque évident de vérifications. C'est pourtant les conclusions de ces «papiers» publiés qui serviront à créer des défis ou à justifier les audaces d'autres équipes. La publication crée ensuite la citation, le nombre de citations suscite la notoriété, la notoriété entraîne la reconnaissance, la reconnaissance capte les financements, la pérennité des financements exige des résultats et force le rythme et le nombre des prochaines…

— Publications.

— Delgado a publié plus de 500 articles!

— C'est énorme.

— Colossal. C'était une véritable icône dans son milieu, mais également une idole adulée par les médias destinés au grand public, dont il faisait régulièrement les gros titres. Sa chute n'en fut que plus impressionnante.

— Que s'est-il passé, exactement ? demanda Delajoie.

Ligule prit le temps de bien réfléchir avant de répondre.

— La dérive : on passe d'une préoccupation purement scientifique, médicale en l'occurrence, à une considération plus sociale et finalement morale. Très tôt, Delgado s'était intéressé à la possibilité de susciter ou de contrôler les émotions et d'influencer les réactions psychologiques. Son exploration intensive des structures du système limbique chez l'animal, grâce à ses inventions perfectionnées, confirma rapidement certaines constatations antérieures. Dès 1959, le New York Times annonçait que le professeur Delgado pouvait «soutenir la conclusion déplaisante que l'émotion et le comportement peuvent être dirigés par des forces électriques et que les animaux et les humains peuvent être contrôlés comme des robots». Bientôt, Delgado affirmera même qu'il est «possible d'inhiber la violence sans rendre l'animal endormi ni déprimé», contrairement aux états végétatifs constatés après les lobotomies. Il n'en fallut pas plus pour qu'une vague de lésions cérébrales par psychochirurgie stéréotaxique ne déferle dans les hôpitaux psychiatriques du monde entier, interventions baptisées avec pudeur «neurochirurgie sédative» par l'un des pionniers de l'hypothalamotomie, le Japonais Keiji Sano…

— «Hypotha…» ?

— La destruction d'une partie de l'hypothalamus. C'est très simple, Jean : tous les termes qui s'achèvent par « tomie » dans notre jargon indiquent toujours une histoire qui, en général, s'achève mal. En grec, *tomia*, ça veut dire... découper. Comme l'amygdalotomie, initiée également au Japon l'année suivante, dès 1963, par le neurochirurgien Narabayashi.

— Mais pourquoi « neurochirurgie sédative », elle endort le cerveau ?

— « Le terme désigne cet aspect de la neurochirurgie où un patient est rendu calme et gérable par une opération. » Ce n'est pas moi qui l'ai écrit, Jean, c'est le docteur Balasubramaniam, un autre « père » de la neurochirurgie psychiatrique, un Indien spécialiste de l'injection d'huile d'olive dans le cerveau des enfants.

— L'amygdalotomie, c'est le retrait de la petite amande que vous m'avez montrée ?

— Sa coagulation ou sa destruction. Il paraît même que le bilatéralisme donne de meilleurs résultats. Cette intervention va rapidement s'imposer comme un *must*, parce que ces entités cérébrales profondes semblaient responsables de l'agressivité et de l'agitation intempestive. Le dysfonctionnement de l'amygdale, surtout, était rendu coupable des comportements violents. Les nombreuses expérimentations avaient montré que l'on pouvait provoquer la colère, voire un état proche de la rage, en stimulant électriquement un « champ neuronal » précis de l'amygdale — ce que nous appelons, comme je vous l'ai dit, un « noyau ». Cela suggérait, avait conclu Delgado, que cette zone « était impliquée dans le problème comportemental ». Et d'ajouter : « Cette découverte fut d'une signification clinique considérable. » Il ne croyait pas si bien dire, l'Espagnol ! On commença à traiter ainsi, si je puis l'exprimer de cette manière, quelques malades schizophrènes, des épileptiques, des déviants sexuels. Puis, petit à petit, des prisonniers, des délinquants et des enfants souffrant d'un trouble de déficit de l'attention ou dont le comportement était jugé socialement inadapté. À titre de prévention expérimentale, on opéra en Inde, dans la région de Madras, plus d'un demi-millier de mômes de moins de quinze ans considérés comme des sujets prédisposés à la violence ou souffrants d'hyperactivité.

— Sans une information éclairée, je suppose ?

— Sans consentement du tout. Le chirurgien indiqua simplement que la satisfaction des familles dans 39 % des cas était un indice probant de réussite. Sans doute, ce bienfaiteur de l'humanité souhaitait signifier de la sorte que l'opinion parentale valait agrément post-opératoire. Vous vous doutez que l'autorisation préalable du patient importait peu également en Russie ou en Chine, pays qui pratiquèrent — et pratiquent toujours — ces interventions pour, par exemple, «soulager» certains drogués de leur addiction. J'évoque ici des milliers d'opérations de personnes «déviantes».

— Cela ressemble quand même fortement à une forme de… d'encéphalotomie? On peut dire ça?

— Pourquoi pas? Qu'on le reconnaisse ou non, qu'on utilise le terme moins brutal de «coagulation» ou de «lésion» pour désigner ces interventions, ne change rien à l'affaire : il s'agit bien, à chaque fois, d'une véritable amputation psychique. On prive le patient d'une partie de son passé et de sa personnalité, compte tenu du rôle fondamental joué par ces structures dans les émotions et le processus de mémoire. On fait exactement la même chose aujourd'hui avec la radiochirurgie, et ces actes perdurent dans certains pays pour, affirme-t-on, soigner toutes les déviances comprises entre la pyromanie et la tendance suicidaire.

— Mais quelle fut la responsabilité de Delgado?

— Morale, surtout. C'était un mentor, Delgado, une sorte de gourou : sa position enviée à Yale, son rayonnement universitaire, son influence sociale et médiatique. Beaucoup des premiers comptes rendus des opérations se référaient explicitement aux travaux qu'il avait lui-même menés sur les animaux, à une cadence industrielle.

— Les fameuses citations de publications.

Ligule acquiesça du menton.

— Plus important encore, les propos publics de Delgado semblaient cautionner le recours à de telles pratiques. D'abord, le monde entier avait découvert sa spectaculaire expérience réalisée en 1963 sur le taureau, cette possibilité de stopper net une manifestation de «violence animale innée». En 1968, dans une série de conférences prestigieuses données à l'Académie de médecine de New York, Delgado avait développé devant les membres de l'élite américaine sa vision et sa philosophie d'une société « psy-chocivilisée » telle que ce chercheur pouvait l'envisager après trois décennies d'explorations intensives du cerveau, investigations qui démontraient, selon lui, que « le plaisir, la convivialité, la peur, l'agressivité, l'expression verbale et d'autres activités mentales peuvent être provoqués ou modifiés par la stimulation électrique du système nerveux central ». Le contexte était extrêmement favorable à la réception de thèses autoritaires auprès d'un public conservateur préoccupé par « l'hygiène mentale » et qui gravitait dans les sphères du pouvoir. Les Américains étaient alors totalement englués dans la guerre du Viêt Nam ; la contestation de la jeunesse grandissait de jour en jour, avec son lot de manifestations et d'occupations des universités ; la communauté noire venait de se radicaliser après l'assassinat du leader des droits civiques…

— Martin Luther King

— Des troubles avaient éclaté dans toutes les grandes villes. Le candidat à la présidence des États-Unis, le propre frère de Kennedy, avait également été abattu, un meurtre qui avait contribué à créer, dans un pays si religieux, l'impression d'une sorte de malédiction divine. Une odeur de révolution sociale planait donc sur l'Amérique, et l'angoisse d'une nouvelle guerre de Sécession avait saisi les esprits…

— Une époque tendue, en effet. Notre mai 1968 semble faire pâle figure, en comparaison.

— Delgado avait commencé son analyse par un constat très pessimiste : « L'échec de notre civilisation actuelle est une réalité déroutante. » Mais, pour le professeur de Yale, le vrai coupable, c'était la violence des nouvelles générations « en proie à une recherche anxieuse de la liberté et de l'identité individuelle, à une tentative d'évasion de la masse sans visage de la société technologique et à une rébellion contre la morale traditionnelle, les principes éthiques et les clichés idéologiques ». Dans l'analyse des causes et des solutions, Delgado n'avait pu que regretter « que soit généralement négligé *l'élément le plus essentiel de tout le processus de violence.* On porte l'attention sur les facteurs économiques, idéologiques, sociaux et politiques et sur leurs conséquences telles qu'elles s'expriment dans le comportement de l'individu et des foules, *mais on oublie souvent le chaînon essentiel, situé dans le système nerveux central*». Alors, avait-il poursuivi, parce que «nous n'avons pas appris à nous contrôler nous-mêmes, *il convient de trouver des solutions nouvelles, afin de civiliser notre psyché* et d'organiser consciemment nos efforts pour développer une société *psychocivilisée* future. Nous avons un besoin urgent de méthodes *pour rééduquer et contrôler les antagonismes sociaux et les manifestations émotionnelles indésirables chez l'homme*». Et de conclure au terme de ces rencontres : «La technologie est disponible.»

— La «technologie», c'était la stimulation électrique profonde ?

— Selon ses propres mots. Elle allait permettre de bâtir une «électroligarchie».

— L'éternelle tentation du totalitarisme.

— Delgado n'avait d'ailleurs pas caché son attirance pour les régimes autoritaires : «Dans plus d'une dictature, la population est en général talentueuse, productive, et elle se conduit correctement. Peut-être est-elle aussi heureuse que la population de sociétés plus démocratiques ?»

— Il faisait référence à la dictature de Franco qu'il connaissait si bien ?

— Je le crois. Une suite d'évènements rapprochés allaient provoquer sa chute et son retour précipité en Espagne. En 1969, Delgado publia un ouvrage pour le grand public qui reprenait en partie le texte des conférences précédentes, agrémenté d'exemples choisis parmi ses propres expériences. Le titre et le sous-titre provocateurs de la publication ne laissèrent pas indifférent : *Le contrôle physique de l'esprit — Vers une société psychocivi*lisée. Mais c'est son contenu qui commença réellement à inquiéter les citoyens. Les lecteurs y découvraient que Delgado avait réussi l'exploit de modifier la hiérarchie sociale dans une colonie de singes appartenant à un laboratoire de l'armée de l'air US : «Les singes peuvent apprendre à appuyer sur un levier pour stimuler à distance le cerveau d'un autre animal agressif et éviter ainsi son attaque.» Cette série d'études, menée en 1965, démontrait que «la possibilité d'un contrôle instrumental du comportement» n'était plus du registre de la fiction : «L'éternel rêve d'un individu pouvant assujettir un dictateur grâce à une simple télécommande vient d'être réalisé, au moins dans nos colonies de singe. » Delgado avait été d'ailleurs très catégorique : « Le comportement individuel et social, les réactions affectives et psychologiques peuvent être déclenchés, modifiés ou inhibés, à la fois chez les animaux et chez l'homme, par la stimulation électrique des structures cérébrales spécifiques. Le contrôle physique des nombreuses fonctions du cerveau est un fait démontré. »

— Perspective réjouissante.

— Vous n'imaginez même pas, Jean, les expériences que nous menons actuellement. Mais ce qui allait véritablement mettre le feu aux poudres, c'étaient certaines de ses investigations menées sur des patients humains, réalisées en collaboration avec un groupe de chercheurs de la faculté de médecine de Harvard. En juillet 1967, des émeutes raciales sans précédent avaient éclaté dans plusieurs villes des États-Unis, notamment à Détroit, où une véritable guerre civile s'était soldée par une quarantaine de morts, cinq cents blessés et près de sept mille arrestations. Une commission d'enquête conclut à une origine sociale de la révolte, puisant sa source dans la frustration permanente d'une ségrégation économique qui rendait vain tout espoir de promotion sociale pour les Noirs américains et même toute tentative d'améliorer leur vie quotidienne. « Notre nation, écrivirent les rédacteurs, se dirige vers eux sociétés, l'une noire, l'autre blanche, séparées et inégales. »

— Constat terrible.

— Cette lucidité n'était pas partagée par un psychiatre et deux neurochirurgiens célèbres, lesquels avaient publié dans la revue médicale la plus diffusée du pays, deux mois seulement après les troubles de Détroit, un article au contenu explosif : *Le rôle du dysfonctionnement du cerveau dans les émeutes et la violence urbaines.* La thèse de ces auteurs était simple : les causes socioéconomiques cachaient en réalité « le rôle plus subtil joué par d'autres facteurs, notamment *les dysfonctionnements du cerveau des émeutiers* qui se livrent à des incendies criminels, des tirs en embuscade et des agressions physiques ». Il était donc urgent, suggéraient les auteurs, de lancer des études cliniques afin d'évaluer l'impact des anomalies cérébrales dans le comportement « violent et agressif de *certains habitants des ghettos noirs* ».

— Cela avait le mérite d'être clair, au moins. Les jeunes pour Delgado, les Noirs pour…

— Les docteurs Sweet, Mark et Ervin. Notre trio souhaitait ainsi mettre au point des «tests fiables» qui permettraient de dépister et de diagnostiquer en amont les signes d'anomalies neurologiques afin de «traiter les personnes potentiellement atteintes d'un syndrome de violence avant qu'elles ne contribuent à d'autres tragédies».

— Retour à la phrénologie. La bosse du criminel né, dégénéré et atavique, était seulement remplacée par le lobe-tueur du noir inférieur.

— L'amygdale tueuse, en l'occurrence. Eugénisme neurologique. Ces chercheurs menèrent une large campagne pour gagner le gouvernement à leurs thèses et reçurent immédiatement des subventions fédérales afin de financer sans tarder leurs recherches prioritaires pour la nation. Ce qui prouve bien la paranoïa totale qui s'était alors emparée des dirigeants du pays.

— Et ces braves gens firent appel à Delgado?

— Le trio avait besoin de la technologie mise au point par leur collègue de Yale et, surtout, de son expertise incontestée. Trois ans après leur brûlot, nos protagonistes récidivent et font paraître à grand renfort de publicité les conclusions de leurs expériences dans un livre tristement célèbre *La Violence et le Cerveau*. Cet ouvrage, très didactique, se révèle en définitive un manifeste idéologique, une sorte de guide pratique pour la société *psychocivilisée* souhaitée par Delgado. Leur confrère de Yale s'était contenté d'esquisser les contours d'une politique générale nécessaire pour améliorer l'espèce humaine et «civiliser le psychisme de l'homme». Mais la forme de cet essai avait été plus «philosophique» que pratique, il était resté au stade des généralités. Certes, Delgado avait proposé de décréter «la conquête de l'esprit humain comme thème central d'une coopération internationale» et d'en faire un objectif de priorité nationale «au même titre que la lutte contre la pauvreté ou la conquête de la lune»; il avait également proposé de créer une agence fédérale «s'inspirant de la NASA» et des «instituts neurocomportementaux» dans chaque État; il avait plaidé aussi pour une modification, dès le collège, «des programmes scolaires afin de faire place à une nouvelle discipline, la psychogenèse », parce que, selon lui, « une bonne compréhension des mécanismes du comportement individuel et social mettra en relief l'importance de l'intellect individuel tout en restreignant le pouvoir des automatismes irrationnels »; il avait souhaité que « les médias soient mobilisés à cette fin, pour produire et diffuser des programmes d'informations et de divertissements thématiques soutenus et promus par les instituts neurocomportementaux ».

— Drôle de philosophie tout de même, réagit Delajoie. Cela me fait penser à notre *Semaine française du cerveau*.

Ligule sourit.

— Les mêmes objectifs génèrent les mêmes processus. Quoi qu'il en soit, Delgado n'avait pas osé franchir le Rubicon en suggérant ouvertement de dépister par souci de « prévention » tous les Américains dont le comportement ne serait pas conforme aux « dix commandements » bibliques, nouveau standard moral que le trio se proposait d'élever au statut de preuve incontestable d'un bon fonctionnement cérébral. Les déficients devraient alors être traités par chirurgie stéréotaxique, stimulation électrique ou chimique. Puisque la violence s'avérait « l'un de nos principaux problèmes de santé publique », parce qu'elle était avant tout « une question médicale » qui appartenait aux professionnels de santé, parce qu'entre cinq et dix pour cent de la population américaine semblait dotée de « cerveaux endommagés », les auteurs avaient proposé de développer un « test d'alerte précoce » permettant de déceler les anomalies physiologiques du système limbique. Et, dans l'attente de ce test, de lancer sans plus attendre une étude épidémiologique à grande échelle — « sociobiologique », selon leur terme — sur tous les individus ayant déjà perpétré des actes de violence ou s'étant rendus coupables de « protestation sociale ». Fidèles à leur mentor, ils préconisaient enfin l'institution de centres spécialisés pour l'étude, la détection et la prévention de la violence. Le premier de ces établissements sera ouvert l'année suivante en Californie, un État qui était dirigé par un très célèbre gouverneur, Ronald Reagan.

— *1984…*

— 1973. Ils avaient pris un peu d'avance. La fête n'allait pas durer bien longtemps, car c'est bien cette comparaison avec la dystopie d'Orwell que vous venez de suggérer qui sera établie par l'homme qui allait mettre fin à cette «deuxième vague de la psychochirurgie». Un confrère, je le précise plaisamment, car le fait n'est pas si courant. Peter Breggin — c'est son nom — est d'ailleurs devenu depuis cette époque la hantise de l'école des organicistes et des laboratoires pharmaceutiques. Pour nous autres, c'est même un peu l'exemple à suivre, «la conscience de la psychiatrie». À la fin de l'année 1970, ce jeune médecin âgé de 35 ans, diplômé de Harvard, est perturbé par toute cette publicité qui lui rappelle les heures les plus noires de la «lobotomie à l'ancienne», celle des Moniz et des Freeman. Fermement convaincu que «la lobotomie et la psychochirurgie ne reposent sur aucune base scientifique rationnelle ou empirique», il est totalement abasourdi par toutes les expériences internationales et locales qu'il découvre; il entreprend alors un examen minutieux et critique de toutes les publications scientifiques, restées largement confidentielles…

— Ces fameux articles réservés aux «pères», si je vous suis bien?

— C'est cela, de ces pairs qui rêvent de devenir les futurs pères de leur discipline dans les manuels d'histoire, quel que soit le prix à faire payer à leurs malades. Breggin décide d'agir, il rédige un rapport qu'il réussit à faire publier en février 1972 par le Congrès américain. «Le but de ce rapport, prévient-il, est d'alerter le public américain sur la résurgence actuelle de la lobotomie et de la psychochirurgie partout en Amérique.»

— Un lanceur d'alerte, dirions-nous maintenant.

— C'est une bombe en l'occurrence qui se retrouve relayée par l'agence de presse la plus importante du pays. Les Américains y découvrent d'abord toute la palette d'opérations exotiques que l'on pratique au loin, en Inde, au Japon, en Thaïlande, en Australie, en Europe, au Canada. Mais ce qui les révolte vraiment, c'est d'apprendre que, aux quatre coins de leur libre contrée, on brûle les neurones de milliers de leurs compatriotes, sans leur consentement préalable, en invoquant les raisons les plus variées — «psychoses» diverses, «névroses compulsives», conduite automobile dangereuse, anxiété, dépression, anorexie, dépendance au jeu —, les justifications les plus fantaisistes — patients présentant

une personnalité « délicate, chaleureuse, consciencieuse, enthousiaste, perfectionniste », hallucinations « olfactives » —, les diagnostics les plus pernicieux — agoraphobie, résistance sociale,
frigidité, homosexualité. Le peuple américain constate que l'on
injecte dans le cerveau de citoyens les substances les plus inattendues — molécules pharmacologiques, gaz toxiques, particules radioactives —, que l'on détruit leurs neurones grâce à des
ultrasons, des coagulations électriques, des réactions chimiques,
des produits toxiques. Ils lisent qu'en Californie, un projet de
psychochirurgie de grande envergure est en cours d'étude pour
permettre de mieux contrôler les détenus des établissements car-
céraux ; que, dans la ville de Jackson, au Mississippi, on pratique
des stéréothalamotomies — une destruction partielle du thala-
mus — sur des enfants noirs de moins de cinq ans afin de « réduire l'hyperactivité à des niveaux gérables » ; que, dans la prison
de l'État de Louisiane — la tristement célèbre « Angola » —, on
tente d'injecter le « virus » de la schizophrénie à des cobayes humains ; que, dans les laboratoires réputés de Harvard, de Boston,
de Yale, des savants fous s'apprêtent à construire une nouvelle
société « psychocivilisée » dont le chef de file n'est autre que…

— Delgado.

— Sweet, Mark et Ervin en prennent pour leur grade, bien
sûr ; Breggin démonte leurs arguments et s'attaque à un discours
qui, selon lui, prône un « totalitarisme psychiatrique » ; il s'oppose
à leur approche politique du traitement médical de la violence, il
démonte leur argumentation économique en fustigeant notamment le ratio « coût-efficacité » que ces médecins mettent en avant
pour convaincre les pouvoirs publics de leur confier ce « contrôle
de l'homme grâce à la technologie psychiatrique ». Mais c'est à
Delgado que Breggin réserve sa salve la plus sévère — preuve de
la renommée de ce dernier à cette époque. Le psychiatre en colère
clôt la première partie de son étude par plusieurs pages concernant exclusivement le professeur de Yale, qu'il qualifie directement de « théoricien des lobotomistes » et, surtout, de « grand
apologiste du totalitarisme technologique ». Sous la plume de
Breggin, Delgado apparaît ainsi comme le grand inspirateur de
la confrérie des dompteurs de cerveaux : « Delgado travaille sur
la lobotomie ultime, le contrôle physique direct et à distance des

êtres humains. » « Dans des colonies de singes, poursuit Breggin, un peu plus loin, Delgado a été en mesure de promouvoir des membres du groupe et de destituer leurs dirigeants ; de développer, aussi, l'agressivité des chefs envers leurs subordonnés. » Breggin achève son réquisitoire par une accusation radicale : José Delgado « nie les principes de liberté, d'autonomie et d'indépendance personnelles, ainsi que l'inaliénabilité des droits de la personne, qui sont le socle de notre Déclaration d'indépendance »…

— Une odeur d'ennuis.

— Inévitables. Mais le coup de grâce sera donné deux mois plus tard par un étudiant en médecine de Harvard promis à un bel avenir littéraire, Michael Crichton.

— *Jurassic Park*.

— « Traumatic Park », en l'occurrence pour l'Amérique. Le hasard a voulu que l'internat de Crichton passe par l'hôpital de Boston et le fameux service de neurologie dirigé par le professeur Mark, ce sanctuaire dans lequel ont été réalisées plusieurs expériences rapportées dans *La Violence et le Cerveau*. En fait, c'est presque un témoignage direct que Crichton livre dans son roman : l'histoire d'un patient souffrant de violentes crises d'épilepsie qui est opéré, implanté et stimulé à distance. Pour faire comprendre au lecteur les instants où son personnage principal est soumis à la stimulation électrique, l'auteur utilise un artifice spectaculaire, la dilatation de ses pupilles, parce que, comme l'avait démontré et expliqué Delgado : « Le diamètre de la pupille peut être ajusté à volonté comme on ferait du diaphragme d'un appareil photographique. » Au début du chapitre 15 de *L'Homme-terminal*, Crichton fait interroger l'un des deux neurochirurgiens par un reporter qui s'enquiert de la raison de cette première opération mondiale : « Le malade, répond le praticien, souffre de crises de violence intermittentes. Il a une maladie organique du cerveau. Nous essayons d'y remédier. Nous essayons de faire échec à la violence. » En réalité, ce sont les mots de Mark et Ervin que Crichton transcrit. Toute la suite de ce court chapitre n'est que la synthèse des arguments développés dans *La Violence et le Cerveau*. Le roman de Crichton se termine évidemment très mal, dans le sang, mais le livre devient un best-seller, aussitôt adapté pour le cinéma. Les copies inondent les écrans des salles américaines dès l'été 1974. Le travail conjugué de Breggin et de Crichton réveille l'opinion publique, qui ne tarde pas à s'embraser : une commission d'enquête est exigée. Aux premiers jours de la polémique, Delgado avait commencé à se faire beaucoup plus discret, ses séjours au pays natal s'allongeaient, ses collaborations locales s'intensifiaient, ce qui lui avait permis d'ailleurs de réaliser en 1972, avec Sixto Obrador — un autre « père » de la neurologie espagnole —, l'installation d'un stimulateur autonome destiné à combattre la douleur d'un membre fantôme.

— Une amputation.

— Ce fut la première implantation d'un dispositif permanent de stimulation électrique profonde réalisée en Europe, un nouvel acte pionnier…

— Il n'y a finalement que des « pères » et des « pionniers », dans votre profession, Quentin, vous aviez raison. Où sont donc les enfants ?

— Ce sont les patients, souvent considérés comme tels, j'en ai bien peur. En 1974, Delgado se retranche définitivement en Espagne, où il poursuivra ses recherches financées par le régime franquiste.

— Bien au chaud dans l'une de ces dictatures où « la population est en général talentueuse, productive et se conduit bien », si ma mémoire fonctionne correctement ?

— Restitution fidèle, en effet. Pour la petite histoire, anecdote qui ne manque pas de piquant, Delgado prendra en 2002 la tête d'un mouvement de protestation contre « la contamination électromagnétique » causée par les émissions non standardisées des antennes de téléphonie mobile.

— Il connaissait bien son sujet, au moins. Étonnant militantisme civique de la part d'un homme qui voulait implanter des stimulateurs électriques dans la tête des gens pour les civiliser.

— Et qui s'était livré à des expériences bien plus radicales. Notre discipline est sans doute la seule à pouvoir s'accommoder de personnages si contradictoires et si sulfureux. Tous, sans exception, veulent toujours agir au nom du bien ; la plupart finissent toujours par perpétrer le mal.

— Et les autres compagnons de Delgado, que sont-ils devenus ?

— Sweet, Mark et Ervin ? Ils ont essayé de se défendre assez vigoureusement, mais la partie était perdue d'avance. Ils ne purent lutter contre les effets de la stimulation cinématographique. Les petites électrodes furent rangées dans leurs boîtes, les apprentis sorciers regagnèrent leur laboratoire sans trop faire de bruit, les subventions fédérales furent stoppées, la psychochirurgie et la stimulation déclinèrent assez vite aux États-Unis. Il n'y eut qu'un seul véritable gagnant dans cette affaire : Big Pharma. L'industrie des psychotropes put ainsi inonder le monde de ses gélules miracles. Avant de rencontrer sur son chemin, un peu plus tard, Peter Breggin. Quant à Mark, l'un des deux neurochirurgiens de la bande, il se trouva rapidement une nouvelle croisade. En 1985, en pleine épidémie du VIH, il suggéra de placer les porteurs du virus en quarantaine — au moins ceux qui persévéraient dans leurs «comportements irresponsables». Mark était un médecin pragmatique : il souhaitait les déporter dans une ancienne colonie de lépreux installée sur Penikese, une petite île située au large des côtes du Massachusetts.

— Retour à Foucault...

— Pardon ?

— Non, rien, c'est sans importance, je pensais seulement à quelque chose que m'avait dit Antoine. Que, selon Foucault, les fous avaient longtemps été traités comme les anciens lépreux.

— C'est tout à fait juste et je vous cons...

— Mais je viens de comprendre autre chose, poursuivit Delajoie en coupant Ligule.

— Quoi donc ?

— Pourquoi Pli…

Delajoie se pinça immédiatement les lèvres. Le nom du meurtrier avait failli lui échapper. Il ne pouvait pas décemment révéler son identité à Ligule avant d'en avoir informé l'ensemble des collaborateurs de la brigade. Il se reprit aussitôt.

— J'ai compris pourquoi Héraclès utilisait cette expression ironique de «bon docteur» dans les séances de torture filmées qu'il a infligées à Van Acken.

— Vous pensez à la parabole du bon Samaritain ?

— Cela m'est venu à l'esprit, car il est un peu l'antithèse de ces «bons docteurs» qu'Héraclès se plaît à occire.

— C'est possible. Le samaritain est un individu ordinaire, sans orgueil, sans vanité, sans vérité, mais totalement empathique, prenant soin de son prochain comme de lui-même, oignant et pansant les plaies de son frère humain accidenté avec une attention méritoire, s'occupant même de son prompt rétablissement.

— Mû par une rare sollicitude.

— La définition d'un vrai, d'un bon médecin par excellence, vous avez raison, Jean.

Delajoie marqua une pause de quelques secondes avant de demander :

— Et ce projet de mise en quarantaine des porteurs du SIDA de ce « bon docteur » Mark dont vous parliez ?

— La déportation insulaire des malades sidéens ? Il n'a pas abouti, fort heureusement. Mais l'île, qui est une réserve naturelle sauvage, abrite désormais un centre pour les adolescents… « sauvages ». Je veux dire un établissement spécialisé dans les troubles antisociaux ou la tendance oppositionnelle des jeunes adultes.

— Le trouble « antisocial », c'est une maladie ?

— De la « personnalité antisociale », pour être précis. Entité morbide qui fit son entrée dans la version précédente de notre cher DSM. Notez qu'une autre classification médicale, utilisée par l'Organisation mondiale de la santé, préfère parler de trouble de la « personnalité dyssociale ».

— La nuance semble en effet majeure.

— Technocratique. Malheur à vous si vous êtes diagnostiqué F60.2 ! Les mots ne doivent plus être les choses, ils ne doivent plus les désigner ou les dire. Comme on ne peut plus isoler les choses dérangeantes de l'être entre les murs clos des asiles, on préfère recouvrir ces maux de signes plus extensibles, de références cabalistiques qui ne sont ni mots, ni choses, ni êtres, qui ne sont plus rien du tout, juste des hiéroglyphes illisibles. La confusion devient alors totale, sauf pour le possesseur d'une pierre de Rosette. En l'occurrence, elle-même se révélerait bien inutile pour des troubles fantômes.

— En tous domaines, l'absolutisme requiert confusion et division.

— Jargon incompréhensible et classification infinie. C'est exactement ce de quoi nous parlons, Jean, en fin de compte, d'une prise de pouvoir, d'une volonté d'imposer une biopolitique. Le nouveau règne de la médecine préventive qui se prépare, celle des maladies de l'esprit, se présente désormais sous les aspects indolores de la stimulation électrochimique non invasive, débarrassée de son image la plus traumatisante pour le public — l'acte de chirurgie — et du mot même qui faisait pâlir la ménagère de plus de cinquante ans — cette abominable et archaïque «psychochirurgie». Désormais, on parle de «neuromodulation», c'est tout de même beaucoup plus propre, plus moderne, plus acceptable.

— Le phénomène est vraiment reparti, selon vous?

— Plus que jamais! Insidieusement, comme d'habitude. Comme en 40, avec la lobotomie; comme en 50, avec les psychotropes; comme en 60, avec la psychochirurgie 2.0. Je vous épargne la chronologie antérieure, notre période «paléoneuropsychiatrique», ainsi que l'évocation des étapes intermédiaires du XXᵉ siècle, ces joyeux intermèdes où l'on se régalait d'électrochocs fumants et de thérapies biologiques bouillonnantes.

— J'ai une vague idée de ces pratiques, Antoine m'a fait une petite mise à jour, il y a quelques heures.

— Nous ne pouvons tout simplement pas nous en empêcher, Jean, c'est plus fort que nous, c'est dans notre ADN. Imaginez donc toutes ces années perdues à cause de l'opinion commune! Toutes ces circonvolutions obligatoires autour de la boîte crânienne, ces danses indiennes privées du moindre scalp, sans même pouvoir inciser, planter une petite lame, enfoncer une misérable électrode, sans pouvoir tester quelques grains de plutonium ou prélever un peu de tissu cérébral. Breggin savait bien que cette frustration ne pourrait pas durer très longtemps, il l'avait même annoncé de façon prémonitoire en 1982 : «Je n'ai aucun doute que les psychochirurgiens tenteront de ressusciter leurs opérations dès lors que la critique publique sera calmée.» Une nouvelle fois, le crâne de Pandore vient d'être ouvert, sans le moindre débat public. L'affaire est entièrement gérée dans les cages des laboratoires et les antichambres du pouvoir, «techniquement», programmée par les sachants et les gouvernements, tous apôtres du «bien» moral et mental des citoyens, agissant impérativement pour notre bien-portance commune et, surtout, bien entendu, au nom de l'Ordre et de la Sécurité publiques.

L'ère de la civilisation du bien-être s'ouvre à nous, Jean, celle d'un meilleur des mondes mental, un monde mentalement contrôlé, où le Summum® finira par remplacer toutes les gélules de Soma.

— Le bien-être deviendrait ainsi la récompense d'un être bien sous tous rapports?

— Extrêmement bien «neuromodulé», à l'évidence. La perfection est malheureusement un rêve qui se termine toujours en cauchemar.

— Je suis bien d'accord avec vous, Quentin, j'en viens moi-même à exécrer toutes ces bonnes intentions qui finissent si mal. Un jour, si vous le voulez bien, je vous parlerai de l'Âme noire, de cette fleur que notre mystérieux mire retire de la tête de Lubbert Das.

Ligule se retourna vers le tableau de Bosch.

— L'Âme noire, dites-vous? Un concept intéressant. En tout cas, je reste curieux de connaître les détails de cette collaboration entre Bravehomme et Delgado. Mes félicitations à vos enquêteurs, je n'aurais jamais appris cette relation sans eux.

Ce... qu'il reste de mes collègues, pensa aussitôt Delajoie, dont la mine s'assombrit.

La sonnerie de son téléphone fixe évacua cette noire pensée. Il s'excusa auprès de Ligule, puis regagna son bureau pour prendre la communication.

Il écouta, remercia et raccrocha avant de s'adresser une dernière fois à son hôte :

— Vous allez pouvoir les féliciter vous-même, Quentin. Ils sont prêts, ils n'attendent plus que nous pour commencer.

21.

Le précipice était vertigineux et le sentier menant à ces abysses étroit et cahoteux. Les toges immaculées des deux audacieux promeneurs qui s'enfonçaient dans cette nuit profonde leur servaient pour tout flambeau, la blancheur moirée de leurs étoffes scintillant des couleurs du feu perpétuel qui brûlait dans l'abîme, lequel crachait ses éclats incandescents entre les lèvres escarpées du sombre défilé. L'intensité de ces flammes éveillait d'autres reflets, beaucoup plus écarlates, ceux qui somnolaient dans les veines d'un fleuve qui bouillonnait de sang, situé quelques degrés plus bas, immense serpent qui épousait les côtes fracturées de ce véritable cirque des damnés.

Sur la gauche, à l'arrière-plan, un peu plus au lointain, une porte directement taillée dans l'abrupte montagne affichait sur son linteau, gravé en impérieux caractères, un avertissement prophétique : « Toi qui pénètres en ces lieux, abandonne toute espérance. »

Et surplombant le frêle sentier où cheminaient les deux passants apeurés, depuis un pont naturel de granit, l'ombre immense et menaçante d'un monstre corné, un homme à tête de taureau, redoutable vigie étouffante de fureur, s'apprêtait à fondre sur les visiteurs, à faucher les deux hommes de ses mains immatérielles, pour les envoyer se consumer dans les gorges de l'enfer.

La légende de cette illustration tout à fait saisissante, proje-
tée sur l'écran de la salle de réunion, indiquait : « Chant XII — Le
fléau des Crétois — Illustration de Léonardo Pline ».

— C'est certain, Héraclès vous attendra au centre même de
la cathédrale, dit Quentin Ligule.

Tous les regards se portèrent aussitôt vers lui.

Une nouvelle fois, son assurance les surprenait. Le psychiatre avait prononcé cette suggestion sur un ton assez neutre,
mais d'une voix poussive.

Car il était toujours aussi abasourdi par ce qu'il avait appris
en début de réunion. Découvrir brutalement que toute cette série
d'assassinats avait été perpétrée par l'une des anciennes icônes de
la psychiatrie française avait été un véritable choc dont il peinait
à se remettre.

Cela lui avait paru tout simplement impossible.

C'est trop dingue, cette histoire…

D'ailleurs, il n'avait toujours pas réussi à prononcer le nom
de Pline, il s'était rabattu immédiatement sur ce *ridicule* pseudo-
nyme d'Héraclès.

Nommer les choses, était-ce vraiment les faire exister ?

Nommer un suspect, était-ce le transformer ipso facto *en coupable ? Non, bien sûr.*

Bien que… Quand même…

Les informations égrenées au début de cette grande messe
de coordination policière laissaient pourtant peu de place au
doute. Et la description du livreur n'avait fait que confirmer les
indices produits par les enquêteurs.

L'incident s'était produit au moment où Ligule discutait
toujours avec Delajoie dans le bureau 315. Un coursier s'était
alors présenté à la brigade pour remettre un « pli urgent » au commissaire, de la part d'un certain « Héraclès ». C'était Moustache
qui avait réceptionné la nouvelle carte contenue dans l'enveloppe, et procédé immédiatement à l'interrogatoire de son porteur, très intimidé. Effrayé par la tournure des évènements et la
qualité de suspect qui était devenue soudain la sienne, le coursier
avait « confessé » directement les faits qui semblaient lui avoir été
reprochés et qui l'avaient conduit aux portes de la brigade à une
heure si avancée de la nuit.

Il avait eu peu à dire, en vérité.

Il avait reçu une demande de livraison à « 2 h 48 précises » sur l'application Hermès de son téléphone mobile, un nouveau service de livraison entre particuliers qui lui permettait, avait-il précisé spontanément, de « boucler ses fins de mois ».

Le porteur occasionnel s'était rendu à l'adresse communiquée par le logiciel, « juste devant l'asile de Ville-Évrard, avenue Jean Jaurès à Neuilly-sur-Marne », où un homme « avec un chapeau noir » l'attendait devant la barrière de sécurité de l'établissement de santé.

L'homme, « extrêmement poli », lui avait remis une enveloppe à transporter et lui avait fait répéter un message avant de s'éclipser.

Une demi-heure plus tard, le livreur avait garé sa moto devant le grand porche du 36 et s'était présenté au planton de faction. Lequel, au nom d'« Héraclès », avait appuyé discrètement sur un gros bouton rouge placé dans sa guérite avant de dégainer son arme pour… la pointer en direction du pauvre messager.

Le coursier s'était alors retrouvé rapidement encerclé par plusieurs policiers ; il avait été « prié » illico de suivre ces derniers — « en se bougeant » —, de monter ensuite les marches usées de l'escalier A en petites foulées, pour, enfin, atteindre un sinistre bureau et se retrouver immobilisé dans un fauteuil sans confort sous les feux croisés de luminaires dont la violente incandescence des ampoules avait fini par jaunir son teint, éblouir sa vue et terroriser son esprit.

Il n'avait même pas osé demander l'assistance d'un avocat, comme il l'avait pourtant vu faire de nombreuses fois dans les séries télévisées. D'ailleurs, il ne connaissait rien à la loi et n'avait jamais eu affaire à la police. À vrai dire, il n'avait rien à se reprocher, bien que, sur ce dernier point, le doute l'eût assailli quelques secondes.

Le messager avait donc « craché le morceau » sans se faire prier par deux fois. La description physique de son client ainsi que la concordance établie « sans erreur possible » entre le visage de son commanditaire et celui de plusieurs photographies présentées par les enquêteurs avaient confirmé les soupçons. Et par la même occasion contribué à sa délivrance physique et psychique, après quelques vérifications d'usage. De brèves excuses et quelques poignées de main viriles avaient sonné la fin de son « cauchemar ».

« Il ne lirait plus les enquêtes du commissaire Maigret de la même façon », avait-il promis avant de retrouver sa bonne mine et sa liberté.

Lorsque la réunion avait commencé, Moustache avait présenté les copies de cette nouvelle carte à la douzaine de participants installés dans la salle. L'original du document avait en effet traversé la cour du 36 pour rejoindre les locaux de l'IJPP afin d'y subir un examen scientifique rigoureux.

Sur le recto du carton, une seule phrase, étonnamment claire pour une fois, écrite en bon français : « 7 h précises, ce matin, je vous y attendrai. Nous devons discuter des termes de mon arrestation. Je ne vous ferai aucun mal. » Un post-scriptum précisait : « Venez seul, sinon un nouveau délire saisira les Bacchantes. Vous savez que je ne mens jamais. »

Au verso, une photographie reproduisait les détails d'une petite sculpture assez endommagée, sans doute le morceau en bas-relief d'un ouvrage religieux. Sous la miniature d'une petite église fortifiée, un homme barbu, aux cheveux défaits, vêtu d'une toge dépenaillée, brandissait une massue intimidante. Le personnage, un peu hagard, semblait vociférer en direction du ciel dans une posture de défi.

Ligule avait tout de suite reconnu cette scène et demandé l'autorisation de la commenter :

— C'est une représentation médiévale, personnifiée, de la folie, entendue comme un égarement de la raison religieuse. En tant que telle, elle est opposée à la prudence, cette raison d'une foi pure qui la domine toujours, bien évidemment. Elle se trouve à Chartres, sur la façade sud de la cathédrale, dans le groupe des sculptures consacrées aux vices et aux vertus. Elle est logée exactement dans les voussures du portail de gauche. Cette cathédrale est une splendeur au…

Cette dernière remarque, inachevée, n'avait pas paru des plus pertinentes, compte tenu de l'ambiance, presque suffocante, qui régnait dans la pièce. Ligule avait donc enchaîné, sans autres commentaires intempestifs :

— Il s'agit sans doute d'une ultime provocation, Jean, puisque vous représentez l'ordre établi, une forme de raison contrainte, imposée aux hommes. Vous êtes le glaive de la prudence en quelque sorte. Lui-même se compare au fou, la massue d'Héraclès en témoigne. Mais, d'un autre côté, cette image pourrait ne pas vous concerner directement ; elle pourrait simplement souligner, habilement, une forme de triomphe. La prudence est habituellement représentée avec un serpent enroulé autour d'un bâton, le symbole d'Asclépios, de tous nos « bons docteurs » comme les désigne Héraclès. C'est bien le cas à Chartres, comme à Notre-Dame de Paris. On pourrait donc extrapoler, penser que le message qu'Héraclès souhaite faire passer, c'est celui d'une revanche de Folie sur Prudence. La sienne, bien sûr, une victoire totale, définitive, sur tous ces « bons docteurs » qu'il exècre et qu'il vient de massacrer sans discernement. D'où — je le crois — cette proposition de reddition spontanée. Héraclès semble bien avoir achevé son œuvre ou la mission qu'il s'est fixée. Quoi qu'il en soit, votre rencontre aura lieu à Chartres.

Une effervescence opérationnelle avait alors succédé au studieux silence. Des analyses avaient été partagées ; des scénarios s'étaient élaborés ; des décisions avaient été prises ; des ordres avaient été transmis. Deux personnes avaient même quitté la salle.

Les quelques bribes de cette conversation animée qu'avait pu intercepter Ligule au fil des échanges n'avaient pas fait grand sens pour le psychiatre : «Analyse du système de surveillance vidéo», «installation de barrages», «sécurisation du périmètre» «mobilisation de la BRI», «tireurs d'élite»…

Franck avait ensuite coordonné le début d'une présentation plus formelle de l'affaire. Il avait été à l'essentiel, dévoilant dès le début de son exposé l'identité civile du principal suspect.

C'était Delajoie qui était intervenu en personne pour livrer le véritable patronyme d'Héraclès.

Qui, pour les enquêteurs, se nommait donc… Albert Pline.

Il en avait tressailli sur sa chaise, Ligule.

Albert Pline… Bon Dieu ! Comment cela pouvait-il être possible ? L'ancien leader respecté de sa propre école, celle des polythéistes, ce mouvement de résistance psychiatrique qui refusait l'OPA lancée par la neurologie sur l'ensemble des maladies mentales et qui s'opposait à l'idéologie totalitaire du «tout organique». Albert Pline… Qui, dans le métier, ne connaissait pas le «bon docteur» de Ville-Évrard?

Son esprit s'était alors éloigné quelques instants de la pièce. Et une seule question l'avait assailli :

— *Que savait-il exactement de Pline?*

Peu de chose, en définitive, il fallait bien l'admettre.

Cette vérité sur l'homme que Ligule croyait détenir au sujet de l'un de ses mentors n'était en réalité qu'une construction bâtie à partir d'une réputation, une représentation subjective qu'il avait lui-même reçue en héritage sans jamais en interroger la véracité.

Rien de bien étonnant, au demeurant : ainsi s'étaient toujours formées les histoires des grands hommes ou des «maîtres» transmises par des récits de disciples ou des hagiographies officielles : des histoires enjolivées, des légendes dorées, des mythes autoconstruits, mais qui, par la magie de la répétition infinie, de la transmission de disciples en disciples, se transformaient en vérités monumentales.

Certes, Pline n'était pas Charlemagne, il ne portait pas de «barbe fleurie» non plus, mais tout de même…

Cette esquisse héroïque des contours du personnage abstrait de Pline, cette image que Ligule avait d'abord adoptée sans le moindre doute, avait ensuite été renforcée au crayon gras par la lecture bienveillante de publications de référence, l'écoute de conférences déjà sacralisées par avance et quelques contacts physiques privilégiés, établis lors de séminaires privés. Échanges furtifs, certes, mais toujours vécus comme des moments exceptionnels, et dont les souvenirs étaient systématiquement magnifiés.

Il suffit finalement d'être bien disposé à l'égard d'autrui pour favoriser une certaine complaisance, laquelle favorise la réception, sans questionnement inutile, de toute autre information ultérieure. Le sentiment initial envers une personne s'en trouve ainsi, presque automatiquement, renforcé.

Petit à petit, l'ébauche de cette représentation se transforme en modelage, l'armature de la figurine se consolide à son tour avant que le bronze ne vienne remplacer l'argile pour donner un corps définitif et éternel à cette statue qui dominera désormais son créateur.

Mais voilà… Voilà que le colosse s'apprêtait à s'effondrer. On venait de déboulonner la statue de Pline en quelques mots, en quelques secondes, lui prêtant quelques horreurs. Pour tout dire, en affirmant l'impensable !

Ligule avait alors puisé dans ses souvenirs pour tenter d'extirper un détail, déceler un signe, réveiller une anecdote, bref, trouver ce petit quelque chose qui lui permettrait de chasser son déni actuel, qui lui permettrait de commencer à croire à cette hypothèse grotesque que l'on venait d'énoncer sur le ton de la certitude.

Voulait-on vraiment le forcer à brûler son idole ?
Albert Pline…

Ligule avait entendu ce nom pour la première fois pendant ses années d'internat à Sainte-Anne. Un loup blanc dans la bergerie psychiatrique, ce Pline, un médecin qui avait acquis son stéthoscope de noblesse dans la lutte acharnée qu'il avait menée contre les psychotropes.

Ce militant résolu s'était fait remarquer par des expériences audacieuses menées dans les années 80, des séries d'essais cliniques dont les résultats se discutaient encore dans les cénacles autorisés lorsque les portes capitonnées étaient bien closes.

Il est bien connu depuis Desproges que le jeu de la vérité, c'est un peu comme celui du rire : on peut tout se dire, mais seulement entre gens de bonne compagnie.

Pline avait lui-même commencé sa carrière dans le service d'une autre statue nommée Follin, à la 1re section femmes de l'hôpital Sainte-Anne. À cette époque, le maître du maître était le mentor de toute une génération de jeunes confrères. Praticien atypique, humaniste et marxiste, Follin avait été parmi les premiers, habilement instrumentalisé par le Parti communiste, à dénoncer publiquement la psychanalyste «bourgeoise» en tant qu'«idéologie réactionnaire», «mystifiante et ésotérique». En ce temps-là, on ne mâchait pas ses mots. Certes, la bande de Freud & associés avait pris sa revanche quelques années plus tard, en animant habilement un mouvement d'opposition tout aussi violent et tout aussi politique, baptisé « antipsychiatrique ».

Ces batailles avaient laissé le champ libre à un belligérant beaucoup plus tactique, la neurologie ; cette dernière avait profité des mêlées entre confréries pour lancer sa propre attaque et porter l'estocade finale à deux rivales harassées par des années de luttes fratricides qui, sans être finales, n'en avaient pas été moins dévastatrices.

Les quelques rescapés s'étaient alors regroupés pour tenter de créer une race médicale hybride censée être plus résiliente aux razzias de l'ennemi commun. Le « psychiatre-psychanalyste » tentait depuis cette époque de résister, tant bien que mal, au dictat du nouveau despote neuropsychiatre.

Ligule lui-même était l'enfant de cette lutte incestueuse.

Mais Follin avait surtout travaillé sur la notion essentielle de « schizophrénie », cette étrange « discordance » de l'être.

Pour certains, il s'agissait d'une vraie maladie ; pour d'autres, d'une simple « pathologie-prétexte », comme la désignait Pline. D'ailleurs, pour ce dernier, la schizophrénie semblait être l'unique raison de la survie de ses condisciples.

Que resterait-il en effet aux psychiatres sans leur révérée, mais non moins vulnérable, schizophrénie ? Les nouveaux troubles décrétés par le DSM ? L'« hypersexualité » ? L'« hyperphagie » ? L'« hyperactivité » ? L'« hypersomnolence » ? Toutes ces entités conceptuelles, médicalisées, « normalisée » et « soignées » à ce titre par quelques pilules industrielles distribuées le plus souvent par des médecins généralistes ? Cette multitude de troubles bientôt régulés par la nouvelle stimulation électrochimique connectée du Summum® ? L'hyper manuel de la psychiatrie mondiale n'avait fait qu'inaugurer l'ère de l'hyperphrénie — la quête d'un esprit surhumain au maximum de ses performances biologiques théoriques.

Il est vrai que la classification frénétique, hyper catégorielle du DSM, avait suscité une véritable hypocondrie généralisée menant de fait à une hyper médication mondiale ; elle avait ainsi contribué à créer d'immenses hypermarchés psychopharmacologiques pour la seule joie de laboratoires hyper profitables qui n'en avaient jamais espéré autant, mais qui étaient désormais devenus hyper gourmands. Dans le Nouveau Monde de l'hyper comportement, de l'hyper bien-être vertigineux, seule la schizo-phrénie tutélaire résistait encore à l'hyper compartimentation rigide des hyper émotions humaines.

La schizophrénie était donc une sorte de fétiche archaïque, devenu l'enjeu de cette lutte à mort corporatiste qui jouait désor-mais sa dernière partie.

La schizophrénie, objet délicat, petite chose fragile qui emportait toujours les passions des patients et déchaînait celles des praticiens, apparaissait comme un vestige du passé, un ana-chronisme dans le décor scientiste construit par la neurobiologie moderne.

Finirait-elle par disparaître de la scène médicale, par subir le même sort que sa petite sœur « névrose », jadis tuée par les rédacteurs du DSM ?

Il fallait bien l'admettre tout de même : la schizophrénie n'était pas hyper claire non plus. Pas plus explicite que toutes les autres entités nosographiques du domaine mental. Une situa-tion que résumait parfaitement bien Mikael Borch-Jacobsen, un *hyper* collègue de Ligule : « Qu'est-ce qui nous assure, sinon telle ou telle théorie psychiatrique, qu'il y a quelque chose de tel que l'hystérie, que la dépression, que la schizophrénie, que le trouble bipolaire ? Une telle certitude ne se justifie que dans le cadre de troubles mentaux à fondement clairement organique, comme l'épilepsie, la paralysie générale progressive ou la maladie d'Alzheimer. »

À vrai dire, le ver était dans le fruit, dès l'origine. Au pre-mier congrès mondial de psychiatrie, en 1950, le constat avait semblé désabusé ; on avait dû prendre acte que, concernant cette reine des maladies mentales, « l'opinion de chaque école semble s'opposer à celles de toutes les autres » et « ce qui est pour l'un un fait reconnu depuis longtemps n'est pour l'autre qu'une hypo-thèse spéculative, sinon une absurdité dénuée de toute logique ». Une situation restée toujours aussi floue, comme l'avait souligné récemment John Strauss, un autre confrère : « La schizophrénie est un mot en usage depuis un siècle environ pour désigner cer-tains types de malades. On perd le sens du réel, on éprouve des hallucinations, on entend des voix, on délire. Mais, comme les autres mots utilisés en psychiatrie pour désigner telle ou telle forme de pathologie mentale, c'est une construction du corps médical. On veut croire que c'est un concept clair, qui désigne nettement son objet, mais ce n'est pas le cas. Beaucoup de définitions de la schizophrénie ont été données au fil du temps. »

La nouvelle description tentée par les équipes du DSM n'avait pas aidé à éclaircir ce sujet : « Série de dysfonctionnements cognitifs et émotionnels qui incluent la perception, la pensée déductive, le langage et la communication, le contrôle comportemental, l'affect, la fluence et la productivité de la pensée et du discours, la capacité hédonique, la volonté et le dynamisme, et l'attention. »

La belle et grande affaire!

Pour compliquer cette schizophrénie très incertaine, la nouvelle édition de la bible psychiatrique avait introduit le critère de degré pathologique de la maladie.

D'accord, mais en fonction de quelle échelle ? Comment mesurait-on concrètement une « dimension » de la maladie ? Comment était-on « un peu », « beaucoup » ou « pas du tout » atteint de schizophrénie ? Pouvait-on être « hypo », « hyper » voire « méga » schizophrénique ?

Cette prétention à vouloir jauger le niveau objectif plus ou moins élevé de morbidité d'un trouble aussi mal perçu avait fait réagir rapidement Pignarre, un des amis proches de Ligule : « Aucun médecin ou chercheur ne peut poser le diagnostic de schizophrénie ou de dépression, en aveugle, sur une population prise au hasard à partir de ce type de repérage. Il n'existe même pas de signature simple qui permette de faire un diagnostic de schizophrénie ou de dépression en étant sûr de ne pas se tromper. »

D'ailleurs n'était-il pas avéré que les diagnostics cliniques les plus rigoureux différaient considérablement en fonction des pays et des cultures ? Que, en vertu d'études très sérieuses, le schizophrène américain ne ressemblait en rien à son homologue anglais ? Et que ces deux profils divergeaient tout autant de celui d'un Français ?

Depuis toujours, la schizophrénie était un véritable casse-tête ; elle le resterait longtemps encore. David Healy, l'un des psychiatres les plus redoutés des laboratoires pharmaceutiques, avait clos le débat en concluant qu'il était bien inutile de continuer à tergiverser sans fin, puisque le terme recouvrait dans la pratique « n'importe quel état psychiatrique grave ».

Un siècle de discussions acharnées, de coups bas, d'articles venimeux, d'études caviardées, juste pour ça ?

Alors, Pline avait-il raison ?

La schizophrénie n'était-elle qu'une « pathologie-prétexte » ?

Ligule ne le croyait pas. Mais Pline, lui, avait été à l'école de Follin. Et c'était Follin qui avait réussi à guérir la schizophrénie… sans psychotropes.

Une première qui avait contribué à asseoir sa notoriété et à rendre les discussions encore plus sensibles.

Lorsque les psychotropes avaient déferlé en 1953 dans les hôpitaux français, Follin avait fait partie des rares « sceptiques » qui n'avaient pas été totalement envoûtés par cette euphorie collective.

La première « molécule » chimique à usage psychiatrique avait été découverte en 1950 dans le cadre d'une recherche menée par un médecin anesthésiste, Henri Laborit.

L'entreprise Rhône-Poulenc lui avait alors présenté une synthèse chimique offrant les propriétés exigées par le chercheur hospitalier afin d'améliorer ses propres techniques d'anesthésie.

Les essais persuadèrent rapidement Laborit de l'utilité de cette substance pour les soins psychiatriques, compte tenu des effets « neurovégétatifs » constatés chez les patients soumis à sédation partielle ainsi que d'une réaction de fort « désintéressement du malade » pour tout ce qui se passait autour de lui.

Une tentative réalisée à huis clos sur une amie neuropsychiatre volontaire avait confirmé cette intuition. Non sans une certaine persévérance, usant de beaucoup de persuasion et d'une once de ruse, Laborit était parvenu alors à convaincre quelques médecins de son propre établissement du Val-de-Grâce d'administrer cette chlorpromazine à une poignée de patients afin de calmer leur « agitation maniaque ». La publication des résultats de cette première série dans une revue scientifique avait accéléré la programmation de nouvelles expériences à Sainte-Anne, dans le saint des saints, au service des « agités hommes ».

Les conclusions avaient été si spectaculaires que la chlorpromazine avait été commercialisée dès la fin de l'année 1952, sous le nom de marque « Largactil® », c'est-à-dire : « médicament à large action ». C'est que l'on avait déjà prévu d'utiliser ce composant magique pour soigner un spectre très étendu de pathologies mentales.

Ainsi était né le premier « calmant pour les nerfs » chimique, le célèbre *neuroleptique* qui ouvrait l'ère de la psychopharmacologie de masse.

Cette création annonçait l'invasion imminente des anciens asiles par d'autres antipsychotiques, anxiolytiques et antidépresseurs, bref, tous les membres de cette grande famille de drogues qui composaient aujourd'hui l'arsenal pharmacologique de la psychiatrie.

On ne savait pas du tout à l'époque — pas plus qu'aujourd'hui — quelle était l'action réelle de cette chlorpromazine, ni même si elle possédait un authentique pouvoir curatif; ce que l'on constatait, c'est qu'elle « tranquillisait » les malades, les abrutissait beaucoup mieux que les « grands remèdes » encore en usage à cette époque, tous ces procédés hérités du *Grand manuel de souffrances de l'aliénisme*, que l'opinion publique commençait à réprouver sérieusement dans les années 50.

Qu'importait donc le flacon, puisqu'on obtenait l'ivresse ?

Entre une action incertaine de ces pilules à sédation — ou de leurs effets aléatoires à long terme — et le sensationnalisme de plus en plus gênant des électrochocs, autres comas, mutilations et trépanations, la décision avait été prise rapidement : les neuroleptiques ne pouvaient certainement pas causer plus de dommages que l'arsenal en vigueur de ces vigoureux « secours ».

Cette question semblait d'ailleurs secondaire, au moment où les psychiatres semblaient avoir triomphé de leur malédiction. Avec l'arrivée des psychotropes, ils rejoignaient enfin le concert des vrais docteurs, ceux qui soignaient de vraies maladies grâce à de vrais médicaments.

La psychiatrie pouvait désormais justifier son existence, non plus comme discipline honteuse destinée à contenir les âmes en péril, mais bien comme une médecine à part entière.

Avec le miracle du Largactil®, la psychiatrie pouvait exulter :

elle avait trouvé son Népenthès, cette préparation mythique qui, selon Homère, pouvait calmer toute douleur et toute colère, et qui, telle Panacée, «dissolvait tous les maux» en empêchant «tout le jour quiconque en avait bu de verser une larme quand bien même il aurait perdu ses père et mère».

Diantre!

Dans les faits, pères, mères, frères, sœurs, cousins, cousines et même externes ou internes le constataient : les hurlements cessaient dans les coins les plus redoutés de l'hôpital, les fureurs et les agitations intempestives se calmaient, les services découvraient une sérénité inconnue, leurs lits se vidaient.

Gloire à la chlorpromazine!

Les soignants retrouvaient des couleurs, ils ne frôlaient plus certains murs, succombaient moins aux crises de nerfs eux-mêmes. Quant aux malades les plus virulents, ils paraissaient soudain plus placides; un début de «dialogue» pouvait alors s'engager paisiblement. Or, le saint dialogue avec le patient, même en mode «végétatif», c'était la condition première, *sine qua non*, de l'exercice médical à proprement parler.

Les blouses blanches pouvaient donc être repassées, le psychiatre devenait un praticien honorable, respecté et respectable, un «bon docteur».

Rapidement, le calme et la volupté avaient remplacé les bruits et la fureur du royaume si redoutée de la folie.

Enfin, presque...

Le «presque», c'était une incertitude tenace concernant l'efficacité des charmantes molécules sur la maladie et leur influence plus générale sur le métabolisme humain. La léthargie du patient était une chose; sa guérison, une autre.

Les antipsychotiques étaient-ils réellement, comme on le déclamait haut et fort, «anti-schizophréniques»?

Dès le début de la grande aventure psychotropique, une petite bande d'irréductibles — dont Follin — était donc restée très réservée sur l'action précise de la nouvelle substance. Cette prudente hésitation s'était transformée assez vite en suspicion lorsque les premiers effets secondaires — très indésirables — avaient commencé à être visibles.

À une «indifférence psychique» presque systématique s'était ajoutée une préoccupante «dépendance toxicologique». Plus grave encore : dès 1954, on s'était aperçus que de nombreuses cures favorisaient l'apparition de troubles moteurs. Loin d'être une exception, ce «syndrome parkinsonien» touchait en vérité presque 40 % des personnes placées sous traitement.

La fameuse balance «bénéfice-risque» — ce subtil arbitrage médical qui doit toujours présider au choix des moyens thérapeutiques à mettre en œuvre chez un patient — offrait dès lors un bien mauvais déséquilibre.

Les premiers opposants aux psychotropes avaient parlé de «lobotomie chimique»; les nouveaux en virent bientôt à dénoncer une véritable «lobotomie fonctionnelle» et l'émergence d'une future «nation de zombies».

C'était pour en avoir le cœur net que Follin, alors en poste à Ville-Évrard, avait réalisé une expérience inédite qui allait faire sensation.

En 1959, à l'insu des malades et des infirmières de son propre service, Follin avait remplacé le Largactil® par un composé placebo, c'est-à-dire une substance inerte. Les résultats avaient été spectaculaires sur cette soixantaine de patients qui croyaient avoir être traités pendant des mois — plusieurs années pour quelques-uns — par la fameuse chlorpromazine, mais qui n'avaient reçu, en réalité, qu'un excipient totalement neutre. L'état de santé mentale de 50 % d'entre eux — dont des malades diagnostiqués comme schizophrènes — s'était amélioré grâce à la seule croyance en cette félicité du médicament.

L'étude fit grand bruit. Mais seulement du bruit.

Que pouvait cette éclatante démonstration de Follin contre l'énorme rouleau compresseur — corporatiste, financier et médiatique — qui venait de se mettre en marche et qui allait créer en quelques années seulement, selon les propres mots de l'infatigable Breggin, « la pire des catastrophes médicales de l'histoire », une véritable « épidémie de maladies neurologiques » ?

C'était à cette époque que le jeune Albert Pline avait mis ses pas dans ceux de Follin. Il avait participé à une nouvelle expérience de substitution menée par un autre confrère du nom de Lemoine, laquelle ciblait plus spécifiquement les fameux « correcteurs ».

Les correcteurs, quelle histoire schizophrénique !

La situation s'était suffisamment aggravée pour en devenir, parfois, totalement incontrôlable : afin de contrer les effets les plus nocifs de certains psychotropes, il avait fallu faire absorber aux malades des médicaments complémentaires permettant de « corriger les désagréments » des premiers ; et, pour tenter d'annihiler les conséquences préjudiciables de ces derniers, il était devenu nécessaire de prescrire d'autres substances supplémentaires, des « correcteurs » de « correcteurs ».

Le pilulier des malades n'avait donc cessé de se remplir depuis 1953, phénomène que Pline avait dénoncé comme « le cercle vicieux et psychotique de la religion psychopharmacologique ».

Quelques années plus tard, Pline avait sifflé la fin de cette récréation. Il avait tout simplement… « arrêté ».

Il avait arrêté la distribution des bonbons et vidé les piluliers. Pendant plusieurs décennies, les représentants de commerce de l'industrie pharmaceutique n'avaient pas été les bienvenus dans son service de l'hôpital de Ville-Évrard. Pline était devenu ainsi une sorte de curiosité au pays des fous, un irréductible psychiatre.

Par voie de conséquence, il avait accédé à la célébrité : adulé par les uns, dont Ligule ; exécré par les plus nombreux, fabricants boulimiques, chercheurs intéressés, prescripteurs paresseux, médecins fatigués, personnels obéissants de *L'Ordre psychiatrique*, nouvelle version.

Certes, dans le service de Pline, une minorité de patients, les plus affectés par leur maladie, avaient continué à bénéficier, avec une parcimonie toute paternelle, de la distribution de certains psychotropes. La plupart du temps, il s'agissait d'ailleurs de médicaments dits de « première génération », car Pline affirmait que, « contrairement à l'appétissante salade marketing présentée par les bonimenteurs de pilules, ces substances étaient souvent plus efficaces et moins nocives que les molécules plus modernes, baptisées pompeusement "atypiques" pour mieux berner les snobs et les ignares ».

Mais pour tous les autres exilés de la raison humaine, Pline avait renoué avec l'esprit de communauté des premières années du secteur, cette parenthèse quasi religieuse où les différentes approches thérapeutiques ne s'étaient pas ostracisées mutuellement, où elles avaient même réussi à cohabiter harmonieusement pour le plus grand bénéfice des patients. Avec des résultats souvent au rendez-vous.

Voilà tout ce qu'aurait pu dire et penser Ligule au sujet d'Albert Pline avant de pénétrer dans cette grande pièce monacale située au deuxième étage du quai des Orfèvres.

En revanche, il ne connaissait que peu de chose du versant privé de sa vie.

Ligule avait entendu dire que la femme de Pline s'était suicidée, que son fils unique avait été la victime d'un tragique accident de la route. Drames qui avaient sans doute contribué à sa retraite anticipée.

Pline exerçait désormais une activité de bénévolat au sein de l'Association des études historiques psychiatriques située sur l'ancien site de son établissement de Ville-Évrard.

Ligule savait aussi que, certains jours, Pline servait de guide aux visiteurs de l'étonnant Musée d'art et d'histoire de la folie et de la psychiatrie hébergé dans les murs de ce même hôpital ; que, plus rarement, Pline était sollicité pour accompagner des groupes de confrères lors d'un Grand Tour de la folie organisé en région parisienne. Que ces journées renommées étaient particulièrement appréciées par les heureux élus, souvent des confrères invités à des colloques ou des séminaires parisiens, lesquels savouraient ces escapades qui les éloignaient pour quelques heures de l'austérité habituelle de ces rencontres professionnelles.

Ligule lui-même avait eu la chance de participer un jour à la fameuse visite de Bicêtre animée par Pline. Une journée mémorable tant leur guide disposait d'un don de conteur et savait faire revivre les premières heures de l'aliénisme comme personne.

Mais maintenant ?

Ligule se révoltait toujours contre l'évidence, contre tous ces éléments qui, mis bout à bout, assemblaient pourtant un puzzle assez cohérent.

Ligule repensait à tous les détails dont ils avaient discuté ensemble avec Delajoie et Antoine, plus tôt, à Sainte-Anne.

Certes, Ligule ignorait le nom du suspect à ce moment-là, mais, désormais, le tableau d'ensemble devenait plus lisible, une logique traçait son chemin. Et ce qui avait été dévoilé en sa présence sur le propre fils de Pline n'arrangeait rien. Mais expliquait parfaitement comment le père était devenu le suspect principal de l'affaire.

Les enquêteurs avaient retrouvé dans l'église du petit village de Bonnet, sur la scène de crime du professeur Bravehomme, dans une couronne-reliquaire posée sur sa tête, un éclat d'os qui s'était révélé — grâce à une analyse ADN — appartenir au squelette de Léonardo Pline.

Or, c'était précisément à l'entrée de ce même village que le fils de Pline avait trouvé la mort en compagnie de sa fille et de sa compagne, en décembre 2011, dans un étrange accident de la route dont les causes restaient toujours inconnues.

Franck avait précisé que, selon l'enquête réalisée à l'époque par la gendarmerie, le véhicule aurait roulé à une vitesse «excessive» avant de quitter subitement la chaussée pour une raison indéterminée. Puis, après plusieurs tonneaux, la voiture folle aurait heurté violemment un «groupe statuaire» installé à l'entrée du village. Les secours, bien que dépêchés rapidement sur place, n'avaient pu que constater le décès des trois passagers, lesquels se rendaient à Bonnet pour fêter la Noël en famille. Dans la famille de la compagne du fils de Pline, plus exactement, puisque, selon les mentions des procès-verbaux, Albert père ne semblait pas avoir été convié à ces festivités de fin d'année.

C'était à ce moment de sa présentation que Franck avait projeté sur l'écran la sinistre illustration représentant une scène de la *Divine comédie* de Dante.

Ce document avait été conservé dans le dossier archivé de la gendarmerie. Il s'agissait de la reproduction d'un dessin trouvé par les gendarmes à quelques mètres du véhicule, le jour même de l'accident. Comme d'autres objets, l'illustration avait été éjectée de l'habitacle par la violence du choc. L'original du dessin, ainsi que les effets personnels de Léonardo, avaient naturellement été remis à son père.

C'est Delajoie qui réagit le premier à l'affirmation de Ligule :

— Pourquoi au « centre de la cathédrale », Quentin ?

Le psychiatre pointa son doigt en direction de l'écran, désignant l'ombre qui s'apprêtait à attaquer les deux promeneurs.

— Ce « fléau des Crétois », comme le dénomme Dante, figuré ici par Léonardo Pline sous la forme de cette ombre terrible, c'est le célèbre Minotaure. Dans la *Divine comédie*, le monstre garde l'entrée de la première fosse du septième cercle des enfers, un antre rempli de sang bouillant, ce fleuve que vous pouvez apercevoir en contre-bas, dans lequel sont châtiés tous ceux qui, au cours de leur vie terrestre, se sont rendus coupables de violences envers leurs prochains.

Bastien venait de comprendre à son tour. Il murmura à voix basse :

— Le labyrinthe de Chartres…

— En effet, continua Ligule, le Minotaure et le labyrinthe construit par Dédale sont indissociables. Il semble exister chez… Héraclès une obsession symbolique.

— Je suis d'accord, Quentin, acquiesça Franck. Cela corrobore mon intuition de ce matin sur un mode opératoire inspiré d'une ancienne légende médiévale qui était peinte sur les murs de l'église de Bonnet. Il y avait trois morts qui menaçaient trois vivants. Pour les morts, je crois qu'il s'agit du jeune couple Pline et de leur fillette ; quant aux trois vivants ayant désormais rejoint les morts, nous pouvons les nommer : Bravehomme, Van Acken et Romina.

— Et que fais-tu de tous les autres ? demanda Bastien sur un ton un peu agacé.

— Je pense que Pline ne visait précisément que ce trio de départ. Dans son délire, il doit comptabiliser les autres sous la rubrique des dommages collatéraux.

Franck se rendit compte que les derniers termes n'avaient pas été très bien choisis. Ligule éprouva également le besoin de faire diversion :

— C'est pourquoi, Jean, je crois que... qu'Héraclès vous attendra au cœur même du labyrinthe, en son centre, cela tendrait à confirmer son intention réelle de se livrer.

— Un labyrinthe a vraiment été construit dans cette église ? demanda Moustache.

— Un tracé en miniature, seulement, incrusté en marqueterie de pierre dans le dallage de la nef principale.

— Et il y a quoi, précisément, au centre ? questionna à nouveau Delajoie

— Selon la tradition, y était posée une plaque figurant le combat final entre Thésée et le monstre. Ce cercle symbolisait l'endroit précis où Thésée mettait fin à l'odieux règne du Minotaure. Je crois qu'il voit en vous son Thésée, Jean.

— Il ne veut pas se rendre, il veut que je le tue, murmura à voix basse Delajoie.

— De toute façon, l'histoire finit assez mal pour la bestiole, non ? intervint, avec un ton légèrement menaçant, une enquêtrice du groupe Morin dénommée Marise.

Delajoie souffla quelques mots à Vannier, un autre chef de groupe présent dans la salle, installé à ses côtés. Ce dernier s'éclipsa discrètement alors que Franck enchaînait tout en appuyant sur la télécommande.

Un nouveau visuel remplaça l'illustration de Léonardo.

— Voici également ce qui semble relier nos deux affaires. Je remercie Moustache pour ce boulot remarquable réalisé en si peu de temps. C'est lui qui a repéré ce cliché dans le volumineux dossier transmis par la gendarmerie. Comme vous le constatez, il s'agit d'un détail de l'habitacle, côté conducteur, après extraction des corps. Le petit appareil que vous pouvez discerner en partie, coincé sous le siège conducteur, n'est pas une sorte de *walkman*, comme l'avaient cru initialement les enquêteurs. Voici ce que donne un agrandissement numérique réalisé par l'IJ. Il s'agit de l'inscription lisible gravée sur la face du boîtier. Nous avons évidemment demandé le rapatriement physique des pièces sous scellés, mais elles ne nous parviendront pas avant plusieurs jours…

Franck venait d'afficher une nouvelle diapositive. Ligule ne put retenir son exclamation :

— Le Summum®! La V1… Le fils de Pline était traité par le Summum®!?

— Vous ne le saviez pas, Quentin? demanda Delajoie en constatant l'effarement soudain de leur invité.

— Absolument pas… absolument pas… Je ne savais même pas qu'il était souffrant, je ne connaissais rien de ce jeune homme.

— J'ai obtenu la transmission de son dossier médical, enchaîna Moustache. Plutôt lourd. Léonardo Pline était sous traitement médicamenteux depuis l'adolescence, depuis le décès de sa mère, exactement.

— Elle est morte comment, la mère? demanda Bastien.

— Un suicide, répondit Moustache. Les relations entre le père et le fils ne semblaient pas au beau fixe depuis le drame. D'après les rapports de plusieurs psychiatres, ils ne se voyaient plus, à quelques très rares exceptions près.

Ligule était chamboulé.

Quelle sale journée!

Il venait de tout comprendre en une seule photographie, Ligule, il venait de saisir le mécanisme sournois qui avait dû se déclencher dans la tête de Pline.

Ce dernier n'avait sans doute pas pu se satisfaire de la version des gendarmes. Il ne devait pas connaître non plus les traitements thérapeutiques auxquels son fils était soumis. En tout état de cause, Pline se serait violemment opposé à l'utilisation du Summum®, notamment de cette V1, la première version proposée sur le marché.

Comment Pline l'avait-il appris, au juste? Le jour même de l'accident? S'était-il transporté sur place ou avait-il reconnu le boîtier de l'appareil sur les photographies présentées par les gendarmes?

Que s'était-il passé alors? Pline avait-il imputé la cause de l'accident aux effets du Summum®? Avait-il voulu ainsi occulter sa propre responsabilité, oublier cet éloignement paternel que venait d'évoquer le moustachu policier?

Ligule sentait qu'une rupture définitive s'était sans doute produite à ce moment-là. Pline avait-il alors basculé dans une sorte de… schizophrénie meurtrière?

— Avez-vous le nom de ces confrères qui ont rédigé les rapports? demanda Ligule.

— De plusieurs, oui, répliqua aussitôt Moustache. Vous ne serez pas étonné si je vous cite parmi eux les noms de Bravehomme et de Romina.

Évidemment…

Tout devenait si clair, beaucoup trop limpide même, beaucoup trop désespérant, à vrai dire.

Il eut presque envie de pleurer Ligule en perdant ses dernières illusions au sujet de son mentor.

— Apparemment, continua Moustache, Léonardo souffrait de trucs assez graves, je vous lis : une «schizophrénie dysthymique» et un «trouble dissociatif de l'identité». Je vous épargne les autres mentions. Il se prenait aussi, parfois, pour un artiste décédé dénommé Antonin Artaud, ce qui…

Moustache ne put finir sa phrase, tant la tête de Ligule venait de le perturber. Le psychiatre, si posé, si serein au début de la réunion, semblait être au bord de l'effondrement.

— Que se passe-t-il, Quentin? intervint Delajoie, également inquiet. Vous vous sentez mal? Vous avez besoin de quelque chose?

— Dédoublement de la personnalité…, murmura Ligule pour seule réponse.

Le psychiatre parvint à reprendre ses esprits grâce à d'amples inspirations. Il réussit même, pour la première fois, à prononcer le nom de cette statue qui venait de s'effondrer :

— C'est que… Pline, poursuivit-il, je parle bien sûr du père, avait écrit une thèse célèbre sur cette personnalité : *Artaud ou la Chute de la psychiatrie*. Ce transfert d'un objet-auteur étudié par le père au comportement d'un fils paraît tout à fait incroyable, pour ne pas dire exceptionnel. Évidemment, je n'ai jamais rencontré un tel cas ou entendu parler d'un phénomène semblable.

— Le titre évoque d'ailleurs ce pastiche de la pièce de Jules Romains que nous a fait parvenir Pline, ajouta Bastien.

— *Knock ou le Triomphe de la médecine*, dit Franck. On comprendrait mieux le choix de cette pièce pour les scènes de torture de Van Acken.

— Vous avez sans doute raison, réagit Ligule. La thèse de Pline était le résultat de toute une réflexion sur la psychiatrie et sa pratique. Pour lui, le cas d'Artaud était le symbole de la dérive scientiste, historique, de la psychiatrie. Une sorte d'égarement collectif qui avait réussi à créer une maladie imaginaire chez un individu normal, à déconstruire une vie en lui substituant un état monstrueux de survie, en créant une errance perpétuelle située entre l'existence et la mort, sur cette lisière qui, petit à petit, allait « continuer à / faire de moi / cet envoûté éternel », comme le disait Artaud. Et à vouer cet envoûté à une disparition prématurée.

— En quoi la maladie d'Artaud était-elle imaginaire ? demanda Bastien. Il était de notoriété publique qu'il souffrait de certains troubles psychiques, pour l'exprimer gentiment. J'apprécie moi-même suffisamment son œuvre pour ne pas dénigrer l'artiste, mais il faut bien admettre qu'il ne tournait pas toujours très rond.

Ligule répondit sans réfléchir, avec une plus grande vivacité :

— Vous savez, en médecine, la dimension psychosomatique est déterminante. C'est un phénomène qui relève de la foi, comparable à celui de la croyance. Nous ne connaissons pas son processus d'action psychophysiologique à proprement parler, mais « ça fonctionne », indéniablement.

— Comme l'effet placebo, ajouta Bastien. Il suffit de croire à la puissance d'un médicament pour que, parfois, cette certitude devienne le remède lui-même.

— Mais son contraire existe aussi, enchaîna Ligule, nous le nommons « effet nocebo ». Il se rencontre très souvent chez les sujets hypocondriaques. Alors, comment devient-on un malade mental imaginaire ? Très simplement, malheureusement. Il faut d'abord que cette maladie existe conceptuellement, sur un plan théorique…

— Comme dans le DSM, c'est ce que vous voulez nous dire ? demanda Delajoie.

— Parfaitement, la maladie doit potentiellement être à votre portée, elle doit exister « en puissance », comme disaient nos anciens. Il suffit ensuite de persuader le patient qu'il souffre de cette nouvelle pathologie pour que, bien souvent, l'appropriation fonctionne assez vite. La maladie « en puissance » devient alors une maladie « en acte ».

— Peut-on créer véritablement des symptômes visibles, « réels », d'une maladie mentale imaginaire ?

— Tout est affaire d'interprétation, vous savez. En notre domaine, les stigmates relèvent toujours un peu de la divination. Les haruspices n'avaient pas besoin de savoir lire dans les entrailles des animaux sacrifiés pour prédire l'avenir ; il leur suffisait de prendre un air savant, d'user d'un peu de psychologie et de beaucoup d'imagination. En matière de psychiatrie, nombre de symptômes sont diffus, largement incertains, ils prêtent à des diagnostics fort différents, parfois contradictoires. C'est pour cela que le cas d'Artaud est passionnant, je veux dire professionnellement parlant. C'est un archétype exemplaire et caricatural du processus nocebo, un véritable cas d'école, une pure création médicale, entretenue chez un individu de la naissance à la mort.

— Mais concrètement ? insista Delajoie. Comment persuader quelqu'un qu'il est malade ?

— Acte I : créer une maladie « en puissance ». Dans les années vingt du XIXe siècle, le docteur Bayle, un aliéniste de Charenton, démontra, à partir des conclusions anatomiques d'autopsies réalisées sur des patients atteints d'une « démence paralytique » mortelle, que leurs « membranes du cerveau » — leurs méninges — présentaient des inflammations tout à fait inhabituelles. C'était la première fois que l'on semblait repérer des lésions dans le cerveau imputables à une maladie que l'on considérait comme mentale. Bien avant Alzheimer ou Parkinson.

— C'est l'acte de naissance de l'organicisme ? demanda

Bastien.

— Tout à fait. Ces anomalies n'étaient en réalité que des séquelles tardives provoquées par un long développement de la syphilis. Cependant, comme souvent en médecine, l'exception devint la règle et l'imprécision se transforma en axiome. Le dogme organiciste s'en trouva aussitôt affermi, et l'idée que la maladie mentale en général était liée à une «lésion inflammatoire du cerveau» allait s'imposer durablement. Cette découverte de Bayle fit grand bruit, et la peur d'être atteint par cette «paralysie générale» devint une hantise à la fin du siècle lorsque, au terme d'un cheminement assez tortueux, s'imposa l'idée que la principale cause des afflictions de l'esprit trouvait sa source dans la… syphilis et sa transmission héréditaire.

— Imputable au concept de dégénérescence de Morel, commenta Franck en regardant Bastien.

Ligule ne cacha pas sa surprise. Cette équipe de policiers le surprenait d'heure en heure.

— Vous avez entièrement raison. Couplée aux thèses eugénistes de l'époque et à celle, effectivement, de la dégénérescence de Morel, une telle croyance allait avoir des conséquences fâcheuses sur les politiques de santé publique. La folie était devenue en quelque sorte, à la fin du XIXᵉ siècle, une «syphilis du cerveau»; la neurologie naissante, une simple affaire de petite vérole. La stigmatisation des mauvais parents syphilitiques commença alors; le dépistage précoce des stigmates chez leur progéniture fut lancé au cours de nouvelles consultations psychiatriques organisées au cœur même des dispensaires que l'on réservait alors aux malades vénériens.

— Si je vous comprends bien, sans petite vérole, pas de pédopsychiatrie? demanda Bastien.

— J'en ai bien peur. Notez que cette croyance du rôle d'une syphilis héritée perdurera jusqu'à la Première Guerre mondiale. Cette terrible maladie «en puissance», que l'on dénomme alors «hérédosyphilis», est donc disponible en catalogue lorsque naît Artaud, en septembre 1896. Elle est même devenue l'obsession centrale de la psychiatrie et de la société en général. Avoir la malchance d'être diagnostiqué hérédosyphilitique, c'était potentiellement être condamné à la «paralysie générale», c'était la promesse d'une dégénérescence de l'être et d'une lente agonie, la perspective d'une mort terrible.

Ligule s'autorisa une bonne respiration avant de continuer :

— Venons-en maintenant à l'Acte II : créer le malade. Peu avant ses cinq ans, Artaud reçoit un coup à la tête lors d'une chute, un accident banalement domestique. Un médecin diagnostique alors «une méningite». C'est le branle-bas de combat dans la famille bourgeoise d'Antonin. À l'époque, la folie de l'électro-thérapie régnait en France, non pas encore celle des électrochocs, mais une fureur pour des «machines à guérir» portables qui équi-paient la plupart des cabinets médicaux afin de «stimuler l'influx nerveux» des patients. Elles étaient vendues aussi par correspon-dance aux clients fortunés et s'arrachaient comme des petits pains depuis la parution, en 1855, d'un ouvrage de référence sur le sujet : *De l'électrisation localisée*. La famille Artaud acquiert donc une de ces machines permettant des «applications de l'électricité au traitement des maladies chroniques et nerveuses». Le petit Antonin commence ainsi son existence en recevant «chaque jour» une bonne dose d'électricité à la surface de son petit crâne. Il restera dès lors, comme l'écrivit plus tard sa mère, «nerveux, irritable, coléreux». Cinq ans plus tard, le décès accidentel de sa petite sœur le marque profondément. À l'aune du nouveau DSM, cette douleur persistante du deuil aurait entraîné, sans aucun doute, la prescription de médicaments.

— Le deuil, une maladie ? s'étonna Delajoie.

— Si vous ressentez encore de la souffrance ou un mal-être après cinq semaines, répliqua Ligule, d'un air narquois.

— Il faut se remettre d'un décès, en 35 jours chrono!? réa-git Bastien, sur un ton frôlant l'exaspération. Et présenter une bouille frétillante de bonheur, juste après?

— C'est à peu près ça, selon la dernière version de notre *machin*. Mais, à l'époque, la «machine à guérir» semble suffi-sante pour chasser les idées noires du petit Artaud. Antonin est donc un enfant intellectuellement brillant, mais prédisposé à une forme d'introspection continuelle et à une mélancolie perma-nente. Il est également sujet à quelques emportements colériques et éprouve de fortes migraines. Ces maux seraient-ils pour partie des séquelles liées à l'utilisation de la «machine à guérir»? Nous ne pouvons pas l'affirmer, mais ces signes inquiètent les parents d'Artaud. Ils conduisent le jeune homme, alors âgé de dix-huit ans, dans un cabinet psychiatrique. C'est ici, dans ce huis clos médical, que les ennuis d'Antonin vont vraiment commencer, lorsque tombera, deux ans plus tard, un verdict sans appel…

— L'hérédosyphilis ? demanda Franck.

— Exactement, répondit Ligule, en guise de confirmation.

— Je ne savais pas ça, maugréa Bastien.

— Chaque époque a ses manies, continua Ligule : hier l'hérédosyphilis, aujourd'hui le TDAH. La vie d'Antonin bascule alors dans le cauchemar, comme l'a écrit très pertinemment une de mes doctorantes, Bernadette Zrim-Delloye : «Soigné pour une maladie qu'il n'avait jamais eue, la syphilis ; au nom d'une affection héréditaire ravageuse qui n'était qu'un "mythe". »

— Mais qui existe désormais bel et bien dans la tête d'Antonin, poursuivit Delajoie.

— Puisque «diagnostiquée» par un psychiatre très renommé, enchaîna Ligule. C'est cette annonce qui va déclencher l'effet nocebo que j'évoquais plus tôt. Antonin restera toute sa vie terrorisé par cette épée de Damoclès, cette « paralysie générale » dont il se sentira toujours menacé. Il éprouvera même, « physiquement », et à plusieurs moments dans sa vie, les signes annonciateurs de cette «maladie». La foi, donc, disais-je. Dès lors, cette nocivité psychosomatique va se cumuler avec la toxicité bien réelle de tous les remèdes qui lui seront prescrits et dont la liste compose à elle seule l'inventaire imaginaire d'un Prévert devenu pervers. C'est ce cocktail pathogène qui va venir à bout de la résistance physique et psychique d'Artaud. Il faut bien comprendre que la syphilis était souvent traitée par le mercure, un héritage de ces innombrables croyances surnaturelles de la médecine. Ce principe de «sympathie» qui prévalait encore, plus connu en Occident sous l'appellation de « doctrine des signatures », remontait à Paracelse. Il s'agissait d'une espèce de logique déductive, analogique, entre les choses. Pour le cas qui nous concerne, le raisonnement était implacable : la syphilis se transmettait plus volontiers dans les marchés, ces lieux animés, hautement fréquentés, spécialisés en commerces plus ou moins licites ou avouables ; or ces endroits étaient placés sous la protection de Mercure, dieu des marchands ; les docteurs y voyaient là ce « signe » évident des vertus de l'antique « vif-argent » — le minerai de mercure —, pour soigner la syphilis.

— Syllogisme syphilitique : ce n'est plus de l'empirisme, cela relève du domaine de l'alchimie, ajouta Bastien.

— Presque. De l'« art spagyrique », comme on le disait antan. De la plus totale superstition, il faut en convenir. Paradoxalement, c'est ainsi que l'on commença à utiliser les premiers remèdes dits « chimiques ». L'ironie veut également que la salicine, l'ancêtre du principe actif contenu dans la future aspirine, ait été découverte en obéissant à cette fable des « signatures ». Pour revenir au cas d'Artaud, il faut bien comprendre que l'hérédosyphilis est la hantise du corps médical. Antonin est donc soumis immédiatement à une succession « de piqûres de bi-iodure de mercure », la première d'une incroyable série d'injections de produits aussi mortifères les uns que les autres, toxiques et toxines qui allaient empoisonner, petit à petit, son corps et son esprit. Antonin n'a que 21 ans lorsque débute cette thérapie. Elle durera plus de quatorze ans, lui coûtera sa santé et toutes ses dents, ou presque.

— On comprend que ses idées n'aient pas toujours été très claires, commenta Franck.

— Ce n'est pas tout ! Parallèlement, dès l'année suivante, en 1918, les médecins commencent à lui prescrire des opiacés pour des raisons qui restent toujours incertaines. S'agissait-il de diminuer les « souffrances et angoisses sans nom » qui résultaient des effets du mercure ou, plus simplement, de « lutter contre les états de douleurs errantes et d'angoisse » dont il souffrait ? Ce qui est indubitable, c'est que la pharmacodépendance et la toxicomanie qui résulteront de ces prescriptions surréalistes sont de pures créations de la médecine. L'absorption presque continue d'arsénobenzènes, d'arsenicaux, de préparations bismuthiques ou mercurielles ravagent son métabolisme et détruisent ses processus mentaux. Ces poisons exercent une telle « pression du crâne, un resserrement de tous les nerfs si terrible » qu'Artaud en perd parfois « toute sensibilité ».

— Cocktail pour le moins explosif. C'est presque de l'assassinat thérapeutique, à ce niveau, s'indigna, une nouvelle fois,

Bastien.

— De fait, l'artiste passe ses journées «à haleter de suffocation, d'angoisse et de faiblesse». Seule la consommation simultanée de drogues lui permet de bénéficier de courts répits en provoquant «la sédation» de ses souffrances. Cette descente aux enfers d'Antonin ne s'arrêta plus jamais. Il y aura certes une courte parenthèse, dans les années 1920, après sa rencontre parisienne avec un psychiatre atypique, le célèbre docteur Toulouse. On a aujourd'hui honteusement oublié le nom d'Édouard Toulouse qui, le premier, courageusement, cassa les murs clos de l'asile en un temps où son ministre de tutelle, celui de l'Hygiène, de l'Assistance et de la Prévoyance sociales, aurait préféré «jeter tous les fous à la Seine». C'est ce médecin qui aida pourtant Antonin à devenir ce qu'il fut — le grand poète de la déstructuration —, car c'est Toulouse qui introduira Antonin dans le monde des arts. Mais il était déjà trop tard pour faire cesser les assauts de ces «hordes de démons qui, nuit et jour», affligeaient l'âme du poète. La suite, vous la connaissez aussi bien que moi : l'internement forcé d'Antonin à partir de 1937, son violent transfert à Ville-Évrard tel un «colis QUI N'A PAS LA PAROLE», le traumatisme des électrochocs subis à Rodez, sa mort-suicide intervenue prématurément, deux ans après sa libération, par excès de Chloral.

— Une drogue? demanda Delajoie.

— Un hypnotique puissant avec lequel il se droguait, effectivement. À nous autres, les psys, Artaud léguera l'une de ses phrases empoisonnées qui resteront gravées à jamais dans l'inconscience collective d'une discipline autoritaire : «Ce que je veux dire avant de mourir, c'est que je hais les psychiatres. »

— Il a vraiment subi autant d'électrochocs qu'on le raconte? demanda Martine, sur un ton non dénué de compassion.

— 58, exactement. Antonin sera l'un des premiers patients à expérimenter un appareil flambant neuf qui venait d'être livré à l'asile de Rodez, en mai 1943. La mode des «machines à guérir» qui délivraient un petit courant en continu était révolue; on préféra rapidement la tranquillité et le mutisme qui suivaient invariablement les séances individuelles d'électrochocs plus courts, mais de meilleur voltage. Les secousses provoquées par cette

« sismothérapie », comme on la dénommait aussi, furent un puissant moyen de maîtriser et de contrôler les patients rebelles ou trop agités. Artaud supportait évidemment très mal ces séances, mais il n'avait pas le choix, la volonté des médecins était absolue : « l'électrochoc dont je mourus fut le troisième », écrira-t-il plus tard. De fait, la troisième séance avait provoqué des contractions musculaires si violentes qu'elles fracturèrent sa neuvième vertèbre, ajoutant une douleur supplémentaire à la souffrance et, bien entendu, un nouveau médicament dans son pilulier qui débordait déjà amplement. Contrairement aux affirmations de certains de mes collègues actuels qui se satisfont de résultats analysés avec une ignorante complaisance, une psychiatrie moderne ne peut se satisfaire d'une telle méthode, d'un tel procédé barbare, qui provoque en réalité, artificiellement, une crise épileptique et, plus grave peut-être, crée chez le malade un véritable état de « Bardo », comme le surnomma Artaud, un concept emprunté à la philosophie bouddhiste qui sert à désigner un état intermédiaire entre deux existences, une transition par dissolution.

— *L'Ombilic des Limbes*, prononça lentement Bastien, qui était devenu songeur.

Ligule ne put s'empêcher une pensée admirative.

Quel étrange endroit que ce repaire de l'ordre où des policiers pouvaient citer les œuvres d'un poète du désordre.

— Plus proche du purgatoire, reprit le psychiatre, du moins dans l'esprit d'Antonin. « Le Bardo, écrira-t-il, est cette désintégration infernale, cette espèce de moléculation souffle après souffle du râle, que l'agonie donne à chaque mourant et que l'électrochoc impose au vivant. » Avant de préciser, ailleurs : « Il y a dans l'électrochoc un état *flaque* dans lequel passe tout traumatisé, qui lui donne non plus à cet instant de connaître, mais d'affreusement et désespérément méconnaître ce qu'il fut quand il était soi. » Est-ce pareille sensation qu'éprouvera plus tard Hemingway, en choisissant de se suicider avec son fusil de chasse, deux jours seulement après une séance d'électrochocs ? C'est la conclusion personnelle que j'ai tirée de la lecture d'une confidence ultime recueillie par son ami Hotchner, son premier biographe : « Eh bien, Ed, quel est le sens d'avoir détruit ma tête et effacé ma mémoire qui sont mon seul capital et m'empêcher ainsi de travailler ? Ce traitement était sans doute étincelant, mais nous avons perdu le patient. » Beaucoup trop de patients, à vrai dire.

— Vous aviez l'air de sous-entendre que les électrochocs étaient toujours pratiqués ? demanda Franck.

— Désespérément, même. Plus de 80 000 en France, l'année passée. Mais, nous dit-on, avec le consentement « éclairé » des malades. Petite précision qui tient lieu de justification à certains de mes confrères afin de mieux se disculper. Il faudrait être naïf pour ne pas savoir à quel point ce pseudo-consentement peut être biaisé, abusé, trompé lorsque, dans le confessionnal des cabinets, la désespérance du patient rencontre l'arrogante vérité du médecin. Administrer des chocs électriques à des êtres humains, au-delà d'un problème moral, c'est tout simplement se livrer à une pratique magique de la médecine, c'est du chamanisme technologique.

Ligule se tourna vers Bastien.

— Si je peux me permettre, Monsieur… ?

— Marchand.

— Voilà donc comment nous pouvons très simplement fabriquer un malade, Monsieur Marchand. Et ce fut cette conclusion à laquelle parvint Pline à l'issue de son étude sur Artaud, lequel, je vous l'ai dit, avait été interné quatre ans dans l'établissement de Ville-Évrard…

— Dans lequel travaillait Pline.

— Où travaillera Pline beaucoup plus tard. Il put ainsi y disposer pour ses recherches de l'ancien dossier médical de l'artiste. Quant à ce dédoublement de personnalité du fils, cette association pour le moins étonnante avec la figure d'Artaud, il y a sans doute une relation, forcément, avec le travail du père, mais c'est une énigme que je ne saurais ni comprendre ni expliquer pour le moment.

Delajoie consulta l'horloge de son téléphone portable avant de s'adresser à Franck.

— Tu peux accélérer un peu, s'il te plaît ? Je veux en savoir plus sur le père, savoir à quoi m'attendre vraiment. Nous verrons le reste demain.

Franck s'exécuta. Il fit s'afficher sur l'écran le portrait du présumé meurtrier et commença la lecture de son état civil.

— Albert Honoré Pline, né le 16 novembre 19…

Il n'eut pas le temps d'en dire plus, la porte de la salle de réunion venait de s'ouvrir, révélant la stature rigide du grand patron.

Un courant d'air glacial vint rafraîchir la température de la pièce et modérer l'élan collectif. Le silence le plus complet s'installa dans l'instant. Les participants comprirent, en observant le visage extrêmement tendu du DRPJ, qu'un nouvel évènement grave venait de survenir. Tous se levèrent à son entrée dans la pièce, même Ligule qui, en la circonstance, pensa qu'il s'agissait d'une forme de politesse et qu'elle s'imposait aux civils.

Le DRPJ effectua un bref signe de la main pour indiquer aux participants de se rasseoir, puis se tourna vers Delajoie :

— Excusez-moi de vous déranger, Commissaire. Puis-je vous entretenir une minute, en privé ?

Delajoie jeta un coup d'œil furtif à Franck, puis acquiesça en silence avant de se diriger vers la porte.

Franck lui-même venait de blêmir et d'adresser un regard rapide à Bastien. Le pressentiment qui venait de l'assaillir le tétanisa. Il réussit pourtant à attraper son portable et à désactiver le mode « avion » qu'il avait enclenché avant la réunion.

L'icône de réception d'un courriel s'afficha instantanément. Il accéda à sa messagerie. Il n'eut plus aucun doute lorsque l'avatar de l'expéditeur apparut : la photographie d'un ours.

Franck regarda une nouvelle fois Bastien. Les yeux vides de ce dernier le questionnaient. Franck ne voulait pas lire, ne voulait rien dire. Il aurait voulu seulement disparaître.

Non, il ne pouvait admettre l'évidence de cette nouvelle certitude.

Il ne voulait pas, mais il n'avait pas le choix.

Alors, il se força à baisser la tête et à fixer l'écran : « Il vient d'abandonner la partie. C'est fini, mon gars, *game over*. J'accompagne le gros, il aura besoin de moi là-bas, en haut, en bas, sans doute quelque part. Vous nous manquerez. Ce fut un honneur de vous connaître, de travailler et de vivre avec vous. Dis à Jean que sa dette est effacée depuis longtemps, depuis qu'il m'a offert un sursis inattendu. J'en ai bien profité, il ne faut rien regretter, jamais : le regret, c'est seulement du temps perdu. Prends

soin de toi, mon frère. Si j'ai un dernier conseil à te donner :
jette l'éponge avant qu'il ne soit trop tard, ce monde est devenu
une étoile noire. Occupe-toi plutôt de la petite, vous allez bien
ensemble. Pour mes affaires, tu fais le strict nécessaire, débarrasse
simplement mon gourbi, je veux laisser place nette. Ici et chez
moi. Veille bien sur les cendres de la petite reine, je te les confie.
Je t'aime, mec. À la revoyure. Ton cop, Kow. »

L'esprit de Franck s'obscurcit instantanément.

Il entendit des cris, des hurlements qui venaient de la nuit.

Il aperçut une ombre gigantesque déployer sa terreur, se
saisir des promeneurs de minuit, faucher les deux passagers clan-
destins de l'enfer.

Et Franck vit le Minotaure se retourner lentement dans sa
direction, le fixer étrangement de ses yeux brûlants de haine, lui
lancer un malicieux défi. Juste avant de lâcher les corps de ses
amis dans le gouffre du précipice, de jeter leurs âmes dans le puits
sans fin de l'abîme.

22.

C'était la voix d'une âme en peine cherchant à s'apaiser, le dernier combat d'un esprit fatigué par une trop longue chevauchée, en quête d'espérance et de sérénité.

Si la psyché humaine pouvait se transformer en chant, alors choisirait-elle peut-être d'épouser les mouvements tourmentés de la Neuvième Symphonie de Mahler, cette longue modulation fractale des sentiments blessés qui, en cette heure appartenant encore à la nuit, répandait son indicible mélancolie dans les beaux volumes d'un salon d'habitation, îlot de lumière solitaire au milieu des logements endormis de cette rue du 5e arrondissement de Paris.

C'était ici, rue Clovis, entre les murs du lycée Henri IV, qu'était situé l'appartement de fonction dont bénéficiait Antoine et dans lequel vivait le couple.

— C'est grâce à cet adagio qu'il a réussi à faire le deuil de sa fille, dit sobrement Antoine en posant son plateau sur la table basse.

Delajoie ne répondit pas.

Il était allongé sur la partie liseuse du grand canapé blanc qui trônait au milieu de la pièce, recouvert d'un épais peignoir de bain. Son visage était étonnement placide malgré des traits serrés qui trahissaient son épuisement. Il garda les yeux fermés.

En fait, il s'offrait totalement à la musique, il laissait ces folles sonorités de Mahler le pénétrer, se frayer un chemin à travers ses tissus douloureux, gagner les recoins les plus cachés de son corps harassé.

Il sentait les soupirs de cette complainte l'envahir, prendre possession de son intimité, exalter ses propres émotions, se mêler au flux de ses passions, faire chair et esprit avec lui, dompter peu à peu toute cette violence des pulsions désordonnées qui s'était déchaînée et qui l'avait éreinté.

Oui, cette musique était puissante, vivante, elle possédait un vrai pouvoir de rémission.

Delajoie se rendit compte que c'était la première fois qu'il entendait vraiment cette composition ; jusqu'à présent, il s'était contenté de l'écouter.

— Contrairement à Boèce, je trouve que le pouvoir de consolation de la musique est beaucoup plus efficace que celui de la philosophie, reprit Antoine tout en remplissant une tasse de café d'une forme assez curieuse. Et nul mieux que Mahler n'a su mettre en partition les cheminements tortueux de notre âme, faire ressentir sa complexité, décrire les remous incessants de la tristesse et de la gaîté, l'hésitation d'une pensée obsédée par la tragédie ; nul autre n'a su faire entendre avec autant d'éclats ces dissonances profondes, révéler la dimension déstructurée de notre nature mentale. Cette ondulation permanente des émotions que nous nommons improprement «schizophrénie», qui est finalement notre propre, pour le pire ou le meilleur.

— Je ne vois que le pire depuis un bon moment, dit enfin Delajoie en sortant de sa torpeur et en se redressant. On a dû sûrement me réserver le meilleur pour une autre vie.

Antoine lui tendit un cachet et un verre d'eau.

— Qu'est-ce que c'est ?

— Un cadeau de Panacée.

Delajoie le regarda, légèrement méfiant.

— Je dois garder l'esprit lucide.

— N'aie crainte, c'est juste pour calmer un peu ton thymos, tu en auras besoin.

— Si tu le dis, répliqua Delajoie en saisissant les objets.

Comme il avait une confiance absolue en son compagnon,

il avala son médicament sans autre résistance, puis commença à boire son café. Antoine avait déjà contourné la liseuse afin de masser plus facilement ses épaules.

— Comment te sens-tu ?

Delajoie fit immédiatement un geste de la main, comme pour effacer sa question.

— Oublie, totalement stupide, poursuivit Anotine.

Delajoie réagit quand même.

— Las, terriblement las. La douche m'a lavé de tout. Je ne ressens plus rien, à vrai dire. Comme si j'étais totalement vidé, comme si je ne savais plus rien, comme si je ne connaissais plus rien, comme si le réel venait de disparaître.

— Que vas-tu faire ?

Delajoie sembla chercher sa réponse. Il répondit sur un ton incroyablement distant.

— Tuer ce monstre, sans doute. Après, on verra.

Antoine relâcha la pression de ses mains. Il n'aimait pas du tout la réponse qu'il venait d'entendre. Ni la voix étrangement détachée, pour ne pas dire beaucoup trop lointaine, de Delajoie.

— Tu ne veux pas que je vous accompagne ?

— Non, pas cette fois-ci.

— Tu amènes Quentin ?

— Un psychiatre-psychologue ne me semblait pas inutile. J'ai accepté sa proposition.

— Je suis plus rassuré.

— Je l'apprécie beaucoup, je comprends mieux votre vieille complicité.

Antoine reprit les frictions qu'il avait commencées sur les muscles trapèzes pour tenter de diminuer l'incroyable tension corporelle perçue sous ses doigts. Mais il restait fort préoccupé. Cette histoire de « tuer le monstre » ne lui plaisait pas du tout. Il eut une idée. Mais il devait procéder avec astuce.

— Te rappelles-tu ce que représentent mes « grosses dindes » ? demanda-t-il sur un ton innocent.

Delajoie tourna légèrement la tête vers la gauche, suffisamment pour apercevoir la grande reproduction des *Trois études de figures au pied d'une crucifixion* qui était accrochée dans un léger renfoncement du salon, au-dessus d'une crédence moderne totalement transparente, fabriquée en plexiglas.

Les « grosses dindes »…

C'était lui qui avait baptisé ainsi ce triptyque célèbre du peintre anglais Francis Bacon. Car de « figures », point à proprement parler ; juste trois bestioles défigurées.

À cet instant, le contraste était d'ailleurs saisissant entre la subtile blessure musicale de Mahler qui déversait ses sanglots retenus et les hurlements sourds des formes animales du tableau, trois choses zoomorphes, vaguement anthropoïdes, recroquevillées ou contractées à l'extrême, dont les râles et les cris restaient emprisonnés dans l'univers orange qui leur servait de clôture picturale.

Antoine avait un jour raconté à Delajoie que Bacon voulait «peindre le cri plutôt que l'horreur». L'artiste avait sans doute réussi les deux dans cette œuvre si singulière qu'elle avait contribué à lancer sa carrière.

Delajoie n'était pas un grand fan de ce Bacon dont, malgré les patientes explications de son compagnon, il ne comprenait ni le projet, ni les œuvres, ni la soi-disant «esthétique fragmentante». Même sur un plan strictement émotionnel, cette peinture lui déplaisait ; pire, elle le dérangeait, le mettait mal à l'aise. Malheureusement en matière de décoration du logis, c'était Antoine le patron des lieux. Et comme pour ce dernier Bacon appartenait à l'espèce des dieux, Delajoie avait dû consentir à cohabiter pacifiquement depuis plusieurs années avec les «grosses dindes» du «génie». Telle était en effet l'épithète accolée par Antoine au nom de Bacon.

Une étiquette un peu facile, pensa Delajoie, *qui transformait* ipso facto *un excentrique en intouchable, une extravagance en chef-d'œuvre, des sécrétions existentielles en diamants. Bien que…*

En cet instant, son regard se fit plus perçant.

Il se produisit le même phénomène qu'avec l'adagio de Mahler, à croire que la série de chocs émotionnels que Delajoie venait de subir avait considérablement développé son acuité sensitive. Le voile de mauvaise présomption qui recouvrait le tableau venait de tomber, libérant une perspective qui, jusque-là, s'était refusée à ses yeux.

Delajoie crut reconnaître à l'intérieur des trois périmètres remplis d'un orange obsédant les cages invisibles de ce qui lui apparaissait clairement comme des toiles-prisons.

Trois toiles-prisons juxtaposées, alignées comme dans un ancien zoo, offrant l'animalité humaine au voyeurisme.

Symbolisaient-elles ce « non-lieu du non-être » dont lui avait parlé Ligule, ce purgatoire décrit par Artaud, ce vide de l'attente perpétuelle, de l'immobilité forcée où la souffrance elle-même ne parvient pas à se libérer, où les cris restent figés, suspendus dans un éther sans échos ; en somme, le siège de l'ineffable tristesse et de la solitude absolue.

— Eh bien ? insista Antoine.

— Les Érinyes, « tristes filles de la Nuit », répondit Delajoie. Je crois même qu'elles gardent le Bardo.

Antoine fut surpris par la deuxième partie de la réponse. Il savait pertinemment que Delajoie n'aimait pas cette œuvre, qu'il ne s'y intéressait guère. Son compagnon n'en connaissait que les informations de base que lui-même avait distillées pour tenter de faire diminuer son aversion.

Le Bardo… Tiens donc, voilà qui était nouveau.

Intéressant, même.

Il mit quelques secondes avant de répliquer.

— Je vois que Quentin t'a parlé d'Artaud… Je n'avais jamais pensé à cette association des cages orange avec le Bardo. Mais pourquoi pas ? Lorsqu'elles ne poursuivaient pas un meurtrier, les Érinyes se retrouvaient parfois à Maniai, leur territoire de la folie.

— Où veux-tu en venir ?

— À la parabole d'Oreste.

— C'est-à-dire ?

— Te souviens-tu de Mycènes ?

— Comment oublier ce voyage ?

— Tu vois bien que le meilleur est encore de ce monde.

— Hum... Si peu.

Antoine ne souhaita pas s'appesantir sur le sujet. Il continua son histoire :

— Tu te rappelles alors, sans doute, que c'était son roi Agamemnon qui, selon Homère, avait conduit les armées grecques aux portes de Troie pour laver le déshonneur de son frère ?

— À cause d'Hélène, fléau des hommes.

— Agamemnon avait dû acquitter un horrible droit de péage divin pour permettre à l'immense flotte des Hellènes de rejoindre les rives de l'Asie mineure.

— En sacrifiant sa fille Iphigénie.

— Clytemnestre, mère d'Iphigénie et femme d'Agamemnon, vécut très mal cet horrible infanticide.

— On peut la comprendre.

— Profitant de l'absence prolongée du roi, Clytemnestre se laissa séduire par Égisthe, un douteux cousin d'Agamemnon, lequel réussit à persuader la reine de venger le meurtre de sa fille. Et ce funeste projet fut mis à exécution dix ans plus tard, le jour même où Agamemnon revint victorieux à Mycènes. Mais ce que les deux coupables n'avaient pas envisagé, c'était qu'Oreste — dernier-né du roi et de Clytemnestre — accomplirait plus tard son propre devoir en assassinant les régicides, perpétrant du même coup un terrible matricide.

— Résumons : le père tue la fille, la mère tue le père, le fils tue la mère. Charmante famille.

— Dans ce cercle sans fin de la vengeance, qui donc allait occire le fils ?

— Je ne sais pas.

— Eh bien, personne. Car, entre-temps, la loi des hommes avait remplacé la loi des dieux, la loi du sang était devenue la loi sociale, la nouvelle justice de la cité avait condamné cette règle implacable du talion pratiquée par l'ancienne société des lignées. Cette métamorphose, notre entrée en civilisation en quelque sorte, nous la devons à Oreste et à sa lutte contre les malfaisantes Érinyes.

— Je ne suis pas certain de vouloir entendre une histoire morale.

— Un conte, Jean, seulement un mythe, rétorqua Antoine avec une malignité affectueuse. Tu penseras à autre chose pendant quelques minutes. Le monde grec, tu le sais, était né d'une terrible émasculation : c'est ainsi que la Terre avait pu se libérer de l'étreinte suffocante du Ciel. Pour le dire autrement, moins poétiquement qu'Hésiode, le dernier rejeton de Gaia avait coupé les parties surchauffées d'Ouranos afin de libérer sa mère de l'insatiable appétit sexuel de son géniteur. Nées de cette folie, jaillies des gouttes de sang de la première castration, déesses infernales et primitives, les Érinyes avaient été chargées par les dieux anciens de garantir l'ordre social, en entretenant une terreur dissuasive dans le cœur des humains. « Il est des cas, leur fait dire Eschyle, où l'Effroi est utile et, vigilant gardien des cœurs, doit y siéger en permanence. » En cas de transgression, elles poursuivaient le coupable de leur rage implacable : « Pour notre victime, voici le chant de délire, vertige où se perd la raison, voici l'hymne des Érinyes, enchaîneur d'âmes, chant sans lyre, qui sèche les mortels d'effroi. » Dans la société archaïque, ce monde où l'unité politique se limitait encore à la famille et à la phratrie, l'homicide — et plus particulièrement l'assassinat d'un membre de la lignée — mettait alors en péril toute la communauté. La punition d'un acte qui menaçait l'ordre établi, fragilisait la stabilité du groupe social, ne pouvait être qu'exemplaire, implacable par sa sentence, terrifiante par son exécution. Le sang versé rejaillissait aussitôt sur l'auteur du sacrilège — le « marquait » d'hémoglobine au sens propre —, le recouvrait d'une souillure indélébile qui le retranchait instantanément du monde des vivants et réveillait les démons : des gouttes encore fumantes du sang de la victime, surgissaient les furieuses Érinyes pour faire « succéder le malheur au malheur ». Ces vieilles déesses ne cessaient alors de harceler le banni par leurs danses endiablées, de le jeter sur les chemins de l'exil, de le chasser « à travers la terre et la mer », de le pousser dans d'obscures contrées où sa raison, invariablement, se perdait peu à peu, l'esprit halluciné par les spectres épouvantables du remords et les visions effrayantes de la mort. L'issue pour le proscrit était inéluctable : la démence en guise d'expiation, la mort desséchante comme seul horizon et les supplices éternels de l'Hadès à la fin du chemin. Car la persécution des Érinyes ne pouvait s'arrêter qu'aux portes de l'enfer, en ce « royaume où la joie jamais ne fut connue ».

— Inutile de se rendre si bas pour désespérer. Je vois bien où tu veux en venir, mon ami, mais parle toujours.

— La légende populaire rapporte qu'Oreste, après avoir commis son double meurtre, assailli et tourmenté comme il se devait par les furibondes Érinyes, fut donc contraint d'errer dans des lieux solitaires afin d'échapper à la funeste emprise de ces « Imprécations ». Il se réfugia un jour aux environs de la future Megalopolis.

— Ce nom ne me dit rien.

— Nous avons manqué de temps pour la visiter. Tu situes Messène ?

— Un de nos moments les plus agréables et les plus apaisants. Au-dessus de Kalamata.

— Eh bien, en gros, tu remontes ensuite vers le nord-est sur cinquante kilomètres. Oreste crut trouver dans cette région inhabitée et austère d'Arcadie un refuge contre ses assaillantes. Mal lui en prit, car c'est ici qu'il perdit le peu de raison qu'il conservait encore. Les « Redoutables » le pétrifièrent à nouveau de frayeur. Frappé par le délire, Oreste commença à « consumer ses chairs », à ronger sa propre main, à se mutiler sauvagement : il se sectionna un doigt d'un violent coup de dents. Oreste se sentait sombrer dans l'animalité, devenir une bête fauve. Mais une ultime vision le sauva de son funeste destin. Il vit soudain les noires Érinyes changer de couleur, briller tout à coup de blancheur au firmament du jour. Non seulement elles étaient désormais de blanc vêtues, mais elles arboraient également un air des plus bienveillants. Ainsi, alors que tout semblait perdu pour lui, une flamme d'espoir s'était rallumée en Oreste. Il continua donc à lutter, à disputer fermement ses esprits aux furies, parvint à se débarrasser de l'apparence de pauvre hère qui était devenue la sienne, se rasa la longue chevelure hirsute qui avait remplacé ses boucles délicates. Puis, résolu de son bon droit, malgré les sifflements et les éructations des Érinyes qui ne voulaient pas lâcher leur proie, il prit le chemin qui menait à Athènes, s'éloignant de ce bois où il avait failli succomber à l'antique loi de la vengeance et qui garderait la mémoire de cette folie légendaire.

— Je ne te suis plus très bien. Tu veux dire quoi ? Que je fais finir comme Oreste, que les Érinyes…

Antoine ne laissa pas Delajoie terminer sa question. Il l'interrompit d'une voix douce mais ferme.

— Laisse-moi achever mon petit récit, s'il te plaît. Tu le veux bien ?

— Je ne suis pas en état d'écouter des paraboles morales,

Antoine.

— Il ne s'agit aucunement de morale et encore moins de leçon. Je t'aime, je suis juste un peu soucieux. Et c'est un euphémisme.

— Hum… Pourquoi Oreste se rendait-il à Athènes ?

— Pour demander et trouver la justice. Parce que, pensait le fils d'Agamemnon, il était innocent du crime dont on l'accusait, il ne méritait pas ce châtiment de la folie et du tourment pour avoir simplement obéi à son devoir, à cette obligation de «tuer qui a tué», la maudite loi des ancêtres qui voulait «que les sanglantes gouttes, une fois répandues à terre, réclament un sang nouveau». Du moins, c'est ainsi que le raconte ensuite Eschyle. Dans un ultime moment de désespoir, Oreste s'était révolté contre la vieille loi des familles, il avait refusé de subir la malédiction des Érinyes, de devenir cette «ombre vidée de sang qui aura repu les déesses». Son sort découlait d'un droit coutumier totalement schizophrénique à vrai dire, puisqu'en matière de meurtre coexistaient deux injonctions contradictoires. En tant que membre d'une communauté, l'individu devait s'interdire tout homicide ; mais en tant que membre d'une lignée, il se voyait contraint à la vengeance. Dès lors, comment était-il possible de concilier ces deux exigences, de s'abstenir de perpétrer un crime de sang alors que la loi divine elle-même imposait le meurtre de l'assassin des siens ? Et, condition aggravante, ce devoir de vengeance ne souffrait aucune exception sous peine de subir soi-même l'opprobre des hommes et le mépris des dieux. Ne pas respecter cette obligation impérative, c'était tout simplement manquer à son tour à l'honneur, subir une souillure semblable à celle qui affectait le criminel de sang ordinaire ; c'était prendre le risque de «périr consumé par un mal mystérieux».

— L'universelle et implacable loi du talion.

— Ultime conséquence de cette grande comédie de l'honneur jouée par la créature humaine depuis ses origines, un concept tout à fait infantile paré des simulacres de la plus noble vertu, mais qui ne cache, en vérité, qu'orgueil démesuré et vanité insensée. C'était pour stopper la roue sans fin de la vengeance privée, de cette si nuisible vendetta, qu'Oreste s'était rebellé contre les règles ancestrales et les harpies vociférantes qui en étaient le symbole le plus ancien. Le temps des familles furieuses et de leurs anciennes divinités — les «dieux infernaux» — s'achevait; celui de la ville policée et des jeunes dieux olympiens — «les Immortels» — commençait. Avec lui, celui de la justice humaine, rendue par des assemblées de citoyens, adaptée à cette nouvelle forme de vie en société que représentait la cité. «Ni anarchie, ni despotisme» : cette justice ne pouvait plus admettre comme fondement du droit l'arbitraire des pulsions personnelles ou une tradition qui autorisait le meurtre et la spoliation. L'entrée en civilisation, c'est précisément cet instant où l'individu renonce à la vengeance personnelle, où il accepte de déléguer son pouvoir de violence au corps social, lequel lui promet en retour équité et protection.

— Je te remercie pour ce petit rappel de droit qui me réconforte tant.

— Ne te méprends pas, je voulais simplement commenter cette transformation dont nous parle le dramaturge dans son Orestie. Dans le troisième volet de cette tragique trilogie, Eschyle nous montre ainsi Oreste, toujours pourchassé par Mégère et compagnie, venir plaider sa délicate cause au sommet de l'Acropole, devant Athéna.

— Divine protectrice d'Athènes.

— Après avoir écouté les doléances des deux parties, la grande déesse décide de soumettre le litige au jugement «équitable» des hommes de sa cité. Aussitôt dit, aussitôt fait : Athéna descend à pas de géante dans la ville basse pour choisir «les meilleurs» citoyens d'Athènes, puis les installe sur une petite colline située à côté de l'Acropole.

— L'Aréopage que nous avons grimpée?

— C'est bien elle, la colline d'Arès. Athéna n'avait pas choisi ce lieu symbolique au hasard. C'était sur cette sorte de large piton pierreux et desséché que, disait-on, le dieu des Enfers avait été jugé antan par ses pairs…

— Pour le meurtre du fils de Poséidon, je m'en rappelle, lequel avait violé la fille d'Arès.

— Et ce tribunal des dieux, le premier de mémoire d'homme, avait acquitté le coupable.

— Cautionnant indirectement le meurtre par vengeance,

je comprends ton cheminement.

— Instituant de fait cette tradition de la loi du talion.

— En choisissant cet emplacement, Athéna effaçait ainsi la loi ancienne.

— De l'utilité de relire parfois ses classiques, ce qui ne sera plus possible dans le texte, je le crois bien, puisque nos écoliers sont désormais privés de leur grec et de leur latin. Il leur restera les barbarismes : tout un programme pour penser une société. Mais je me perds. Deuxièmement, ce tribunal que la déesse s'apprête à créer serait ainsi placé sous son éternel et vigilant regard.

— Il est vrai que la vue est plongeante depuis ses temples de l'Acropole.

— Athéna installe donc son conseil tout neuf des citoyens «appelés les premiers à connaître du sang versé», ce tribunal spécialisé dans les affaires criminelles, «incorruptible, véné-rable, inflexible». Voilà, nous raconte Eschyle, comment fut créé «Aréopage» le bien nommé, première juridiction d'assises; et voilà comment fut appelé à comparaître devant ses premiers juges le matricide Oreste, son premier accusé. La loi des hommes venait définitivement de remplacer la loi des dieux afin «que la poussière abreuvée du sang noir des citoyens ne se paye pas, en sa colère, du sang de ces représailles qui font la ruine des cités»!

— Et les épouvantables, que devinrent-elles?

— Devant les agissements d'Athéna, les «vieilles Érinyes» s'étranglent de fureur, ultime rébellion contre une époque qui leur promettait de disparaître. D'abord, elles argumentent. Remplacer leur règne de terreur, c'est, affirment-elles, «donner désormais le ton des licences permises. Mille bonnes blessures, taillées dans leur chair par leurs propres fils, voilà le lot réservé aux parents dans l'avenir qui vient»!

— La promesse du chaos engendré par le laxisme, un grand classique de la communication policière.

— Ensuite, les «vierges maudites» menacent. Elles n'ac-ceptent pas d'être ainsi dépossédées de leurs prérogatives, de «l'antique partage» entre divinités, de se retrouver spoliées par de jeunes «dieux aux ruses méchantes». Elles sifflent, elles éructent, elles lancent leurs anathèmes, promettent de dessécher Athènes, de répandre la lèpre sur les plantes, les hommes et les bêtes. Pour calmer leurs ardeurs, Athéna doit même froncer les sourcils, rappeler incidemment que sa voix est dictée par le père du ciel en personne, que seule, parmi les dieux, elle sait « ouvrir la chambre où la foudre dort scellée »…

— La perspective de se voir anéanties par le fulgurant éclair de Zeus dut produire son petit effet ?

— À peine. Véritablement enragées, les « chiennes irritées » n'en démordent qu'à moitié. Elles se lamentent encore : que vont-elles devenir dans leurs vieux « voiles noirs » tombés en charpies, « impures et méprisées » aux yeux de tous ? C'est ce moment qu'Eschyle choisit pour réaliser la fusion des traditions et réussir son coup de maître. Athéna reconnaît que les Érinyes possèdent des droits légitimes « qu'on ne saurait écarter à la légère ». Mais le retour en arrière n'est plus possible. La déesse leur propose donc de transformer leur propre destin, d'abandonner l'obscurité pour la lumière, de délaisser leur lot de souffrance pour une part de félicité. Athéna sort le grand jeu. D'abord, dit-elle, elle les installera sur « des trônes luisants » de l'huile des sacrifices, à la vue de tous, pour qu'elles soient vénérées par tous comme de belles et de bonnes déesses, loin de leur sordide demeure où, « exécrées et des hommes et des dieux », elles vivaient dans cette « ombre où se plaît le mal et le Tartare souterrain ». Ensuite, la déesse de la raison leur offrira des prérogatives élargies qui promettent de bons fumets d'offrande, elle leur déléguera une partie de ses propres pouvoirs, le soin de veiller désormais au nouvel ordre social. Leurs futures attributions ? C'est simple : « Tout régler chez les hommes ! »

— Belles propositions.

— Qui ne sauraient être refusées même par les plus horribles démones. L'affaire est assez vite entendue entre la perspective d'anéantissement et celle d'une vénération ; le pacte scellé dans l'instant. Eschyle-Athéna transforme ainsi les sombres et acariâtres puissances de la nuit en divinités poliades, c'est-à-dire en *police de la cité et de ses lois*, gardiennes de la prospérité d'Athènes et de sa paix civile. Et c'est ainsi, conclut le dramaturge, que les malfaisantes Érinyes devinrent des Euménides bienveillantes, que les noires pourchasseuses se muèrent en blanches protectrices de la cité. La folle vision d'Oreste venait de se réaliser, la tradition venait de se fondre dans la modernité, la Justice triompher de l'Iniquité.

— Et Oreste, quel fut son sort ?

— Il fut acquitté, évidemment. Enfin, *in extremis*, grâce à la voix d'Athéna.

— J'ai quelques chances, alors.

— Commentaire totalement stupide.

— Et donc, mon bon Antoine ?

— Et donc, quoi ?

— Le message de cette intéressante et si subtile diversion ?

Antoine hésita quelques instants.

— Tu le connais déjà.

Mais Antoine ne put s'empêcher de dire plus clairement ce qu'il avait sur le cœur :

— Tu ne tueras point le monstre ; tu livreras sa monstruosité à la justice des hommes, point !

— Sous peine de devenir moi-même un monstre. Je te connais trop bien, tu vois ?

— Tu ne vas pas faire cette connerie, Jean !

— On verra bien. C'est que, vois-tu, cette grande idée de la Justice en soi ou en moi m'échappe un tout petit peu actuellement.

Un silence gêné s'installa quelques instants. Puis, Delajoie demanda :

— Quelle heure se fait-il, s'il te plaît ?

Antoine leva sa main gauche pour regarder sa montre avant de reprendre son massage.

— 5 h 40. Ils seront là dans dix minutes.

Delajoie se libéra alors, doucement, des mains attentives de son compagnon. Puis il se leva.

— Merci, ça m'a fait beaucoup de bien. Tu as sorti mon costume ?

— Il est sur le lit.

— Celui que je t'ai demandé ?

Antoine ne put retenir une réaction de dépit.

— Tu frôles le mysticisme là, ce n'est pas drôle du tout.

— C'est vrai que j'ai tellement envie de rire. Alors ?

— Le noir.

— Celui de 1998 ?

— Oui! Celui que j'aurais dû brûler depuis longtemps.

— Merci.

Antoine regarda s'éloigner son compagnon. Il se sentait désemparé, impuissant et inutile.

Que pouvait-il faire de plus? À part « être là », simplement là, terriblement las aussi?

Lorsque Delajoie laissa tomber son peignoir blanc sur le sol, au seuil du salon, révélant la nudité d'une sorte de héros grec blessé par les combats et les années, le sang d'Antoine se glaça d'effroi.

L'antique commandement de la vengeance résonna une nouvelle fois dans sa tête : « Haine pour haine, meurtre pour meurtre. »

Il fut saisi alors d'une terrible prémonition. Il vit une éclatante souillure se répandre sur le corps de son compagnon et des nuées aussitôt se former ; il entendit le sifflement funeste des Érinyes : « Tu périras, délaissé de tous, l'âme à jamais désertée par la joie. »

Et il se mit à maudire cette folie humaine qui, jamais, ne cesserait.

23.

Cela faisait maintenant plus de dix minutes que la berline noire avait quitté Paris, frayant son chemin dans la lumière charbonneuse du petit matin. Elle semblait presque glisser sur le revêtement carboné, effleurant à peine les éclats blancs des pointillés réfléchissants et les taches de sodium orangé projetées sur la chaussée.

Franck conduisait à vive allure, bien au-dessus de la limite autorisée. Il avait récupéré ses deux derniers passagers rue Clovis.

Au dernier moment, Delajoie s'était ravisé, il n'avait pu se résoudre à abandonner Antoine aux seules griffes de l'inquiétude, il l'avait donc convié à les accompagner, et ce dernier avait pris place à l'arrière du véhicule, à côté de son ami Quentin Ligule.

Avant de les rejoindre, Franck avait fait un détour par l'appartement de Betty, il avait éprouvé la nécessité de lui parler, de lui dire combien il l'aimait, combien sa présence à ses côtés lui manquait en ces heures si cruelles.

Malgré un réveil difficile, Betty avait compris très vite que l'état de son « chéri » nécessitait une attention inhabituelle et des signes d'affection plus visibles. Elle l'avait couvert de baisers, elle avait su trouver quelques mots pour adoucir son chagrin, elle lui avait permis aussi de libérer toutes ces larmes accumulées qui l'empêchaient de respirer.

Un peu plus apaisé, il avait pris une douche rapide avant de repartir chercher Ligule et de filer à Henri IV.

Les quatre passagers avaient été les derniers à quitter Paris ; tous les autres étaient déjà sur place ou sur le point d'arriver.

Dans l'habitacle, l'atmosphère restait tendue, mais Franck et Delajoie semblaient moins abattus que durant les heures précédentes ; ils étaient même extrêmement concentrés, comme si la perspective d'en finir rapidement avec cette histoire était devenue le seul objet de leurs pensées, une priorité absolue qui imposait une discipline sans faille de leurs ressources physiques et intellectuelles.

Franck avait enclenché le haut-parleur du terminal embarqué ACROPOL qui diffusait toutes les communications relatives à l'opération.

Ligule n'avait pas prononcé un seul mot depuis leur départ de la rue Clovis, un peu impressionné par toute cette organisation policière qui prenait forme sous ses oreilles et qu'il essayait de visualiser à partir des seules informations sonores qui se succédaient. Il avait ainsi appris qu'un PC mobile avait été installé près de la cathédrale, qu'un périmètre de sécurité « invisible » avait été mis en place tout autour de l'édifice religieux, que des matières explosives avaient été détectées sur l'ensemble des portes, rendant impossible tout repérage physique, que l'exploration visuelle était rendue excessivement compliquée compte tenu de l'opacité des vitraux, que la détection thermique s'était révélée positive, confirmant une présence humaine au centre de l'édifice.

On envisageait l'installation d'un tireur d'élite, soit en lui faisant escalader la tour nord de l'église, soit en positionnant une nacelle au-dessus de son portail principal. Cette deuxième option ne semblait pas avoir agréé au préfet, lequel avait été tiré de son lit douillet à une heure inhabituelle : la perspective d'avoir à assumer la « découpe d'une rondelle » dans un vitrail classé du XIIIe siècle, appartenant à un monument inscrit au Patrimoine mondial, ne l'avait pas enthousiasmé.

Ligule avait aussi échangé quelques courtes banalités avec Antoine, il avait bien senti la préoccupation de son vieux complice ; les conséquences affectives que cette mauvaise affaire importait dans la vie de couple de son ami ne devaient pas être simples à gérer. Ligule avait également surpris Franck lorsque celui-ci avait montré, discrètement, l'écran de son portable à Delajoie. Le psychiatre n'avait pas pu discerner le message ou le document présenté aux yeux du commissaire, mais il avait constaté la légère contraction des muscles du visage de Delajoie, puis entendu un murmure d'incrédulité sortir de ses lèvres :

— « Juste les béquilles ? Mais ça n'a aucun sens… »

Les deux policiers avaient ensuite enchaîné un très bref échange.

— Où ?

— Quai de Jemmapes.

— C'est très bizarre.

— Ne me dis pas…

— Si.

— Et les pompiers ?

— Rien pour le moment.

— Jack est au courant ?

— Il m'a promis de mettre tous les moyens de la fluviale sur le coup.

Après quelques secondes de silence, Franck avait ajouté, toujours à l'intention de Delajoie :

— Il faut également que tu rappelles le DRPJ, il a proposé ses services pour l'annonce…

— Certainement pas ! avait réagi Delajoie, avec une nervosité inhabituelle. C'est à nous de nous y coller, et à nous seuls. On passera à Choisy-le-Roi tous les trois, dès notre retour. Et Bastien ?

— Il est sur le fil, Columbo, sur le fil.

— Il va tenir ?

— Je crois. Je l'espère. Mais jusqu'à quand ? Je ne l'ai jamais vu dézingué à ce point. Il a failli démonter un passant tout à l'heure, devant l'hôpital. Et c'était avant la mauvaise nouvelle. Ce n'est pas bon signe.

— Il est arrivé ?

— Il est parti avec Moustache, ils ne devraient plus tarder.

Le silence s'était réinstallé quelques instants dans l'habitacle, seulement éraillé par les voix et les sons qui, périodiquement, émergeaient du haut-parleur.

Le jeu de la normalité, pensa Ligule, *un moyen très efficace de surmonter les traumatismes collectifs, de lutter contre les effets délétères de certains psychodrames.*

Il avait constaté que les trois autres passagers, installés dans ce huis clos automobile qui les rapprochait de l'épilogue du drame, essayaient de s'offrir les uns aux autres cette apparence banale, rassurante, qui était le lot des jours normaux.

Et c'était très bien ainsi, c'était une comédie très puissante qui permettait de contenir la décharge incontrôlée des émotions exacerbées. L'heure des comptes intérieurs sonnerait bien assez tôt pour chacun.

Le psychiatre profita de cette nouvelle pause pour sortir plusieurs documents qu'il venait de retirer d'une pochette posée sur ses genoux.

— Je peux vous déranger quelques minutes, Jean ? demanda-t-il à Delajoie en essayant de respecter lui aussi cette tonalité de la normalité.

Le commissaire tourna la tête vers le passager arrière.

— Vous ne me dérangez pas, Quentin.

Ligule se pencha vers le commissaire et lui tendit un jeu de feuilles agrafées.

— Tenez, je vous ai fait une copie. Je l'ai trouvé sur Internet, il vous intéressera sans doute. C'est son dernier article, publié l'année dernière dans une revue spécialisée, *Le psychanalyste révolté*. C'est assez édifiant, je crois que les réponses sont là, que tout est dedans, ou peu s'en faut.

Delajoie lut le titre à haute voix :

— « *La biocratie du Summum® : le retour de l'eugénisme psychiatrique* » par Albert Pline.

Avant de demander à Ligule :

— « Tout », c'est-à-dire ?

— Vous voulez un petit topo ? proposa le psychiatre.

— Si ce n'est pas trop vous demander, répondit Delajoie.

Il se voyait mal étudier sur la route la vingtaine de pages qu'il tenait entre ses mains.

— Vous vous souvenez de ce que je vous ai raconté à propos de Delgado ?

— Vous nous avez dit beaucoup de choses au sujet de ce

monsieur, Quentin…

— Sur sa société « psychocivilisée » ?

— Il voulait améliorer la moralité de la race humaine ?

— Delgado avait appelé de ses vœux la création gouverne-mentale d'« une fondation scientifique chargée de l'édification de cette future société psychocivilisée ». Eh bien, figurez-vous, Pline dénonce la Fondation Essentielle de Bravehomme, Romina et Van Acken comme cet instrument, celui d'une nouvelle tentative destinée à imposer « une biocratie neuropsychiatrique ». Pline commence son propos en partant d'une prémisse : « La tentation du despotisme est consubstantielle à l'exercice même d'un pou-voir, quelle que soit la nature de ce dernier. » Médical, en l'occur-rence.

Antoine, qui s'était ressaisi, ne put s'empêcher de réagir.

— Pour prendre une image plus parlante, le « détestable » Sauron est un peu l'incarnation de ce despotisme…

— Sauron, la créature du mal dans *Le Seigneur des anneaux* ? demanda Franck, totalement incrédule.

— C'est un truc entre eux, lui chuchota Delajoie.

— C'est un personnage métaphorique complexe, continua Antoine, le symbole de la malédiction du pouvoir. Sauron repré-sente à la fois la face obscure de l'homme — sa tentation perpé-tuelle de domination — et les moyens mis en œuvre pour tenter d'exercer cette emprise exclusive — les systèmes et les relations de pouvoir qui les régissent.

— Ton exemple n'est pas mauvais, enchaîna Ligule. Tu as raison de dire que Sauron est insaisissable et intemporel parce que ce monstre est effectivement en mutation perpétuelle. Sans doute épouse-t-il aujourd'hui la forme douce, presque ultime d'une tyrannie insidieuse qui parviendrait à l'assujettissement des hommes en favorisant leur propre consentement, au nom d'une nouvelle idéologie politique, en grande partie médicale, une vision biologique du bien, du bien-être plus exactement, l'espérance d'un mieux-vivre personnel et sociétal qui autori-serait la gouvernance des corps et des esprits. C'est la thèse de Pline, bien évidemment.

— Hobbes ne reconnaîtrait plus son ancienne créature, commenta Antoine. *Le Léviathan* se serait débarrassé de ses airs de mauvais souverain, de son costume sombre et de son glaive affûté.

— Il arbore aujourd'hui un large sourire, des dents éclatantes, une blouse blanche immaculée et tient un caducée en guise de sceptre. Sauron, de nos jours, c'est la volonté de gouverner les hommes à partir de critères essentiellement biologiques.

— Eugénisme, murmura Franck.

— En effet, un eugénisme qui ne dit pas son nom, agréa Ligule.

— Les Nazgûl, poursuivit Antoine, ces spectres qui servent Sauron — nos hommes politiques, ces rois déchus, pourrait-on dire — se sont laissé corrompre par le pouvoir des anneaux ; nos psychiatres par l'attraction fatale des incantations magiques de livres noirs…

— Hier, celles des Gobineau et de tant d'autres prophètes de malheur ; aujourd'hui, celles du pernicieux DSM.

— L'herbier, chuchota Delajoie.

— L'herbier ! répliqua Ligule. Cette alliance contre nature du politique et de la médecine mentale s'est constituée, d'après Pline, au moment même où, en l'absence de thérapies efficaces, le docteur de l'âme s'est déclaré philosophe, un « médecin-philosophe » même. Pour dater son propos, Pline s'appuie sur un aphorisme du médecin Galien qui traversera les siècles : « Les puissances de l'âme suivent les tempéraments du corps. » La bonne santé de l'esprit fut ainsi corrélée dès l'Antiquité à une bonne santé du corps que l'on ne pouvait atteindre que par un strict régime alimentaire et des exercices physiques appropriés. Ainsi, seulement, pouvions-nous espérer atteindre la vertu du bien-être…

— Et de la vertu à la morale, la fragile barrière qui les séparait fut rapidement franchie, compléta Antoine.

— D'où cette obsession de la beauté physique des corps par tous les régimes totalitaires ou autoritaires, et leur aversion absolue pour les chairs impures, flétries ou dégénérées.

— Ce viatique d'« un esprit sain dans un corps sain » continue, il est vrai, à imprégner totalement nos sociétés, depuis Juvénal. C'est même le précepte républicain pour une bonne éducation. La bonne gymnastique du corps et de l'esprit. On

apprend toujours aux enfants de l'école primaire à lancer le jave-
lot et le poids.

— Ce qui prouve la redoutable puissance des idées, aussi
néfastes soient-elles, dès qu'elles sont constituées en système de
pensée. Pline poursuit son introduction en explicitant la notion
de « biopolitique » forgée par Michel Foucault, concept qu'il va
utiliser tout au long de sa démonstration. Je vous lis : parce que
« le contrôle de la société sur les individus ne s'effectue pas seulement par la conscience ou par l'idéologie, mais aussi dans le corps
et avec le corps », la médecine est apparue très rapidement, pour
les gouvernements, comme l'auxiliaire d'une prise de pouvoir
effective des corps et des esprits, notamment à partir du moment
où le modèle biologique de la vie s'est imposé comme un modèle
social à suivre. Il n'est pas innocent de constater, continue Pline,
que le concept de « police médicale » — né d'abord en Allemagne
dans le dernier tiers du XVIIIe siècle — est apparu à une période où se répandaient les thèses évolutionnistes, laquelle voyait
conséquemment, en s'appuyant sur la théorie psychiatrique de
la dégénérescence, la renaissance « scientifique » de l'eugénisme
social et racial.

— Celle de Morel ? demanda Franck, qui se souvenait de
l'exposé de Bastien.

— Tout à fait. Pline cite largement Foucault sur ce point :
« La dégénérescence est la pièce théorique majeure de la médi-
calisation de l'anormal. Cette nouvelle figure du dégénéré, dans
laquelle se confondent anormalité et asociabilité, va permettre
une formidable relance du pouvoir psychiatrique » en autorisant
« une possibilité d'ingérence indéfinie sur les comportements
humains. » Et à partir de cette notion de dégénérescence, pour-
suit-il, « la psychiatrie va pouvoir se donner effectivement une
fonction qui sera simplement une fonction de protection et
d'ordre », elle « devient la science de la protection scientifique de
la société, elle devient la science de la protection biologique de
l'espèce ». Adoptant ce modèle, c'est bientôt toute la médecine
qui, toujours selon Foucault, « revendiquait d'autres pouvoirs ;
elle se posait en instance souveraine des impératifs d'hygiène,
ramassant les vieilles peurs du mal vénérien avec les thèmes
nouveaux de l'asepsie, les grands mythes évolutionnistes avec les

institutions récentes de la santé publique ; elle prétendait assurer la vigueur physique et la propreté morale du corps social ; elle promettait d'éliminer les titulaires de tares, les dégénérés et les populations abâtardies. Au nom d'une urgence biologique et historique, elle justifiait les racismes d'État, alors imminents. Elle les fondait en "vérité" ».

— Les transformait en idéologie : la biocratie.

— Je ne sais pas bien pourquoi Pline utilise dans son titre ce terme de « biocratie » inventé par Auguste Comte, alors que Foucault lui préfère ceux de « biopouvoir » et de « biopolitique ». Sans doute pour appuyer cette idée centrale d'un gouvernement essentiellement mû par des préoccupations biologiques et exercé — « sous la blouse », pourrait-on dire — par des experts médicaux. « La biocratie, c'est lorsque le politique se réfère à la biologie pour penser le gouvernement des hommes », explique Pline. Non pas de l'Homme avec un grand H, mais plus exactement d'individus dépersonnalisés considérés comme les simples unités d'une espèce animale. « C'est lorsque le pouvoir prend possession de la vie », résume Pline par une autre formule de Foucault.

— Je n'arrive pas à voir la relation avec le Summum®…

— Pline va l'établir doucement. Il démontre d'abord que le discours tenu par la Fondation Essentielle est bien de nature biocratique. Ce qui caractérise un biopouvoir, insiste-t-il, c'est la nature des techniques qu'il déploie pour parvenir à ses fins. Pline s'en réfère de nouveau à Foucault : « Un pouvoir qui a pour tâche de prendre la vie en charge aura besoin de mécanismes continus, régulateurs et correctifs. »

— Le Summum®, dit Franck, régule et corrige.

— Pour le dire autrement, les anciens régimes utilisaient essentiellement la coercition et le châtiment pour parvenir à discipliner le corps social ; or, une biocratie se caractérise par une nécessité de le réguler. Le premier indice qui révèle donc son existence, c'est lorsque des technologies de « biorégulation » viennent se rajouter à celles de la discipline.

— Ce n'est pas très limpide, mon cher Quentin, réagit Antoine.

— La norme.

— Pardon ?

— L'obsession de la norme. La régulation nécessite une norme préalable, l'obligation de définir en amont les corps et les conduites acceptables…

— «Normales»…

— D'où ce fait, affirme Pline-Foucault, qu'une «autre conséquence du développement d'un biopouvoir est l'importance croissante prise par le jeu de la norme aux dépens du système juridique de la loi».

— Le despotisme par la norme, norme psychiatrique ou neurologique, en l'occurrence.

— Exactement : «Nous sommes entrés dans une phase de régression du juridique», constate Foucault. Dans nos États modernes, poursuit Pline, nous pensons que la loi est toujours le résultat d'un processus démocratique. Or le choix d'une norme procède en réalité d'une décision technico-politique qui s'affranchit de la consultation et de la décision populaires, qui se substitue insidieusement à la règle décidée en commun.

— C'est sans doute un peu excessif? On pourrait dire la même chose d'un certain nombre de normes commerciales, plus «pratiques» que «juridiques» en un certain sens, que l'on ne pourrait pas faire adopter systématiquement en respectant le processus législatif.

— Je ne suis pas d'accord. Rien, même l'utilitarisme le plus urgent, ne peut justifier un défaut de démocratie. Mais acceptons tout de même ton exemple de norme commerciale issue d'un écopouvoir effectivement en action. Le distinguo avec la norme mentale n'est cependant pas mince. La norme commerciale impacte indéniablement mon mode de vie, elle influe par exemple sur le prix des carburants que je dois payer à la pompe. Mais elle ne touche nullement à mon essence personnelle.

— Admettons.

— Elle ne décide pas de s'approprier mon être, mon cerveau, ma vie, en me décrétant dangereux pour moi-même et la société dès que je bégaye ma timidité en public, dès que j'imagine le suicide comme issue à ma souffrance existentielle ou, encore, lorsque ma personnalité est considérée comme «déviante».

— C'est bon, je vois où tu veux en venir.

— *Où Pline* veut en venir : «La norme, dit-il, pour être

référente, doit être canonisée. »

— Et la norme mentale, comportementale, est fixée par un manuel officiel, le DSM.

— Seul un relevé topographique précis de l'univers de la folie peut favoriser un état des lieux pertinent qui autorise à son tour la sélection des maladies, leur hiérarchisation, leur classement méthodique.

— Autant d'opérations qui, à la fin du processus, aboutissent à définir le vrai, le bon, à séparer les territoires, à fixer la frontière de l'acceptable : la norme.

— Et, par exclusion, ce qui est *anormal*. D'où cette nécessité, pour le pouvoir, de disposer d'un herbier, d'une classification officielle, incontestable, scientifique.

— Médicale, ajouta Franck, toujours obsédé par cette évidence, depuis sa conversation avec Bastien.

— Classer les maladies ou les troubles mentaux, les associer à des degrés de pathologie, les mettre en relation avec des groupes sociaux ou des personnes, c'est donc en réalité, dans les faits, opérer cet arbitrage en amont. Finalement, c'est déjà choisir, c'est choisir d'intégrer ou d'exclure.

— Pline utilise la formule : « Classer, c'est ordonner. » Ordonner la normalité, les comportements et les mesures. C'est dans ce sens que la médecine est un savoir très particulier, ce que Foucault appelait un « savoir-pouvoir ». « Ce pouvoir de haute influence, continue Pline, il le tient justement de la nature particulière de son savoir », de cette vérité de la connaissance réputée infaillible.

— C'est une loi que Bacon, au seuil de ce que nous pourrions appeler la « modernité scientifique », avait d'ailleurs décrétée par une exclamation assez optimiste : « Savoir, c'est pouvoir ! »

— Bacon, le peintre ? demanda Delajoie, étonné.

— Non, le philosophe, répliqua aussitôt Antoine. Pour Francis Bacon, la science allait pouvoir reléguer l'obscurantisme de la foi dans les ténèbres de l'histoire et permettre d'améliorer les conditions de vie et de pensée du genre humain. Ce que Bacon ne pouvait imaginer, c'est que ce nouveau savoir allait se transformer en tentation permanente de pouvoir. Lorsque la religion — sous sa forme monothéiste pour le moins — et le savoir militant s'affranchissent du doute, ils deviennent très rapidement arrogants, intolérants, prosélytes. Tous les deux veulent imposer leur vérité, une vérité forcément exclusive. Le monothéiste, en vertu d'une transcendance supposée ; la science, au nom d'une rationalité infaillible, mais, souvent, tout aussi spéculative.

— C'est pourquoi, reprit Ligule, le classement par la norme scientifique, notamment en psychiatrie ou en neurologie, est devenu par lui-même, du seul fait de son existence, de son énonciation, « une technique d'assignation des individus à la juste place ».

— Foucault ? demanda Antoine.

— Non, Gladys Swain, une consœur disparue.

— Encore faut-il qu'un pouvoir fondé sur une classification médicale consente ensuite à octroyer aux nouvelles « classes » de malades, d'anormaux et d'asociaux, leur « juste place ».

— Ou accepte de leur laisser une place tout court.

— Ce que les eugénistes, notamment nazis, n'entendirent pas de cette oreille-là, intervint Franck.

— Pas plus que les eugénistes modernes, répondit Antoine. Simplement, l'éradication au grand jour des classes non désirées ou non désirables est, de nos jours, plus délicate à entreprendre.

— Puisque les murs des asiles — cette « juste place » des malades — étaient tombés, le nouveau pouvoir neuropsychiatrique allait désormais tenter de transformer le monde lui-même en asile.

— Clientèle illimitée à l'horizon.

— Pline arrive à sa démonstration centrale. Premier dénominateur commun des associés de la Fondation Essentielle ? Le DSM comme viatique, la « norme ». Deuxième caractéristique partagée ? Les trois associés étaient des organicistes radicaux qui pensaient le dysfonctionnement mental en termes purement…

— Biologiques. Lésion physiologique du cerveau ou du système nerveux central.

— Et c'est cette monocroyance qui incite l'école organiciste à revendiquer tous les pouvoirs sur le territoire mental de l'homme.

— Puisque cet appétit hégémonique est la caractéristique principale d'un « savoir-pouvoir » en action.

— Pour parvenir à leurs fins, les monothéistes du bulbe sont donc extrêmement actifs. Ils souhaitent, dit Pline, convaincre les pouvoirs publics de leur confier l'avenir de l'hygiène mentale des peuples, de ce qu'ils appellent : « la bonne santé mentale des individus ». Concrètement, la neuropsychiatrie veut, d'une part, capter l'ensemble des budgets de recherche et, d'autre part, obtenir les autorisations politiques lui permettant d'agir sans entraves sur les populations.

— Finalement, c'est ce qu'avaient obtenu les aliénistes avec la loi de 1838 ? demanda Delajoie.

— On se prépare à reproduire les mêmes erreurs, Jean, mais à une échelle planétaire. Le processus pour arriver à cette fin est similaire, seules les justifications diffèrent. Aujourd'hui, démontre Pline, l'école organiciste développe trois arguments-chocs. Premièrement, elle invoque une urgence à agir, n'hésitant pas à brandir le spectre d'une épidémie de maladies mentales. Prenant appui sur cette norme fixée par le DSM et son énumération sans fin des troubles psychiques, elle peut conclure facilement à une « gravité sanitaire sans précédent »…

— L'idée qu'un être humain pourrait se reconnaître, un jour ou l'autre, dans l'une des nombreuses descriptions symptomatologiques du DSM, comme vous le disiez cet après-midi, favorise bien évidemment cette perception.

— Romina semblait pourtant un peu plus modeste dans les vidéos que j'ai pu consulter, intervint Franck.

— Parce qu'elle n'osait pas encore franchir ce seuil. Tactiquement, il est beaucoup plus judicieux d'avancer par paliers.

— Elle évoquait, de mémoire, « vingt-cinq pour cent de la population mondiale » atteinte de troubles divers, et constatait que, seulement en France, « un enfant sur huit souffre déjà de trouble mental ».

— Des affirmations tout à fait fantaisistes, mais qui se sont donc transformées, peu à peu, en certitudes, notamment pour les instances gouvernementales ou les organisations internationales. L'action des groupes lobbyistes des organicistes est déterminante à ce stade. Pline cite une phrase édifiante trouvée dans un rapport présenté récemment devant l'Assemblée nationale : « Les maladies neurologiques et psychiatriques sont devenues l'enjeu de santé majeur de l'Europe du XXIe siècle.» Tout est dit, tout est contenu en cette formule grandiloquente.

— La biocratie en action, commenta Antoine. Éloquent, en effet. C'est évidemment pour cette raison, pour emporter la conviction du politique, que les pourcentages de malades avérés ou potentiels augmentent sans doute d'année en année.

— Le deuxième argument utilisé pour imposer le dictat de la biocratie neuropsychiatrique est le motif économique, fondamental dans des économies asphyxiées par des années de crise.

Franck réagit immédiatement, la dernière phrase de Ligule venait de lui rappeler le projet Aktion T4.

— Bastien m'a raconté que ce fut l'un des prétextes invoqués par les nazis pour expliquer l'euthanasie de malades mentaux et faciliter l'adhésion du peuple allemand à ce cauchemar.

— Je ne le savais pas, répondit Ligule. Mais pour aller dans ce sens, Pline met en exergue une déclaration très troublante de Romina : «Les maladies mentales font peser sur les budgets nationaux, rien qu'en Europe, une charge d'environ 1000 milliards d'euros par an...»

— C'est le «environ» qui semble cocasse dans le contexte, commenta Antoine.

— Oui, parce que, pour le reste, le montant avancé et la nature du discours, nous sommes bien évidemment dans une démonstration purement rhétorique. Il est tout à fait impossible, absolument impossible, de reconstituer ce chiffre faramineux qui ne correspond à aucune réalité. Pline évoque ensuite le troisième et dernier axe idéologique choisi et mis en avant par les neuropsychiatres dans cette quête éperdue de pouvoir. Il s'agit de l'argument corporatiste que Pline introduit par une autre citation de Romina : «Près de 70 % des dépenses de santé mentale vont aux institutions psychiatriques. Si les pays dépensaient davantage au niveau des soins primaires, ils pourraient atteindre davantage de gens et commencer à s'attaquer aux problèmes suffisamment tôt pour réduire les besoins en soins hospitaliers plus coûteux.»

— Autrement dit : «Filez-nous le grisbi!», commenta Antoine.

— Plutôt que de continuer à croire en la vieille «psychiatrerie» des soins hospitaliers! Pline le formule différemment, mais c'est la conclusion qu'il tire de cet argument : « Financez nos recherches d'avant-garde et misez tout sur la prévention ! », les fameux « soins primaires » de Romina.

— Grâce à notre nouveau couteau suisse de la maladie mentale. Ils ne reculent vraiment devant rien.

— Nous y voilà en effet : le fabuleux Summum® et son règne de la régulation, de la neuromodulation des esprits. Pline écrit, je le cite : « Le Summum® se présente ainsi comme un instrument de prévention, un outil de régulation chargée d'appliquer la norme mentale du DSM, qui n'est rien d'autre, *in fine*, que le reflet de la norme sociale. »

— Cette médecine préventive, si précieuse au porte-monnaie du docteur Knock.

— Le culte de la Prophylaxie, terme savantisé, modernisé, de l'hygiénisme d'antan. Cette sacro-sainte et si lucrative prévention, qui nous ramène, une nouvelle fois, à la mise en scène du meurtre de Van Acken.

— C'est là que le doute n'est plus permis, lorsque Pline, bien opportunément, cite la pièce de Jules Romains dans le texte, au tout début de sa conclusion : « Les non-malades dorment dans les ténèbres. Ils sont supprimés. » « Supprimés des statistiques », ajoute-t-il. Et de compléter, je vous lis encore : « Tous malades ! Vingt-cinq pour cent aujourd'hui ; cinquante pour cent demain ; toute l'humanité dans un proche avenir. Nombre de "non-malades" probables à l'horizon 2050 : zéro. De là, l'urgente nécessité d'imposer une prévention généralisée avant l'apparition des stigmates décrits dans le DSM. Les biocrates auront bientôt définitivement gagné la partie et réalisé le grand rêve de Delgado : la conquête totale de l'esprit humain, l'avènement d'une société totalement psychocivilisée. »

— Pour la Fondation Essentielle — jolie dénomination médicale pour cacher une prospère entreprise commerciale —, cela signifie évidemment à terme une prescription illimitée de Summum®.

— Une manne incroyable favorisée par les pouvoirs publics, l'ultime soumission de la société civile à la société commerciale, l'intérêt général mis définitivement au service des intérêts privés.

— Le meilleur des mondes psychiatriques.

— Par un eugénisme social adapté au nouveau siècle.

— Sa version la plus aboutie, certainement, acquiesça Ligule, puisqu'elle consacrerait une victoire sans aucun combat des biotechnologies mentales. Et Pline de le constater amèrement : « Cette croyance en l'origine mono-organiciste des troubles mentaux s'est tellement imposée dans les esprits, dans ceux du grand public même à cause de la complaisance et de la soumission des médias à la déesse Science, que la conquête neurologique de nos cerveaux par les États peut s'effectuer désormais au grand jour, à la vue de tous, à coup de milliards publics devenus soudainement prioritaires. Au programme européen *Human Brain Project* piloté depuis *Neuropolis*, l'Amérique a répondu par une surenchère plus coûteuse encore, la *BRAIN Initiative*. La guerre des étoiles est morte ! Vive la guerre des neurones ! »

— *Metropolis*, la cité folle de Fritz Lang ? demanda Franck.

— Non, non, *Neuropolis*, ça ne peut pas s'inventer : « la cité du neurone ». Ou, peut-être : « la ville des crises de nerfs », allez savoir quelle traduction adopter ? Installée chez les Suisses, aux abords du lac Léman.

— De telles lamentations ne manqueront pas de sel au pays de la placidité, ironisa Antoine.

— Peu de lacs sont salés, maître Frodon.

— Un projet aussi important financé en Suisse, pour l'économie suisse, par les contribuables européens ! commenta Franck. Encore une de ces énigmes de Bruxelles qui fera la joie des eurosceptiques.

— Mais les analogies sont effectivement tentantes avec la dystopie cinématographique de Lang, continua Ligule, en s'adressant plus particulièrement à Franck. Si vous grattez un peu son hérédité, le monstre Moloch qui terrorise les ouvriers de la basse ville de *Metropolis* doit bien disposer de quelques gènes de notre Sauron. C'est d'ailleurs ainsi que s'achève l'article. Pline démontre combien l'eugénisme reste l'obscure tentation de la psychiatrie depuis sa naissance ; cette dernière ne peut s'empêcher d'abandonner ce funeste dessein, elle y revient périodiquement, dès que la vigilance du public se relâche un peu, dès que les rares veilleurs, fatigués, s'endorment d'épuisement. Sa grande sœur Neurologie prend aujourd'hui prétexte de la norme psychiatrique du DSM pour reprendre le flambeau. On croyait le grand rêve de la société psychocivilisée de Delgado et de ses émules révolu ; il est en train de se réaliser sous nos yeux. Depuis l'introduction dans l'herbier de cette étiquette de la « personnalité antisociale » comme trouble psychiatrique, les études scientifiques se multiplient, jour après jour, dans le monde entier, pour tenter, une fois encore, de prouver la réalité biologique de l'asociabilité définie notamment comme une incapacité à se « conformer aux normes sociales ». La norme médicale devient ainsi le Cerbère de la norme sociale. Une méta-étude regroupant les recherches effectuées sur 23 000 prisonniers de 62 pays aurait ainsi conclu en 2002 que la grande majorité de ces derniers étaient atteints du trouble de la personnalité antisociale. Et, en 2012, une étude publiée par l'*Institute of Psychiatry King's College London* — un des centres de recherches en neurologie les plus réputés dans le monde —, réalisée sur des délinquants adultes diagnostiqués « antisociaux », aurait prouvé « scientifiquement » que le cerveau de ces « psychopathes » possédait « moins de matière grise » que l'organe sain des personnes normales.

— C'est ce que racontaient déjà, « preuves à l'appui », les psychiatres allemands au sujet des Français, après notre défaite militaire de 1870, dit Franck sobrement.

Delajoie regarda son adjoint avec étonnement.

— Bastien, ajouta Franck avec un léger sourire.

— Ah…

— Le débat de la violence innée était ainsi relancé, reprit Ligule, tout comme le projet, dans certains pays, du dépistage précoce des citoyens ou de certains groupes sociaux au nom de la sécurité collective et de la prévention des violences. « On se croirait revenu à l'époque de Bicêtre, fulmine Pline, lorsque le docteur Leuret pesait le cerveau des aliénés pour prouver le dessèchement de leur encéphale ! » Depuis la résurgence de la stimulation électrique profonde en Europe dans les années 80, de nombreux neuropsychiatres recommandent l'utilisation de cette technologie pour traiter les criminels, les comportements perturbateurs ou les émotions jugées suspectes. C'est dans ce contexte très nauséabond que « le Summum® fut utilisé confidentiellement la première fois en juin 2011, dans le Michigan, pour traiter des enfants souffrant de déficience mentale. Et en décembre de la même année, sur une dizaine de jeunes délinquants enfermés dans un centre de rééducation de la banlieue de Washington ».

— Vous saviez cela ? demanda Delajoie.

— Pas du tout, répondit Ligule. Le dernier paragraphe de l'article mérite d'être cité entièrement : « Le débat citoyen a été, une fois encore, au nom du bien commun, confisqué par les gardiens de l'ordre moral, par les biocrates et leurs comités d'éthique composés de pairs, autant d'apprentis sorciers dont l'*hybris* se satisfait de connaissances approximatives et spéculatives pour décider, à la place du peuple souverain et en son nom, d'une norme sociale acceptable et des comportements dont elle pourrait — ou non — se satisfaire. Une fonction qui ne relève aucunement du magistère de la médecine, à moins de rattacher, une fois pour toutes, le ministère de la Santé à celui de l'Intérieur. Il est grand temps, mes chers amis, de rentrer en résistance contre cette dictature finale que nous promettent la neurologie et la psychiatrie biologique associées. » Et Pline achève son plaidoyer par une question. Une question posée par Foucault, une interrogation toujours restée sans réponse : « Comment si peu de savoir peut-il entraîner tant de pouvoir ? »

— Quel accueil a rencontré cet article ? demanda Delajoie. Le savez-vous ?

— Je n'en avais jamais entendu parler. Et comme cette publication en ligne est assez confidentielle, dans les cinq cents abonnés je crois, l'audience a dû être limitée.

— Malgré la notoriété de Pline ?

— L'ancienne notoriété. Et toute relative, limitée au cercle très restreint des polythéistes. Et puis Pline n'exerçait plus depuis plusieurs années. La célébrité, Jean, c'est comme tout le reste, le temps se charge de l'effacer. Loin des yeux, loin du cœur, loin de la mémoire.

— Merci, Quentin, merci beaucoup, une nouvelle fois pour votre aide précieuse.

Après cet échange particulièrement dense, chacun se réinstalla dans ses pensées.

Peu après, la voiture quitta l'autoroute et s'engagea sur la voie de la liberté. C'est là, sur la ligne incertaine de l'horizon, qu'elle leur apparut, tel un soldat de pierre, un chevalier du Christ drapé par les fraîches nuées des aurores gelées.

— «Les hommes ne construisent plus de cathédrales», commenta Antoine. Zweig avait raison de le regretter : «Nous ne savons plus exprimer notre être à travers la lenteur des pierres, l'infini des années.» Pour ma part, je ne pleure pas la disparition d'une transcendance esclavagiste, je regrette seulement que nos rêves d'hommes libres soient devenus si modestes.

— Que veux-tu dire par là? demanda Quentin.

— Qu'il existe tout de même une sorte de dérèglement en nous, congénital même. Nous nous soumettons sans grande résistance à d'irascibles tyrans, à des idées néfastes, à des dieux despotiques parce que nous ne savons pas faire usage de notre liberté et que souvent, même, elle nous tétanise complètement. Nous préférons obéir à des desseins mystiques, le plus souvent insensés, plutôt que de profiter de l'existence terrestre; nous rêvons de mondes merveilleux et inaccessibles peuplés d'êtres parfaits et éternels au lieu de nous contenter de jouir paisiblement de notre courte existence ci-bas, d'essayer de la choyer et de l'embellir dans le temps imparti, en tentant d'améliorer nos conditions de vie, de développer notre empathie vis-à-vis des autres et d'autrui. Je dis simplement que si, au lieu de consacrer nos précieuses ressources à édifier les piliers de la démesure, nous avions consacré la même ferveur, la même énergie, les mêmes moyens intellectuels et matériels à éradiquer les malheurs de la terre et à assister nos frères humains, alors, oui, sans aucun doute, le monde des vivants serait plus attrayant que celui des morts-vivants que nous vénérons vainement.

— Vaste programme, commenta Quentin, vieille espérance. Je te sens nostalgique d'un projet impossible.

Après avoir traversé l'Eure, la voiture s'engagea dans le cœur de la ville, remontant en direction de la cathédrale par des ruelles sinueuses, étroites et sans âme, longeant enfin les flancs meurtris de la vieille dame de pierre avant de rejoindre un terre-plein situé aux pieds de la majestueuse façade, à l'endroit où était installée la régie mobile du centre de commandement de la BRI.

C'est Bastien qui accueillit les quatre passagers à leur descente de voiture.

Le visage de Columbo était aussi pâle que la couleur de l'air, son expression aussi froide que la température extérieure :

— Il est là, au centre du labyrinthe, planté sur une chaise, il vous attend.

— Nous avons un visuel ? demanda Delajoie.

— Depuis quelques instants, Patron. La bonne nouvelle, c'est qu'il semble seul.

— Et la mauvaise ?

— «Les». Premièrement, il est bardé d'explosifs, ce qui exclut toute tentative inappropriée.

— Ceinture ?

— Totale : gilet, pantalon, brassières, de quoi faire péter l'église. Deuxièmement, il dispose d'un minuteur qu'il réactive manuellement toutes les deux minutes par pression.

— Et s'il ne «presse» pas ?

— Ça explose. C'est assez malin, cela nous interdit tout recours aux *snip'*, nous n'aurions pas le temps d'aller désamorcer les engins.

— Bon Dieu ! D'où lui viennent cette manie et cette compétence pour les pétards ?

— De son enfance, probablement, répondit Franck. Son père était colonel du 13ᵉ RG.

— C'est quoi ? demanda Ligule.

— le 13ᵉ régiment du Génie, des pros de l'armée, experts en explosifs, qui font place nette devant les bataillons.

— Il nous reste combien de temps ? enchaîna Delajoie.

— Juste de quoi vous équiper et vous briefer. Si vous tenez toujours à entrer dans cette poudrière.

— Nous avons une autre option ?

Bastien n'hésita pas une seconde et répliqua d'un ton assuré :

— Que je vous remplace.

Delajoie scruta le visage de Bastien, qui était devenu presque effrayant. Il mit une main sur l'épaule de son subordonné.

— Bastien, je vais m'en occuper, d'accord ? Je te le promets : il paiera.

Puis, s'adressant aux autres :

— Allons-y, puisqu'on est un peu justes. Je ne suis pas certain qu'il soit judicieux de le faire attendre.

Les cinq hommes s'engouffrèrent dans le PC.

Les préparatifs s'accélérèrent. On installa un dispositif audio-vidéo portatif sur Delajoie pendant qu'il continuait à mémoriser les informations et les instructions communiquées par le chef des opérations.

Bastien et Franck discutaient, au fond du bus, un peu à l'écart de l'agitation. Ligule, lui, regardait, fasciné. Il était impressionné par le professionnalisme qu'il découvrait ici. C'étaient le calme et la précision de tous les opérateurs qui, surtout, dans ce contexte de crise, forçaient son admiration. Peu de fébrilité, aucune confusion, pas un mot plus haut que l'autre, chacun à sa juste place, concentré pleinement sur la tâche à effectuer. Ligule savait que la cathédrale était cernée par les forces de la BRI, mais il n'avait détecté aucune présence policière lors de leur arrivée, à l'exception des deux gardiens affectés à la porte de cette sorte de régie.

Quant à Antoine, rien de ce qui se passait autour de lui ne l'intéressait. C'est son combat intérieur qui monopolisait toutes ses forces. Il luttait contre ses démons pour ne pas faillir, pour ne pas montrer qu'il perdait pied, pour ne pas céder à son irrépressible panique.

L'heure tournait, le moment approchait.

Quentin Ligule fut installé à côté de l'agent responsable de l'intercommunication avec Delajoie. Le psychiatre pourrait ainsi intervenir en cours d'opération pour déverser directement des conseils éventuels dans l'oreillette du commissaire.

Il y eut quelques ultimes vérifications : qualité des transmissions, fonctionnement de la balise GPS, mémorisation des codes d'intervention, répétition des mouvements théoriques, intégrité du matériel de protection, fonctionnement de l'arme de poing.

Des gestes, aussi, furent échangés avant que Delajoie ne quitte le PC, des mouvements ou des expressions amicales qui faisaient office de charmes invisibles, de signes bienveillants envoyés pour conjurer le mauvais sort et favoriser le destin, lequel, un peu plus tôt, avait été défini néanmoins en termes plus rationnels : le bon déroulement des plans.

Delajoie échangea des regards plus solennels — que d'aucuns auraient pu définir comme « énigmatiques » — avec Franck et Bastien. Mais seul Antoine fut autorisé à l'accompagner à l'extérieur.

Les deux hommes descendirent les quelques marches qui les séparaient de la terre sableuse et se rapprochèrent tranquillement de la cathédrale. Elle les dominait à présent par sa masse et son élévation impressionnantes.

— « Ils se mirent à construire une sorte de montagne de pierre, une citadelle de Dieu, solidement plantée pour affronter les assauts du temps, et ils travaillèrent sans trêve jusqu'à son achèvement. »

— Zweig ?

— Encore. On se sent tout petit, hein ?

Delajoie marmonna quelque chose d'incompréhensible.

Ils firent quelques pas encore et purent discerner la légion des êtres sculptés qui, à l'appel des premières lueurs du jour, venait d'escalader et de peupler la « montagne de pierre ».

— « Mais manquait encore la vraie vie, l'homme, sous toutes ses formes, et le grouillement des animaux. Ils représentèrent des figures de pierre et les installèrent partout pour donner une âme à la rigidité du roc. »

L'exubérance de cette vie minérale, qui, tel le lierre, prenait possession du moindre interstice de calcaire, était absolument saisissante.

— Plus de 4000 sculptures, je crois, tu te rends compte ?

Delajoie ne dit rien. Il se contenta de lever la tête pour suivre les extrémités des flèches de pierre qui, à partir des deux tours imposantes qui enserraient la cathédrale, s'élançaient à la conquête du ciel et semblaient vouloir le percer. Elles lui firent penser à des cornes, non pas celles du diable — ce qui eût été sans doute déplacé en pareil endroit —, mais aux deux cornes du... Minotaure.

Delajoie fut pris de vertige, et il ferma les yeux. Il eut une pensée émue pour Amanda, Jérôme et Kowiak.

Non, la Justice n'était ni de ce monde, ni de l'autre. Il fallait sans doute se contenter de cette pénible évidence, se satisfaire de vivre joyeusement dans le chaos. Ou bien choisir de s'immoler dans le néant. Tout le reste était une promesse de souffrances, une perte de temps, une perte de joie, une perte de souffle.

Delajoie se reprit et les deux compagnons poursuivirent leur marche jusqu'à la limite du terre-plein, l'endroit où ils devaient se séparer. Mais avant de traverser la rue, Delajoie fit ce qu'il ne s'était jamais autorisé en public dans l'exercice de ses fonctions. Il se savait pourtant hautement surveillé, sous enregistrement vidéo même, scruté par des dizaines de regards attentifs.

Et alors ? Plus rien ne lui importait, il en avait assez de se cacher.

Au Quai, peu de personnes, hormis quelques proches, connaissaient son orientation amoureuse. Nul doute que la révélation brutale de son homosexualité ferait jaser dans les bureaux, chez les pontes comme chez les troupiers de la PJ. L'univers de la police était encore très empreint de machisme, une hérédité tenace, car le gène antique transmis des mâles chasseurs aux gens d'armes s'avérait fort résistant.

Combat perpétuellement inégal que celui de la Culture contre la Nature.

En cet instant, Delajoie se fichait complètement des futurs ragots. Il ne se sentait plus concerné du tout par les affaires du

Quai, son avenir était ailleurs.

Où, exactement ?

Il n'en savait strictement rien, mais « ailleurs », c'était certain, et sans aucun regret.

Il se tourna donc vers Antoine, l'attira doucement contre lui, l'enlaça tendrement et l'embrassa longuement. Lorsqu'il relâcha son étreinte, il dit calmement à son compagnon encore médusé par une telle audace :

— Allez, rentre, maintenant. On se voit tout à l'heure.

Antoine réussit à bégayer quelques mots :

— Sois prudent, hein ? Je t'aime, je tiens à toi.

— Moi aussi, je t'aime. File et arrête de t'angoisser pour un rien. Je vais juste arrêter un malade mental, c'est tout. C'est mon dernier client, mais il doit, lui aussi, payer sa facture.

Antoine regarda Delajoie s'éloigner et se diriger vers le petit porche de gauche, le seul dont la porte n'avait pas été fermée à clé, selon les informations communiquées par la BRI.

Delajoie poussa la grille, fit quelques pas supplémentaires avant de s'immobiliser à l'aplomb du portail richement sculpté.

Il leva la tête et se mit à parcourir les scènes qui ornaient le tympan. Il crut y reconnaître le Christ entouré par des anges et des dévots. Mais son regard fut attiré par un petit personnage étrange qui se situait un peu plus bas, taillé dans l'archivolte la plus à droite. C'était un homme qui possédait deux visages : le premier était celui d'un sage, tourné vers l'extérieur ; le second possédait des traits plus grossiers et un air inquiétant qui regardait en arrière.

— « Janus », murmura Delajoie qui se rappelait cette divinité rencontrée à Rome, lors d'un week-end avec Antoine.

Janus aux deux visages, le dieu romain des commencements et des fins, la figure même de la complexité humaine, de son antinomie, de son génie et de sa folie.

Pline-Héraclès était donc un enfant de Janus lui aussi, un bifrons, un homme à deux têtes. Et nul doute que c'était bien la folie qui le guettait à l'intérieur, là où semblait regarder cette face cachée de la statue.

Était-ce la fin ou un nouveau commencement qui l'attendait ?

Il n'en savait rien et ne s'en souciait guère, à vrai dire.

Sans doute le cachet de Pharmacée que lui avait fait prendre Antoine commençait-il à produire ses effets, à créer cette sorte de distanciation émotionnelle que Delajoie éprouvait à présent.

Il regarda sa montre et attendit que la bonne minute s'affiche sur le cadran. Delajoie poussa alors l'épais et grinçant battant de bois.

Puis il disparut dans l'antre de Janus.

24.

Ce fut un petit bruit sourd et gras, au niveau du sol, qui accueillit Delajoie dans l'avant-nef de la cathédrale. Le commissaire baissa immédiatement les yeux et aperçut une petite balle, de couleur jaune, qui roulait dans sa direction, à une vitesse étudiée, respectant une trajectoire précise malgré les jointures irrégulières du dallage séculaire. En une fraction de seconde, Delajoie conclut qu'elle ne présentait aucun danger. Lorsque l'objet arriva à sa portée, il stoppa sa course en le bloquant sous un pied.

— N'ayez crainte, Commissaire, c'est seulement une invitation dont vous pouvez vous saisir sans promesse de déplaisir.

La voix était de belle facture, de sonnante amplitude, réfléchie par l'écho de l'immense vaisseau. Mais Delajoie hésita, il eut soudain une furieuse envie d'écraser cette « baballe », se ravisa assez vite, conscient qu'un geste belliqueux n'était pas la meilleure façon d'engager le dialogue. Il se baissa pour ramasser alors l'étrange projectile qui se révéla être une pelote de laine montée sur une canette. Sous les doigts, le toucher des brins était doux, rassurant, presque apaisant.

— J'apprécie votre ponctualité, c'est une politesse qui se perd de nos jours, ajouta Pline.

« Je n'ai pas vraiment eu le choix », faillit répliquer Delajoie.

Mais il se contenta de fixer et d'observer son interlocuteur, lequel se tenait à une vingtaine de mètres, à égale distance des collaté-raux, assis sur une chaise, comme l'avait décrit Bastien, au centre de ce qui lui apparut, effectivement, comme une sorte de figure géométrique composée à la manière d'une marqueterie géante, traçant son motif par alternance de pierres taillées, claires et sombres, toutes luisantes, polies par l'usure du temps et le frotte-ment piéton de maintes générations. Une deuxième chaise, vide, était installée à quelques mètres de lui.

Elle m'est sans doute réservée, pensa Delajoie.

— Il est difficile de le visualiser du sol, poursuivit Pline, et nous n'avons malheureusement pas le temps de monter dans les galeries pour l'admirer de ces hauteurs. Vous seriez surpris de constater que ce labyrinthe ressemble en réalité à un encéphale, qu'il reproduit même, en le stylisant, les pliures et les sillons de notre matière grise. Les méandres de l'âme, en quelque sorte, dans lesquelles nous nous perdons souvent. Mais approchez, je vous en prie, approchez, Commissaire.

Delajoie s'exécuta sans un grand empressement. Ses yeux avaient rejoint les hauteurs spectaculaires des voûtes de la nef désormais habillées par une lumière mystique, composée de pail-lettes d'or et de poussières célestes.

Plus loin, au niveau du chœur, c'était un véritable festival de couleurs qui se jouait déjà, celles d'un immense kaléidoscope projetant ses éclats dans les moindres recoins de l'abside.

— «Ce formidable entassement de pierres respirait certai-nement la tristesse et un effroi secret ; pour atténuer le caractère pesant de cette lueur grise, ils logèrent alors des vitres colorées dans les cavités des murs ; le soleil filtrerait ainsi à travers le prisme de leurs couleurs, et dans l'obscurité on pourrait savourer égale-ment la magnificence de la vie. »

La musicalité de cette prose parfaitement articulée par son hôte n'était pas inconnue à Delajoie. S'agissait-il du même auteur que celui invoqué un peu plus tôt par Antoine ? Delajoie tenta sa chance :

— Stefan Zweig ?

— Existe-t-il des génies, Commissaire ? Car assurément, continua Pline, il y a une part de génie dans ce temple consacré à la gloire de Dieu qui nous subjugue en ce moment. Tout comme, selon certains, résidait sans doute une parcelle d'inspiration divine disséminée en Zweig. Bon ou mauvais, le génie possède des accointances génétiques avec la race des immortels, c'est indéniable.

Pline avait levé la tête et ses yeux fixaient la grande rosace qui lui faisait face.

— Zweig s'est suicidé, le saviez-vous? enchaîna-t-il. Cela tendrait à confirmer la thèse de son appartenance à ces «hommes d'exception» qui seraient tous, selon Aristote, «manifestement mélancoliques». Ah, le fameux problème XXX attribué à Aristote! En avez-vous entendu parler, Commissaire?

— Aucunement, j'en ai bien peur, répondit Delajoie tout en continuant à se rapprocher à pas lents.

— Ce petit texte fut l'un des premiers à associer le génie à la folie. Pour le moins à une forme de folie dépressive étonnamment créative que l'on nomma longtemps de ce joli mot de «mélancolie». La folie du génie! Pareil patronage aristotélicien imposait bien évidemment le respect de l'idée. C'est pourquoi, jusqu'au XIXe siècle, on tint cette fameuse mélancolie en très grande estime. On la vénéra même longtemps, on prit soin d'elle tel un précieux bourgeon, guettant les signes de floraison qui, assurément, annonçaient l'inspiration, ce souffle si mystérieux de la création. Puis le Romantisme s'est éteint et une certaine forme de poésie avec lui. Le règne froid de la raison s'annonçait, celui de la brutale psychiatrie aussi. La mélancolie fut la première victime des aliénistes. Elle fut remisée dans le magasin des antiquités sentimentales, les nouveaux docteurs de l'âme transformèrent la complexité et la variabilité des émotions humaine en maladies véritables qu'il fallait soigner à tout prix. Même au prix de la vie elle-même. Mais je crois que vous savez cela, maintenant.

Delajoie était enfin parvenu à hauteur de la chaise vide, il se trouvait désormais à six mètres à peine de Pline. Il ne jugea pas opportun de l'interrompre.

— Asseyez-vous, Commissaire, je vous en prie. Ils n'ont pas simplement tué mon fils, voyez-vous? Ils ont aussi assassiné son génie en étouffant sa mélancolie.

Delajoie ne réagit pas sur le moment, mais cette affirmation semblait étonnante. Rien dans le dossier concernant l'accident de Léonardo Pline ne laissait supposer un homicide. Il ne savait pas si son interlocuteur utilisait une métaphore ou si Pline était sincèrement convaincu par la nature criminelle de la disparition de son fils.

— Jusqu'à la mort de Léonardo, je n'étais pas certain de cette association entre la mélancolie et une certaine forme d'inspiration. Le concept était certes séduisant, mais la hiérarchisation des esprits qui en était le corollaire, cette séparation entre génies mélancoliques et gens simplement bucoliques, me dérangeait assez. Tout comme cette mythologie de l'artiste tourmenté, cette sorte de fatalité de la création, cette croyance en un processus de gestation douloureux qui nécessiterait obligatoirement l'aiguillon du mal-être ou du mal-vivre pour accoucher d'une œuvre exceptionnelle. J'ai connu moi-même de très grands artistes qui, globalement, étaient des gens très bien portants. Des personnes normales, gaies, drôles et même heureuses. Tristes parfois, aussi, mais qui affirmerait ne jamais l'être ? Je dois dire que je m'étais plutôt rangé aux conclusions d'un ancien confrère qui fut aussi un grand psychiatre — il y en a — et qui avait étudié très sérieusement cette question.

— Le docteur Toulouse ? demanda Delajoie, qui se souvenait des informations communiquées par Ligule.

Pline observa quelques secondes de silence.

— Je ne vous ai pas sous-estimé, Commissaire, vous avez bien travaillé. Il existe chez nous, voyez-vous, une sorte de malédiction qui consiste à célébrer nos plus mauvais tyrans et à oublier les esprits pénétrants et bienveillants. Qui, aujourd'hui, se souvient de Toulouse ? Pourtant, c'est Toulouse qui inventa puis ouvrit le premier service libre de consultation psychiatrique, c'est Toulouse qui fut à l'origine de cette révolution, qui inventa cette enclave de liberté et de dialogue permettant d'accueillir, d'écouter, de consoler, de secourir des patients libres, des souffrants qui ne se retrouvaient plus infantilisés par la loi, privés de tous leurs droits, emmurés de force dans des cellules glacées qui leur servaient bien souvent de mouroirs. Je m'étais intéressé au docteur Toulouse lors de mes recherches sur Artaud, effectivement. Il a beaucoup aidé Artaud…

Pline sembla hésiter, comme saisi par un doute.

— Mais vous savez cela aussi, n'est-ce pas ?

— Que votre fils se prenait parfois pour Antonin Artaud ou votre étude sur cet artiste ?

Pline sembla satisfait par cette question qui répondait à la sienne.

— C'est étrange, je l'avoue, je n'ai pas encore bien compris ce transfert, l'appropriation de ce double. J'ai toujours pensé que Léonardo avait voulu me faire payer ma propre passion pour ce poète maudit. Ma faute a été de refuser son dédoublement réel. Pareille erreur de diagnostic de la part d'un psychiatre, vous avouerez que c'est un comble.

Pline prit une longue respiration avant de continuer :

— Je n'ai pourtant jamais délaissé mon fils, je l'ai beaucoup aimé. C'est lui qui m'a chassé de sa maison mentale...

Pline sembla submergé par l'émotion. Sa physionomie se transforma presque instantanément, il se rigidifia, comme tétanisé par une force extérieure.

Delajoie reconnut cette sorte de vide qui venait d'emprisonner Pline, un phénomène qui l'avait déjà intrigué dans plusieurs séquences de la vidéo de *Knock*.

Un petit bip électronique, pourtant très discret, répercuta son écho sous les voûtes en berceau. C'était la première fois que Delajoie l'entendait, mais il comprit immédiatement qu'il s'agissait du signal destiné à rythmer les pressions sur le boîtier que Pline emprisonnait dans sa main droite. Sans doute afin d'éviter...

Bon Dieu !

Les yeux de Delajoie se focalisèrent aussitôt sur les doigts de Pline, rivés aux deux boutons visibles du mécanisme.

— Monsieur Pline ? Monsieur Pline ! Le bouton…

L'ancien psychiatre sortit immédiatement de sa torpeur, comme si la voix de Delajoie venait de rompre un état d'hypnose. Pline reprit une expression naturelle, ses mauvaises pensées avaient également été éclipsées par l'apostrophe du commissaire.

— Il vaut mieux ne pas oublier, vous avez raison, dit-il sobrement avec un sourire non feint. Que disais-je ? Ah, oui… Toulouse avait voulu en avoir le cœur net concernant cette vieille histoire du génie mélancolique, il avait souhaité, une fois pour toutes, « élucider les rapports de la supériorité intellectuelle avec la névropathie » en reformulant l'épineuse question : « le génie est-il une névrose ? ». Il réalisa ainsi une série d'études extrêmement innovantes sur plusieurs de ses contemporains célèbres. « Mon cerveau dans un crâne de verre ! », s'était même exclamé Émile Zola, enthousiaste à l'idée de servir de cobaye. Eh bien, à l'issue de ces investigations tout à fait étonnantes, Toulouse formula, je le crois, la meilleure définition du génie : « Le génie, écrit-il, est un état de création, et non de savoir ou d'habileté. Là où il y a création, conclut-il, il y a génie. » En un sens, Toulouse démythifiait le processus créatif : « Le génie est partout, affirme-t-il, chez tous, car tous inventent, créent à de certains moments. Qu'est-ce, en somme, que l'invention ? Tout esprit tend à créer sans cesse. Il y a invention chaque fois qu'une opération intellectuelle amène une idée, un acte nouveau, différents de ceux déjà acquis par l'individu. » Pour Toulouse, tout homme était donc un génie en puissance. Et la mélancolie, la névrose, la psychose — appelons cette chose comme nous voulons — n'avait rien à voir à l'affaire.

— Pourquoi avoir changé d'avis, alors ?

— On ne peut pas lutter trop longtemps contre certaines évidences. J'ai conservé l'idée centrale dégagée par Toulouse, fondamentale même, que l'homme est son propre génie. Mais que ce génie, quelle que soit sa forme, ne peut s'exercer que si la complexité du registre des émotions humaines est totalement préservée. Une modification artificielle de l'univers mental par l'action de remèdes ou de stupéfiants affecte la nature même du génie intérieur, du mécanisme de l'inspiration, lequel s'en trouve irrémédiablement altéré.

— Vous parlez de votre fils, n'est-ce pas ?

— Léonardo était un très grand illustrateur. Je ne le dis pas parce qu'il était mon fils, ses œuvres étaient reconnues et respectées. Lorsque j'ai découvert son dossier médical après son décès, je me suis aperçu très vite qu'il n'avait rien produit de vraiment exceptionnel depuis sa prise en charge par les bons docteurs de la Fondation Essentielle. Son dernier dessin réellement inspiré fut celui...

— Du Minotaure, compléta spontanément Delajoie. Celui qui a été retrouvé sur la scène de l'accident, à Bonnet.

Le commissaire s'étonnait presque de la clarté et de la vivacité de son esprit, qui contrastait avec cet engourdissement corporel qu'il sentait s'installer en lui.

— Il fallait bien constater que le soi-disant remède, en faisant disparaître la «mélancolie» de Léonardo, avait également éteint le génie qui sommeillait en lui.

— Vous ignoriez que votre fils était traité par le Summum®?

— Je m'y serais opposé, bien évidemment. Mais la communication entre nous était coupée depuis fort longtemps, il refusait tout contact.

— Depuis le suicide de votre épouse, je crois?

— Non, vous ne croyez pas, Commissaire, vous savez, inutile de faire semblant.

La dernière phrase de Pline avait été prononcée sur le ton de l'exaspération. Mais il se reprit :

— Il me tenait responsable de la mort de sa mère, il me reprochait de ne pas avoir su la soigner, de ne pas avoir empêché son… départ. Alors, je crois que je suis devenu pour lui une sorte d'exécration, moi, mes idées, mes belles paroles, mes méthodes, mes «placebos inutiles» surtout, comme il disait. Que pouvais-je faire contre un cancer si fulgurant et si pernicieux? À part souffrir en silence, aux côtés de ma femme? Elle n'acceptait pas cette maladie, elle refusait de la laisser gagner, elle voulait partir à son heure, garder la maîtrise de son destin, jusqu'au bout. C'était son choix, c'était son droit. Léonardo était trop jeune, il n'a pas compris, bien sûr, il m'a reproché d'avoir laissé faire, en quelque sorte, de ne pas avoir su soigner cette «folie» suicidaire de sa mère. Il a très mal vécu cette disparition. Comment pouvait-il en être autrement? C'est à ce moment-là qu'il est devenu plus taciturne, un peu plus introverti, plus misanthrope aussi. C'était un enfant de nature mélancolique, mais ses problèmes psychologiques ont vraiment commencé quelques mois seulement après l'enterrement de mon épouse. J'ai essayé de l'aider, évidemment, j'ai vraiment essayé, mais il refusait mon aide et toutes mes propositions, il repoussait chacune de mes tentatives. Il ne m'a jamais pardonné, et il a fini par me rejeter tout court de sa vie. Ce n'était

pas encore assez, semble-t-il. Il tenait à se venger de ce père monstrueux, il voulait le dépouiller de ses oripeaux de géniteur, le faire
et le voir souffrir dans sa chair, le «tuer» en quelque sorte, au sens
psychanalytique. Non pas pour prendre sa place, mais pour le
faire disparaître totalement, pour le chasser de son esprit aussi. Je
crois que c'est pour cela qu'il s'est emparé de cette personnalité
d'Artaud qui m'était si précieuse, sur laquelle il m'avait vu travailler et parler tant d'années lorsqu'il était plus jeune. C'est toujours
guidé par cette sorte de haine à mon encontre, sans doute, que
Léonardo s'est ensuite livré aux mains de mes adversaires de la
secte des organicistes. Moins pour se faire du bien que pour me
faire du mal. Il en est mort, et deux innocents avec lui. Le Sum-
mum® l'a tué.

— Léonardo avait tout de même besoin de soins, n'est-ce
pas ?

Delajoie réalisa que sa dernière question n'avait pas été des
plus subtiles.

Pline contrôla parfaitement ses émotions, et le rictus qui
s'était affiché brièvement sur son visage disparut aussi vite.

— On peut se soigner autrement que par la destruction
de ses mécanismes cérébraux. Dans le cas de Léonardo, son problème aurait pu être surmonté grâce à une bonne psychothérapie.
Comme le formule si justement Adam Phillips, un psychanalyste
anglais : «Nos soucis sont des créations imaginaires, des épo-
pées miniatures qui mettent en scène nos échecs et anticipent
nos catastrophes. Ils sont, autrement dit, fabriqués.» Et, dans le
cas où aucune lésion organique n'est décelée, il convient plutôt
d'agir avec intelligence sur notre «théâtre intérieur» pour espérer
raisonnablement aboutir à des solutions efficaces. Certes, c'est
un travail de plus longue haleine qui consiste à rejouer les scènes
avec le patient, à concevoir de nouvelles intrigues, à changer la
distribution des rôles, à imaginer des épilogues alternatifs. Mais
détruire complètement ce théâtre par la chimie ou l'électricité
n'est certainement pas une solution, Commissaire, cela ne soigne
rien. Dans le meilleur des cas, cela revient à ignorer purement le
problème ; dans le pire, à l'aggraver.

— On m'a pourtant affirmé que vous n'étiez pas un grand
adepte de la psychanalyse ?

— En tant que doctrine, sa dogmatique rigide, souvent prétentieuse et inepte, m'exaspère ; en tant que pratique de consolation et outil de libération de la parole, elle a toute mon admiration et sa pleine légitimité.

— Pourquoi répétez-vous que le Summum® est responsable de la mort de votre fils ? Vous voulez dire, de la mort de sa personnalité artistique, de son génie créateur, de ce « théâtre intérieur », comme vous le nommez ?

— Non, je parle de son décès au sens strict.

— Je ne comprends pas bien. Et l'accident ?

— Il n'y a pas eu accident, Commissaire, mais suicide délibéré. Léonardo s'est tué avec sa compagne et sa fille, ma petite-fille, sous l'effet d'une crise soudaine de nature paranoïaque induite par les effets secondaires du Summum®.

Delajoie fut perturbé par cette information et le ton si affirmatif de Pline.

— Mais… Comment pouvez-vous le savoir ? J'ai lu entièrement les procès-verbaux, la cause…

Pline ne laissa pas Delajoie achever sa phrase. Il était visiblement impatient d'expliquer par lui-même :

— Parce que j'ai enquêté, Commissaire, j'ai fait votre travail, celui que la police et la justice n'ont pas cru opportun de mener, malgré la mort de trois personnes. J'ai demandé à plusieurs reprises aux enquêteurs de réexaminer le dossier à partir des nouvelles preuves que j'avais collectées ; j'ai sollicité le procureur, par deux fois ; j'ai même porté plainte contre X pour homicide volontaire en me constituant partie civile afin que la procédure ne soit pas classée sans instruction. Aucune de ces requêtes n'a abouti. J'ai demandé que la vérité soit recherchée, que justice soit rendue, Commissaire, et on m'a refusé ce droit fondamental. Alors, j'ai récupéré cette prérogative que j'avais déléguée à la puissance publique, j'ai déchiré mon contrat social, tout simplement.

La voix de Pline était remplie d'amertume. Derrière la solennité un peu boursouflée du propos se cachaient une vraie souffrance et un dépit total.

Delajoie comprit pourquoi des policiers étaient morts également dans cette histoire, à Charenton et à la Salpêtrière. Pline n'avait pas agi à l'aveugle, il avait été aveuglé par son désir de vengeance.

Oui, Antoine avait raison, justice et vengeance ne faisaient pas bon ménage, ne pouvaient pas vivre ensemble sous le toit commun des hommes. Mais que faire lorsque la société ne remplissait pas sa part du contrat, lorsqu'elle restait sourde aux appels désespérés de ses sociétaires, laissant l'injustice se perpétrer ? Fallait-il se contenter de la seule frustration en guise de compensation ? Se consoler dans les bras des grandes idées ? Accepter de devenir le bouc émissaire d'un système qui fonctionnait mal ou pas assez bien ? Non, bien sûr, sur le papier, tout cela était très beau, mais dans la vraie vie, le déni de justice ne pouvait que favoriser la tentation d'un retour au chaos.

— La vengeance était-elle vraiment la seule solution ?

Le regard de Pline devint glacial.

— Non, Commissaire, la justice. Lorsque le souverain refuse d'assumer ses devoirs, la seule alternative consiste à reprendre sa propre souveraineté. Il ne peut exister de bien commun si les droits des individus sont bafoués. Vous savez, je le crois, de quoi je parle.

Non, Delajoie n'en avait aucune idée. Mais il préféra se focaliser sur un détail qui lui semblait beaucoup plus important.

— De quelles « preuves » parliez-vous, précisément ?

— Vous aurez tout le loisir de les étudier en détail.

Avec sa main restée libre, Pline se saisit d'un téléphone portable et orienta son écran vers le commissaire.

— Vous êtes trop loin pour le constater *de visu*, mais vous savez néanmoins que, à l'heure actuelle, une de vos équipes est en train d'étudier le moindre grain de poussière à mon domicile. Cela dit, ils ne sont pas très malins, ils n'ont toujours pas détecté ma petite caméra…

Pline lut le doute qui venait de s'afficher sur le visage de Delajoie. Il était satisfait de ce petit effet, mais ajouta :

— Ne vous inquiétez pas, il ne leur arrivera rien. Tout est terminé ou presque, mon histoire s'achève ici, avec vous. J'ai donc laissé là-bas, à votre intention, un carton rempli de ces preuves que vous me demandez. Peut-être aurez-vous la curiosité d'y jeter un coup d'œil ? Mon fils n'a pas été simplement l'un des premiers patients à être traité par le Summum®, il a surtout été le cobaye « zéro », comme l'a dénommé la Fondation Essentielle, le premier humain volontaire sur lequel le Summum® a été testé, expérimenté, réglé, «amélioré» par Bravehomme et ses sbires. Aucun de ces bons docteurs n'eut la courtoisie confraternelle de m'en tenir informé. Imaginez donc leur jouissance! Exhiber comme un trophée de laboratoire le propre fils de monsieur Placebo, avoir pris dans les mailles de leur filet organique le rejeton de l'ennemi le plus acharné de leur propre monomanie!

— Une victoire, en effet.

— Un triomphe à la Pyrrhus. Tout d'abord, plusieurs séries d'essais du Summum® sur des groupes tests ont été ignorées, voire détruites, car leurs résultats étaient particulièrement défavorables. Ce n'est pas propre au Summum®, bien évidemment, il est d'usage, pour un grand nombre de nouveaux médicaments, d'ignorer les conséquences déplaisantes de certaines expériences. Dans le cas des psychotropes conventionnels, c'est devenu une sorte de norme, un secret de Polichinelle. Il suffit d'une seule étude, allant dans le sens de la démonstration souhaitée, pour obtenir en général une autorisation commerciale. La réglementation ne vous impose pas de produire les neuf autres rapports qui contredisent les conclusions vertueuses. Dans le domaine de la psychopharmacologie, lorsque vous entendez un docteur ou un laborantin se réfugier derrière l'argument-choc de la «médecine par les preuves», vous devez immédiatement comprendre qu'il s'agit d'une «médecine sans aucune preuve». Mais dans le cas du Summum®, ce qui est infiniment plus grave, c'est que même les données fournies officiellement ont été falsifiées. Je veux dire que les résultats des tests et des essais cliniques transmis aux autorités sanitaires chargées d'octroyer les autorisations de mise sur le marché ne correspondent absolument pas à la réalité. J'ai récupéré l'ensemble des documents originaux et j'ai tout analysé pendant plusieurs mois. Je me suis aperçu notamment qu'un effet secondaire fort préoccupant, d'une récurrence inquiétante, avait été tout simplement éliminé des études. Dans vingt-huit pour cent des cas — et je vous garantis que ce chiffre n'est pas insignifiant en termes statistiques —, les sujets testés avaient présenté des symptômes d'akathisie souvent accompagnés de violentes crises d'angoisse ayant suscité plusieurs tentatives d'automutilation et de suicide.

L'image d'Oreste s'imposa immédiatement à la pensée de Delajoie. Il se rappela cette folie des Érinyes qui avait forcé le héros grec à fuir le monde et à se sectionner un doigt.

Le Summum® rendait-il vraiment fou ?

Ce qui était certain, c'est que Pline venait d'ébranler sérieusement ses convictions. Delajoie savait, intuitivement, que le psychiatre ne mentait pas à ce sujet.

— J'ai alors consulté le dossier médical, original, de Léonardo, continua Pline. Ce que j'y ai découvert était accablant. Mon fils faisait partie des sujets ayant éprouvé ce que les rapports décrivent comme des «impulsions suicidaires irrépressibles». Autrement dit, le sujet est atteint de bouffées délirantes qui l'incitent à un passage à l'acte non réfléchi, généralement immédiat, car destiné la plupart du temps à faire cesser une souffrance ressentie comme réellement intolérable. Ce phénomène inquiétant a été relevé une bonne dizaine de fois dans le cas de mon fils. Mais au lieu d'interrompre les protocoles, et contrairement à tous les usages, les bons docteurs de la Fondation Essentielle ont persévéré dans leurs expérimentations. En environnement médicalisé, le passage à l'acte est bien évidemment rendu plus difficile, compte tenu de la présence et de la vigilance des médecins et des surveillants. Mais lorsque le malade rejoint son univers habituel, sa vie normale, pour le dire autrement, sans assistance de proximité, personne ne peut plus l'empêcher de se suicider.

— Vous pensez donc que c'est ce qui s'est produit le jour de l'accident ?

— Je ne pense pas, Commissaire, j'ai parlé de preuves! répondit plus sèchement Pline. La technologie du Summum® permet d'enregistrer et de transmettre l'activité électrochimique du cerveau instantanément. C'est même l'argument phare de la Fondation Essentielle, puisque l'analyse et le traitement de ces données en flux continu garantissent en retour un ajustement de la neuromodulation en temps réel...

Delajoie venait de comprendre. Il ne put s'empêcher de compléter la démonstration de Pline.

— Vous avez alors comparé les enregistrements effectués dans les phases d'expérimentation à celui transmis le jour de l'accident.

Pline hocha la tête en guise d'acquiescement.

— Il ne pouvait y avoir aucun doute, les tracés des crises parlaient d'eux-mêmes, rythmes et pointes coïncidaient parfaitement, à la minute près. Le jour de l'accident, les premiers signes sont apparus dix minutes avant la sortie de route du véhicule. Et la décharge, l'«impulsion irrépressible», si vous voulez, fatale, correspond exactement au minutage des faits tel qu'il a été reconstitué par la gendarmerie.

Delajoie se souvint en effet d'une mention du procès-verbal qui évoquait l'hypothèse d'une «modification soudaine et inexplicable de la trajectoire du véhicule».

Léonardo avait-il sciemment, soudainement, précipité sa famille dans le fossé ?

— Vous voyez, Commissaire, je ne crois rien, je ne fais que constater.

Les deux hommes se regardèrent quelques instants en silence. Les reflets des rayons du jour, de plus en plus nombreux à pénétrer dans l'édifice, composaient maintenant un immense tapis de prière, un véritable patchwork de lumières dont chacune des étoffes colorées épousait les contours des dalles irrégulières qui composaient la mosaïque du sol. L'occasion, pour Pline, de citer Zweig une fois encore :

— «Chacune de ces teintes est pleine et éclatante, elle a une pureté et une profondeur que seules possèdent sur notre terre si diverse les fleurs des Alpes, la gentiane, l'ellébore…»

— «L'ellébore», répéta immédiatement Delajoie dans un murmure.

L'évocation de Pline ne devait rien au hasard.

En pareil moment, il continue à jouer, pensa Delajoie. *Il joue avec moi, il me teste, même.*

Le commissaire se souvint en effet de l'une des cartes envoyées par Pline, celle qui concernait Alice Romina et qui contenait une phrase *a priori* absconse : «*Naviget Anticyram*». Ligule lui avait expliqué à Sainte-Anne qu'il s'agissait d'une vieille expression, en usage depuis l'Antiquité, servant à désigner une personne atteinte de folie. On croyait depuis la nuit des temps en l'efficacité de cette plante pour guérir les troubles mentaux, et la tradition affirmait que la variété la plus recherchée d'ellébore poussait sur Anticyre, une petite île grecque. Le proverbe était une adresse péjorative qui incitait les personnes soupçonnées de folie à se rendre — à naviguer — vers Anticyre afin de s'y faire soigner. Le rapport toxicologique effectué à partir des membres retrouvés d'Alice Romina avait confirmé la présence de traces de ce purgatif extrêmement puissant, souvent mortel, dans l'organisme de la victime.

— Pourquoi avoir fait prendre de l'ellébore à madame Romina ? demanda Delajoie.

— Pour traiter la folie par la folie, Commissaire, répondit Pline. Le Summum® est l'avatar ultime d'un remède-concept universel, imaginé dans les temps les plus reculés, comme l'élixir de longue vie ou la pierre philosophale. Il s'agit d'une espérance, d'un objet philosophique. Mais lorsque la médecine transforme cette espérance en croyance, lorsqu'elle affirme avoir découvert cette panacée qui se révèle un poison, qui blesse ou tue les patients, il ne s'agit plus seulement d'une escroquerie intellectuelle, mais bien d'une mystification criminelle. Le Summum® n'est rien d'autre que l'ellébore moderne. On racontait jadis qu'Héraclès lui-même avait été soigné de sa folie par l'ellébore. Vous avez pu constater les résultats de cette fameuse thérapie…

Delajoie était stupéfait par le ton extrêmement détaché et cynique de Pline.

Oui, la fêlure survenue en cet être était définitive.

— On pourrait évidemment dire la même chose d'un certain nombre de psychotropes actuels, continua Pline, dont le « large spectre » des nombreux dérivés est responsable de millions de drames.

— Il ne faudrait donc plus soigner les malades ? réagit Delajoie, légèrement exaspéré.

— J'en ai soigné beaucoup, répliqua Pline sèchement, des milliers, sans pour autant les priver d'une partie de leurs facultés naturelles. Contrairement à la légende, je n'ai jamais proscrit totalement l'usage de la chimie dans les pathologies lourdes. Mais elle doit être réservée, par le biais de spécialités psychotropiques extrêmement bien choisies, aux patients les plus sérieusement handicapés par leur maladie, ceux pour lesquels aucune autre alternative de soulagement ne semble opérante. Or nous faisons exactement l'inverse, nous distribuons ces cachets comme des dragées à tous les bien-portants. Cela peut vous paraître incroyable, mais ce sont les médecins généralistes qui sont les premiers responsables de cette épidémie, de cette surenchère psychotique, alors qu'un principe de précaution élémentaire, proprement éthique, devrait inciter ces professionnels de la santé à beaucoup plus de mesure. Je préférerais dire « discernement », mais n'en demandons pas trop. Non seulement nous ne savons pas exactement comment agissent ces remèdes, mais il existe toujours un revers à la médaille, ce risque inhérent à toute drogue. Je ne parle pas ici du problème de la dépendance, bien réel, mais de celui, beaucoup plus pernicieux, de la distanciation avec le monde réel. La consommation de psychotropes, même les moins actifs, crée chez le patient une forme d'indifférence à la réalité ou son éloignement, elle contribue à poser une distance entre lui et les autres, elle favorise une forme d'insensibilité, une « absence au monde », pour le dire avec les mots de Freud. Le remède-miracle n'existe pas, Commissaire, et surtout pas dans le domaine de la psychiatrie. Même les anciens avaient compris cela. Homère nous le rappelle sagement dans l'Odyssée : lorsque la belle Hélène offre à ses convives attristés le Népenthès, elle accompagne la libation de paroles de diversion, subterfuge que l'on peut assimiler sans se tromper à une technique de psychothérapie.

Delajoie réfléchissait, les yeux rivés aux taches de lumière, il n'écoutait plus vraiment Pline, il s'interrogeait sur ce chemin qui pouvait mener un homme apparemment sain de corps et d'esprit, parfaitement intégré socialement, respecté professionnellement, de la normalité à la démence. Car, assurément, Pline, derrière ses manières et son langage policés, était un véritable dément. Seul un fou pouvait avoir prémédité et exécuté avec un tel sang-froid ce projet machiavélique de vengeance personnelle. Cette discussion même, en cet endroit, en était la preuve la plus manifeste.

— Il suffit d'emprunter ce passage, dit Pline, comme s'il venait de lire dans les pensées du commissaire.

— Pardon ?

— À vos pieds.

Delajoie remarqua effectivement que certaines dalles

blanches traçaient un étroit couloir continu dans la direction de Pline avant de dévier sur la gauche. Il comprit alors que c'était l'entrée du labyrinthe.

— Il vous faudrait parcourir en réalité plus de 260 mètres sur ce sentier de pierre pour me rejoindre, Commissaire, alors que je vous semble si près. Les circonvolutions de ce tracé sont savantes. Il paraît qu'au Moyen-Âge les pèlerins le parcouraient sur les genoux : il leur fallait presque une heure pour gagner le centre que j'occupe actuellement. Ils conquéraient ainsi le droit de rejoindre la Jérusalem céleste après leur mort.

Après une courte respiration, Pline fixa les mains de Delajoie, et ajouta :

— Vous auriez dû me la renvoyer.

— Excusez-moi ?

— La pelote de laine, vous auriez dû me la retourner.

— Vous la voulez ? demanda Delajoie, perplexe.

— S'il vous plaît. Il est préférable de la faire glisser, mes mains sont… occupées.

Delajoie obéit sans réfléchir, il était inutile de contrarier son interlocuteur. Il se pencha et tenta de viser au mieux avant de faire rouler l'objet en direction de Pline.

— Normalement, vous auriez dû danser en la réceptionnant, tout à l'heure. C'est ainsi que le prêtre invitait les fidèles, le soir de Pâques, à fêter dans le labyrinthe des ténèbres la passion du Christ et son triomphe sur Satan. Drôle d'assimilation d'un rituel païen dont je préfère pour ma part, vous l'aurez compris, la version originale.

Le lancer de Delajoie se révéla en réalité un peu hasardeux, mais Pline sut réagir au bon moment. Il se leva avec une agilité étonnante et fit deux pas de côté pour récupérer la pelote qui avait dévié de sa course.

— J'espère que vous serez plus précis tout à l'heure, Commissaire, commenta-t-il avec un air mystérieux.

Delajoie ne crut pas nécessaire de creuser un propos qui, «musicalement», n'augurait rien de bon. Pline enchaîna après avoir regagné sa chaise :

— Tous ces croyants dansaient comme des fous endiablés, ici même — imaginez donc ? —, heureux de rejouer le drame de la Sainte Semaine, de célébrer dans l'extase l'entrée du messie à Jérusalem, ce nouveau prince du monde qui chevauchait un âne — «blanc», au témoignage de certains — pour annoncer l'avènement du Royaume de Dieu.

Delajoie comprit que Pline continuait son jeu. L'allusion à la scène finale du meurtre perpétré à l'hôpital psychiatrique de Saint-Maurice était évidente. Il répondit à cet appel :

— Van Acken ?

— Vous êtes bon, Commissaire, vraiment bon. Celui-là, voyez-vous, il était d'une espèce particulière, je l'ai tué dans ma propre maison. Je veux dire que la chapelle de l'hôpital est une reproduction presque parfaite d'un petit temple construit en Italie, dans le Latium, et dédié à Héraclès. C'était un petit merdeux, Van Acken, le directeur de la recherche de la Fondation Essentielle, très ambitieux, mais sans aucune envergure, un opportuniste de talent, de première classe. Le pharmacologue de la bande, vaguement psychologisant, un peu psychiatrisant, c'est bien simple : il se croyait «psy» en tous domaines. Il n'avait pas la notoriété des deux autres associés, mais c'est lui, pourtant, qui a conçu et mis au point la matrice psychobiométrique dite de «Romina-Acken», l'archétype théorique sur lequel repose cette régulation idéale de l'homme psychocivilisé promis par le Summum®. Il se prenait pour le petit Jésus, Van Acken, un faiseur de miracles qui allait redonner la vue aux aveugles en annonçant les Béatitudes à venir : «Heureux les faibles d'esprit, le Royaume du Summum® est à eux.» Il faut dire qu'il voyait très grand, Van Acken, du haut de son Summum® sur la montagne : il voulait transformer son prochain en Apollon, faire de chaque individu une divinité solaire *absolue*. D'où ce nom grandiloquent d'Absolute® choisi pour la nouvelle version du Summum®.

La Salpêtrière, pensa Delajoie immédiatement, non sans un pincement de cœur.

Le lieu de lancement de ce nouveau produit de la Fondation Essentielle... Le chemin criminel emprunté par Pline respectait une logique implacable.

L'ancien psychiatre parlait toujours :

— Dans la réalité, c'était un incompétent doublé d'un véritable plagiaire. Son travail est une véritable forfaiture, une escroquerie extrapolée à partir de travaux extérieurs. Il s'est notamment inspiré d'un gabarit précis, très à la mode dans le monde de la psychologie depuis les années 80 : le modèle biosocial de la personnalité du docteur Cloninger. Énoncée ainsi, évidemment, l'affaire paraît une fois encore très savante, tout comme le terme «modèle», qui impressionne tant le profane ou, mieux encore, son équivalent anglo-saxon — «pattern» —, qui terrasse les ignorants. Dans «pattern», vous entendez clamer l'autorité paternelle. Mais lorsque vous prend l'impertinence de gratter un peu ce fameux concept «psychobiologique», vous vous apercevez qu'il s'agit seulement du croisement hybride, à peine modernisé, de la théorie hippocratique des tempéraments avec celle des caractères — que nous avons héritée du galénisme byzantin. C'est dire combien nous avons progressé depuis l'Antiquité! On tremblerait presque devant telle imposture, devant tout ce savant sabir qui ne cache en réalité qu'une terrible ignorance. Mais c'est pourtant cette ignorance qui mène désormais la danse dans le labyrinthe de la psyché.

Pline était sorti de cette réserve dans laquelle il avait réussi à se contenir depuis l'arrivée de Delajoie. La haine qu'il éprouvait pour Van Acken n'en était que plus visible. Il ajouta aussitôt, comme si une justification s'imposait :

— C'est lui, ce salopard de Van Acken, qui a pris la décision d'escamoter les résultats très défavorables des essais cliniques et de modifier ceux qui ne convenaient point à la Fondation.

Pline marqua une courte pause avant de déclarer :

— Je ne pouvais pas leur pardonner, Commissaire, c'était bien au-dessus de mes forces, il fallait les arrêter.

Delajoie remarqua le changement de physionomie qui venait à nouveau de s'opérer chez son interlocuteur. Le visage de Pline s'était durci, son air de fausse bonhomie avait disparu, ses muscles étaient tendus, les mouvements de ses doigts devenaient plus instables.

Le vide, pensa Delajoie, *il est à nouveau dans le vide. Le boîtier... Pourvu qu'il ne déconne pas avec le boîtier.*

Le commissaire jugea donc utile de tenter une diversion :

— Puis-je vous poser une question plus technique?

La demande atteignit son objectif en réanimant Pline et en

le sortant de sa torpeur.

— Je vous écoute.

— Pourquoi les avoir trépanés ?

Pline afficha un sourire amer :

— « Celui qui tue par le glaive périra par le glaive. » Je les ai privés de l'objet de leur propre vénération. J'ai retiré le reptile qui sommeillait en eux.

— Le système limbique.

— Appelons cela une petite « coquetterie personnelle » ou un « dernier baroud d'honneur ». Car, dans la réalité, ils ont déjà gagné. Les sectateurs du divin bulbe sont désormais partout à l'œuvre : on pratique à nouveau la psychochirurgie sur les délinquants et les asociaux ; on envisage de modifier l'amygdale de millions de soldats afin de lutter contre le syndrome post-traumatique ; on implante des neurones d'origine animale dans la tête de parkinsoniens ; on greffe des cerveaux de macaques sur des singes cousins ; on affine le téléguidage bioélectrique en agissant sur le circuit de la récompense. Je ne vous donne là que quelques exemples, bien entendu. Mais imaginez, bientôt, très bientôt, toutes ces opérations qui vous hérissent le poil, qui vous dégoûtent, qui vous révoltent même, imaginez ces interventions et d'autres, plus audacieuses encore, devenues complètement invisibles, « cachées », en quelque sorte, réalisées « proprement », « intérieurement », par la magie indolore du Summum®. Comment pouvez-vous lutter contre l'invisible, Commissaire ? Comment, par exemple, pourriez-vous vous opposer au port du Summum® chez un délinquant qui aurait choisi cette alternative à une peine de prison, qui, mal informé par ces docteurs si bien intentionnés, aurait échangé la privation de sa liberté physique contre celle de son intégrité psychique ? Alors, oui, Commissaire, nous assistons bien à la revanche finale de Delgado et de ses disciples, à l'avènement d'une société réellement psychocivilisée.

Delajoie pensa que le moment était opportun pour poser la question centrale qui l'obsédait :

— Je peux comprendre, dit-il, je n'ai pas dit « accepter », votre désir de vengeance. Mais ce massacre à La Salpétrière, pourquoi, Monsieur Pline ? En quoi peut-il servir votre cause ou apaiser votre souffrance ? Pourquoi toutes ces morts inutiles ?

Que vous avaient fait ces gens ?

Pline répliqua sans hésitation, fermement, le regard froid :

— Une opportunité, Commissaire. Seulement une opportunité que je ne pouvais pas laisser passer. Imaginez toutes les sommités de l'école organiciste réunies au même moment, dans un même lieu pour fêter la victoire du Summum® ! Alors vous vient cette idée que, peut-être, se présenterait à vous l'occasion de ralentir le processus de conquête, de créer une insécurité, de déstabiliser les certitudes, de désorganiser les forces ennemies, de susciter leur panique, de semer le trouble et la peur...

— Ce n'est rien d'autre que du terrorisme, Monsieur Pline, vous en avez conscience ?

— La théorie du choc, Commissaire, la théorie du choc. Mais vous pouvez la nommer comme il vous plaira. Vous comprendrez que je ne vous ai pas convié dans ce labyrinthe pour une leçon d'éducation civique.

— Ce n'est...

Pline ne laissa pas Delajoie continuer. La remarque du commissaire l'avait visiblement courroucé :

— Dans tous les cas, cette opération de La Salpêtrière n'était pas programmée — « préméditée », diriez-vous. J'ai dû improviser, voilà tout, une telle aubaine ne se refusait pas. Et vous savez mieux que moi, reprit-il après un bref silence, que toute guerre exige son tribut de sang.

Delajoie ne sut comment interpréter ces dernières paroles.

Contenaient-elles une allusion personnelle précise ou, au contraire, énonçaient-elles un simple poncif ?

— J'ai découvert, ces derniers jours, poursuivit Pline, quelque chose de tout à fait étonnant, voire d'insoupçonnable : la facilité et même, je dois l'avouer, l'attrait de tuer. Avez-vous déjà tué, Commissaire ?

Delajoie savait qu'il ne devait pas éluder.

— Je n'y ai pris aucun plaisir, dit-il d'une voix neutre.

— Et moi ? Avez-vous envie de me tuer, là, maintenant ? Le feriez-vous si vous étiez libre de choisir ?

Cette fois-ci, Delajoie refusa de répondre. Il changea tout simplement de sujet :

— Héraclès a tué ses propres enfants, ce qui n'est pas votre cas. Pourquoi avoir choisi cette figure ?

— Il existe plusieurs manières de tuer. J'ai ma part de responsabilité dans la tragédie de Léonardo. Je ne me suis pas assez
battu, j'aurais dû prendre des mesures plus coercitives, mais je m'y
refusais par principe, l'internement d'office n'a jamais recueilli
mon assentiment. Je n'ai pas su sauver mon propre fils, alors si,
d'une certaine manière, je les ai tués tous les trois. Et puis, Héraclès, c'est l'incarnation même de la folie, de toute cette ambiguïté
de la folie. C'est le premier « homme de génie » qu'Aristote cite
dans ce fameux problème XXX dont nous avons parlé. Et, en
même temps, c'est Héraclès le fou, Héraclès le furieux, qui libéra
les hommes de leurs despotiques superstitions...

Pline prit une respiration calculée avant de poursuivre.

— Peut-être, saviez-vous qu'avant d'être divinisé Héraclès
s'était suicidé sous l'effet d'une insupportable douleur ?

Cette question confirma immédiatement l'intuition de
Delajoie. Il n'y avait plus aucun doute sur sa présence ici et sur les
intentions avérées de ce fou de Pline. Il décida de faire semblant
de ne pas avoir compris.

— Vous avez le goût des mystères, Monsieur Pline.

— Je conserve de mes années maçonniques quelque passion pour les constructions symboliques. Et un petit penchant
plus problématique pour la barrique, je dois le confesser.

— Vous étiez frère ?

— Faux frère, plus précisément. Je n'ai jamais eu le goût
pour cette forme d'orgueil qui revêt les atours de l'humilité, ni
pour les rituels syncrétiques qui confinent à la débilité. Le symbolisme est un jeu, seulement une activité ludique qui nous
permet d'inventer des mondes à partir d'objets dépourvus de
sens par eux-mêmes, qui servent seulement de supports à notre
réflexion, que nous remplissons dès lors des significations les
plus diverses. Mais croire qu'un objet ou qu'un signe est porteur
par lui-même d'une vérité mystique, qu'il recèlerait un message
caché, immémorial et transcendant qui permettrait d'approcher
les desseins d'un Grand Architecte ou de devenir son initié, je
pense que cela relève du domaine de la gaminerie ou de la maladie. Je vous accorde que « Fils de la lumière », c'est toujours mieux
qu'« Enfant des ténèbres », même si cela reste très manichéen et

fort peu républicain dans l'énoncé. Une truelle et un compas ne sont pas les meilleures armes de compagnie pour affronter sagement son destin.

— Quelles sont vos armes à vous, hormis la massue destructrice d'Héraclès ?

L'attaque était directe, la provocation évidente, Delajoie n'avait pu s'en abstenir. Mais, étonnamment, Pline arbora un sourire sincère avant de répondre sereinement :

— Jusqu'au décès de Léonardo, mon arme préférée fut une certaine forme de croyance, la vague impression que je servais à quelque chose et que ce quelque chose donnait un sens à ma propre existence. Oui, je croyais, moi aussi, au « sens de la vie », à cette imposture ; je croyais pour le moins à la vérité d'une sorte de logique qui n'est finalement rien d'autre qu'une puissance artificielle créée de toutes pièces, une transcendance qui ne dit pas son nom, mais qui se rapproche tout de même — beaucoup, même — de la notion de divinité extérieure. Trouver une certaine satisfaction à ses actes quotidiens en se comportant correctement, en pensant améliorer un peu le sort des siens et de ses semblables, œuvrer pour construire un monde meilleur et le léguer à vos descendants, enfin toutes ces foutaises de la mythologie du progrès, ces illusions qui vous éloignent des questions qui fâchent vraiment et vous font reporter *ad vitam æternam* votre droit à la jouissance immédiate, le seul pouvoir qui vous est réellement acquis.

Je ne suis pas loin de partager ce point de vue, constata silencieusement Delajoie à contrecœur.

— Brutalement, vous découvrez un jour que la question de la folie, c'est la question de la vie elle-même, de cette absolue et fatale contradiction qui vous impose de vivre dans le sursis permanent. Comment ne pas devenir fou devant le scandale que représente la perspective de sa propre mort ? Lorsque vous découvrez que l'issue est inexorable, lorsque vous vous apercevez que la mort et l'oubli sont votre seul avenir, le sort de tout et de tous, aujourd'hui et demain, dans la nuit de l'infini, que votre mémoire est tout aussi périssable, comment trouver la force de respirer encore, où découvrir les ressources pour continuer à porter le masque de votre personnage, à faire semblant, à jouer cette tragique comédie de l'humain civilisé ? Saviez-vous, Commissaire, que la *persona* désignait à l'origine un masque porté par les acteurs antiques pour interpréter leur rôle de théâtre ?

— Non, répondit simplement Delajoie.

— Il existait à Pergame, poursuivit Pline, en Turquie actuelle, un étonnant et très renommé sanctuaire d'Asclépios, un peu l'ancêtre de nos hôpitaux. On peut toujours y admirer le grand théâtre thérapeutique, bien conservé, qui le dominait. C'est sur cette scène, grâce à des représentations et des apparitions sacrées, que l'on tentait de guérir les maladies de l'esprit. C'était dans le jeu trouble des *personae*, des personnages, que l'on espérait leur rémission. Étrange, non ? La psychanalyse jungienne a conservé cette notion de *persona* en lui conférant très clairement la fonction d'interface sociale. Il n'est donc pas étonnant que chaque personne soit, dès la naissance, profondément duale. Et de la dualité à la duplicité, ce n'est qu'une question de perspective. Pour répondre à votre question plus directement, j'ai donc échangé la croyance contre la duplicité. Voilà quelle fut ma dernière arme. Refusant de paraître, je suis devenu l'acteur conscient de mes actes réfléchis.

— Un Janus en puissance, murmura Delajoie.

— Soyons francs : quel choix nous reste-t-il, Commissaire, une fois le voile tombé ? Rire, pleurer ou rester pétrifié : voilà les trois seules attitudes possibles de la créature humaine mise à nu lorsque, enfin, elle entrevoit lucidement sa destinée. J'adhère à cette conclusion désabusée qui fut formulée par Robert Burton. Alors, quelle solution choisir ? Le rire de Démocrite, les larmes d'Héraclite ou la pétrification de Niobé ? Cela dépend, bien évidemment, du *tempérament* de chacun. Pourriez-vous imaginer un seul instant que je puisse me cacher derrière le masque d'Apollon, trouver la paix par les voies du Summum®, après tout ce qui s'est passé ? Je peux parfaitement comprendre que l'anesthésie de l'âme, la pétrification de l'esprit soit également une tentation de première intention ; elle permet sans nul doute de retourner à ses occupations et de continuer la représentation. La grande force des illusions, c'est qu'elles nous permettent de continuer à espérer.

Pline s'interrompit un instant, le temps de réfléchir à la

suite de son discours.

— Si j'avais eu le choix, reprit-il, j'aurais évidemment suivi la leçon de Démocrite, j'aurais éclaté d'un grand fou rire.

— Qui était Démocrite?

— Un des plus grands penseurs de l'Antiquité, mais dont l'œuvre titanesque n'a pas été conservée. On raconte qu'au moment où Démocrite entreprit de rédiger un ouvrage sur la folie, ce philosophe se mit soudain à rire de tout et de rien. Les habitants de sa ville natale d'Abdère, inquiets de la santé mentale de leur célébrité, requirent immédiatement les services du grand Hippocrate en personne, lequel se transporta en Thrace dans les plus brefs délais pour porter secours à ce «meilleur parmi les sages». Or, Hippocrate découvrit rapidement que Démocrite riait «d'un unique objet : l'homme plein de déraison, vide d'œuvres utiles, puéril en tous ses projets, souffrant sans nul bénéfice d'épreuves sans fin, mû par ses désirs immodérés... ». Bref, Démocrite se moquait en fait de toute cette agitation humaine qui, selon lui, confinait au ridicule, il conspuait par son rire sonnant la vacuité des activités de ses contemporains, la présomption de leurs personnes, le pitoyable spectacle qu'offrait leur grand bal masqué collectif. Ses éclats de rire résonnaient comme une révélation, et agissaient dans le même temps comme un exutoire, comme un puissant remède permettant de combattre les chimères humaines. Hippocrate fut si ébranlé par ces constatations que l'ellébore qu'il avait apporté par précaution fut laissé dans ses fioles. Et le médecin s'en retourna chez lui... en emportant le rire de Démocrite dans ses bagages! Hippocrate venait de découvrir l'extraordinaire pouvoir de catharsis de la dérision, un remède si efficace contre la folie, qu'il était, de loin, le plus opérant de tous les médicaments. Oui, le rire, voilà une arme qui m'aurait agréé, Commissaire. Mais c'est malheureusement la voie de la lamentation et de la désolation qui s'imposa à moi.

— Les pleurs d'Héraclite.

— Le masque de la tragédie : «Ce qui attend les hommes après la mort, ce sont d'autres choses que celles qu'ils imaginent ou qu'ils espèrent.» Avez-vous entendu parler d'Héraclite, commissaire?

— Oui, un petit peu. J'ai eu à me pencher sur l'une de ses

pensées, il y a longtemps, à l'École de police.

— Je peux deviner sans grands efforts laquelle.

Delajoie savait que le moment était désormais venu de passer aux choses sérieuses, à la raison de sa présence en ces lieux. Il pensait déjà connaître la réponse, mais il devait poser la question sans détour :

— Et vous, Monsieur Pline, qu'imaginez-vous maintenant, qu'espérez-vous, qu'attendez-vous de moi ?

— Je pense que vous le savez déjà. Je vous ai choisi pour être mon Thésée, Commissaire.

Et voilà, nous y sommes...

— Pour tous, continua Pline, le Minotaure est l'image même du monstre, abattu par l'archétype du parfait héros. Je ne nie pas la nature bestiale de cet enfant né d'un accouplement contre nature. Il existe cependant une tradition bien plus intéressante de la fin de ce mythe. Le Minotaure, rapporte-t-elle, ayant conscience de sa monstruosité et ne pouvant plus l'accepter, aurait épargné Thésée volontairement, suppliant le héros de l'Attique d'abréger ses souffrances.

Le sourire qui venait d'animer les lèvres de Pline était inhabituel et transforma sa figure tourmentée en un grand masque triste. Le psychiatre plongea aussi des yeux presque suppliants dans ceux du commissaire.

C'est bien ce que je croyais, pensa Delajoie, *il me demande de le suicider.*

Une fraction de seconde, Delajoie eut pitié de l'ancien psychiatre. Mais il répondit sobrement :

— Je n'ai pas reçu ce mandat de la République française.

— Allons, réagit Pline avec une certaine vigueur, ne me dites pas que cette idée vous est totalement hostile !

— Mes propres sentiments importent peu à la justice de mon pays.

Une expression de malignité s'affichait à nouveau sur le visage du psychiatre.

Quel comédien, pensa Delajoie, *quel* persona *!*

— Ah ! s'exclama Pline. La justice ? Après ce que vous avez vécu !? Vous y croyez, encore ? Vous êtes un obstiné, Commissaire. Pensez au moins à votre compagnon d'infortune, celui qu'Héraclès vient de dévorer dans sa fureur. «Justice», disiez-vous?

La dernière tirade de Pline venait de faire mouche. Delajoie se sentait un peu déstabilisé, surtout par cette sorte de sous-entendu, cet «après ce que vous avez vécu!?»

Qu'avait voulu dire Pline? Non, ce n'était pas possible...

Le commissaire répondit néanmoins sur un ton qu'il souhaita le plus placide possible :

— Vos provocations sont inutiles. Je suis là pour négocier, c'est mon seul mandat. Je vous écoute. Et d'abord, pourquoi ici? À part cette histoire assez scabreuse de labyrinthe et de Minotaure?

Les yeux de Pline se mirent à briller.

— Tentative de diversion assez enfantine, Commissaire, ne devenez pas impoli, c'est inutile. Mais je vais répondre à votre question. Pourquoi Chartres? Pourquoi cette cathédrale? Je vois que quelques détails de ma biographie vous ont échappé. Je ne vous blâme pas, les délais impartis étaient assez serrés, vous avez déjà beaucoup fait. J'ai une tendresse personnelle pour cet endroit, voyez-vous, car c'est ici que nous nous sommes trouvés avec ma femme, c'est même ici que nous nous sommes mariés. Et c'est dans le cimetière d'à côté qu'elle est enterrée, selon ses dernières volontés.

Merde, alors! pesta Delajoie intérieurement. *Comment sommes-nous passés à côté de ces informations capitales?*

Le commissaire entendit soudain la voix de Ligule dans son oreillette : «Faites-le parler de sa femme, Jean, c'est un biais qui pourrait fonctionner.»

— Avant de la rejoindre, poursuivit Pline, je voulais ressentir une dernière fois, sous les voûtes de cet immense vaisseau céleste, ce «sentiment océanique» dont parle Freud et qui, dit-on, permet de se fondre dans l'Univers.

— Votre épouse était donc de la région? demanda Delajoie sans grand enthousiasme.

Ce manque de conviction amusa Pline.

— Tactique bien grossière, indigne de vous, Commissaire. On n'apprend pas aux vieux singes à faire des grimaces...

L'ancien psychiatre redevint très sérieux.

— L'heure tourne, vous m'en voyez navré. Aussi dois-je vous prier de m'écouter très attentivement. Car, pour reprendre votre expression, il n'y a rien à «négocier» du tout, Commissaire, je reste le seul maître de mon grand jeu de la folie. Je vais donc exactement vous expliquer ce qui va se passer maintenant. Vous savez, sans doute par le truchement de votre discrète oreillette, que j'ai ici suffisamment d'explosifs pour nous emporter tous les deux vers ces cieux inconnus. Et déflagrer avec nous cet inestimable joyau de la spiritualité chrétienne. Je ne souhaite pas vous perdre, Commissaire, je ne vous veux aucun mal, soyez-en assuré. Il me serait tout aussi déplaisant d'apparaître sur Wikipédia comme l'homme qui pulvérisa une des splendeurs de l'art gothique français. Une seule solution s'offre donc à vous pour éviter cette triste issue : viser juste. Enfin, plus précisément que tout à l'heure. Exactement ici, au milieu de cette cible. Une seule balle pour entrer dans l'histoire et devenir l'un de ses héros tragiques en remportant une médaille, je veux dire ce pompon.

Pline venait de positionner la pelote de laine, devenue ainsi la cible, à l'emplacement du cœur.

La tournure des événements ne plaisait pas du tout à Delajoie, mais il n'avait d'autre choix que d'écouter.

— Vous avez l'opportunité de démontrer vos excellentes qualités de tireur, Commissaire. Mais vous n'avez droit à aucune erreur, car c'est l'unique manière de déclencher un capteur qui, seul, peut arrêter le minuteur. Un peu trop haut, un peut trop sur la gauche ou sur la droite, et mon gilet explosera aussitôt, me transformant en boulettes pour chat. Héraclite avait raison, convenons-en : les voies du destin ne sont pas toujours celles que nous attendons. Inutile de dire que les autres charges disséminées tout autour de nous se joindront à l'unisson pour fêter notre oraison.

Delajoie sentit une bouffée glaciale l'envahir. Il ne s'attendait pas du tout à une accélération si brutale. Cet homme était irréversiblement perdu pour la raison. Il tenta de protester :

— Mais nous devri….

Pline lui coupa la parole immédiatement :

— Vous disposerez exactement de dix secondes à partir du moment où j'appuierai sur le deuxième bouton. Sachez que ce fut un honneur de vous rencontrer. Je suis même assez admiratif, en vérité, car j'aurais aimé vous ressembler, pouvoir surmonter ce drame avec autant d'abnégation que vous. Je ne sais vraiment pas comment vous avez fait.

Delajoie fronça les sourcils. Il ne comprenait plus un mot de ce que lui disait Pline. Ou, peut-être, comprenait-il trop bien.

— De quoi parlez-vous !? demanda-t-il sur un ton devenu agressif.

— De l'assassinat de votre fils, bien sûr.

C'est comme si Delajoie avait reçu un terrible coup au niveau de son plexus solaire. Il eut soudain du mal à respirer, il perdit le fil de ses pensées, il sentit la panique le gagner, il se mit même à gesticuler. Il réussit néanmoins à bégayer quelques mots :

— Je… Je ne vous… permets pas…

— Je vois que la blessure est encore sensible, enchaîna Pline d'une voix claire, débarrassée de toute émotion. Dites-moi, Commissaire, comment arrive-t-on à faire le deuil de son fils unique ? Et comment êtes-vous parvenu à surmonter cette pulsion de la vengeance qui vous habita si longtemps ? J'ai emprunté votre dossier d'analyse à mon confrère. Enfin, lorsque je dis « emprunté », vous me comprenez… Je dois avouer que cette lecture fut édifiante.

Delajoie se leva soudain. Mais il tituba et eut du mal à conserver son équilibre, il n'arrivait plus à coordonner ses mouvements.

— Vous êtes prêt ? demanda Pline, satisfait. Il faut vous reprendre, Commissaire. Vous disposez seulement de dix secondes, dix petites secondes à peine…

Pline offrit un dernier sourire au commissaire avant d'appuyer simplement sur le bouton le plus bas de sa télécommande.

Une instruction fusa immédiatement dans l'oreillette de Delajoie. Toujours chancelant, le commissaire sembla hésiter, il était engourdi, gorge sèche, tête lourde, idées embrouillées. Le moindre mouvement était devenu difficile, voire pénible.

Était-ce le résultat de cette décharge émotionnelle trop violente qu'il venait de subir à l'instant ou bien l'action soporifique plus insidieuse de ce cachet qu'il avait absorbé à Paris ?

Il continuait à entendre le décompte, mais il n'arrivait

toujours pas à prendre de décision.

L'ordre fut répété, plus vivement encore : l'autorisation était formelle.

Alors, tel un automate un peu gauche, un peu rouillé, Delajoie dégaina et leva son arme, il ôta la sécurité et enclencha le chien. Il mit en joue sa cible, mais il ne voyait plus Pline, il fixait seulement un point jaune qui se confondait avec les reflets dorés de la lumière dansante. Il fit un énorme effort pour se concentrer, pour ne plus trembler. Il bloqua sa respiration, prit le temps d'ajuster sa visée, puis appuya sur la gâchette sans hésiter.

Avant même de relâcher la détente, Delajoie sut qu'il avait raté son tir. Que son histoire, à lui aussi, allait se terminer ici, dans le labyrinthe des monstres.

Il eut une ultime vision, celle d'un enfant égaré dans le brouillard, perdu au milieu de la nuit. Le petit garçon le regardait fixement, d'un air aimant, presque consolant. Il leva même un bras dans la direction du commissaire, agita sa main comme pour le saluer de loin.

Puis l'enfant se retourna et disparut à jamais.

Épilogue

Un ailleurs incertain [1]

« — J'ai cru vous perdre pour de bon.

— Je crois bien que j'ai eu une légère absence, excusez-moi. Où en étions-nous, mon bon Docteur ?

— Je préfère vous retrouver plus espiègle, Commissaire, c'est plutôt bon signe. Nous en étions restés au regret, à la fatalité, et à votre fameuse Âme noire.

— Ma mémoire semble me jouer quelques vilains tours. Devrais-je m'inquiéter ?

— Dans votre cas, cela ne semble pas préoccupant.

— Quel était le dernier sujet que nous évoquions ?

— Vous refusiez de me dire ce que vous changeriez dans cette fameuse journée.

— Tout, je changerai tout, Docteur. Sauf l'enterrement d'Amanda. Comment n'ai-je rien vu venir ? J'aurais dû être plus ferme, refuser cette enquête, dire "non", m'en aller tout de suite, comme je le souhaitais.

— Vos regrets ne changeront rien.

— Je le sais bien, malgré le prix payé.

— Comment envisagez-vous votre avenir ?

— Votre humour m'échappera toujours.

---

1. Lire le prologue de *L'Homme qui rêvait*, tome 1, *Aristote*, du même auteur.

— Le rire, Commissaire, les vertus apaisantes du rire.

— Je dois vous parler de quelque chose d'étrange.

— Rien ne saurait m'être totalement étranger.

— Je l'ai…

— Quoi?

— Je l'ai vu.

— Qui donc?

— Mon fils.

— Intéressant. Vous pouvez préciser?

— Vous allez sans doute penser que je file un bien mauvais coton, mais je l'ai vu, vraiment vu. Comme s'il m'attendait.

— Où ça?

— Je ne sais pas, tout était très confus. Je…

— Oui?

— Je crois qu'il m'a pardonné.

— Il n'y a rien à pardonner, Commissaire, je vous l'ai déjà dit : vous n'avez rien à vous reprocher.

— Vous ne me croyez pas?

— Concernant votre fils?

— Oui?

— Si, si, pourquoi pas?

— Non, visiblement, vous ne me croyez pas.

— Il s'agit d'une expérience assez inhabituelle sur laquelle je ne dispose d'aucune expertise. Je préférerais que nous revenions plutôt à cette idée très positive que vous exprimiez tout à l'heure avant votre absence, ce dépit que nous pourrions tenter de transformer en espoir.

— Trop tard, l'espoir est mort au petit matin. En fait, je suis las, Docteur, je voudrais me reposer.

— Vous pensez que l'heure est venue?

— Je me sens prêt.

— C'est la bonne décision, il est préférable de cesser de lutter. Laissez-vous donc aller, pour une fois, Commissaire, nul n'est tenu à l'impossible.

— La paix, je n'aspire plus qu'à la paix.

— Vous la trouverez désormais, j'en suis certain.

— Je peux vous confier un dernier message?

— Bien entendu.

— Dites à Antoine que je suis désolé de ne pas avoir su mieux l'aimer.

— Promis.

— Docteur ?

— Je suis toujours là.

— Dites-lui aussi que Bukowski avait raison.

— À quel sujet ?

— Nous ne sommes faits que de ça.

— De "ça" quoi, Commissaire ?

— D'os, de sang et de douleur.

FIN

Libre chemin bibliographique

Une petite introduction

Mes dettes aux auteurs et chercheurs sont beaucoup trop nombreuses pour pouvoir être honorées même partiellement. Je me bornerai à indiquer ici quelques repères qui me paraissent essentiels pour le lecteur curieux qui souhaiterait poursuivre son exploration des sujets de la folie effleurés dans le roman.

Pour disposer de jalons de départ assez solides, *L'Histoire de la folie* de Claude Quetel et la *Nouvelle Histoire de la psychiatrie*, sous la direction du même auteur, accompagné de son compère Jacques Postel, restent de solides balises chronologiques, d'une lecture fiable et agréable.

À tout seigneur, tout honneur : j'ai découvert Foucault très tard, tant l'ombre de sa statue m'impressionnait ; son œuvre me paraissait tout simplement inaccessible. J'avais oublié que la grandeur d'un auteur se mesurait justement à sa capacité à savoir rendre son lecteur intelligent ou, du moins, à le lui laisser croire.

Lire Foucault n'est pas simplement une absolue nécessité pour découvrir une pensée aussi libre que féconde, c'est un plaisir littéraire de tous les instants.

L'histoire de la psychiatrie ne serait presque rien sans son *Histoire de la folie à l'âge classique*, ouvrage qui fut tout à la fois un véritable détonateur médico-social et le point de départ de toute la recherche moderne. L'esprit des « Annales » imprègne ces pages fertiles qu'il faut prendre le temps de savourer. Ni l'historiographie ni l'épistémologie de la psychiatrie ne seraient ce qu'elles sont aujourd'hui sans ce chef-d'œuvre dont les thèses restent fortement controversées. De nos jours encore, beaucoup de travaux se positionnent en fonction des théories discutées dans ce livre fondateur.

Le lecteur qui serait également un acteur de santé devrait compléter cette lecture, si ce n'est déjà fait, par la non moins indispensable *Naissance de la clinique*.

On continuera le voyage avec *La Pratique de l'esprit humain* de Marcel Gauchet et Gladys Swain, et *Dialogue avec l'insensé* de cette dernière auteure, écrits majeurs, initiés comme des réponses (intelligentes) à Foucault.

L'histoire a évidemment une large part dans ma fiction. Pour l'Antiquité, impossible de faire l'économie de la « trilogie » de Jackie Pigeaud, dont le plaisir de lecture égale la somme d'érudition qu'elle contient. On s'introduira tout en douceur par *Melancholia*, on poursuivra le hors-d'œuvre avec *Folie et cures de la folie chez les médecins de l'Antiquité gréco-romaine*, avant d'aborder le copieux plat de résistance : *La Maladie de l'âme*.

Jackie Pigeaud est également traducteur et préfacier de certains auteurs classiques qui n'étaient pas médecins, notamment de *L'Homme de génie et la mélancolie* d'un pseudo-Aristote que je recommande de lire dans cette version (l'introduction est de grande qualité).

Une partie du corpus hippocratique est excellemment traduite et commentée par Jacques Jouanna, autre érudit qui est indispensable pour la bonne compréhension de la médecine antique, à qui je dois notamment mes informations les plus complètes sur les théories antiques des humeurs et des tempéraments, ainsi que la découverte du petit traité de médecine grecque inédit — *Sur le pouls et le tempérament humain* — attribué à un pseudo-Galien. Plusieurs articles de Jacques Jouanna sur ce traité sont disponibles gratuitement en ligne.

On se régalera aussi avec la traduction d'Yves Hersant du *Sur le rire et la folie*, attribué à un pseudo-Hippocrate, la fameuse histoire de la folie de Démocrite.

Et c'est presque avec jubilation qu'on découvrira les

réflexions de Galien au sujet *De la bile noire*, traduite par Vincent Barras, sur cette imposture incroyable qui dura quelques siècles!

En remontant le temps, *La Folie au Moyen Âge* de Muriel Laharie propose une réflexion brillante, transdisciplinaire, sur la perception et les représentations de la folie entre les XIᵉ et XIIIᵉ siècles. Les littéraires pourront compléter cette incursion par l'ouvrage de Huguette Legros, *La folie dans la littérature médiévale*, une étude sémantique solide (et passionnante).

Pour les lecteurs patients, qui aiment prendre le temps et qui souhaiteraient faire la jonction avec l'époque contemporaine en découvrant une œuvre foisonnante, source de nombreux plaisirs, la réédition d'*Anatomie de la mélancolie* de Rober Burton aux éditions José Corti se transformera sans doute en révélation (« un des dix livres à prendre avec soi sur une île déserte », dit-on).

L'histoire de l'aliénisme français est mieux racontée par des chercheurs étrangers, comme si le passé tumultueux de cette discipline effrayait encore nos historiens contemporains. La meilleure manière d'aborder cette période consiste d'abord à lire les grands textes des « pères » (surtout Pinel et Esquirol) : ils sont presque tous accessibles gratuitement sur Gallica ou dans d'autres bibliothèques numériques.

Le site du docteur Michel Caire (http://psychiatrie.histoire.free.fr) est une porte d'entrée sérieuse sur Internet concernant l'histoire moderne de la psychiatrie. Ce « webmestre » est également l'auteur de travaux de références, et d'articles inédits, sur *Les Aquarelles de Sainte-Anne*, par exemple, ou sur le fameux Jean-Baptiste Pussin dont la figure est évoquée également avec beaucoup d'empathie par Marie Didier dans son très beau roman *La Nuit de Bicêtre*.

Deux très bonnes études sont conseillées pour entamer cette période psychiatrique : *Consoler et Classifier* de Jan Goldstein (indispensable!) ainsi que *Comprendre et Soigner* de Dora B. Weiner, dont les titres sont des références et des hommages directs, une fois encore, à l'œuvre de Foucault.

On pourra les compléter par les contributions de Jacques Postel réunies en *Éléments pour une histoire de la psychiatrie occidentale* ou, encore, sa *Genèse de la psychiatrie*, qui réunit des textes fondateurs très intéressants.

Pour rire (ou pleurer), on se réservera quelques *Petits moments d'histoire de la psychiatrie en France*, signés de Patrick Clervoy et Maurice Corcos.

Quant à *La Raison du plus fort* de Bernard de Fréminville, édité en 1977, un livre tonifiant et militant qui contient également un «petit inventaire des moyens de thérapeutique ou de coercition physique», cet essai est devenu presque introuvable, tout comme *L'Ordre psychiatrique* de Robert Castel publié aux éditions de Minuit, ouvrage qui évoque si bien cet «âge d'or de l'aliénisme» et dont je recommande chaudement la lecture.

Chez les fous d'Albert Londres donnera au lecteur d'aujourd'hui un bon état des lieux sur les asiles français au début du XXᵉ siècle.

Pour compléter cet inventaire, je conseille le livre récent de Mary de Young, *Encyclopedia of Asylum Therapeutics* (en anglais), qui permettra de prouver au lecteur (avec les ouvrages du XIXᵉ siècle) que je n'ai strictement rien inventé concernant les sévices administrés aux malades !

Je me suis beaucoup inspiré des travaux de Götz Aly pour évoquer la triste opération Aktion T4 destinée à assassiner les enfants handicapés physiques et mentaux sous le régime nazi. Son ouvrage *Les Anormaux*, paru aux éditions Flammarion, est une synthèse poignante sur cet épisode glacial.

De l'autre côté du Rhin, sur nos propres rives, *L'Hécatombe des fous* d'Isabelle Von Bueltzingsloewen est l'étude la plus sereine et la plus sérieuse sur la famine qui ravagea les asiles français sous l'Occupation.

Concernant l'histoire des neurosciences en général, de la neuropsychiatrie ou de la psychochirurgie en particulier, cela se gâte au niveau des lettres françaises : le révisionnisme ambiant fait gommer largement tous les épisodes «déplaisants», cette «histoire controversée», comme la nomme pudiquement Marc Lévêque dans le premier chapitre du seul ouvrage moderne disponible en langue française sur la psychochirurgie.

Pour l'historiographie française, la stimulation électrique profonde ne commence que dans les années 80, avec… un Français ! On peut s'étonner d'une telle réécriture de l'histoire, de la carence documentaire qui l'accompagne et de l'indisponibilité, à l'heure des possibilités numériques, d'ouvrages aussi essentiels que *Naissance de la psychiatrie biologique* de Jean-Noël Missa, par exemple, sur un autre aspect de ces thérapeutiques exotiques.

Pour le lecteur que ne rebute pas la langue de Shakespeare, le livre classique de Stanley Finger, *Origins of neurosciences*, ou celui d'Elliot S. Valenstein, *Great and desperate Cures* — que l'on peut trouver à prix abordable chez un libraire en ligne — sont de solides piliers.

Sur Internet, un article en deux parties de Miguel A. Faria, accessible gratuitement, offre un résumé introductif, assez honnête, de l'histoire de la psychochirurgie (http://goo.gl/O65vu8).

José Delgado est un des « personnages » importants de mon roman, mais c'est le grand absent de cette histoire officielle des neurosciences. Il n'existe pas de biographie réellement fiable sur Delgado (la plupart du temps, les notices sont à charge ou, au contraire, clairement hagiographiques). J'ai donc dû mener moi-même l'enquête. Beaucoup de ressources sur Delgado existent en ligne (dont la fameuse vidéo du taureau), mais la plupart doivent être abordées avec beaucoup de prudence, car les polémiques sont vives et les théoriciens du complot sont légion. Qui plus est, même des articles sérieux comme celui de John Horgan paru dans Scientific American en octobre 2005 (traduit et disponible en français ici : http://goo.gl/dSyUTv) ou l'approche biographique la plus récente de Barry Blackwell (en anglais : http://goo.gl/IKrwZp) comportent des erreurs fâcheuses. Par exemple, l'affirmation de l'internement de Delgado dans un « camp de concentration » après la victoire de Franco provient d'une déclaration de Delgado lui-même et n'est pas recoupée par les résultats de mes recherches.

Un certain nombre des articles scientifiques importants de Delgado sont disponibles via la base PubMed (http://goo.gl/FWtD), mais je conseille au lecteur de se procurer plutôt son livre de vulgarisation, *Physical Control of the Mind* (http://goo.gl/WuCRq4 — version gratuite originale), traduit en français en 1972 sous le titre *Le Conditionnement du cerveau et la liberté de l'esprit* (aux éditions Dessart).

Une excellente contribution de Peter J. Snyder sur les relations de Delgado avec les médias et la véracité de l'expérience de Cordoue est publiée (en anglais, encore, hélas!) dans le livre *Science and the Media*, un ouvrage passionnant sur la construction du discours scientifique pour et par les médias.

On pourra se reposer un peu de ces expériences douloureuses avec la lecture de *L'Homme terminal* de Michael Crichton, «roman» qui se base sur une expérience réelle menée par Delgado, Marks, Vernon et Frank.

Concernant ces deux derniers «apôtres du totalitarisme psychiatrique» — l'expression est de l'infatigable Peter Breggin (site personnel de Breggin à cette adresse : http://goo.gl/LNksQ) —, aucune ressource francophone intéressante n'est malheureusement disponible. Le lecteur comprenant l'anglais pourra se procurer un exemplaire encore disponible — à petit prix — de *Violence and the Brain*.

Pour faire un point général sur ce fameux «contrôle de l'esprit» et les différentes expériences menées sur des cobayes ou des humains, le livre *Brain Control*, écrit encore par Valenstein, offre un premier panorama.

Le lot de consolation pour le lecteur français sera le savoureux livre de Michael Hagner, *Des cerveaux de génie*, qui relate l'histoire incroyable de cette recherche millénaire destinée à localiser l'emplacement du génie dans le cerveau des personnalités jugées exceptionnelles. Cette quête, commencée par le pseudo-Aristote, continuée par le docteur Toulouse — dont les études sur Zola et Poincaré valent le détour et sont disponibles gratuitement en ligne —, continue toujours!

Autre personnage «invité» dans mon roman : Antonin Artaud. La littérature sur Artaud est illimitée. Mais les deux volumes d'*Artaud et l'asile* d'André Roumieux et Laurent Danchin publiés aux éditions Séguier contiennent des documents irremplaçables.

L'article de Thierry Lefebvre sur le diagnostic d'hérédosyphilis dont l'artiste fut la victime m'a été très utile : ce texte est consultable gratuitement sur Persée (http://goo.gl/qZjDzA).

Un livre noir est au cœur de mon roman : le *Manuel diagnostique et statistique des troubles mentaux* (le fameux « DSM », *Diagnostic and Statistical Manual of Mental Disorders*). L'ouvrage de base, pour une première et pertinente approche, reste celui de

Christopher Lane, *Comment la psychiatrie et l'industrie pharma-ceutique ont médicalisé nos émotions.*

Le lecteur plus scientifique pourra compléter cette mise en bouche avec la version essai d'une thèse plus récente de Steeves Demazeu, *Qu'est-ce que le DSM ? Genèse et transformations de la bible américaine de la psychiatrie.*

Dans tous les cas, le pamphlet de Maurice Corcos, *L'Homme selon le DSM,* s'avère hautement recommandable. Il s'agit d'une solide réflexion épistémologique d'un grand professionnel sur la vision dominante et la pratique de la psychiatrie moderne, ses évolutions préoccupantes et ses dérives. L'auteur ne manque ni de hauteur, ni de verve, ni de formules ; il définit ainsi le DSM, à la page 56 : « Un dictionnaire pour psychiatres commis voya-geurs, édité par quelques évangélistes, un guide bleu religieux pour les égarés avides de normalité, dressant une typologie de paysages mentaux aussi faux que les bords de mer sur les cartes postales, installant une évaluation de la psyché éludant la fiction, l'inconscient et le fantasme, la pulsion et le sexuel, une façon adulte policée et moins enfantine/monstrueuse que celle de la psychanalyse de se raconter des histoires… »

Les sujets de la psychopharmacologie, des psychotropes et de *Big Pharma* plus largement, sont abondamment traités depuis des décennies. Quelques balises sortent néanmoins du flux com-mercial.

Le docteur David Healy a été l'un des premiers à tirer la sonnette d'alarme. L'approche historique contenue dans *Le Temps des antidépresseurs* reste irremplaçable et tous les médecins (notamment les généralistes qui sont les plus gros prescripteurs des spécialités psychotropes) devraient consulter impérativement son bréviaire *Les Médicaments psychiatriques*, paru plus récem-ment, avant de libeller leur ordonnance. Pour savoir ce qu'ils font vraiment…

Le premier éditeur français de David Healy aux éditions Les empêcheurs de penser en rond — quel joli nom pour une maison d'édition ! — fut Philippe Pignarre, ancien cadre de l'industrie pharmaceutique. Pignarre sait donc parfaitement de quoi il parle, ses ouvrages sont bien documentés, et on pourra consulter en première lecture deux essais devenus des classiques :

Les Malheurs des psys ou *Comment la dépression est devenue une épidémie*.

Guy Hugnet, journaliste d'investigation, réalise également un bon travail de vulgarisation, par exemple avec son *Antidépresseurs : mensonges sur ordonnance*.

L'ouvrage de Jörg Blech, *Les Inventeurs de maladies*, servira à introduire celui du philosophe et historien Mikkel Borch-Jacobsen, *La Fabrique des folies*, dont la lecture est hautement recommandée. Borch-Jacobsen a par ailleurs dirigé l'ouvrage collectif le plus à jour sur l'industrie pharmaceutique, édité par Les Arènes : *Big Pharma*.

Il existe beaucoup de récits ou de témoignages sur les troubles mentaux, mais je ne résiste pas à citer une fois encore, notamment pour sa valeur littéraire, celui d'Andrew Solomon sur le sujet de la dépression, *Le Diable intérieur*, dont le sous-titre *Anatomie de la dépression* est un clin d'œil à la somme de Burton évoquée un peu plus haut.

Le Diable intérieur n'est pas un simple témoignage, c'est une réflexion irremplaçable sur la « mélancolie ». Jamais, peut-être, je n'ai lu une description aussi juste d'un état dépressif et de son évolution, phénomènes qui se laissent difficilement capturer par une pensée devenue confuse et, encore moins, restituer avec de simples mots. J'ai également emprunté à Solomon « l'équation » (sic !) de la dépression que j'évoque dans une scène du roman.

Paris, le 1ᵉʳ janvier 2016

www.ingramcontent.com/pod-product-compliance
Lightning Source LLC
Chambersburg PA
CBHW020244030726
47499CB00001B/54